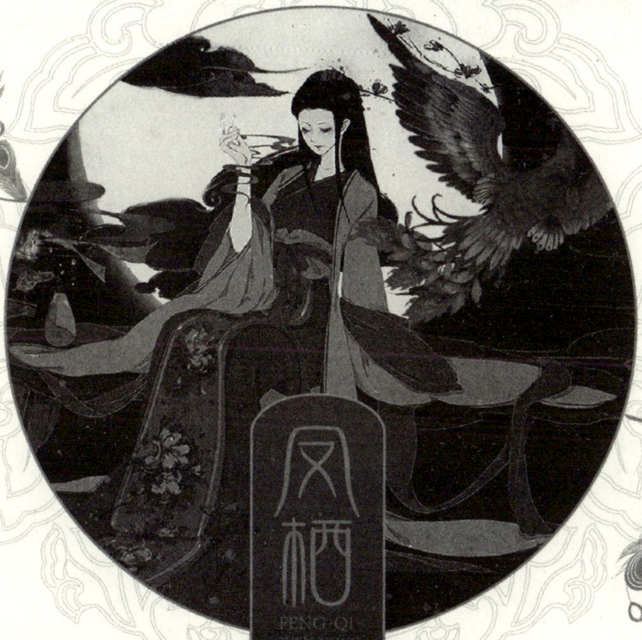

凤栖宸宫

FENG QI CHEN GONG

转身 ZHUAN SHEN
著

【下册】

第三卷　半壁晴天半壁阴

第四卷　胡颉颃兮共翱翔

结局

第三卷

半壁晴天半壁阴

第四十一章 冷宫忆旧

这座冷宫有一个动听的名字，叫做无忧宫，可却阴暗无光，森冷如鬼域。

路映夕推开沉重的宫门，缓步走入。巡守的侍卫不敢拦她，亦步亦趋地跟在她身后。

“都退下。”她没有回头，淡淡说道。

侍卫迟疑了一下，恭敬地递上一盏灯笼，然后依言退离。

手提灯笼，路映夕慢慢走着，四处转悠。这宫殿刚刚翻修过，却仍然是这般的凄清死寂。没有半点人声，没有半点灯火，就像一座被洗劫过的空城，令人置身其中遍体生寒。

穿过空荡荡的前殿，绕过蜿蜒绵长的回廊，便到了后苑寝居。路映夕轻轻扬唇，笑容凉薄。其实这里很好，虽然阴森了些，不过贵在清净，没有纷争。

幼少时，她曾经好奇，冷宫到底是什么样。有一次她偷偷跑去窥探，攀上陈旧的褐色宫墙，瞄了几眼，惊得跌落下来。事后她与师父说起这件事，师父眼中满是悲悯，似乎那时就已预见到，将来她也会成为深宫中的可怜女人。

邬国的冷宫与无忧宫不同，殿堂残损破败，少说有百年未曾修葺过。里面住着四五名废妃，其中一名是皇祖父的妃子，大概已有五十岁。那日她趴在墙头所看见的，便是那位老太妃。

那老妪穿着艳红色的宫装，裙摆上破了几个窟窿，布料残旧，显然年代已久。她头发灰白，满面皱纹，看上去似有七八十岁。可是她的站姿和神态异常高傲，是一种居高临下惯了的姿态。诡异的是，她一个人自言自语，时而跪拜行礼，时而威严呵斥，更多时候她倚在一棵杨树旁，神情娇媚，眼神迷离，对着树干呢喃诉衷情。

在廊道的凭栏处坐下，路映夕低低叹息。那位被废黜的太妃，幽禁冷宫三十年，再不曾呼吸过外面的空气，再不曾见过心之所念的那个人，如何能不疯癫？后宫女子，就算是心肠狠毒的可恨之人，都有可怜之处。

夜风习习吹拂，灯笼内的烛火幽幽摇曳。

路映夕突然站起，低喝一声：“谁？！”

廊尾的暗处，一道清瘦身影徐徐朝她走来，她顿时愣了神。

“师父？”不敢置信地唤，她一时分辨不清是惊还是喜。

那人走得近了，俊逸面容便显得清晰。温润如玉的黑眸，淡泊清朗的神色，毫无一分改变。

“师父，为何你会在此？”路映夕好一会儿才缓过神来，诧异问道。

“你上次去了修罗门之后，我就在此等着了。”南宫渊温和微笑，像是全然不知他的话会让她震惊骇然。

“那也就是说——”路映夕睁大眼眸，怒责的话语哽在喉头，努力咽了回去。

“映夕，你可有发现，你越来越愚钝。”南宫渊微微沉了声，目光肃然，“迷药罢了，能制得住我吗？”

“师父不是自愿受制吗？”路映夕反问，心中逐渐发凉，本已冰冷的手足越发冻僵。

“是。但我又怎会猜不到，凌儿将要对付你？”南宫渊凝视她，如墨玉的眸子闪着睿智却沉痛的波光，“我在棺木中听见你与修罗门的对话，知你会入冷宫，便将计就计。我只是没想到，你会蠢钝至此。”

“师父怪映夕愚蠢，没有看透师父的心思？”路映夕轻声笑起来，声音喑哑，眼角沁出泪光，只觉心痛如绞。她早已后悔，早已知道自己愚蠢，竟在那样的情景下将自己献给慕容宸睿。可是她无论如何也想不到，师父会在她的心上再刺一刀。

南宫渊沉默半晌，凝在眉宇间的严厉之色一点点退去，只余眼底那一抹深刻的痛。千算万算，不如天算。他原本只是顺势而为，要她搬入冷宫避劫，岂料她为了救他而与皇帝……

碧漾池的一切他虽未目睹，但以他的耳力，纵使距离甚远，也能隐约听见。那一刻，他想过现身阻止，不顾后果。可最后终究是理智战胜了冲动。心里似乎流血不止，他看不见伤口，只知很痛很痛，也许会痛上整整一生。

与其说他怪她，不如说他怪自己、恨自己。一而再地推开她，终于彻底推远了……

“师父为何要欺瞒映夕？”路映夕抑制着心中无可名状的哀伤，平静地抬眸望他。

“宫中即将发生一件乱事，你待在冷宫就能避开一劫。”南宫渊语声平淡，黑眸中清寂无泽。

“是何乱事？师父认为映夕没有能力自卫？非要以此迂回的方式来解救映夕？”她眸光清冷，口气渐渐咄咄逼人。

“是，我认为你无法自保。”南宫渊淡淡回视她，不露情绪起伏。一直以来他都认为他的方式没有错，他是为了保护她，并非她没有能耐，而是他发自内心地担忧和关切，无法旁观不理。可是现在，他开始怀疑自己。他是不是真的做错了？是否不知不觉间已经左右了她的人生？

路映夕呵呵轻笑，笑声苦涩。

无语良久，她忽然抬起头来，一字一顿地道：“师父，映夕不信。人应自救，而不是

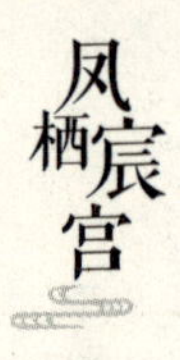

尽信所谓天机避劫。映夕决定回凤栖宫，不会搬进这里，也不会自愿弃了后位。”

“映夕，别任性。”南宫渊嗓音淡淡显得有些无力。他信奉半生的天命，在她眼里一文不值。然而这才是她，他怎能将自己的信念强加于她？

“不论会有什么祸事降临，我都相信事在人为。如果人力微薄，无法扭转乾坤，那么至少勇敢面对，尽了全力，如此就足够。”路映夕说得掷地有声，分外冷静，然则内心溢满酸楚，阵阵悲凉。慕容宸睿不信任她，师父也不信任她，这世上根本没有人信任她。落红的事她无能为力，但起码她可以证明给师父看，她不需要预先避劫，她能靠自己的能力渡过劫数。

南宫渊静望她许久，勉强扬唇一笑，吐出四个字，“万事小心。”这次的代价这么大，是否上苍惩罚他妄图改变天数？他本就不该奢望，她与皇帝之间怎么可能纯净如水？可是，当事情真正发生，他才知道自己竟会这样的痛入骨髓。原来，他爱她已这般深，深得连他自己都意外。

气氛静谧，夜色漆黑。两人相对无言，陡生出几许局促。

“师父，姚贤妃为何恨你？”路映夕轻淡出声，抑下心底所有的情绪翻腾。

“我尚在襁褓时，就被玄门师尊抱走。长久以来我都以为自己是孤儿，一直到了几年前，才知晓身世。”南宫渊别过脸，仰望夜空，口中淡然道，“最初，玄门与修罗门偶有往来，正因如此，我甫出生师尊就曾抱过我。师尊发现我的八字异于常人，筋络又奇特，便偷偷将我带走。”

“偷走婴孩？”路映夕不由皱眉。她也算是玄门弟子，却不知师祖竟是这样的人物。

“师尊对奇门玄术着迷成痴，曾经对我说，我是百年难得一遇的玄门奇才。”南宫渊依旧遥望苍穹，俊朗侧脸透着一股孤寂，“那十五年，修罗门不断骚扰玄门，暗杀了许多弟子。我不明缘由，师尊闭口不提两派纠葛。后来情况愈演愈烈，师尊只守不攻，修罗门的手段益发狠辣，而玄门自此败落，匿迹于江湖。师尊不愿我埋没于山林，要我自荐入皇宫，更言道，十数年之后天下将大乱，希望我能救百姓于水火。师尊实在太高估我了。”

他自嘲地笑了笑，继续道，“再后来，我一半时间在皇宫内，一半时间在民间游历。在外时，恰巧认识了一个小女孩，她说她爹病重，药石无灵。我便去她家中，为她父亲诊断。那人的病情确实严重，可仍有转机。但我没有立刻救他，因为我发现了这家人的不寻常。宅内遍布阵法，戾气甚重，我直觉怀疑是修罗门设下陷阱擒我。于是我推托说要外出寻找草药，暗中查探他们的身份。果不其然，那病人就是修罗门门主。思及玄门师兄弟的惨死，我狠了心回皇宫。隔了几日，我心中难安，又返回那座大宅。可是已经来不及，我赶到时，那个小女孩冷冷地看着我，对我说了四个字——杀人凶手。”

“那女孩是如今的姚贤妃？”路映夕轻轻接言问道。

南宫渊点头，声音里隐有一丝哀恸："因为这件事，我有愧于心，去找师尊，望他能开解，不料因此知晓了自己的身世。"

"师父，这不是你的错，只是阴错阳差的意外。"路映夕温声劝慰。

南宫渊好像没有听入耳，顾自道："之后，我向凌儿负荆请罪。她性子极犟，不肯原谅，要我血债血偿。她用匕首在我身上一刀一刀划下，说要我流光身体里所有的血液，因我不配做姚家人。当时我失血过多，虚弱昏迷，朦朦胧胧间感觉到周遭有淫靡之气。费力睁眼，模模糊糊什么也看不清，只觉耳边似乎有求救声。后来我才知道，凌儿的大师兄意图侵犯她，她半挣扎着，想看我会不会救她。其实我睁眼只不过是混沌的反应，她却以为我故意视而不见。"

"那……"路映夕一顿，想问姚凌是否被染指。

"凌儿心性刚烈，宁死不屈。她大师兄算是还有一分人性，最后关头放过了她。打那以后，凌儿就坚决要脱离修罗门。"南宫渊忍不住低叹。他是一个满身罪孽的人，虽未亲手弑父，但确是间接害死了父亲。

路映夕亦叹息。师父之前曾说，很久以前就认识姚凌，原来不是指时间，而是指血缘和心理上的那种亲近。师父说的不堪，原来是指他自己。在他内心深处，是憎恶他自己的吧？

与南宫渊默默分别，路映夕离开冷宫，往宸宫行去，一路思绪纷飞如团乱麻。

多年来，她把师父看成天神般完美的男子。今日才知，他也有软弱，也有解不开的心结。不够完美的师父，让她觉得更加真实。从前，他是不可触及的星斗，如今，他是尘世间有血有肉的男子。但是，为什么越看得清晰，就越觉得失去了原有的那种朦胧悸动？

步行很久，她到了宸宫。

此时此刻，她极不想见慕容宸睿，相信慕容宸睿一样不想见她。然而僵局必须打破，由不得她随心所欲。

内监请她在前殿等候。她喝着热茶，耐心枯等。半个时辰过去，内监毕恭毕敬地向她禀道："皇后娘娘，皇上已经就寝。"

"请公公传个话，说本宫有要事与皇上相商。"路映夕搁下茶盏，站起身来，语气坚持。

内监踌躇了片刻，还是恭顺地去了。

足足等到天光，皇帝早朝，再至他下朝，路映夕才得见圣颜。

"皇上圣安。"她屈身行礼，淡淡地扫了四周一眼。这里的摆设并没有改变，只是无形中蒙上了一层疏离的气息，不再是她可以任意进出的地方。

"嗯。"皇帝的面色比她更淡漠，径自站立在窗口，一眼也不看她。

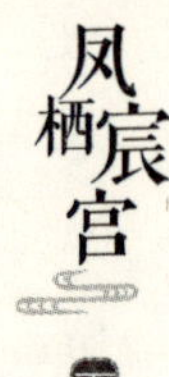

“皇上，臣妾改了主意。”路映夕对着他的后背，平缓地说道，“臣妾不想搬入冷宫，之前的事就当臣妾不曾提过。”最好连那桩糊涂事也未曾发生。她心中苦笑，只恨覆水难收。

皇帝悠悠转过头，目光嘲讽，冷冷淡淡地道：“果真是女人善变。”

路映夕没有回嘴，静静站立着。

“已有新法子救南宫渊了？朕一向都说，皇后足智多谋。只可惜先前付出的代价，再也收不回。”皇帝睨着她，唇角勾起一抹意味莫名的弧度。

“那就不必收回。”路映夕接口。

“不觉得平白浪费了？”皇帝的眼神逐渐锐利起来，直直盯着她。

“臣妾愚钝，不明白皇上到底想说什么。”路映夕撇开脸，不愿看他。

“朕从未见过一个女子像你这般。”皇帝冷了声音，缓缓道，“鱼水之欢，对你来说似乎毫不紧要。你这无可无不可的态度，是对你自己，还是对朕？”

“如果不紧要，臣妾从前就不会坚持。”迎上他如刀如刺的犀利眼光，路映夕心头隐隐抽痛了一下。他以为她不在乎吗？欢爱过后，即使不是缠绵相拥，至少也该是宁馨平和。她不曾想过，自己的初夜竟然会是那么凄凉。

“朕只问一次。你坦白告诉朕，究竟是或不是。”皇帝的视线紧锁着她，不放过她脸上一分一毫的表情变化。他能感受到她的青涩，可终究还是无法不怀疑。或许这些都不是重点，他更介意的，是另一些事。

路映夕凝眸望他，极轻地点了头，“是。”她也只回答一次。从今往后，她再不会为这件事解释。他若愿意相信，一次回答就足够了。他若不信，解释百遍也是徒劳。

“好。”皇帝颔首，却什么都未表达。

“好什么？”路映夕挑了挑眉梢，存心追问。

皇帝不语，脸色明显柔和了几分。

路映夕轻抿菱唇，沉静无话。人与人之间，不会有无缘由的信赖。信任需要基础，而她和他之间并没有牢靠的基础。所以她不怨不怪，独自吞咽下苦涩和心酸。

两人沉默须臾，皇帝淡淡地开了口：“你气色不佳，留下用过膳再回凤栖宫。”

“多谢皇上。”路映夕浅浅一笑，从善如流。

“明知朕去了早朝，何不歇息过后再来？”皇帝似是随口一问。

“臣妾原想与皇上商议过后再歇息。”路映夕温声答道，心下暗自腹诽，他又何尝不是明知她等了一夜，偏要她一等再等，摆足了皇帝的架子。

“坐吧。”皇帝伸手一指，指向软榻。

“谢皇上。”路映夕依言坐下。久没合眼，她的确又困又累。他算是成功地教训了她，可她何其无辜。

皇帝走至榻旁，低头看了她一眼，口中不经意般地问了一句："还痛吗？"

"嗯？"路映夕抬眼，懵然看他，旋即领悟，脸颊腾地红起来。

见她不出声，皇帝半蹲下身躯，于榻前与她平视，低叹道："朕本想给你美好的初夜回忆。"岂料会横生枝节。

路映夕垂眸轻声道："皇上现在相信了？"她并不如此认为。

皇帝没有答话，顾自道："朕知道你没有享受到，下次朕会温柔些。"

路映夕头垂得愈低，耳根发烫，心里却恼怒起来。以她对他的了解，可以断定，他根本没有完全信了她。在心怀猜忌的情况下，即使举动温柔，又能补偿什么？

皇帝似乎与她有同感，叹息着道："只不知下次是何时了。"心有芥蒂，他不会再碰她。

"臣妾委实困倦，还是不留下用膳了，请皇上允臣妾回凤栖宫歇息。"路映夕轻轻站起，向他躬身揖礼。

皇帝"唔"了一声，并不挽留，看着她旋身离去。

第四十二章
帝姬之死

搬回凤栖宫之后，日子变得异常清静。皇帝既不驾临，也不召见她。而师父所说的劫难，也并没有发生。

这两日她睡得十分安稳，只是清晨醒来时会习惯性地侧头看一看枕畔。再没有比她早起的那个人，悄声更衣去上早朝。

现在回想，才恍然发觉，那人给过她隐晦的体贴。他一贯比她起得早，却从来都不惊动她，更不让内监叫醒她。他更衣洗漱早膳等，从未要她伺候。

“小沁。”倚在窗旁，路映夕淡淡出声，“人在何处？”

侍立在后的晴沁心领神会，即刻低低应声：“在后花园。娘娘不在的这段时间，她除了待在偏殿，只偶尔去后花园走走，不曾出凤栖宫。”

“嗯。”路映夕轻蹙黛眉，目光飘远，定在窗外那株紫茉莉上。花间一只彩蝶翩飞，怡然自得，悠然惬意。

“娘娘，奴婢始终认为，此人不可留。”晴沁低声说着，敛眸垂首。

“小沁，你可想取代她？”路映夕缓缓回过头来，注视着她秀美的面容。

晴沁一惊，忙跪地申辩道：“娘娘明鉴，奴婢绝无此意。”

路映夕绽唇而笑，伸手扶她起身，一边道：“莫惊。”

晴沁微微抬眼看她，小心翼翼道：“娘娘怀疑奴婢的忠诚？”

“不是。”路映夕摇了摇头，徐徐道，“你平日监视栖蝶的时候，多留意她的神态举动。或许将来有一日，你真的可以取代她。”

“娘娘的意思是？”晴沁惶恐而疑虑。

路映夕无意再多说，摆手示意她退下。

虽然目前还不能确定栖蝶是天生与她相似，还是用了易容术，但可以肯定的是霖国并非易与之辈。霖国胆敢刺杀慕容宸睿，也许私下早已与龙朝有盟约。而慕容宸睿仍然留栖蝶在宫中，等于扣留了人质。在四国剑拔弩张的形势下，她又何必强做出头鸟，还是静观其变为宜。

在寝居内走了一圈，路映夕凝神细听周遭动静，过了片刻，她拴紧门窗，进入凤床底的密道。

密道入口位于床底的坚固青石之下，所以并未遭火势波及。她下到石室，便见一人席地坐在壁沿。

“师父。”她温声唤他，劝道，“为何非要留在这里？密室幽暗，不见天日，何苦让自己受罪？”

“在此静静心罢了。”南宫渊拍衣站起，露出温和笑容。她不会知道，这两日他想了许多。再也无法对自己否认，他爱她。

“那么师父打算离宫了吗？预备去哪儿？”路映夕关心地问。

“先回玄门。”南宫渊在漆黑中深深凝视她，眼波荡漾，温暖而爱怜。

路映夕不察，奇道：“师父以前告诉映夕，玄门早年遭灭门，既然不是这样，那如今的玄门到底在何处？”

“以后你会知道。”南宫渊唇角轻扬，神色温煦若春风。原先他还犹豫，觉得战役杀戮太过残忍，但近日深思，时事迫人，战火不可避免。只愿战争是为了更长久的和平。

“玄门还剩下多少弟子？”路映夕脑中迅速思索，玄门弟子不仅擅武识医，更深谙奇门阵法，如果能够坐镇沙场，必可以一敌百。

“约莫五千。”南宫渊没有隐瞒。

“五千？”路映夕震惊，“不是曾经遭受了重挫吗？”如若这五千人皆是精英，足可抵几万人马的军队。

“受重挫是十几年前的事。这些年来，师尊又培育了不少人才。”南宫渊语声渐低，甚是感叹，“映夕，我瞒了你许多事，抱歉。”

路映夕定了心神，沉声问道：“师父，玄门背后，是何人掌控？”

南宫渊轻叹：“你天性聪慧，应该猜到，有人暗中培植力量，妄图称霸天下。”

“难道是师祖？”路映夕蹙眉疑道，“就算这五千玄门弟子个个本领非凡，也不足以占地称雄。”

“师尊去年已经过世。”南宫渊黑眸沉淀了光泽，平淡道，“现如今，玄门掌门是我。”

路映夕定定看他，在黑暗中他的眼眸清幽如潭，却似有锋芒暗闪，坚毅而淡定。

“师父，请告诉映夕，你有何计划，想要达成怎样的目的。”她轻声但郑重地说道。

“玄门受惠于皇室，亦是受控于皇室。”南宫渊只是这样回答。

路映夕抿唇思忖，皇室是指邬国皇室？抑或别国？

“映夕，你下来太久，该上去了。”南宫渊温言催她离开，静笃地再补上一句，“相信我，我不会再害你陷入为难境地。”

玄门之事令路映夕深受震撼，故而没有思量他话里的深意，怔然地折回地面。

才打开寝门，走出去透口气，就闻太监一迭声的通禀：“皇上驾到——”

她凛了神，抛开脑海里的思绪，迎上前，盈盈施礼。

一抹尊贵的明黄色掠过苑门，优雅地向她走来，闲散道："皇后无须拘礼。"

路映夕瞟他一眼，暗觉怪异。他神情如常，可为什么眼神中夹杂阴鸷的戾气，是谁招惹了他？

皇帝不看她，往庭院行去，径自在青藤秋千上一坐，道："有劳皇后。"

路映夕心下觉得奇怪，也不询问，到他身旁轻轻推动秋千架。

皇帝迎风闭目，清风拂动他额前的黑发，别有一种慵懒俊美的风采。

路映夕侧望着他，却觉这种慵懒之中蕴含不易察觉的凌厉。

"停！"皇帝蓦地出声，睁眼转头看她，目光灼灼，似痛似恨。

"皇上怎么了？"路映夕诧异问道。

"蕊儿死了。"皇帝语调无波，唯独眸光阴沉森寒。

"小帝姬？"路映夕吓了一跳，难以置信。

"今早蕊儿毒发，全身发紫，口中吐着白沫，不断地抽搐，死状凄惨。"皇帝一字一顿地道，嗓音因压抑而格外低沉。

"皇上认为是臣妾下毒？"路映夕定神望他。

"有一再有二，也不足为奇。"皇帝没有下定论，但矛头已指向她，"平素极少有人去蕊儿殿中，只有你必须常去。"

"臣妾前去，是为了替小帝姬解毒。"路映夕沉住气，平静回道。她对小帝姬下的是慢性毒，需要好生调理才可退尽毒素，这两日她得闲，便去得勤了一些。他就因此而要定了她的罪吗？

"朕问过当值的宫婢，昨日晚膳后你去看望蕊儿，喂她吃药，之后蕊儿便就寝入眠，再无旁人来过。"皇帝语气沉稳，却有一股寒意弥漫开来。

"小帝姬所中何毒？"路映夕保持冷静，自辩分析道，"虽然臣妾最有嫌疑，但并不足以定罪。如果有人要害帝姬，也可将毒药掺入食膳茶水之中。何况，若是臣妾所为，臣妾未免太蠢，在众人皆知的境况下亲自下手。"

皇帝冷冷勾唇，自秋千上站起身，立于她面前，极缓慢地说道："皇后能言善辩，朕早已领教。朕不会冤枉无辜，若让朕查出是谁索了蕊儿的命，朕必将其处以极刑，不管她是何身份。"

语毕，他举步离去，背影挺拔如松，却似乎透着拒人于千里的孤寂气息。

路映夕安静目视着，不由叹息。那可怜的小女孩，贵为帝姬，如此坎坷不幸。在生时，智能低下，痴傻无知；去世时，受毒发之苦，死状惨然。她短短的一生，不曾享受过帝王家带给她的荣华和快乐，只承受了帝王家的复杂暗涌。

而慕容宸睿，其实他正悲恸着吧？

路映夕没有坐以待毙，在皇帝走后立即前往帝姬寝殿。如果这就是师父所说的劫数，那么她要全力以赴为自己辩白。她要证明给师父看，人定胜天。

可是她才到了帝姬寝殿，就被人拦下。殿外一排带刀侍卫严守，几名检验吏匆忙进出，仗势森严。

"皇后娘娘。"远处一人缓缓走来，身形消瘦，眉目清冷。

"韩淑妃？"路映夕讶异，疑问道，"为何韩淑妃会来此？"

韩清韵施礼，而后驻足石阶前，举目望向殿匾，眸底闪过一丝黯然。半晌，她才轻淡出声道："蕊儿稚幼无辜，清韵来送她最后一程。"

"韩淑妃，别怪本宫言语直接。眼下是非常时刻，你来此悼念小帝姬，恐怕会招人怀疑。"路映夕凝眸细看她，暗自端详。多日不见，她清瘦不少，面颊有些凹陷，愈凸显了一双美眸漆黑圆大。自上次议政殿私审之后，她是否想通透了，还是益发钻进了牛角尖？

"清者自清。"韩清韵平静回道，垂下了眸子。

"韩淑妃，请借一步说话。"路映夕忽然想起，韩淑妃曾经有孕，然却是一场空欢喜，她可是因为分外喜欢孩子而来此感怀？

"皇后娘娘客气了。"韩清韵应声，随她往静僻石径走去，边行边道，"清韵从前冥顽不懂事，幸得皇后宽容海涵，往后清韵定会安分守己，不再强求。"

"嗯。"路映夕应了一声，未置可否。也许她此话出自真心，但人总是可能犯错，难保将来她不会再有想不开的时候。

"皇后可是有话要问清韵？"行至无人树荫下，韩清韵停住了脚步。

"你可知宫中何人不喜小帝姬？"路映夕没有迂回，开门见山问道。

"因无利益冲突，理应不会出事。"韩清韵皱了皱秀眉，似乎亦是苦思不得其解。

"没有利益之争，却未必没有陈年旧怨。"路映夕低叹。她心中怀疑姚贤妃，只是并无证据，难下论断。

韩清韵动了动嘴唇，迟疑片刻，低低说道："'她'虽不喜林德妃，但对晚辈孩童，应无怨恨。"

路映夕眸光顿锐，绽出清冽光芒。

韩清韵微低着头，继续低声道："清韵愚钝，无能为皇后分忧。皇后可以询问刑部尚书沈大人，或许能有些收获。"

路映夕眸中波光闪动，浅淡一笑，回道："韩淑妃有心，本宫先且谢过。"话落，未再多留，扬长离去。

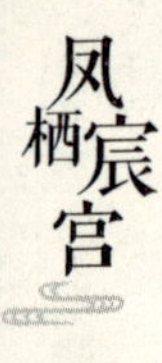

韩清韵目送她，无声幽叹，复又转头眺望帝姬寝殿，心中隐隐抽痛。她十分喜爱孩子，曾经以为能够为心爱的男子诞下麟儿，可谁知竟是镜花水月。以后，她还有机会吗？皇上已许久不曾宠幸过她。

路映夕并未宣召沈奕，而是返回凤栖宫，卧榻小憩。韩淑妃有意引导她，不知背后是否有陷阱。不过，沈奕此人，确实有奇怪之处。他好像是听命于姚贤妃，不知他们究竟是什么关系，难道他也是修罗门的弟子？

脑中思索着，混混沌沌地渐入梦乡，突然感觉背脊发凉，顿时一个激灵醒了过来。

“皇上？”她捂胸坐起，怔怔看着。

皇帝半蹲在榻前，双手停滞在半空，俊脸上僵着一抹尴尬之色。

路映夕定了定神，顺着他的视线低看，不禁也僵住。

“朕到后花园走走。”皇帝猛地站起，疾步走出了内居。

路映夕盯着榻上的绣花毯子良久，轻轻起身，亲手换了染血的毯子。方才皇帝是想抱她到凤床，还是想为她换衣？

想着，她不自觉地露出一个微笑。不知为何，他似乎总是不愿吵醒她，故而蹑手蹑脚，鬼祟做贼一般。堂堂一国之君，倒是委屈他了。

唇畔的笑容没有停留太久，慢慢就敛了去。她的癸水如期而至，是避孕汤药的效用，还是受体内寒毒的影响？现在担心虽是过早，可她心中终究不安。寒毒盘踞体内愈久，以后她孕育子嗣的机会就会愈小。

换好干净的衣裙，她慢吞吞地走去后花园。

刚入拱形园门，就见皇帝坐在花圃旁的石桌边。他身侧一个清美女子盈盈侍立，两人原本正在轻声交谈，见她出现，就即刻止了声。

“皇上。”路映夕走近，欠了欠身。

“栖蝶见过皇后娘娘，娘娘凤安。”一旁的栖蝶温顺垂眸，屈膝行礼。

“栖蝶，你先退下。”皇帝淡淡开口，难辨情绪。

“是，栖蝶告退。”再次恭敬行礼，栖蝶弯身离去。

见她走远，路映夕才温淡说道：“皇上今日一再驾临臣妾宫中，实乃臣妾荣幸，未知皇上是否循例也查问了栖蝶婕妤？”

皇帝低哼一声，站起身直视她，微愠道：“若是你有怀疑之人，就直说，不必拐弯抹角。”

路映夕抿唇不吭声，心下倒有点吃惊。他很烦躁，掩藏都掩藏不住。之前他来问罪，尚能压抑伤心悲痛，现在何故不能冷静？

皇帝的脸色渐渐阴沉，瞳眸中幽光一闪再闪。他突然觉得自己像一个被诅咒的人，无法拥有子嗣。先前是因为寒毒在身，如今却是因为无心碰别的女人。而他想要的女人，偏是不可孕育皇嗣之人。

“皇上，小帝姬的事，可有眉目？”沉默许久，路映夕轻柔地出声询问。

皇帝摇头，目光又暗冷了几分。他原本有些怀疑栖蝶，皇朝和霖国已暗中撕破脸，但是刚才一番试探，未见她有什么异状。照此看来，仍旧是路映夕嫌疑最大。

路映夕静静注视他，不再多问。宫闱之中，有多少诡异不明的事最终都不了了之。小帝姬枉死，皇帝查不到线索，就不能治任何嫌犯的罪。他只能憋着那口浊气，一生无法吐出。

“可知朕为何中了寒毒？”皇帝忽然启口，语气沉凝幽深。

“臣妾不知。”路映夕温声接言，心中暗自猜测，该不是姚贤妃对他下的手？

“是朕的皇弟所为。”皇帝低沉了嗓音，徐缓道，“当年众皇子为了争夺皇权，无所不用其极，没有人顾念同根生的情分，只想着诛之后快，朕也不例外。因为朕若退一步，对方就会逼近十步。朕初登基之时，三皇弟谋反逼宫，朕便是在那时中了寒毒。”

“后来叛党伏诛，处以极刑？”路映夕轻声问。

“朕将三皇弟幽禁。”皇帝的声音愈加低，带着沙哑的深沉，“朕本想留他一命，但在知晓寒毒的厉害之后，朕下了狠手。或许是积孽太深，多年来朕日日服药，也只能控制住毒性，无法根除。直至你为朕渡了毒。”

“一将功成万骨枯。”路映夕慨然，叹道，“权贵之家，处处是战场。”就连那与世无争的小帝姬，都莫名成了牺牲品。

“朕可有做错？”皇帝抬眸凝望她，话语中隐含沉重的深意。

“功过是非，以何为标准？无论如何，皇朝在皇上的治理下，日益昌盛，国强民安。”顿了顿，路映夕轻悠悠道，“至于为皇上渡毒，是臣妾自愿而为，皇上无错。”她因此得到一面免死金牌，现今想来却不知是否值得。

“以前朕并不相信，一切事物皆有因果循环，现在却不得不越来越相信。”皇帝扬唇，无声苦笑，苦浸肺腑。倘若他此生无子承欢，那也是他自己种下的孽根。

“皇上的寒毒已解，无须再纠结于过去。”路映夕回视他，轻蹙起眉头。她能理解他的丧女之痛，可他为何无端变得颓然悲观？

皇帝敛了神色，淡漠不语，目光在她脸上流连许久，深沉莫测。自从她搬入宸宫，他就没有再宠幸过其他嫔妃，不是刻意，又似有避忌，他自己也分辨不明是出于何种理由。

他的眼光仿佛有温度，灼热地落在她的面容上，令她不自禁地偏开了头。

过了很久，皇帝才又淡淡出声：“未查出真凶之前，朕希望你好好留在凤栖宫，莫多

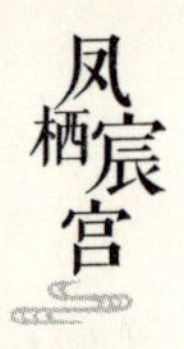

做无谓之事。”

“臣妾不明白，何谓无谓之事？”闻言，路映夕转过脸，定定看他。

“如果你是清白的，朕自是不会冤枉你；如果你确实做过，朕定会叫你偿命。”皇帝未答她的话，只重申了立场和态度。

路映夕望着他，明眸中浮现一抹幽思。他在维护她？怕她亲身去查线索而着了别人的道？他会如此为她着想？恐怕是她想太多。

“记住朕的话，什么都别做。”皇帝再次说道，似命令，可又像是叮嘱。

“皇上是否已经察觉到什么端倪？”路映夕生了疑虑，追问道，“是否有对臣妾更不利的证据？”

皇帝的眼神幽深难测，轻扫过她，抿起薄唇，不作回答。确实有了些许线索，矛头越是直指她，就越显得蹊跷。他愿意多信她一分，但愿不会信错。

见他不语，路映夕自嘲地笑了笑。难道劫数真的无法自救？师父与皇帝都要她顺应天命吗？她想掌握自己的人生路，前路却困难重重。

气氛沉寂，空中洒落浅色的日光，仿佛金色的细雨打在两人身上。

皇帝慢慢地合了一下眼，发出几不可闻的低叹，转身准备离开。

“皇上。”路映夕忽然出声，唤住他将行的步伐。

“何事？”皇帝徐徐回身，挑眉看她。

“臣妾不愿听天由命。”路映夕昂首，清晰而明朗地道，“臣妾要知道事情的来龙去脉，包括每一个细节。”

“你在命令朕？”皇帝眉尾挑得渐高，似嘲似笑，难窥喜怒。

“臣妾不敢。”路映夕屈身一礼，缓缓道，“臣妾知道刑部已经查到蛛丝马迹，恳请皇上告知臣妾，也许臣妾能从其中寻出端倪。”

皇帝不接话，俊容漠然，眸中思虑一闪而过。

“臣妾绝非杀害小帝姬的凶手，望皇上给臣妾一个机会证明清白。”路映夕语气沉着，眸光坦荡地锁定他。

皇帝瞥她一眼，终是开了口：“你可还记得，昨日你喂蕊儿服药之后，留下了一只空药瓶？”

路映夕想了片刻，眯起眸子，道：“那是解药，恰巧用完，臣妾就随手搁下，没有带走。”

“太医和检验吏分别验过，那只空瓶的内壁沾有粉屑，正是害死蕊儿的那种毒药。”皇帝道出实情，并未加以评论。

路映夕眸底雪芒闪耀，扬唇自嘲道：“那就是证据确凿了。人证是帝姬寝殿的宫婢们，物证便是那只药瓶，难容臣妾抵赖。”

“朕给刑部七日时间，继续细查。如果七日之后，无新证据，按照皇朝的律法，你将会被升堂过审。”皇帝说得缓慢，不带丝毫的个人情绪。

“多谢皇上。”路映夕对他颔首致意，微微一笑。以目前的情形，刑部可以即刻将她收监审问，可是皇帝似乎偏于相信她无辜？

“朕不是袒护你。”皇帝语声淡淡，眼中飞速掠过一抹沉痛悲怆之色，“朕只是要仔细求证，以慰蕊儿在天之灵。”

路映夕凝睇着他，心尖紧缩了一下，轻微的疼。那是他仅有的孩子，可也保不住。纵使他是至高无上的帝王又如何，亦有力有不逮的时候。无法保护最亲之人，除了感到锥心的痛苦，还会觉得颓丧自弃吧？

思及此，不禁生了一丝悲悯，她放柔声音，道：“臣妾不会任人栽赃诬陷，同时，也不会任由帝姬枉死。如果皇上对臣妾尚有一分的信任，请让臣妾插手查探此案。”

“你预备从何处着手查？”皇帝拧起俊眉，道，“蕊儿的寝殿早已搜遍，每个宫婢和太监都经过盘问，一无所获，你还可以做什么？”

“帝姬所中之毒，名为何？”路映夕听着越觉心寒，真凶做得可谓滴水不漏。

“并非特殊毒药，是白砒霜。”皇帝如实相告。

路映夕思索了会儿，低眸轻叹，一时无话。最初她替帝姬解毒，必有太医陪同监察，时日久了，皇帝不再派太医监视她，不知是他逐渐信了她，还是肯定她不敢明目张胆害人。

“明枪易躲，暗箭难防，是朕太自负。”皇帝眼色黯沉，显然与她想到了一处。

“有些话，臣妾不知应不应说。”路映夕扬眸，口气稍有迟疑。

“但说无妨。”皇帝沉声回道。

“有人不愿看见臣妾头戴后冠，也见不得皇上延绵子嗣。”路映夕委婉地说，并没有指名道姓。

“你说的后一项，若真容不得，是否早就可以动手？”皇帝面色一冷，语调越发的慢，“至于前者，只怕不仅一人觊觎后位。”

“皇上圣明，臣妾只是提出一种可能性。”路映夕温顺道，未再纠结于这个话题。他一直是头脑清醒的男子，对于后宫纷争素来洞明，为何独独对姚贤妃格外庇护？

“朕是就事论事。”皇帝隐隐生了怒气，睥睨她。

“是。”路映夕点头，不和他争辩。

皇帝沉了脸，冷冷横她一眼，拂袖而去。

第四十三章 罪加一等

隔日天一亮，路映夕不再按捺，宣了沈奕前来。

在前殿殿堂之上，她端庄高坐，定睛望着那一身紫色官服的男子。沈奕相貌清俊，可算儒雅的美男子，只因眉宇间那一分锐气，使他总显得有些沉郁阴冷。

“不知皇后娘娘召见微臣有何事吩咐？”沈奕揖礼，垂眸敛眉，并不直视她。

“沈大人。”路映夕从椅座中站起，缓步走下高台，直至站定于他面前。

沈奕下意识地后退，像是怕与她太过靠近。

路映夕刻意再逼近，近到只剩一步距离。

沈奕的头垂得极低，口中惴惴不安道：“皇后娘娘若无事吩咐，微臣便告退了。”

“沈大人在惧怕什么？”路映夕扫过他泛起潮红的耳根，目光犀利。

“微臣并无惧怕……”沈奕又退一步，喉头滚动，异常紧张。她身上飘来的清雅香味，竟让他心跳加剧，他是否真已沦陷情网？怎可如此？万不可如此。

路映夕不再紧逼他，轻幽一叹，道：“沈大人，若你知道一些什么，可否相告？”之前韩淑妃特意提及沈奕，显然别有内情。

沈奕蓦然抬首，急急道：“微臣绝不敢陷害皇后。”

路映夕眼中闪过一丝了然，继续叹道：“上一次，沈大人对本宫的师父施加酷刑，难道不是与本宫为难吗？”

沈奕抿了抿嘴角，无言以对。他一直等着她追究，可是她并没有，这样反而令他难安，觉得歉疚。

“前尘不计，沈大人无须担心，本宫只想解决今次的事，保自身一命。”路映夕直直望他，仿佛要看透他整个人一般的敏锐。

“微臣暂时只查到帝姬所中之毒是白砒霜。”沈奕如此回道。

路映夕失望摇头，无奈道：“这么看来，本宫是逃不过砍头的大罪了。”

沈奕暗自踌躇，几度欲言，又止住。

见他这般模样，路映夕心中更加肯定，事情必与姚贤妃有关。

“罢了，沈大人，退下吧。”她淡淡一笑，带着一点苦涩。

“是，微臣告退。”沈奕恭敬施礼，抬起眼角飞快地望她一眼，然后就匆匆离开。

路映夕旋身入了内苑，悠悠漫步，脑中却思虑不停。她该不该去会一会姚贤妃？说不定在斋宫里会有所收获。不得不庆幸，皇帝没有禁她的足，不怕她潜逃。

渐近中秋，风吹起时偶有树叶飘落，让人看着感觉凋零寂寥。

她倚在廊柱旁，兀自静思，不察有一人轻步趋近。

“想何事想得入神？”低沉的嗓音突响。

她缓神，站正了身姿，温声回道：“臣妾在想，秋日似乎是一个肃杀的时节。”

皇帝不响，默然凝视她。方才远远望见她，月白色的裙袂衬着褐红色的廊柱，像煞仙子染血，赫然触目。

过了半晌，他才启口：“你出生在帝王家，应知‘秋后处斩’之例奉行已久。”

“臣妾知晓。”路映夕接腔，轻声道，“各国先祖都认为，春夏乃万物生长之季，象征新生，所以应顺天意，不宜刑杀。而秋冬萧条，是肃杀蛰藏之季，适宜施刑。”

“如果刑部查不出眉目，朕该如何处置你？”皇帝似在问她，又似自问。

“倘若处斩，怕要破坏了两国平衡。”路映夕轻嘲地笑了笑，再道，“若不按国法严惩，又损了皇上天威。确实是个难题。皇上心中可有计较了？”

皇帝深望她，目光柔和如暖风，但下一瞬又变幻，转为冷寂淡漠。

“皇上已做好打算了吧。”路映夕依然笑着，语气确定而非疑问。

“朕必须做最坏的打算。”皇帝沉了声线，眼光凝定如渊。

“可否预先告诉臣妾，以免臣妾事到临头惊恐失措，失了皇后凤仪，叫皇上颜面无光。”路映夕眉眼微弯，像是说着无关紧要的风花雪月。

“朕记得曾赐予你一面免死金牌。”皇帝轻描淡写地回了一句。

“是，皇上想得周全。”路映夕回望他，笑道，“臣妾当时斗胆，向皇上索要，却没想到真会有派上用场的一日。”

“记住，那不是你向朕索要，而是朕赠予你的娶亲聘礼。”皇帝压低了声音，慎重道。

“臣妾明白。”路映夕轻轻应道，心中一片清明。只有这个说法，才合情合理。但是，死罪可免，活罪难逃。

“未雨绸缪罢了，你也无须太忧心，可能很快就会有新线索。”皇帝恢复了正常语调，平淡说道。

路映夕忽然向他屈膝一礼，正色道：“臣妾多谢皇上此次的信任。”

皇帝淡淡然地摆手，不置一词。心下直觉，他认为她是清白的，因为没有动机，也得不到任何益处。

路映夕站起，浅浅含笑。这件事上他相信她，可那不过是出于理智的思考。他的自控力近乎冷酷，她再清楚不过。

又过两日，事情总算有了新进展。

路映夕接到沈奕的口讯，匆匆赶去帝姬寝殿。

秀气精致的殿堂，金碧辉煌之中带着几分童稚的粉色点缀。不难想象，皇帝虽不常来此陪伴小帝姬，但心里是疼爱她的。

殿内清寂无声，路映夕直接去了侍婢的宿房。

俭朴平房里，一具宫婢死尸躺在地上，检验吏正蹲在旁仔细验尸。

“沈大人。”路映夕走近，蹙眉低头，看着问道，“这名宫婢为何暴毙？”

沈奕揖了一礼，恭敬道：“回皇后娘娘，该名宫婢并非暴毙，而是上吊自尽。”

“自尽？可知原因？”路映夕眉头皱紧，心中泛起一丝丝凉意。

沈奕俊秀的脸上露出一分难色，迟疑半晌，才道：“有一封遗书留下。”

路映夕轻轻眯眸，不吭声。

沈奕将那一张薄薄的遗书双手奉上，垂首极轻微地低叹。

路映夕接过，一目十行扫视，不由冷笑。

“微臣已上禀皇上……”沈奕声音低浅，像是不忍大声惊扰她。

“本宫应该多谢沈大人及时告知。”路映夕淡淡说道，把手中的薄纸交还到他手上。

沈奕沉默片刻，慢慢抬起头来看她，温和着声说道：“这桩案子对娘娘十分不利，微臣无才无能，怕是帮不到娘娘了。”

路映夕审视他，目光锋锐：“沈大人，你一定知道一些不为人知的线索。”

沈奕没有慌乱，缓缓摇头：“微臣所查到的，都已如实上禀了。”

路映夕抿起菱唇，仍紧紧盯着他。他的眼中似乎有着一抹掩不去的怜悯，他必定知晓什么，可他不肯说。那么是否真凶即是姚贤妃？

“沈大人要眼睁睁看着本宫上断头台吗？”她凝了神色，低沉地问道。

沈奕一窒，盖下眼睑，回道：“微臣无能为力，请娘娘恕罪。”

路映夕眯眼看他片刻，轻拂衣袖，道：“罢了。”

她转身离去，不再强人所难，却没有起驾回凤栖宫，而是去往斋宫。

那名自尽的宫婢在遗书中说，亲眼窥视到她给小帝姬喂食砒霜，平常解药应是褐色，她那日喂的却是白色。且道，她当时自语着，说不容一滴皇室血脉留存。因为窥见了这秘辛，此宫婢自言终日惶恐，若向刑部和盘托出怕引来杀身之祸，不说出又愧对无辜的小帝姬，在备受良心谴责之下，她承受不住内心煎熬，唯有自尽一途。

停步斋宫之外，路映夕微微勾唇。幕后人何其残酷，用宫婢的性命来指证她，当真是视人命如草芥。

入了宫门，便闻浓重的檀香味迎面扑来。路映夕皱了皱鼻尖，心中不以为然。如果确实是姚贤妃下的手，那就是应了“佛口蛇心”这四字。

前殿阶前，姚贤妃昂然伫立，见了她也只是冷淡行礼，道一声：“皇后娘娘大驾光临，斋宫蓬荜生辉。”

“姚贤妃近日可好？”路映夕淡声寒暄，一边瞥了瞥侍立她左右的宫女。

“如常，多谢皇后关心。”姚贤妃平淡回道，扬起一手，挥退宫女。

路映夕扬唇一笑，踏步进入殿堂中。姚贤妃随后，并关上了殿门。

“姚贤妃，你可知本宫今日前来所为何事？”路映夕站定，凝眸望着她。

“为了帝姬之事？”姚贤妃不迂回，扯唇冷笑，“皇后怀疑臣妾？可有证据？”

“本宫一直好奇，刑部尚书沈大人与姚贤妃是否旧识？”路映夕未接话茬，顾自道。

“是。”姚贤妃并不否认，漠然道，“沈大人出自修罗门，这件事皇上亦是清楚的。”

“沈大人年纪轻轻，便可坐上刑部尚书之位，想必有过人之处。”路映夕淡笑，视线一刻不移地锁紧她。

“沈大人早年脱离了修罗门，后来考取功名，兢兢业业，得皇上赏识，在朝堂获得一席之地，是他之幸。”姚贤妃不带情绪地应道。

“修罗门果然人才济济。”路映夕笑容不变，只是眸色深了一分。听姚贤妃这番话，似乎对沈奕颇为保护，可见二人交情甚笃，难怪沈奕什么都不肯透露。

姚贤妃不响，丹凤眼中光泽刺人，直射向她，似在嘲笑她一味兜圈子。

“姚贤妃，你茹素念佛，应知生命可贵。”路映夕敛了神色，轻叹道，“何苦造孽障。”

姚贤妃眸光一动，芒刺愈锐，回道：“皇后，臣妾不怕直说，现在整个后宫都盯紧这桩事，无人会给皇后任何线索。”顿了一下，她清晰吐出一句话，“因为，每个人都恨不得皇后失势。”

路映夕心底微颤，一时间哑口无言。她说得没错，众人皆在冷眼旁观，等着渔翁得利。就算得不到好处，至少可以看见后位空悬，自此能有一份念想。韩淑妃如是，其他人亦如是。

姚贤妃忽然扬起红唇，冷冷而笑，“就算皇后怀疑臣妾，又能如何？”说着，陡然迫近一步，压下身子逼视她，“尊贵的皇后娘娘，您还有什么通天本领？”

路映夕后退，心生怒气，强自抑下，平稳道：“你莫得意太早，善恶到头终有报。”

姚贤妃仰头哈了一声，阴沉着嗓音道：“何谓善？何谓恶？每个人都是为了自己而活，人性本是自私。皇后想做善良的好人，那就不要试图反抗，成全了众人的愿望。”

“姚贤妃——”路映夕含怒低喝，双手猛然攥起，忍耐着情绪的涌动。

“不过臣妾倒是好奇，难道皇后不曾想过要霸占皇上？不许他碰别的女人，不许别的女人诞下他的子嗣。臣妾就不信，皇后无私得连女人的天性都没有！”姚贤妃没有收声，反倒更加咄咄逼人，“原本宫中尚算平静，但自从皇后嫁来皇朝，就屡见事端。皇后怨怪他人之前，恐怕需要自省，现下这一切是不是皇后咎由自取。”

路映夕再难忍气吞声，一掌拍在旁侧的梁柱上，怒道：“姚贤妃好口才。若有人妒忌你如此能言善辩，而毒哑了你，那是否也不应怪下手之人？是否姚贤妃也会自省，认为自己咎由自取？”

姚贤妃面色冷森，并不回嘴，只是抬头看向殿梁。

路映夕生疑，举目望去。

殿顶的横梁上悬挂着一样金制法器，是佛家辟邪之用，此时摇摇欲坠，即将落下。

路映夕想起自己刚刚震了梁柱一掌，可是力道不算太大，没有道理会……

未及多想，那系着法器的粗绳突然崩裂，钟罩形状的金制法器迅速坠落，猝不及防。

路映夕只来得及纵身避开，再要拉姚贤妃已晚矣。那坚固厚重的法器砸在姚贤妃的肩头，然后落地，发出哐当巨响，甚是骇人。

“姚贤妃。”路映夕急呼，眼疾手快地扶住她软绵斜倒的身躯。

“呵呵……”诡异的虚弱笑声从姚贤妃的口中发出，下一瞬她就噗地喷出一口鲜血，明显受了不轻的内伤。

“姚贤妃，你？”路映夕又疑虑又忧切，见她脸色惨白，唇染猩红血色，顾不得旁事，只道，“你需要马上疗伤，快坐下。”

姚贤妃不理，喘气低笑着，孱弱却快意：“皇后，臣妾现在可以说了。小帝姬不是臣妾杀害的，但臣妾很高兴看到现如今的状况。”

“你知凶手是何人？”路映夕皱眉问道。

“知道。”姚贤妃费力推开她，踉跄地扶着梁柱，沿柱跌坐地面，口中一个字一个字地说着，“但是，臣妾绝对，绝对不会说出来。”

她又呵呵地冷笑，只是两声，头一歪，昏厥了过去。

路映夕还未决定是宣太医还是亲手替她疗伤，就闻殿外嘭嘭的捶门声。

路映夕走去开了殿门，立刻沉声道：“快宣太医。”

门外一名年长的宫婢探头看了看殿内，不急于奉命宣太医，而是骤然拔尖了嗓子惊喊道：“啊——贤妃娘娘受伤了。”

路映夕狠狠瞪她一眼，厉声命令：“即刻宣太医。”

那宫婢这才碎步跑走。

至此，路映夕心里已完全明白，她中了姚贤妃的圈套。说不定连沈奕的欲言又止都是姚贤妃所指使，目的就是要她起疑，继而前来斋宫探查。倘若当真如她所说，小帝姬并非她毒杀，那么她就是存心要趁机再踩她一脚，让她难以翻身。

心中百般滋味，路映夕预备折回殿内，先替姚贤妃疗伤，以免伤势恶化。不料几名宫婢突然从殿侧冲了出来，急急入内，将姚贤妃团团护住，不容她靠近，一副怕她再施毒手的样子。

路映夕凛了心神，冷冷扫了殿内一眼，径自举步离开。

辇车直往宸宫而去，她必须在姚贤妃恶人先告状之前自辩。

但皇帝并不在宸宫，内监说皇帝正在御书房与朝臣议事。于是她又前往御书房，可再次错过，皇帝已收到消息摆驾去了斋宫。

伫立于琉璃飞檐下，朗朗日光照射在她身上，她只觉得寒气遍体，森凉透心。原来劫数真的是天定，避不过，躲不开。

一时间心灰意冷，她不愿意再四处奔波，索性回了凤栖宫等待事态发展。

不出一个时辰，皇帝便御驾亲临，俊容一片铁青。

内居之中，只有他与她二人。路映夕轻轻开了口："皇上，姚贤妃的伤势如何？"

"不至于死。"皇帝从牙根里蹦出这四个字，神色阴晴不定。

"皇上不问臣妾事情的来龙去脉？"路映夕直视着他，神情无惧。

"说。"皇帝冷睨她，英挺眉间笼着一抹阴霾。他已听过凌儿的说法，也亲眼看见了凌儿的伤势，她几乎半边身子肿了起来，触目惊心。

"臣妾承认，确是因为对姚贤妃起疑才去了斋宫。之后与姚贤妃也确实有口角争执。"路映夕镇定说道，大抵已能猜出姚贤妃对皇帝说了些什么。

"继续。"皇帝惜字如金，语声无温。

"臣妾被姚贤妃激怒，一掌拍在梁柱上，但臣妾敢保证，力道并不重，绝不足以撼动那法器。"路映夕坦白相告，没有一丝隐瞒。

"嗯。"皇帝应了一声，眯紧了眼看她。

"不知皇上相信姚贤妃的说辞，还是臣妾？"路映夕弯唇一笑，有些自嘲。

皇帝没有答话，冷冷淡淡地道："你应该已经得知，刑部又查到线索，坐实了你的罪名。"

"坐实？"路映夕轻笑，嘲讽意味愈加浓，"那般拙劣的栽赃手法，刑部竟看不出？皇上都看不穿？"

"刑部做事讲究证据。"皇帝目光深沉，再道，"帝姬被人毒害，是何等大事，有多少人正关注着此案，你认为朕可以如何做？"

"难道皇上不痛心吗？难道皇上要看着真正的凶手逍遥法外？"路映夕心有不服，可同时又明白他所说的道理。事关帝姬之死，且关乎皇后的清誉，若无真凭实据，朝臣与百姓会怎样议论?

“朕不痛?”皇帝低低地笑起来，声音冷寂，似寒冬的凛冽清风。

可是他什么也没有解释，倏地止了笑，抬目盯牢她，低沉冷冽道：“眼下是何境况，无须朕说，你应该清楚。”

“臣妾知道。”路映夕扬了扬唇，笑得涩然，“毒杀帝姬的大罪尚未洗清，又添了一桩伤害妃嫔之罪，臣妾这回真该思量如何逃离皇宫。”

“背着一身罪名逃亡天涯？”皇帝凝望她，深眸中不期然浮现一点温和的微光，“以你的骄傲，朕相信你不会这样做。”

“先不论帝姬之案，单说姚贤妃的伤，臣妾想知道皇上打算怎么处置臣妾。”路映夕迎上他的眼光，不卑不亢地问道。

“这件事，在后宫中快速传了开。”皇帝隐有无奈，但语气仍是沉冷，“此事属于后宫家事，朕会亲自审理。待凌儿伤势稍好，朕让你与她二人当面对质。”

“那要抓紧时间了。”路映夕笑望他，明眸却是清冷如雪，“七日之期还剩下四日，臣妾的自由时间不多了。”

“朕自有分寸。”皇帝瞟她一眼，淡淡道。

路映夕静默。他一贯偏袒姚贤妃，这次应该也不会例外。况且，她本就是戴罪之身，再加一罪，他不会觉得有差别吧。

第四十四章
皇帝亲审

无风无浪地到了最后一日，姚贤妃已能起身下床，亦即对质的时间到了。

当日事发于斋宫，因此皇帝选择在斋宫进行审处。

朱红殿门大敞，殿堂空旷幽寂，金色的夕阳照射进来，青石地面泛起冷冷的光。

数名宫婢跪地伏首，口径一致禀道："启禀皇上，当日皇后娘娘与贤妃娘娘闭门相谈，约莫两刻钟之后皇后娘娘出了殿门，而贤妃娘娘重伤倒在殿内。"

皇帝居于高座，淡淡睥睨着众人，道："可有人亲眼看见贤妃如何受伤？"

众宫婢静默，半晌，有一人抬起头来，轻声道："回禀皇上，那日近用膳时辰的时候，奴婢想请示贤妃娘娘，是否要备皇后娘娘的膳食。因斋宫之内只有素食，故而奴婢失礼敲了殿门。之后奴婢见皇后娘娘亲自来应门，而贤妃娘娘……后来奴婢请了太医前来，然而皇后娘娘已经顾自离开了。"

皇帝轻轻"唔"了一声，未表态，转而看向侍立下方的姚贤妃，道："贤妃，事情到底如何，现在详细说一遍。"

姚凌气色犹差，面色仍旧苍白，脸上的那道斜长刀疤愈显鲜明刺目。

"是，皇上。"她躬了躬身，恭谨而淡漠地道，"那一日皇后前来臣妾宫中，话里话外的意思似乎都直指臣妾毒害了小帝姬。臣妾不服，便出言辩解，许是因此冒犯了皇后威仪。当时皇后震怒，重重一掌拍击在殿柱上，连带震裂了悬系法器的粗绳。那法器当头砸向臣妾，臣妾躲避不及，所幸本能地侧挪了脑袋，不然已是脑浆迸裂。"

皇帝又"唔"了一声，目光转落到伫立另一侧的路映夕。

"皇上。"路映夕清了清嗓子，不急不缓道，"姚贤妃所言，并无造假。"

"哦？"皇帝提高音量，眉头不易察觉地皱了一下。

"皇上，臣妾想再看一看那件法器。"路映夕恭敬屈身，请求道。

"嗯。"皇帝扬手，示意她自便。

殿堂中央的空地上，正置放着那如钟罩的金制法器。其顶端系着半条粗厚麻绳，另半段则仍飘挂殿顶横梁之上。

路映夕走近，蹲下细看，一面说道："烦请皇上稍移尊步。"

皇帝眉毛一挑，徐徐走下高座。

"皇上请看。"路映夕伸手指向麻绳，扭头对他微微一笑，"绳口切得如此整齐，怎会是被内劲震裂所致？显然是有人事前用匕首或刀刃割至欲断。"

皇帝优雅地站立她身旁，倾身探视，眸光闪动，但未言语。

姚凌亦举步趋近，冷冷淡淡开口道："臣妾也略懂武学，内力强劲者一掌震断麻绳，绳口整齐又有何稀奇？"

路映夕直起身，对上她幽寒的丹凤眼，不疾不徐道："姚贤妃说得也无错，如果本宫用上十成内力，的确可造成这结果。但倘若是这样，为何被本宫拍击过的梁柱没有留下掌印？"

姚凌神色一僵，眼神越发森冷："皇后师承玄门，所学内功精深绵厚。皇后是否过谦了？皇后要做到不留掌印于柱身，想来也不是什么难事。"

路映夕轻眯起明眸，蓦地沉了面容，冷声道："诡辩！"

姚凌迎上她严厉的目光，丝毫不惧，凤眸底的阴沉之色积淀得更浓。

皇帝目光沉凝，扫过她们二人。

"皇上。"路映夕抬眸望他，轻缓而清晰地道，"臣妾斗胆问一句，在皇上心中，情与理之间可有一条明确的分界线？"

皇帝俊容一凛，微愠道："皇后最好慎言。"

路映夕深深望他一眼，心中失望，抿起菱唇不再出声。

皇帝眼中隐蕴恼怒，喉头轻微滚动，但最终咽下欲言之语。难道她真这般迟钝？此次的事，对他来说，根本没有情与理的挣扎。因为，情理都在同一边。

正沉寂着，姚凌低哑地咳了几声，然后冷冷开口道："皇上见谅，臣妾有伤在身，不宜久耗。如果臣妾这伤是白受了，也请皇上给一个明话。"

皇帝转眸凝视她，良久不语，似要穿透她的内心，一窥其中真相。

下意识，她挺直背脊，对抗着他的探究。

"凌儿……"皇帝叹息，发出几不可闻的轻唤，眸光黯淡怅然。这个昵称代表着最初的甜蜜，可现在念在口中，已然变了味，只觉又苦又涩。

姚凌微张口，一个"宸"字绕在舌尖，终是没有唤出口。那时他还未登基，她与他是那样地开心自由，携手漫走于樱树下，对视而笑，夜坐于殿阁瓦顶上，同望星空。可是，一切的美好都毁在他登基大典之后。一批批貌美秀女被送进宫，一个个妃嫔受封得赐，而她，成为他众多女人中的一个，永远也成不了唯一。

原本她心底还留有一丝微弱的希望，希望有一日江山巩固，他会记得曾经许下的诺言，立她为后。可是，又有一个女人出现了，不仅占据了皇后之位，也逐渐抢夺了他的关注。

两人视线交错，似乎在这一瞬间都回到了从前快乐的时光。只是，一人感慨万千，一人怨恨翻涌。

路映夕在旁看着，无声地扯了扯唇角，带着不自知的酸涩。

仿佛过了许久，但也不过是片刻，皇帝轻咳一声，启口道："皇后与贤妃所言皆有道理，不如就由朕来做个验证。"

"不知皇上准备如何验证？"路映夕插言问道。

皇帝却不理她，径自对姚凌道："贤妃，你应知朕的内功如何。"

姚凌淡淡点头，皇帝又道，"朕自信，朕的内力虽未必超越皇后，但至少也是不相伯仲。贤妃可认同朕的说法？"

姚凌眼波微动，神色复杂，但仍是再次点了头。

"那么，就由朕试一试，是否能做到不损梁柱而震落法器，且使麻绳切口整齐。"皇帝的语气平缓无澜，娓娓道来。

姚凌不响，面部线条异常紧绷，似怒气陡生。

"既然贤妃没有异议，相信皇后也无意见吧？"皇帝侧看路映夕，薄唇轻微勾起，瞳眸中光亮一闪而过。

"臣妾并无意见。"路映夕恭顺应道，明眸中亦亮起一点光泽。原来他没有打算袒护姚贤妃。

皇帝对默默跪于地的宫婢下令道："去取一条新的麻绳过来。"

还未闻宫婢应声，就听一道厉声低喝响起："不必了！"

"贤妃还有何话要说？"皇帝冷淡了神情，睨向姚凌。

"皇上不信臣妾，臣妾无话可说。既然皇上心中早有定案，也无须再验证什么。"姚凌语声冷静，但双手早已攥成拳头，指甲深陷掌心，戳出血痕来都未觉疼。

"贤妃认为朕偏私？"皇帝眯眼看她，眼光凛冽，但口中却发出轻笑，笑得嘲讽。他确实偏私，但那是曾经。以前他想，他无法给她最想要的东西，那么就多给一分宠溺。但日子渐久，便发现，她心中有一个填不满的深壑。

姚凌沉默回望他，心头狠狠抽痛。这个英俊卓然的男子，是她今生唯一爱的男子。可是，为什么她给了他唯一，他却不能相同回报？

"朕今日就公正一次。"皇帝突然冷了声音，伸手指向一名宫婢，朗声道，"你，立刻取新的麻绳来，将法器重新悬挂原处。朕决不偏私。"

"是，皇上……"那名宫婢喏喏应着，领命前去。

姚凌用力咬着牙，脸色已是控制不住的难看，眼中恨火熊熊，扫过皇帝，再定在路映夕身上。她的爱情彻底毁在这个女人手上了吗？抢了本该属于她的后位还不够吗？还要夺走皇上的心？

路映夕静立着，与她对看，宠辱不惊，淡然出声道："姚贤妃，事实到底为何，你应该比任何人都清楚。一事归一事，本宫希望你能分得清楚。"

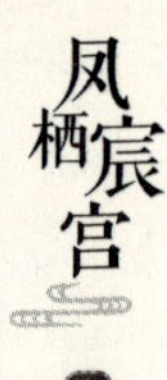

姚凌傲然仰首，瘦削的脖颈暴出青筋，冷硬道："皇上与皇后一搭一唱，好生默契，叫臣妾叹为观止。皇上也不必费力做验证了，臣妾自认了一切，可足够？如果皇上认为臣妾受伤是咎由自取，那么臣妾就是咎由自取；如果皇上认为臣妾污蔑了皇后，那么臣妾就承受这个罪名，任由皇上处罚。如此可足够？"

路映夕皱眉，探询地看向皇帝，见他亦是眉头紧锁，不由低叹。

"罢了。"她温声道，"本宫也只是想证明自己的清白，并无意为难任何人。如果姚贤妃同意，此事就此作罢吧。"

姚凌死死地盯着她，嘴唇紧抿成一条线，一声不吭。

路映夕忍不住再叹一声。明明是承了她的情，姚贤妃还是这般冥顽骄傲的姿态。

"此事到此为止，今日之后，都莫再提。"路映夕敛眸，欲向皇帝行礼退离。

"慢着！"皇帝冷不防喝止。

"皇上？"路映夕疑惑看他。他应该是最希望她这样处理吧？息事宁人，不叫姚贤妃难堪。

"朕说过，今日要秉公处理，决不偏私。"皇帝面色冷酷，不看她，也不看姚凌，负手转身，走上高座。

气氛一下子冻僵，窒闷的死寂笼罩着整座殿堂。

皇帝居高坐稳，俊容冷淡，睨视下方，缓缓说道："依照后宫宫规，凡嫔妃善妒滋事，轻则关入密堂静思，重则褫革份位。"

姚凌仰起下颚，冷冷望向他，回道："自臣妾入了这后宫，就已将一切抛诸脑后。皇上说如何，便如何。"

皇帝眉宇微拧，深沉眸光隐蓄着阴暗之色，不再开口。

殿中又变得寂静沉滞。

之前领命而去的宫婢已取来麻绳，另有一名内监搬来木梯，手脚利落地将法器重新系上横梁。

路映夕静默看着，黛眉轻皱。于她而言，这桩事不过是小事，本想小事化了，可不知皇帝为何突然执拗起来，非要追根究底。他或许忘了，但她还记得，明日就是七日期限。这才是大事。

"皇上。"姚凌忽然出声，语气寒凝，"如果皇上证实了皇后的清白，皇上预备如何处置臣妾？"

皇帝面无表情地站起，居高临下睨望她："贤妃在宫中已久，应该熟知宫规。"

姚凌勾起红唇，笑得冷厉："好，臣妾现在就领了罪罚，入密堂思过。"他若还有一分良心，就不该再步步紧逼，不该当众叫她难堪。

皇帝扫她一眼，淡淡道："恶意污蔑皇后，乃是大罪。"

姚凌猛一咬齿，发出咔咔异声，已是恨极："既然皇上如此狠心，臣妾也不再眷恋这贤妃之位。"

皇帝轻轻眯起狭眸，一时无言，情绪异常复杂。

路映夕旁观得唏嘘，低低叹息。就算被废黜，就算降级变成宫女，姚贤妃仍旧必须留在皇宫。这亦是宫规，一日是皇帝的女人，终生皆是。

姚凌踏前一步，在高座前跪下，双膝磕地，发出砰的重重声响。

"皇上可还记得，当日册封臣妾为贤妃，皇上亲手将这支珊瑚如意簪戴于臣妾鬓上？"姚凌抬手，抽下发间簪子，凤眸中迸出决绝恨意。

皇帝轻微点头，眯眼不语。倘若他没有登基为帝，赠她的便不是这珊瑚如意簪。可是时光不会倒流，一切不会重来。

"七年。"姚凌低声轻喃，然后扬起脸，大声道，"臣妾与皇上的缘分，就如这簪子，断于今日。"

只听"咔"的脆声，美丽的珊瑚簪硬生生被折断，叮当落地。

皇帝目光颤动，微别过脸去，不忍目睹。

姚凌再转而望向路映夕，冷笑道："如此结局，皇后娘娘可满意？如今姚凌不敢再自称臣妾。奴婢往后的去处，任由皇后娘娘安排。"

路映夕静望她，没有做声。其实可以理解，她是在用决绝惨烈的方式保留自己最后一份尊严。可是她并不曾反思，并未认为自己做错。

"皇后娘娘，奴婢斗胆说一句真心话。"姚凌盯牢她，声音阴寒，十分缓慢地道，"红颜未老恩先断，奴婢今日之状，即是皇后来日之况，还望皇后万万珍重。"

路映夕心头隐隐一震，被触动了某根心弦。

皇帝脸色泛青，袍摆一拂，大步走下高座，行至梁柱旁，运起一掌，倏然拍击。

他用力甚重，粗圆的殿柱上赫然凹陷一个掌印，然而横梁上的法器仅是不断摇晃，欲坠却未坠。

"真相如何，也不需朕再多说了。"他冷漠地抛下一句话，径自扬长而去。

姚凌盯着他的背影，依然跪在地面，却仰头大笑起来，笑声无比凄厉，犹如杜鹃啼血。

路映夕无声叹息，也走至梁柱旁，再补上一掌。便见法器瞬间坠落，却不是因麻绳被震断，而是绳结松脱，无力再支撑法器的重量。

望了姚凌一眼，她也举步离开。或许姚贤妃太笃定，所以忽略了细节的破绽，才使得功败垂成。而她原先笃定的是皇帝对她的一贯纵容吧？可她未想到，再多的宽容忍耐，也会有消耗殆尽的一天。

身后，那凄冷沙哑的厉笑持续传来，听在耳里只觉心中凉寒，竟生兔死狐悲之感。

第四十五章
拼凑真相

出了斋宫，路映夕乘辇往帝姬的寝殿而去。

到了宫殿外，她下辇驻足，只是安静凝望。

殿门两隅，白纱垂挂，当有清风吹动时，大片的雪白纱缎幽幽飘扬，似含无言的忧伤惆怅。

“皇后。”远远的，一个高大男子稳步走来，拱手行礼。

“范兄。”她回头，淡淡一笑。

“范某有负皇上和皇后所托。”范统低首，神情愧疚。

“无妨。”路映夕轻轻摇头。她早已料到这个结果。毒害帝姬的凶手甚是狡猾，就连从那名自缢的宫婢身上也查不出线索。那宫婢平日循规蹈矩，为人低调，并不与哪个妃嫔有所往来，看似毫无可疑。

沉默片刻，范统抬起眼来，低声道：“范某相信皇后绝非丧心病狂之人。”

“为何相信？”路映夕不禁微笑，故意斜眼睨他，“本宫记得，从前范侠士极为憎恶本宫。”

范统一僵，脸色涨红，粗着嗓子道：“范某只说相信皇后并非丧心病狂之人。”

路映夕轻笑，有心刁难道：“在范侠士眼里，本宫虽非大奸大恶之人，却也不是好人？”

“范某并未这样说。”范统面色难看，剑眉皱起。都已逼近限期之日，她还这般不正经？难道她真不知害怕为何物？

“范兄。”路映夕突然敛了神色，看了看左右抬辇的太监，然后将声音压得极低，“我是逃不过这一劫了，范兄助我出宫吧？”

范统怔住，定定看着她，无法言语。他也知道此次兹事体大，她可能真的逃不过明日审判。可是，私逃是何等大罪，他并不是怕自己受牵连，而是无法对皇上交代。但若不帮她，她会不会被判处死刑？即使皇上网开一面，恐怕也会被打入冷宫，永不见天日。

路映夕唇角轻扬，弧度越来越大，最后忍不住清脆地笑出声来。

范统横她一眼，目露恼怒。原来她又捉弄他，枉他诚心为她忧虑。

路映夕笑望他，柔和了眼神。犹有一颗赤子之心的人，多么难得。若非现今她自身难保，她很想与他结为异姓兄妹。

旋身，踏上辇车，她没有赘言，只是向范统颔首致意。

范统拱手回礼，目送她离去。良久，他才抽回视线，刚毅粗犷的脸上浮现一丝担忧之色。

路映夕返回凤栖宫，已是黄昏时分。

天边一抹紫红色晕染开来，映着蔚蓝天空，显得分外夺目。

路映夕坐在庭院的秋千上，随着微风轻荡，心中有一股凉凉的气流缓缓淌过，侵入四肢，遍布全身。

她松开捉着两侧青藤的手，摊在自己的膝盖上，怔怔注视着。

左掌白嫩如玉，手指修长白皙，几近完美无瑕。而右手，掌肉黑灼，腐空了一块肉，丑陋非常。这一双手，就如同她这个人，一半善良美好，一半阴暗邪恶。

只剩最后一日，她不会再妇人之仁。宁可错杀，亦不放过。右手猛地握紧，她的眸中绽出犀利光芒。

“映夕。”皇帝穿廊走来，英挺眉宇微微皱着，面有阴霾。

“皇上。”路映夕自秋千上站起，迎上前去。

“凌儿请旨去了浣衣苑。”皇帝眉心蹙紧，深眸中闪过暗沉波光。

“皇上不舍？”路映夕浅浅一笑，直言问道，“皇上可是后悔了？”

“朕并非后悔。”皇帝摇头，眸光越发黯淡。

路映夕凝视他半晌，忽然道：“断了，何尝不是一种新开始。”

皇帝举目回望她，不期然低吟了几句诗：“泪尽罗巾梦不成，夜深前殿按歌声。红颜未老恩先断，斜倚熏笼坐到明。”

路映夕不由莞尔，温声道：“原来皇上介怀的是姚贤妃的那些话。”

“她已不是朕的妃子。”皇帝声音轻淡，目光似蒙了一层尘，叫人看不清楚其中情绪。

路映夕正色，叹道：“世事难两全，所以就一定有取舍。七年前，皇上已经做出了选择，现今也就无须再感怀了。”因为，已无意义。

皇帝低眸，须臾，再抬眼时已是无波无澜，清寂沉朗。

“明日，刑部将会开堂审案。”他直视她，语声淡淡。

“是，臣妾知道。”路映夕点了点头，心中无端升起一念，便好奇问道，“如果重来一次，皇上会如何抉择？万里江山，抑或美人爱情？”

皇帝已沉淀了思绪，斜挑长眉，似笑非笑地答道：“要看美人有多美，且要看那爱有多深。”

“臣妾可算美人？”路映夕亦笑，再问道。

“倾国倾城。”皇帝薄唇勾起，笑意渐浓。

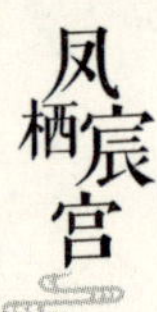

“那若是皇上爱上了臣妾，会如何选择？”路映夕心下自问，反过来若是她自己，又会如何？

“江山，美人，朕全都要。”皇帝朗声而笑，眉目间霸气顿生，与生俱来的狂妄傲然尽现双眸中。他已非七年前初登基的皇帝，现如今他已有强大的力量，自然不可同日而语。

“皇上如此自信，臣妾拜服。”路映夕轻浅微笑。如果是她，她会选择舍弃其中一样。她与他，终究还是有着不同的性格。

皇帝睇她一眼，深眸中掠过一道暗芒。她对他没有信心，那么他应该做一点事，令她改观。

夜幕终于降临，天际最后一丝光线也被黑暗吞噬。

路映夕伫立殿门前，仰首静望。晚风掠起她的长发，遮掩了她半张面容，愈显幽幽动人。

沈奕受宣前来，远远看见那一袭月白色襦裙随风飘扬，心头突地急跳。尘封的记忆不期然被勾起，他的脚步不禁变得缓慢沉滞。

十年前，他尚在修罗门，不例外地成为一名赏金杀手。有一次，他奉命前去邬国执行任务。那日，他成功地暗杀了目标，却暴露了行踪，遭人追杀。为了掩人耳目，他乔装成乞丐，混迹于人群中。当他佯装沿街乞讨时，有一个身穿雪白绸缎裙的小女孩扔了一样东西到他的碗钵里。原本他并未在意，后来仔细一看，才发现那小女孩所给的竟是一瓶祛毒散。他大感惊诧，再要寻人时，已无踪影。那时他确是中了毒，可他想不透为何那小女孩会知晓。时隔甚久，如今更是无迹可寻了。不过他一直记得，那八九岁模样的女孩有一双繁星般璀璨的明眸，还有那一身洁白如雪的丝裙。

“微臣参见皇后娘娘。”于殿前石阶下驻足，他揖身行礼，收回脑中飘远的思绪。

“沈大人无须多礼。”路映夕微微一笑，然后顾自走入正殿之内。

沈奕垂首跟上，心中隐有不安。虽然皇后享有特权，但单独召见一个男子终是于礼不合。

路映夕站在大殿中央，忽然扬手，掌风带起殿门，便听嘭嘭之声，两扇殿门即刻被重重关上。

“皇后娘娘？”沈奕惊疑抬头。

“沈大人不必害怕，本宫只是与沈大人安静地说一些话。”路映夕笑容柔和，眸光却是锋锐。

“不知皇后娘娘有何吩咐？”沈奕定了神，恭谨问道。

“刑部可查出新线索了？本宫的清白就在沈大人手上，沈大人当真要叫本宫失望？”

路映夕缓缓走近他，语气沉凝。

“微臣无能。”沈奕低了声，听起来有几分真诚，并非全然的敷衍。

“沈大人过谦了。”路映夕又逼近一步，迫使他对上她的目光，“沈大人身受皇恩，又受朝廷俸禄，然却为了一己之私，隐瞒所知，如此做法，可叫欺君之罪？”

“微臣惶恐，不明皇后所指为何。”沈奕神色沉稳，微垂着眸子，恭谦回道。

“沈大人非要本宫把话说明白吗？”路映夕轻声一笑，嗓音肃冷，“你大胆隐瞒重要线索，是因姚凌想看本宫失势。你与姚凌份属同门，情谊深厚，所以你帮她。本宫可有说错？”

沈奕隐隐一震，却抿唇不语。他与凌儿青梅竹马，曾有多少次他练武受伤，是凌儿为他敷药，曾有多少次他被门主责罚，是凌儿为他求情。现如今凌儿只是求他瞒住那条线索，这样简单的要求他又怎能不答应？

“沈大人重情义，却不辨是非。”路映夕眼光似芒刺，冷然扫过他，“既然刑部无法还本宫一个清白，那本宫只好自救。”

“皇后？”沈奕举目，疑虑地看向她。

“幕后真凶是何人，本宫不知，但本宫一人被冤枉，深觉孤单。”路映夕轻轻眯起眼眸，一字一顿道，“本宫决定，请沈大人的师妹陪本宫一起共享牢狱之灾。”

“皇后是何意思？”沈奕皱起眉头，清俊脸庞浮现忧色。

“伸冤困难，害人却是容易。沈大人是聪明人，应该知道本宫是何意思。”路映夕挺直背脊，眼神清冽，定定地盯着他。是，她就是在威胁他。如果他不说出他所知道的，她就会设计拉姚凌一起下水。

“皇后贵为盟国公主，且母仪天下，岂可——”沈奕生了薄怒，怎么也料不到她会当面要挟他。

“身份尊贵又如何？带来的不过是责任与灾难。”路映夕唇边浮起冰凉的笑容，话语突然一顿，寒了语声，“不过，权势有时确实是好东西。本宫若要沈大人的师妹生不如死，那是再容易不过的事。”

沈奕张口欲斥，可又语塞。是他理亏在先，又如何能怪她威逼？

“沈大人，你想清楚。如果你照实说，于你及你师妹都没有损失。如果你不肯说，那么弊处就会立显。”路映夕负手背后，冷淡睨他。

沈奕心底几番挣扎，怔怔看着她清冷的丽颜，莫名感到一丝心疼。她看起来这样强硬毅然，可是他却觉得那不过是她的面具。

“皇后。”默然良久，他终是开了口，低低说道，“微臣相信皇后绝非卑鄙之人，微臣只希望，今日的对话只有皇后与微臣二人知道。”

路映夕郑重颔首，静待他的下文。

沈奕轻幽低叹，又徐徐说道："这几年来，修罗门一直暗中注意着韩家庄和贺氏的动静。韩家与贺氏一向互不往来，形同水火。但不久之前，韩家有人找上贺老将军。"

路映夕眼睫轻动，心中已隐约猜到其中一二。

"早前贺贵妃不幸滑胎，其实贺氏一族并未尽信兰姑的说法，而是认为背后必有人主使。韩家异常积极地查探此事，最终让他们查到了头绪。"沈奕停顿下来，静默地注视她。

"于是韩家把消息告诉了贺氏之人。"路映夕轻声接言，慢慢说道，"贺贵妃自滑胎之后，便与本宫交好，实则是潜伏蓄锐，等待一举报复。"

"微臣知晓的都已说了，至于皇后的猜测，目前并无真凭实据，微臣不敢置评。"沈奕面色沉着，没有妄自下定论。

路映夕无奈扬唇，苦笑道："难怪本宫孤立无援。原来是这样环环相扣的关系。"韩家意在怂恿贺氏与她为敌，不管结果是她败，还是贺氏被她反击，韩家都可坐收渔翁之利。而贺贵妃，怕是恨她恨到骨子里了。虽非她亲自下手，可却真真实实是邬国害她失去皇嗣，害她失去了那天大的希望。

"阻力太大，要查明真相实在太难。"沈奕发自真心地感叹。即使真相昭然若揭，可是没有证据又有何用？除了皇后，后宫的每个人以及她们背后的家族都不希望此案真相大白。

"本宫心中有数了，多谢沈大人相告。"路映夕向他致谢，不再为难他，摆摆手示意他退下。

"微臣告退。"沈奕揖礼，复又抬首望她一眼，低声道，"皇后保重。"

路映夕在心里无声地叹息。因果循环，业报自受，原来她并不是完全无辜的。

折身入了内殿，回到寝居，刚刚于桌旁坐下饮了盏茶，就听嘭的一声，寝门被人用力推开。

"皇上？"她惊异站起。

"路映夕。"皇帝反手关上寝门，冷冷地连名带姓唤她。

"发生了何事？"路映夕蹙眉，他为何满目阴鸷？是知道了她单独召见沈奕？

"朕问你，之前如霜滑胎，是否与你有关？"皇帝眉目沉冷，浑身透着一股森寒之气。

路映夕一怔，本能反问道："皇上派人监听臣妾的言行举动？"

"你还敢质问朕？"皇帝陡然大怒，一掌拍在桌沿，震得茶盏叮当作响，"朕知你召见沈尚书，这也就罢了，但你将殿门紧闭，朕才命人暗中守卫。岂料竟真让朕发现了惊天秘密。"

"什么秘密？"路映夕凝了心神，抬眸望着他。

"你还想装傻？"皇帝冷笑，额角暴起青筋，"你没有毒害蕊儿，但杀害了朕未出世的皇嗣，一样罪不可恕。"

“臣妾没有。”路映夕轻应，低了眸子，长睫垂盖下来。她没有做过，但却是她父皇所为，也与她亲手无异。

“没有？好，朕就听听你如何狡辩。”皇帝伸手钳住她的下巴，扳起她的脸，冷厉地望入她的眼底，“说！让朕再次领教你善辩的口才。”

“皇上既已认定，臣妾说什么也都无用。”路映夕微皱着眉心，下颚被他捏得生疼。

“枉朕还为你苦思明日脱罪之法。你根本就不配朕为你花一分一毫的心思。”皇帝五指收紧，毫不留情地掐得她两颊透出指痕红印。

路映夕眉头越皱越紧，连牙关都发疼，不禁恼怒，抬手使力挥开他的手臂。

皇帝松开她，瞳眸里迸出火花，竟似要将她焚烧般地猛烈。

路映夕退后一步，直直望着他，清声说道：“臣妾绝对没有对贺贵妃下过手，但贺贵妃是否对小帝姬下手，却是不难猜测，皇上不去向贺贵妃问罪，独独质疑臣妾，这是何道理？”

皇帝森冷地盯牢她，胸膛轻微起伏，似有许多怒气囤积于内难以抒出。蕊儿之死，他自是要彻查到底。但是，他也不会轻饶她。

“当初贺贵妃失去胎儿之时，皇上可有怀疑过臣妾？”路映夕扯了扯菱唇，自嘲道，“那时皇上就已有怀疑，为何当时不追究？臣妾明日就将被严审，皇上偏于今日雪上加霜，可是想要臣妾的性命？”

皇帝面部绷得极紧，眸光阴暗变幻，缓缓扬起一手，顿在半空。

路映夕凝望他一眼，闭上了双目。

皇帝的手掌凌空攥紧，硬生生抑制住濒临爆发的怒气。当时与现在怎么相同？那时他并不在乎她是怎样的女人，即使她毒如蛇蝎，即使她非完璧之身，他也仅是愤怒，从未觉得痛心。

等了半晌，未有动静，路映夕轻轻睁开了眼。

“皇上。”她平静地凝视他，语声沉静，“臣妾确实起过那样的念头，但并没有真的下手。稚子无辜，臣妾做不到。”她说得极为真诚，近乎袒露心扉，“皇上与臣妾之间，信任感稀薄，究其根本便是身份立场的不同。不到最后时刻，臣妾都不会做有损皇朝利益的事。其实皇上与臣妾的心态应该也是相差无几。那么又何苦不断互相质疑猜忌，徒添心累。”

皇帝沉默，目光冷寂了下来，仿佛被她当头浇下一盆冷水，熄灭了熊熊怒火，只余冰冷无温的灰烬。

过了许久，他才冷淡启口：“伤害朕子嗣之人，朕都不会轻饶。”

他的掌心拂过她白皙的脸颊，不轻不重，似掴似抚。

“皇上打算怎么做？”路映夕心中无惧，抬眸凝睇着他。

“朕已经安排好，明日你会无罪脱身。”皇帝半眯狭眸，寒芒闪耀。

“然后呢？”路映夕再问。她很清楚，他不会就这样放过她。

“然后？”皇帝突然迫近，鼻尖碰触上她的琼鼻，声音低沉而摄人，“朕借用你一句话——蹂躏至死！”

路映夕一颤，连连后退两步，直至后腰抵上桌角。那四字……

“怕？”皇帝勾起薄唇，神情邪恶且阴沉，“胆大包天的路映夕怎会知道‘害怕’二字如何写？”

路映夕怔然，他是否受了丧女打击而疯魔了？此刻的他看起来阴邪之气甚重。

皇帝压下身子，灼灼盯视她，口中话语清晰而冷酷：“路映夕，给朕听清楚。明日事了之后，你就乖乖待在这寝居里，不准踏出寝门一步，否则朕打断你的腿。你大可试试朕舍不舍得下手。”

路映夕抵着桌沿往后仰，皱眉道：“皇上要软禁臣妾？”

皇帝颀长的身躯压得更低，直迫得她几乎站不稳。

“你方才之言，朕深感认同。”他不答她的话，顾自道，“立场不同，自然会有矛盾。朕就看看你在方寸之地的禁锢中能有何作为。”

“皇上莫不是想软禁臣妾一辈子？”路映夕支起手肘，一点点推开他的压迫。

“你邬国见不得朕延绵子嗣，所想见的不就是由你诞下皇子？”皇帝站直身子，眉宇间染了一抹阴鸷厉色，“朕就如你们所愿。”

路映夕扶着桌边站稳，黛眉紧锁。他的话是何深意？

皇帝眯眼扫过她，冷漠地抛下一句话就转身离去。

“你只得这最后一夜的自由，往后朕不会再纵容你。”

路映夕盯着他挺拔的背影，怔然片刻，渐渐觉得可笑。他何时纵容过她？

第四十六章
爱恨两难

一夕之间，刑部突然掌握了许多新证据。帝姬寝殿的两名宫婢被押入天牢，疑为龙朝奸细。那两名宫婢供认不讳毒杀了小帝姬，并嫁祸于皇后，意欲破坏皇朝和邬国的结盟关系。

路映夕得知这个消息的时候，正在寝居中煮酒弹琴。清雅的桂花酒香飘散一室，衬得袅袅琴音愈加韵味动人。

“娘娘，皇上对外宣称，娘娘旧疾发作，需静养。”晴沁乖顺地侍立旁侧，待到她止了琴声，才温声禀道。

路映夕缓缓站起身，打开窗棂，深吸一口新鲜空气，才淡淡道：“贺贵妃那边，可有动静？”

“回娘娘，贺贵妃深居简出，未见异状。”晴沁恭声回道。

路映夕似有若无地扬起菱唇，明眸中浮现嘲讽之色。看来皇帝不打算通过刑法途径为小帝姬讨回公道，而要用另一种手段了。

“娘娘。”晴沁轻轻一唤，皱眉忧心道，“皇上有旨，除却送膳送药之外，奴婢及其他宫人都不可随意来此打扰娘娘清净。”

“无妨，你退下吧。”路映夕没有回头，语声清淡。

晴沁垂首，隐去眸中异光，躬身退离。

听着寝门被关上的声响，路映夕目光渐显清冷。这就是帝王家，不需要证据，不需要真相，皇帝一句话便足以决定一切。自古以来多少俊杰枭雄渴望占地称王，便是被这可一手遮天的权势魅力所诱惑。

悠悠走至茶几旁，她端起白玉酒杯，一口饮尽杯中温热的琼液，然后往内室走去。

轻巧地入了密道，没有打亮火折，她顺着壁沿席地坐下。在漆黑中，她听到轻微平稳的呼吸声。

“师父，你回来了？”她轻轻开口，低浅的嗓音在幽谧石室中回荡。

“嗯。”沉着的应声在石室的另一角响起。

“师父之前所说的劫数，就是指映夕会被软禁吗？”她疑问。

那一端的角落沉寂了片刻，才低沉回道：“我本以为你会有血光之灾，但现在看来应

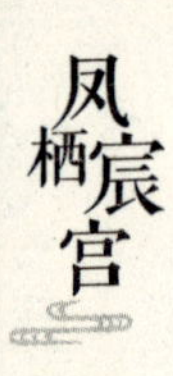

该是皇上替你解了厄。”

路映夕微微蹙眉，想起上一次刺客潜伏宸宫之事。那次也是皇帝为她挡了劫，难道皇帝是她命中的贵人？

“师父，如今外面的时局如何？”抛开杂绪，她沉声询问。

“皇朝和龙朝对峙不下，战况胶着。但据我之见，最迟年末，形势就会明朗。”南宫渊声音温润，隐有一丝慨然。其实他早已回来，原想若她有事，他便暗中助她一把。可是原来并不需要他。

“入冬之后，情势应会有变化。”路映夕接言道，“如果到时皇朝破了沛关，长驱直入攻进海城，龙朝就危矣。”

“要灭龙朝并非容易之事。”南宫渊沉吟，徐徐道，“即使最后皇朝成功，也会元气大伤。”

“那时候就是时机了。”路映夕无声绽唇淡笑，眼光凛冽，“莫叫皇朝有喘息时间，否则我邬国必成其囊中之物。”

“映夕，别忘了另一国。”南宫渊在幽暗中轻轻摇头，俊逸眉宇染上一抹深沉无奈，“霖国看似地小兵弱，可却能自保至现在，许是实力暗藏。”

路映夕静默，心头隐隐震动。过了良久，她才低低出声：“师父，玄门是否效忠于霖国？”

南宫渊未答，逸出一声叹息。

“师父将来也会与映夕敌对吗？”她微笑着再问，可眼中氤氲起一层水雾。她竟没有一个可倚赖之人，自己的夫君不可信，就连相处多年的师父亦不会与她站在同一阵线。

“映夕，我会尽我所能。”南宫渊平静应声，黑眸似潭古井深远。他会尽他所能，与她并肩，即使将会因此付出巨大的代价。

路映夕默然无言。未来不可预知，但她从未像现在这般觉得孤单无助。皇帝软禁她，尚不知会如何折磨她。而师父，她信任倚赖十三年的人，也许将成为她的敌人。自上次密室相谈之后，她已有怀疑，却不愿深思。可今日再也容不得她逃避了。玄门，根本不是附属于邬国的力量。

“师父，我父皇知晓吗？”她低着嗓音，抑住喉头里的颤动。

“我想，应该是知晓的。”南宫渊举目，在黑暗中凝望着她盘坐的位置。她的父皇远比她所想的更加老谋深算，她只不过是被送上前线的马前卒。如果她能够征服慕容宸睿，那自是最好。如果不能，邬国也会有后着。

“呵呵。”路映夕轻笑，再也掩不住心中酸涩。她果然只是一个牺牲品。这一点她早就估到，可她并不是为了父皇远嫁，而是为了邬国安定才甘愿和亲。但饶是她再理智，也会感到心伤。这世间，似乎所有人都遗弃了她，没有人为她着想。

“映夕，社稷苍生，不是你一人的责任。”南宫渊敛了神色，声音温煦而悲悯，“若是有一天，你想撒手不管，没有人会怨怪你。”

“师父。”路映夕低唤他，静静站起，“映夕该返回上面了。这条路，已经开始走，就无法半途喊停。”

南宫渊注视着她，在没有光线的密室里她的身影模糊不清，可他仍感受到那一股清寂哀伤。

“映夕，相信我，你并不是只有自己一个人。”他的声量不大不小，却异常沉稳，似具有抚慰人心的暖熨力量。

路映夕的脚步一顿，没有转头，径自上梯离开。

站在庭院之中，清风迎面拂来，绵绵细雨挟着微寒之气淅沥落下，浸透身心。

路映夕仰目四顾，朱褐色的高墙将她禁锢在这华丽的牢笼里，但她并不觉得苦闷，反而感觉清幽。这一刻她的世界没有宫闱阴谋，也没有天下之争，如果可以永远保留这种宁和，该是多好。

可惜，这不过是她自欺欺人的奢望。

“路映夕。”

不必回头，她也知道谁会这样连名带姓地叫她。

“皇上。”她应声，视线依然飘远于天际。细密的雨水洒落她的脸庞，沾湿了长睫，像泪水一般悬挂欲滴。

“为何在此淋雨？”皇帝盯着她的侧脸，目光深邃幽沉。

“因为觉得快慰。”她扭头看他，浅浅微笑，颊畔晕染着两抹绯红。

“你饮酒了？”皇帝皱起浓眉，心下不悦。他才软禁了她一日，她就故意自作堕落？

“嗯。”路映夕笑着点头，眼眸明亮闪光，有一种半酣的憨态，“近来事端繁多，臣妾着实疲累，幸好皇上体贴臣妾，让臣妾得此清净。”

她说得情真意切，没有半点嘲意，但皇帝的眉头越皱越紧，大步跨前，一把扣住她的纤腰。

“回内居。”他微愠道。

“不回。”她灵巧地挣脱他的手臂，在雨中旋转一圈，笑吟吟地吟道，“细雨湿衣看不见，闲花落地听无声。”

“路映夕！”皇帝恼怒一喝，扯过她的手腕，强制地拉她而行，“莫在朕面前借酒装疯。”

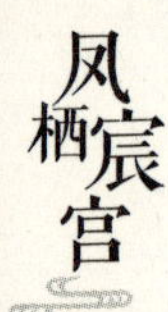

“皇上为何生气？”路映夕未再挣脱，跟着他往内居走去，一边困惑道，“臣妾只是想好好享受这难得的清静日子，难道皇上一定要看见臣妾郁悒难过才高兴吗？”

皇帝紧抿着薄唇，动作粗鲁地将她拽进居室，然后才松开手。

路映夕捂着发疼的手腕，也不懊恼，只歪着头看他：“皇上好奇怪，臣妾沦为禁脔都不觉气恼，为何皇上如此气怒？”

皇帝狠狠瞪她。她是真不知，还是装疯卖傻？他已查实，当初如霜滑胎确实与邬国有关。换句话说，她也脱不了干系。

“皇上打算连臣妾饮酒淋雨的自由也限制吗？”路映夕笑容醉憨，扶着长榻跌坐其中，也不去换下身上濡湿的衣裳。

皇帝看着越发气苦。他应该痛恨她，偏却恨不起来。他原想爱她，可却发现根本没有爱她的理由。

“皇上说要将臣妾蹂躏至死，不知皇上预备怎样做？”路映夕脆声笑着，如银铃般清泠。可再浓的笑容也掩盖不了她眼底的悲伤。如果玄门真是隶属于霖国，那么她与师父之间，再也回不到最初。慕容宸睿，注定不是她的良人。而师父，也不是她可以爱的人。十三年的朝夕相处，原来背后隐藏着这么多秘密。她从来都不知，她是一个彻头彻尾的傻瓜。

“起来！”见她神态颓唐，湿裙蔽体，皇帝不由发了怒，揪着她站起，三两下利落地剥去她的外罩裙衫。

路映夕本就未全醉，此时更是一个激灵彻底醒了过来。

她打了个喷嚏，急急退避，入了更衣间换一身干爽的衣裙。

皇帝斜倚在隔门的珠帘旁，语气不善地数落她：“你这般形容放荡的模样，若叫人看见，丢尽朕的脸。”

“皇上不是将臣妾圈养了吗，怎会有人看见？”路映夕迅速换衣，一面轻嘲回道。

“你在怨朕？”皇帝两道浓眉拧在一处，原就未平息的怒火又燃起，冷着嗓音道，“你邬国作为我皇朝的盟国，做出这样卑鄙毒辣的事，朕还未与你算账，你又有何资格怪朕？”

“臣妾怎敢怨怪皇上？”路映夕理好衣裳，施施然走出来，已是神情平淡。

她的不冷不热更叫皇帝愤然，一双冥黑瞳眸泛起幽蓝冷光，硬着声道：“朕自问，结盟以来不曾对你邬国做过任何伤害之事。但你邬国却罔顾盟约，欲要朕断子绝孙。”

“臣妾不过一介女流，这些庙堂之事，臣妾不甚了解。”路映夕淡淡回应。

“你不了解？”皇帝冷冷一笑，蓦地捉住她的手，重重一把推她至长榻上。

路映夕趔趄地再次跌坐榻中，抬眸望他，并不出声。其实她明白，明白他的痛苦纠结。身份的对立，是人力难以扭转的无奈。像她与他，又如她与师父。

皇帝盯紧她，眸光渐显阴骘，冷热交错，幽暗变幻。

毫无征兆地，他倾身俯下，压倒她于榻上。似泄愤一般，他的力道甚重，撕扯着她刚换上的衣裙。

路映夕一动不动，任由他犹如一只野兽般撕碎她的缎裙。

感觉到她异常的安静，皇帝顿住动作，抬首看她。

她澄澈的明眸中似乎闪烁着怜悯的微光，深深刺痛他的自尊心。

他抬起一手，轻轻盖住她的眼睛，然后俯头用力地吻上她的唇瓣。

唇齿纠缠，他像发了狂似的吸吮啃啮。直吻得她双唇红肿，犹不解恨，他顺着她的耳颈蜿蜒咬噬，薄唇所到之处，皆留下斑斑红痕。

路映夕仿若石像般僵硬，不挣扎不呼喊，只有热烫的眼泪在他的手掌下滑落。她也不知道自己为何要哭，更不知是为了谁。

皇帝火热的吻落至她的胸前，停滞了一下。他的手心湿了一片，他知道她哭了。可是为什么哭？

胸腔里堵窒的愤怒和恨意仿佛瞬间被浇熄，剩下颓然的无力感。他没有再进犯，只伏在她身上，将脸深埋进她的肩窝，双手紧紧抱着她柔软的身躯。

他抱得十分用力，似要把她嵌入他的体内。她闭眼，感觉到自己与他那般类似的无力心情。

“映夕，朕该拿你怎么办……”

隐隐约约间，一句含糊的低语飘散于她的耳畔。

幽闭的日子并不难熬，只觉出奇的淡然平静。皇帝每日都驾临，但从不留下过夜。有时只是静坐片刻，甚至不与她说上一句话。

据晴沁带来的消息，听说贺如霜也被变相软禁。如今的后宫十分清寂，各人安守本分，不惹纷争。

每到子夜，她都会入密室与师父相谈一刻钟。渐渐发现，从前她并不了解师父。

“师父可想要与姚凌相认？”照旧席地而坐，她陷在角落的阴影里，轻声问道。

“相认与否并无差别。”另一黑暗的角落，南宫渊温雅稳重的嗓音徐徐响起，“我只希望她能敞开心胸，过得宁静。当年她与慕容宸睿相爱，本是一桩美事，但或许是天性所致，她执念甚重，一直为难自己与旁人。”

“师父查到了什么？”路映夕盘腿靠着石壁，语气散淡如随意闲谈。

“七年前，慕容宸睿初初登基，政权未稳，需巩固庙堂势力。但他还是为了凌儿一意孤行，坚持立她为妃。能做到这一点，已是不易。”南宫渊言语温润，并未偏袒胞妹。

“师父似乎颇为欣赏慕容宸睿？”路映夕直呼皇帝名字，在这密室里再无须拘谨守礼。

“当世四国帝王，皆是枭雄。”南宫渊只是如此答道。

“那么师父呢？”路映夕凝眸望向漆黑的那一角。多年来她都以为师父与世无争，以悬壶济世为终生志愿，可原来并不是。师父也有大抱负。

“烽火已燃，战祸已是不可避免。我无称霸之心，只愿能尽量把战事带来的损害减至最低。”南宫渊面容淡泊，眼神却是深长悠远。他也挣扎过，并不想参与这乱世混战，可是一味明哲保身只会令他更加心难安。

“如何将伤害减至最低？”路映夕淡淡询问。近日她与师父的交谈，越来越不像师徒，更像政客之间的政见交流。曾经那一份似有若无的隐约情愫，似乎被冲得很淡，几乎感受不到了。可是她知道，她在压抑着心底的悲凉，而师父也在压抑着某些情绪。

“天下之大，总会出现一个明君。”南宫渊不着痕迹地凝视她，语声仍是润泽沉稳，“四方势力割据的局面不会维持太久，迟早会有一个明睿君主一统四方，结束这纷扰乱世。”

“如果是这样，映夕之前以及现在所做，不都是徒劳可笑吗？”路映夕抿了抿唇角，明眸中浮现一丝自嘲。

“四国的当权者都在推动着这个进程，映夕，你不过是其中一份小小的推动力量罢了。”南宫渊低低沉吟，终是再道，“不到最后，谁也不知对错。你听从父命，捍卫故土的子民，是孝亦是义。但你若选择顺从夫意，共打天下，也是无可厚非之事。”

“师父总是能够一眼看穿映夕的心事。”路映夕低垂螓首，脑中忽然忆起几月之前慕容宸睿说的那番话。他与师父的看法异曲同工，都认为战祸难避，弱者应当设法将自身损失减至最低，而不是勉强奋战劳民伤财。可是父皇决不会自认弱者，这是身为君王的自尊。即使强撑，父皇也不会认输。

“最初你心意坚决，认定立场，但现在你开始犹豫。映夕，你可有想过原因？”南宫渊取出火折，点亮壁角烛火，缓步走向她。

路映夕坐着不动，仰脸望着他。火光剪出他挺俊的身影，格外的轮廓分明。

南宫渊唇边扬起清浅的笑容，黑眸似星光明朗，半蹲下与她近望：“映夕，不必逼自己太早决定。等到时事愈加明朗，你的心也会愈发清楚。”

路映夕无言，静望他良久，突然发出一句极轻的问话：“师父立定了决心，要为映夕拉红线？”

南宫渊依然微笑，俊逸眉宇间一片云淡风轻：“这样，你会少却一种挣扎。”

“那映夕与师父之间呢？”她静静注视着他，烛光照得他俊朗的面容益发柔和，那般的熟悉，可又那般的遥远。她曾感觉彼此之间的距离拉近过，可如今又疏远了，而且似乎是渐行渐远，难以再靠近。

“虽然各为其主，但你永远是我的徒弟，我永远都不会伤害你。”南宫渊正容，口吻肃然。

“师父还记得我们的半年之约吗？”路映夕微仰着头，深望入他眸底，却觉仿佛坠入深渊，窥不见他的情绪起伏。

“记得，就在入冬以后。”南宫渊轻扬唇角，抬起一手，似要抚上她的发顶，但又顿住，“这个约定，不是要你抉择什么，而是要你看得更清晰。”

“看清晰何物？”路映夕轻轻地问，心中已是清明。

“看清你的心。”南宫渊淡淡笑着，手心轻柔落下，拂过她的发顶，便收回。这几年来他一直恪守师徒界限，他也曾怀疑过，自己是否太怯懦，是否太过于抑制。可现在他感到庆幸，庆幸这份感情留有余地，没有叫她太为难。

“师父是否心意已决？”路映夕抬眸轻问。他从未争取过，现今要彻底放弃了吗？

“是。”南宫渊颔首，眼光坚定。

路映夕心尖隐隐锐痛，强自抑住，站起身来，向他一鞠：“谢谢师父。师父悉心教导映夕十三年，无论将来如何，映夕都不会忘记这一份情。”

南宫渊宁淡地看着她，目光清幽沁人：“人活着必须懂得取舍。有舍，才有得。映夕，舍弃过往舍弃自认为的使命，你才会有新的获得。”他已做了取舍，深刻知晓“舍”的痛苦。她本已背负着与生俱来的沉重责任，他不愿她再背负一丝一毫的感情负担。

安静地凝睇他许久，路映夕再次深深鞠躬：“谢谢师父。”

然后她直起身子，踏梯离去。

她终于明白，师父愿意告知她玄门的秘密，是因为有心把她推得更远。

南宫渊默然望着她的背影，直至彻底消失于视野，才扬手挥灭烛火，在黑暗无光中悄然黯了眸色。

第四十七章
霍乱突起

枫叶渐红，秋日已深。路映夕搁下手中的一册书卷，轻声叹息。已经足足一个半月，皇帝还要囚禁她多久？正这般思索着，所想那人恰巧揭帘步入。

"皇上。"她起身行礼，淡淡举目望他。这段时间他似乎消瘦了，原本如刀斧雕琢的俊脸益发棱角分明，只不知是因政事繁忙，还是怀揣心事。

"坐。"皇帝面色漠然，径自坐在茶几旁，端起茶盏饮了一口。

"皇上，那是……"路映夕在他侧边座位坐下，蹙眉盯着他手中的茶杯。

"你的不就是朕的？"皇帝横扫她一眼，眸底隐约浮现几许阴霾。

"是。"路映夕温顺应道，再取另一只茶杯斟茶自饮。

"为何从不问朕？"皇帝半眯起眸子，定定地盯着她。他本以为她会按捺不住，可这一个多月来她淡定从容，没有丝毫焦躁。

路映夕回视他，安静片刻，问了另一件事，"皇上，贺贵妃可安好？"

皇帝低哼，眸光又阴沉了几分："你自顾尚且不暇，还有余力关怀他人？"

路映夕抿唇，浅淡微笑。她虽受困，但不表示她接收不到外面的信息。如今距离冬日渐近，边疆战事必定再度紧张。他是因此事而心情沉郁吧？

"我朝若是吃了败仗，你邬国也讨不了好。"皇帝突然冷冷冒出一句话。

"皇上，邬国既然派兵襄助，就绝对不会临阵倒戈。"路映夕正色看他，心里滑过一丝无奈。他始终放不下那桩事，但也是人之常情。父皇残害他的子嗣，这孽债只好由她承担。

"如此最好。"皇帝的声音依然冷漠，唯有瞳眸中纠结微芒暗闪而过。

"皇上打算软禁臣妾到何时？"她终于开口问，沉静注视着他。为了保持两国表面上的和谐，他不可能一直软禁着她，所以她并不担心。只是不明白，他这样关着她，到底有何意义。

皇帝不出声，凝眸睇着她，目光深幽如海。已经月余，可是他还没能想清楚。

路映夕迎上他深沉莫辨的眼光，轻轻启口："想得太远，就会裹足不前。其实每个人都只不过是活在当下，过好这一刻，便足矣。"

皇帝一震，似被她的话直刺中心房。裹足不前，这个词太贴切。

"皇上从不是一个优柔寡断之人，为何偏偏对待感情拖泥带水？"路映夕语声温和，轻柔再道，"皇上早已不爱姚凌，可不敢自认，因为皇上害怕承认自己是一个变心薄情郎。"

皇帝怔然，竟说不出话来。

"一段感情的结束，不会只是一个人的过错。但既已结束，就应让自己与对方都得到解脱。"路映夕徐徐说道，低垂了眸子。她原本觉得师父对感情不够进取，但反过来想，她自己又何曾争取过？

默然良久，皇帝才低沉出声："那么，你已得到解脱了吗？"

路映夕抬眼，振作地深吸口气，露出笑靥："臣妾正努力想通透。"

皇帝伸手，抚上她的脸颊，低低叹息，眸底的郁悒仍挥之不去。

这一夜，皇帝留宿凤栖宫。深秋的夜已有些寒瑟，皇帝似觉冷意，将她搂得极紧。

"皇上？"路映夕蜷在他怀里，低唤一声。他的手劲这般强，是要勒死她吗？

皇帝松了松手，将她翻转过来，从背后抱着她。

"皇上是不是有心事？"路映夕暗自皱眉，他这样辗转反侧，必有原因。

"晖城发生了瘟疫。"皇帝把脸埋在她的长发里，话语模糊。

但路映夕听得十分清楚，顿时一惊："晖城？疫情可严重？"

"非常严重。"皇帝摩挲着她的秀发，阵阵清香入鼻，不禁长叹一声。

"怎会如此？晖城紧邻京都，如果疫情扩散，就会波及京都。"路映夕挣开他的手臂，坐起身来，容色肃穆，"倘若京都生乱，远征边疆的将士必会军心涣散，士气锐减。"

"朕自然知晓这一点。"皇帝亦坐起，与她并肩靠着床头软垫，声音沉凝，"现下晖城已封城，但因发觉太迟，早有病者流入别城。京都也发现了几个病例。"

"封城？"路映夕念着这二字，已可想象晖城中是何惨况。

"京都决不可封城。"皇帝自语，却如宣誓般地沉重。

"是，决不可。"路映夕侧眸看他，见他眼下一圈淡青色，此时才知缘由，心中不由慨然。难道上天故意考验皇朝？难道邬国选错了盟国？

"若连京都都封城，我国百姓必然人人自危，惶惶难安。可若万一疫情扩散……"皇帝顿住，眉间浮现一道深深的皱褶，眸中写满疲惫。

"现今京都有疫情，皇上为万金之躯，不宜冒险，可要移驾行宫？"路映夕凝望他，轻声询问。

"朕若离开，如何叫百姓安心？"皇帝瞪她一眼，似觉她侮辱了他。

路映夕微微一笑，道："皇上既要留下，就应该好好养足精神，以对抗天灾。皇上多

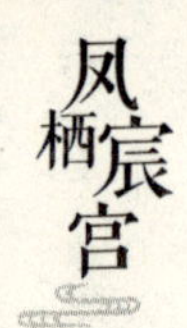

久未合眼了？”

“两日一夜。”皇帝如实回答，复又皱起浓眉，沉吟思索。

“皇上，晖城瘟疫源自何物？家禽？鼠疫？”路映夕一边问，一边暗忖，这次是天灾或人祸尚有待商榷。

“据晖城太守上报，是家禽引起的瘟疫。”皇帝话中有所保留，狭眸轻轻眯起，乍现厉光。

“皇上似乎另有看法？”路映夕偏头看着他。

“晖城暴发瘟疫已近半月，晖城太守迟迟不上报，难道只因怕朕追究其管治不力之罪？”皇帝勾起唇角，扬起一道犀利弧度。

“如果是皇上所猜测的那样，那么源头应该不是家禽，而是水源。”路映夕轻轻摇头，心觉悯然，“晖城和京都所用之水，皆是引于渭河。京都位于渭河上游，本是动手脚最佳之处，但也最易被发觉。所以可能是下游之水出了问题。虽说河水不会逆流，但终会传染，恐怕京都也危险了。”

“朕已下令彻查水源。”皇帝眼光愈冷，隐有恨火。

“臣妾大胆估测，此次瘟疫并非天灾。”路映夕望向他，目光坦然。虽不知是哪一国使如此毒辣之计，但应该不是她邬国，因为毫无益处。

皇帝淡淡颔首，路映夕接着道：“晖城十数万百姓被困于城内，迟早会发生暴乱。治本之法，是根治此次疫症。”

“自古以来，凡遇瘟疫蔓延，最快速解决之法就是焚烧殆尽。”皇帝低了声，目露痛色。

“焚城？”路映夕惊疑瞠目。

“晖城内已有上万病患，且在迅速扩延中。”皇帝抬眼望她，掩不住深沉的痛心悲怆。

路映夕心头抽痛，十多万条的人命，将因那一万病患者而陪葬?

“不到最后一刻，朕决不会焚城。”皇帝合目，平躺下来，语声低哑，“他们都是朕的子民，朕会尽一切办法，拯救他们的生命。”

路映夕低眸看他，伸手触上他的眉心，轻轻抚平那道刀刻般的皱褶。

“疫症难治，就算有药材，怕是也无医者敢入晖城。”她低声说着，收回手，静静躺下，“不如让臣妾也出一份力吧。”皇帝无言，似未听见，但眼皮抖动了一下。

路映夕侧了身躺卧，背对他闭上眼。在两国盟约破裂之前，皇朝子民，也是她的子民，她有责任尽她所能。

皇帝夜里睡得极浅，不时转醒，但也只是屡屡翻身，并没有惊扰她。

天蒙蒙亮，皇帝已起身洗漱。前去早朝之前，他在床沿静坐了一会儿。

“映夕，你若愿意与朕携手共渡这次难关，往后就不要反复。”他低声说着，俯下身，在她光洁的额上印下一个轻吻。

待他离去，寝居里变得寂静无声，路映夕才缓缓睁开眼，澄澈的明眸中掠过几丝波澜。昨夜她说他拖泥带水不够干脆，其实她自己又何尝不是如此。每做一件事，她都要为自己寻一个理由，可她心底最真实的想法是什么？

敛了思绪，默默起身。早膳过后，她埋首桌案，翻查古籍医书。直至晌午，她才伸腰站起，轻捶自己的肩胛，长叹一口气。据前人记载，凡暴发瘟疫，紧接着就会发生流民暴乱。只怕现在的晖城，已是一片混乱。如果强制镇压，就将与攻打敌城无异。

正午的阳光从窗外照射进来，明耀得刺目。她倚窗静思，心中甚感戚然。单凭她一人之力，只不过是杯水车薪。必须集结京都众志愿医者，且要快速，否则后果骇人。

轻轻闭上双目，听见身后有人走近。她没有回身，只叹息道：“皇上，京都固然重要，但晖城百姓也同样重要。”

皇帝没有接言，径自道：“已查到渭河下游沉坠大量家畜死尸，尸身皆绑着重石，直坠河底。腐尸脏污了水源，晖城官员竟无一人发觉。”

“位高官员被收买了。”路映夕旋过身，抬眸望着他。他眼中泛着血丝，坚毅下巴冒出湛青胡茬，罕见的落拓。她相信他并未口是心非，他确实把百姓看得极重。

“京都目前的情况尚可控制住，但晖城——”皇帝一顿，目光痛绝，“今晨有千余患者病逝，焚尸不留。听说城内哀声震天，百姓愤骂朕残忍无道。”路映夕静默，心情分外沉重。

“朕派人运送药材和粮食入城内，每次城门半敞，就有百姓结众欲要冲逃出来。”皇帝移开视线，望入天际。

“晖城外，驻兵多少？”路映夕清声开口，与他共立窗旁。

“正城门与侧城门，共两万。”皇帝简略答道，语气沉滞。

路映夕不禁慨叹，良久，才温言出声：“皇上的决策并没有错，只是单单防止疫情扩散并不足够。重金之下必有勇夫，皇上或许可以悬榜征召各地医者。一面清理水源，一面控制晖城内的疫情，或有望解救更多无辜百姓。”她思索片刻，其实大部分百姓并未染上瘟疫，如果有足够多的医者为他们一一确诊，就可逐日逐人放出晖城。”

皇帝转过脸看她，眼神暗沉：“十数万百姓，一一确诊，需要多少医者？”

路映夕亦知这难处，轻叹道：“能诊断多少便是多少。”

“今日有十二名京都大夫自愿入晖城。”皇帝微勾唇角，自嘲道，“恐怕这十二名大夫也未必是个个自愿。”

“晖城内原有多少大夫？”路映夕心下怅然，当人面临死亡的威胁，自保是本能，又

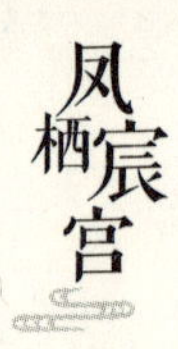

如何能怪他人自私？

“少说有百名，但如今愿意站出来照顾病患的，只有二十人。”皇帝沉声回道，“朕明白，他们虽为医者，却也有家有室。”

路映夕垂眸，心中暗自思忖，玄门弟子大多深谙医术，如果师父愿意率众相帮，这次的灾难应该能很快渡过。至少，可以减少病疫人数。

“朕明早要出宫一趟。”皇帝忽然定定盯着她，“朕要入晖城，亲眼看一看是何境况。”

路映夕一愣，抬眸望他。“你可要随朕一同去？”他正色询问。

“皇上爱民之心，臣妾明白。但是晖城疫情严重，皇上万不可涉险。如果连皇上都染上瘟疫——”路映夕认真严肃地回视他，极力劝阻。

皇帝沉默须臾，薄唇轻轻扬起，一直积聚眉间的阴霾退散了一些。“映夕，你为朕担心？”他挑起眉毛，睨着她。

路映夕低首，心绪变得复杂。她的确担心，如果他出事，龙朝必会趁势反攻。一旦皇朝被灭，作为其盟国的邬国也岌岌可危。但方才，她并没有想这么多，只是出于直觉的阻止。

“朕去晖城也不过是登上城楼远观罢了，一两刻钟就离开。”皇帝暗沉的眸色添了几丝光亮，凝睇着她。

路映夕抛开脑中纷扰念头，浅浅弯唇：“皇上为何要臣妾一同去？臣妾体弱，难保不会染病。”

“夫妻一场，难道不应该生同衾死同穴？”皇帝眼中浮现一丝笑意，英挺的眉宇舒展开来。

路映夕不理他的话，顾自提议道：“虽然现下京都尚算安宁，但臣妾认为，朝廷应该提倡百姓自行防备。水沸才食，家中物件最好都清洗过并于阳光下曝晒。而晖城之中，更应如此，若能运大量米醋入城更佳。煮醋熏屋，虽无奇效，但也聊胜于无。”

皇帝频频点头，但眸光渐渐沉了下来，不知忆起何事。“皇上？”路映夕疑虑唤他。

“映夕，南宫渊现在何处？”皇帝突然问道。路映夕微怔。她知道了师父背后的势力，莫非皇帝也知晓？

皇帝不管她怔忡无语，继续道：“朕知道你有办法联系上南宫渊，你代朕带一句话给南宫渊。他若能救朕的子民，朕便赠他一个心愿。”

“是何心愿？”路映夕蹙眉疑问。

“这是男人之间的事，女人莫问。”皇帝扬唇淡笑，俊容沉稳磊落。

路映夕抿嘴，心中总觉怪异，却想不出头绪。他与师父之间似乎有一种奇怪的默契，而她莫名成了纽带？

“今日多歇息，明日一早朕来接你一起出宫。”皇帝抬手拂过她额前垂下的碎发，无端发出一声低叹，然后收回手转身离去。

第四十八章
晖城瘟疫

至夜深，路映夕都未启动密道开关，心中踌躇。玄门既是附属霖国，就不会相助皇朝。可是十数万条人命，都是无辜的平民百姓，他们有何过错？

终是入了凤床底，一边想着，如果师父不肯，她该如何劝说。但进入密室，却发现曦卫守候，而不见师父踪影。一封薄薄信笺由曦卫双手奉上，她接过信一眼扫过，便命曦卫焚毁。

离开了密室，她坐在凤床边，微微浅笑。是她以小人之心度君子之腹，师父天性淳厚，怎会见死不救？那封信上寥寥数字，已足以证明师父的善心从未改变过——“映夕，为师听闻晖城霍乱，故速回玄门，两日后返”。

心中略安，她宽衣躺下。明日皇帝亲自去一趟晖城，其实确有必要。官员上禀的疫情，想必不够精确，为官之人总习惯多报喜少报忧。而皇帝微服亲临，应该能看到不少被隐瞒下来的真实惨况。

自她嫁入皇朝以来，不曾看过慕容宸睿如何理政。从此次瘟疫看来，他虽有帝王喜怒莫测的脾性，但确是爱民如子的好皇帝。只是，再好的皇帝，也是踩着层层白骨登高就位。

她合目，不去多想。迷迷糊糊睡着，只觉才刚合了眼，转瞬已是天光。睁眼时，模糊看见窗台边伫立一道颀长身影。

“皇上。”她轻唤，起身下床。

皇帝转过身来，一袭紫色锦袍衬得他丰神俊朗。背后晨曦照射，染起一圈光晕，他在光影里对她淡淡微笑，令她有片刻的恍神。

摇了摇头，她赶紧走去更衣洗漱。

皇帝斜倚着窗棂，目光跟随着她的举动，口中散漫说道：“朕以前每日清晨向母后请安，都见有六名侍女伺候左右。其他嫔妃亦有四名宫婢贴身服侍。你贵为皇后，却似平民。”

“洗脸梳发罢了，何需人伺候？”路映夕步入更衣内室，看着梳洗架上摆放的一盆清水，不禁汗颜。她言过其实了，她一贯锦衣玉食，虽然没有过分依赖宫婢伺候，却也并非事事亲为。

“若有一日随军出征又或长居山林，你可会适应？”皇帝的视线落在隔门珠帘上，问得意味深长。

“人在优厚环境中，必会骄纵自己。”路映夕自省而答，“倘若遇上饥荒，臣妾的面前只有一盆清水，臣妾必是留以饮用保命，而不是梳洗整容。”

皇帝未再出声，只静默凝望着。

过了片刻，路映夕身着粗布衣裙，一脸素净，从内室缓步走出。

皇帝眸光微亮，上前握住她的手。这是第一次，他与她站在相同的阵线上，真正携手。

她抬眸望他，感觉到他缠紧了她的手指。十指相扣，格外旖旎。

她挣了挣，他却不理，牵着她往外走去。

被幽禁月余，再站在凤栖宫之外，她心中忽生感触。他将她软禁，是一种惩罚，也许亦是一种保护。惩罚邬国的不守信义，保护她不再受后宫纷争的侵扰。他的做法这样矛盾，是真的动了情吗？

不及深思，已上了马车。此次出宫，共有七名侍卫随行，其中自然也有范统身影。

“你还未用膳，先将就吃一些。”车厢内，皇帝靠着车壁，淡声说道。

“谢皇上。”路映夕温声回道，目光投向矮几上的几碟糕点。这是他特意为她所准备？

“朕今次是微服出宫，你应改个称呼。”皇帝瞥向她，薄唇轻扬，带着兴味。

“是，老爷。”路映夕咬着蜂蜜蒸糕，一边应道。

“老爷？朕有这么老吗？”皇帝长眉斜挑，不满地睨她。

“那么少爷？”路映夕笑着侧头看他。他已近而立之年，待到冬日生辰，便是三十岁。比她足足大了十一岁，这还不算老吗？

皇帝轻哼，道：“你应该唤夫君。”

路映夕皱了皱鼻尖，反驳道：“臣妾现在身穿丫鬟衣裳，怎像是皇上的夫人？”

“朕说你是，你便是。”皇帝话语霸道，不容她再推搪。

路映夕无奈，拖长音唤道：“是，夫君——”

皇帝这才满意地颔首。

路映夕抿着唇浅笑，继续进食。她的生辰也在冬季，只不知今年还会有谁记得？往年在邬国，父皇总会为她大摆庆筵，极之盛隆。故而在邬国无人不知，夕公主是皇上的掌上明珠，自幼受宠，尊贵非凡。可事实上，这些荣宠只是云烟浮华，拨开朦胧美奂的云雾，就会看见残酷的真相。父皇宠她，却未必爱她。

不知不觉地，唇畔的笑容退去，心中甚是冰凉。而她旁侧，皇帝的脸色亦逐渐变得沉凝。

马车出了京都城门，踏上官道，距离晖城愈近，就愈感觉到腐朽的死亡气息迎面扑来。

午时过后，抵达晖城城郊侧门，皇帝和路映夕对望一眼，先后下了马车。

即使是偏僻的侧城门，如今也不可以随意打开。守门的士兵统领看到范统出示的官牒，便通报城楼上的官员，垂放下绳梯。

须臾之后，皇帝和路映夕站立在高高的城楼之上，举目四望。

皇帝双手拢在宽袖里，紧紧攥着，眼角隐约抽动，满目悲戚。

城门之内，城楼底下，挤着许多百姓，可是却没有声息。他们在士兵的长矛下跪地，一张张瘦黄的脸，表情麻木。

突然之间，人群中一个人拔尖嗓子大叫：“狗皇帝，放我们出去！”

随着这带头的厉喊，人群开始暴动，本是前来城门绝食抗议，此时再也忍不住悲愤，不断有凄厉大喊响起——

“我们没有得病，放我们出去！”

“狗皇帝没有人性！要活活困死我们！反正也是一死，我们冲出去！”

“对！冲出去！冲出去！”

人头涌动，互相推搡，几近疯狂。

一队士兵训练有素地将他们团团包围，以长矛为绳索，圈成牢不可破的阵势。

但那群百姓已濒临崩溃，连日来被可怕的瘟疫阴影笼罩头顶，且又遭封城之困，使他们越发感到恐慌。尖锐刺耳的喊声不断，拳头四起，胡乱捶向士兵们，场面混乱失控。渐渐有了猩红之色，染在矛锋之上。

见了血，群民更是失了理智，不顾性命地扑向离自己最近的士兵，蛮力揪扯。士兵自卫回击，又见血腥。哀号与恨叫声充斥在这城楼底下，骇然可怖。

“狗皇帝不顾我们死活，不配做一国之君！”

“狗皇帝！不得好死！”

“狗皇帝！不得好死！”

……

声声怒喊夹杂滔天恨意，不绝于耳。

皇帝伫立城头，紧抿薄唇，脖颈僵硬梗着，青筋遍布额角，目眦欲裂。

路映夕转头看他，暗暗伸出手，握住他紧握成拳的手。她知道，他不是愤怒，而是感到巨大的悲哀。

皇帝咬着牙关，浑身发颤，突然仰头，迸出一声咆哮！悲怆的吼声，惊得城楼上的众人震颤，可底下群民听不见亦听不入耳，仍旧疯狂地奋力推打，盲目而激烈。

皇帝胸口急剧起伏，双手无意识地捏紧，全身压抑地阵阵战栗。

路映夕皱眉，抽了抽被他握痛的手，但他却没有丝毫反应，死死地攥着。

“皇上！”她踮脚凑近他耳边低喝一声。

皇帝一震，才渐缓过神来，松开了手。

她对他露出淡淡微笑，然后走近城墙，倾俯身子，扬声大喊：“晖城百姓听着——皇上忧心晖城瘟疫，御驾亲临，并安排京都大夫入城，诊治患者——”

清冷的嗓音蕴含绵厚内力，响彻半空，余音回荡。

城楼下的所有人皆是一愣，停住推搡捶打的动作，抬头仰望。

“两日后，将会有更多医者入城，为城中未染病的百姓确诊。无病者，可出城。”路映夕朗声再道，字字清晰，传音甚远，“大家切莫恐慌，朝廷定会尽力解晖城之难。”

群民仰首怔望，鸦雀无声，过了片刻，便交头接耳讨论起来，不多时声浪渐渐高扬。

“你是谁？凭什么要我们相信你。”人群中有一人率先喊叫。

“皇上怎么可能亲自来？他就不怕染上瘟疫吗？”有人跟着质疑。

“这晖城要变成死城了，皇上不可能来。”又有一人接茬儿，怀疑而惶急。

路映夕扭头看向皇帝，对他轻轻颔首。

皇帝领会，走前一步，贴近城墙，沉声道：“朕在此——朕保证，会倾尽全力，保护朕的子民！”

掷地有声的话语，令场面再次寂静下来。

皇帝扬起右手，一面明黄金牌熠熠闪于阳光下，依稀可辨九龙雕刻其上，光芒耀目。

群民被震慑，不再与士兵揪斗，沉默地垂手站立着。每个人心中都是半信半疑，虽然皇帝亲临，可瘟疫何其可怕，在城中困得愈久就愈危险。

路映夕回转身，示意城楼上守职的官吏出面继续喊话安抚人心，而后拉着皇帝退了开。

“皇上，该回宫了。”她压低声说，“皇上御驾至此的消息一旦传了开，就会有更多百姓涌到城门。”

皇帝凝目看她，双唇紧绷似一片锋利的薄刃，半晌，才蹦出一句话：“朕要去济仁堂。”

路映夕一惊，急驳道：“万万不可！”

“如果朕不敢去，何来医者自愿入晖城？”皇帝语声艰涩，但如金石铿锵。

济仁堂原是晖城中最大的药堂，如今成了难营。朝廷征用了济仁堂周遭的民宅，用以隔离疫症严重的患者。

路映夕抬眸凝望他，低柔了声音，缓缓道：“臣妾明白皇上此刻的心情，但皇上应以龙体为重，还有很多事等着皇上帷幄决策。”

皇帝默然无言，眉宇间的冰冷之色化作惨淡。

路映夕安静地握着他的手，往另一侧城墙走去。他的体温极低，手冷如冰。之前百姓的那些愤喊，他听在耳中，一定感觉句句锥心，伤人彻骨。

攀梯出城之前，一直沉默跟随的范统突然出声：“皇上，范某想留在晖城。”

皇帝拧眉，低沉问道："何故？"

范统抿着唇角，恭然垂首，并不言语。

皇帝眼中浮现自嘲之色，伸手拍了拍范统的肩膀，未再多言，自顾自翻墙踏梯。

路映夕望了范统一眼，带着无声的赞赏。现如今极少朝臣自动请缨进入晖城，看来范统亦有一颗仁善之心。

"范兄，这两日暂且不要太过接近病患，只要在城门稳住情况即可。"她低声叮嘱，再道，"粮食和药材运入之时，劳烦范兄把关，莫叫人浑水摸鱼，偷敛横财。"

范统疑看她，但没有赘问，顿首道："是，范某必会竭诚护城。"

路映夕抿唇淡然一笑，旋了身攀爬绳梯，轻灵矫捷地下了城墙。

侍卫与马车正候着，皇帝伫立马车旁，举目仰望，神情戚然。

"皇上，回宫吧。"路映夕走近他，轻声道。

"嗯。"皇帝抽回视线，淡淡点头。

还未踏上马车，两人面色皆是蓦地一沉。路映夕轻轻叹息，心下恻然。南面远处的山头，燃起滚滚黑烟，可见又有一批病逝者被焚尸。

皇帝眸光凝滞，透着无法言说的沉痛与凄然。

"皇上，从长计议。"路映夕婉言催道。

皇帝不吭声，双手猛地握拳，跨上马车。无能为力！他从未觉得自己这样无能过！

路映夕随后上车，听着马蹄声嗒嗒响起，低低说道："人力微薄，但求无愧。"但凡人命，都是可贵，她不会再区分是哪一国的子民。

皇帝哑着声启口："朕初登基时，屡有叛军作乱，朕率兵亲伐，从未吃过败仗。但今日朕才知道，朕并不具备强大的力量，只不过是一个普通之人罢了。"

路映夕静默凝望他，找不到话语安慰。现在只是刚刚开始，晖城里每日都会有人死去，最后必然是数以万计。皇帝铁腕处置了晖城太守及一众涉案官员，但也挽不回事态。就算查出是何人投坠禽畜死尸于渭河，也于事无补了。

良久的沉寂，她望着他，轻言道："皇上，两日后，师父会带领一些医者前来晖城。"

皇帝倏地抬头看她："有多少人？"

"不知。"路映夕微微摇头。她确实不知，只希望师父能尽量多带一些玄门弟子前来。但她也知师父难做，断无可能全数弟子倾巢而出。

皇帝半眯眸子，未置可否。她果然有法子联系上南宫渊，并且说服他出动玄门……难道邬国与霖国暗中联手了？

见他眼中闪过锐光，路映夕心底无奈。若不是为了无辜百姓，她决不……

皇帝垂敛了眼眸，靠坐着假寐冥思，眉目间始终笼罩着一层淡淡阴……

第四十九章
情愫无形

回到皇宫，马车先送皇帝返宸宫，继而往凤栖宫方向驶去。

堪堪到了前殿门外，就有一人从旁侧石径扑了出来，凄凄跪于阶前。

路映夕蹙眉细看，不由惊诧：“贺贵妃？”

这一身素白，长发凌乱披散的女子竟是贺如霜？

“皇后姐姐。”凄楚哽咽从喉头涌出，贺如霜抬脸哀戚望她。

还未及回应，就见两名太监慌忙追来，匆匆行礼，接着一左一右半扶半架地搀起贺如霜。

路映夕轻咳一声，目光扫过两名太监。

其中一名年长太监恭敬出声禀道：“皇后娘娘，贺贵妃染病在身，奴才们奉皇上之命，伺候和看守着贵妃娘娘。”

“皇后姐姐，如霜无病……”贺如霜的嗓音柔弱破碎，满面哀伤。

路映夕静想须臾，淡声道：“妹妹好生修养，待本宫得空，会去看望妹妹。”

“皇后姐姐，如霜只是想与姐姐说几句话。”贺如霜身子虚软，脸色苍白，难掩憔悴。

路映夕凝睇她，不难猜想被软禁的这段日子她过得甚是惨然。

“你们先且退下，本宫与贺贵妃叙谈片刻。”路映夕看向两名太监，语声含威，不容辩驳。

两名太监犹豫地面面相觑，好一会儿才施礼退了开，到不远处的游廊下等候。

路映夕又屏退了守门内监，待到四下无人，才沉静开口：“贺贵妃有什么话要与本宫说？”

贺如霜再次跪下，容色楚楚：“皇后姐姐，皇上说如霜生了怪病，神智混沌，不让如霜外出见人。如霜知道，皇上要活活囚禁如霜至死。如霜今日冒着逆旨的大不韪前来见姐姐，只求姐姐还如霜一个公道。”

“公道？”路映夕念着这二字，凝眸盯着她。

贺如霜神色娇弱，美眸中却绽出隐晦厉芒：“如霜原本将为人母，幸福未来触手可及，如今却生生沦落至此。姐姐难道不觉如霜可怜吗？姐姐就无一丝愧疚吗？”

路映夕不语，神情平淡，窥不出波澜。

[illegible]如霜涩然低笑两声，徐缓再道：“指望人心善良，是如霜太愚蠢了。如果如霜告诉[illegible]天秘密，不知姐姐会否助如霜自由？”

“是何秘密？”路映夕眉心微皱。还记得当初贺氏失势，皇帝欲要送贺如霜去行宫别院，为防贺氏再犯事牵连她，可算给她留一条后路。可谁又料得到，贺氏族人并没有再惹事端，偏却是贺如霜自己走入了死路。

“关于栖蝶，也关于皇后姐姐你。”贺如霜微仰着脸庞，双眸决然中渗出几丝阴狠。以前她不知，原来就是邬国害得她失去孩子。如今已经得知，她绝不会原谅邬国，绝不会原谅路映夕！那时她若没有滑胎，若是平安诞下皇子，现今会是何等风光，怎会落得这般凄惨下场。

路映夕平静地注视着她，许久，轻声一叹：“本宫并不想知道什么秘密。知道得越多，心会越累。”语毕，她举步踏入殿门门槛，徒留贺如霜一人跪于石阶上。

“路映夕——”贺如霜喉咙里发出抑制的低喊，盯着她潇洒离去的背影，瞳孔骤然收缩，迸出恨意。

是夜，皇帝宣召路映夕入宸宫。

偌大的殿宇，宫灯明亮如昼，可却有着几分莫名的沉寂。

进了寝宫的书房，更觉悄然无声，皇帝伏在紫檀案几上，许是累极睡着。而案上，堆着满满两摞小山似的奏折。

路映夕放轻了脚步，慢慢走近。

皇帝十分警觉，陡然醒了过来，猛地抬头。

“皇上。”路映夕躬了躬身，静静凝视他。

“你来了。”皇帝缓了神，悠悠站起。

“皇上做噩梦了？”路映夕眼光轻扫过他的额角，抿唇淡淡微笑，递出一方绢帕。

皇帝未接过，随意抬袖擦拭了额上冷汗，道：“今日有不少折子，却无人能提出有效有益的建议。”

路映夕轻叹：“能提出来的无非用九节菖蒲根净水，预防更多人染上瘟疫。”即使华佗再世，也没有奇效药。这场灾难，只能硬生生熬过去。

皇帝眸色一暗，走向窗台，负手背对她。幽深目光透过青色蝉翼窗纱，定定盯着檐外的婆娑树影。

良久，他突然低低启口：“朕梦见白日里的场景。百姓咒骂朕，一边拿石子砸向城楼。朕被他们掷中，周身生疼却不敢发出半点怨声。”后来场景一转，变作一座奇大无比的凄凉坟场。他站立其中，四周都是林立的墓碑，他一个个数过去，竟发现足足有十四万人。正是晖城全部的百姓人数。

“皇上，一场瘟疫所逝之人，虽会达上万，可是战争更加残酷，动辄以十万计。”路映夕注视着他孤峭的侧脸，语声沉静。

皇帝蓦地转过身，凝目迫视她："这如何相同？征战乃是情非得已。"

路映夕清淡一笑："情非得已，难道不是因贪念野心造成？"

皇帝眉眼沉冷，铿然道："一人野心不足以造成乱世。现况既已混乱，只有肃清作乱者，方可还天下一片安宁。"

路映夕微微摇头，不以为然。无论是制造事端之人，或自认拯救者，都已然参与其中，推动着乱世愈乱。

皇帝冷淡了语气，转而道："朕召你前来，是要问你可有独特药方。"

路映夕看他一眼，再次摇头。

皇帝皱起浓眉，神情郁郁，重新走回桌案后坐下。

"皇上，臣妾想明日去晖城。"路映夕立在案旁，清声道，"臣妾想在城门处设立医营，但凡确诊无病者，逐一放出晖城。不知皇上是否赞同？"

"这件事不需要你去做，自有户部和太医署去施行。"皇帝抬眼看她，面色淡然，只有眸底闪过一丝不悦。

"多一个人，便多一份力。"路映夕温言说服，"臣妾愿为皇上分担，也愿晖城百姓皆能渡过此劫。"

皇帝拧眉，横她一眼，抿起薄唇未答话。

路映夕低眉敛眸，轻轻一叹。他是顾忌她将与师父会合吧？可就算她和师父一起治病诊患，也不代表会发生什么不该发生的事。

"朕无法亲自去。"皇帝忽然出声，若有所思地道，"你代朕前去也好，不过要注意自己的身子。"

路映夕心下讶然，他为何转眼就改变了主意？

皇帝缓缓扬起唇角，笑得浅淡却意味深远。她以皇后之尊亲临灾城，治病救人，如此美名，成就她，亦是成就了他。

路映夕定睛望着他，渐渐也明白了过来。

"倘若臣妾当真不幸染了瘟疫，皇上会如何？"她浅笑调侃道，"将臣妾隔离于何处才妥当？"

皇帝亦笑，挑起眉毛，回道："还隔离什么，直接在晖城焚烧了，以免你将病带回京都。"

"皇上好狠的心。"路映夕捂胸惊呼，一脸不敢置信。

"郎心似铁，你今日才知道？"皇帝睨着她，唇角带笑，一双寒潭似的深眸渐有了暖色。

路映夕放下作态的手，与他相视莞尔。

对望须臾，她敛了笑容，正颜道："一次诊断恐怕不够安全，臣妾建议，每个百姓都要经过三日诊断，才能出城。而晖城渐空的同时，周遭城镇就会多了流民，臣妾认为朝廷应提前做好相应准备，以防出现满街行乞者的乱态。”

“你说的这些，朕都已想到。”皇帝伸手揉了揉太阳穴，眉间浮现一抹倦意，“如今边疆征战，国库消耗极大，现又发生这样的事……”边疆十万军马，加上邬国后派五万骑兵，长期驻扎边关，需要耗费的粮草极为惊人。而且这是长期拉锯战，国库万不可空虚。

路映夕心里暗道，谁让你想要一统天下建霸业，真真是活该。但面上仍是温婉严谨，接言道：“现下也无可能撤军了，不如考虑与霖国协商，借其粮草。霖国虽是地小兵弱，但土地肥沃，且注重田耕，可算是富裕之国。”

“霖国？”皇帝眸光微闪，不动声色道，“霖国未必愿意得罪龙朝。”

“一直以来霖国的态度都偏于中立，现今不正是让他们表态的时候吗？”路映夕清淡地笑了笑，明眸中亮着澈澄之光。

皇帝不语低首，散漫地翻弄着案上折子，过了片刻，才抬起头来，徐徐道：“朕的皇后似乎要干涉朝政了。”

路映夕心中暗自一惊，忙垂眸应道：“臣妾逾矩，还望皇上恕罪。”

“嗯。”皇帝不冷不热地应了一声，自椅中站起，向她走近，揽住她的纤腰，“朕乏了，回寝房。”

梳理沐浴过后，皇帝却不就寝，盘膝坐在窗边的舆榻上。

他只穿着一件单薄的明黄睡袍，束发的金冠随手摘下搁在一旁，浓黑的发披散于肩后，不时被夜风撩起，寂寥而孤冷。

“皇上，当心受寒。”路映夕坐在舆榻一角，好声劝道，“多事之秋，皇上更应保重龙体，养足精神。”

皇帝转过头来，勾起唇绽开一丝极浅极淡的笑。

路映夕感觉莫名，低头看了看自己的寝裙，未察有何不妥。

“确实是多事之秋。”皇帝开了口，声音异常平静淡薄，“这段日子以 朕很少睡过一个好觉。你宿在宸宫的那些天，朕倒是睡得比较好。”

路映夕心中诧异，微怔地看着他。

“朕也觉得奇怪。”皇帝凝视她，继续道，“朕本该心怀警惕 半夜对朕下手。可偏却出奇的安心，大多时候都能够一夜睡到天光。”

“皇上平日不是一夜睡到天亮吗？”路映夕奇道。他虽 浅，但也算安稳，难道并不是？

“朕习惯了半夜醒来几次。”皇帝淡淡笑了笑，隐约 自嘲，“这是初登基那会儿留下的习惯，后来想改也改不掉。”

路映夕未做声，心忖，想是那时有不少人意图要他的命，才令他草木皆兵无法安眠。

“前日朕在凤栖宫看着你睡，突然明白为何朕在你身边能睡得安心。”皇帝微垂双目，复又抬起，眼底泛着点点笑意，“你睡着时的模样，就像一个婴儿，有时会努嘴，有时会咕哝，一点都不似平素淡漠聪慧的样子。”

“婴儿？”路映夕愣住，从来都没有人告诉过她，她睡着时是何模样。

“好玩得紧。”皇帝眼中的笑意扩散，禁不住低声笑起来，“朕每日都舍不得吵醒你，就想看看你能有多逗趣，会不会像婴儿般流口水。”

路映夕脸颊一烫，恼道：“怎会流口水！臣妾岂会如此失仪。”心底却有一股怪异暖流滑过，夹杂一丝丝的酸涩，捉摸不明。

“偶尔失仪又何妨。”皇帝笑望她。

她撇嘴不吭声。

皇帝伸手抚上她的面颊，冷不防两指一掐，捏着粉嫩的颊肉。

路映夕吃痛，瞠眸怒视他。

皇帝唇际笑弧越来越大，突然倾俯了身子，将她压在宽敞舆榻上。

两人视线对触，一下子都安静了下来。仿佛有一种奇特的暧昧情愫悄然弥漫开来，令人抑制不住地脸红心跳。

“皇上……”她不自在地讷讷唤道。

还未及说其他话，就倏然被堵住了嘴。

温热的唇舌，似蕴含着无限复杂的情绪，极轻柔地辗转于她的唇瓣。她脑中有片刻空白，却又迷迷糊糊想着，他的吻不是一贯霸道不容反抗吗？

才[illegible]了这念头，他的吻便加重了力道，舌尖长驱直入探进她的口中，火热而猛烈。

“唔——”她想推拒，但他钳着她的双手高举压制着。

他一边[illegible]吻着，一边单手扯着她的衣裳，略带些粗鲁，又有些温柔。

她被动地任[illegible]亲吻着，心中迷蒙掠过几缕思绪。他是否因承受着压力，而以欢爱方式来排解？她该不该[illegible]拒绝？似乎没有拒绝的理由……

“映夕，”他[illegible]，下一刻又低下头，轻咬她的唇瓣，“不许在朕面前神游太虚。”

他的亲吻细[illegible]密[illegible]下来，从她优美的颈项，蜿蜒至饱满的胸前。

她轻轻颤动，[illegible]几分犹豫。她已是心甘情愿将自己交付给他了吗？若不是，这样的云雨，又有何意义[illegible]是对彼此的侮辱，她不想再如同上次一样难堪。

第五十章
临别承欢

一时间脑中思绪翻涌，分辨不清，迟疑不定，而他的手却已经往下探去。

她终于按捺不住，撑起手掌抵在他胸口。

“嗯？”皇帝微抬起脸，定定注视她，幽深透亮的瞳眸闪着灼热的光芒。

“皇上已不介怀了吗？”怔怔须臾，她只轻声吐出这一个疑问。

“介怀何事？”皇帝淡淡反问，却坐直了身子，半倚着榻背，懒散了神色。

路映夕亦坐起，低首拉拢凌乱的衣襟，低声缓缓道：“初夜的时候……皇上怀疑……”

无须言尽，两人心中都是雪亮。

方才勾人的暧昧气息无形间退散了去，窗外一阵夜风卷起树叶，簌簌作响，更映得居室内清冷安静。

路映夕低垂着头不再吭声。皇帝一径盯着她的发顶，出神良久，然后慢慢低声笑起来。

“皇上？”路映夕疑惑，抬眸看他。

“朕之前一直没有发现，原来你有两个发旋。”皇帝饶有兴味地勾着薄唇，抬起一手，随意拨弄，揉乱她的长发。

“发旋？”路映夕下意识地瞥过他的头顶，也抿唇轻笑，“皇上不也是？”

“民间好像有一种传言，说有两个发旋的人特别聪明。”皇帝以长指顺着她及腰的青丝，继而抚上她的纤腰，将她揽到胸前。

“皇上是在赞臣妾，抑或自夸？”路映夕笑着揶揄。

皇帝从背后抱着她，下巴摩挲着她的耳颈，似有若无地吹气，一边道：“朕与你，不都是聪明人？”

“皇上说是，那便是。”路映夕身子微微僵住，耳根泛起潮红，不安地挪了挪。

皇帝的目光低扫过她小巧白皙的耳郭，忽然凑近轻舔了一下。

路映夕浑身一颤，再不敢乱动。

皇帝似觉有趣，发出低沉的谑笑，唇舌磨着她的颈子直舔至胸襟处。

“皇上！”路映夕支起手肘，轻撞他的胸膛，以示抗议。洁白如玉的脸颊已艳红似云霞，格外绚丽诱人。

皇帝止了动作，环手抱着她的细腰，敛去戏笑神情，轻叹一声：“映夕，你给朕许多

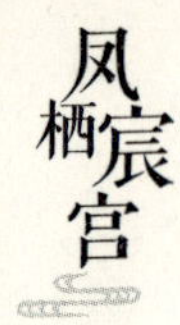

考验。”

“考验？”路映夕定了定心神，不解地扭头看他。

“你要朕信你，但你却从不努力争取。”一句话，蕴含无数意味，皇帝说得语重心长。

“臣妾未曾努力吗？”路映夕轻声问他，但是更像自问。其实早前她已隐约觉悟，面对感情她确是一个极为被动之人。

“你的努力，背后都必有理由。你从不做冲动随心的事，不知是不愿，或不敢。”皇帝似是慨叹，眸光深邃而悠远。

路映夕静默片刻，浅浅绽唇，道：“随心而活，皇上可愿意为臣妾做个示范？”

“朕已经随心而为了。”皇帝轻轻扳过她的身子，与她平视，正色道，“如若不是，朕现在不会抱着你，不会留你宿于宸宫。”

“皇上心中没有心结吗？”路映夕低了声音，眼中划过一丝迷惘。她是介意他心有芥蒂，还是她自己有心结？

“解不开的结，就暂且不去理会。终有一日，它自能解开。”皇帝语声柔和，但铮然静笃，“朕要你与朕一样，不计后果。”

“不计后果？”路映夕怔然重复。

“你是朕的妻，这是今生今世都改变不了的事实。妻子爱上自己的丈夫，何人有权置喙？”皇帝直直地凝睇她，似要望入她眸底与内心，“你无须给自己设下屏障，朕不再裹足不前，亦不准你怯懦退缩。”

路映夕愣住，只觉无言以对。她并非无知无觉，自知对他生了几分异样感觉，可这样就足以支撑不顾一切的勇气吗？未来该怎么办，她又要把师父置于何地？

皇帝视线紧锁着她，伸出一手，握牢她的柔荑，温声而坚定地再道：“朕与你一起面对未知的未来。”

话落，他温柔地俯下头来，亲吻她的菱唇，一面将她放倒在舆榻上，欺身压下。

轻缓温热的吻，与从前不同，格外的缠绵缱绻，像是诱惑，又像是全心投入的旖旎柔情。

渐渐，路映夕闭上了眼睛，迎承着他温暖的薄唇。

皇帝舒展了眉宇，唇下愈加热情，殷切地纠缠她的唇舌，欲引她同赴欢愉的盛宴。

清风透过半敞的青色薄翼纱窗拂卷进来，吹不凉两人渐渐滚烫的肌肤，只得悄然退了去，任由居室内笼罩羞人的高温。

不知不觉间，她微张开双臂，环上他结实的腰腹。

那轻微的动作却叫他隐隐一震，心头涌起一股热流，慢慢侵入四肢百骸。

当早晨的阳光照亮满殿，路映夕迷迷蒙蒙地睁开了眼。脑中有一刻的恍惚，分不清自己到底置身何处。

昨夜明明是在舆榻上……为何会变成睡在龙床上？

直至起身洗漱，神思才清明起来，不由低叹口气。

她没有记错，确实是在舆榻之上。事后她疲累地迷糊睡去，隐约知晓皇帝抱她上龙床。是否在他心中，她终究还是不配？

扬起菱唇轻轻微笑，带着几许自嘲。她竟在乎起这无谓的事。

食过早膳，便有太医署的官员前来觐见。皇帝并未忘记昨日谈话，派人来接她前往晖城。

再次踏上尘土飞扬的官道，路映夕心中感慨无限。她手中捏着一张薄薄宣纸，低眸又看了一遍，才折起收入锦囊中。

这金线绣龙的锦囊，是皇帝留于枕畔。他一早忙于朝政，不见人影，却体贴地写下只字片语，以宽她心。如何也想不到，他居然这般温情脉脉。

那细薄光润的宣纸上，几行楷书，草草而就，但笔锋雄壮，刚劲峻拔。

“夕，入了晖城，万事小心。若有丝毫异状，即刻返宫。朕不允你伤着自己分毫。”

落款竟是一个“宸”字。

她不禁摇头莞尔，这人发动起柔情攻势倒真叫人难以招架。

马车飞驰，刚过晌午就抵达了晖城。

上到城楼，就看见一个高大身影伫立城墙后，凝重而肃穆。

“范侠士。”路映夕上前唤道。

范统一怔，回转身来，惊得忘记行礼：“皇后怎会又来此？”

路映夕指了指身后随行的几名太医，道：“皇上下旨，要在城门口设立医营。”除了太医之外，还有一队禁卫军护她前来，据说都是略懂医理的武将。

范统皱眉，显然十分不赞同她亲身涉险，但碍于身份，未再多言。

忽然间，巡守城楼的一人讶异地“咦”了声。

路映夕眺目望去，也大感吃惊。城外不远处，黄沙滚滚，骏马驰骋，约莫有千人正策马奔向晖城。

待到近些，路映夕看得渐清晰，忙扬声道：“无须紧张，是后援到了。”比预期早了一日，师父定是日夜兼程，急赶而来。

因路映夕贵为皇后，且手持皇帝手谕，无人敢违逆她意，便垂放了绳梯，引那千余人上城楼。

片刻之后，一袭浅灰色素袍的南宫渊率先上到城头，满面风尘，但依旧眉目俊逸淡雅。

“师父，”路映夕走近一唤，眼含欣喜，“师父带了多少人前来？”

“一千三百人。”南宫渊微微一笑，回道。

“多谢师父。”路映夕深深鞠礼，心知这已是尽了全力的相助。

“济世救人，本是医者本分，无须言谢。”南宫渊神色沉稳，黑眸中亮着坚毅的光芒。

“师父，此事之后……”路映夕蹙了蹙眉，欲言又止。这事必然瞒不住霖国，只怕师父会有麻烦。

“救人要紧，其他事待到之后再做打算。”南宫渊温声宽慰，不愿她因此生愧难安。

路映夕只好缄口，转而与他商议如何安排人员，如何轮值等事宜。

等第一处医营搭棚建起，已是半个时辰后。一列三十名医者坐定城门侧，不多时就有群民涌来，一传十，十传百，很快就见黑压压的人头挤满城门口。

派任晖城的新太守亲自领着士兵维持秩序，熙攘混乱了两刻钟，逐渐形成规矩，一排排长龙等候于每一位医者前面。凡经诊断无病者，记录下姓名户籍，待三日后再确认。而诊出有染病症状者，则要带去济仁堂隔离诊治。

路映夕伫立城头，静静凝望，清美的脸庞浮现一丝恻然之色。即使设立几十处确诊医营，也不可能轮得到每一个百姓。而必定会有一些百姓害怕被诊出症状，不敢前来。晖城，注定要死许多人。

“皇后。”浑厚的唤声，来自身后陪同她站立的范统。

“何事？”她转头看他。

“现下有南宫神医在此，皇后可安心返回宫中了。”范统拧着剑眉，炯目中透着明显反对的意思。

“不，我要留下。”路映夕浅淡一笑，隐有几分幽然惆怅，“一则想要亲手帮忙，二则我也有私心。在宫中待得久了，我怕自己会越发心肠麻木。”

她以寻常人的口吻自称，可其中沉重的无奈却不是普通人能体会。

范统绷着脸，半晌，低低蹦出两个字：“任性！”

路映夕抬眼看他，忍俊不禁，真诚笑起来：“范兄说的对。但偶尔任性又何妨？”她自己不察，这语气这话语，与皇帝曾对她说过的何其相似。

范统闷哼一声，别过脸去不看她。

路映夕敛了笑，望着他刚毅的侧脸，疑虑地皱起黛眉。

“范兄，你去过城中哪些地方？”她沉凝了面色，出声询问。

“昨日去济仁堂看了情形，并送药材过去。”范统平淡回道，“大多士卒不愿意靠近济仁堂，可总归要有人去。范某无牵无挂一人，无所畏惧。”

路映夕抿唇不语，径自探手一把握住他的腕间。

“皇后？”范统一愣，急急抽手，面露窘色。

“都这当下了，你还顾忌着‘男女授受不亲’？”路映夕啼笑皆非，如他所愿松了手，再道，“我去请师父给你仔细诊一诊，应该没有大碍，但还是要小心为上。”

不待他回话，她便旋身离去。

背对着他的视线，路映夕暗了眸色，难掩忧虑。

入了夜，路映夕居住在驿站行馆，因心里记挂着事情，难以成眠，在院落里悠悠踱步。

月光的阴影里，有一人站在回廊的廊柱旁，凝目默望她。

大抵过了许久，那人才发出一声低微叹息，朝她走去。

路映夕回转身，定睛望去，露出浅浅微笑，道：“师父，这么夜了，怎还未歇息？”

“你呢？”南宫渊温雅回视她，黑眸如古井，却泛起微小的波澜。不过几日不见，为何他觉得她有些不同？美丽如昔，可似乎增添了别样风韵。眉间带着一点清愁，明眸却似水润泽闪亮。

“师父，范兄不会有事吧？”路映夕忍不住还是又问了一次。她并非不谙医术，只是感到焦心。像范统那样耿直仁厚的人，不应如此短命。

“你替他把过脉，应该知道情况如何。”南宫渊没有直言，只和煦地淡笑，道，“现在定论，言之过早。范侠士不似福薄之人。”

“嗯。”路映夕点了点头，振作地深吸口气，浅笑道，“有师父在，范兄理当不会有事。”

南宫渊静望她一会儿，轻摇着头取笑道：“以前叫你潜心钻研，你总是以这句话为借口躲懒。”从前她总说，有师父在，映夕学这么多何用。轻轻巧巧的一句，似要把一生赖在他身上。可如今，一切已不同，相同的话听在耳里，却多了几许酸涩。

“徒儿不才，学得师父一二成，足以受惠终生了。”路映夕嫣然漾唇，作势一揖。恍惚间，仿佛回到了往日顽皮童稚的时光，心下一阵抽紧，退去了笑容。

两人对视相望，一时寂静无言。

“映夕，近日可好？”终是南宫渊先开了口，语声淡淡，可又像凝着无尽清幽的叹息。

路映夕勉力扬起嘴角，笑道：“师父只是回了一趟玄门，不过短短两日，怎么倒像许久未见的生疏。”

南宫渊衣袖微动，似乎在忍耐什么举动，复又止住。

“夜了，早些就寝。”他向她颔首，然后举步而去。

路映夕不经意目光一扫，顿时心震，脱口道：“师父！”

南宫渊脚步一僵，极为缓慢地转身，抬起右手，摊了开来，轻声道：“差些忘记了，这是你白日里大意掉在医营里的。”

路映夕走了两步靠近他，伸手接过，低声喏喏道：“谢谢师父。”

南宫渊轻扬唇角，笑容温润平和，看了她一眼，便不回头地离开了。

路映夕却怔忡失神，心尖似被绵针猛地刺痛，手中那绣着金龙飞腾的锦囊仿若有千斤重。

第五十一章
御笔家书

当夜，路映夕在柔软的丝绸床褥上辗转反侧，直至天色泛白才迷糊睡去。合眼不久，天际就已透亮。揉着眼角起身，长吁一口气，告诫自己，暂且把儿女情长搁在一边。

这日，城门口挤着更多人。有不少汉子背着行囊，拖儿带女，以为能够即刻出城。

路映夕一身男子装扮，加入医营，一边按顺序为百姓诊断，一边耐心解释为何需要三日后再确诊。一个上午过去，忙碌不停，她颇觉疲累，且嗓子发疼。

“路兄，三十个医营都已经设立妥当。”范统前来回报，炯炯目光扫过她有些憔悴的丽容，不由压低声音道，“路兄先且歇息会儿，莫要撑垮了身子。”

“嗯。”路映夕应声站起，唤来轮值的玄门弟子接手，便返回城楼。

待到在城楼檐下的茶堂里坐定，她才缓缓开口道：“范兄，你坐下，我帮你诊个脉。”

范统皱起英气的剑眉，双手负到背后，回道：“多谢路兄，不过范某自觉身强力壮，无须诊脉。”

“早上那碗汤药，喝了吗？”路映夕凝眸看他，见他眼底一圈青，就知情况严重了。

范统抿着唇，不吭声。

路映夕无奈一叹，站起与他对视，正色肃然道：“范兄，我也不瞒你。你可能已染上瘟疫，从今日起不可再四处走动，好好待在屋里休息。”

范统面容绷紧，一口否决：“范某并无丝毫不适。”

路映夕定定看他，突然走近一步，抬手向他额头探去。

范统本能地后退，警戒地盯着她。

“范兄，你发热了。”路映夕蹙眉，轻叹道，“连你都不愿意面对事实，染病的百姓又如何有勇气就医？”

范统一愣，哑然无言。他并非怕死，只是不想坐着等死。

“范兄，你现在的症状虽与瘟疫相像，但或许并不是。”路映夕柔了语声，继续道，“无论如何，你都一定要吃药。说不定歇息两日就康复了。”

范统沉默片刻，才低沉着声道：“范某明白了。路兄请放心，不必亲自来为范某诊断。”

“怕渡了病气给我？”路映夕微微一笑，心里泛暖。

范统又不出声，刀削般的坚毅轮廓透着粗犷神色，但褐色炯眸中却闪着温和的微光。

"去歇着吧。"路映夕笑着拍了拍他的肩头，便出了茶堂，重回医营。

范统怔望着她的背影，莫名感觉被她碰触过的左肩阵阵发烫。

日落西山，只余一抹胭脂色染红天边。不多时，也就渐渐散去了，天光转为夜幕。

辛劳整日，路映夕眉间已有倦色，但南宫渊依然俊逸温雅，未露疲态。

"师父不累吗？"晚膳过后，路映夕好奇问道。

"不累。"南宫渊淡淡摇头，轻扬唇角，黑眸熠熠。与她无拘束相见的日子不会很多，即使辛苦，他也甘之如饴。

庭院中晚风习习，清凉宜人。两人坐在廊檐下，隔着一些距离相视淡笑。

"师父，今日济仁堂又有百人逝去。"路映夕幽幽叹息，心头升起一股无力感。

南宫渊敛了神色，眉宇间隐约浮现一丝肃冷："若要救更多的人，唯有一个办法。"

路映夕长睫一颤，蓦地抬头望他。

南宫渊面色无异，只是添了几分清冽，徐徐道："现已确诊染病的百姓，共有七千余人。还有几千人，有可疑症状。这一万多人便成了病源。"

"师父——"路映夕惊疑地凝视他。

"如果做得到决绝……"南宫渊一顿，终是没有说下去，墨色眸中掠过不忍的悲悯。

路映夕默然不响。她自是知道其中利害，可是怎能那般残忍，不留一丝生机给病患？

南宫渊静静地注视她，心底滑过一丝宽慰。她本性善良，虽然这也会成为她的弱点，但他却甚是感到欣喜。

"师父是否认为应当狠心决断？"路映夕轻声问。

"当权者，应该有这一分魄力。"南宫渊暗沉了眸色，眼神显得凝重而幽远，"牺牲万余人，救十多万人，省时且省力。"

路映夕张口欲言，想了想，又抿唇咽回去。也许，慕容宸睿很快会选择这样做，但她一定会极力阻止。见她如此神情，南宫渊亦不再言语。

似乎有一层隔膜挡在两人中间，"皇帝"二字成了肉中刺，连提及都成了忌讳。

正寂静着，回廊另一端有一名武将大步走来。

"卑职参见皇后娘娘。"那人走近，抱拳行礼。

路映夕扬眉看他，疑道："可是出了事？"

"回皇后，卑职隶属禁卫军右卫，奉皇上之命，特赶来晖城。"那将士尘土满鬓，从怀中内袋掏出一个锦囊，恭敬地双手递上，"皇上命卑职亲手将此锦囊交到皇后手中。"

"锦囊？"路映夕低念一声，下意识地瞥向一旁的南宫渊。

"是。"那年轻壮硕的将士顿首，又道，"皇上交代，如果皇后有话需要带回，可写下交与卑职。”

路映夕接过锦囊，半晌无语。南宫渊默默站起身，向她颔首致意，便退离了开。

路映夕心中沉重，恍神片刻，才道：“有劳在此稍等。”

“是，卑职遵命。”那将士恭谨揖了一礼，伫立原地，目送她离去。

路映夕回到自己房中，慢慢拆开锦囊，取出内里的卷纸。摊开纸张之前，她忽然觉得想笑。皇帝当真这样思念记挂她？抑或不放心她与师父在一块儿？

展平洁白宣纸，遒劲浑厚的字体便清晰入目。

“夕，一日不见如隔三秋。朕一向不信这些酸儒的话，但现在想来，古人智慧不可蔑视。”

这次的信较长，路映夕看了第一行不禁轻笑。这人肉麻起来，倒一点也不含糊。

“朕已收到消息，晖城医营设办得井井有条，城中百姓总算略宽了心。但是染病之人仍旧数目众多，诊救不及。你若有良策，不妨对朕直言。”

看到这里，路映夕口中长出一声轻叹。皇帝是希望她支持他做那个狠决的决定？

“疫城不宜久留，三日内你需返回皇宫。莫叫朕担心挂怀。”

分明是命令，这般言来却显得温情脉脉。落款依然是一个“宸”字，未印玉玺。亦即这封是家书，并非皇帝诏谕。

路映夕一边磨墨，一边想着，皇帝终究想明白了，不会为了小众子民而感情用事。他是帝王之才，她却仍有妇人之仁。

“皇上圣安，”提笔时顿了顿，她斟酌着用语，“臣妾在晖城一切安好，劳皇上挂心，是臣妾之过。臣妾恳请多留晖城一段时日，代皇上分担此忧，为百姓多出一分力。”

停笔，她扯唇自嘲一笑，把纸张揉成一团，重新铺开洁净一纸，利落写道：“皇上，要渡过晖城之灾，需要朝廷支援人力与财力，请皇上万万不要放弃此城。这两日，范侠士于城中奔波，累极病倒。皇上引他为知己，必不会因他染病而放弃他。与此理相同，臣妾相信皇上也绝不会放弃那些患病的百姓。”

她吹了吹墨迹，最后又添一句，“臣妾后日回宫。”署名时，她犹豫了一下，写上一个“夕”字。

把信折叠放入锦囊，她出了房门，交给那名等候的将士。

将士领命而去，剩下她一人，闲淡地倚靠着廊柱，心思飘远。不曾想过，晖城的一场瘟疫会将她与皇帝的距离拉近。她也不知是何故，竟开始觉得皇帝不是那般深沉不可捉摸，她似乎能够真实地触摸到他心底柔软的一面，也能清楚窥见他冷酷的另一面。

“映夕。”温润的嗓音，轻淡响起。

“师父。”她举目望向廊尾，其实可以猜到，师父一直未离开，他也在等着她写完信。

“可感觉心定？”南宫渊没有走近，远远地对她微笑。

“不定。”路映夕轻答，眸光幽然。她觉得愧疚，觉得对不起师父。每一思及此，心就隐隐抽痛。

“他已先于你做出了努力，你不要令他失望。”南宫渊语声沉静，唇角带着不变的温和笑意，夹杂一丝怜惜一丝宠爱。

“如果徒儿令师父失望……”路映夕哽了声，但脸上仍是平静，只低垂下眸子。

“只要你平安喜乐，我便不会感到失望。”南宫渊深望她一眼，声音温暖，再道，“可记住了？也莫令师父失望。”

路映夕垂首良久，再抬起眼来，那一袭浅灰色身影已无踪影，却见一个士卒行色匆匆，欲要穿绕过回廊，看到她站立着，只得停步行礼。

“何事慌张？”路映夕轻轻皱眉，记得这人是于范统手下做事。

“范大哥高热昏厥了。”那小兵不谙宫廷礼仪，惶急回道。

路映夕心头一紧，即刻往范统居房而去。

行馆偏苑，朴素的房间里，掌着一盏油灯，昏黄黯淡。

床铺上，高大的男子微微蜷着身躯，面色潮红，额上渗着冷汗。

“范兄？”路映夕不拘礼地步入房门，果决地捉起他的手腕，细细把脉。

“唔……”无意识间，范统发出低微的呻吟，两道剑眉紧紧皱起。

诊脉片刻，路映夕蹙着黛眉，心中一沉。原本希望他只是得了热瘴，现在看来恐怕……

“路兄？”范统迷蒙转醒，睁眼见有一道窈窕身影站立床前，神智越发迷糊起来。

“范兄，可还好？”看他嘴唇干燥，路映夕走去桌旁顺手倒了一杯清水递到他手上。

范统怔怔接过，犹觉自己在做梦，低哑着嗓子疑惑道：“为何你在我房里？”

“你方才发热昏厥，惊坏了人。”路映夕浅浅淡笑，以轻松的口吻说道，“这下好了，你不用再四处奔波，明日便送你去济仁堂住。”

“济仁堂？住？”范统一惊，彻底清醒了过来直盯着她。

“别担心，我和师父会每日去看你。”路映夕温软了语声，宽慰道，“让你去济仁堂是因为那里有齐全的药材。你去那边静心休养几日，很快会好起来。”

范统一时无言，琥珀色的褐眸中透着复杂矛盾的微光。

路映夕静静望他，逐渐生了疑虑：“范兄是否有话想说？”

范统敛目，撑着身子靠坐起来，低低道：“不需要去济仁堂。范某想留下，助路兄与南宫兄一臂之力。”

路映夕轻眯明眸，未接茬儿。范统不似这般不知轻重的人，为何坚持不离开？

“南宫兄说，”顿了顿，范统抬起眼角瞥她一眼，继续道，“他正在研配一种新药，也许能治愈初染病的患者。”

“所以你要留下以身试药？”路映夕心中震动，清眸中升起几分怒气。

“是，范某自愿尝试新药。”范统低叹，然后抬首淡淡微笑，“路兄莫气，虽然去济仁堂隔离就诊能有三成治愈的可能，但新药若是有效，就有九成机会。”

路映夕抿了抿菱唇，心里存着一个疑问，强自压下，只道：“你先歇息，我去问问师父。”

范统颔首，不赘言，略带倦意地合目躺下。

路映夕出了居房，就见檐下转角处伫立着一个人，看情形是在等她。

“师父，”她疾步走近，皱眉问，“为何要劝范统留下试药？是何药方？风险可大？”

面对她一连串的问题，南宫渊沉默了须臾，才淡淡开口：“映夕，你可还相信师父？”

路映夕一怔，这才发觉自己竟咄咄逼人地质问。从何时起，她连师父也不敢完全信任？

南宫渊凝望着她，俊逸面容宁静如止水，不疾不徐道：“新药一定会有风险，范兄弟有坚毅之心，应能挺过。”

“师父莫不是打算以毒攻毒？”路映夕敏锐地听出他话里含义，不由又蹙紧了眉头，“师父有几成把握？”

南宫渊轻轻摇头，未作回答。

“师父，我不同意让范统冒险。”路映夕直言道，“他现今只是染病初期，治愈的可能性颇高。但留下试药却是九死一生，就算最后能够治愈他的病症，也有可能残留毒素于他身体里。”

“这些利害关系，我都与范兄弟说过。他坚持要试药。”南宫渊平静回道。

“师父一开始就不应向他提起。”路映夕脱口斥道，言毕，自己都不禁一愣。她怎能怪师父？师父也只是想救更多的百姓。

南宫渊不吭声，平淡注视着她，一双黑眸幽深不见底，看不出情绪波动。

“师父，映夕一时情急，口不择言。映夕向师父道歉，请师父原谅。”她微鞠一礼，诚挚致歉。

南宫渊扬唇清淡一笑，温声道：“无须这般郑重其事，你说的也不无道理。范兄弟若是知道你这样关心他，他定会动容。”

闻言察觉了端倪，路映夕扭头回看，果然见范统脚步虚浮地站立不远处。

“范兄，怎么不在房里歇着？”她正要朝他走去，谁知他突然掉头，一言不发地兀自回房。

她感觉莫名，但也无暇追究，现下最紧要的是与师父仔细研究这新药方。

第五十二章
邻国皇族

一夜探讨，翻查医籍，分辨药性，路映夕眉间的疲累之色又添重一层。

范统试喝了第一剂药，情况良好，未现不适之状。路映夕稍安下心，便去了医营。

正值辰时，阳光温和煦暖，柔柔地洒落下来，路映夕仰头望天，忽觉眼前一片明晃晃，刺目晕眩。

她忙抬手遮住眼睛，可脑中嗡嗡作响，竟连着踉跄了两步。

“映夕。”

一道熟悉的嗓音入耳，她恍惚地想着，为何这温润的声音夹杂着丝丝焦急情切?

浅淡而好闻的药草味幽幽扑鼻，她感觉自己落入了一个温暖的怀抱，但不知为何头颇钝重，睁不开眼睛。

许是做梦，有人将她抱得极紧，清瘦但有力的臂膀牢牢搂着她，却有些微颤。是害怕吗？害怕何事?

混混沌沌中，耳际不断传来焦急关切的低低呼唤。

“映夕，醒醒。”

“映夕，不要吓我。”

她皱了皱鼻尖，头越发痛起来。是师父吗？师父从来都是淡然优雅，怎么可能这般惶急?

“映夕，你发了热，莫怕，我不会让你有事。”那道声音逐渐沉稳了下来，如同脚步，疾速但平缓。

她隐约知晓自己被抱回了行馆房间，此后的事不复清晰。

南宫渊坐在床沿，目光定定，凝视着床榻上昏迷不醒的人儿。自从她及笄之后，他再也没有这样近距离地细看过她。如远山的黛眉，似蝶翅的黑睫，衬得她洁白的脸庞愈显脆弱楚楚。

缓缓伸出手，他顿在半空，低声轻叹，终于落下，抚上她的面颊。

“映夕，何苦亲自来疫城？”他呢喃自语，指尖画着她的轮廓，轻缓而温柔。

“背负起那么多责任，你会很辛苦。”他叹息，收回手，不敢贪恋，“可我却不想劝你回宫，我终究有自私之心。”

“如果可以，真不想放手……”他扯开唇角，扬起一抹苦笑，眸光幽戚黯淡。

止了声，他静默地凝睇她，视线久久不移。

直至，细微的异响倏然传入耳中。

他隐隐僵了神色，但仍保持泰然地站起，替床上的人掖好被角，才转身出了房间。

出了行馆，南宫渊缓步走进一条窄巷里的一间民房。

“门主！”四名弟子齐刷刷单膝跪地，肃然道，“国主已经察觉，请门主随我等速速离开晖城。”

“替我带话回去，十日之后我自会率众离开。”南宫渊镇定自若，淡淡道，“如果国主怪罪，皆由我担待。”

不待回应，他就顾自离去，利落毅然。

走在窄小的巷子里，南宫渊的脚步放得极为缓慢，呼吸亦是谨慎。

冷不防，他顿住步伐，扬声喝道：“何方贵客，何不现身？”

只一眨眼间，青灰瓦檐上一道墨蓝色身影飞下。

“哈哈，南宫兄好耳力。”那人落地站定，满面笑容，一派亲和。

南宫渊微微一愣，随即定了心神，拱手作揖，道：“段兄，没想到会在此与你相遇。”

“我听说南宫兄做事出人意表，一时好奇，就来看看。”那男子懒懒倚着石墙，姿态雍容却又不羁。他身穿一袭绣着金边的蓝衫，那蓝色却不是湖水色，而是偏于墨黑的颜色，看上去就像神秘幽蓝的深海。他的相貌极之俊朗，两道长眉斜入鬓发，一双桃花眼含着笑意，似要勾人心魄。

“惭愧。”南宫渊又一揖身，但并不多言。

那男子随意地挥挥手，满不在乎地道：“这些事我可不管，我只往好玩的地儿钻。”

“段兄打算留在晖城？”南宫渊抬眼看他，不着痕迹地皱了眉。

“是啊，南宫兄住哪儿？可方便收留我？”段姓男子笑嘻嘻地回视他，半点也不拘礼。

“恐怕不太……”南宫渊欲要婉拒，但话未说完，就被拉住了臂膀。

“南宫兄一贯心善，定然不会不肯收留我。走走，我正饿得肚子打鼓。”那男子一边自说自话，一边扯了南宫渊就往巷子外走。

无可奈何，南宫渊带他返回行馆，吩咐下人备膳备房，然后才赶回医营。

那俊美男子，姓段名霆天，性情十分活跃不拘，见南宫渊外出之后，就一个人在行馆里四处转悠。

逛到主苑，他便被两名守职士卒拦下。他也不恼，笑眯眯地折身走了。

一刻钟后，一道鬼鬼祟祟的墨蓝色身影从后院高墙潜入了主苑。

溜进了主卧房，他探头探脑地观察半晌，就挺直了腰，理直气壮地四顾观望起来。

“原来这里住着个病痨子。”他嘴里嘀咕着，神情不以为然，“我还以为是何等稀罕之人。”

凑近床榻，他大大咧咧地一屁股坐在床沿，定睛一看，却痴了眼。

“美人出南国，灼灼芙蓉姿……”他喃喃吟道，目光不禁变得深邃炽亮。

床上女子双眼紧闭，浓黑长睫低低垂掩，偶尔颤动，宛若蝶翅欲展。面色白皙，仿佛无瑕美玉，琼鼻菱唇，无一不精致诱人。

“这瘟疫之城，竟有如此绝色。”段霆天口中惊叹，情不自禁地伸手探去。

床上女子倏地睁开眼眸，冷冷注视他。

他一惊，忙缩回手。

“你是何人？”路映夕坐起身子，神色清冷凛冽。她虽头昏混沌，但仍听见了异声，本想假寐看看这人有何意图，却不想竟是一个采花贼？

段霆天尴尬了片刻，很快就厚起脸皮嬉笑，“美人，你醒了？我是南宫神医邀请来的贵客，莫怕莫怕。”

“贵客？”路映夕质疑地盯着他。哪有人会称自己是贵客？

“我姓段，你可以叫我段哥哥。”段霆天扬起唇角，笑得如春风亲切。

“你是师父邀请前来？你懂医术？”路映夕皱眉，这人吊儿郎当，丝毫不像医者。

“你是南宫兄的徒弟？”段霆天眸底闪过一抹暗芒，旋即隐去，依然笑眯眯地道，“我自然是懂医术的，不然又怎会特地前来晖城。”

路映夕心中存疑，便伸出手腕，示意他把脉。

段霆天也不啰唆，握住她的皓腕，细细诊起脉来。

须臾，他松开手，摇头晃脑说道：“姑娘的脉象虚弱，眼底发青，大抵是因少食缺眠引起的疲累过度，目前并无大碍。不过身在疫城，身子孱弱是可大可小的问题。越是弱的体质，就越易染上疫病。”

路映夕半信半疑地觑他一眼。虽然他说的并没有错，但这些只是泛泛之谈。

段霆天嘴角带笑，站起深深一鞠，道：“在下段霆天，还未请教姑娘尊姓芳名？”

“我姓路。”路映夕简略回答，无意和他闲扯，指着房门道，“还请段公子下次进房之前记得先敲门。”

“是，路妹妹，是我疏忽，下次一定谨记。”段霆天做戏似的又一揖，才施施然离去。

路映夕忍不住摇头。这人行迹怪异，但身上并无戾气，不过她还是应该问问师父关于此人的来历。

歇了半日，路映夕恢复了精神，便去看望范统。

范统并未躺于床铺休息，正绷着脸在小院子里踱步，剑眉微皱，不知在烦恼何事。

“范兄。”路映夕走近唤道。

范统侧过脸看她，舒展了眉宇，淡淡微笑：“路兄，今日可忙？”

“尚可。”路映夕亦浅笑着回道，没有告诉他她累得病倒。

“你的气色不佳，要多注意。”范统叮咛一句，低咳两声，强忍住喉头瘙痒的感觉。

“范兄，快回房吧，你现在吹不得风。”路映夕上前，想要搀扶他，但被他避过。

“嗯，这就回房。”范统低着头，径自走回房间。

路映夕跟在他身后，不放心地嘱道：“新药的药性剧烈，需要七八日时间才能确定效果，如果你撑不住一定要说出来，我和师父会考虑给你换其他温和的药。”

“我晓得。”范统语气淡淡，靠坐在床铺上，举目看向她：“路兄也去小憩会儿吧。”

路映夕蹙眉，才刚一脚跨进门槛，另一只脚就顿住。范统似乎有意避开她？

她思虑着，却见范统已躺下，拉着被子裹住自己，显然一副逐客模样。

低叹一声，她退回门外。

“路妹妹？你也在这儿？”一道开朗得过分的高扬嗓音响起，旋即就见那明耀的墨蓝色大步趋近。

路映夕不情不愿地扭头，那人正眉开眼笑地望着她。

“路妹妹认识范兄？”段霆天手上端着一碗冒着热气的汤药，一面解释道，“南宫兄让我监督范兄按时喝药。”其实是他自己多事，非要抢这桩差事来做。

路映夕不吭声，浅淡地颔首。

段霆天也不介意，自行入了房间，不一会儿又走出来，笑着道：“范兄喝药就和饮酒一样，咕噜一口就喝完了。”

路映夕正眼看他，出声问道：“段公子亦谙医术，不知段公子认为这种药的药性会否过于剧烈？”

段霆天毫不考虑地点头，“加了毒草，确实冒险。可试着减少毒草的分量，观测效果。”

路映夕沉吟，再问道：“段公子师承何派？”

“无门无派。”段霆天耸了耸肩，道，“年少时百无聊赖，翻阅了一些杂书，所以略懂皮毛。”

路映夕抿唇微微一笑。

“路妹妹不信？”段霆天扬起眉毛，不满地斜睨她，“我说的可是大实话。”

路映夕不答，只道：“你为何叫我路妹妹？我何时认了你做兄长？”

段霆天咧嘴，笑得戏谑而邪气：“一看就知你年纪尚小，不是妹妹难道是姐姐？”

路映夕心下好气又好笑，未搭腔，忽闻房内传来几声重重的咳嗽声。

“范兄？”她回身望去，见范统黑着脸下床走来。

“路兄，莫听他胡扯。”范统口气不善，瞪了段霆天一眼，才又道，“此人身份可疑，死皮赖脸要留在晖城，路兄无须理他。”

“范兄知道他的身份？”路映夕奇道。听这话语，范统与段霆天似是熟识。

范统闷哼一声，道：“以前打过照面。”

“范兄这么说实在太见外了。”段霆天笑吟吟地插言，“我与范兄乃是患难之交，当初在凉州，范兄遭人暗算，还是我帮了范兄一把，范兄莫不是忘记了？”

“霖国的凉州？”路映夕心中一凛，狐疑地看向他，“段公子是霖国人？”

“正是。”段霆天脸上挂着阳光笑容，魅惑的桃花眼闪着迷人的光芒。

路映夕眯眼，冷淡了语声：“失敬，原来是段氏皇族光临晖城。”

段霆天忙摆手，神情无奈：“我只不过是挂名王爷，闲散无权，路妹妹千万别介怀。”

“我为何要介怀？”路映夕绽唇一笑，带着点揶揄，“莫非你已知晓我的身份？”但仍有胆子叫她“路妹妹”，可见此人并不简单。

段霆天摊开两手，一副清白无辜相：“南宫兄只收了一个女徒弟，所以不难猜出路妹妹的身份。”

路映夕点了下头，不再理他，转而对范统道：“范兄，我有些事与你商量。”

范统踌躇，但终是沉默地走回房。

路映夕也踏入了房门，客气地对外说道：“段王爷，不送了。”继而毫不留情地关上门扉。

段霆天盯视着门板，摸了摸鼻子，识趣地离去。

房间内，路映夕敛了神色，认真道：“范兄，我明日就要回宫，你一定要爱惜自己的身体。”

范统怔了怔，垂下眼睑，默不出声。

路映夕静静凝视他，心情微沉。她是否做错了？她应该坚持反对。就算他身体强健，但反复以毒草试药，只怕终会伤身。

“范兄，你身上哪一处开始有麻痹感？”路映夕凝眸看他，见他又不吭气，索性伸了手按上他的臂膀，“你若不说，我就一处处按过去。”

范统面色窘红，急急挣开她的手，低声道：“右腿……”

路映夕心头一震，视线下移。

范统不自在地背过身，低哑着嗓子道：“只是偶尔出现麻痹的感觉，不碍事。”

路映夕抿紧嘴唇，未发一言地出了房间。

一路直出行馆，往医营疾步而去。也许是走得太急，也许是午后骄阳太耀目，她的眼前又渐发黑，胸口悸痛。

再次晕厥之前，她心中闪过一个念头——是否宿疾恶化了？

第五十三章
连夜探病

昏迷之中，路映夕朦胧地醒来，只觉耳边话声不断，胸口益发窒疼，便又陷入了黑暗的怀抱。

再度醒来，已是夜深时分。周遭寂静幽谧，却散发着淡淡的龙涎香。

睁眼环顾，她不禁怔然。桌旁那人，如此眼熟……

“映夕，你醒了？”那人见她醒来，蓦地站起，眸中露出惊喜之色。

路映夕怔忡望着，疑惑唤道：“皇上？”

“映夕，可还有不适？可觉头晕？”皇帝走至床畔坐下，声音异常温柔。

路映夕摇头，支着身子欲要坐起。

“躺着。”皇帝伸手轻轻按着她的肩，替她盖好被子，一边道，“朕接到消息，知你今晨昏厥，下了朝就赶来。岂知你又陷入昏迷。”

路映夕逐渐缓神，忆起一些事。在她半睡半醒间，听见了两个人的对话。

“南宫兄，路妹妹到底得了什么病？”

“她有心疾之症，自娘胎带来。原本我可以用自己的血替她镇压痛楚，但现在——”

“现在如何？”

“她颈上有一朵芍药花，是药引。如今花色退淡，即表明药性渐消。没有了药引，我的血也起不了作用。”

“药引？再下药便是。”

“王爷有所不知，不久前映夕替慕容宸睿渡了寒毒，身体阴虚，再融合不了刚烈之气。”

“慕容宸睿？龙朝皇帝？”

“是。”

“这厮可真卑鄙，竟叫一个弱女子替他渡毒。”

“并非如此，是我劝映夕那样做。”

“为何？”

“他们注定有红鸾天喜之缘，我希望映夕能得良人爱惜。”

“良人？嗤！那慕容宸睿岂会是可依托的良人？南宫兄，你的心思不仅于此，无须再在我面前隐瞒。”

“王爷睿智，我自是不敢隐瞒。将来邬国与皇朝总归要决裂，我私心里希望慕容宸睿能因爱怜而对映夕手下留一份情。”

“这般风姿绝世的女子，慕容那厮不要，我段霆天要。”

……

后面的对话，她再记不清。只清楚记得，师父的语气恭谨，段霆天的口吻狂傲。那自诩闲散王爷的段霆天，必然不是无实权不摄政的闲人。她心中隐隐怀疑，此人是否玄门背后的操控者。

“映夕？可是不舒服？”眼前，一张英俊面容带着几分关切凝视她。

“皇上，臣妾无碍。”她回过神来，冲他微微一笑。

“无碍？”皇帝哼了一声，不悦道，“当真以为自己是铁打钢铸？你去照照镜子，眼下黑了一圈，憔悴得不像样。”

“皇上这是嫌弃臣妾貌丑？”她不由又笑。本来明日她就要回宫，却不想他会连夜赶来。又是柔情攻势吗？抑或含有一丝真心？

皇帝没好气地扫她一眼，抿着薄唇不响，起身出了房门。

路映夕静望着，在被子底下一手搭上自己的腕脉。

须臾，皇帝返来，手上端着药碗。

“皇上亲自为臣妾端药，可要折煞臣妾了。”她浅浅笑着，话语谦卑，面上却无卑微屈臣之色。

皇帝不睬她，顾自于床沿坐下，低头吹着温热的汤药。

路映夕笑容恬静地凝望他，心中有一股暖暖的热气流淌而过，可又错杂着酸涩的凄楚。她方才为自己把脉，发现脉息缓慢，阳气虚损，血气运行受阻，脉迟而无力。照此下去，倒真成了矜贵娇弱的身子，半分操劳都不可。

“喝药。”皇帝单手扶起她，把药碗凑近她嘴边。

“嗯。”她低应一声，就着碗口慢慢喝。分明喝得不快，却还呛着，她咳着抱怨道，“皇上是要一下把一碗药全倒入臣妾口中吗？”

皇帝原本抬手要替她拍背顺气，闻言手势一顿，恼羞成怒道：“你自己喝。”

路映夕抬眸瞥他一眼，忍着笑接过他手上的药碗，待一口喝尽，才再悠悠开口道：“皇上是否第一次服侍人喝药？”

皇帝低哼：“知道就好，你可是天大的面子。”

路映夕连连点头：“臣妾天大的荣幸，谢皇上隆恩。”

皇帝横她一眼，薄怒地夺过她手里的空碗，走去桌边重重放下。

“皇上前来晖城，明日如何早朝？”路映夕敛了神色，正容问道，“现下是什么时辰了？皇上可要赶回宫？”

“你的身子可吃得消连夜赶路？”皇帝微皱浓眉，径自脱了靴，翻身上床，“朕陪你眠一会儿，待天亮了再一同回去。朕来晖城之前，已将明日早朝改至晌午。”

路映夕静默了片刻，出声却道：“皇上不宽衣吗？满身尘土。”

皇帝正要伸手抱她，霍地坐起，极度不满：“朕从前未发现，原来你这般挑剔。”

路映夕呵呵笑出声来，看着他动作粗鲁地脱去外袍，复又躺下，将她搂入怀。她的眼角暗暗湿润，心尖隐痛。她身为医者，自然知晓自己的状况。只怕，她命不久矣。

未曾料到，她比范统幸运没有染上瘟疫，可却引发了宿疾。晖城里四处笼罩着病气，她本不该前来。也许范统说得对，她太任性了。

“映夕。”低沉的唤声，近在耳畔。

“嗯？”她轻应，感觉到拥着她的手臂愈加收紧，似怕松了力道她就会溜走。

“朕命人明日起对外宣扬，这两日在城中出现的医者之一，是皇后。”皇帝的声音极低，有些模糊不清。

路映夕却听得清明，心中微震。他要利用她的名声，来挽救民心。虽然早已估到，但亲耳听见他这样说，仍感涩然。

“朕亲口对你坦诚，是不愿我们之间产生更多的猜忌。”皇帝低低地继续道，“你此次病发，朕才醒觉，如果失去你，朕的心会很痛。”

路映夕默然无言，枕在他臂膀上一动不动，似已入睡。“我们”二字，他说得特别清晰，仿佛有着不同寻常的意义。一定是师父已经告诉了他，关于她的病况。他因怜生爱，故而态度分外温存。但这样的爱，又怎能算是爱呢？至多只是对将死之人的怜悯。

“你信也好，不信也罢，朕此时此刻所说的都是真心话。”见她一味沉默，皇帝沉笃了声，接着道，“朕承认利用了你，但原以为不会对你造成伤害。倘若朕知道你来晖城会引发旧疾，朕绝不会允许你来。”

“臣妾相信。”路映夕轻声回应。她相信这一点，但不等于相信全部。

听她启了口，皇帝又抱紧她一些，粗厚手掌抚上她冰凉的脸颊，叹道：“是朕不好。当初若不让你为朕渡寒毒，也就不会使你身体虚寒。”

“当初是臣妾自愿而为。”路映夕平静回道，心里却想到，那时她并不知道代价会这样大，若是知道，她不可能为他舍命。可是，师父也没有料算到吗？师父最清楚药引的特性，却不曾阻止她。

“不怪朕？”皇帝低醇的话音吹拂她耳畔的发丝，令她生起一种奇异的痒感。

“不怪。”她轻幽答道，心绪翻涌。自从她知晓玄门依附于霖国以后，就越发不信任师父了。她怎能怀疑师父会存心要害她丢了性命？这背后必定有原因。她要找师父问个清楚明白。

“往后，朕不允许你再劳心劳力。”皇帝轻轻扳过她的身子，与她对视，柔声却霸道地说道，“抛开你背负的包袱，抛开那些所谓的责任，抛开一切。安安心心做朕的女人，朕会为你撑起一个天。”

他的瞳眸深如寒潭，却似漾着温暖波澜的旋涡，吸引她纵身投入。

“抛开一切……”她喃声念着，良久，绽开嫣然笑靥，道，“那么，臣妾就此随心而活了。”

“好，朕准了。”皇帝亦扬唇而笑。

“臣妾想在晖城多留两日。”她笑望他，一派理所当然。

“不行！”皇帝不假思索地驳回。

“皇上不是准了臣妾随心而活？”她好整以暇地拿刚才的话堵他，然后正了神色，再道，“师父研制了一种新药，范侠士正为此药试验，效果如何尚属未知。臣妾想确认新药不会令人残疾，再回皇宫，不然即使回去了，也是难以安心休养。”

皇帝浓眉皱起，疑问道：“小范目前情形如何？”

“右腿已有麻痹现象，恐怕是毒素窜行于下盘。不过，万幸并非积毒于内脏。”路映夕轻叹。那样刚毅的一个男子，将来若是瘫了腿，叫人怎样的扼腕痛惜。

“朕明早必须返回。”皇帝眉心紧锁，沉吟道，“你若不放心，就多留一日。但只此一日，你莫忘记你亦是病患。”

“多谢皇上开恩。”路映夕弯唇笑了笑，道，“皇上也别忘记了臣妾识医术，会给自己配药治疗。”

“能医人，却不能自医。”皇帝轻嗤，“你若爱惜自己身子，就不会一再昏厥。”顿了顿，命令道，“你可以多留一日，但不可去医营，见小范时也要万分小心。倘若染了瘟疫回来，朕不会让你进宫门。”

“是，臣妾遵命。”路映夕望着他，抿唇笑了会儿，低俯头，把脸埋在他肩上，无声幽叹。染不染瘟疫，差别都不大了。她能否熬得过今年寒冬，还是一个问题。

皇帝拥抱着她，搂进胸膛，似想把自己的体温传递给她。但是过了许久，她的身躯依然冰凉。他寻着她的手，包裹进掌心，反复揉搓，渐暖之后，再换她的另一只手。

路映夕默默地感受着他体贴的举动，不言不语，只是偎近了他热暖的胸口。人在病时格外脆弱，她也不例外。这一刻，她只想沉溺在他温暖的怀抱里，遗忘所有残酷的现实。

察觉到她的靠近，皇帝轻扬起薄唇，在她微凉的额上落下怜爱的亲吻。

天未亮透，皇帝已起程回宫。路映夕醒时，下意识地看了看枕畔。果真又有一个锦囊留下。

她也不急于拆开，恹恹地起了身，梳洗进食喝药。待到觉得精神好了些，才慢悠悠取出内里的信笺。

这一封信似是皇帝离宫前所写，字迹苍劲浑厚，力透纸背，却话语寥寥。

“夕，速回。”

只此三个字，却叫她怔看了半晌。他原没有打算亲自前来的吧？是否暗自挣扎良久，终觉放心不下，搁置了政事匆匆赶来？她越来越迷惑，他待她的温存，到底是几分真几分假？

收好锦囊，路映夕敛了神思，步出卧房，前去探望范统。

行至范统房间外，她静默无声地驻足。

房门半敞，范统正坐在床铺上，按揉着自己的右腿。揉捏片刻，他颓然地皱起剑眉，一拳捶在床板上，口中低咒了一声。

路映夕黯了眼光，心里幽幽滑过酸涩之感。范统的牺牲，原本能够换得上万百姓的平安。可是政治复杂，远比诊病救人难以估测。

正出神着，眼前有张粗犷刚毅的脸趋近。

“路兄？为何在这里发愣？”范统缓步走来，维持着正常的步伐，却已有隐约的僵硬。

“范兄，我来向你辞行。明日我就回宫了。”敛了思绪，路映夕若无其事地露出微笑。

“早该回宫。”范统低声咕哝，旋即朗声道，“范某身体未愈，明日就不送了，路兄保重。”

路映夕颔首，浅笑道：“你的疫病不太严重，过几日就会痊愈。”顿了顿，她递出一只小玉瓶，“这一瓶是祛毒散，你记得每日服用。”

范统接过，疑道：“只是普通的祛毒散？”

路映夕不由莞尔，温声回道：“范兄越来越精明了。这是我专门为你配制的祛毒药，能抑制毒素蔓延。你放心，你的右腿绝对不会残废，只是偶尔仍会有麻痹感。”她不忍明说，虽不会残废，但可能会成为瘸子。而这瓶药，其实也非近日配制，而是她随身携带，用以镇压寒毒。

范统沉默，眼中波光错杂。

一时无话，路映夕绽唇笑了笑，便告辞道：“范兄多保重。”

她旋了身离去，刚走两步，听见身后突然传来低低的唤声。

“路兄。”

她扭头回望，见范统面上莫名涌起潮红，忧虑道：“范兄是否哪里不适？”

范统重重摇头，粗着嗓子吐出两个字：“谢谢。”

她舒展开眉宇，笑着应道：“我与范兄也算患难之交，不必客气。”

范统低了头，讷讷无言。蓦然回身入房，嘭地关起房门。

路映夕一怔，觉得他行迹怪异，但转念想到他有病在身，许是情绪反复，心中也就释然了。

出了偏苑，正预备去医营看看情况，岂料却在中庭院落里遇上了段霆天。

“路妹妹。”远远就听见这自作熟稔的呼声。

她无奈止住脚步，举目望去。

“路妹妹，你可醒了，外头变天了。”段霆天边大步走近，边嚷着。

“变天？”路映夕微蹙眉尖，质疑地扫视他。看他神色，倒像是唯恐天下不乱。

“今日不正是第三日的确诊吗？医营一大早便挤满了人。”段霆天作势叹口气，眼神却是发亮，“城门即将打开，所以少不得出现暴民作乱。”

“段王爷似乎很期待发生那样的事？”路映夕斜觑他一眼，口吻轻松地调侃，心下却思忖着，这人外表看起来毫无心机，只像是轻狂贪玩，但她却隐隐有种直觉，此人实则深藏不露。

“并非我期待，而是已经发生了。”段霆天无辜地耸肩，一双漂亮的桃花眼泛着点点笑意，促狭地道，“谁叫你贪睡，没赶上今早的好戏。”

“现下外面情况如何？”路映夕心中一凛，突生不祥之感。

“已恢复平静了，但今日恐怕无法开城门了。”段霆天唇角噙着一抹懒散的笑，一副事不关己纯粹看好戏的态度，闲闲道，“皇朝朝廷原本答应百姓，确诊无病之后即可出城，如今怕是要食言了。好不容易安定下来的民心，又要涣散了。”

路映夕皱眉，明眸中掠过一丝幽思。

“段王爷何时来的晖城？”她凝目望着他，缓缓道，“晖城封城已经多日，照理是不易入城的。”

“我来晖城游玩，已有个把月。”段霆天也不隐瞒，嬉笑着如实以告，“原也没有打算停留这样久，但晖城名妓诗诗姑娘实在太吸引人，害我流连忘返。”

“段王爷真是多情之人，也不怕疫病上身。”路映夕挑起眉梢，口上揶揄，心中却是益发起疑。

“路妹妹该不会怀疑我是奸细？”段霆天直勾勾地看她，单手捂胸倒退一步，“真叫我心痛，像我这样坦率真诚磊落英俊的男子，你居然不相信。”

路映夕不禁好笑。

“也不怪你这样想。”段霆天忽然叹气，放下手来，正色道，“现今这世道，我的身份确实尴尬。我在晖城月余，多少也知道了一些事。这场瘟疫并非天降无妄之灾，其中自有蹊跷。今日发生的暴乱，怕也是有心人幕后推动。但是，那人绝不是我。”

路映夕定定注视他，他俊美的脸上一片坦荡，目光仿佛一汪碧清的湖水，没有丝毫浑浊的污秽。

“段王爷才智过人，令人佩服。”她淡淡微笑。在他嬉皮笑脸的面具之下，其实有颗敏锐的脑袋。不过几句话，他就已把内情分析透彻。

“路妹妹这话就说对了，我自幼天资聪颖，若论聪明才智，我认第二，便无人敢认第一。”段霆天嘻嘻一笑，话语狂妄得叫人侧目。

路映夕置若罔闻，道：“依段王爷之见，这晖城之困该如何解？”

段霆天笑容不减，摊了摊双手，回道：“无解。”

“此话怎讲？”路映夕谦逊请教。

“城门开不得，否则必有暴动。这就叫‘敌在暗，我在明’，防不胜防。”段霆天似乎不知忌讳二字如何写，侃侃而谈，“整城的百姓被可怕的瘟疫阴影笼罩着，已逐渐失了理智，只要有人稍稍挑拨，就会生事。如果强制镇压，反弹之力就会愈强，情况愈糟。如果软言规劝，那更无效果。所以……”

他一顿，直直地盯着她，眸光闪耀莫名光芒。

路映夕静静回视，等待他的下文。

“所以，唯有杀了全部的染病者，不论病重或初患，一个不留。”他的眼底似有一抹嗜血暗芒一闪而过，但随即无迹可寻，又是笑眯眯的不正经样，“路妹妹可别害怕，这些事也轮不到咱们烦恼。你一个姑娘家，还是快快回家去，别在这凶险之地逗留太久。”

路映夕抿唇浅淡一笑，默不出声。他最后一句话，倒像是别有深意。

段霆天勾了勾唇角，掀起迷人邪魅的弧度，懒洋洋地往旁边大树上一倚，再道：“南宫兄在医营坐镇，你就无须去了。至于范兄，他所服的新药效果良好，不出十日就会痊愈，但右腿怕是要残了。”

路映夕心头震颤，蓦地抬眼看他。

“听说你深谙毒术，不会不知这结果吧？”段霆天挑起眼角，坏笑道，“莫不是不敢面对现实？你这般担心范兄，难道你们俩……”

“新药的药性虽好，但后患难测，普通百姓也许不敢服用。”路映夕不睬他，沉思着道，“而且还要再过七八日才能确定效果……”

话未完，段霆天已经接上，“太迟了，这几日必有大乱。”

路映夕轻眯起眸子，不着痕迹地审视他。他说的每一句话，都像是下定论。如果他并非表面上的狂傲自大，那么便是他洞彻每一个环节，大至天下时局，小至晖城瘟疫。

段霆天似是察觉不到她眼中的探究之色，径自笑意浓浓地睇着她，戏谑道：“路妹妹，你这样目不转睛地盯着我，该不是爱上我了？”

路映夕微垂眼帘，嗤道：“段王爷过虑了。”

“爱上我有何不好？”段霆天歪着身躯腻在树干上，眼角眉梢间尽是惑人挑逗，却丝毫不损高贵狂傲的天生气质。

“段王爷此话甚是荒谬，我已是有夫之妇。”路映夕不假思索回道，心里不期然忆起另有一人也曾问过同样的问题。那时他说，爱人并不是交易，不应逐一权衡利弊。他要她敞开心扉，待他以诚，而他也会相同回报。她本以为自己做不到，也质疑他能否做到，可不知不觉间，他们似乎已在慢慢靠近。

“有夫之妇又如何？”段霆天扬唇，放声而笑，眸光湛亮，语声放荡不羁，“我段霆天从不在乎俗世礼节，只有我想要或不想要，却没有我要不起的女人。”

“段王爷好气魄。”路映夕扯了扯唇角，不以为然。语毕，便不再理会他，举步往行馆外而去。

而在她身后，那一道灼灼的目光随紧，似含炽烈的征服欲望，又似莫测的意味深长。

路映夕刚到医营，就被南宫渊半劝半推地带回了行馆。

“师父，城中情况到底如何？”返到行馆厅堂坐下，路映夕便忧切问道。

“今日原要开启城门，但突然涌现许多百姓，大多是年轻力壮的男子。看情形像是民间自组的起义军。”南宫渊替她斟了一杯清水，递到她手上，才又道，“你身体孱弱，莫再劳心这些事。我已请太守为你安排马车，午后起程回宫。”

“午后？”路映夕微怔。

“你的身子拖不得，此地病气太重，很是危险。”南宫渊缓了声音，徐徐道，“我已镇不住你的心疾，你要自己好生调养。待我离开晖城之后，会去寻一种药材。迟些作为生辰之礼送与你。”

“是何药材？”路映夕疑问。她自知宿疾无药可救，而寒毒原是陈年余留，也极为棘手，师父会有何方法？

南宫渊未回答，淡淡微笑，反问道：“可还记得半年之约？”

路映夕点头，心念电闪，陡然明白。

“师父，”她震慑而惊疑地望着他，“是否要寻曼陀罗？”

南宫渊只笑不语，黑眸深处似有两团火光升起，像是埋藏已久的渴望，幽谧而灼热。

“竟是如此。”路映夕失神喃喃。她果真错怪了师父，师父怎会害她丢了性命，他不过是想救她。

“接下去的日子，你会日渐衰弱。但唯有此法，才能取信那人。”南宫渊低沉了声音，眸光恢复平静无澜，“到时你若不想走，就以曼陀罗入药，自行调配镇痛之药。先且挨过寒冬，再慢慢调养。”

“师父早就计划好了吗？”路映夕缓缓抬眸，凝望着他，语声低幽得有几分涩然，“如果是，为何不早在映夕出嫁那日就这样做？为何要映夕经历这半年的时间？”

南宫渊沉默须臾，暗自倾听四周声响，确定无人近在周遭才沉声启口：“你与慕容宸睿有红鸾天喜之缘，天意不可违。不仅此一个原因，当时邬国的状况，容不得你我任意而为。现今四国已各有打算，你若要退出，我想影响不会太大。”

“天喜之缘？”路映夕牵动唇角，难辨心下情绪，“我与慕容宸睿是否只有一年的夫妻缘分？”

南宫渊轻轻摇头，语气有些沉凝：“我不知。”他确实这般期望着，也努力将分寸拿捏得最恰当，可未来会如何，依然不在他的掌控。

“到时我若走了……”路映夕淡淡一笑，自嘲地闭了口。她若走了，天下时局如何与她又有何干？人死如灯灭，所有前尘往事都不再具有意义。可是，这个决定竟显得这样难，她竟生了迟疑。

南宫渊静望着她清美的脸庞，心中忽然回忆起一个画面。她出阁之前，绘了一幅图赠他。那时她眼中掩不住哀伤，却又强自轻描淡写地对他说：“师父，映夕即将远嫁，师父多年悉心教导之恩，映夕永记于心。”他展开画卷，怔愣当场。那画上，一袭艳红嫁衣，一顶凤钗后冠，却无人身亦无人脸。她似乎想告诉他，她想嫁的并不是那人，而是……

不由自主地逸出一声叹息。是他没有把握机会，是他太过瞻前顾后。可他只是不愿她后悔，不愿她活得负疚。

路映夕也静默着，凝视他宛若止水的俊逸面容。如若不细看，她不会发现，他漆黑似墨玉的眼眸里其实蕴含层层波澜。一贯以来，他的情绪如同他的心一样，藏得很深。她不断揣测，想知却不敢问。他们之间的距离，似有若无地拉近过，又无形无声地推远过，现在似乎回到了原点。一切都有了新的可能。

第五十四章
重返皇宫

比预期的时间提早半日，路映夕起程返回皇宫。

入暮时分，回到凤栖宫，她忽然有一种恍惚的感觉。环顾着寝居里的摆设，似觉熟悉又觉陌生。这里是她的家，她的归属吗？可为何总觉缺了些什么？

神思不属地踏入内居，想躺下歇息，却在看见凤床上的身影时突地愣住。

床上那人也听到了声响，惊得不轻，急急滚下床来，跪地磕头："娘娘恕罪，奴婢知娘娘明日返来，正要换一床干净锦被。"

路映夕不出声，目光似清雪，冷冽地扫过她。

晴沁趴伏在地，不敢动弹，浑身绷紧，不自觉已是冷汗透背。

"起身。"半晌，路映夕才淡淡开口，神色漠然，窥不出喜怒。

晴沁战战兢兢地站起，抬起眼角瞥了她一眼，心中越发惊惧。

"想睡这张凤床？"路映夕不紧不慢地问，眼神渐渐渗出寒冰之色，"还是入密道？没有本宫允许，你打算擅自做些什么？"

"奴婢绝无他想。"晴沁扑通一声再次跪下，清脆声音里夹杂了恐惧的哽咽，"奴婢生是邬国人，死是邬国鬼，绝对不会将密道之事泄露，请公主殿下相信奴婢。"

"那么也就是想睡一睡这张凤床了？"路映夕未再叫她起身，只清冽地睥睨着她。

"奴婢，奴婢……"晴沁额头触地，分毫都不敢抬起，嗫嚅道，"奴婢该死，奴婢……"

"你钟情于皇上？"路映夕索性开门见山地直言问道。

晴沁连连磕头，未敢回答。

"小沁，主仆一场，你老实说了，也许还有一线生机。"路映夕面色平淡，心中清明如镜。

"奴婢确实……确实敬慕皇上……"晴沁声如蚊讷，肩头颤抖，嗫嗫许久，猛地抬起头来，直视她，豁出去般地道，"公主殿下，奴婢确实景慕皇上。但奴婢分得清公与私，万不会为了讨好皇上而将秘密道出，如果公主不信，就处决了奴婢。这是奴婢的命，奴婢没有怨言。"

路映夕冷淡地盯着她，一言不发。

见她一味沉默，晴沁抑不住心慌，但嘴硬再道："奴婢不曾做过对不起邬国的事，也不曾做过对不起公主的事。"

“是吗？”路映夕淡淡一笑，语声却是透寒，“你敢说你忠心于本宫？你敢说你问心无愧？当初皇帝无端怀疑密道的存在，难道不是你泄的口风？你异常关注栖蝶，难道还未查出她的秘密？你知情不报，是何居心？”后两句，带着试探之意。先前贺如霜提及栖蝶，她虽还未查出是何秘密，但心里终是留了个疙瘩。

晴沁震住，眼波凌乱，闪过恐惧与慌张，但逐渐镇定了下来，似觉大势已去，有了必死之心。

“是，奴婢曾泄露过口风，以密信相告皇上，但奴婢只是为了引起皇上的注意，并没有说出密道就在凤栖宫，皇上也不知那署名‘情儿’的人便是奴婢。”她突然轻笑起来，阴冷而苦涩，“栖蝶的秘密，以曦卫的能耐，迟早会查出，奴婢说与不说又有何碍。公主要奴婢留意栖蝶的一举一动，是想叫奴婢将来某一日假扮栖蝶吧？可是皇上根本就不在乎栖蝶，奴婢扮了栖蝶有何用？”

路映夕忽然低叹，觉得身心俱疲，倚坐到凤床，才出声道：“喜欢一个人本无错，你起来吧。”

晴沁跪着不动，面有倔色。

“小沁，你有权利喜欢任何人，但是你必须清楚，那人对你是否也有情。一厢情愿只会酿造祸事。”路映夕微合起眼眸，眉间浮现倦色。小沁虽存了私心，但并未做出大错之事，她若就这样杀了她，未免太狠毒。

“若不争取，如何得到那人的感情？”晴沁已稳住了嗓音，幽幽冷冷地道，“奴婢身份卑微，与公主犹如云泥之别，如果自身不争取，何来机会获得那人青睐？”

“那么，你想如何？”路映夕靠着枕垫，闭目问道。

晴沁涩冷地自嘲低笑，回道：“奴婢还能如何？公主既已知晓奴婢的心机，还能容奴婢存于这世上？”

路映夕不语，眉心紧锁，合眼静思了会儿，悠悠睁开眸子，看向晴沁，“小沁，莫说本宫不容情，现在本宫给你一个机会。你若能做成这件事，本宫保证你平平安安返回邬国。”

晴沁狐疑地皱了皱秀眉，应道：“公主要奴婢做何事？”

“做成这件事需要一些时间。”路映夕站起身来，走向她，压低音量说着，但突然抬目望向寝门方向，倏地止了声。

沉稳而轻微的脚步声，已至外间，接着便听珠帘被拂动的玎玲脆响。

“皇后为了何事动怒？”皇帝步入内居，扫了跪地的晴沁一眼。

“皇上。”路映夕微微一笑，向他屈身行礼，然后扶起晴沁，温言道，“小沁，你先退下吧。”

晴沁身子微僵，脸色木然地朝他们二人行了礼，退出寝居。

“映夕，朕告诉你一件事。”皇帝俊容带笑，优雅而温和，瞳眸中却掠过锐如锋刃的光芒。

路映夕沉静回望他，心头暗暗不安。方才他似乎刻意屏了呼吸，不知他究竟听到多少？

“朕曾经收到过一封密函，揭发有人在皇宫里挖掘密道。朕一直在想，何人这样大胆。”皇帝定定地盯着她，唇角笑容不减，但眸光愈显森寒。

路映夕脑中疾速思索着应对之策，双手无意识地攥紧，掌心渐透出薄汗。

“无话可说？”皇帝勾着薄唇，冰凉的目光淡淡扫过她。

路映夕暗自深吸一口气，平静地回道：“如此大逆不道之事，真是骇人听闻。”

皇帝收回视线，微低着下颚，笑了起来。

“皇上因何事发笑？”路映夕望着他棱角分明的俊脸，若无其事地问。

皇帝蓦地抬起头，灼灼地盯着她，可却不出声。

路映夕心尖颤动，一时竟说不出话来。为何他的眼神这般奇特？似乎期待着什么，又似乎带着深沉的失望。

“你当真不知？”皇帝低沉启口，眼光一瞬不瞬地紧锁着她。

“知晓什么？”似被他炽烈的眸光烫着，路映夕轻轻别过脸，垂了眼帘。

“你当真不知朕在给你机会？”皇帝的嗓音越发低缓，可却字字清晰，“朕一直在等，等你对朕交底。只要你踏出这一步，我们之间就再无间隙。”

“我们？”路映夕轻念，转回脸与他对望，却无言语，只是浅淡苦笑。密道是她最后的退路，她不可以说，也不可能说。

“是，我们。”皇帝伸过手，牵起她的右手，放进掌心里包裹着，“把你自己交给朕，朕会保护你。从此你可以不理世事，安享清福，这样不好吗？”

“皇上所要的，不仅仅是臣妾。”路映夕扬着菱唇，举目望入他深邃的眸底。他要的，还有她背后的一切秘密。

“在你眼中，朕这般功利？”皇帝皱了皱浓眉，沉声道，“朕要的是你全心全意的依赖。两人之间倘若隔阂着诸多秘密，一再互相猜忌，又谈何夫妻感情？”

路映夕抿了抿唇，轻声但犀利地道：“难道皇上没有秘密吗？皇上对臣妾彻底坦诚了吗？”

皇帝微微眯起深眸，道：“你想知道什么，大可以问朕，朕不会瞒你。”

路映夕抽回被他握住的手，沉默片刻，终于问出心底盘亘许久的话：“若能顺利灭了龙朝，皇上将会如何对待邬国？”

皇帝也静默了须臾，眸色渐沉，缓缓答道：“收作郡城。”

路映夕动了动嘴角，掠过一抹轻嘲：“皇上的心意从未改变。”

皇帝抬起手臂，按在她的双肩上，正色道：“映夕，听着。并非朕贪图你邬国的国土，而是时势迫人。你以为你父皇与我皇朝结盟是为了什么？纯粹为了自保？不，并不是！”

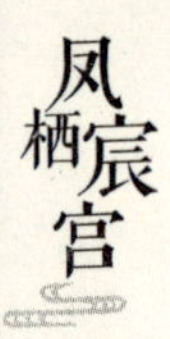

路映夕无言地凝视他，心头翻涌起莫名的惊涛骇浪。

又听皇帝肃穆地继续道："长期以来，霖国的态度游移不定，朕一度想要笼络霖国，但后来才发现，原来霖国早与他国私下结盟。"

"霖国与龙朝？"路映夕声音微抖，心里已约莫猜到答案，但本能地抗拒去相信。

"不，是霖国与邬国。"皇帝的回答仿如金石掷地，震得她心神俱寒。

"不可能！"路映夕矢口驳道，一把挥开他的手臂，不稳地连退两步，满目震惊，"父皇不会这样对我，不会！"

皇帝凝望着她，深如寒潭的眼眸渐渐浮现一丝怜惜的悯色。

路映夕扶着榻柄，跌坐软榻中，神色幽然恍惚。父皇早已与霖国联手，那么为何还要将她嫁入皇朝？这个问题的答案，已是昭然若揭。父皇早就有了算计，表面与皇朝结盟，助其攻打龙朝。待到龙朝灭亡，而皇朝也因征战元气大伤，父皇就联结霖国，一举灭了皇朝。这一切，自然不是为了自保这样简单，而是暗藏着巨大的野心。原来，父皇也想要称霸天下。可却从来没有顾虑过她将来的下场……

"映夕。"皇帝走近她，蹲下身躯，抬起她的下巴，强迫她与他对视："你的出发点与你父皇不同，你想保住邬国子民的安定生活，可你父皇却是想要称雄争霸。也许你还不知道，你父皇已经开始加重赋税，广征新兵。长此下去，无壮丁田耕，那些老弱妇孺的百姓必会苦不堪言。"

路映夕怔怔望着他，眼中浮起一层水雾，迷迷离离地漾着涟漪，没有泪水滴下，反却更显凄清。

"映夕，如果你对朕有最基本的信任，朕应允你，将来会善待你邬国的子民。"皇帝抬起一手，抚上她凉寒的脸庞，轻叹一声，柔了语声，"想哭就哭出来吧，不要强忍着。"

"为何要哭？"路映夕突然出声，嗓子有些沙哑，却绽唇轻轻地笑，"应该要笑的，多么可笑。"她做的一切，都显得这样可笑。自以为牺牲奉献，却毫无价值；自以为志向崇高，可救国救民，却只是帝王实现野心的踏脚石。

皇帝的手指摩挲着她的面颊，轻柔地抹去她牵强上扬的唇角弧度。

路映夕偏开头，霍然站了起来，冷淡地道："皇上为何要告诉臣妾这些事？想借此交换臣妾的秘密？"

她冷冷地睨着他，仿佛一只刺猬般的戒备而警惕。

皇帝亦站起，展开双臂揽住她的纤腰，力道强悍，不容她挣脱。

"你说朕有私心也好，有目的也罢，总之朕不会再放开你。"他低眸睇着她，她倔强的眼神如脆冰般，看似冰雪凛冽，但一折就会断裂。

她昂首，唇边噙着一抹嘲讽："皇上不再要求臣妾交底了吗？"

“罢了，朕不催你，朕相信总有一天你会心甘情愿地交付出身心。”皇帝不由叹息，她此刻看起来就像受伤的小兽一般，他不忍再逼迫。密道之事，他虽还未查到切实地点，但只要看牢她，暂时也不会有太大风险。

“交付身心之后呢？”路映夕不经思考地脱口道，“再恣意践踏，蹂躏？皇上当初没有珍惜姚凌的心，如今又怎会珍惜臣妾的心？帝王无情，更无爱！”

皇帝的眸光顿时变得暗冷，路映夕也僵了神色。她口不择言，却是心底最真实的话。血亲之人都不可相信，更遑论是他？她不只怀疑他的温柔，甚至怀疑整个世界。

“揭朕的旧伤疤令你很有快感？要朕也痛苦你才开怀？”皇帝扣着她细腰的手一点点松了开，俊容转为冷漠，“朕如何待你，你看不见？感受不到？朕若是无情，会百般容忍迁让？你做过的那些事，早就足以叫你死一百次！”

“臣妾做过什么？”路映夕才刚心生一分自愧，闻言又冷硬起来，眸光似裹着层层冰雪，将自己保护得滴水不漏才迎上他骤凉的目光。

“你对蕊儿曾经做过什么，还需要朕说明白？你为了南宫渊，与朕如何谈判，要不要朕重复一遍？你暗凿密道，蓄养三千曦卫，你以为朕不知晓？”皇帝一连串的质问似夹着芒刺，锋锐而冷冽，“朕怜你惜你，知你背负着重重的包袱，才一而再地包容，可是你如何回报朕？你半分信任都不曾给过朕！你说朕无情无爱，那么你扪心自问，你对朕有几分真情！”

“既然根本无法彼此信任，既然彼此都无情无爱，那又何必勉强。”路映夕冷声反击，丽容似冻结着寒霜，没有一丝表情。

“好！好！”皇帝连声说着好，面色已是铁青，“就当朕一厢情愿，往后都不必再勉强。”

话落，他沉冷地盯视着她，见她始终神情冰冷，终于失了耐性，一甩衣袖，转身离去。

路映夕面无表情地看着他决然的背影，像是入了定般，良久不移。那明黄帝袍消失于视野，她还是直直地瞪着那个方向，连眼睛都不眨一下。

大抵过了许久，她的长睫抖动了一下，眼角两滴晶莹的泪水无声无息地滚落。

缓慢地，她蹲下身来，抱着膝盖，蜷缩成一团。极压抑的低哑哭声，模糊地传出。

第五十五章
情深不觉

就维持着这样的姿势，路映夕抱着自己蜷在角落，泪水濡湿了裙角，但哭声低微，只有喉咙里发出微弱的抽噎。

忽然间想起母后薨逝的那一年，触目所及皆是白凄凄的缟素，那时她刚满五岁，由随侍的老嬷嬷牵着，进入皇族灵堂。她尚年幼，不知死亡意味着什么，只知母后不见了，故而急急找寻。灵堂中央的那一具晶莹冰棺，便是她最后看见母后的地方。那一日，父皇对她说："夕儿，父皇今后会加倍爱护你，连带你母后的那份疼爱一并给你。"

半敞的纱窗吱呀轻响，阵阵清风卷入居室里，带着深秋的寒意掠动一室冷凉。路映夕微微瑟缩，越发觉得萧索发冷，便将泪湿的脸庞深深埋进自己的双手中。

已入夜，外面天色渐渐暗了下来，没有掌灯的内居漆黑幽寂。

当晴沁托着镶嵌夜明珠的玉盘前来时，蓦然一惊。

"娘娘？"她迟疑地走近，低声唤着。

路映夕蜷缩的身姿似石化般僵硬，一动不动。

"娘娘？奴婢前来领罪。"晴沁轻轻地道，秀丽面容已无丝毫惊慌，只余下微冷的沉静表情。

寂静许久，路映夕缓慢地抬起脸，被泪水清洗过的眸子如皎月明澈，可又含着显而易见的缕缕哀伤。

晴沁心中暗自发怔。公主哭过？难道是因先前和皇上不欢而散？公主莫不是也爱上了皇上？

路映夕慢慢站起身，双脚发麻得失去知觉，不由失衡地趔趄。

"娘娘。"晴沁忙上前扶住她，搀她到软榻上坐下。

"小沁。"待坐稳，路映夕终于开口，声音沙哑暗沉，"做完这件事，你就回邬国去。"

"不知娘娘要奴婢办何事？"晴沁低眉垂眸，温顺地问。

"你过来。"路映夕示意她靠近，然后附在她耳边低语几句，就止了声。

晴沁身子隐隐一震，目露骇然："公，公主……"

路映夕摆了摆手，倦怠道："退下吧。"

晴沁滞顿半晌，默默将夜明珠悬挂壁角，再行礼退了出去。

明朗柔和的光泽照亮整室，路映夕微眯眼眸，感到不适。倏地反手一掌挥去，只听嗖的一声响，那名贵奢华的夜明珠穿透纱窗，直飞出寝居外。

眼前又恢复了黑暗，她幽叹一口气，手捂左胸，侧身躺于榻中。

神思混沌地过了良久，才渐渐陷入梦乡。她的身体似乎越来越容易疲惫，胸口也总是闷闷地抽疼，这是逐日衰弱的征兆吗？

她睡得并不沉，感觉得到身边有人走动，可是眼皮异常沉重，睁不开眼睛。

那人轻轻地坐在她身旁，低沉地唤她："夕。"

她想回应，想睁眼看一看是何人这样称呼她，但头晕胸窒，冷汗遍体，怎么也醒不过来。

一只温厚粗糙的大手拂上她的额头，似在为她擦拭冷汗。动作那般轻柔，仿佛怕会碰碎了她。

"日子不多了，朕又何苦与你斗气。"那人自言自语，长长地叹息，"你也应该放下心头所有负担，安安乐乐地度过人生的最后一段时日。"

温热的手指触摸上她腕间的脉搏，那人又是一声低叹："脉象紊乱且虚弱，看来南宫渊所言不假。"

模模糊糊，她又听见他说："当真是红颜薄命？朕现在倒宁愿是红颜祸水，祸害千年。"

她觉得有些想笑，但是心口痛得厉害，令她昏沉无力。

"其实朕都不知到底看上你什么。"那人突然轻笑，带着自嘲之意，"朕自诩英明，不受女色迷惑，但说穿了也不过如此。"顿了顿，他沉稳住语声，低低道，"早在大婚那夜，掀开红帕锦盖的那一刻，朕就被那惊鸿一瞥震慑住。因为心头震动，朕便刻意不再看你。可是只那一眼，便已经叫朕印象深刻。"

她迷蒙地听着，恍惚地疑惑，何事令他印象深刻？

"朕见过无数美人，有娇柔妩媚的风情，亦有甜美可人的清新，更不乏冷冽高傲的倔强。你虽容色出众，但也不过是一具精致皮囊罢了，照理并不足以眩迷朕的眼。后来朕也将你抛诸脑后，不去多想，直至再接近，那种特殊的吸引与悸动又重新萦绕于朕心。近来，朕有些想明白了。或许这就是天生宿命，没有道理可循，但不容抗拒。"

她想笑他何时也信了天命之说，却始终开不了口，脑袋里似灌了铅，重得发疼。

"映夕？"他的声音倏然提高，似乎紧张急切，"你怎么了？别咬伤自己！放松！"

伴着头疼，她的心房也剧痛起来，如被尖刀一下一下锥凿，痛楚瞬间侵入四肢百骸。她听到自己狠狠咬牙发出咯咯的怪异声响，可却控制不住。

一只强而有力的手掌捏着她的双颊，强硬地撬开她的唇齿，防止她无意识地咬伤自己的舌头，然后果断地将手臂塞入她口中。

她全然没有思考，张嘴立刻咬住。铺天盖地的剧烈疼痛如汹涌的潮水般将她整个人紧

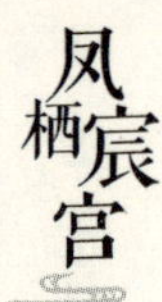

密包围。口腔里慢慢溢满了血腥味，她浑身战栗，脑中已无神智，只剩下一个念头——她挨不过这次病发了。

“映夕，夕，夕！”

焦急的唤声近在耳畔，她无力理会，只觉痛楚太甚致使她连呼吸都变得困难。胸腔憋胀，似要迸裂爆破，她从未觉得这样辛苦煎熬过。

“映夕，撑着。”

有人将她抱起来，一掌抵在她的背心。

“就算武功尽弃，朕也会救你。”

话音未完，绵延不断的汩汩真气已灌入她的体内，短暂性地抑制住了她的苦痛。

她脑中有片刻的清明，就在这一刹那，她信了他，终于相信了他。

可是，很快，她又坠入刀绞般的痛楚深渊。而背后那股强劲醇厚的内力稳稳地注入，不曾移离。

“皇上……不可……”她费力地挤出几个字，但终是有心无力，头一歪，彻底昏厥了过去。

“映夕！”挟着咆哮的呼喊骤响，震彻梁顶。不容错辨，那是恐慌失去的惊惧。

就像飘浮在清凉的河水上，悠悠荡荡，说不出的平静宁馨。路映夕的嘴角露出了微微的笑容。不再感觉到疼痛，也不再有沉重的负担。如果可以就这样安静平和地维持下去，该有多好……

皇帝斜着身子靠在床头，定定地注视着那张洁白如瓷的小脸，片刻不移。他自己的面容亦有些苍白气虚，但凝在眉宇间的更多是痛惜和担忧。

凤床幔帐前，一名老太医躬着身喏喏道：“皇上，皇后娘娘应该很快会醒来，不过，皇后的脉息孱弱，且有越发衰败的迹象，恐怕熬不到……明、明春……”

“退下。”皇帝未抬眼，冷淡道。

“是，老臣告退，还请皇上保重龙体。”老太医垂着头退了出去，暗自叹气。果真是红颜薄命，明明无病无灾，却是这么弱的身体底子。

寝居内，皇帝皱起浓眉，心中思绪翻飞。他已倾注大半真气，可她体内似乎有一股怪异的内劲，抵制着外来的力量融入。是她自己无意求生，还是别有内情?

思索着，渐渐合上眼睛，疲倦入睡。

路映夕醒时，看见的便是皇帝紧皱眉头睡着的样子。她撑着身子坐起，感觉心口的痛楚已退散，只剩下虚软的无力而已。

“皇上？”她轻唤，凝视着他眉心的那道皱褶，不由伸出了手，想以指尖抚平它。

皇帝似是蓦地一惊，陡然醒了过来。

“映夕，”他怔怔望她，疑似做梦，半晌才缓过神，一把将她搂进怀里，“你醒了。”

她被他过于用力的手臂勒痛，但并不挣扎，把脸庞偎在他的肩头，沉默地绽开唇，浅浅微笑。

良久不见她有动静，皇帝心头微震，忙拉开些距离审视：“映夕，你可还好？”

“臣妾无碍了。”路映夕笑答，眸光盈盈，如春水泛波，竟格外的温柔旖旎。

皇帝怔愣，抬起一手，掐了掐她的脸颊。

“皇上！”路映夕呼痛，恼怒瞪他。这人翻脸也未免太快。之前她昏迷时还听见他告白般的深情话语，现在一转眼就变了态度？

皇帝收回手，薄唇轻微上扬，深眸浮现几许欢愉宽慰。他本以为她病糊涂了，但此时见她恢复了一点精神，倒放下心来。

“你方才病发了。”他平淡地道，似有心淡化这话背后沉重的含义。

“嗯，臣妾知晓。”路映夕亦是淡然。她早已料到，只是未想到会这样快。原本她可以自行配药调理，但是照师父的计划，她应该病得更虚弱一些才行。

“从今日起，你哪儿都不许去，乖乖待在凤栖宫里调养身子。”皇帝扬起长眉，霸道地下令，“瘟疫之事，你无须再过问。邬国的事，你也不许想。待身子养好了，一切再论。”

路映夕抿着唇笑。他分明已将她看成将死之人，何来“再论”？

“笑什么？”皇帝不满地睨她，“朕的话便是圣旨，你若敢有违，就是抗旨。你好自为之。”

“是，臣妾遵命。”路映夕做正经状，朝他重重地点了下头。

皇帝眯眼看她，心里总有疑虑。她看起来似乎有些不同，多了几分俏皮和温存，难道自知命不久矣故而索性放开心怀？

路映夕知他心中所思，也不去理会，径自握住他的右手，低头细看：“皇上怎么不上药？”

他结实的手臂上一圈齿痕，深入皮肉，虽已止血，但看着仍是触目惊心。

“不用麻烦，过几日自会结痂。”皇帝瞥了一眼伤处，不以为意，只存心取笑道，“平日就见你伶牙俐齿，果然是尖锐得很。”

路映夕却未搭腔，敛了神色，正容看他：“如果能救臣妾，皇上可愿意付出所有的内力？”

皇帝一怔，没有答话。

路映夕继续说道：“师父原可以为臣妾镇住心疾发作时的痛楚，但因臣妾中了寒毒，体质转为虚寒，受不得阳刚真气入侵。皇上所练的内功心法偏于阴柔之派，说不定能够……”

她一顿，没有再说下去，抬眸直直地深望着他。

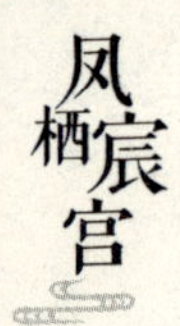

皇帝低叹一声，徐徐道："朕已试过，但你也接受不了。"

"如果可以呢？"路映夕固执追问，目光紧紧地锁着他。

"如果可以，朕失去内力又何妨？不过是重头再修炼罢了。"皇帝语声低沉，抬手抚摸她的面颊，轻轻摩挲着，"你的性命，朕怎会不看重？你太看轻朕对你的心意。"

路映夕突然颔首，神色认真地道："臣妾相信。"

"相信何事？"皇帝却眼露疑惑。

"相信皇上的心意。"她缓缓漾开笑靥，眼神清柔温和。

"为何相信？"皇帝反而益发狐疑。她一贯都质疑他的用心，为何忽然之间就相信了？

"臣妾时日无多了，皇上也无须再哄骗着臣妾，不是吗？"她的笑容嫣然，迎上他不解的眼光，"臣妾自知挨不过今年寒冬，剩下的日子不多，不如放宽心好好度过。如果皇上忍心欺骗一个将死之人，那臣妾也认了。"

"不许胡说，你还会有很长的日子，你还要看着朕征服四方，一统天下，朕不准你说丧气话。"皇帝倏然生怒，双目染上炽光，灼灼盯视她。

"皇上曾答应过臣妾，会善待邬国子民，希望皇上会永远记住这个承诺。"路映夕静静地凝望他，心底不期然滑过一丝酸涩。她若真的选择离开，四国如何争斗都将与她无关，谁输谁赢更不再重要，可为什么她感到不舍与难安？

"只要力所能及，朕一定会实践诺言。但朕要你陪着朕，一同目睹大统盛世的到来。"皇帝双手钳住她的细肩，望入她眸底，一字一顿道，"你是朕的皇后，你必须与朕一样勇敢，没有跨不过去的坎，没有渡不过去的劫。"

路映夕只轻浅地淡笑，并未接言。他误解了，但只有他误解了，她才有获得自由的可能。到时候，他只会伤感，不会愤怒，自然也就不会迁怒于邬国。于是她便可彻底消失于这纷扰乱世。可是，如此会不会太自私？为自己着想，会太自私吗？

"听见没有？回答朕！"皇帝的手劲渐大，捏得她的肩膀生疼。

路映夕挣了挣，他却恍如不察，一径盯牢她，双手紧紧地桎梏着她的身子。

"臣妾听见了，皇上先放手可好？"路映夕蹙眉应道。

"不放！"皇帝忽然变得任性起来，非要她说一个应诺，"说你会积极面对，会撑过今年冬日，还有往后无数个冬日。"

"是是，臣妾会谨遵皇上旨意，会积极面对。"路映夕甚感无奈，只好安抚地应承。

皇帝松开了手，但面色依然阴郁。

路映夕揉着发疼的肩，一边偷眼觑他。他真害怕她会死吗？是因为对她生了情，才害怕失去，又或者是因为知道她将死，才生了情？

皇帝微低着头冥思片刻，突地抬首，道："朕还是不放心，你明日就搬入宸宫，朕让太医署全部的太医一齐为你诊病。”

路映夕一愣，忙回道：“不必这般麻烦了，臣妾自谙医术，知晓如何调理补身。”若搬去了宸宫，她岂不是没有机会进密道？真要抛开所有的事？连曦卫都不联系？她终是做不到，至少此刻做不到。

“你现下是病人，无权置喙，就由朕说了算。”皇帝强硬得有些蛮横，不容她再多言，硬是要她躺下，为她盖好锦被，再道，“朕去命人传膳和传药，你先歇会儿。”

“皇上。”路映夕唤他，他却不睬，顾自翻身下床，大步而去。

路映夕不禁觉得好笑，摇着头自语道：“有必要亲自去吗？”

可是笑着笑着，眼眶微微湿润，鼻端发酸。她如今的做法，可算是欺骗他的感情？倘若有一日，他发觉了真相，是否会痛恨她？

背过身，她轻轻闭上了眼，不愿再去想。

不多时，皇帝返来，见她似入睡的模样，便放轻了声音：“映夕？该喝药了。你大半日未曾进食，用完膳再睡。”

她不动，听见他轻手轻脚地搁放瓷碗的声响，然后感觉背后一暖，他将她抱着坐起。

“乖，喝药了。”见她幽幽睁眼，他露出温煦的微笑，英气的眉宇间满是柔情怜惜。

她心尖莫名抽痛，分不清是心疾所致，还是情绪所引。

皇帝一手拥住她，一手端起床边矮几上的药碗，凑到她嘴边。

“这是朕第二次服侍人，你若不捧场——”他低哼，但手势轻缓小心，慢慢地喂她喝药。

这次没有再呛到她，她一口一口喝完，默不出声。

皇帝只以为她疲累，扶着她再躺下，温声道：“朕去端燕窝粥。”

“皇上为何要亲自去？”路映夕冷不丁开口，略带困惑地问。

皇帝似未想过这个问题，怔了怔，才回道：“朕不想奴才吵着你。”

他答得云淡风轻，说完便快步离去。她若不问，他自己也忽略了。原来他潜意识里真的感到害怕，怕相处的时间所剩无几。

第五十六章
一夜缱绻

在路映夕静养期间，晖城大乱。

城中百姓被有心人煽动，日日挤搡在城门口，导致城门更加无法打开。于是百姓越发恐慌，也因此越来越多的人盲目起义。不过四五日的时间，竟已有万名年轻壮丁集结成军，与守城的士卒对抗。

另外，南宫渊已提前确认了新药的药效。济仁堂里逐渐有病患好转，但也有体质虚弱者经受不住新药的烈性而暴毙，其他病者开始抗拒服用新药。

这些事，路映夕都不知晓。她迁入宸宫，被皇帝守得严实，除了偶尔于御花园散步之外，极少离开宸宫范围。

这日午后，皇帝下朝回到寝宫，怔坐桌案前，脸色凝重，却无言语。

“皇上？”路映夕端着一盏清茶，盈盈走近，面带微笑，心下却已猜测到缘由，不由暗自叹口气。

皇帝未抬眼看她，兀自出神，眉宇间笼着一抹阴云。

“皇上，是否要走最后一步了？”路映夕轻声询问，搁下茶盏。

皇帝一惊抬首，似这才发觉身旁有人。

“今日的药，你按时喝了吗？”他从桌案后站起，握住她的手，皱了皱浓眉，道，“手这样凉，你出去吹风了？”

路映夕不禁笑了开，这几日他愈显唠叨，事无巨细一一过问，简直像是变了个人。

“取笑朕？”皇帝哼了声，不满道，“朕一刻不盯着你，你就不安分。沏茶的事为何不吩咐宫婢做？”

“臣妾并没有病得下不了榻，沏茶这样的小事臣妾还能够做。”路映夕笑望他，心底淌过一丝暖意。两耳不闻窗外事的日子，是这般惬意。赏花、弹琴、看书、作诗，不必思虑民生大事，每日都是倏忽而过。可这样的日子，大抵所剩无几了，一味自欺欺人终不是长久之计。

“今日太医怎么说？”皇帝牵着她的手走到舆榻坐下，凝目望她。

“老样子，不见起色，也未恶化。”她淡淡一笑，微垂下眸子。每次谈及这个话题，她都不由自主地感到心虚。她确是体弱，但短时间内并不会死。可是他一直以为，她熬不过百日。

“待到晖城事了，朕邀南宫渊入宫一趟。”皇帝拧着眉，难掩忧色。

"晖城现今是何状况？"路映夕忍不住再次询问。

皇帝抿了抿薄唇，不出声，眸光却明显黯沉了下来。

路映夕轻轻叹息，道："小杀止大乱，并非不对，但是，也许还有其他更好的法子。"

"还有何办法？"皇帝的语气很淡，似漫不经心。

"全部屠杀，不如强制灌他们喝药。能活下来的，是幸；受不住的，是命。"路映夕低低说道，眸中闪过不忍的悲悯。

"嗯。"皇帝浅淡地应了一声，未置可否。

"皇上，瘟疫之事，是否霖国暗中所为？"路映夕微微蹙眉，不期然忆起那姓段的狂傲男子。该不会就是他一手策划了整件事？

皇帝没有答话，只觑了她一眼，就移开视线。

路映夕感觉奇怪，疑道："皇上已查到线索？"

"你理会这么多做什么？好好养身子便是。"皇帝无端沉了声，隐约有几分不悦。

路映夕敛眸沉默。倘若霖国与邬国真的私下结盟，且此事真是霖国所为，那么邬国也就等于是帮凶。

见她不吭声，皇帝稍软了口气，解释道："朕不是迁怒于你，只是这些事与你无关，你不需上心。"

"臣妾明白。"路映夕点了点头，神色有些复杂。她也想彻底抛开，但心头总有什么萦绕着，不容她静心。

皇帝抬头看她，突然冒出一句话："映夕，朕已不在乎你出生何处。"

"嗯？"路映夕回视他，心中疑虑加重。他今日似乎很怪异？难道不仅是为晖城烦忧？

"这两日，朕想得很明白。"这话语没头没脑，但皇帝的眼神却异常认真，"无论你是何出身，如今都已在朕的皇宫之中，已是朕的皇后。只要你愿意，就无须回顾过去，无须与朕为敌。"他顿了一下，又重复道，"只要你愿意。"

路映夕不解望他，他为何忽然发出这番感慨？

皇帝却不再说下去，只是抬起手抚摸她的脸颊，爱怜而温柔。

是夜，皇帝去了御书房议事，路映夕屏退左右，独自一人悠悠地出了宸宫。

半个时辰后，她站在了白露宫的宫门前。这座宫殿，曾经富丽堂皇繁花似锦，而如今暗淡无光，殿前竟连一盏宫灯也无。

避到暗处，她悄然翻墙入内，直往内殿寝居潜去。她只是一时兴起，想到上次贺如霜说的那些话，特意前来看看是否会有所收获。

寝居内苑，更显阴暗幽谧，恍若冷宫般的死寂。

路映夕轻巧地靠近寝门，竖耳倾听。毫无预警，里面突然爆发出一串尖叫声，惊破这静夜。

路映夕惊了一跳，忙跃上殿顶。猫腰俯身，轻轻移开几片琉璃瓦，便见底下屋内有一个长发散乱的女子一边胡乱揪扯着自己的头发，一边发怒地嘶喊。

“放本宫出去，本宫是皇贵妃，你们凭什么关着本宫。皇上，本宫要见皇上。你们这些狗奴才，胆敢阻拦本宫见皇上。”

那女子身边跟着两名宫婢，好声劝道：“娘娘，夜了，就寝吧。”

那女子充耳不闻，狂躁地反复踱步，面上神情狰狞扭曲。

路映夕看得心惊，没想到一段时日不见，贺如霜变成了这般模样。

“呵呵……”只听贺如霜忽地冷笑起来，自言自语般地冷冷说着，“皇上心狠，本宫也不再指望这种薄情男人。但本宫就算是死，也要拉着路映夕那贱人一起死。”

两名宫婢似已听惯，并不惊异，只絮絮地好言劝着。

“那该死的贱人，若不是她，本宫怎会落得今日凄惨的下场。那贱人就是害怕本宫生下皇子，抢了她的后位。”贺如霜磨着牙恨恨咒骂道，“不要脸的贱蹄子，冒充邬国公主，那一顶后冠倒还戴得心安理得。”

路映夕听得怔忡，怀疑贺如霜是否疯癫糊涂了，但又想及皇帝今日的那番话……

无心再听贺如霜愤骂皇帝的那些言语，路映夕趁着夜色展开轻功回了宸宫。

已近亥时，但皇帝还未返来，她怔怔倚坐在舆榻上，无意识地喘息。因方才动了内力，胸口渐渐发疼起来。

初时没有理会，一径想着“冒充邬国公主”这几个字，心口绞痛得益发厉害，她慢慢苍白了面色。

痛到极处，她蜷缩地抱着自己，在榻上翻滚，片刻间就冷汗透衣。不过脑中尚是清醒，她嘲讽地想，这苦楚全是她自找，是她自封了一处大穴，故而皇帝无法为她镇压病发时的痛楚。她在折腾自己的身子，就为了不久之后的逃离。如此值与不值，已无法分辨清晰。

“映夕！”一声低喝骤响，紧接着便是急促且快速的脚步声。

“皇上……”她勉强抬眼看去，但额上汗滴滚落睫上，模糊了她的视线。朦朦胧胧中，似乎看见了一张满是焦急痛心的脸庞。

“映夕，可是病发了？”皇帝一把抱起她，一手贴熨在她颈后，果决地道，“朕输真气给你。”

“没用的……”路映夕缩在他怀里，气虚地断续道，“皇上别浪费力气了……”

“你闭嘴。”皇帝陡然恼怒，运起内劲，强行要灌入她体内，却即刻被反弹回来。他并未放弃，将掌心换至背脊部位，重新尝试。一而再，再而三，但终是无能为力。

“皇上今日提及臣妾的出身……是何含义？”路映夕痛得浑身颤抖，使劲咬着下唇，竭力维持一点清明，试探地问道，“是否贺氏向皇上告密？”

"你早已知晓？"皇帝一愣，没料到她已知实情。

"嗯……"路映夕苦笑，并未否认。其实她根本不知道，只是套他的话罢了。

"朕原本不信，派人寻着线索去查，果真——"皇帝没有说完，只将她抱得更紧，仿佛要传递温暖给她，双臂牢牢圈住她。

"臣妾也不信，臣妾当真不是邬国公主……"路映夕右手狠力地按压着左胸，想要以痛制痛，可却徒劳无功，心似被撕裂般地阵阵揪痛，一股难言的绝望感遍布周身。先前她对父皇感到失望，但他毕竟是她的父亲，她为自己的血肉至亲做一些牺牲，又何妨？可现在似乎另有真相，她真的彻头彻尾成了一个可笑滑稽的人吗？

"映夕，朕在你身边，有朕疼惜你，不要难过。"皇帝的声音十分低柔，将她揽在胸膛里，腾出一只手轻拍着她的背，似哄小孩般安抚着。

路映夕已无力回应，渐觉天旋地转，喉头一阵腥甜，猛然呕出一口鲜血。

"映夕！"皇帝震惊，急急大喊，"宣太医，快宣太医！"

路映夕染血的唇边缓缓勾起一抹笑，艳丽而凄凉，浓黑的眼睫长长垂盖下来，呼吸变得微弱。

皇帝敏锐地察觉异状，猝然暴喝："路映夕，你给朕醒过来。别以为朕不知道你封了自己的气门。"

一掌举起，皇帝毫不留情地重重拍下，击在路映夕的胸口。

"咳咳，咳咳……"下一瞬，路映夕便发出急剧的咳声，眼皮抖动，缓慢地睁开了眼睛。为什么要叫醒她，她只是不想经历这样的痛苦……

"坚强一点。"皇帝似命令似厉喝，定定地盯着她，"朕陪着你挨过每一次的病发，如果你痛，就咬着朕的手臂，朕与你一起痛。"

路映夕扯了扯嘴角，露出极为苦涩的笑容。他不会明白，十八年的亲情，一夕之间变成恶意的欺骗和利用，是怎样痛入骨髓的感觉。

夜渐深沉，月光如雪。宸宫内，人迹匆匆，众太医来了又去，皆是垂头丧气的神态。

皇帝恼怒已极，厉声喝退束手无策的太医们。

龙床之上，路映夕陷入昏迷，但仍紧锁着眉心，神情痛苦。锦被下的那身内衫已被冷汗浸透，愈发寒人。

皇帝俯身探了探她的额头，深眸顿时一暗。这样冰凉，她刚刚熬过心疾之痛，现下又引发了寒毒流窜。他自己尝过这冰冻入骨的苦头，深知长夜难挨，即使多升几座暖炉也不足以御寒。

屏退侍候的宫人，他自行宽衣，连内袍都脱去，才赤条条地钻入锦被内。

搂住她冷得瘆人的身躯，皇帝倒吸一口冷气。但终是没有松开手，将她紧紧抱在了怀里。

不知过了多久，两人的体温变得接近，路映夕逐渐恢复了些神智。

“映夕？”皇帝低眸看她，见她颤动着睫毛睁开眼，不由松了口气。

“皇上……”路映夕语气幽幽，水眸蒙雾，心中千头万绪，一时却不知从何问起。他定是知道她的真实身世，但要如何套出话来？她并不是邬国公主，那么她是谁？她的父母是何人？十八年的一切，一瞬间被推翻，她突然找不到自己，不知道自己是什么人，为什么存活在这世上。

“心口还痛吗？”皇帝单手托起她的下巴，对上她的眼眸，低沉说道，“不许放弃，每一次都不许。”

“没有多少次了。”路映夕的嗓音轻浅缥缈，夹杂几许涩然。既然她不是邬国公主，那么这桩和亲婚姻也就失去了原本的意义。贺如霜说对了一点，她确实没有资格霸占着这个后位。而自此，她也可以更理直气壮地离开了。

“没有朕的允许，谁都不能带走你，即使是上苍！”皇帝深望入她的眸底，手指轻而稳地钳住她的下颚，霸道得不容她闪避，“朕不允许你找任何理由逃避退缩。”

“倘若命数如此，就算皇上贵为九五之尊，又能如何呢？”路映夕浅浅地漾开唇，含着苦意和酸涩。她之前曾问过师父，她与慕容宸睿的夫妻缘分是否只有一年，师父没有明确答她。也许，天命真的如此注定。

皇帝在被子底下的那只手猛地攥紧，双目染上一丝黯沉。是，纵使他说得霸气狂傲，但他自己心中却是再清楚不过。如果上天要带走她，他也无可奈何。这种无力感，令他不可抑地痛恨起自己。

路映夕静静凝望他，他眼中掩饰不住的痛色让她也跟着心疼起来。他对她是真心的吧？可是，谁又能保证，他永不变心？皇宫深院，百花盛开，他终会看腻了怒放的芍药，转而去欣赏清新的茉莉或者妖娆的牡丹。

“如果不是臣妾的宿疾药石无灵，皇上还会一样放下矛盾和成见吗？”她望着他，轻声问。

皇帝沉默了片刻，才回道：“朕不想骗你。如果你始终站在朕的敌对面，朕无法保证不会有兵戎相见的那一刻。”

路映夕轻轻“唔”了一声，不觉失望，反倒觉得正该如此。这才是他，胸怀天下的傲然帝王。

“何苦去做不会发生的假设？”皇帝低柔了声音，手臂一揽，将她拥住，“珍惜当下不好吗？”

“好。”路映夕乖顺地应声，安静了会儿，低低地问，“皇上知晓臣妾亲生的父母是何人？”

“嗯。”皇帝凝眸望她，语带抚慰，“无论你的父母是何人，你都已是嫁出去的女儿，应当从夫。所以，别介怀了。”

“如何能不介怀？臣妾自以为了十八年，然而事实上那人根本不是臣妾的父亲。”路映夕不自禁地提高音量，但随即又控制住，只苦苦一笑。或许从她出生开始，就被当做了一颗棋子。

皇帝无言，轻抚着她的背，无声安慰。

路映夕垂下眸子，侧了脸，伏在他肩上。她的身世，既然他查得出，那她也必定能查到。但是知道真相又有何用？真相大多残酷且龌龊，只怕是徒然再伤一次心。

皇帝温暖的手掌一下一下顺着她的背脊，轻柔而不间断。

“映夕，还记不记得，你答应在朕生辰之日，为朕献一支惊鸿舞？”他的口气轻淡，闲谈一般的随意。

“皇上的生辰可是在腊月？”路映夕没有抬头，埋脸在他肩颈，闷声问道。

“是。”皇帝动了动唇角，掠过一抹微笑。她不自觉的倚赖动作，令他感到愉悦。

“臣妾的生辰在冬月。”她环过一只手，抱住他的腰，逃避去剖析复杂身世背后的真相，只想沉溺在此刻的温暖中。

“朕知道，与朕恰好相差一个月。”皇帝的深眸中亮起炽光，也伸手缠绕在她纤腰间，语声渐露宠溺，“可有想要的生辰礼物？到时朕带你出宫游玩一日可好？”

“不好。”她闷闷地笑起来，道，“皇上也为臣妾跳一支舞吧？”

“好啊你，倒消遣起朕来。”皇帝佯怒，轻捏她的腰肉。

她感到痒，笑着挪身移了开，他却旋即翻身压住她，居高临下地凝睇她。

他的目光炙热灼烈，她蓦地一颤，到此时才发觉他未着寸缕。

“皇上……”她嗫嗫唤他，脸上飞红，不自控地感觉羞赧。

皇帝一瞬不瞬地望着她，眸深如海，波涛暗涌，猛烈而汹涌。

“身子可受得住？”他的嗓子莫名变得低哑，似隐忍着什么。

路映夕无法回答，微窘地偏过了头。

皇帝撑着手臂，支起身躯，尽量不压着她，强自按捺了好一会儿，终是忍不住俯头寻上她的唇。

轻轻浅浅的亲吻，仿佛春日细雨绵绵撒落，温存而缠绵。

路映夕微仰着脸，迎上他轻柔温热的薄唇。唇瓣摩挲间，她渐渐觉得不满足，双臂勾上他的颈脖，主动探出舌尖引诱他。

皇帝颀长的身躯隐隐一震，唇舌似有自己的意识，已接受了她的挑战，火热地纠缠起来。她似乎有些急躁，胡乱啃啮他的唇，而又像发泄一般，吻得用力而激烈。

他的身体越来越热烫，耐不住低吼一声，移开唇往下探索。他钻入锦被之内，亲吻她玲珑有致的身段。在被子底下，触感越发敏锐，她的肌肤粉嫩柔滑，他一边抚摸一边蜿蜒吻着，愈觉下腹绷紧难耐。从未有一个女子，让他如此想要！

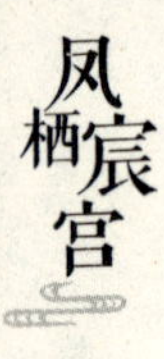

“皇上……”路映夕呻吟出声，面颊酡红，眼神迷离。她想放纵，想沉沦，其他什么都不愿意想……

“嗯？”她的声音令皇帝一惊，顿时清醒了几分，忙止了手，“映夕，还好吗？”他抑制着欲望，支起身看她，见她脸色潮红，担心地探手摸了摸她的额头，“可是发热了？”

路映夕抿着菱唇摇头，神色赧然。皇帝这才安了心，低下头亲了亲她的唇，便躺平于她身边。

“皇上？”路映夕轻唤，心有疑惑，他不继续了吗？此念闪过，瞬间震慑了她自己。她已一点也不抗拒与他亲密了吗？是否身与心都接受了他？从何时开始，她竟不知……

“你刚刚病发，不宜劳累，早些歇息吧。”皇帝抬手揉了揉她的长发，温情而缱绻。

她双颊发烫，为自己心中升起过的欲念而羞臊。

皇帝收回手，径自闭上了眼，暗自调节着略显急促的呼吸。

路映夕转眸看他，见他眼角微微抽动，便伸了手在锦被下寻他的手。不出所料，他的手紧握成拳头。

她轻轻地绽开微笑，侧身将他拥抱住。他顿时一僵，忽地睁开眼。

“映夕？”他眸光发亮，探询地唤她。

她微一点头，没有出声。

他的眼中热芒大炽，动作矫捷地翻身，牢牢地欺压在她身上。

“这次朕不会再半途而废了。”他宣告般地低语一句，未予她回应的余地，倏然俯首封住她的粉唇。

宽敞矜贵的龙床，一时间溢满柔情蜜意，春暖融融。

他轻啃她柔软的唇瓣，宽厚的大掌摩挲着她细致如缎的雪肌，滑过她每一寸肌肤，感受每一道曲线。

她发出细碎的嘤咛，感到羞极，但勇敢迎上。两人贴靠得这样近，她仿佛能够听见他的心跳声，怦然快速，但又似沉稳有度。

“夕？”他忽然抬起头看她，手下摸索爱抚的动作却未停。

“嗯？”她抬眸回视他，脸上的红云已烧至洁白的耳根。

“我们都珍惜在一起的每一刻，好吗？”他低声问，眼光深邃灼热。

“好。”她轻轻地回答，感觉到锦被下他一只手握住了她的手，十指交扣，紧紧不离。

他再次俯身，以薄唇触碰她的柔肌，沿着脖颈专注地吻至胸前，流连许久，再往下，往下……

绣着双龙戏珠的锦被，慢慢滑落一旁，半垂下床畔，摇曳着一个暧昧的弧度。

明黄色的纱帷重重深深，宛如隔出了另一个世界，不见世俗的纷扰。

第五十七章
迷失方向

次日清晨，路映夕醒时奇异地发现，身旁那人竟还未起身。

她翻侧过身子，支着下巴，安静地凝望他的睡脸。刀斧般的轮廓，英气而俊朗，浓黑的长眉斜入鬓发，高挺的鼻子显得有几分冷峭，还有那薄削的嘴唇也似象征着冷酷无情。不过，他却有着纤长的睫毛，如女子般优雅秀气。

她抿唇悄悄地笑，伸出手碰触他的眼睫，以指腹轻微摩挲，感觉到一点痒意，不由笑得愈欢。

一声闷哼突然响起，吓得她赶紧缩回手。

“很好玩？”皇帝懒懒地睁眼，初醒的嗓音有些低沉沙哑，“拿朕当玩具？”

“皇上早安。”路映夕忙做恭谨状，温声道。

皇帝从锦被里抽出双臂，舒展着坐起，偏头睨她：“这是你第一次向朕请早安。”

路映夕想了想，莞尔道：“皇上不提，臣妾倒忽略了。”他日日早起，她则较为嗜睡，而他又从来都不唤醒她，她便总是偷懒不起了。

“今日朕给你一个机会，服侍朕更衣梳洗。”皇帝径自掀被下床，赤身裸体地站在她眼前，丝毫不觉羞耻。结实精壮的挺拔身躯，沐浴在晨光中，染上一圈金光，完美犹如神祇。

路映夕大惊失色，急急遮住双眼。

皇帝见状，不感恼怒，反倒放声大笑起来，边笑边戏谑道：“朕的身材这样不堪入目？昨夜不知何人将朕抱得那般紧。”

路映夕羞恼，捂着眼回道：“皇上请自重！”

“朕在自己的妻子面前，不遮不掩，怎能叫做不自重？”皇帝倾身向她，恶劣地拉扯她身上的锦被，“你应该效仿朕的坦白。”

路映夕惶急，紧紧揪住被角，忘记了再捂眼睛。

“终于愿意看了？”皇帝松了手，唇角勾着一抹坏笑。

肌理分明的健硕胸膛赫然入目，路映夕惊窘地蜷起身子，翻滚到龙床内侧，再不肯回头多看一眼。

皇帝欢畅大笑，笑声震满清寂偌大的寝宫。

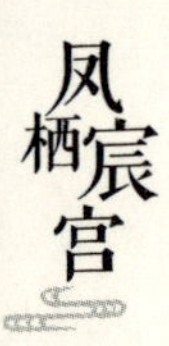

“可恶！”路映夕裹在被子里闷闷咕哝。

“别以为朕听不见。”皇帝笑着回应她，语声促狭，“朕就看在你暂时不习惯的分上，今日不勉强你。往后你可要学着习惯，侍候夫君更衣是做妻子的本分。”

路映夕低哼一声，不接话，但脸颊微微发烫。夫与妻，这两个词是如此的温馨亲密。

皇帝自行唤来内侍太监，稍作梳理，未用膳就去上朝。他一贯起得极早，今晨却是例外，其实他早已醒来，只是留恋肌肤相亲的那份温暖感，迟迟不愿起身。

待他离去后，路映夕才慢悠悠地起床洗漱。脑海中不经意忆起，昨夜临睡前，他拥她在怀，低低说道：“夕，如果城池能够换你的性命，朕不会舍不得。”

回想着，她不自禁地弯了唇角。这就是情话了吧？如此甜蜜，沁人心脾。但是，他会愿意以几座城池交换她的性命吗？恐怕也只是一时的温存心软罢了。凡事越想得深，就越容易令人失望。她索性不去深思。

闲暇无事，她便出了宸宫，在御花园中兜逛。不料竟见到一个不应在此处的人。

“路妹妹，别来无恙？”石径旁的一株梧桐下，伫立着一个挺俊的男子，扬眉笑得比阳光灿烂。

“段王爷？”路映夕心下微怔，这人怎会入宫？且独自一人出现在御花园，像是有意探索皇宫地形？

“我来看望我妹妹，倒没想到先碰见了路妹妹。”段霆天毫不隐瞒地直言，“路妹妹应该也认识栖蝶吧？”

路映夕诧异至无语。她几日不理世事，外面已经变天了吗？栖蝶的身份，已公开？

段霆天似察觉不到她讶然的表情，顾自絮叨说道：“我这个妹妹说起来真是命途坎坷。自幼走失，后来被人贩子卖到了皇朝，辗转又入了宫为婢，一日都未享过福。”

“栖蝶是贵国皇帝的亲妹妹？”路映夕心中疑虑甚重，不自觉地皱起黛眉。她原本怀疑栖蝶使了精湛的易容术，但如今看来，指不定栖蝶当真与她长得相像。这背后，是否藏着什么阴谋？

“咦？”段霆天挑起眉梢，做吃惊状，“路妹妹不知道吗？我并非皇兄的胞弟，我父亲与先帝才是亲兄弟。栖蝶自然也就不是公主，而是郡主。”

“原来如此。”路映夕沉吟，脑中思绪飞转。当初曦卫查出的消息，的确是早年有一位霖国公主离奇失踪，但那位公主并不是栖蝶？这般错综复杂，令她隐隐心惊。

“听说，栖蝶与路妹妹长得有七分相像。”段霆天觑着她，放肆地上下打量起来，一双迷人的桃花眼中闪着兴味的光芒，“不过，我却觉得路妹妹的风采独一无二，无人可媲美。”

“段王爷谬赞了。”路映夕客气地施了一礼，面色淡然。

“路妹妹近日身子可好？我听南宫兄说，路妹妹的情况堪虞，怕是活不过……”段霆天的言语直率得近乎无礼，眸光炯热，直盯着她，“路妹妹平日切莫操劳，安心休养身子，栖蝶会代路妹妹伺候皇朝皇帝。”

路映夕又是一愣，他后半句话是何意思？

“国不可一日无君，当然也不能缺了皇后。”段霆天勾了勾唇角，隐约掠过一丝邪气，“这就是做皇帝的麻烦，看似风光，实则没有多少自由。倒不如像我这样，做一个逍遥自在的闲王。”

路映夕一时无言，心头百味杂陈，静默半晌，才淡淡道：“人活于世，必有束缚，段王爷也未必真正逍遥无忧吧？”

段霆天的眸底快速闪过一道暗芒，但面上仍是倜傥的俊朗笑容：“悠游于市井山野，总好过困在皇墙宫闱之内。”

路映夕淡笑，话语却是犀利：“段王爷的志向，怕是不在市井山野之中。”

段霆天似觉非常有趣，仰头大笑，却不搭话。

“段王爷请自便。”路映夕无心再多言，向他颔首致意，便旋身离去。

回到宸宫，路映夕有些神思恍惚，心底莫名泛起一股酸涩。段霆天透露的信息，似是指待她“死”后，栖蝶会取代她的位置，成为皇后？皇朝久攻龙朝不下，于是三国干脆联结力量，一同歼灭龙朝？

她本该庆幸终于有人替代她担起和亲的重任，也该欢喜自己终于可获自由，可是，为什么心酸得发疼？

怔怔坐在窗棂旁，被窗外的暖阳照耀得面颊潮红，可是她的手脚却渐冷，心底一阵阵凉气弥漫，无声无息地侵入四肢百骸。

冥思时久，她心中已是剔透雪亮。原来，她确实是一颗任人摆布的棋子。就连师父，她最信赖倚重的师父，也在暗中摆布着她的命运。

此后的时局发展，并不难猜想。等龙朝被三国吞噬分割，就会形成三国鼎立的局面。皇朝独霸黄河以南的广阔疆土，而两个小国必然会继续联手，同气南征。战争不会结束，只会愈加混乱和激烈。

可这些，如今都与她无关了。她只怀疑一件事，师父一直挂在嘴边的“天命”，究竟是何深意？邬国没有金枝，她原是唯一的公主，这是否也在“天命”的预测之中？又或者，她和栖蝶都是命中注定能克慕容宸睿的人，所以才遭受了如此的安排？

脑中千万思绪纠结在一起，她不察日头西斜，也不知身后已站立了一个人。

“药凉了。”低醇的嗓音徐徐响起，一只宽厚的手掌轻落在她肩上。

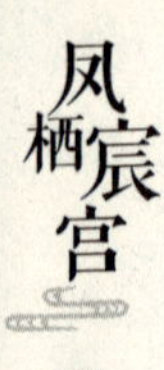

“嗯？”路映夕扭头看去，恍惚一笑，眉眼间不自觉地透出几许凄然。

“怎么了？是否身子欠安？”皇帝皱了一下浓眉，眼中泛起关切之意，“内监说你愣坐在这儿一整个下午，唤你都不回应。”

路映夕缓缓站起，但因维持坐姿太久，双腿发麻，身子一斜，踉跄了两步。

皇帝眼疾手快地扶住她，可却被她挥手拂开。

“映夕！”皇帝微愠，蓦地扣住她的腰，一把将她横抱起来，往内居龙榻走去。

他抿着薄唇，面色沉郁，安置她于床榻上，然后不发一语地折身往外而去。不一会儿，亲手端着一碗温热的汤药返回，沉着声道：“乖乖把药喝了，别任性。”

路映夕半躺着，抬眸看他，四目相交的刹那，她心中突然一酸。他面上的怒意，是要掩盖眼底的恐惧吗？他真的害怕失去她？想不到，到最后竟是他在乎她，这个本应是敌人的男子。

见她怔忡恍神，眼神迷离楚楚，皇帝不由软了语声：“是否担忧病况？只要你好好修养，一定会康复。乖，先把这碗药喝了。”

“好。”路映夕低低应声，接过药碗，一口气饮下。

“别喝得这么急，当心呛着。”皇帝叮咛，但话未说完，瓷碗已空。

她递出空碗，缩入被里，蒙头不响。

皇帝接过那药碗，啼笑皆非，她倒半点也不把他看在眼里。

他在床沿坐下，看着她蜷成一团的模样，失笑道：“你要闷坏自己吗？”

她不吭声，在漆黑的被底咬紧了下唇，泪水无声地滑落。她已分不清楚，还有何人可以相信。即使现下慕容宸睿怜惜她，她也觉得缥缈无着，无法真切把握住。他若知道她并非病入膏肓，而是一直在骗他，他定会震怒翻脸吧？

“映夕？”皇帝轻拍锦被，好言道，“心里若有什么不舒服，说与朕听，让朕为你分担。”

“皇上打算如何对待栖蝶？”路映夕抑下哽咽声，强自平稳地发出声音。

“栖蝶怎么了？”皇帝疑道，“为何忽然提起她？”

“皇上当初收了她，就必定有所打算，不是吗？”路映夕掀开锦被一角，背对着他，淡淡道。

皇帝沉默半晌，轻描淡写地道：“待看霖国是何态度，届时再说。”

路映夕轻嘲地扬唇，却悄然落下两行清泪，心中苦涩难挡。他是想等她“去”了之后，再立栖蝶为后。届时她已成一抔黄土，不成阻碍，自是无须在此时对她坦言。

“小范回宫了。”皇帝有意地转移了话题，“他的右腿不便，朕特命他先回来，好生静养医治。他的牺牲换来晖城近半患者的生机，但也有近半患者服药后暴毙。而另剩下一些顽固不肯用药的患者，朕已下令强灌。此次瘟疫，总计死亡了一万三千名百姓。如今朕有了一个新名号——暴君。"

路映夕不出声。这个结果她早已料到，倘若他不果断狠决，必然死伤更甚。至于他残暴的名声，即瘟疫操纵者想要达到的目的。现今乱世，定有许多有才有志之士正在观望，思量着应该投靠哪一国。慕容宸睿的残暴恶名一旦渲染外传，必会失去大部分的人心。

"朕已查出，是何人有心引发了这场瘟疫。"皇帝忽然说道，低沉的嗓音隐约透着森森寒意。

"是谁？"路映夕不自禁出声询问。她原本猜测是霖国，但种种迹象看来，目前霖国似与皇朝交好。

"修罗门。"皇帝的声音淡到极致，反生出冰锥般的刺骨锋锐。

"姚凌？"路映夕惊诧。姚凌已恨他到此地步了吗？

"不是。朕相信不是。"皇帝的语气依旧淡漠，却稍缓了冷意，"事实上，是凌儿揭发了这件事，她没有竭力自辩清白，只说了一句话，'纵然我姚凌没有资格成为一国之后，也依然视民如子。'"

"依然？"路映夕轻声咀嚼这二字。也许在姚凌心中，早已自视为皇后，所以才有这一句话。

"朕下旨剿灭修罗门，但其老巢已空无一人。凌儿不肯再透露更多，只说她知道时已晚矣。"皇帝低低一叹，未再言语。

"皇上若是选择相信，那就相信到底，不要挣扎不要猜疑。纯粹的人，才会活得快乐。"路映夕如叹如喃，眸色渐渐黯淡。她懂得说，可却做不到。

皇帝默然良久，不知是否在思索她的话。

"映夕，陪朕一同做一个纯粹的人可好？"他将她的身子轻轻扳过来，目光定在她脸上，顿时一怔，"你哭了？"

"没有。"她否认，弯了弯唇角，扯出一抹牵强的弧度。

"泪痕都还未干，究竟今日发生了何事？"皇帝眉头蹙起，俊容沉了下来。

她未答，只轻轻地吐出一句问话："如果臣妾的身子能够痊愈，如果臣妾与皇上有一世的时间，皇上会如何对待臣妾？"

皇帝张口欲言，但又闻她紧接着说："请皇上思量清楚，再回答臣妾。臣妾想听一个真实纯粹的答案。"

皇帝抿了唇，一时无话。

她微仰着小脸，定定凝望他。现在的她犹如深海上的一只伶仃小船，没有方向，无岸可靠。而他，会是她可停靠的港湾吗？

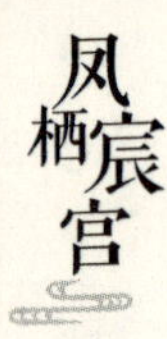

皇帝的眼中闪过一丝迟疑，不愿以甜言蜜语欺哄她，只四两拨千斤道："在朕的羽翼下，你不需担心无谓的事。"答毕，他凝目看她，却触上她清幽如密雾的眼光，心口无端一窒。

"皇上不肯坦诚相对。"路映夕浅浅漾唇，但眸底并无笑意，淡淡道，"也罢，人人都是如此，也无可厚非。"

"你今日到底怎么了？"皇帝微微皱眉，伸手轻抚她的面颊，拭去她眼角残留的一点湿润，"是否担心朕会宠幸新人？这些时日以来，你应该知道，朕一心陪在你身边，别无他想。"

"陪伴一时与携手一世是截然不同的事情。"路映夕垂下眼帘，自知纠缠于这个问题已无意义。如果她选择留下，所有的现实矛盾又将回到从前。她依旧是名义上的邬国公主，依旧是棋盘上的一只过河卒。又甚者，指不定她的真实身份更加骇人，更叫她左右为难。倒不如顺了师父的安排，离开是非地，悠游山林间。

"你要朕如何做才能感到安心？"皇帝轻捏着她的下颚，对上她蒙雾的眼眸，"朕曾说过，只要你愿意，朕便许你一个安宁无忧的未来。"

她避开他的手，别过脸，沉默半晌，再抬首时面上已是盈着微笑："谢谢皇上。"她不应寄托希望于他人身上，而应掌握自己的命运。待她彻底查清身世之谜，再来思量她与他的关系。

"傻瓜。"皇帝抬手揉了揉她的发顶，舒展眉宇，唇角扬起一抹温暖的笑弧，"不要胡思乱想。"

"嗯。"她点头，抬眸与他对视。他的眼中泛着怜惜疼爱之色，可她心中却忽然格外清明起来。建立在欺骗之上的感情，如同海市蜃楼，虚幻不实。如果最后她决定留下，她会把一切坦诚相告。

皇帝凝睇她，微一俯头，在她发鬓间落下一个轻轻的吻。

她笑望他，明眸中已恢复平素澄澈清冽的光芒。

第五十八章
花开荼靡

渐到秋末，枫叶绚烂似火，已是荼靡之态。

近日宫内发生了几桩特别之事。一是栖蝶认祖归宗，以霖国郡主的身份一跃成为段德妃。二是段霆天受邀留在皇朝，与南宫渊一起在太医署研究治疗范统腿疾之法。三是贺贵妃被正式打入冷宫，段栖蝶搬进了她的白露宫。

不过路映夕却无心理会这些事，她正积极查探自己的身世。每每趁着皇帝上朝，她便小心翼翼地潜回凤栖宫。时隔十日，曦卫终于带来了明确的消息。

这夜，月明星稀，秋风萧瑟，她悄然去了太医署。

在署内僻静的一隅，她与南宫渊面对而立，两人一时间都是无言。

过了良久，南宫渊几不可闻地叹息，先开了口："映夕，你是否已经知晓？"自段霆天出现，他就知道，瞒不住了。

"是。"路映夕语声沉凝，目光幽暗，缓缓道，"师父，你瞒得我好苦。"

南宫渊的黑眸中浮现一丝歉疚，温声娓娓道："十八年前，师尊窥出天机，帝星南移，渐露耀目锋芒，隐含煞气。而同时，北方有一颗化忌星微弱升起，正是与那帝星相生相克的星曜。"

"这颗星曜，必须落在邬国方位，才能起效？"路映夕接言，不由苦笑。如果不是段霆天有意散播一些消息出去，这陈年秘辛恐怕不会这么容易查到。

"师尊的预言，已经逐渐应验。"南宫渊仰头望向浩瀚的夜空，声音低浅似风，"在你出阁之前，我也暗自卜了一卦。天数既定，我便认了命。"

"如今我已可离开了吗？不需再克制着帝星？"路映夕也学着他仰望，望入绒黑深邃的遥远天穹，心中无限喟然。她的命运，竟系在几句预言上。无稽而可悲。

"你出生后的第三年，又有一颗化忌星升起。如果没有它，我也不敢妄自拉你离开这一盘命运的棋局。"南宫渊徐徐收回视线，凝眸望她，语气异常低沉，"映夕，邬国不是你的家，霖国你也无法回去，你只有两个选择，留在皇朝或者彻底消失于这乱世。"

"是，无家可归。"路映夕眸中掠过一丝苦涩，转瞬即逝，然后平静地与他相视，轻声问道，"到时师父是否也会选择遁世？"

南宫渊的眼波细微一颤，声音仍是沉稳："我觅得一处幽僻山谷，鲜有人迹，到时你可以去那里居住。再过一年半载，我就会去与你会合。”

“一年半载之后？”路映夕淡淡一笑，“师父，你又瞒我了。这纷乱的时世，少说也要三五年才能安定下来。师父此次带着玄门弟子前来相助皇朝，必是应允了霖国一些条件。不到最后尘埃落定，师父怕是抽不了身。”

“映夕，你与我不同，眼下你有上好的时机，可以全身而退。”南宫渊深深凝望她，这番话他说得并无私心，只希望她可以脱离沉重的宿命枷锁。

“距离我生辰尚有一个月，容我再想想。”路映夕的神色平缓宁和，转移了话题，问道，“师父，解除了疫城之困，慕容宸睿是否答应为你完成一件事？”

“是。”南宫渊轻扬唇角，淡淡笑了笑，答道，“他允我一处封地，但我又怎能投入他的麾下？所以我向他讨了别的要求。”

“是何要求？”路映夕好奇地追问。

“自然是要他好好待你。”南宫渊玩笑般回道，墨黑眸子闪烁着煦暖色泽。他要慕容宸睿答应，无论将来在什么样的情况下，都要以映夕的性命为重。他相信慕容宸睿会一诺千金，因为这是男人之间微妙的默契。

“多谢师父。”路映夕不再深究，微微一笑，“师父早些歇息，我该走了。”

南宫渊颔首，静默地望着她轻巧跃墙离去，玲珑的身影迅速消失于浓浓的夜幕中。他的目光许久不移，心中清凉如这幽夜。他对她的情，只能严实收起，不可自私地在这种时刻左右她的去留决定。

路映夕堪堪出了太医署，还在殿阁瓦顶潜行，就听闻身后似有异响。

猛然扭头看去，她顿时一怔。

皎洁月光下，一袭蓝衫似蔚然晴空，一张带笑俊脸放荡不羁，竟离她只余咫尺。

“卿本佳人，奈何做贼？”低低的笑声打破这静谧夜色，毫不顾忌会引来巡守的侍卫。

“段王爷有何指教？”路映夕定了心神，压低嗓子道。

“路妹妹，我近日才想起，其实几年前我就已见过你。”段霆天似漫不经心地扫过殿阁底下，蓦地止声屏息。

路映夕挑眉觑他，心下已知他内力非凡，可听见远处声响，故而方才才会如此肆无忌惮。

安静了片刻，段霆天再启口道：“约莫五年前，我去邬国找南宫兄，他身边跟着一个十二三岁的小女孩，我见那女孩儿粉雕玉琢，俊秀可人，便情不自禁地捏了她脸颊一把，谁知那女孩儿狠狠拍开我的手，使我的手背红肿上大半天。那女孩儿年纪轻轻，却是内劲惊人。我便要与她比试，不过我这人心善，想着她尚年幼，只使出三成功力，岂料被她毫不留情地踹入湖中。”

路映夕静想了一会儿，慢慢忆起，忍俊不禁地轻声笑起来。他不提，她都已经忘记了。记忆中确实有这样一个人，脸皮出奇的厚，她拍开他的手，他却一再地试图捏她的面颊，接着又软磨硬泡地缠着她比试武功，她自是尽了全力，没有迁让，结果他便被她踹进了冬日寒冷的湖水里。

“想起来了？”段霆天低哼两声，做怒目状，瞪着她，“那几乎结冰的湖水，森寒刺骨，我险些就这么一命呜呼。”

“自作孽——”路映夕拖长音，笑睨他。

“算了，我大人不计小人过。”段霆天斜扫她一眼，唇边忽然勾起邪气的笑，“当时没想到，路妹妹长大之后出落得这般玲珑，纵使九天玄女下凡，也不及路妹妹的万一。”

路映夕无奈扶额，对他夸张的言辞深感无语。

“像路妹妹这般绝色的佳人，困于宫墙内的幽怨之地，委实可惜。”段霆天一双惑人的桃花眼直勾勾地盯着她，话语高深莫测，“你在这里只会感到抑郁痛苦，不如放开心怀，去寻找真正的归宿。”

路映夕定睛看他，疑问：“段王爷可是指栖蝶必会取代我？”

段霆天耸了耸肩，并未回答，又举目望了望下方，低着声道：“又巡到这边了，走。”话刚落，他的身形已掠过她眼前，迅捷如鬼魅，须臾就没了踪影。

路映夕不及再问，只得也悄然离去。

回到宸宫，皇帝已从御书房返来，正倚在舆榻上闭目假寐。

她放轻了脚步，不想扰他，却冷不防听见淡淡的声音响起：“去了哪儿？”

“散步。”路映夕暗暗调息，稳住略微急促的呼吸声。最近她的身体日益虚弱，每次用轻功疾行都会感觉心跳失律。

皇帝悠悠地睁开眼，瞥向她：“明知自己身子弱，还要出去吹风？”

他的语调颇有些怪异，路映夕心中奇怪，不过口中依然温顺回道：“臣妾一人在寝居待着气闷，就四处走走。臣妾穿足了衣裳，不会受凉，多谢皇上关怀。”

皇帝不冷不热地“嗯”了一声，便不再吭声。

路映夕细看他的神色，渐渐恍然，抿着菱唇笑道：“皇上莫不是不放心？那又何苦留师父于宫中。”

皇帝霍地站起，负手踱到窗台边，背对她，冷冷道：“难道你不是去了太医署？若不是使了轻功，你会面红气喘？你自己全然不爱惜身子，朕倒是一厢情愿了。”

路映夕看着他绷紧的背脊，绽露浅笑：“臣妾是去了太医署，但只是为了问清楚臣妾的身世。”她心里坦荡，言语也就没有遮掩。先前从密道出来，她便思索性找师父问个清楚明白，这才趁夜潜入太医署。

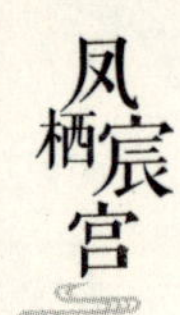

"要找南宫渊，大可青天白日去太医署。朕并未下令制止你与他相见。"皇帝的口气不见好转，也未转过身。

"臣妾确确实实只是为了问身世，皇上不信吗？"她不再多作解释，静立他身后。如若是从前，他的怀疑是理所当然，但如今他们之间已这般亲密，他对她仍没有一丝丝的信任吗？倘若没有，那她又何必留下。

两人都沉寂了下来，气氛变得凝滞。

良久，路映夕黯了眸光，心中感到无法言喻的失望。

她低垂眼帘，正要旋身，忽听一道深沉的声音："信。"

她蓦地抬起眼来，瞬时落入了一双深幽温柔的瞳眸中。

"朕信你，但下次你要顾着自己的身子。"皇帝并无多余的赘言，只这样叮嘱道。他虽介意她偷偷夜访太医署，但想及她时日无多，终是不忍再多加责怪。

"嗯。"她重重点头，不可自抑地弯了唇角，现出两个小小的梨窝。

皇帝轻轻揽住她，拥她入怀，温声道："朕说过，无论你的身世为何，朕都不介意。你的性子却是要刨根究底，有时真相并不喜人。"

她倚着他坚实的胸膛，低低回道："真相再残酷，也应该知道。这十八年来，臣妾的人生一直被他人摆布，往后的日子总该清清楚楚地为自己活。"

这话听在皇帝耳中，心头阵阵抽痛。她的人生如此短暂，想为自己活也无甚机会。

"皇上，"她微扬起脸庞，看着他，轻声而沉静地道，"臣妾并非邬国公主，而是霖国人，臣妾的母妃因淫乱之罪遭处死，臣妾之父不知是何人。"如果不是因为那所谓的天命，也许她已与母妃一起赴了黄泉。她是霖国皇室的羞耻，却又是他们不得不利用的棋子。

"上一辈的事，已经过去。"皇帝的手臂收紧了一些，俯头亲吻她光洁的额头，"你只需记住，你是朕的皇后，朕的结发妻。"

她嫣然绽开笑靥，鼻端却是发酸。若是时光停留在这一刻，应是最完美的吧？她只记住他这一句深情宣告，不去问将来，不去计较他早有意图扶植栖蝶登上后位。

含笑偎入他胸前，她慢慢地闭上双眼，敛去因透彻而凄清的眸光。

他不察她的思绪，托起她尖巧的下巴，缓缓低头吻上那粉嫩的唇瓣。

自栖蝶搬出之后，凤栖宫就变得空落落，越发寂静，就连晴沁也早被撵去了浣衣苑。

路映夕一直住在宸宫，临生辰之前才向皇帝要求回凤栖宫。

"为何要搬回去？朕的寝宫住得不舒服？"皇帝拧眉，不予应允。

"臣妾不想最后脏污了皇上的寝宫。"路映夕淡淡一笑，缓步走到窗口。天气渐寒，窗外的梧桐树已叶片凋零，光秃秃的枝桠看过去颇有一种悲凉之感。最近她的身体日益衰弱，心疾也时常发作，如果她再不解开自封的穴脉，只怕熬不了多久了。

“映夕！”皇帝低喊一声，夹杂着薄怒，可心中却阵阵隐痛。看着她的面色一日比一日苍白，他的心情也跟着一日比一日沉重。可恨太医无能，可恨他泱泱皇朝竟无一人能够治愈他的皇后。

“皇上就遂了臣妾的愿吧。”路映夕转回头看他，语气平缓恬淡，“臣妾记得，刚嫁入皇朝的时候，臣妾十分厌恶这座宫殿。因为皇上曾在这里给了臣妾一个下马威。”她笑了笑，又道，“其实也只是在不久之前，但现在想来恍如已过半生。臣妾原想与皇上一争高低，但身为女子，不能涉足朝堂，也不能领军征战、开疆拓土，要与男子争锋谈何容易。如今更失去了争斗的理由，既然如此，又何必秽了皇上的寝宫，徒令后来者心生芥蒂。”

皇帝无语凝望她，心中涩然不忍，轻轻颔首。

路映夕对他绽开嫣然笑容，眼神却是沉静得异常。前日邬国已找上她，父皇御笔亲书，要她将皇朝的西关兵权交出，并允诺，等到灭了龙朝与皇朝之后，他会把邬国皇位传给她。她不知他是否曾经真心把她当成女儿，但她不会忘记十八年的养育之恩。可是也不会将兵符交出，因为她并不想出卖慕容宸睿。所以，她决定离开，不相帮，也不陷害。

“待臣妾‘去’了以后，皇上另立新后，也请善待其他嫔妃。”她抬眸望着他，话语倒真似交代遗言，“贺如霜罪无可恕，但既已入了冷宫，皇上就饶她一条性命吧，何况贺氏祖辈也曾忠心为皇朝打江山。韩淑妃脾气执拗，不过本性不差，皇上得空多去看看她。还有，姚凌，臣妾遣婢女晴沁入了浣衣苑，暗中在姚凌所食之物中下药，使她脸上的疤痕渐渐退散。臣妾会把药方写下来，皇上要记得劝姚凌继续服药。”

皇帝深深动容，上前握住她冰凉的手，低声道：“映夕，你不怪朕？”原本他犹豫着该不该坦白告诉她，怕伤了她的心，想不到她会先开诚布公。

“人死如灯灭，又有何可怪？”路映夕微笑望他，神情平静。她既要走，又怎能要求他什么？

“不许说不吉利的话。”皇帝轻拉她入怀，紧紧拥住，“如果你不想看见朕再立皇后，就给朕好好活着。”

她柔顺地偎在他肩头，浅笑道：“如果臣妾一直活着，又要与皇上作对了，倒不如结束在宁馨的一刻。”

皇帝扣在她纤腰的大掌下意识地一紧：“朕宁可你与朕作对，就算和你沙场相见，也好过阴阳……永隔。”

路映夕不由笑得更浓，回道：“难道皇上想在沙场上亲手杀死臣妾？”倘若他知道她一直欺骗他，想必恨不得一掌打死她。如果她真与他为敌，自然要利用西关的兵权，那么他就不止想杀她一次了。

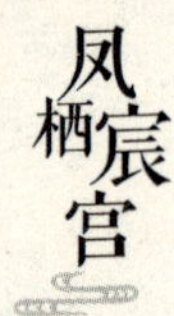

“朕要如何做，才能留住你？”皇帝抱紧她，双臂分外地用力，眉宇间流露出掩饰不住的哀伤。他每日都在劝说自己，她将离去已是事实，他不必为无法扭转的事而痛心，可是理智终究敌不过内心真实的感受。他很痛，每一思及就心如刀绞。

路映夕不语，任他牢牢拥抱着。过了良久，她轻轻推开他，仰脸对他露出笑靥：“再过两日便是臣妾的生辰，皇上会送臣妾什么生辰礼物？”

皇帝紧皱的眉心略微展开，敛去深眸中的痛色，淡笑道：“你要什么，朕便给你什么。”

“当真？”路映夕偏头斜觑他，忽然起了顽心，“若是臣妾想要坐一坐皇上的龙椅呢？”

皇帝一怔，见她笑容灿烂，缓了神道：“那冷冰冰的龙椅，你有兴趣？朕坐了七年，只觉遍体生凉，不堪其寒。”

“但它却是至高无上的。那高台御座，只要坐在上面，即可睥睨下臣，远眺万疆。”路映夕渐敛了笑，低低道，“为了永坐其上，每一位帝王都费尽思量，穷极一切手段。”

皇帝不出声，沉了眸色。不可否认，他有巨大的野心，不仅要巩固帝位，更要开拓国土。那是女人无法理解的成就感。

路映夕凝视他片刻，重绽笑靥，道：“臣妾方才说的只是玩笑话，皇上送臣妾一顿膳食可好？不过，要皇上亲手烹饪。”

“嗯？”皇帝愕然，“朕不谙烹煮之道。”

“不会可以学。”路映夕笑睨他，存心刁难，“皇上刚刚说，臣妾要什么，皇上便给予什么。君无戏言，皇上莫非要食言而肥？”

“学？你要朕去御膳房学做菜？”皇帝的脸色顿时一黑，悻悻道，“只怕朕会被天下万民耻笑。”

“皇上若有心学，大可悄悄偷学，只要皇上一道圣旨下达，哪位御厨有胆外传？”见他面色难看，路映夕笑得愈加欢畅。

皇帝咬牙，一副壮士断臂的凛然样，点头道：“好，朕就答应你，不过朕只学一道菜，你不许再讨价还价。”

路映夕笑吟吟地屈身一礼：“臣妾谢过皇上隆恩。”

皇帝闷哼，心不甘情不愿地扶她起身：“得了便宜还卖乖。”

路映夕但笑不语。就让彼此都留下最后一刻的美好回忆吧。她欠他的惊鸿舞，今生怕是没有机会还了。

第五十九章
生辰之舞

初冬时节，气候还不算太寒冷，但路映夕已穿上白狐裘。这两日她的心疾又发作，脸上血色失尽，苍白得几近透明。她自己心知，时间将至。

倚着窗棂，眺望远处的阁楼殿宇，她不自觉地发出一声叹息。终于到了生辰日，师父也觅到了曼陀罗，应该不会再有变数了。

天空中悠悠然地飘落白色小花瓣，定睛一看，才发现是晶莹的雪花。雪一片片轻盈落下，无声无息，不久之后渐渐地细密起来，地面上便有了一层洁白如玉的颜色。

路映夕伸出手去，接住一朵雪花。雪竟不融，在她手心里静静停留。

"映夕。"身后低沉的嗓音忽响，一只手臂横生过来，不由分说地关上了窗户。

"皇上下朝了？"她旋过身，露出微微一笑，暗自垂下手，握起了掌心。

"嗯。"皇帝随口应声，替她拢紧衣襟，皱眉道，"降雪了，你怎么站在窗口吹风？"

"今年的第一场雪，怎能不欣赏？"路映夕笑答，顿了顿，偏头看他，眼露黠色，"皇上没忘记今日是何日子吧？不知皇上是否已学会了一道菜？"

皇帝不回话，浓眉皱得愈紧，牵起她的双手，包裹进自己的手掌里，慢慢摩挲着。

路映夕温顺地任他动作，敛眸不语。她的手冷得连雪花都融化不了，已冻得有些麻痹无觉，却不是因这天气，而是源自体内的寒气。

"朕真后悔。"皇帝突然冒出一句话，凝目定定地睇望着她。

"皇上后悔何事？"路映夕疑惑问道。

"朕不该让你为朕渡毒。"皇帝眸光幽沉，隐有一抹痛色。

路映夕微弯唇角，并不出声。那时她与他都有私心，她想得到他的几分信任，留做后路，可现今似乎没有意义了。

沉默片刻，她微笑着启口："皇上越发多愁善感了。臣妾倒更想知道，皇上到底学会烹饪哪样菜肴。"

皇帝闷哼一声，抛开低迷情绪，佯作恼怒，道："你这刁钻的小女人，为了你这生辰礼物，朕这两日偷偷摸摸犹如做贼。"

"多学得一技之长，也非坏事。"路映夕低头窃笑。听说他夜入御膳房，且下令所有人不准靠近，只留下一个老御厨，害得其他御厨惶恐不已，生怕是平日的御膳出了问题。

“朕学会这一技之长有何用处？难道将来朕不做皇帝改做厨子？”皇帝不以为然地回嘴。

路映夕忍不住扑哧笑出声来，难得见他有此幽默的一面。

“待你身子好了，朕也让你学学这一技之长。”皇帝语气讪讪，腾出一只手，轻捏了下她的脸颊，“现在你给朕好好歇着，朕去为你‘做’那生辰礼物。”

“有劳皇上。”路映夕盈盈为礼，笑吟吟地望他。

皇帝又暖了会儿她的手，才徐徐离去。

等他离得远了，路映夕锁上寝门，悄然入了密道。

密室里，十名曦卫肃然侍立，见她出现，齐齐单膝跪地，恭声道：“公主殿下，请三思。”

路映夕神情平静，一一扫过她们，道：“你们十人，是本殿最信任的心腹。”微蹙起黛眉，她换了自称，“如果你们愿意随我走，从此之后便是清冷日子；如果想有一番作为，就各自领着手下的人回邬国。我绝不勉强。”

众曦卫沉默无言，过了须臾才有一人开口道：“公主，请恕属下斗胆，如今世道纷乱，就算公主退避山野，也未必能得安宁，倒不如……”

路映夕扬手截断她的话：“我已想得很清楚，不必再劝。”

众曦卫垂首，阴暗的石室陷入一片寂静。

良久，有一人低低出声：“我等既是公主殿下的死士，自是生死相随，保护公主左右。”

其他人亦跟着道：“誓死相随，保护公主。”

路映夕示意她们起身，淡淡一笑，才道：“你们若随我走了，这世上就少了十名巾帼精英。都回邬国去吧，当初我训练黑甲军阵，是为了防范外敌入侵，现在由你们接手，我也可放心。”她虽非邬国人，但在那里生活了十八年，邬国也就是她的家乡了。她终是希望邬国的子民能够安居乐业，不受他国侵扰。

一声几不可闻的嗤笑突然从角落飘过来。路映夕眯眼瞥去，沉了面色：“小沁，你有话说？”

“公主曾答应让奴婢返回邬国，现下却出尔反尔。”晴沁冷着声，毫无惧色地直视她。

“你不甘愿与我一起隐居？”路映夕语气淡薄，平缓道，“到如今我也不欺哄你，你知道的事太多，我留你一命，已是极限。”

晴沁冷哼，显然极不情愿，但自知没有能力反抗，便也就未再多言。

路映夕向曦卫再交代了些话，就返身离开，没有多看晴沁一眼。她并不想带着晴沁一起走，但这是唯一的办法。此时她也想不到，往后的很长一段时间，她会与晴沁相依为命。

白雪纷飞，似梅花又似柳絮，飘飘扬扬地落下，座座宫殿的琉璃瓦都染上一层银白色，远远看去剔透得像羊脂玉。

在路映夕的执意坚持下，皇帝陪着她在御花园赏雪景。

“喝杯热茶，暖暖身子。”亭台中，皇帝亲手煮了茶，递到她手上。

“这般良辰美景，应该喝酒。”路映夕抬眸往外望去，心中忽生感触，自语喃道，“白皑皑的初雪，似乎把所有脏污都遮掩了。”也许是因为她即将离开，所以不再觉得这里复杂不堪。最初入宫，她处心积虑要与他争斗，现在再回想，徒留一声叹息罢了。

皇帝拧眉，回头对随侍的内监道：“再搬两座暖炉过来。”

内监领命而去，不一会儿就返来。亭台内的四角，都摆置了热气冉冉的暖炉。紧接着，一道道膳食亦端上了桌。

待到左右都退下，皇帝才出声责备道：“这样冷的天气，偏要在御花园用膳。”

路映夕置若罔闻，面带浅笑，顾自道：“这满桌的佳肴，不知哪一盘是皇上的杰作？凤尾鱼翅？祥龙双飞？还是佛手金卷？”

皇帝的脸色隐约一僵，不自在地咳了声。

路映夕抬眼看他，温声问道：“皇上方才做砸了？”

“不是。”皇帝惜字如金，只吐出两个字。

“那么，是这碗红豆膳粥？”路映夕伸手一指，猜测道。煮粥相对简单，应该是了吧？

皇帝又咳了一声，面色益发不自然。

“不是？”路映夕觑他，奇道，“该不会还未上桌吧？”

皇帝异常僵硬地点了点头。

恰时，一名内监手捧青釉细瓷盅往亭台走来，躬身行了礼，便小心翼翼地将瓷盅搁放在路映夕面前。

“退下。”皇帝绷着脸挥退那名内监。

路映夕满怀期待地揭开盅盖，盯着看了半晌，唇角不住抖动。

“你若敢笑……”皇帝咬牙切齿地瞪她。

“皇，皇上……”路映夕努力忍着，但抬头一见他黑着脸的模样，实在憋不住笑意，爆出一串清脆笑声。

“路映夕！”皇帝恼怒低喝，“朕学了两日，你再给朕笑试试看。”

“不笑。”路映夕赶紧捂住嘴，闷笑着低下头去。

“算了，这盅汤你还是别喝了。”皇帝没好气地端走她面前的瓷盅。

“别，皇上，臣妾要喝的。”路映夕连忙抢回来，执起金匙，却半天下不了手，嘴角又是一阵颤动，不可自抑地想笑。这参汤，她该怎么喝？焦煳得半滴汤水都没有，人参都成

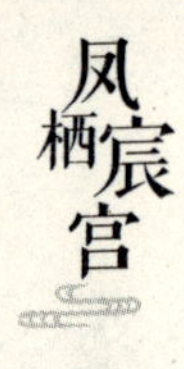

了炭黑色……

极不容易，她夹出其中可辨认的鸡块，放进嘴里慢慢咀嚼。肉质太老，且透着一股焦味，不过她还是吞咽下肚了。

皇帝的脸色稍有好转，口中悻悻然道："朕临时有个紧急的折子需要批阅，才忘了留意火候。"

"皇上怎么不叫御厨在一旁看着？"路映夕的目光不经意地一扫，落在他手背上的红肿处，心头莫名震动。

"既是朕送你的生辰礼物，自是要亲力亲为。"皇帝察觉到她的视线，淡淡解释道，"生火时不小心烫到，没有大碍。"

路映夕凝望他，一时说不出话来。她原本只是心血来潮，没想到他如此有诚意。

皇帝与她对望，深眸中浮现一丝柔色："今日是你的生辰，朕特准你小酌两杯，但饮完就要回去。"

路映夕颔首，浅浅地漾开了笑靥。她会记住，他曾真诚待过她，无论是否因为她将"死"的缘故。

"臣妾敬皇上一杯。"她接过他递来的酒杯，仰头饮下，先干为敬。

"别喝得这么急。"皇帝叮嘱一句，才举杯就口。

亭外，雪渐止，风渐歇。亭内，暖意弥漫，无声似有声。

两人举杯共饮，安静地对视，眼神皆是温软。

一壶暖酒慢慢见底，路映夕的脸上泛起绯红，心中却依然清醒。这是他们第一次煮酒赏雪，却也是最后一次。而在她走之前，她还有一件事没有做。

"臣妾再敬皇上一杯。"她弯身去拎旁侧小火炉上温着的酒壶，就在掀开壶盖的刹那，她不着痕迹地动了手脚。

倒出两杯清酒，她将杯盏送到他面前，浅浅嫣笑。她没有忘记，她对他下过毒。临走前，她必须悄悄替他解了毒。

皇帝的眼波隐晦浮动，面上只是若无其事地淡笑，道："不可贪杯，你的身子不宜多饮，这是最后一杯。"

"好。"路映夕柔声应道，微微垂下眸子。确是最后一杯了，往后各自天涯，再难相见。

在她垂眸的一瞬间，皇帝端起酒杯一饮而尽，但杯中酒却悉数入了他的衣袖。

不给她观察的机会，皇帝搁下杯盏，站起身，朗声道："映夕，为朕跳一支舞吧。"

路映夕不察他的心思，静静点头应允。

她缓缓走出亭台，站在雪地上，冲他展颜一笑。

皇帝回以笑容，然而眸底一片寒色，比这雪天更森冷彻骨。

风又渐渐刮得急，白色雪花当空飘下，落在路映夕乌黑的长发上，像洁净美丽的梅花。

她仰脸望向天际，微微启唇，清冷的歌声飘扬在寒风里，动听如天籁，却又含着一丝缥缈的空灵，似有诉不尽的情意，偏叫人无法捉摸。

眼波流转，皓臂舒展，身上的白狐裘滑落雪地。她的脚尖轻旋，宽袖拂动，舞姿似惊鸿，粲然魅惑。

皇帝伫立在亭台之内，神情淡然，幽沉双目中却是波涛暗涌。他这样远远看去，只觉她周身仿佛笼着烟霞，清灵绝色，似非尘世中人，可再细看，又觉得那身姿妩媚无匹，艳丽得不可逼视。

路映夕清声吟唱着小调，悠悠闭起了眼睛，身形却愈发灵巧翩然。暗自提气，足尖一点，便腾于半空中，宛如与雪花共舞，轻盈旋转。裙袂飞扬，黑发飘舞，似乎踏云而去，又像是乘风而来。

皇帝沉默地观望着，眼底划过惊艳之色，旋即浮现复杂幽光，不知不觉地伸出一手，想捉住那飞舞雪中的美人儿，却又蓦地收回手，狠狠地攥紧五指。

“停。”毫无预警，他迸出一声厉喝。

路映夕睁眸，展颜一笑，丝毫不受他的影响，身形舞动得愈快，腰肢似柔软柳枝，如燕般凌空飞跃。风姿清灵如兰，眸光却是妖娆，眼波轻轻扫过，便似绽放出耀目光华，欲慑人心。

“够了。”皇帝无端发怒，一个纵身掠去，揪住她的手腕，从半空生生扯落地面。

雪正下得欢，纷纷扬扬地洒落在两人的发端与肩上，片片晶莹，清冽剔透。

“皇上。”路映夕笑靥如花，抬眸望着他铁青的脸色，若无其事地屈膝行了一礼，浅笑着道，“臣妾提前为皇上贺寿了，祝皇上事事如意，心想事成。”

皇帝的指尖扣住她腕间的脉搏，表情阴晴不定，似在为她把脉，又更似掐住她的命门。

过了片刻，他松了手，淡淡道：“跟朕回宸宫，你受了寒。”

路映夕笑容不变，顺从地点头，并不去探究他怪异的态度。反正，她即将离开，再多思也无益。

皇帝握着她的手，力道颇大，脚下步伐亦有些急，却一声不吭，薄削的嘴唇抿成一条冷冽的线。她的身子已是极差，却还存着不安分的心思？她之前在酒壶里下药，是想趁他没有防范心而索了他的命？

顶着寒冷的风雪，就这么一路步行回宸宫，皇帝像是在和自己较劲，不准自己再关心她。

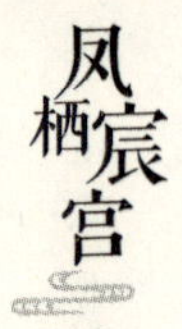

而在御花园的侧园门外，两道同样挺俊的身影静静站立着，目光之中犹余留着一丝震撼惊艳。

“南宫兄，她……”段霆天注视着佳人消失的方向，语声隐有悸动，“竟如此美！”

“她一直这样美。”低浅的嗓音似自语，夹杂无尽的怅然。

“不，她平常时候只不过是容貌之美，灵动飞舞时才显出妩媚又傲然的艳光。”段霆天轻声赞叹，墨黑瞳孔微微收缩，掠过一抹势在必得的暗芒，“她的才华埋没在慕容宸睿手中，可惜，委实可惜。”

南宫渊侧眸瞥他一眼，并未接言。他话中的“才华”二字，恐怕不仅是指跳舞这般简单。段霆天的野心，远胜慕容宸睿。幸好，今夜他就会安排映夕离开，远离这处处危机的纷乱世界。

宸宫中，雕刻九龙腾飞的偌大龙床上，路映夕面色苍白地静躺着，漆黑的长睫轻轻颤动，眼光仍是含笑。

“不许笑。”皇帝低喝，又添一层锦被裹住她。他痛恨自己方才的意气用事，却已晚矣。明知她身子孱弱，还叫她受这风雪，他何时变得如此没有理智。

“皇上未免太专制。”路映夕声音虚弱，却还微笑着调侃。今晨她已服下曼陀罗，再加上冷雪中运气跳舞，怕是快要病发了。

皇帝的眼神幽暗难辨，正欲开口，却听外间响起通禀声。

“启禀皇上，太医已到。”

他半眯眸子，望了床上人儿一眼，默不出声地起身离去。

约莫半刻钟，他返来，神情变得更加阴沉。

“皇上，太医呢？”路映夕疑惑地看了看他身后，发觉并没有人跟随而来。

“映夕。”皇帝的语气极沉，依稀蕴含几分森然冷意。

“嗯？”

“你对朕下毒？”

平平淡淡的问话，却仿如挟着雷霆重量，惊得路映夕撑着身子霍然坐起。

皇帝冷冷一笑，抬袖在她面前晃过：“那杯酒，朕没有喝。”

很浅的酒味飘入她鼻端，刹那间她恍然领悟。原来他宣太医不是为了给她诊脉，而是为了验查先前的那杯酒。

“你何时下的毒？”皇帝未露怒颜，声音冷静得骇人，“既然下了手，又何必后悔？你若去了，就让朕陪你共赴黄泉，岂不美哉？”

“……”路映夕怔怔望他，无言以对。

“朕曾经说过，你心慈手软，并非做大事之人。”皇帝平静地兀自说道，“你这毒下得精妙，朕一直都未察觉。你若不给解药，再过大半年，朕就会莫名暴毙。照时间推算，那时龙朝已经被灭。到时朕一死，邬国和霖国就可二分天下。你的算盘打得极好，既对得起养育你的邬国，又对得起你出生的故土。”他一顿，不紧不慢地再道，“朕估错了，你并不是心慈手软的善弱女流，你的确是做大事的人。”

“不是这样，臣妾……”路映夕想要解释，才甫开口就被他陡然截断。

“是否因为人之将死，才生了一丝善心？”皇帝勾了勾薄唇，双眸一片冷寂冰冻，“朕现在是不是应该向你求解药？抑或你主意又变，想要朕陪葬？”

路映夕抬眸望入他森森透寒的瞳仁，心口发紧，渐觉揪痛。

“只有一份解药。”她低低地说，一只手在锦被底下用力按住左胸，“研制这种解药，需要三月时间，臣妾是挨不到那时候了，所以臣妾会请师父代劳。”

“呵！”皇帝冷笑一声，目光如刀锋，扫过她白皙得近乎透明的脸庞，“你连南宫渊的后路都为他想好了。朕的命捏在他手上，朕自是不敢动他。路映夕，你果真冰雪聪明，真叫朕佩服！”

“臣妾原本要为皇上解毒，是皇上自己……”路映夕苦涩弯唇，咽下后半句。他已恼极恨极，她说什么也无用了。

“倒确实是朕的不是。”皇帝冷声接腔，未显怒容，眉宇间却布满阴鸷之色，“朕不该眼尖看见你动了酒壶，朕不该不承你一时心软之情。”

路映夕蹙起眉头，被子里的手掌使劲按压左胸，但抑制不住阵阵袭来的心绞痛，面容变得越发惨白。

皇帝冷漠地睨她，讥诮道：“病发了？来得及通知南宫渊为朕研制解药？”

话语极尽嘲讽之能事，但他眸底还是闪过一丝深沉的痛色。别过脸，他冷然地转身而去，召太医入内。

路映夕苦笑地合目。她原以为能够宁馨地分别，没有想到，最后会是这般局面。

第六十章
与君别离

须臾，四名太医鱼贯进入，隔着明黄幔帐为她把脉。她安静地闭着眼，任由他们会诊，心知他们无法治愈她。

但此次却异常奇怪，平日诊脉不过片刻就会听见太医们的叹息声，可现下却鸦雀无声。

大抵过了一盏茶的时间，还未闻太医们吭声，路映夕耐着痛楚出声问道："有何异状？"

又是一阵寂静，她轻咳了下，才有一名太医诺诺回话道："回皇后，恭喜皇后……"

路映夕一怔，脑中疾速电闪过一个念头，顿时浑身震颤。

另一名太医嗫嚅地接着说："禀皇后，喜脉虽尚不明显，但极可能是的……不过皇后体弱，且又有宿疾在身，只怕，只怕……"

"喜脉？"

震惊的男声从九曲屏风外传来，听不出是喜是怒，可却明显饱含复杂的情绪。

"回皇上，是喜脉。"一名年长的太医比较镇定地回道，"但皇后的脉象紊乱，心气极弱，应当以渡过此次病发为要。"

皇帝无暇接茬，大步冲到龙床前，沉声果决道："映夕，朕传真气给你。"

不待路映夕反应，他已翻身上床，一手扶着她坐起，一手贴熨在她颈上，竟有把全部真气倾注给她的势态。

路映夕冷汗透衣，紧咬下唇，感受到他掌心的温热，不禁陷入天人交战。她自己都没有留意，她居然有了身孕。曼陀罗的剧烈药性会不会伤害腹中胎儿？她是否应该解开自封的穴道，接受他的真气？但是如此一来，她就无法形成假死之状，无法离开。

"为什么？"皇帝痛心低吼，颓然调息收势。他救不了她，也救不了他们的孩子。

路映夕双手紧揪着襟口，难挡痛楚，额头渗满汗滴，蜷缩地斜倒床角。她该怎么办？这个孩子，她该不该要？

"映夕？映夕！夕！"

耳畔，听到声声忧切的呼唤，但渐渐模糊远去，她受不住钻心剧痛，几欲昏迷。

在意志最混沌的那一刻，她感觉到有一股强大而温暖的真气灌注入她体内，于是她安心地昏睡了过去。

再醒来时，周围十分寂静，但她直觉身旁有人。

“映夕？你醒了？”低沉的嗓音，似乎含着一些小心翼翼的意味，像怕声音太大会震坏她。

她迷蒙看他，半晌，脑子渐渐清明起来，顿时一惊，急急道：“皇上，孩子呢？”双手下意识地捂上小腹，心中涌起强烈的忐忑不安。

皇帝轻咳一声，沉默了片刻，才道：“暂时无碍，不过……”

路映夕怔住，迟疑地搭上自己的腕脉，良久说不出话来。她在昏迷前本能地解开封穴，但也仅是治标罢了。她的身子虚寒已久，又服食了曼陀罗，根本不适宜有孕。

“朕宣召过南宫渊。”皇帝忽然出声，“他问了朕一个问题。如果无法两全，朕要你，还是要你腹中的孩子。”

路映夕抬眸望他。他的目光沉凝幽暗，眉宇间拢着浓重的倦意。

“映夕。”他定定地凝视她，疲惫地叹道，“你欲置朕于死地，朕却无法像你那般狠绝。”

她不语，静静地回视他。

“朕让你走，随你要去哪儿，但你必须答应，在朕毒发之前回来。朕要看着孩子出世。”皇帝的瞳眸深邃不见底，黑暗而决绝，却隐隐带着忍耐的痛楚，“你记住，朕今日说的四个字——前事不计。”

路映夕震惊地瞠眸，他知道她筹划着要离开？他如何得知？他竟没有勃然大怒？

皇帝似看穿她的想法，沉声继续道：“南宫渊承诺，他能保住你和腹中胎儿无恙，但唯一的条件是，让你离开皇宫，放你自由。”

“为何……”路映夕低声喃喃，感到不解，师父为何要把一切和盘托出？

皇帝扫了她一眼，语气逐渐变得淡然：“朕中毒之事，南宫渊也是知晓，他以朕的性命换你的自由，朕自是不可能回绝。但朕此次甘愿妥协，你应知道并不是为了自保性命。”

路映夕无法言语，心中思绪翻滚，诸多滋味搅杂在一起，一时间分不清是酸是涩，抑或其他。她之前确实和师父提过，她对皇帝下了毒，但那是为防她挨不过病发，自此无人为皇帝解毒。现下师父知道她有了身孕，不能再用假死之法遁逃，就索性与皇帝直言谈判。师父完全是为了她好，她自然明白。但慕容宸睿是何等骄傲之人，他受此要挟，内心必感屈辱和愤怒。可他还是应允了。

“你处心积虑做了这么多，甚至不惜自残身体，朕若不成全你，也未免太不近人情。”皇帝扯了扯唇角，眸光复杂变幻，忽明忽暗，“现在朕准了你离开，你可以好好爱惜身子了。倘若你离去之后，让腹中孩子出了任何闪失，又或你不肯按时返来——”语调骤然一

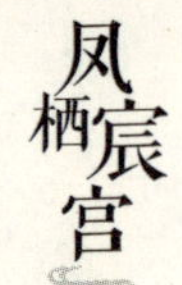

顿，迸出凌厉的戾气，“到时莫怪朕翻脸无情，朕一定会要南宫渊陪葬，还有邬国与霖国的万千百姓，朕全不会饶过。”

路映夕心尖发颤，口中却不自控地吐出喏喏自语：“短暂的自由，可有意义……”

“你还想如何？别再得寸进尺。”皇帝压抑着嗓子低喝，额角已暴出青筋。他不想发怒害她动胎气，但他已经忍至极限，她最好识相一点。

“如果……”

“没有如果！”

路映夕才刚启口，就被粗暴地打断。

皇帝抿紧薄唇，胸膛微微起伏，暗自深吸口气，才再道：“你若敢不回来，就算找遍天涯海角，朕也会把你揪回来。如果你没有照顾好腹中胎儿，朕保证，往后你绝对没有好日子过。”

路映夕不再出声，却莫名弯了唇角，而矛盾地，眼眶阵阵发热。她捉摸不准自己现在是什么心情。他的口气明明极差，她却动容了。一直以来，都是她在斤斤计较，而他一再地退让。她总觉得问题出在他身上，却不曾反省自身。其实她比他懦弱许多，因为害怕得不到完满的爱，所以她不敢面对感情。

抬眸望着他，她轻轻地道：“研制出解药，再走。”再给自己与他一些时间吧，也许到时她会有新的决定。

“三个月后？”皇帝的眉毛一拧，并未流露丝毫欢悦，断然道，“不行，你的身子拖不得。南宫渊说唯有那处山谷，才有珍稀草药，你必须去那里静养。”而可恨的是，南宫渊无论如何都不肯说出那处山谷在何处。

路映夕不由默然。原本是她自己想走，现在却暗生了不舍之情？很难分辨清楚，她对慕容宸睿到底有着怎样的感情，不知多深，更不知是否深厚得足以支撑一世时间。

宫婢轻巧地端药进来，皇帝接过，便挥退了来人。

“先把药喝了。”他的语气极淡，但手势轻柔，扶着她坐起，替她裹好被子，然后将碗口送到她嘴边。

“也许离开一段时间是好的。”她突然轻声说。

皇帝的手一僵，脸色越发黑沉。

“皇上，既然事已至此，”路映夕停顿了一下，斟酌着如何表述，才又接着道，“有太多的问题，横亘在皇上与臣妾之间，不如分开，或许时间能够让一切变得清晰起来。”

皇帝的面色不见好转，但恢复了动作，缓缓地喂她喝药。

待喝完汤药，路映夕再温声道：“皇上，臣妾有许多事还没有想明白，臣妾不知道自己究竟应该算是哪国人，也不知道活着有什么意义，更不知道自己对皇上有着怎么样的感情。臣妾必须找到这些问题的答案。"还有腹中的宝宝，她还来不及思考，是否应该生下他。可是，似乎不需思考她就已经割舍不下，愿意付出一切代价来换取孩子的平安。

"一个人躲到深山老林，你就能够想明白？"皇帝搁下空碗，冷冷接言。

"那么皇上有更好的办法吗？"路映夕浅淡微笑，忽然发觉把话说开的感觉是这般的舒畅。

"如果你最后想出的结果，并不如朕意——"皇帝冷哼一声，道，"朕就软禁你至死，别妄想再踏出皇宫一步。"

"皇上真野……"末尾那个"蛮"字，路映夕自觉地消了音。她含笑看他，伸出手，难得地主动握住他，柔声道，"臣妾答应皇上，一定会在期限内送解药回来，也一定会好好照顾孩子，如同爱自己一般爱他。不，会比爱自己更爱。"

皇帝的眼神终于温软了几分，只是眸底犹有一层郁悒。在南宫渊问他孩子与她谁更重要的那一刻，他已经霍然明白。他爱上了她，即使她欺骗他伤害他，他也不能否认这一点。但是，同时他也恨她，恨她蓄谋逃离，恨她狠决无情。若不是因为有了孩子，他大概无法忍耐到这个程度，或许会想要狠狠反伤她，以图心理上的平衡。

四目相触，两人都静默，心中皆是思绪纷飞，无限慨然。

过了许久，皇帝率先移开视线，淡淡道："朕渡了大半的真气给你，这几日你应该不会再病发。就趁这个时间，明后日便起程吧。朕会为你准备马车，并会对外宣称你去武夷山养胎，并为我朝祈福。"

路映夕安静地凝视着他没有表情的俊脸，轻轻地吐出两个字："谢谢。"无论是为了她自己或腹中孩儿，她都必须去师父所觅的那山谷。而几个月之后会如何，有着太大的变数。不管慕容宸睿是出于什么原因而妥协退让，都承受着难言的压力。毕竟，她腹中的胎儿，亦是他的孩子。

皇帝蓦地站起，背过身去，腰脊挺得异常笔直，似是不愿接受她的"谢谢"二字。

一言不发，他就这么僵然地走出她的视线。

路映夕微垂下眸子，鼻尖泛酸。手心抚着小腹，轻缓地躺下，心中有些涩然又有些平静。终是坦白了，虽非自发的，但至少她与他之间不再存在蓄意的欺瞒。以后会如何，只有以后再看了。

合上眼，渐渐感到倦意，不一会儿便又陷入昏沉的睡梦中。

周遭格外的幽静，可是却有隐隐约约的声音从很远的地方传来，她能认出，其中一道声音是慕容宸睿，但另一道女声是何人？

"皇上，臣妾听说皇后娘娘凤体抱恙，可见好转了？"娇脆的嗓音，极之悦耳，宛如出谷黄莺。

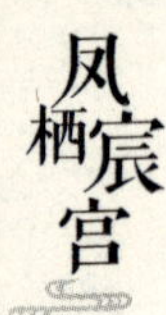

"她好些了。"慕容宸睿的语声平淡无波。

"臣妾听说……皇后娘娘有喜了？"

"嗯。"

"恭喜皇上！恭喜皇后娘娘！不过……"

"你无须担心。朕不废后，也照样能履行盟约。"

"皇上的意思，莫非是指两后并立？"

朦朦胧胧地听见只言片语，不知是梦是幻或真实。路映夕迷糊地睡过去，一觉到天明，醒时已不记得自己梦见过或真切听到过什么。只知道她睁开眼时，身旁那人正沉沉睡着，一脸倦容，眉头紧皱，像是负重太甚，万分疲惫。她翻了个身，欲要起来，只是轻微的动作，却惊得他陡然醒来。

"映夕。"忧切的呼声脱口，皇帝倏地直身坐起，目光有一刻的慌乱。

"皇上？"路映夕疑惑看他，"是否做了噩梦？"

皇帝抬手触碰她的脸颊，轻舒出一口气，神情逐渐恢复平常的泰然。或许，让她离开一段时间确是好的。当着她的面他竟说不出口他要再立一后，甚至有种沉重的负疚感。那么，就等他把这些庙堂上的事都解决了，再去接她回来。如此才是对彼此最好的。

暗自思定，他揉了揉她的秀发，温言道："时辰尚早，你再睡会儿。"

"好。"她凝望他片刻，乖顺地重新闭上眼睛。

此时两人都料不到，今次这一别，再见时居然会是在战场上。

这场雪连下了三日，京都城中白茫茫一片，青瓦黑檐上覆着皑皑的白雪，满地皆是厚厚的积雪，只要有人走动就会听见咯吱咯吱的声响。

这日辰时，天色灰蒙，雪絮不断飘落。在皇宫的南门，静悄悄地停驻着一辆素简的马车。马夫身穿浅灰色的棉布袍，头戴绒帽，微低着头，似石雕般静坐车头不动。

而马车内，布置豪华舒适，大异于外观的简朴。整个车厢里都铺着软绵的羊毛毯，可坐可躺。角落里燃着两座小暖炉，袅袅冒着热气，熏得车厢内暖若春日。

车中的两人保持着怪异的沉默，各自盯视着厢壁，仿如发怔出神，良久无言。

"罢了。"一句不着边际的话，打破了窒闷的沉寂。

"嗯？"路映夕抬眸望向他，轻声疑问。

"朕不送你出城了。"皇帝身着紫色便服，裹着白狐披风，看上去尊贵倜傥，而面上神色淡淡，未显感伤或不舍，只是眸光分外沉凝，仿佛结了一层冰，不让情绪外露。

"好。"路映夕点了点头，浅浅一笑，抿唇不语。

"照顾好你自己。"皇帝话语寥寥，停顿半刻，又添一句，"和我们的孩子。"

路映夕再次点头，静静望他。

皇帝起身欲离去，但终是顿住，向她伸出手，轻轻抚上她的小腹。平坦如常，感觉不到丝毫异动，可却令他莫名地心头发热。

仅是一小会儿，他就收回手，对上她沉静如水的眸子，凝望须臾，再没有言语，转头下了马车。

鹅毛般的雪花，纷飞撒落，他大步疾行，离马车越来越远，神情也就越来越冷。他的女人，正怀着他的孩子，现在却要被另一个男子带走。这种妥协，带着强烈的耻辱感，烙印在他内心。

马车内，路映夕掀开帘子的一角，寒风瞬时吹入，令她不禁哆嗦了一下。那道颀长挺拔的身影，愈行愈远，逐渐消失于她的视野。在这一刻，她的心酸得有些发疼。

“该走了。”驾车那人沉稳地出声，示意侍立马车旁的晴沁上车。

路映夕搁下帘子，低低叹息，闭上了微湿的眼眸。

外面风声呼啸，寒意萧瑟，大雪翻飞。

她合目听着风雪声，心中突地一凛，本能地低伏身子，双手护住腹部。

只听嗖嗖数声轻响，几支利箭穿透车帘，直射入车厢内。

“映夕，你没事吧？”南宫渊一贯温润淡泊的嗓音变得忧急，匆匆道，“在车内待着，别出来。”

路映夕定了心神，扬声回道：“师父，我没事。”

打斗声清晰传来，她屏息凝神，听得出已惊动巡守的侍卫，便也不急着外出相助。她现今怀着身孕，应当要万事小心。

不再有飞箭射来，但周遭的杀气似乎越发浓重，路映夕暗暗戒备。

果不其然，骤然嘭的一声响，有人重重击拍车厢，顿时马车震动，马匹嘶叫。

路映夕立时气沉丹田，飞身出了马车。稳稳落了地，便见一个黑衣蒙面之人持剑袭来。

她闪身避开，眼角瞥见师父与侍卫正与一帮黑衣刺客缠斗，无暇分身，只得提起内劲，全力反击。

这蒙面之人剑法精湛，且招招狠辣，竟直攻她下腹。

为了腹中宝宝，路映夕只能以守为攻，步步退让，一边叱问道：“你是何人？”此人显然是知道她怀有身孕。

蒙面人不吭声，手腕一抖，剑锋暴出锐芒，猛地刺向她的双眼。

路映夕一惊，连退数步，但那人所出的却是虚招，剑尖陡然下移，直袭她腹部。

路映夕心中大怒，但不及回击，只来得及提气跃起，纵身飞到马车车顶。

那蒙面人冷哼一声，飞身追上，不给她丝毫喘息的机会，凌厉剑气又再袭来。

“是你。”听见那哼声，路映夕脑中瞬间澄明，甚是震惊。看其身形，她自是晓得来者是一个女子，却没想到……

分神也只是眨眼间，突听一声焦急大喝：“映夕，小心。”

眼前泛着冷芒的剑刃已近至咽喉，她堪堪侧身避过，却又见那蒙面人衣袖微动，一把小刀悄然飞出。她心知闪躲不开，便抬臂去挡，但岂料电光石火间，一道身影突然疾速扑了过来，挡在她身前。

“哧——”尖刀刺入身体的轻响，令人悚然。

但那蒙面人却是异常的毒辣，竟没有片刻的停手，又是数把飞刀射出，挟着强劲的内力，刀刀狠厉。

路映夕惊怒交加，一时顾不得自己有孕在身，提起十成内力携着受伤的南宫渊飞下车顶，然后运起双掌，击出千钧掌风。

那蒙面人晃动了下身子，跟着跃下车顶，已有撤势。

路映夕愤然追击，追出数十丈远，才惊觉蒙面人虽内力不及她，但轻功非凡，与她不相上下。

她不欲再追，双腕轻旋，发出最后一击。强劲的掌风精准地击向蒙面人的背心，蒙面人闪避不及，浑身一震，喷出一口鲜血。

蒙面人受创但未停步，迅速逃离，却曾回头一望，眼眸中流露出一丝诡异的笑意。

路映夕没有再追，急急赶回原地，见南宫渊白着脸倚在马车旁，心不由得揪起来。

“师父，你可还好？”她俯身去探他的脉搏，一面细看他的伤处。飞刀深入背胛，猩血汩汩流淌，一滴滴落下地面，染红了洁白的雪地。

“不要紧。”南宫渊面如金纸，却轻扬唇角，似感到如释重负般地吁出一口气。

“马车上有金创药，师父再忍一下。”为他点了穴止血，路映夕才上马车找药。

“映夕，我一直担心着一件事。”南宫渊的声音低低传来，“我曾算出，你在宫中会有一次大劫。直至今日要离开，我仍担心着。现在我反倒安心了。”他替她挡了劫，她应该能顺利安然离开皇宫了。

“师父，你什么都好，唯独一点不好，便是太信命数。”路映夕拿着药瓶下车，口中虽如此说着，心中却深深感动。

“我好或不好都无妨，只要你平安。”南宫渊语声极为轻浅，几不可闻，面色显得惨白，黑眸中却是泛着欣慰微光。

路映夕不再出声，走至他身旁，为他拔出飞刀，敷上金创药。

鲜血沾染她的手，她看着手指上的斑驳猩红，忽然感到头晕目眩。

"映夕。"南宫渊察觉异状，急唤。

"不碍……"话未说完，她身子一软，半斜着倾倒。

南宫渊展开手臂抱住她，心里顿生不祥的预感。难道，她的劫数并没有被他挡除？

皇帝闻讯赶到时，看见的便是这样的一幕——

雪花纷飞，片片飘落在素雅灰袍的俊逸男子身上。那男子双手紧抱一个女子在怀，低头凑近，似要吻上。

"南宫渊。"皇帝面色骤沉，迸出一声厉喝，箭步跨去，一把夺过他怀里的女子。

"小心些！"南宫渊撑着身子站起，皱眉道，"映夕动了胎气。"

"到底发生了何事？"皇帝目光冷锐，扫过血迹斑斑的雪地，及周围候立着的侍卫。

"回禀皇上，方才突然杀出几名黑衣刺客。"侍卫长上前行礼，恭谨地如实禀道，"卑职们已将刺客悉数擒下，但有一名漏网之鱼逃脱。"

皇帝寒着脸，并未再追问，径自抱着路映夕登上马车。

南宫渊心领神会，沉默地跟随。他的伤口仍剧痛着，但无暇顾及。

"映夕的情况如何？"放下车帘，隔绝了外面的风雪，皇帝沉声问道。

南宫渊望了一眼被他搂在胸前的路映夕，缓缓道："映夕刚刚动用内力，乱了脉息，现在只是体虚昏厥，但很快就会病发。而且——"他一顿，视线落在路映夕身上的白狐裘上。

皇帝顺着他的眼光看去，陡然一惊。洁白的狐毛染着零星的点点猩红，看起来格外地触目惊心。

"究竟如何，你把话说清楚。"皇帝脸色铁青，瞳仁中隐隐透出忧切焦急。

"胎儿怕是保不住了。"南宫神情沉凝，对上他锋锐而复杂的深眸，清晰地慢慢道，"一旦映夕病发，不仅保不住孩子，连自身性命也有危险。"

"什么？"皇帝蓦然震怒，眸中火光幻动，但随即竭力自控，稳住语声，道，"南宫渊，朕知道你一定有办法救映夕母子。你想要什么，只管说。"

南宫渊的黑眸中掠过一丝悲悯，摇头道："我无所求。"

皇帝微微眯起眸子，不着痕迹地一手搭上路映夕的手腕脉搏。

"皇上不信？"南宫渊轻声叹息，淡淡道，"我已说过，我无所求，就绝对不会拿映夕的生死来当筹码。这个胎儿，或许注定不该降临于这乱世。时间不对。"

"朕知道你能堪透一些禅机，但朕决不相信映夕是短命之人。"皇帝的眼眸又眯细一分，锐芒乍现，"你曾问朕，如果遇到必须抉择的时刻，朕会选映夕，还是她腹中的孩子。朕现在再告诉你一遍，朕必然是要映夕无恙。"

南宫渊颔首，平缓道："皇上说一不二，做人做事皆有明确目标，南宫渊深感敬佩。不过，映夕能否渡过此劫，没有人能够保证。皇上应是知道，宫中众太医都束手无策，那么，只有现在立即赶往密谷，也许那里的珍稀草药可以保住映夕的命。"

"映夕还能经得住长途跋涉？"皇帝拧起浓眉，质疑看他。

"这是唯一的生机。如果不试，连一线希望都没有。"南宫渊沉着回道，"马车里备着足够的补身药材，应该可以让映夕支撑几日。"

皇帝静默，过了片刻，低低吐出一句问话："孩子，无救了吗？"

南宫渊与他直视，轻缓而肯定地点了头。

皇帝的眼瞳深处浮现浓浓的哀恸，用力地闭了下眼，才再睁开，面上只是一片沉稳无波："事不宜迟，你们立刻起程。"

他的双臂渐渐松开，将路映夕放在羊毛毯上。深望着她苍白的小脸，他俯下头去，靠近她耳畔低喃一声，然后直起身，决然地下了马车。

南宫渊望着他离去的背影，无声地扬唇，浮出一抹苦笑。合目深吸口气，抛开思绪，他掀帘对外喊道："晴沁，起程了。"

躲避在远处的晴沁向马车小跑而去，但目光一直锁定皇帝的身影，久久不移，恋恋不舍。

南宫渊见状，不由逸出一声轻叹。其实，皇帝用情之深远远超乎他预料。刚才皇帝在映夕耳边的那句低语，他听得分明——"夕，记住，朕只要你好好活下去，往后，我们还会有孩子，一定。"

第四卷

胡颉颃兮共翱翔

第六十一章
天各一方

这个冬天似乎很长，一场又一场的大雪为大地笼罩上一层寒色银装。

路映夕一行三人离开了皇朝境地，来到边界地带的幽谧山谷。

山谷中气候温暖宜人，花木明媚，丝毫感受不到冬日的严寒。路映夕卧榻近半个月，才渐渐恢复了精神。虽然足不出谷，但南宫渊有时会收到飞鸽传书，所以她也知晓一些外界的信息。如今三国联手，已迅速攻破沛关和海城，长驱直入龙朝境内，势如破竹。可以预计，等过了这个寒冬，天下就会成为三国鼎立的情形。

她听着这些消息，只觉得是很遥远的事，好像与她没有关系。

她能下榻之后，便每日在谷中闲逛，采摘珍稀草药，研究药性，偶尔看看书或者钓钓鱼，日子闲散而宁淡。时间仿佛静止了一般，无波无澜。

晴沁一直跟在她身边，虽然始终不甘愿，但还是尽心地服侍她。也许，对晴沁来说，伺候她已经成为惯性的服从。

而师父，在谷中已停留了一个月，精心为她调理身子，配制出克制她体内寒毒的药方。只要她照方子服药，不操劳不受伤，身体就会一点点好起来。

“我已写下详细的药方，以你对草药的认识，应可自理。”傍水的清雅竹屋中，南宫渊将几张薄纸交到路映夕手上。

“师父要走了吗？”路映夕接过，淡淡微笑，“师父这一走，我与小沁就吃不到美味的素菜了。”

“院子里种的蔬菜和湖里的鱼虾，以及谷内的存粮，足够你和晴沁吃上一年。”南宫渊亦笑，眸光温润清和。此山谷，本是他为自己准备的隐居地方。世事难料，他还无法抽身，而映夕已在这里。

“师父何时会返来？”她望入他宛若春风柔和的黑眸，终是不能放心，正容道，“从此以后，天下三分，必定大小战役不断，请师父一定要珍重。映夕无权干涉师父的做法，也知道乱世出英雄的道理，但如果——”她停下话，凝眸望他。这一双熟悉的淡泊眸子，最深处是否藏着她不曾了解的抱负和欲望？

“映夕，你多虑了。”南宫渊淡笑，接言道，“我并非皇族，更没有篡位的野心，不会有那个如果。”

“世事奇妙，谁都难以预知。以后的日子，师父必会领军出征，随着威望高升，一切皆有可能。”路映夕眸中闪过一丝惆怅。也许有一天，师父与慕容宸睿会成为势不两立的死敌，各擂战鼓，一分高下。若真是那样，她希望谁胜？

南宫渊静静看她，未再出声。他背负的是玄门数百年来的使命，必须襄助霖国打天下。至于他自己，对于锦绣江山并无贪念，唯有一个想法坚定不移。如果最后统一天下的那个王者残暴不仁，即使是霖国皇者，他也会揭竿而起。

路映夕抿唇微微一笑，举杯道：“师父此去任重道远，映夕以水代酒敬师父。”

南宫渊端起茶杯，温声叮咛道：“你要好生修养，我会每月飞鸽传书到谷中，你若有什么需要，也可回信。”

“好。”她点头，笑着与他相视一眼，旋即移开视线。师父可能并不自知，这一个月的时间，他眸底的柔情越来越掩饰不住，越来越浓烈。可是，她再也承不起他这份情了。她心中已有另一道身影日夜萦绕，挥之不去。

“映夕。”南宫渊忽然唤她，罕见地欲言又止。

“怎么？”她疑惑地转回目光，见他如玉温雅的清俊脸庞浮现一抹迟疑神色。

南宫渊静望她半晌，咽下到嘴边的话，只平淡道：“没什么，我该走了。”

“南宫神医为何不敢说？”

冷不防，竹屋门口传来一道冷淡而轻讽的嗓音。

路映夕扭头看去，益发狐疑：“小沁，你知道师父想说什么？”

晴沁面容淡漠，水眸中却闪动嘲讽交杂哀伤的矛盾波光，一字一顿地清晰回道：“南宫神医昨日收到一封飞鸽信，看完就撕碎，不巧被奴婢好奇捡起，奴婢多事地仔细拼凑碎纸，发现原来是如此重大的事情——公主的夫婿，皇朝的慕容皇帝，又立皇后了。”说完，她就转身离开。

路映夕怔然，愣愣望向南宫渊。

南宫渊无奈一叹，低低道：“在你离开皇宫不久，就已册封，昭告了天下。将来你若决定回去，你依然是皇后之尊，但栖蝶会与你平起平坐。”

“呵呵……”路映夕突然轻笑起来，愈笑愈停不下来，捂着小腹笑弯了腰，“呵呵，师父真有先见之明，映夕却如此蠢钝。”

南宫渊伸手轻轻触碰她的肩头，无声地安慰。

笑了许久，路映夕慢慢抬起眼来，满目悲色，唇角却仍高扬，勉力维持着上翘的弧度。

“师父，谢谢你，真的谢谢。”她的声音平静得没有起伏，站起身，道，“映夕不阻师父的行程了，师父保重。”

南宫渊担忧地看她，才想开口，她已旋了身，走入内屋。

无可奈何，南宫渊将藏在衣袖中良久的一封信搁在竹桌上，默默离去。

在南宫渊离开不久之后，晴沁悄悄地走入屋中，拿走了那封落款为“宸”字的信。

数月的时光，犹如白驹过隙。冬去春来，山谷中莺飞草长，繁花似锦，景致如画。

嫩绿色的草地，延绵铺陈开去，像是望不到尽头的辽阔草原。一个女子身穿月牙白的素雅衣裙，置身于一片幽幽绿色中，手持镰刀，慢悠悠地割下一簇野草，投入竹箕中。她清美的脸庞没有半分胭脂装点，可是出奇地秀丽绝俗，一双明眸犹似两泓澄澈清水，顾盼之际，粲然生光，流溢清雅高华，引人不自觉地痴醉。

“公主，到时辰喝药了。”旁侧的青衣女子淡淡开口。

“嗯，回去吧。”路映夕微笑，看着竹箕里满满的草药。这些是最后的用量了，今日应该就能把解药研制完成。

晴沁抱起竹箕先行，似有若无地抛下一句问话：“公主不怨吗？”

路映夕缓步跟上，神色宁和，唇角抿着浅浅的笑容。不怨吗？最初的时候，她确实心有怨愤。随着时间流逝，她逐渐想明白。那个人，他有他的鸿鹄大志，在他心中，天下霸业才是第一位，而儿女私情，永远只能排在其后。

低下眸子，她轻轻抚摸隆起的腹部。当初师父欺瞒了那人，因而让她有了完全的自主权。这个孩子是她一个人的，没有人会来抢。她有她的路要走，与他的方向截然相反。她要的并非站在权力的巅峰，从来都不是。

再抬起眼时，她眼中的感伤已消散，只剩坚毅的清芒。

山中的时间容易过，一转眼便已是黄昏。路映夕扶着腰，从药庐里走出来，右手握着一只小小的药瓶。费时三四个月，终于提炼出了解药。这是她欠下的债，总要还的。可是她没有想过要亲自前去。

折身入了竹屋，厅堂里正有一道挺俊身影负手而立。

“是你？”路映夕不由惊诧。这几个月来，除了师父，再没有人踏入过谷中。可此次来的竟是段霆天？！

“路妹妹，别来无恙？”段霆天施施然转过身，长眉斜挑，对她俊朗一笑。

“段王爷真是深藏不露。”路映夕缓了神，回以淡笑。她在山谷入口处设置了五行阵，寻常人绝对找不到入口。

“全赖南宫兄的指点，不然我怕是要困死在阵法中。”段霆天耸了耸肩，一派与己无关的谦逊模样。

“就算有师父的指点，也需懂得五行奇门才能领会。”路映夕举目望他，不露痕迹地打量。多日不见，他仍是一副吊儿郎当的不羁神态，可眼底那抹锋锐的深蕴，再难藏住。

“路妹妹，我这次冒昧拜访，主要是受南宫兄之托，他如今受封为辅国将军，军务繁忙，分身乏术，只好由我这个闲人走这一趟了。”段霆天不再回应她的话，絮絮叨叨道，“路妹妹，你不知道，这山路实在难行，我独自一人翻山越岭，若不是想着能见到路妹妹天人般的容颜，我委实是没力气了。”

路映夕上下扫了他一眼，幽蓝色的衫袍一尘不染，玉冠束发纹丝不乱，他如常地俊朗潇洒，哪里看得出一丝辛苦狼狈？

“路妹妹，你可别看我一身干净，其实我为了能早一点见到你，连夜疾行，几乎耗尽了内力。”说着，他往竹椅里一倒，做出疲惫瘫软状。

路映夕忍不住弯唇摇头，过了片刻，才道：“段王爷，闲话不说了，师父要你来此所为何事？”

段霆天抬眼看她，懒洋洋道：“那慕容宸睿不是快毒发了吗？”

路映夕心里思绪百转，口中只是淡然道：“此事不需要劳烦段王爷。”若把解药交到段霆天手中，岂不是等同陷慕容宸睿于绝地？

段霆天歪在藤竹椅中，不紧不慢道：“那么，路妹妹要亲自去吗？这一去，再想出宫可就不容易了。”

路映夕抿唇不语，心中甚是疑惑。师父为何要叫段霆天前来？此人明显是极度危险的人物，怎可托付送药的任务？

段霆天一手支着下巴，饶有兴致地注视她：“几个月不见，路妹妹出落得越发迷人。”视线放肆地下移，定在她微凸的腹部上，“为孩子取名了吗？”

路映夕侧过身子，走到竹桌另一边落座，并不答话。

“孩子跟谁的姓呢？”段霆天手指摩挲着下颚，自言自语道，“若跟路妹妹你姓，但你自身的姓氏……”他忽地抬目，兴冲冲道，“哈哈，原来这孩子是跟我的姓。”

路映夕瞠眸瞪向他，薄怒斥道：“段王爷请自重。”

段霆天不以为意，笑眯眯道：“路妹妹，我的意思是我们同为段氏一族，这孩子跟不得父姓，自然就应姓段。”

路映夕沉了面容，道：“孩子出世，自是冠他父亲的姓氏。”

听闻此言，段霆天的目光陡然转锐：“你终究选择站在慕容宸睿那一边？”

“不。”路映夕缓缓吐出一个字，浅淡地笑起来，眸光清冽而平静，“我虽是霖国人，但霖国从来不曾养育过我，甚至，毫不留情地诛杀我的亲生娘亲。母亲那一族，被灭得干干净净。如果不是因为我还有利用价值，也早就入了地府。”

段霆天扬眉看她，静待她的下文。

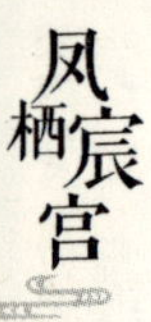

“邬国，是我生长之地。虽然父皇将我当成了结盟的筹码，可我无法就此抹杀十八年来的养育之恩。”路映夕徐徐再道，“所以，我不会为了霖国或者皇朝去攻打邬国，也就没有所谓站在哪一边的问题。我与孩子都会留在山谷中，我不会隐瞒孩子他的身世，到他成年之时，我将告诉他一切，然后让他自己选择要否下山。”

段霆天安静地听完，摇头道：“你想得太简单。”

他敛了神色，忽然站起，高大的身躯朝她微微倾压下来，挟着一股不可忽视的霸气：“我坦白告诉你，此次并非南宫兄嘱托我前来，是我半路阻截了他派出的玄门弟子。我找你，也不是为了慕容宸睿的解药，而是为了你。”

路映夕眼波不惊地坐着，仰脸回视他。他终于显露出霸道狂傲的那一面，他的野心不比慕容宸睿小。

“你可知如今外面的局势？”段霆天直勾勾地望着她，眼中炙芒大盛，“腊月，三国缔盟，攻入龙朝境内，大获全胜。其后，邬国还来不及撤兵，便叫皇朝迅速反攻个措手不及。”

路映夕一怔，不敢置信地问道：“邬国和皇朝的盟约就此毁了？”

段霆天唇角轻勾，浮出一抹意味不明的弧度：“你应该知道，你离开慕容宸睿之后，他就立了栖蝶为皇后。从那一刻起，就已经等于同邬国决裂，转而与我霖国结盟。邬国，气数已尽。”

路映夕心中震惊，疑道：“难道霖国就不担心步邬国的后尘？”

段霆天傲然一笑，回道：“我霖国养精蓄锐多年，外人皆以为我国地小兵弱，却不知我们一直暗中练兵，韬光养晦，等的就是天下大乱之时。”

路映夕讶异至极，哑然无语。现在她才明白，父皇为何愿意传位给她。或许只有她，还有机会保邬国安然。但当初她不愿意出卖慕容宸睿，如今就狠得下心吗？

段霆天定定地望入她波光动荡的眸底，继续道：“照目前的形势看来，不出半年，皇朝就会吞并了邬国。如果你想救邬国，有两个办法。一是回去求慕容宸睿，二是与我霖国合作。”

路映夕渐渐定下心神，冷淡扬唇，道：“霖国会在此时出手相助？不怕耗费了兵力，难以与皇朝逐鹿天下？”

“只要你肯出手。”段霆天的声音低沉下来，那双漂亮的桃花眼闪耀自信的光芒，“我可以保证，待我国雄霸天下，邬国可同享荣华。”

“把邬国归并入霖国的疆土？”路映夕不禁冷笑，“如果我父皇愿意臣服，最初就已经应允慕容宸睿，成为皇朝的附属国。”

“今时不同往日。饶是你父皇多么傲气，也已由不得他。”段霆天唇角勾起，笑容透寒，“慕容宸睿是何等精于计算之人，他已知我国兵强马壮，自然先拿邬国开刀。再加上你若逾期不归，你想他会是如何的震怒？眼下他又不能与我国翻脸，那么——”

“霖国需要我做什么？”路映夕半眯眸子，心里已是雪亮。

“你十五岁时就深谙兵法，一手训练出黑甲军阵。如果你和南宫兄联手，我相信，必定所向披靡战无不胜。”段霆天的眸光精锐，似刀锋般犀利地望着她，“况且，你暗凿了一条通往皇朝皇宫的密道，又手握皇朝西关的兵权，要灭皇朝，更添胜算。”

路映夕微蹙眉头，暗自思忖，曦卫回了邬国，竟没有将密道入口告诉父皇？

段霆天瞥她一眼，敏锐地看穿她的心思：“你以为慕容宸睿是傻子？你那十名忠贞的曦卫统领，早被他擒住，估计日日饱受严刑拷打之苦。现在能启动机关进入密道的人，只剩下你与南宫兄。”

路映夕心头思绪翻涌，一时无法言语。

段霆天适时地再补上重力一击：“你或许还不知道，栖蝶刚有了身孕，即使你回到慕容宸睿身边，也不可能独占君宠。”

路映夕一颤，猛然抬眸：“我不信。”在她离宫的那日，袭击她的蒙面人正是栖蝶，她已请师父传信给慕容宸睿。她能理解慕容宸睿出于国家利益的考量，仍然立了栖蝶为后，但她一直相信着，他不会当真宠幸栖蝶。是她太自以为是了吗？

“栖蝶袭击你，是她不对。不过，那封信决不可以送到慕容宸睿手中。”段霆天再一次说中她心中所想，俊眉斜挑，又道，“你别怪南宫兄，是我卑鄙，射杀了那只飞往皇朝的信鸽。正值非常时刻，我只能谨慎点。”他摊了摊双手，身不由己的样子，“当日偷袭你的刺客，是皇朝的贺氏一族所派出，栖蝶只是混在其中罢了。栖蝶并非要你的命，她只是不希望你怀有皇嗣。”

路映夕脸色泛白，心尖似被锥子不断戳刺，一抽一抽地疼痛。她错信了慕容宸睿？她本以为，她在他心目中至少占有一席之地，可她才刚刚离开，他就宠幸了栖蝶？她不指望他会为她守身，但起码不应该是栖蝶……

“慕容宸睿若是真心爱你，怎会把名与分都给了栖蝶？”段霆天看着她苍白的小脸，不由生了几分怜惜，叹道，“你既已决定与他分开，就不要再想了。这世上能带给你幸福的男人，并不是他。”

路映夕怔忡，低垂眼帘，掩盖眸中的痛色。真的是人走茶凉吗？连一丝余温都没有留下。

“路妹妹，即使你不愿意承认，你血液里仍是流着霖国的血，帮助自己的国家又何须犹豫？而邬国是养育你的故土，你更应保卫那里的子民。”段霆天温和了语气，轻声道，“如果你不放心把解药交给我，不用勉强。南宫兄很快就会发现我阻截了玄门弟子，他会亲自来一趟的。”

路映夕只是低头静坐着，不看他，也不回话，仿佛入了定一般。

段霆天低低地发出一声叹息，正欲离去，却见她蓦地抬头，明眸中盈着清冷光芒。

“路妹妹？”他探询问道，“你可想好了？”

“段王爷今日带来的消息，我已听得非常清楚。至于我的决定，等师父来到，我自会告知他。”路映夕语声沉静，神情异常凛冽。

段霆天颔首，深深地望她一眼，转了身，不再赘言地离去。

待他走远，路映夕身子一软，跌坐椅中，双眸里终于泛起一丝丝哀戚。腹中胎儿似是感受到她的心情，轻轻踢动了一下。她抚上腹部，长睫微微颤动，眼角不自抑地湿润，却用力咬唇，强自忍住，不让泪水落下。

一道娇小的身影从内堂悄然走出，站在竹帘后面，手里捏着一封信，眼中闪现几许不忍的迟疑，右脚抬起，想往外走去，突然间又改变了主意。狠狠一咬牙，她折回内屋，到自己的房间，将那封厚厚的几纸信笺一口气撕得粉碎。

隔日，南宫渊到时满面风尘，素来朗逸的俊脸因青色胡茬而显得有几分落拓。

阳光正明媚，路映夕躺在绿油油的草地上，眯着眼晒太阳。

南宫渊轻步走近，在她身边席地坐下，出声道：“映夕，你的气色好了很多。”

路映夕依然静躺着，温声回应：“师父配制的药方，自然是上佳的。”

南宫渊学她躺平，仰望碧蓝的天空，叹息道：“这里还是这般幽静宁和。”而外面的世界，已是狼烟四起，硝烟弥漫。

“师父辛苦了。”路映夕亦轻轻地叹了口气，“前两日段霆天来过，他带来一些消息，真假难辨。不知师父怎样看？”

“是真是假，你应该能够分辨得出来。”南宫渊望着空中一朵飘浮的白云，语气有些疲惫，“原本希望你能从此清净无忧，却还是挡不住现实的纷扰。”

“师父，我想亲自把解药给他。”路映夕语声很淡，缓缓睁开了眸子，扶腰坐直身子。

南宫渊一怔，半晌没有接言。

“可是我又想，即便某些消息是假的，又能如何。”路映夕淡淡一笑，眸光清明如雪，“有劳师父了，相信师父一定有法子把解药送到慕容宸睿手上。”

“映夕，你已有了决定？”南宫渊正色看她，黑眸深幽，难掩忧心。

“是，我要回邬国。”路映夕语气轻浅，却仿如金石掷地般地铿然。

“但是你身怀六甲……”南宫渊皱起俊眉，担忧地扫过她隆起的腹部。

“我只是回去守国，不会亲自上阵。”路映夕抬手，温柔地抚摸小腹，唇边绽开怜爱的笑容，眸中坚决而凛然。她已无法否认，她爱上了慕容宸睿。可是她不会委屈自己，做他心目中的第二位，或第三位、第四位。她要与他一较高下，要他知道她并不是只能做他深宫中的一个可怜女人。

“映夕，你确定你不是意气用事？”南宫渊仍觉担忧，她一旦回了邬国，就再不可能有轻松悠闲的日子。

“不是。”路映夕淡笑着摇头，“师父，你别担心。这些年来，我一直都是一颗任人摆布的棋子，如今我要掌握自己的人生，没有人能再操控我。”

南宫渊沉默，良久才低叹一声，道：“皇朝已进军攻打邬国边界，攻势凶猛，不过月余就侵占了四座城池。如果你决定回去，事不宜迟。”

路映夕抬眸看他，忽然问道：“师父会帮我的吧？”

南宫渊没有犹豫，即刻回道：“当然会帮你。等你潜回邬国，我亲自率领一支军队与你里应外合。”

路映夕弯唇一笑，悠悠道：“师父，我没有一统天下的野心，只想保邬国安定。将来的事谁都无法预测，也许邬国会归属霖国，但，到时我不会出手帮霖国攻打皇朝。”

“我明白。”南宫渊颔首，唇角扬起一抹温雅的笑，“你长大了，终于了有自己的主见。”

“我不愿做浮萍，不愿做柳絮，那么只有寻到一个落脚点，站定，不移。”路映夕神情宁静，站起身望向天空的另一边。之前确实是她天真，以为躲到深山中就可以不理世事。她终究不是石头里蹦出来的人，她不能对不起养育她的那片土地。倾力付出之后，她才能无愧，才能追寻自己想要的平静生活。

第六十二章 战火熊熊

南宫渊军务缠身，无暇多留，匆匆而来，又匆匆而去。

路映夕和晴沁打理好行装，翌日清晨便出了山谷。进入山下的小镇，雇佣了马车，她们直往邬国方向赶去。

两日之后，到达边界的琅城，还来不及进邬国境内，她们就遇上了一场战役。

琅城的城门已封闭，无法外出。城外，本是十里荒原，人烟稀少，但现在一眼望去只见人头涌动，万马嘶鸣，气势惊人。

琅城属于皇朝的国土，隔着那一大片荒原，便是邬国的边境渝城。路映夕在一番打听下知晓，两军已经数次交锋，陷入胶着，难分胜负。而这两座城镇，几乎成了空城，城中的百姓纷纷逃离，只剩下不良于行的老弱病残。

路映夕和晴沁乔装成农妇，借居于一户贫困农户家中。

夜幕低垂，她们两人共卧一炕，低声交谈。

“公主，你怀着身孕不宜冒险，不如由奴婢把玉印呈交到军营。”

“只怕你还没有靠近军营，就被人当成奸细拿下了。”

“公主要亲自去？但是……”

“驻守渝城的将军姓靳，如果我没有估错，应该是靳星魄。只要能见到他，我们就一定能平安回邬国。”

“公主，”晴沁话语吞吐，心中憋着一桩心事，最终只道，“公主的爱国之心，奴婢万分钦佩。”她从不曾真正对路映夕信服，因为她一早就知道路映夕并非真正的邬国公主。但这一次，邬国将亡，如果路映夕能够解邬国之危，她会从此将她看成主人。如若路映夕不过是虚情假意，又抑或意图利用邬国，那也别怪她心狠手辣，玉石俱焚。

“睡吧，明日还有许多事要做。”路映夕轻声道，背过身对着墙壁，闭上了眼睛。这几个月来的朝夕相处，她又何尝不知小沁的心思。虽然慕容宸睿从不曾对小沁嘘寒问暖，可是喜欢一个人并不需要理由。小沁爱慕他，所以厌恶栖蝶，也厌恶她。然而奇特地，小沁对于她腹中的胎儿格外爱护，平日熬出的汤药分量极为精准，可见是用了十成的心。

双手轻抚在腹部上，她合目微笑，自从有孕之后她就有这个习惯性动作。这个孩子来得意外，她从没有想过要放弃。只是不知孩子以后会不会怨她，而孩子他爹又会不会有一天发现真相？慕容宸睿，是那么霸道的男子啊，他一定会不惜一切抢回孩子的吧？

脑中漫无边际地想着，迷迷糊糊地睡着。不知过了多久，突闻鼓声震天，她一个激灵惊醒了过来。

“小沁，小沁。”她忙去推身旁的晴沁。

晴沁迷茫睁眼，尚未从睡意中回神。

“开战了。”路映夕一边迅速穿衣，一边道，“战鼓声逼得这样近，应该是我国军队正在攻城。我们现在所处的位置比较靠近城门，如果我军用炮轰，恐怕你我都会成为遭殃的池鱼。”

“那该如何是好？”晴沁顿时彻底清醒，急惶地问。

“先找个安全的地方避一阵。”路映夕已快速更衣完毕，催着晴沁起身。

就在晴沁翻身下床的那一刻，骤然间炮声大作，震耳欲聋。

“快趴下。”路映夕急喊，眼角余光却瞥见屋顶颤动，瓦片滚落，“糟了，这屋子不牢固，怕是连炮火的余震都经不住。”

晴沁摔落炕下，顾不得呼痛，急急套上裙衫，拎起包袱往外逃去：“公主，快逃！”

路映夕却往内里的隔间疾步而去，大声喊道：“老婆婆，屋子要塌了！”

那收留她们的老妇却没有回应，路映夕走入里面的房间发现，躺在暖炕上的老妇人面色发青，哆哆嗦嗦地蜷成一团。

“公主，公主，快出来！”

外面传来晴沁焦急的呼喊，路映夕只迟疑了一瞬，俯身将那老妇人背起：“婆婆，你抱牢我。”

万分紧急之中，路映夕还是记得自己有孕在身，提起真气护住胎儿，脚步沉稳而迅捷地往外行去。

突然，又一声轰隆巨响，整座茅屋顿时摇晃起来。

屋门外，一道娇小身影冲出来，同一时间，屋顶坍塌下来。

伴着连续不断的隆隆声，碎裂的瓦片连同横梁一齐砸下，路映夕眼疾手快地避开巨大的梁柱，却无法避开片片砸落的碎瓦，肩头和手臂都被割出血口子。

“公主，让奴婢背婆婆。”晴沁一把卸下路映夕背上的老妇，背在自己身上。

路映夕也不坚持，丹田一沉，提气飞出残破的屋子。

外面已是火光四起，一片兵荒马乱。百姓在街道上慌乱奔走，犹如无头苍蝇找不到方向。

路映夕沉住气，等晴沁背着婆婆出来，便往城西疾行。她原知靳星魄颇有本事，但想不到他竟能反攻成功，攻入了琅城。

“公主，我们不能一路背着婆婆。”晴沁吃力地跟在路映夕身后，清秀的脸庞沾染灰

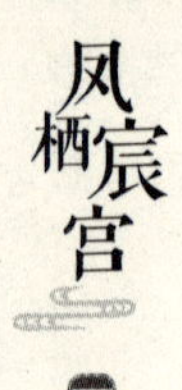

土，乌黑狼狈。

“到前面那条街的祠庙里，把婆婆放下吧。”路映夕心中不忍，却也无奈。战火无情，百姓最苦。

“好。”晴沁咬着牙应声。若不是因为路映夕腹中的孩子，她方才绝不会冒死冲进茅屋里。

半刻钟后，到了那座破旧的祠庙，里面早已挤满了茫然慌张的群民。

路映夕和晴沁混杂其中，稍歇了片刻。正包扎着手臂上渗血的小伤口，忽听祠庙门口响起一声大喝。

路映夕心头一震，竟是他！

顷刻间，一队士兵已将祠庙团团包围。

“出来！”那领头将士坐于骏马之上，高大威严，朝着祠庙内大声喊道。

祠庙中的民众面面相觑，惊慌无措。路映夕拉着晴沁不着痕迹地挪步，躲到人群后面，低头混迹。

“你以为你还能逃得掉？”那将士面容肃冷，矫健地翻身下马，大步走入祠庙。

路映夕偷眼觑去，心中隐隐一痛。范统的腿终究还是留下了残疾。虽然不是十分严重，但右腿明显是跛了。

正想着，人群突然骚动起来，一个壮汉拨开众人，拔腿就往外跑。

“站住！”范统一声厉喝，展臂挡住祠庙的大门。

那壮汉似疯癫了般，直往范统身上撞去，像是要用蛮劲撞倒他。

路映夕微微眯眼，心下生疑，看那壮汉下盘沉稳，绝不是不谙武功之人。

在曦阳的照耀下，一线白光乍现，路映夕顿时心震，脱口急喊道：“小心。”

几乎是同一时间，一把泛着冷光的薄刃擦过范统的腰际，划破他的衣衫。

范统的反应极快，趁着壮汉失手恍神的瞬间，已将人制伏擒下。

“带下去，仔细审。”把擒到的那名细作交予外面的士兵，范统折身入了祠庙。

路映夕的头越垂越低，脚下轻轻地移动，心里一边暗自腹诽，平日不见范统多么聪明，今日却这般敏锐？

“别躲了。”低沉的嗓音近在咫尺，夹杂着一丝不易察觉的紧张。

无奈之下，路映夕只好抬首相望：“范兄，别来无恙？”

“真的是你！”范统的炯目中闪过惊喜之色，一时忘了礼仪，伸手拉住她的手腕，将她从人群中扯出来。

“是，真的是我。”路映夕不禁莞尔，虽然手腕被他捏得发疼，却丝毫不损见到故人的喜悦。

出了拥挤的祠庙，站在空荡无人的大街上，范统才松了手，但定睛一看，却不由愣住，“你——”视线定在她隆起的腹部，怔怔哑然。

“我如何？”路映夕笑着看他。

“你……但是，皇上说……”范统半晌才缓过神来，确认她真是身怀六甲。

“他，还好吗？”路映夕眸色微黯，但旋即绽开笑容，自答道，“应该是好的。”

范统示意她到偏僻的街角巷子，才压低声音道：“自从路兄离宫，皇上就广派探子暗查路兄的落脚处，但一直未果，没想到今日会在这里遇见路兄。皇上屡次与南宫渊交涉，但南宫渊不肯透露半点消息，路兄再不回宫，皇上就要发怒了。”

路映夕安静听着，淡淡笑了笑，只道：“该相见时，自会相见的。”话语一顿，转而问道，“对了，范兄，此次怎会是你带兵出征？”

“皇上对于邬国势在必得——”话至一半，范统忽地顿住，面色有些尴尬。

路映夕轻轻唔了一声，微笑道：“范兄无须介意，沙场无父子，我明白的。”

“路兄还没有说为何会在此地出现？”范统眉头拧起，双目中浮现锐光。

“我要回邬国。”路映夕并没有隐瞒，直言道，“如果范兄要阻拦，我只有硬闯。”

“回邬国？这兵荒马乱的时节，路兄不应任性。”范统脸色沉凝，肃然道。

“那么范兄认为我该去往何处？”路映夕含笑看他，在他眼中，她总是任性冲动，但她知道，他是出于关心。

“自然是回宫，皇上正等着路兄回去。”范统一脸认真，眼光瞥过她的腹部，更添一分正色，“皇上若是知道龙嗣无恙，必定万分欣喜。”

“范兄，可否答应我一件事？”路映夕敛了神色，亦正容与他相视。

“不答应。”不待她说明，范统就一口拒绝。

“我还未说是何事。”路映夕啼笑皆非。

“是否要范某代为隐瞒今日相遇之事？请恕范某无法办到。”范统的神情正经而严肃，略带教训的口吻再道，“路兄现下的情况，根本不应四处奔波。范某即刻就去安排人手，护送路兄回京都。”

“范兄。”路映夕沉了语声，徐缓道，“我不会回京都，我只希望你念在我们曾经在晖城共患难的情谊，替我隐瞒孩子之事。我可以向你保证，只要战事平息，邬国安定，我就会亲自告诉他一切。”

范统眉头紧锁，沉吟未决。他若现在强制带她走，只怕她会反抗伤及腹中胎儿。但若眼睁睁看着她回邬国，他如何对得起皇上？

“范兄，我是一定要回邬国的，如果你坚持要把事情告诉他，只会令他有顾忌与挣扎。你衡量一下，我不勉强你。”路映夕平静地说完，便叫上晴沁顾自离去。

范统默不吭声，跟在她们身后。

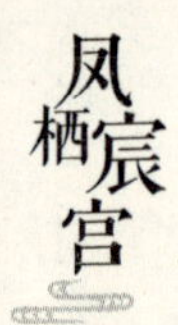

约莫过了一刻钟，路映夕在一家客栈门前停下脚步。

“范兄。”她回头对范统道，“我去借纸墨，有劳你帮我带一封信给他。”

范统颔首，神色有些复杂。他该怎么做？成全她的意愿，还是尽忠职守？

客栈的大门紧闭，路映夕敲了许久，才有一个老头小心翼翼地探头出来。

“老伯，客栈里可有纸笔？”她客气地询问，却不客气地直接推门进去。

那老头瞄了身穿铠甲的范统一眼，喏喏不敢阻拦。

路映夕在柜台上找到笔墨，只思忖了一会儿，就挥笔疾书，不过须臾便写完。

“范兄，我已向他交代我的去向，你无须为难。”吹干墨迹，路映夕走出客栈，将纸张递到范统手上，“但仅有一事，请求你暂时保密。待孩子出生，我会找一个时机与他相见。请你成全，不要让我与他在这种非常时刻都感到难做。”

范统捏着那薄薄的纸张，举目凝望她清美沉静的脸庞，低声道：“为何执意要回邬国？是否气恼皇上又立一后？那只是权宜之计。”

路映夕浅浅一笑，摇头道：“不，是我自己不甘心。”不甘心做芸芸后宫里的其中一个，不甘心自己总是因利益而被牺牲。

范统一对英气的剑眉纠结地拧成线：“但是两军正在交战，此时要出城太危险。”

还未等路映夕接话，街尾有一个士兵急匆匆地跑来，边跑边喊：“范将军，原来你在这里。邬军再度发动进攻了。”

如同印证那小兵的话一般，城楼那个方向炮声大作，轰隆隆巨响，天边染起火光。

范统脸色一沉，收好手中的信件，把路映夕和晴沁往客栈里推：“你们在这里待着，千万不要出来，我会派人过来。”

“好。范兄，你自己也要万事小心。”路映夕顺从地温言应声，目送他快步离去。

待他的背影消失于视野，路映夕轻轻一叹，带着晴沁出了客栈。

今日是她第一次亲密地唤慕容宸睿，然却是在信纸之中。她已不再置身皇宫，所以她不再将他看做皇帝而把自己看做后妃。

信中她只写了寥寥几句话——

“宸，我决定返回邬国。请不要怪我与你作对，而我也不会怨你毁了盟约。因为，我明白天下并没有‘共享’这回事。其实这段日子我时常想念你，但无法因此选择盲目地依附你。不知下一次见面是何时何地，我们各自珍重吧。——夕”

她心中还有许多话想要对他倾诉，但提笔那一刻又觉得言语苍白，或许只有时间，才能验证一切。

这场战，从天色初亮打到夜幕降临。

在这几个时辰内，路映夕亦做了不少事。她与晴沁袭击了两名皇朝士兵，剥下他们身上的铠甲穿于己身，并简单地易了容。此时的二人看起来就像身量不高的黑脸少年。

路映夕已有五个月的身孕，肚子明显，所以只能用布条塞在衣衫内，充作一个臃肿的胖小子。

午时，两人浑水摸鱼地靠近城门附近，然后藏在暗巷里的破败民宅中，静待战况发展。

未时，城门被攻破，一支邬国先锋军气势汹汹地涌入琅城，两军陷入激战。

申时，城中飞箭如雨，刀光闪闪，血肉横飞，萧杀气盛。

酉时，玄黑色的战旗竖立城头，在风中猎猎作响，旗面上绣着一个硕大的“靳”字。

“琅城内的所有人听着，不论是百姓还是士兵，只要缴械投降，我军绝不会伤你们的性命。”深蕴内力的喊声，几乎震彻半座琅城。

接着便是一片寂静，鸦雀无声，琅城恍如一时间成了座死城。

“若不出来投降，就莫怪我军狠心屠城。”又是一声大喝，凌厉威严，震慑人心。

又是长久的死寂，肃杀窒闷，连空气都似乎凝结成冰。

不知过了多久，忽然有一个挂彩的士兵从不远处的巷子里走出来，默默跪地。

在此之后，陆陆续续有一些残兵伤员跟着出现，垂头不语地跪下。

城楼底下，尸体横陈，已分不清是哪国的士兵。而降兵黑压压地跪满一地，皆是垂首默然，没有一人吭气出声。

藏身民宅中的路映夕见时机已到，便携着晴沁慢慢走出，佯装降兵，一同跪于城门口。正思索着该如何与靳星魄相认，不经意一个抬头，竟见城楼垂挂下一个人。

是范统？

靳星魄要杀他示众。

那直垂着的人，铠甲染血，面庞脏污，黑发披散，已看不清五官，但那双炯目依然熠熠锋锐，丝毫没有成为俘虏的卑微姿态。

路映夕仰目望去，无声叹息。这大概是邬国第一场反击获胜的仗，范统虽然武艺高强，却未必善于带兵打战。不过，她心中隐隐觉得，慕容宸睿不会如此失算，只怕援兵在后。

“靳星魄——”她忽然站起，大喊一声，手里亮出一块晶莹的玉牌。

城楼上有一刻的寂静，随即就有一道黑色身影飞掠下来，势如雄鹰。

只是眨眼间，她的脖颈上已横着一把泛寒光的宝剑。

“你是何人？为何有此玉牌？”冷冷的嗓音，如同黑衣男子的面容一般，蕴含肃杀的锐气。

“靳星魄，是我。”路映夕直视他，语声低沉，“路映夕。”

男子微怔，褐眸中浮现疑虑，锐利地上下扫视她。

路映夕淡定自若地任他打量，压低嗓子道："你懂易容术，应该不难认出我。此地不宜相谈，带我入城楼。"

男子拿走她手中的玉牌，仔细端详片刻，才收剑入鞘。

"请。"他亦低着声音，做了一个恭谨的手势。

路映夕微微一笑，带上晴沁一同登上城楼。

位于高处，凉风迎面袭来，颇有萧瑟的寒意。

靳星魄端来一盆清水，示意路映夕卸妆。

污泥洗去，白皙如玉的容颜显露出来，宛若出水芙蓉般的清丽绝伦。

"果真是公主殿下。"靳星魄并没有太惊讶，只是勾唇一笑，傲然道，"公主来得正是时候，皇朝欺我国无人，我靳星魄倒要叫他们看看何谓成王败寇。"

"你想杀鸡儆猴？"路映夕微蹙黛眉，视线飘向悬挂范统的那一面城墙，"要挫敌军士气，本是无可否非，但若因此激发皇朝的怒气，恐怕我们会得不偿失。"

"公主是担心皇朝的援兵将至？"靳星魄扬起眉毛，双目中豪气万丈，"我邬国亦有黑甲军支援，何须怕他皇朝。"

"你是指曦营的黑甲军？"路映夕不由一愣，"这是守卫京城的军队，如此一来，京城岂不是——"

"公主久未回国，不知战况。"靳星魄敛了神色，沉声道，"此战可谓是我国的背水一战，倘若失败，渝城失守，便有亡国之危。"

路映夕沉默，思忖须臾，走到城墙边，拉起吊着范统的绳索。

"公主？"靳星魄伸手阻止，眼神骤然变得冷锐，"公主离开皇朝皇宫，是何原因？"

路映夕不理，坚持拉范统上来。

靳星魄没有再横阻，但眸中已然升起质疑之色。

待解开范统身上的捆绳，路映夕才转而对上靳星魄的目光，平静道："他是我的朋友，我无法眼睁睁看着你杀了他。"

靳星魄的眉眼微挑，透出森冷："公主此言差矣。朋友之谊，怎与国家大义相比？如若有一日我军擒下了慕容宸睿，难道公主也要放虎归山？"

"我只救这一次。"路映夕的神情波澜不惊，眸光清冽似霜："你若信我，就将他放了。你若不信我，就不要调动曦营的黑甲军。那是我一手训练出的军队，如果我站在皇朝那一边，自能轻而易举地破了黑甲阵。"

靳星魄眯眼不语，似在思量她的这番话。

而范统挺直着腰脊，不顾身上多处刀伤正淌血，硬是不愿流露出一丝一毫的软弱。他的脖子紧绷地梗起，青筋明显，眼中难掩羞愤，几度望向城头，心生绝念。

“范兄。”路映夕走到他面前，拍了一下他的肩膀，正色道，“胜败乃兵家常事。作为一个将士，只有拼死在战场上才叫做英雄。自尽是懦夫所为。”

范统咬紧牙根，一言不发，心头翻涌着巨大的悲愤。他自动请缨，比援军早几日入了琅城，却没有帮上半点忙，反叫人活生生俘虏。他还有何颜面苟活于世。

“范兄，你还要替我送信，切莫忘记。”路映夕眼光沉静，再劝导道，“念在我帮过你的分上，请你一定要亲手将信交到他手上。”

范统僵硬地点头，炯目圆睁，渗出血丝，可见他内心极度的痛苦挣扎。

路映夕略松了口气，旋身向靳星魄道：“让他走，我留在此地助你攻城。”此话亦就等于用她自己来保范统的性命。

靳星魄没有再为难，右手一扬，命令驻守城楼的士兵带范统下去。

范统全身僵直，木然地举步。

看着他悲丧颓然的背影，路映夕不禁轻叹。也许范统根本就不应涉足战场，他本是江湖客，朝堂和沙场都不适合他。

“公主打算留在此地，不先回京城？”

靳星魄清冷的声音拉回了她的思绪。

“你已说是背水一战，又何来时间先回京城？”她淡淡一笑，眼光飘远，望入夜穹，“皇朝吃了这一场败仗，必定会卷土重来。今日琅城的胜利，不过是片刻的荣耀。”

“公主对我军没有信心？”靳星魄皱了皱眉头，低沉了声音，“如果有霖国的支援，我军的胜算便会大许多。但霖国亦是狼子野心。”

“你如何认为？”路映夕心念一动，转眸望他。

“皇上认为，皇朝毁弃盟约在先，不可能再议和。但我认为，霖国与皇朝一样不可靠。”靳星魄直言不讳，琥珀色的眸子亮着清明的光芒。

“没错。”路映夕低低一叹，感到沉重的无奈，静默了会儿，才抬眸缓缓道，“我国应该争取最大的优势与皇朝谈判，而非拼得你死我活。此战的胜利，正是一个时机。”

“所谓谈判，少不得要割让城池，每年献贡。”靳星魄扯了扯唇角，浮出一抹涩然的嘲讽。

“总好过战火连天，百姓吃苦。”路映夕心中同样难受，但她已看得很清楚，邬国既已出动了曦营黑甲军，也就是强弩之末。

“公主之意，不如加急上表朝廷。”靳星魄虽性情狂妄，却也是脑子清晰之人，果决利落地道，“不出三日，皇朝的援兵就会抵达，必会全力夺回琅城。只要我军能守住琅城，击退皇朝援兵，就有条件与皇朝谈判。”

路映夕颔首，目露赞赏。

正如靳星魄所料，三日后的清晨，皇朝援军汹汹而至，势如雷霆。

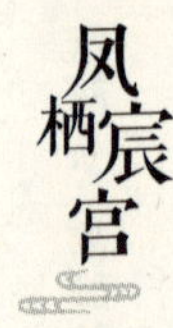

从南门的城楼上眺望过去，邻城的城头旌旗蔽日，偌大的“皇”字在风中凛凛赫然。

路映夕泰然镇静地伫立城楼上，极目远眺。她的眼力甚好，虽然距离颇远，还是认出了金衣骑兵。那是皇朝镇国将军司徒拓营下的精锐先锋军。

分明是天光透亮的早晨，却突然响起滚滚闷雷。一股凝滞窒闷的气氛笼罩着两城，隐约有种一触即发的紧绷感。

“想不到皇朝派出了司徒拓领军。”靳星魄站在她身边，语气中带着几分寻思的兴味，“看来这场琅城之战会很精彩。”

路映夕抿唇不语，心中所想与靳星魄迥异。照时间推算，师父应该已将解药送去了皇朝京都，慕容宸睿收到解药一定就知道，她不会回去了。再加上范统带去的那封信，以及琅城失守的消息，慕容宸睿必然已勃然暴怒。

她心里莫名萦绕着一个念头：当他知晓她身在琅城，他是否会亲自前来？应是不会吧，御驾亲征虽然振奋军心，但未免太过冒险。

天色逐渐阴沉下来，似有一场暴雨将要降临。而邻城的皇朝士兵屯于城前，却是按兵不动，仿佛在等候一个最佳的时机。

路映夕眼皮跳动，不知为何心中忐忑难安。

“报告靳将军，皇朝派了使者送信前来。”城楼旁侧的石梯跑上一个带刀士兵，肃然禀告。

“带上来。”靳星魄剑眉一挑，沉声回道。

路映夕默不出声地看着，失律的心跳忽然变得正常而沉稳。没有任何证据，但她直觉地知道，他，确实来了。

靳星魄浏览过信笺之后，不多言地交递到路映夕的手上。

“何人所写？”路映夕低声问，但并无意听回答，径自打开信纸，快速扫过。

靳星魄挑眉睨她，褐眸中带着探询之意。

路映夕抬起头，淡淡地扬起菱唇，启口道：“你认为我是否应该赴约？”

“公主心中必定有主张，无须我的意见。”靳星魄的语气亦是平淡，转头对候命的士兵道，“放那送信使者回去，告诉他，时辰到了自有分晓。”

“是。”士兵行礼回话，恭然离去。

路映夕收起信纸，远望乌云滚滚的天际：“很快就会有一场暴雨。”

靳星魄也如她一般仰目眺望，应道：“并非每次暴风雨之后就有彩虹。”

路映夕点头，转而问道：“依你估测，我军的胜算有多大？”

“黑甲军已扎营于琅城外，这一战我军必胜。”靳星魄语声沉稳，并没有欣喜之感，再道，“但是我国内防空虚，极易叫人乘虚而入。”

“如果皇朝分散兵力，绕道攻击我国东北边的边防，”路映夕一顿，皱起眉头，“东北边防，我国虽占有地势之利，但如今还剩多少驻兵？”

“约莫三万。”靳星魄的声音越发低沉，“之前皇朝集中火力攻打我国渝城，皇上便调了大部分兵力至此，但也是无可奈何之事。”

路映夕心中一动，顿时通透清明。慕容宸睿定是早已算准了这一点，宁失一座琅城，也要声东击西获取更大的利益。

“还有一个时辰，公主去或不去？”靳星魄瞥了天空一眼，淡淡问道。

路映夕不语。天色阴沉至极，大团的黑云压下来，不时伴着轰隆的闷雷声，令人心情压抑。

靳星魄不再赘言，转身走下城楼，隔了须臾返来，手里多了一把油纸伞。

“不必了，雷雨不会下太久。”路映夕没有接过，神情有些怅然。慕容宸睿亲自来了，但她突然不知还可以与他谈些什么。除了军政国事，好像再无话可谈了。

黑压压的天空被一道闪电倏地划亮，大雨倾盆而下，滂沱如注。

随着雨势骤急，天色益发昏暗，白昼竟犹如黑夜般漆黑。

路映夕下了城楼，入行馆避雨。一边等雨停，一边替自己换装。如同先前那般，穿上士兵服，将脸抹黑，塞了布条于衣衫内，佯装胖少年。她终是不想被慕容宸睿知道，孩子仍安然地待在她腹中。

外面电闪雷鸣，暴雨哗然，像天河决了口似的凶猛往下泄。

但这场大雨来得急去得亦快，半个时辰后，乌云散去，天光亮堂。

空气里夹杂着雨后的青草泥土味，路映夕踏出行馆，举目望天，不由一叹。果然，并未见彩虹。

第六十三章 沙场重逢

相约之地，位于两城之间的郊野长坡。

路映夕独自一人前往，远远便看见长坡上的一座八角亭里伫立着一道身影。

走得愈近，也就看得愈清晰。那张熟悉的俊容，消瘦了不少，越发显得棱角分明如刀削，锐气而冷冽。

不知何故，她心中忽然一阵阵发紧，无端生出情怯的紧张。

脚步踌躇地磨蹭许久，终于踏入了亭中。

四目相触，天地似在瞬间变得安静无声，只剩两人眼中萦绕的丝丝缕缕情愫。

良久，慕容宸睿先行移开视线，冷淡了神色，开口道："这几个月，过得可好？"

"好。"路映夕轻轻答道，凝眸望着他。他似乎憔悴了，但眼神却更深邃锐利，隐隐蕴含一股戾气。看来，他确实是恼恨她。

"不打算回宫了？"慕容宸睿语气淡漠，面上几乎没有表情，唯有幽眸深处燃着两簇火光，似怒似恨。

"嗯。"她再次轻轻地应声，心里竟有一丝愧疚。可明明是他背弃盟约在先，她又何必为难自己？

"誓要与朕为敌？"慕容宸睿勾动薄唇，浮现一抹极浅的弧度，冷着声道，"这段日子以来，你可有想过朕是如何待你？因你身子孱弱，朕特准你离宫，更以自身性命相赌。却换来如此结果？"

"皇上拿到解药了吗？"路映夕微微蹙眉，忍住没有质问他关于栖蝶的事。既已决定离开他，也就不必再纠结于那些无谓的问题。

"解药？"慕容宸睿冷笑，目光如芒刺，缓缓扫过她，"你特意要南宫渊送药，真是为了朕着想？"

"师父做了何事？"路映夕不禁一怔，难道师父以解药为筹码要挟他？但她不信师父如此卑鄙。

"他要朕白纸黑字写下，将来若要接你回宫，就要废除后宫。"慕容宸睿唇边的笑意加深，眸中的森寒之色也渐浓，"朕一早就向你解释过，你不相信朕也就罢了，但你可知朕最厌恶被人威胁？"

路映夕惊诧不已，她从没有想过师父会提出这样的要求，她也没有打算回宫，但师父却煞费苦心，为她铺好后路。

“朕一直以为，你本身并无野心，但原来并非如此。”慕容宸睿睥睨着她，语调徐缓，“皇后之位不足以满足你，要肃清整个后宫才满意？又或者，你根本未把区区后位放在眼里，你要的是这天下？你真贪婪得令朕吃惊。”

路映夕没有反驳辩白，只疑问道：“皇上方才说，一早就解释过，是解释何事？”

慕容宸睿冷冷看她，不屑再多言。

“栖蝶是否真的有了身孕？”她定定望着他深幽的瞳眸，终究是问出了口。

“是。”慕容宸睿面无表情地点头，眸光如冰刃凛冽，“朕曾说过，如果你返来，前事不计。那已是底线。你不要以为捏着朕的命就可以为所欲为。朕现在告诉你，没有你的解药朕也不会死。”

路映夕怔忡望他，心底泛着阵阵凉气。栖蝶果真有了身孕！他却丝毫不觉有负于她！是否她始终太天真，还相信着世间有专情这回事？

慕容宸睿冷漠地回视她，不再言语。

八角亭外，刮起清风，带着雨后的一丝寒意。

咚——咚——咚——

战鼓声突然响起，极具穿透力，震彻天穹。

路映夕顿时晃神，扭头往琅城的方向望去。

“朕最后问你一次，愿不愿意跟朕回去。”慕容宸睿微眯眸子，紧锁着她。她虽易了容，但那双清眸仍是流光溢彩，叫人倾心，可他不会一退再退，步步妥协。

路映夕弯了弯唇角，笑得有点苦涩，但摇头的动作却很坚决。

“好，很好！”慕容宸睿不动怒，只是面色冷如玄冰，“既然如此，也就无须谈议和之事。”

“国事与私事怎能混为一谈？”路映夕眉心皱起。

慕容宸睿双手负于背后，暗自紧握成拳，口中冷冷道：“你既想与朕一争输赢，今日朕就给你这个机会。战鼓已擂，朕就与你战场上一较高下。你若赢了朕，议和之事尚有转圜的余地，否则——”

路映夕无言以对，右手下意识地抚了一下腹部。

战鼓声逐渐急促，催得人心跳加速，神思俱震。

八角亭里一片寂静，无人出声，气氛凝滞冻僵。

过了半晌，路映夕都未开口，慕容宸睿面容无比沉冷，拂袖转身，就此扬长而去。

回琅城的路上并无埋伏，路映夕也相信慕容宸睿不会使那样下三烂的招数，她与他都

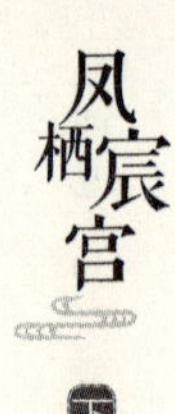

是独自一人往返。

一路上，耳边都充斥着震天的战鼓声。当她回到城楼时，看见石梯两旁的将士皆手握刀枪，严阵以待，不由感受到一股森寒的气势。她终是站到了慕容宸睿的对立面，无法回避。

“回来了？”城头上，靳星魄极目远眺，神色肃冷，并未分神转头看她，只淡淡说道。

“嗯。”路映夕走近城墙，眯眼往邻城望去，沉声问道，“你预备攻或守？”

“攻。速战速决。”靳星魄语气果断，没有丝毫犹豫，“等到这一战结束，还请公主代表我国与慕容宸睿谈判议和。”

“但是并没有父皇的谕旨。”路映夕疑虑回道。

靳星魄转眸看她，语声低沉：“今晨有一封从京城送来的密函，皇上的意思是可以献贡，但不割让城池。”

路映夕静默片刻，不禁苦笑：“皇朝大费兵马，难道愿意无功而返？”

靳星魄的嗓音越发低浅下去，几不可闻：“另有一个消息，我方才刚刚收到军报，东北边防已被攻破，皇朝大举攻入我国境内，就算我们赢了琅城这一战，意义也不大了。”

路映夕面色一僵，虽不意外却仍是心神俱震。难怪先前慕容宸睿自信笃笃，言语逼人，原来他早知胜算。即使眼下这场仗她胜了，他也有恃无恐。不难想象，到时议和他必会百般刁难她。难道，真的只剩最后一步可走吗？

“靳星魄。”她心一横，咬牙看向他，铿然道，“不必攻，也不必守，立即撤回渝城。”

“把辛苦攻下的琅城拱手还给慕容宸睿？”靳星魄惊异地看她。

“没有时间了，我们必须抓紧时机。”路映夕的眸光毅然决绝，一字一顿地清晰道，“遣黑甲军赶往皇朝西边疆域，我们既已无法守国，就只能最后一搏。他能攻入我国东北边防，我同样能攻破他西方边防。”

“公主为何如此有把握？”靳星魄皱起剑眉，琥珀色的眸中波光闪动。

路映夕靠近他，附耳低低絮语。

靳星魄慢慢地勾动唇角，继而放声笑起来，豪气傲然地道：“好，既然逃不脱成为亡国奴的命运，就与他皇朝玉石俱焚。”

路映夕却不觉欣喜，心头似压着一块大石，呼吸窒堵。只怕，慕容宸睿会更加恨她了。

“调遣黑甲军先行，琅城的驻兵不要撤退得太急，以免敌方察觉。”收敛心底的情绪，她沉稳地交代。

靳星魄颔首，即刻去做安排。

路映夕伫立城头不动，双手轻轻地放在隆起的腹部上，目光望向远处。虽然无法清楚看见那个人，但她知道，他一定也如她一样站在城头，举目遥望。只是彼此的心情截然不同，他满腔怨恨，而她却沉重无奈。

不过一炷香的时间，皇朝军队已排山倒海地涌来，铁骑踏响大地，卷起黄土风尘。

琅城闭门不开，无人迎战。

只听一道醇厚声音响彻云霄："炮攻！"

距离琅城南城门的五十丈处，赫然是整排严密的长盾，持盾的士兵全藏身于盾后。五门大炮，一字列开，肃杀冷冽。

然则，城内的城楼上只有军旗飘扬，并无一兵一卒驻守。

听着轰隆巨响的火炮声，路映夕与黑甲军已退至城外的荒原。她无声地在心中叹息，饶是慕容宸睿再聪明，也不会想到她与靳星魄竟然弃琅城不顾，不战而退。

炮声越来越远，她不经意地回头一望，倏然心惊。

城头上那道穿金色铠甲的身影，是他？他一人率先入了城，如此冒险是何故？

"他在寻人。"身旁的晴沁低喃似自语，眼光有些迷离，"他最看重的只有一个人，他的心没有可能再容下其他女子。"

路映夕疑惑地瞥了晴沁一眼，无暇深思，右手已下意识地搭起弓箭。如果她能在此时射伤慕容宸睿，必令皇朝军心大乱，也就能够争取到更多的时间。

"公主要射杀他？"晴沁见状一惊，本能地伸手阻拦。

路映夕避开晴沁，不发一语地眯起眸子，对准目标。她并不要他的命，只要他受一点伤。

"公主不要。"晴沁失色大喊，"他对公主一片真心，公主怎可这般狠心？"

路映夕没有收手，口中平静回道："此事无关个人感情。"她只是为邬国尽一分力，即使最终注定亡国，也不要亡得太屈辱。

语毕，她拉开弓弦，眸光雪亮而清冽，猛地一放手，羽箭直直飞射远方。

但因距离甚远，箭未至城墙就已经于半空坠落。

晴沁紧张看着，这才松了口气。

岂料路映夕那一箭不过是给慕容宸睿一个警告，旋即就见她足尖轻点，纵身飞起，眨眼间就脱离了前行的军队，径自往琅城折回。

"公主——"晴沁急喊，却已唤不回人。

路映夕提气疾行，直至距离琅城只剩几十丈远才停下来。

城楼上的那人，静立不移，冷冷地看着她的一切举动。

远远的，两人的目光在空中交会，火光飞溅。

看似凝目相望许久，实则仅是瞬间，路映夕手中的弓箭再次拉开，嗖的一声直射城头。

慕容宸睿镇定泰然，迅捷地跃身一避，就闪过了那支蕴满内劲的羽箭。

两人的视线再次相触，慕容宸睿的眼里已多了几分含怒的冷厉。他察觉琅城不对劲，炮轰开城门才知居然成了一座空城。他原想寻她，生擒她，可她却要置他于死地！

路映夕抿紧菱唇，自知此刻无法解释，旋身飞掠，作势离去。

“站住！”

冷酷地喝声传来，令她心头一颤，忍不住扭头回望，见他果真如她所料地跃下城头，飞身追来。

她脚下不停，心中滑过一丝酸涩。狠狠一咬唇，手里暗暗搭好弓箭，再骤然凌空转身，一箭射去，直袭来者肩胛。

“嗖——”

羽箭穿透空气，引起轻微的风声，下一刻便是死一般的寂静。

她的脚步忽止，几丈之外的那人也稳稳站立黄土之上。

“我……”她艰难地开口，可是喉头似乎堵着什么，竟发不出声来。

“你很好。”反观慕容宸睿，却是异常的冷静，“残忍果决，才是做大事的人。”

他的眸底一片幽蓝，仿佛深海冰冷。手一抬，毫不手软地拔出自己右肩上的箭头，顿时鲜血汩汩流出，淌落在金色的铠甲上。

“下次，记住，要射这里。”他的手指点在自己的左胸口，冷冷说道。

“对不起……”路映夕终于能说出话，却自觉苍白无力。她算准了他会追来，也想好趁他不备一举偷袭，可得手之后她应该速速逃脱，而不是停下来等他反击。

“不必。”慕容宸睿缓缓地勾起唇角，掠过一抹冷笑，“两国交战，只有胜负之分，没有人情可讲。你既已选择了立场，就不必说抱歉。”

路映夕深深凝望他，再无言语，心中不断抽痛，但只能选择忽略。蓦然转了身，她发狠般地疾奔离开。

慕容宸睿停驻原地，没有再追。右肩的伤口仍在淌血，随着他拳头握紧而又迸裂，流出更多的猩血。

他的脸色已渐苍白，但眸光幽冷如锋，极为缓慢地抬起一手，猝然地，当空出掌一击。

路映夕已奔远数十丈，那一掌击不中她，但掌风的余威还是令她身形一晃。

她依旧运气疾行，唇角却逸出丝丝苦涩。她能理解，他心有愤恨需要发泄，可他却不知，她尚有身孕。

赶回黑甲军的队伍中，她的额上渗出一层薄汗，面无血色。

“公主——”晴沁见到她，急急询问，“公主当真下了手？”

路映夕轻轻地点了点头。

晴沁一愣，水眸里渐渐浮现雾气。

“公主如此铁石心肠，是否因为他立了新后？”晴沁定定地注视她，话里隐约有几分深意。

“不是。”路映夕勉力扬唇，顿了顿，涩然一笑，“或许，其实也有那么一些怨念吧。”

“他——”晴沁低了声音，轻浅问道，“伤得可重？”

“没有性命之忧。”路映夕扶腰，微微皱起眉头。她似乎感觉腹痛，却又不是很明显，是否方才慕容宸睿那一掌动及胎气？

“好！”晴沁莫名地顿首，加重了语气，直直凝视她，“公主，奴婢罪该万死，奴婢——”

但是，她还未及把话说完，就见路映夕眼神恍惚，身子不稳地摇晃，软绵倾斜。

“公主！”她心生惊疑，忙伸手搀扶。

路映夕感觉头晕目眩，胸闷欲呕，强自忍住，但眼前一点点发黑，下腹阵阵发疼。

“公主，是奴婢不该，公主万万要撑住，孩子不能有事。”

陷入昏厥之前，模模糊糊听见晴沁嘶声的呼喊，感到一丝奇怪，但下一瞬，她便被黑暗的潮水包围，不复清醒。

转醒时，她已在渝城之内。

简朴的木床边，晴沁半跪着垂泪。

“小沁……”她哑声开口，意识犹有些混沌。

“公主，你醒了？”晴沁惊喜抬头，一双眸子被泪水洗刷得晶亮。

“为何哭？”她皱眉问，脑中渐渐忆起之前的事，顿时浑身发冷。急切地抚上腹部，不觉有异状，才稍安了心。手指搭上自己的腕脉，细细诊断，刚放下的心又悬了起来。

“奴婢罪该万死，请公主降罪。”晴沁维持着跪姿，秀气面容上满是决然之色。

“究竟是何事？”路映夕眉头蹙紧，尚沉浸在自己的思绪中。她能怀上孩子原本就已是不易，若不是师父精心为她调理，不可能保得住孩子。如今她每日服药，寒毒已渐退散，但身体底子终究孱弱，而今日又被慕容宸睿掌风一震，只怕来日无法顺产，更甚者，孩子也许会有缺陷……

“奴婢当日撕毁了那封信。”晴沁的语调极低，语气却极重，砰的一声，额头触地，狠狠磕起头来。

“什么信？”路映夕转眸看去，不禁惊诧。

“他……慕容……”晴沁抬首，额上一片红肿，目光复杂而哀伤，“曾写过一封信给公主，请南宫神医转交给公主。那时在山谷中，奴婢偷偷看了信，然后撕碎。”

“他写了什么？”路映夕轻声问，心跳忽然急促，隐生一股期待。

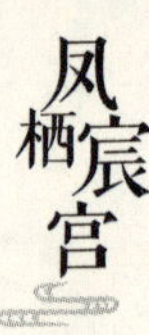

“写了许多。”晴沁嗓音幽幽，娓娓道，“‘夕，相信朕，朕会等你回来。与霖国结盟之事，仅是权宜之计，事了之后，朕会遣送栖蝶离开。她有她的使命，也有她的人生，与朕无关。’奴婢记不全了，但大致意思是如此。”

路映夕怔忡，一时想不明白其中玄机。

晴沁伏首叩头，不再出声，等着领罪。

“霖国与皇朝之间，到底有何盟约……”路映夕喃喃自语，似发觉了什么，又没能完全通透。之前段霆天劝她返邬国，其实并非要拉拢邬国的力量，而是要陷邬国于绝地？慕容宸睿表面与霖国结盟，攻打邬国，实则是要保邬国不被霖国吞并？这委实说不通，甚至有些荒谬，但她却突然领会了他的心意。

他非要天下不可，但又不愿她为难，所以索性率先攻占邬国，而后没有后顾之忧地与霖国一争天下。她对霖国并无感情，但对邬国则不同。她也是近段时间才逐渐想透彻，而慕容宸睿早已暗暗将她的心思剖析清楚？

是否如此？

她自问，却无人可以回答她。

“公主？”良久的沉寂，晴沁不安地抬眼看她。

“小沁，你愿意放过自己了吗？”路映夕轻轻叹息，“执着于注定不会属于你的感情，你只会日日心累。”

晴沁微红了眼眶，低垂下眸子。

“你是否还隐瞒了一些事？”路映夕的声音轻柔，不含指责，只是无尽的感慨，“你既能将信中内容逐字背出，又怎会记不全？”

晴沁闻言一僵，低低道：“奴婢确实隐瞒了关于栖蝶的事。”

“即使你不说，我也可以改日询问师父，或亲自问慕容宸睿。真相，总会水落石出。”路映夕忆起亲手射出的那一箭，心中不由泛起酸涩。慕容宸睿是心气极高的男子，他不屑一再地为感情保证，她懂他，可她不如他诚挚。她从不曾向他承认感情，也不曾为他做过什么。

“栖蝶的确是有了身孕，但并非皇朝皇室的血脉。”晴沁敛眸看着地面，语声木然地道，“奴婢也只是由信中看到此话，不明背后真相。”

“嗯。”路映夕应了一声，未置可否。

“公主曾经说过，爱慕一个人无须理由。奴婢无法否认为那人心动，但奴婢自知得不到，也不曾痴心妄想。奴婢只是不能理解，为何公主不必付出就能得到那人的感情。”晴沁自顾自地说着，语调平稳得不起一丝波澜，“如果不是公主怀有身孕，奴婢今日不会全盘托出。奴婢也知道公主左右为难，但奴婢还是私心希望，公主能在为邬国付出的同时，也为那人付出。如此，奴婢就心平了。”

这一番话说毕，她恭敬地磕了一个响头，郑重而肃穆。

路映夕不言语，心里却深深动容。她连小沁都不如，她只一味地想旁的事，却从不敢认真思考感情的事。

静默许久，她温声启口："小沁，你起身吧。现在有一桩任务交托你，让你将功折罪。"

晴沁默默站起，躬身一礼："公主请吩咐。"

"慕容宸睿受了箭伤，你代我送药去琅城予他。他大抵正在气恨我，所以你此去难保他不会迁怒于你，你若害怕，也可拒绝。"路映夕微微一笑，又道，"先替我找笔墨来。虽然我没有亲眼看到那封信，但也应礼尚往来。"

晴沁又一屈身，才沉默地退下。

路映夕疲惫轻叹，扶腰起身，低眸对腹中宝宝柔声道："孩子，娘亲知道你一定会如同你父亲那般坚强。"

她走至桌旁坐下，心底隐藏挥散不去的不祥感。这个孩子，尚未出世，就已随着她经历了诸多坎坷，他真的能够安然出世吗？万一是畸形儿，又或心智不全……

摇了摇头，她无法再想下去，只能虔诚祈祷上苍慈悲。

不一会儿，晴沁端着砚台笔墨返来。

路映夕拾笔蘸墨，思索片刻，便落笔疾书。

"宸，莫怪我箭术不佳，若有下次，我定会射准一些，一箭穿心。你且先别发怒，下次我不会用羽箭，而会用心俘虏你的心。"她的笔锋一顿，不自觉地弯唇。不知他看信时会是何表情？好气或好笑？

"你曾为我挡过一剑，伤在左胸，如今又伤及右肩胛，万万要注意别落下病根。以下药方，是玄门独门配制，药效奇佳。你若不怕我使诡计毒害你，就速速抓药煎熬，汤药内服，药渣可外敷。"她接着写，只字不提被他掌风震击之事。

"两国交战，战火连绵，最苦的便是百姓。若要化干戈为玉帛，唯有议和。邬国愿尊皇朝为大，每年献贡，未知陛下意下如何？"她想了想，又添一句，"我会在渝城停留三日，等候你的回信。"

写毕，她吹着墨迹，一边思忖，若能拖延他三日，黑甲军就能悄然靠近他西关疆域。她所求不多，只求为邬国再多争取一分谈判条件。而她自己的身子也不宜再赶路，不如暂且留下休养几日。

封好信函，盖上玉印，交到晴沁手中，她叮嘱道："两国交战不杀来使，但为保险起见，你直接求见司徒拓将军。他见到我的玉印，便知该交到何人手上。"

"是，公主。"晴沁神情僵然，但是双手竟有些发抖。

路映夕抬眸看她一眼，轻描淡写道："我将这个任务交给你，并不代表我自此信任了你。我会派人同你一起去，你好自为之。"

晴沁咬唇，重重颔首，水眸中浮起一丝感激。

路映夕倦意地揉了揉额角，再道："去请靳星魄来见我。"

晴沁依言而去，临走之前特意把信函搁在桌上，以示她不会暗中偷换信件。

路映夕浅浅抿唇，明眸中掠过欣慰之色。

靳星魄来时身后还跟着另一人，那一袭浅灰色素袍俊逸如昔。

"师父？"路映夕诧异地迎上前去，"师父为何会在渝城？"

"先前我不是应允你携兵相助？"南宫渊淡淡一笑，黑眸沉淀如墨玉，满面风尘却丝毫不掩其清俊温雅。

"师父，我有一些事想问你。"路映夕轻微蹙眉，想起慕容宸睿的那封信，她心中仍有疑团未解。

看着南宫渊点头，她向靳星魄简略地吩咐几句，便关上门扉。

简约的行馆房屋里，只剩她与南宫渊面对相视。

"师父，在山谷之时——"

她刚刚开口，就见南宫渊伸手探来，不由一怔。

南宫渊的手指搭上她的腕间，把脉须臾，渐渐沉了面容。

"师父，我自己知晓的。"路映夕的声音轻浅，抑制着情绪。她并不想去深思那个问题。

南宫渊收回手，黑眸中划过浓浓的悲悯。

"映夕，为了孩子好，你应狠下心来。"他不忍看她，微别过脸，温和地道，"如果孩子四肢不健全或心智残障，你又怎么忍心将他带到世上受苦？"

路映夕哑然无语，眸底涌现深沉的悲哀。

"你之前是否受了伤？"南宫渊放柔了声音，像是怕惊着她，"有否腹痛之感？"

路映夕点了一下头，湿了眼角。

"我为你调配的安胎药，可有每日服用？"南宫渊轻声问着，又觉赘言，只得叹息，"你的身子原本就不适宜孕育子嗣，那些药也不过是尽人事，但你现在的脉息愈发紊乱……"

路映夕垂眸，隐去泪光，低语道："如果我坚持把孩子生下，是否太自私？"

南宫渊没有回答，安静半晌，忽然道："映夕，孩子的父亲有权知道这个情况。"

路映夕蓦地抬眼，怔怔望他。

"这是你们共有的孩子，不是你一人的，你应该与他商量。"南宫渊语声沉稳，眼波不惊，只有他自己知晓，心如刀割。但这种痛感，今日也非首次，他越来越能够压制住，分毫都不让她察觉。

路映夕默不出声，心中思绪剧烈翻涌。这个孩子，当真与她无缘吗？

“师父，解药是否还在你手上？”寂静半晌，路映夕轻轻出声。

“是。”南宫渊颔首，干脆地解下系腰锦囊，递还给她，“解药，连同孩子的事，你亲自向他交代吧。”

路映夕接过锦囊，握在手心，情绪复杂。这是她与慕容宸睿和好的机会，但以慕容宸睿理智的性格，是会决定不要这个孩子的吧？

“映夕，我为你看看手相可好？”见气氛沉凝，南宫渊扬起淡笑，转移了话题。

“好。”路映夕依言摊开左手掌心，自己亦低头看去。

掌纹干净，三大主纹清晰深刻。

“天纹线深入食指与中指的中间，没有繁琐的枝节纹路。”南宫渊语声平稳，却隐有沉痛，“这说明你的感情路有着明确的走向。”

路映夕静听着，没有接言。

“地纹线很深，你是长寿之人。”南宫渊微笑看她，语带宽慰，“虽有坎坷，但你一定能够跨过去。”

“师父只不过是借机安慰我。”路映夕不由绽唇浅笑，“原本还以为师父要泄露什么天机。”

“所谓天机，其实也只是结合天时、地利、人和观测出的结果。”南宫渊低眸，凝望她青葱如玉的手指，终究是克制住想牵握的欲念。

“嗯。”路映夕点头，却是神思不属，右手轻抚上腹部。这个孩子已经陪伴她五个多月，她如何能够残忍地杀死他？

南宫渊看着她的动作，也不禁沉了心情。她目前的身子状况，即便是要舍弃腹中胎儿，也有风险。但几个月后若是难产，更是凶险。

“师父，我无法抉择。”路映夕放开手，抬首静静地道。

“这是你人生中的一个难关，但并非你一人之事。”南宫渊语气沉着，再次劝道，“去找他。”

简简单单的三个字——“去找他”，回荡在路映夕耳中，亦深深刺入南宫渊的心房，不见鲜血流淌，却痛侵百骸。

酉时，日坠西山，晴沁带着一封回函返来。

路映夕刚喝完安胎药，半倚床榻，等候着。

“公主。”晴沁向她躬身行礼，恭敬地双手献上信函。

“你可有见到他？”路映夕取过信，没有立即拆封，温声问道。

“回公主，奴婢只见到了司徒拓将军，但这封信是慕容……他亲手所写。”晴沁低垂头颅，终是不敢直呼慕容宸睿的名讳。对她来说，那是一个崇高尊贵的名字，代表着至高无上的权威与魅力，是她终生都无法触及的高度。

“你先下去吧。”路映夕望她一眼，心生感触。小沁所怀揣的感情，或许并非爱情，而仅是带着憧憬的崇拜。但这种由憧憬而滋生的感情，却是最纯粹执着。越不可得，越生执念。

“是，公主。”晴沁温顺应声，垂首退了出去。

路映夕轻叹，看着她带上门扉，才慢慢地拆开信件。

纸上字迹潦草，应是慕容宸睿用左手所写。不过他尚能回信，可以想见右肩胛的伤势不是太严重。

如此想着，心中稍安，她对纸一字一字地细看。这次他没有再昵称她“夕”，看来犹在气恨之中。

“路映夕，你的药朕收下，但不代表朕原谅你，朕只是想看看这药中是否掺杂了毒草。”

路映夕不禁莞尔。原来当心境不同的时候，即便看这样含讽的话，她都觉得愉悦。

“议和之事，你没有资格与朕谈。你父皇若有诚意，就应正式派使节来我皇朝，俯首称臣。”

看到此处，路映夕微微蹙眉，又见他写道：“无须朝贡，只要邬国同意成为我皇朝的附属国，签订条约之后我国便会收兵。你父皇依旧可以做他的皇帝，但邬国的主权从此归于皇朝。”

路映夕已是眉头紧皱。他的条件未免太苛刻，如此岂不是叫父皇从此成为傀儡君王？他的野心果真巨大，并非几座城池能够满足。

“朕曾经应允过你，会善待你邬国子民。君子一言九鼎，你大可放心。但同时，朕亦是有仇必报之人，你三番两次伤害朕，朕不会忘记。”

信至此结束，没有多余的赘言。

路映夕缓缓地收起信，心中思索着，如果黑甲军顺利攻入皇朝的西关，邬国便有谈判的筹码。就算最后必须割让国土，但至少能够保全政权的独立。

径自深思，脑中忽然忆起从前与父皇一同用膳的画面。

父皇知晓她喜爱素食，每次宣她用膳都会迁就她，虽然他明明钟意荤食。父皇曾说，与她同桌用膳最最清静，就如那满桌的清爽素菜。

她也还记得，及笄那年，父皇送她一份厚礼，是可号令黑甲军的玉印。她将驻守京城的黑甲军命名为曦营，将研究出的阵法取名为黑甲阵。

十六岁生辰那年，父皇看着她一身华丽新装，笑说，红颜倾国，不知哪家公子有幸得此红颜。

直至她十八岁出阁的前夕，父皇一敛平日慈爱的神色，肃穆地对她交代种种事宜。

她起程前往皇朝的那一日，艳阳高照，明晃晃的阳光刺得人睁不开眼。父皇亲自送她出宫门，临别的那一刻，在她耳边低低地说了一句话。

“夕儿，这十八年来，父皇是真心疼爱你，但父皇也对不起你。”

当时她只觉鼻酸，没能理解那句话背后的含义。如今她已完全明白，疼爱与利用都是事实。

咚——咚——

沉笃的敲门声响起，打断她的思绪。

她起身前去开门，平静微笑：“师父，是否来与映夕告别？”

门外，南宫渊神情温雅，回以浅淡笑容：“是。靳星魄已率领黑甲军起程，我也该赶上去了。西关一战，你可放心。”

“映夕一直信任师父，否则也不会将西关的秘密告诉师父。”路映夕声音沉静温和，但又道，“只是有一件事，请师父一定要答应映夕。”

“何事？”

“请不要再为映夕而与慕容宸睿交涉。每个人都有自己的人生路，都应该自己去走。”

南宫渊一愣，眸底闪过隐晦的痛色。

路映夕抬眸望着他，将他的眼神波动看得清楚分明，但没有移开视线，只安静地坚持地直视他。

南宫渊的嘴唇微动，似有话想说，可又合上，连一声叹息都没有发出。他所做的一切，都是为了她好，但他付出的“好”已成为她的负担。他不顾霖国对他施压，一意孤行地带领玄门弟子来襄助她，最终，或许只能得到她的一句“谢谢”。

路映夕凝视他，心中涩然。菱唇亦是轻微一动，终又闭上。她知道，师父想听的并不是一声“谢谢”，但她更知道，他想听的话，她此生都不再有可能说出。

曾经的懵懂感情，青涩朦胧，但也是真实存在过。她不会去否认。可是，那段感情没有适合的土壤去栽植，无法开花，无法结果。

“保重身子。”

低沉的叮咛，带着若无其事的温煦。

“师父也保重。”

挺俊的身影背转过去，举步前行，没有回头。

只是须臾，那浅灰色的素袍便消失于她的视线中。

第六十四章
红颜倾城

在渝城静心养胎三日，路映夕终于下了决定。

但她还未有所动作，琅城那边已派了使者前来，而此人赫然便是范统。

踏进行馆正厅，路映夕看见那张冷峻粗犷的脸，顿时怔然。

“范兄？”她惊讶地相望。

“路兄。”范统拱手一揖，仍沿用着从前的那个称呼。

路映夕缓了神，心中渐渐明朗起来。定是范统忍不住将实情告诉了慕容宸睿。

果不其然，只听范统沉声道：“路兄，我奉皇上之名，请你回琅城。”

“回？”路映夕微蹙黛眉，心里琢磨着这个字的含义。

“请原谅范某失信。”范统又一抱拳，平稳地道，“皇上受了箭伤，这两日发起高热，且又情绪郁结，范某实在无法再为路兄隐瞒下去。”

“他的伤势恶化了？”路映夕皱眉思忖，慕容宸睿必是心揣恼怒，不肯用她送去的药。

“皇上知晓胎儿无恙之后，龙颜大怒。”范统拧起剑眉，自觉言语不妥，又道，“皇上对范某下了通牒，倘若范某无法将路兄带回，便会治范某欺君罔上的大罪。”

路映夕抿唇不语，慕容宸睿这摆明是拿范统的安危来威胁她。

“皇上对三日前的那一掌耿耿于怀。”范统斟酌着用词，其实他说出真相时，皇上何止大怒，简直是暴怒，只差没有当场摘了他的脑袋。

路映夕静默了会儿，才抬眸看他，轻叹道：“范兄，如今两国关系紧张，我不宜前往琅城。”

范统定定回视她，低了语声：“皇上说，‘告诉那该死的女人，如果她不肯乖乖前来，就别妄想保邬国周全。’”

路映夕怔愣，旋即绽唇一笑。这倒确实像震怒下的慕容宸睿会说的话。

见她含笑，范统心生困惑：“路兄意下如何？”

“我是要与他见上一面的，但不是现在。”路映夕神色宁静，唇畔噙着浅浅笑意，“有劳范兄转告他，胎儿安好，无须担忧，等到邬国与皇朝之间再无干戈之时，我就会带着孩子去见他。”

范统脸色一沉，炯目中陡生几分怒气，按捺半晌，终是脱口斥道：“任性。”

“嗯？”路映夕饶有兴味地望他。

“虽然皇上没有明言，但范某知晓，皇上更在乎的是路兄你，而非你腹中胎儿。”范统语气严厉，甚至有些愤然，“你可有想过任性的后果？如果无法顺产，到时便会一尸两命。你不为皇上着想，也应为你自己着想。”

“谁又能断定将来我会难产？”路映夕不禁也敛了面色，声音沉凝肃然，“我已有五个多月的身孕，若在此时舍弃腹中胎儿，我的身子也未必能负担那后果。你不曾为人父母，不会知道那种割舍不下的感受。即使是慕容宸睿，他也不会知道怀胎十月是何感觉。”

“至少，你应该让皇上陪在你身边。”范统凝视她，目光中透出隐约的沉痛。他从未想过，他竟有一日会为这个女子心疼。她坚毅的眼神背后，似藏着不可言说的艰难苦楚。

“我不想叫他为难。”路映夕温和了口气，无声叹息。不出一个月，西关战事就会明朗化，她想将国事与私情分开来考虑。而腹中的宝宝，她绝对不会放弃。宝宝已坚强地存活五个月，她怎能半途遗弃他？

“何苦在这种时刻倔强？”范统无法理解，在他的观念里，男人保护女人是天经地义之事，而女人活在男人的庇护下更是无可厚非。她何苦坚持着一个两难的政治立场？

“范兄，你不会明白，如果我能够眼睁睁看着邬国沦陷，当初我就不会嫁入皇朝。虽然我极可能不是邬国人，但不能因为这一点而抹杀我曾经坚持的一切。人若没有立场与信念，就无法活得磊落无愧。”路映夕异常认真地注视他，“范兄，就像你选择此生效忠皇朝，如若有一天你发现你并非皇朝人，可会因此弃皇朝于不顾？”

范统一时无言以对。他一向不会思考过于复杂的问题，只执着于自己认定的方向，没有想过半路放弃或者转弯。

“范兄，帮我告诉他，我会尽我所能，保护和爱惜我与他的孩子。”路映夕放轻了语调，温声道。

范统不吭声，沉默良久，点了头。

待范统离去之后，路映夕便打算起程返回京城。对于皇位，她并无兴趣，但是两国和谈之事尚有许多细节需要与父皇商议。

只是她没料到，在她动身之前，琅城竟对渝城发动了攻击。

渝城外的荒原上，万军嘶吼，战鼓擂响，铁枪铮铮，气势惊人。

路映夕登上城楼，扶墙远眺。那远远的对方城头，伫立一道熟悉的身影。颀长卓立的身躯穿着金黄战甲，肩后是在风中飞扬的黑色披风，在阳光的映射下，仿佛全身都在闪着耀眼的光芒，宛若从天而降的远古战神，俊朗绝伦，不可逼视。

眯眼望着，路映夕心头震动。他因她不肯回去而发了狠？攻城是为了夺她？

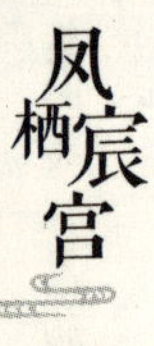

不过片刻，皇朝的先锋队已冲至城门口，滚滚沙尘中只见冲车飞速直冲，开始向城门撞去。

数百个壮兵引着冲车撞向城门，发出的巨力，连大地似乎都在震动。

路映夕驻足，没有退避，冷静地看着皇朝先锋军的云梯越过城壕，挂上城墙。领头士兵已攀梯而来，就近在她眼前。

“砸——”扬手一挥，她速退几步。

眨眼间，城楼上铁锤重石翻飞，跃上城墙的士兵顿时纷纷被击得腾空，带着惨叫坠落城下。

与此同时，底下城门突然大开，留守渝城的一万黑甲军从城内涌出，分成左右中三翼，反攻皇朝军队。

瞬时间，两军陷入混战，已难分辨置身其中的士兵属于哪一国，只见黑色铠甲混杂着金色铠甲，在日光下闪着刺目的光芒。

路映夕护着腹部，小心地退至安全的地方。她对黑甲军有信心，但是，她估不准慕容宸睿还会做什么。

站在隐蔽之处，她极目望去，倏然一惊。

他是疯了不成?

辽阔的荒原黄土上，那一辆巨型战车分外夺目，而战车之上站立一人，玄黑披裘飘扬风中，金甲闪耀冷光。

路映夕双手一紧，高举随身的弓箭，但又放下。她不可以！不可以再一次伤他。

“公主。”紧跟着她的晴沁突然低低出声，“他在试探。”

路映夕眸光一窒，心中顿时雪亮。再定睛细细看去，已看清那战车上只不过是仿造慕容宸睿身形而做的假人。他存心试她。

“公主，刀箭无眼，还是回行馆避一避吧。”晴沁劝道。

“好。”路映夕应声，内心滋味难辨。

驻守行馆的士兵已只剩下一半，偌大的简约木筑屋子变得空荡荡。

路映夕回到所住的房间，一推门，就震惊得愣住。

外面战鼓震天，军马咆哮，但在这一瞬，似乎所有声音都消失了，寂静得只剩两道深浅不一的呼吸声。

“你——”她张口，竟不自控地哽咽。

“你这个该死的女人。”似刀削的薄唇低低冷冷地吐出一句话，下一刻，双臂展开，紧紧地搂住她。

拥抱只是片刻，慕容宸睿很快就松开了臂膀。

路映夕怔怔望他，无数话语到了嘴边，最后只成了一句不轻不重的陈述："伤口渗血了。"

慕容宸睿眸色幽沉，也缓缓吐出一句不着边际的话："路映夕，你好大的架子。"

路映夕默然，静静地凝睇他。他身穿寻常士兵的铠甲，肩胛处略有湿痕，应是伤口迸裂而淌血。棱角分明的俊脸上没有表情，连薄唇都抿成冷峻的一条线，可是一双深邃眸子波光幻动，情绪复杂。

"琅城城楼上的，也是假人？"路映夕声音轻浅，带着难以言喻的感叹。

"若不如此，朕如何能混入渝城？"慕容宸睿冷冷睨她，眸光瞥向她高隆的腹部，不由升起怒气，"一定要朕用这样的非常手段，你才满意？"

"你要挟持我？"路映夕轻轻皱眉，他这般劳师动众真是为了她？

"'你'——谁准你用这种口吻与朕说话？"慕容宸睿冷哼一声，再道，"朕带自己的皇后回国，何须'挟持'？"

路映夕不出声，只低声叹息。他都已经为她做到这个地步，她又何必再无谓坚持。

右脚跨前一步，她微微仰脸望他，张开手，轻柔地环住他的腰身。

慕容宸睿顿时浑身一僵，低眸回视她，眼底不自禁地浮现一丝柔意。

"宸。"她轻唤，清冷嗓音似有若无地飘入他耳中。

"嗯？"他不自觉地亦柔缓了语声，宽厚的手掌扶住她的后腰，"小心抵着孩子。"

"你是为了孩子而来，还是为了我而来？"她凝眸望他，幽幽问道。

"有何差别？"慕容宸睿皱了一下眉头，不认为这个问题值得探讨。

"不管什么差别，你只要回答我便是。"路映夕的语气里开始有些撒娇耍赖的成分。

"为你，也是为了孩子。"慕容宸睿如实答道。

"那么两者孰轻孰重？"路映夕又追问道。

"自然是你更重要。"慕容宸睿沉声回答，但随即就勾唇嘲笑，"你想听的可是这个答案？别以为你现在有有身孕，朕就要顺着你。你之前做过的每一桩恶事，朕都会慢慢与你算。"

路映夕轻声笑起来，明眸中光华四溢。其实她已经捉摸出他的性子，虽然他撂下狠话，但她却一点也不怕。

"朕就让你自己选，是要乖乖跟朕走，还是被朕押着回去？"慕容宸睿瞪她一眼，忽觉她灿烂的笑容很刺目。这段日子以来，他为了她的逃离而愤怒，更为她亲手射出的那一箭而恼恨，可她却仿若无事人一般？她究竟知不知道他受的煎熬？

"你先撤兵。"路映夕含笑看他。她又怎会不知他的心思，可是事情发展至此也非她所愿。

“你随朕回去之后，朕自会撤兵。”慕容宸睿半眯起眸子，透出几分警告之意。

“也会撤走攻打邬国东北边防的军队？”路映夕却似没有看到他眼中的警告，微笑道。

“路映夕，你莫再得寸进尺！”慕容宸睿的眸底腾起怒气，“你最好现在就跟朕走，否则——”

“否则如何？”路映夕不怕死地问。

慕容宸睿脸色一沉，倏地俯头，猝然封住她的唇。

“唔……”她轻轻地挣扎，但旋即就放弃抵抗，因为他的攻势异常猛烈，她已没有呼声的机会。

他的身上始终有一股淡淡的龙涎香，弥漫在她鼻端，她的心忽然悸动了一下。这久违的熟悉气息，原来在不知不觉中她已经习惯了他的拥抱和亲吻。

唇瓣突地一疼，她的思绪回笼，抬眸愣愣看他。

“朕吻你的时候，什么也不许想。”低喝一声，他的唇又罩下，舌尖在她唇间打转，舔舐方才咬痛她的那一处。

她闭起眼睛，试探性地探出小舌，即刻便被他热情地含住。

彼此的唇舌纠缠在一起，于此时此刻都是心无旁骛地投入。温热酥麻的感觉窜入两人心田，如被电流击过，神思俱颤。

良久，不知是谁先发出一声满足的叹息，结束了这个火热的吻。

四目相触，一时间都没有言语。

“映夕，你此生都已注定是朕的人，不要再试图抗拒这天命。”他的声音低沉，却霸道得不容置疑。

“皇上也信天命？”路映夕浅浅一笑，用回从前在宫中时的称谓。

“朕愿意相信这一个天命。”慕容宸睿淡淡扬唇，弯起一抹傲然弧度。他愿意相信的，便要叫它成为事实；他不相信的天命，就会亲手推翻它。

路映夕轻轻点头，未予置评。

外面依然传来战鼓声，急促而富有节奏。

“皇上预备如何带臣妾出城？”她探询地问。

“我军很快就会撤兵。”慕容宸睿的神色渐渐平淡下来，沉稳道，“朕发动此次攻击，只是为了混入渝城。”

“待此战平息，再由臣妾带皇上离城？”路映夕接着他的话，徐徐道，“皇上单枪匹马而来，就不怕臣妾借机扣留皇上？”

“即使你敢这样做，你邬国也承受不起这个后果。”慕容宸睿扬眉，目光狂傲。他既敢来，就必然已有部署。

“臣妾若是堂而皇之地随皇上去琅城，在邬国军民眼中，便是叛国。”现今正值非常时刻，两国关系紧张，由不得她随性而为。

“以你的聪明才智，要偷偷出城会很难？”慕容宸睿自信满满地看着她。然则，他来之前，其实是抱着赌最后一把的心态。倘若她真的狠心绝情，那么他从此以后也无须再看重她。不过此刻他感到庆幸，她终是没有把两人的关系逼上绝路。

路映夕静默，心中思量应该如何抉择。今日她若选择与他走，便再难回头。她曾经向往的自由，与她对他的感情，哪一个更重要？

“映夕，你是否从未打算放弃腹中的孩子？”慕容宸睿忽然出声问道，凝目深望着她。

“是。”她颔首，低头轻抚上腹部，明眸中浮现怜爱之色。

“如果你已想清楚，朕会支持你。唯一的条件是，你必须由朕看着，再不可四处奔波。”他的眼光毅然而温暖，落在她隆起的腹部。

路映夕没有答话，只是握住他的手，牵引他抚摸腹部。

慕容宸睿的手势有些僵硬，但极轻柔、缓慢地碰触。

路映夕看他一眼，不由弯唇微笑。他这副小心翼翼而又虔诚的模样，她从来没有见过。

“他会动吗？”轻缓地抚摸了会儿，他冷不防冒出一句问话。

“当然会，而且还调皮得很，常常挥拳踢腿。”路映夕笑着回道。

慕容宸睿半蹲下身子，对着她的腹部，嘴唇张合似在说话，却又无声。

“皇上在与宝宝说话？”路映夕好奇地看他。

慕容宸睿却不睬她，顾自保持着蹲姿，默语半晌，才直起身。

“皇上对宝宝说了什么？”路映夕再次问。

“为何要告诉你？”慕容宸睿闷哼一声，没好气道，“你将宝宝私藏数月，这笔账朕还没与你算。”

“宝宝还未出世，臣妾怎么将宝宝藏起来？”路映夕唇角高扬，忍俊不禁。

“狡辩！”慕容宸睿斜睨她，左臂一伸，把她带入怀中，“考虑得如何了？外面声响渐消，我军应已撤兵。”

“容臣妾考虑一晚可好？”路映夕蹙眉。眼下兵荒马乱，就算要走，也需从长计议。

“夜长梦多，迟则生变。”慕容宸睿扫她一眼，俊容微沉。

“但是……”路映夕不及说完，蓦地止了声。

慕容宸睿亦是凛了神色，闪身躲到角落的衣柜后。

不一会儿，外面的脚步声已近至房门口。

“路妹妹，可在房里？今日这一战没有惊吓到你吧？”

尚未敲门，爽朗的男声已经穿透门扉传来。

路映夕心中暗惊，竟是段霆天。

“路妹妹，在吗？”叩门声同时响起，咚咚作响。

“在。”路映夕一边扬声应道，一边转眸往角落看去。

见慕容宸睿绷着脸不情不愿地躲进衣柜内，她不由觉得好笑，却被他狠狠一眼瞪回来。

抿了抿菱唇，她淡了神色，前去开门。

“段王爷何时来了渝城？”路映夕打开房门，淡淡寒暄。

“就在刚刚。”段霆天眉毛一扬，笑眯眯道，“趁着兵荒马乱，就这么溜进来了。”

“如此冒险，不知段王爷所为何事？”路映夕站在门口，遮去他往内探视的视线。

“路妹妹身在渝城，我又怎能不来探望？”段霆天笑容满面，亲和无比，“不过我想，应该不止我一个人想念路妹妹。”

路映夕不语，平淡地回视他。

“路妹妹可知道，邬国东北已被攻陷？”段霆天顾自道，“如果邬国再无良策，那么距离亡国不远矣。”

路映夕凝神静静地望他，过了须臾，弯唇浅浅一笑：“段王爷是希望邬国灭亡还是反败为胜？”

段霆天耸肩，一派无所谓的神态：“这可由不得我希望。”

路映夕亦闲散地噙着浅笑，但不再多言。很显然，段霆天话中有话。他想挑拨她与慕容宸睿的关系，继而渔翁得利？如今想来，若不是师父坚持，恐怕霖国绝不会施以援手。

“路妹妹，皇朝西关……”段霆天眉眼含笑，意味深长地拖长尾音。

“段王爷长途跋涉来此，不如移驾前厅饮一杯茶。”路映夕眸色一沉，语气转锐。

“此处幽静无人，路妹妹在顾忌什么？”段霆天做不解状，四处环顾，一边道，“路妹妹在皇朝西关安排了一颗好棋，但是可惜南宫兄一直不愿意透露，我实在好奇，所以特意大老远来此。”

路映夕抿唇不吭声。段霆天分明是在试探，若被他发现慕容宸睿就在房内，难保不会出阴招，何况慕容宸睿有伤在身。

“今日这一战倒也是打得莫名。”对于她的沉默，段霆天一点也不介意，径自兴致盎然地说着，“不过实际上应有玄机。皇朝驻扎琅城的兵马，并不足以攻下渝城，但也可算势均力敌。若是自此开始进行持久战，一次一次地损耗邬国兵力，渝城迟早会成为皇朝的囊中物。毕竟，邬国再难调动其他兵马过来援助了。”

他分析得十分透彻，路映夕心中也是清明如镜。慕容宸睿虽然确是为了她而来，但他发动攻击并不可能只为一己之欲。

“所以，邬国若想求生，便唯有冀望西关一战，而且必须速战速决。”段霆天下了一个论断，然后好整以暇地看着她。

“有劳段王爷关心了。”路映夕不冷不热地接话。

“我霖国与皇朝缔有盟约，在皇朝与邬国开战之时，决不插手。”段霆天敛去了笑容，眸光略显沉凝，“南宫兄擅自而为，来日他得为他的所作所为承担后果。”

“我还记得在山谷之时，段王爷说过的话。”路映夕唇角不由扬起一抹嘲讽，“段王爷忘得这样快？”

“我劝你回邬国，确实是为邬国着想。”段霆天一扫吊儿郎当的神色，认真地道，“但更是为了南宫兄。在我说服你之前，他已经打算私自率兵襄助邬国。他是懂你之人，你应该知道。”

“段王爷，你究竟想说什么？”路映夕微微皱眉。先前她决定回邬国，绝非是被段霆天说服，而是她自己的选择。

“南宫兄罔顾我皇兄的旨意，违背了与皇朝的盟约，是杀头的大罪。不过，待邬国战事平息之后，你若愿意随南宫兄一同效忠我霖国，皇兄必会网开一面，既往不咎。”段霆天也不迂回，直言道出目的。

“这是在威胁我？”路映夕不禁冷笑。她不会天真地以为霖国想叫她认祖归宗，怕是仅仅想知道那条通往皇朝皇宫的密道。

“我只是惜才。”段霆天沉声回道。

“如此设计了我与师父，也可叫做惜才？”路映夕不客气地反问。

“即使我什么也不做，你也必然会选择这条路，而南宫兄就更不必说了，他愿为你付出一切。”段霆天将责任推得一干二净，但所说却也是事实。

路映夕面容淡漠，静默不语，未予表态。

“路妹妹，你本是霖国人，效忠霖国有何不对？”段霆天注视着她，见她保持缄默，忽然轻叹一口气，温声道，“你当真觉得慕容宸睿是你的良人吗？在利益与你之间，你确定他会选择你吗？但若是南宫兄，我敢保证，无论什么诱惑在他面前，他都会选择你。”

路映夕依旧不响，神情清淡，看不出有何情绪起伏。

“如果你忍心看着南宫兄不得善终，那么就当我今日没有来过。”段霆天抛下一句重话，转身就走。

他的步伐奇特，蕴含内劲，一眨眼间就消失于木廊走道的拐角。

路映夕定定地盯着那方向，良久才抽回目光，返身入房，锁上门栓。

迎面便是一双幽沉如潭的眸子，令她看得一怔。

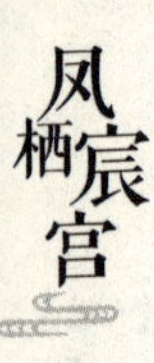

“你在西关埋下了什么棋子？”淡淡的语声，似只是随意一问。

路映夕无言地望他。

“你会否为南宫渊回霖国？”又是一句不疾不徐的问话。

路映夕仍是安静，无法回答。

慕容宸睿走近她，直直地深望入她的眸底，却不再出声。

他的眸光似灼热的暗火，她不自抑地颤抖了一下，偏过头去。

“看着朕。”他伸手扳过她的脸，低沉地问道，“你对南宫渊，可有感情？”

路映夕抬眸凝视他，极轻地点了点头。

慕容宸睿的脸色顿时一冷，松手放开了她。

“人世间的感情，不单单只有爱情一种。”她轻轻地开口，“也许曾萌芽过青涩的爱慕，但那已成为曾经。可是师父为臣妾所做的，臣妾不能当做看不见。情，无法偿还，但恩一定要还。”

慕容宸睿的面色稍有缓和，但嗓音仍是浅淡：“那么你预备如何做？”

路映夕摇头，诚实地回答：“不知道。”她确实不知道该怎么做，冲击来得太快，方才她一味压制情绪在心底，尚未细想。

“你可以慢慢想，但必须随朕回宫。”慕容宸睿斜睨她一眼，按捺住心中的几分愠怒。原本他可以顺顺利利攻下邬国，但自她掺和一脚以后，情况就变得棘手起来。这个该死的女人，就是不肯让他省心。

路映夕抿着唇微微浅笑。她若是随他走，还能想什么？难道他会任由她自由来去？

慕容宸睿抬手轻捏住她的下巴，沉着声音道：“南宫渊的事，留待以后再计较。西关那边初有异动，朕就料到是你背后出的主意，你到底在西关设了什么局？”

“皇上认为臣妾会说吗？”路映夕仰脸望他，明眸晶亮，毫无惧色。她不会说，也不能说，因为这是国事，而非私事。她相信他能够明白。

果然，慕容宸睿并没有生怒，只是皱着浓眉道：“邬国气数已尽，你又何必再浪费心思。这般劳心劳力，你如何养胎？如何让孩子安康出世？”

“原想回京城见父皇。”路映夕轻声一叹，看来现在是没有可能了。

“你还想再奔波？”慕容宸睿终于忍不住，胸口郁结的怒气蓦然喷发，“小范真是没有骂错你，你确是任性妄为。你即将为人母，竟无一丝自觉？你当自己铁打铜铸不成？真要等到孩子出事你才来后悔？”

一连串的怒责，令路映夕怔忡哑然。

“你是否要朕担心焦急才高兴？是否要朕为你一再退让和涉险才舒心？你想要朕证明什么，你直说便是。”慕容宸睿冲口低吼，胸膛微微起伏，积压着的怒气与忧急爆发而出。

路映夕听得怔然，但心底悄然滋生丝丝的甜蜜。

“你要与朕斗，朕可以容忍，但你不能拿孩子的安危来做赌注。你可知，朕见不到你的这段时间，心里有多难受？当朕知道你不知死活地跑到琅城，你可知朕有多担忧？你为邬国着想，为南宫渊着想，可有静下心来为朕想一想？”慕容宸睿低低地咆哮着，深眸似海，随着情绪迸发而掀起层层波涛。

路映夕凝睇着他，心中的甜蜜感渐渐变为酸涩。他并没有骂错，她的确极少为他着想。因为她潜意识里认为，他坚毅强大，不需要人担心。可她忘了，他也是有血有肉的男儿，会为情所困，会为关心的人而忐忑，这些都是与身份地位无关的事。

“对不起。”她的语气轻柔，抬起手，抚上他清瘦的面颊，“皇上瘦了许多。是臣妾不好，为皇上带来诸多烦恼。”她的指尖滑过他的眉宇，轻轻地替他揉散眉心的那道皱褶。

“是，你确实为朕带来许多麻烦。”慕容宸睿捉住她的手，握在掌心里，口气犹有薄怒，“朕不嫌你麻烦，你应感恩图报。”

“嗯。”她没有反驳，眸中含笑。

“今夜就跟朕走，别再犹豫。”他的话语沉缓而霸道。

“好。”她的神情温顺而柔和。

这般顺从倒叫慕容宸睿生疑，探究地盯着她，问道：“当真？”

“当真。”路映夕颔首，笑靥嫣然。

“路映夕，你若敢耍诡计，就别怪朕不客气。”慕容宸睿略使力攥了一下她的手，象征警告。

“不过臣妾有一个条件。”路映夕笑吟吟地看着他，心情有些温软，而又有些怅然。情义难两全，她不能奢望自己幸运地兼得鱼与熊掌。

“是何条件？”慕容宸睿微眯起眸子，脸色沉下。

“待孩子出世之后，请准许臣妾自由出入皇宫。”路映夕凝目望着他，温声道。

“不可能。”慕容宸睿断口拒绝，眸中透着一丝深沉，“朕对你的纵容已到底线，你应知分寸。”

“是，臣妾知道。”路映夕早已料到他的回答，并未感到失望，浅淡一笑，道，“那么就当臣妾没有提过。”先礼后兵，既然他无法答应，那以后她只能靠密道偷偷离宫。

“你有何出渝城的方法？”慕容宸睿面色平淡，但心中已暗留一分警戒。看来他若不守牢她，以后她会继续肆意妄为。

“暂时没有。”路映夕坦然回道，神色无辜。

慕容宸睿抿起薄唇，不再出声。事实上，他潜入渝城之前已有所筹划。明晨琅城会再度发动攻击，他可再次趁战乱混迹离去。但是她有孕在身，不宜涉险。可是若要等到攻下

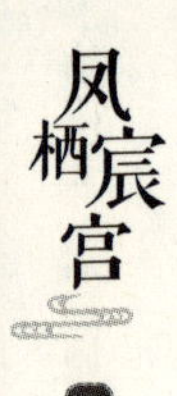

渝城，少说也需两个月，他有诸多军政需要处理，不能在此滞留。

“不如就让臣妾留在渝城养胎？”路映夕面带微笑，云淡风轻地建议道，“皇上若是不放心臣妾，也可留下。”

“留下？”慕容宸睿挑眉扫她一眼，蔑然不接话。

“如果皇上放得下锦绣江山，其实有何不可？”路映夕笑容不减，语气带着调侃。

“朕是放不下江山社稷，又如何？”慕容宸睿的眉宇间隐隐飞扬一抹傲色，“朕既有此能力，那为何不将它发挥至极致？朕有信心，若由朕一统天下，天下必可安定繁荣。”

路映夕轻轻点头。他从来都不隐藏他的野心和狂傲，她已不觉惊讶。

“朕知道你喜爱清净的日子，给朕一些时间，将来我们的孩子长大成人继承帝位，朕就陪你过闲云野鹤的日子。”慕容宸睿淡淡扬唇，伸手抚了抚她乌黑的长发。

路映夕对他微微一笑，启口道：“其实有法子离开渝城，不会惊动他人。”

“哦？”慕容宸睿将信将疑地看她。

“如果要直接从渝城去琅城，确实困难。”路映夕不紧不慢道，“先往邬国北边走，绕过两座城镇，再从水路到霖国，最后从霖国返回皇朝。不过如此一来，费时甚久，即使快马兼程，也要近一个月的时间。”

慕容宸睿颔首，沉吟未决。

“皇上慢慢考虑。天色已晚，臣妾去命人多备些膳食。”路映夕凝视他右肩的血迹，再柔声道，“伤口也必须换药了，臣妾去端一盆清水来。”

慕容宸睿不吭声，眸光暗灼，意味深长地凝睇着她。

“皇上放心，臣妾绝不会使卑鄙手段。”路映夕不由莞尔，笑着说完就开门离房。

出于直觉，慕容宸睿信她所言，但为安全起见，他还是悄然翻窗而出，上了屋顶。

夜幕垂降，绒黑的夜空没有星月点缀，益发显得漆暗阴沉。

路映夕亲手端着盆清水，回了房间，见房内空无一人，不禁感觉啼笑皆非。

半敞的窗口，一道身影倒挂，旋即矫捷地跃入。

“皇上终究信不过臣妾。”路映夕叹气。

“朕只是认为应当谨慎一些。”慕容宸睿走到桌边坐下，径自解开铠甲，半褪去衣襟。

路映夕站到他身旁，替他拆去透血的纱布。血迹已干涩，纱布黏着伤口，一揭起，便能听见咝的轻响。

“痛吗？”她轻柔地问，手下动作却麻利快速。

慕容宸睿闷哼一声，暗自咬牙，未答话。

“如果皇上不怕臣妾的药有问题，那臣妾现在就给皇上敷药了。”路映夕揶揄他，一边用干净的纱布清洗血肉模糊的伤处。

慕容宸睿仍旧不响，牙齿却磨得咯咯响。

“上次师父未把解药给皇上，今日臣妾正好可以亲手交到皇上手中。”路映夕利落地为他上药，缠好洁净的新纱布，才取出那瓶解药递给他。

慕容宸睿捏着那小小药瓶，神情讳莫如深，难辨喜怒。

“臣妾为皇上敷的这种金创药，效果甚佳，不过有些许麻醉的药性。皇上去榻上躺会儿，臣妾先把这盆染血的水处理了。”路映夕动作轻巧地帮他拢好衣领，温言道。

慕容宸睿默然，但依言走去床榻，躺下歇息。

虽然此时他沉默寡言，但看得出他确是信任她。路映夕不自禁地弯唇浅笑。

见他躺好合目，她才端着那一盆血水步出房间。

然而，就在她离开不久之后，这座院落逐渐被人包围。

黑夜中，无数把弓箭，对准了那间卧房。

当路映夕折返，庭院里已经站满手握火把的士兵。

火光摇曳，明晃刺目，众士兵表情冷峻肃穆，一股紧绷而肃杀的气息无形弥漫开来。

“发生了何事？”路映夕沉着面容，大步走向领兵的副将。

那副将拱手一礼，铮铮回道：“我军接到密报，皇朝奸细混入我城，且就在行馆之内。”

“密报？”路映夕凝神定气，冷淡一笑，高傲道，“那献上密报之人，难道是指本公主私藏皇朝奸细？”

那副将闻言略显尴尬，却粗着脖子坚持地道：“请公主恕罪，末将也是为了公主和渝城的安全，还望公主允许末将进房一搜。”

“整座行馆都搜过了吗？单单冲着本公主的卧房而来，是何意思？”路映夕只得刁蛮地拖延时间，心中暗暗希望慕容宸睿能找到机会逃脱。但是，她以眼角余光瞥向四周，顿时心凉了半截。院落的墙外，亦有士兵一层层包围，显然就是要瓮中捉鳖。

“末将对公主并无不敬之意，只是谨守庄将军下达的命令。兹事体大，请公主让末将搜查清楚。”那副将不善言辞，却是忠心耿耿，手里握紧佩刀，固执地守在房门口，半步不移。

“本公主不与你为难，请你们将军过来一趟，本公主要亲自问个明白。”路映夕继续用缓兵之计，脑中急速转动，如果慕容宸睿被擒住，必成人质。邬国将因此拥有极为有利的谈判条件，但是慕容宸睿就会英名丧尽，从此沦为天下人的笑柄。

“是。”那副将恭敬应声，但随即转向院中的士兵们大声道，“守牢，莫让敌军奸细逃了。”

路映夕心情沉重，静默地环顾周遭，思量两全之法。

第六十五章
患难真情

整座院落被里外两层地包围着，簇簇火把照亮半边的天空。

路映夕暗自深呼吸，不着痕迹地侧耳凝听房内是否有动静。慕容宸睿应该已经发觉外面的嘈杂，但房间里除了衣柜和床底之外，并无适合躲藏的地方。

过了片刻，一身戎装的庄将军大步而来，大手一挥，下令道："搜屋。"

路映夕一怔，尚不及发怒，就见房门已被士兵们撞开，一窝蜂地涌了进去。

"公主。"驻城将军庄守义向她抱拳揖礼，话语铿锵有力，"事关渝城安危，若有得罪之处，还望公主海涵。"

路映夕已无心再多说，抿着唇举步走向房内。

衣柜的柜门洞开，里面并没有藏人，而士兵们正在搜查床底。

路映夕心中一突，不由担忧。

"禀将军，没有人。"搜查完毕，士兵们毕恭毕敬地退了出去。

路映夕心有疑虑，但面上只是冷淡神色，做疲倦状地摆了摆手，道："都折腾够了？本公主乏了，统统撤走。"

"是，公主！"庄守义歉意地再次行礼，"冒犯了。"

众士兵逐渐散去，四周恢复了清寂。路映夕在房内绕了一圈，也无发现。慕容宸睿凭空消失了？抑或他及时察觉危险，早就遁走了？

扶腰在桌边坐下，她蹙眉沉思。慕容宸睿逃得及时，但只怕他已经误会是她布下陷阱要生擒他。那告密之人到底是谁？谁知晓慕容宸睿来了渝城？

正思虑着，突听外间又响起一阵喧嚣声。

路映夕眼皮一跳，霍地站起。一定是段霆天暗中使的诡计。

"押入地牢。"外面远远传来欢呼声，夹杂着一道冷峻的命令。

路映夕已隐约猜到发生何事，心头萦绕着一股不祥之感，但还是揣着一点希望往外走去。

行馆外，近百名的士兵手举火把大声喊道："把皇朝奸细就地正法。"

喊声震天，惊破这个幽夜。

路映夕站在门槛内，静静地举目望去。

四把缨枪牢牢地横架着一个人，那人黑发披散，盖住了半边脸，全身肌肉似乎极为紧绷，颈上青筋突起，却动弹不得，看情形应是被点了穴。

路映夕沉默望着，心已凉透。能将慕容宸睿制服的，绝不可能是普通士兵，必是段霆天一早就埋伏在外，趁其不备暗算了他。

“此人是否皇朝奸细，还需严审，大家少安毋躁。”庄守义粗着嗓门大喝一声，等众士兵渐渐安静，才再喝道，“即刻关进大牢，待我盘查审问。”

四名黑甲兵将人架走，夜色中那人英挺的侧脸被火把的光芒照亮。只是一瞬的光亮，但路映夕却已看清，那一双灼灼的深眸中涌动惊涛骇浪般的激愤之火。

行馆外的士兵有序地退散，那人僵直的身影也消失于视野中，路映夕轻轻地摊开手掌，低头一看，发觉手里满是冷汗。

“公主。”低沉粗犷的嗓音突然在身侧响起。

“庄将军？”她抬起头，一时有些恍惚。

“末将有一件事想与公主商议。”庄守义满面虬须，但双目炯炯磊落，对她做了一个请的手势。

路映夕静默地颔首，跟着他往议事厅而去。

厅门被关起，偌大的厅堂里变得寂静而肃穆。

“末将在不久前收到一封密函。”庄守义神情严峻，目光熠熠地直视着她，“是关于方才被擒的奸细的身份。末将认为，宁可错捉，亦不可放过。”

“庄将军的做法并没有错。”路映夕淡淡一笑，掩去心中涩然。

“公主应该最熟悉那人，末将想请公主认一认。”庄守义拿出一封信函，坦荡地放在桌几上，“这封就是密报，公主可以过目。”

“如果坐实了身份，庄将军打算如何处理？如果不是那身份，又将如何？”路映夕不急于看信，语气徐缓地问道。

“倘若确实是那人，自当上报朝廷，等候皇上圣裁。如若只是普通奸细，立斩无赦。”庄守义的言辞直接而犀利，毫不迂回。

路映夕微低下头，无声叹息，取起信函展开来细看。

这封密函虽无署名，但她敢断定，确实是段霆天所写。他不仅对于慕容宸睿的身份言之凿凿，而且还提出一系列的建议，甚至言及她腹中的皇朝血脉。他建议邬国扣留慕容宸睿，以此为谈判条件，要求皇朝停战，同时让她返回皇朝，若能诞下皇子，便继位有望。待到她腹中的孩子继承皇位，再放慕容宸睿回国。此信表面上看起来全是为了邬国着想，但其中深意十分微妙。

“方才距离甚远，未能看得清楚。”她搁下信，平静地道，“此事关乎我邬国的未来，应当谨慎处理。请庄将军带路，本公主要当面确认是不是那人。”

“公主请。”庄守义顿首，打开厅门。

夜色幽暗，没有星月的光辉，只有松油火把的照耀。

庄守义命人备轿，与路映夕一同赶往府衙。因事关重大，他并未过早张扬那名被擒者的身份。

府衙的大牢年久失修，到处充斥着潮湿发霉的气息，沿路的墙壁上点着盏盏油灯，光线昏黄暗淡，照得四周景物异常诡异。

大牢尽头的那一间阴暗石室，素来是关押极刑重犯的地方。路映夕才走到石室门口就听见凌厉的鞭声，顿时心尖一颤。

旁侧的庄守义看了她一眼，推门而入，大声斥道：“谁准你们用刑？”

路映夕跟着踏进囚室，脸色微微泛白。石墙上挂满森森的刑具，触目惊心。刑架上捆绑着的那人，早已衣衫破碎，鞭痕处处，连面颊上都有一道血痕。

“将军，他的哑穴已解，但始终不肯开口说话，所以属下才决定用刑。”手执软鞭的将士上前行礼，但并不认为如此对待敌国奸细有何残忍。

“都退下。”庄守义一边道，一边再次瞥向路映夕。

狱吏和将士都退了出去，石室中只剩下火苗暴跳的噼啪声，一时间静得有些诡谲。

路映夕定定地注视刑架上的那人，心底痛楚弥漫，但神色如常，冷静得近乎冷酷。

她对上的那双眸子，深邃如昔，可却有两簇火焰在眸底跳动。悲、怒、愤、恨，全都熔在那熊熊烈火中，被他望上一眼，就似烫伤般地灼痛。

视线交缠不过是片刻，他的唇边泛起一丝令人寒入骨髓的冷笑，低哑地开口：“要杀要剐就痛快些。”

“公主？”庄守义面色肃冷地扫过他，转而向路映夕询问道，“可认得？”

路映夕抽回眼光，淡淡道：“倒真有几分相像。”

“公主的意思，他并不是那人？”庄守义加重了口气，再道，“公主确定他不是吗？”

路映夕微仰起下巴，不悦道：“难道本公主还会认错不成？”

庄守义沉吟地再望刑架上的那人一眼，缓缓道：“并非末将不相信公主，着实是兹事体大，既然公主不认得此人，那么必定不会介意末将把此人悬挂城楼，让琅城的皇朝军民来认。”

路映夕心中狠狠一震，不由地抬眼看向刑架上的那人。他的目光仿如寒冷的深海，已不见火光，只余刺骨的冰森。

他是九五之尊，一世尊贵，如今却要遭受挂于城头曝晒的羞辱，这让他今后还能如何抬起头来做人？路映夕心里艰涩地想着，但面上没有表露丝毫情绪，冷冷淡淡地抛下一句话，就顾自出了囚室。

“庄将军决定便是。”

这一夜似乎特别漫长。

路映夕怔坐房中，如石化般一动不动，手脚有些冰凉，但脑中异常清明。

终于挨到子夜，她慢慢站起，从衣柜里找到一套黑色锦衣换上，然后做了简单的易容。

五个多月的身孕确实令她不便，但此次没有任何理由退缩。

迅捷地翻窗而出，攀上屋顶，在漆黑的夜幕掩护下她顺畅无阻地离开了行馆。

之前她去府衙时已经暗中留意地形和路线，故而潜入得十分顺利。撂倒守门的狱吏，一闪身，便进了囚室。

迎接她的是一声嘶哑的冷笑：“何必来？”

“一定要来。”路映夕回以温和的微笑，向刑架走去，“即使明知是一个陷阱，也必须来。”

“为了证明你的清白？”慕容宸睿微眯眸子，脸颊上的鞭痕血迹初凝，神情看上去异常凛冽。

“不是。”路映夕轻轻摇头，一边解开捆绑他四肢的绳索，一边又道，“无论如何都不能让皇上遭受示众的耻辱。”就算这座府衙里埋伏着许多士兵，就算庄守义将会认定她是邬国叛徒，她也必须救他。

慕容宸睿紧抿着薄唇，捆绳得解后转动了一下发麻的手腕，不做声地往囚室外走去。其实他并不曾怀疑她设计害他，但先前她否认认识他的那一刻，他确实感到一瞬间的心寒。不过待她走后，他渐渐想明白她的用心，也预料到她会悄然再来。

“身上的伤，要紧吗？”路映夕跟在他身后，望着他颀长挺拔的背影，心中莫名感到安定。纵使衣衫被鞭裂，显得落拓狼狈，但他的姿态依旧傲如松柏。

“皮肉伤罢了。”慕容宸睿没有回头看她，语声淡淡，但是似有若无地挡在她身前，先行探路。

阴暗的大牢走道散发着一股陈年霉味，烛火幽幽摇曳，将两人的身影映照于墙壁上。周遭极静，静得连呼吸声都清晰可辨。

“外面有埋伏。”慕容宸睿突然停住了脚步，转身朝她伸出手。

“而且人数不少。”路映夕对他微微一笑，把手放入他的掌心。

在这一刻，两人有着一种奇妙的不需言语的默契，彼此心里都十分清楚，没有退路，只能拼死一搏。男人的尊严，胜过性命。

静默地紧紧牵手片刻，慕容宸睿忽然松开了她，不容置疑地命令道：“你留在这里

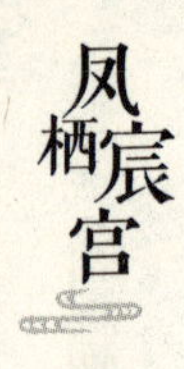

殿后。”

“好。”路映夕并不反驳，乖顺地点头。她自是明白，她不可任性冲动，应顾虑着腹中的孩子。

慕容宸睿嘉许地勾唇，视线缓缓下移，落至她的腹部，停顿了须臾，而后决然举步，出了囚室。

隔着一扇铁铸牢门，路映夕听到外面嗖嗖的箭声，可以想象无数的羽箭穿透了夜风，凌厉而连绵不绝。

大抵只过了片刻，慕容宸睿就退回了牢门内。

两人相视苦笑。

“庄守义并非想要皇上的命，只是要确认皇上的身份。”路映夕抬眸凝望他，轻声道，“臣妾也知道他正等着臣妾自投罗网，但臣妾无法不来。”她终是怕他误会，因为这个误会太大，她发觉自己承受不起。

“不必解释。”慕容宸睿轻扬唇角，划过一抹淡笑，再次握住她的手，往囚室折返，“那姓庄的渝城守将正享受着猫捉老鼠的乐趣，应该不会太快带兵涌入。”

路映夕跟随他，并不问为何要返回囚室，只分析道：“庄守义不似这种心思奸险之人，恐怕背后另有高人出谋划策。”把人逼至绝境，是为了激出君王的傲气。这般用心计，不像是庄守义所为。

“背后伤人，算什么高人？”慕容宸睿冷嗤，深眸中染上几许寒色，“这笔账，朕迟早会与他算。”

“皇上知晓是何人？”路映夕接言问道，心中却也不意外。

慕容宸睿没有回话，贴着囚室的石壁轻轻敲打，似在寻找什么。

“皇上想破墙而出？”见他如此动作，路映夕不由眼睛一亮，但随即就暗下来，“即使出其不意，可府衙的前后也必定都有士兵层层包围，仍旧不易逃离。”

慕容宸睿皱着眉头不吭声，仔细地摸索着斑驳的墙壁。

不一会儿，他道：“找到了。”

“有何玄机？”路映夕疑惑地凑近。

粗木刑架原是靠着墙壁，现在被慕容宸睿移开，便只剩下一面沾染血迹的灰墙。

“朕被绑于刑架上时，拳头碰撞过墙壁，内里似乎是空的。”慕容宸睿以指节轻敲石墙，笃笃有声。

路映夕一听那声响就知异状，趋前细看。

“是机关。”她碰触着砖与砖的边沿，绽唇一笑，“不知哪位前辈曾经被囚于此，致力于逃狱之事。”

“有密道？”慕容宸睿挑眉疑道，“你能肯定不是另一种陷阱？”

“机关的位置如此隐秘，应该不是府衙的人所设置。”路映夕一面回答，一面走到墙角，蹲下身摸着地砖，“启动处并不在那块空砖后，是照五行八卦而设，不谙奇门遁甲之术的人绝不可能找到。”

话音刚落，就听咔一声，几块地砖同时凸起。

撬开那几块地砖，即出现可容一个人爬入的黑洞。

“的确有密道，但无法保证这是一条已挖掘完成的密道。”路映夕扭头望向慕容宸睿，眼带探询。

“是死路或活路，只有走了才知道。”慕容宸睿语气铿然，神色坚毅。他已无路可选，只能赌这一把。

“皇上可会后悔来了渝城？”路映夕嗓音轻浅，但眼神澄澈执着。

“不。”吐出简单的一个字，慕容宸睿矫捷地跃入地洞中，双臂支撑着地面，只余半身在外，“你先等着，由朕探一探下面是否安全。”

“没有时间了。”路映夕微微浅笑，做侧耳凝听状。

纷沓的脚步声尚有一些距离，但已是要冲入牢门的迹象了。

慕容宸睿浓眉皱紧，暗自一咬牙，纵身坠下地底。

“皇上？”路映夕听见他落地的声音，心中稍安，迅速地把被挪开的地砖拢到地洞边缘，再小心翼翼地慢慢攀下地洞。

“当心些。”慕容宸睿出声叮咛，在下面为她垫底，让她踩在他肩膀上。

路映夕细心地将空缺的地砖铺好，洞底瞬间变成一片漆黑，再无半点光亮。

慕容宸睿抬手抱住她，动作轻柔地放她下地，低声问道：“可有带火折？”

“有。”路映夕同样压低着嗓子道，“但是暂时不可以点，以防透光到上面。”

“正是。”慕容宸睿握住了她的手，与她十指紧扣，低沉道，“牵牢朕的手，跟在朕身后。”

“嗯。”路映夕轻轻应声，唇角微弯，明眸在黑暗中晶莹发亮。

慕容宸睿一手牢牢握着她，一手摸着凹凸不平的石壁，脚步谨慎地移动。

他肩胛处的伤口无声迸裂，涌出汩汩鲜血，但他默不出声，沉稳坚定地携着她寻找出口。

“怕吗？”他低低地问。

“不怕。”她轻答。

“如果这条密道并无出口，你也不怕？”他又问道。

“难道皇上害怕？”她含笑反问。

"朕若逃不过此劫，也不过是'宁为玉碎不为瓦全'的结果，有何可怕？"

"皇上都不觉得害怕，那么臣妾又有何可怕？"

"此话可否理解为，你愿意陪朕赴死？"慕容宸睿低笑，似打趣，又像是认真。

"臣妾倒是愿意，不过委实对不住腹中的宝宝。"路映夕忍不住发出一声轻叹。

"若生，一家同生。若死，亦不孤单。"慕容宸睿沉敛了口气，郑重道。

"若生，一家同生。"路映夕轻喃重复。

在伸手不见五指的漆暗中，两人缓慢地走着，心情出奇地镇静平和。

不知不觉间，彼此都将对方的手握得很紧很牢。

"倘若真的出不去，皇上与臣妾的故事算不算一段传奇？"路映夕忽然突发奇想，轻笑着道，"也许百年之后人们会口耳相传，曾有一位皇朝皇帝爱美人不爱江山，为了一个女子不惜涉险亲自前往敌国，最后不幸与那女子一同身亡于烽火战乱中。"

慕容宸睿沉默了会儿，才低哑地接话道："朕爱江山，也爱美人。"

路映夕抿唇而笑，他这句话是否间接等于"他爱她"？

幽谧中，两人安静地走了片刻，路映夕逐渐察觉他的呼吸变得滞缓。

"皇上，怎么了？"她担忧地停步，取出火折点亮。

黑漆漆的空间突然有了亮光，两人都不适地遮眼。

待到适应了火光，路映夕定睛看他，顿时惊震。

"为何会如此？"她不禁低呼，忙道，"快坐下！"

慕容宸睿沿着石壁坐下，脸色已是苍白，额鬓滚落冷汗。

"这条密道不知有多长，也不知通往何处。"路映夕忧心蹙眉，解下系腰的布囊，取出其中的药瓶，"幸好臣妾有随身带药的习惯，皇上先服用一颗益气丸，然后运功调息，应能撑上一阵子。"他若是在这密闭的地道里昏厥过去，就更是九死一生了。

慕容宸睿依言服下药丸，盘膝打坐，合目调息。

路映夕静静凝睇他，抑不住地感到心痛。他连唇色都已泛白，显然已经独自硬撑了许久。他的肩胛旧伤绽裂，鲜血直淌，而胸膛遍布鞭痕，处处血迹，一眼看去，惨不忍睹。但他没有喊一声痛，甚至连吭都没吭一声。

而他所遭遇的这一切，都是因为她。

手中火折的光芒渐渐微弱，因空气稀薄而濒临熄灭。

就着最后的一点火光，路映夕看见他的嘴唇变成惨淡的灰白色，身躯痉挛般地战栗着。

她心中的恐惧一点点扩大，颤抖地伸手扶住他歪斜倾倒的身子。

"宸？"幽暗中，她不自觉地颤着声唤他。

但得不到回应，只听到他沉重紊乱的呼吸声。

她的手指滑到他的手腕，心中越发透寒，不过神思逐渐冷静。他失血过多，体力透支，再加上地道里空气稀薄，一时虚脱晕厥。若在平时这并不算棘手的情况，但在此时的境地，前路难卜，只怕他撑不了多久。

“宸，醒醒。”她轻拍他的脸，低低呼唤，“你现在不可以睡，快醒醒。”

他毫无反应，她手下的力道便越来越重，啪啪的清脆耳光声在地道里回荡。

“唔……”

不知掴了多少下，慕容宸睿终于缓缓转醒。

“醒来了吗？再服一颗药。”路映夕倒出药丸塞进他嘴里，听到他咽下的声音，略松了口气。

“你方才在掌掴朕？”慕容宸睿靠着石壁坐正，嗓音暗哑，语气深沉难辨。

路映夕不由一怔，刚刚她并没有存着掌掴他的心思，纯粹只是焦急。

“这是你第二次扇朕耳光。”慕容宸睿扶墙站起，轻描淡写地再道，“必须抓紧时间寻找出口，火折还能点亮吗？”

“应该能。”路映夕试着擦亮火折，果然，一小簇的火光亮起，照明了这窒闷的地道。

“这地道里空气不足，火折一会儿就会熄灭。”慕容宸睿瞥了火光一眼，面色沉凝。

路映夕把火折递到他手上，一边迅速地撕下自己的内衫下摆，一边道：“皇上，现下没有金创药，只能先包扎止血。”

慕容宸睿淡淡地“唔”了一声，任她动作。

“皇上说的第二次？”路映夕双手利落地替他绕裹伤口，脑中思索着何时曾掌掴过他。

“那日，朕曾问你，‘如果我承诺你，保你邬国子民安康，你可会相信？’”慕容宸睿十分缓慢地吐出当日说过的原句。

哧的轻响，他手中的火折无力地灭了。

四周恢复黑暗，路映夕顺着他的臂膀寻到他的手，轻轻地握住，应声道：“臣妾相信。”

“终于相信！”慕容宸睿语意深长，带着一丝慨叹。

路映夕无声地弯唇笑了笑。确实，这个“终于”来得万般不易。

“皇上也相信了臣妾？”她亦问。

“朕做了这么多，你还需问这个问题？”慕容宸睿不屑回答，握紧她的手沿壁移步。

他的脚步有些虚浮，明显体力犹虚。路映夕悄悄运气于掌心，欲传输真气给他。

“停手！”慕容宸睿低喝一声，“你别忘记你怀着身孕。”

“皇上先前不是说‘若生，一家同生’吗？”路映夕收息，轻声道。

慕容宸睿抿唇不吭声，牵着她继续摸索着前进。他确是说过，但若无法顾全，他必然选择保她和孩子的命。

路映夕幽幽叹息，她何尝不知他心中所思。身为一个男人，他有他的傲气硬骨，自要担起保护妇孺的责任。

只走了片刻，慕容宸睿突然顿住了脚步。

“怎么了？”路映夕心头抽紧，以为他又将缺气昏厥。

“前面没有路了。”慕容宸睿声音极为低沉，却令人震惊。

路映夕探手向前，果真摸到一堵土墙，心中顿时一阵冰凉。死路，这条密道竟没有出口。

“也许前人来不及挖掘完成。”也许那人也死在了这密道中。但后一句慕容宸睿没有说出口，只把她的手握得更紧，有意无意地传达抚慰的力量。

“或者我们应该原路折回？”路映夕蹙眉，心知返回囚室同样是死路一条。

“这条密道已挖得这样长，或许再掘数丈就能通到外面。”慕容宸睿稳住微乱的气息，沉吟道，“既已到此境地，只能坚持到底。”

路映夕闻言拔出靴间的匕首，却感到踌躇。谁能预料这条密道到底有多长，倘若需要费时几日或更久……

“事不宜迟，快动手，我们时间不多。”慕容宸睿催促，但语调沉稳有力，“你要注意，切莫运用太多内劲，以免伤了腹中孩子。”

“知道。”路映夕回话，开始摸黑凿前面的那堵土墙。

慕容宸睿席地坐下，渐渐感觉昏沉，额上又渗出冷汗。

路映夕凿了半晌，察觉他静默无声，心头一颤，急道：“皇上？”

“朕在调息，你只管安心快点凿掘。”慕容宸睿若无其事地应道，勉力控制住鼻息，不让自己发出混乱的喘息。

“这样凿太慢，却又不可用掌风震击，否则有坍塌的危险。”路映夕自言自语地喃着，实则是说与他听，以防他陷入昏迷。

慕容宸睿静静听着，感受到她的用心，微扬起唇角。

“那位不知名的前辈能挖掘出这条密道，也已是不简单。照这密道的长度推测，那位前辈至少被关在囚室三年以上。”路映夕絮絮说道，心里益发觉得无望。人家挖了几年，她却妄图在一时半刻凿出通路？

慕容宸睿眼睛半闭，神智已不清明。

“皇上？”路映夕一面凿着，一面不放心地轻唤。

“唔？”听到她的声音，慕容宸睿顿时醒了过来。

“皇上可还好？”路映夕担忧地问。

“无事，不需担心。”慕容宸睿清了清嗓子，以正常口气回道。

“那就好。”路映夕稍安了心，愈加奋力地凿墙，泥土纷飞地溅到她脸上，也无暇去拭。

慕容宸睿暗自深吸口气，然后抬起一臂，凑近嘴边，狠狠地咬下。嘴里尝到血的腥味，剧烈的痛感令他清醒了不少。

约莫一炷香的时间过去，路映夕已是汗布满额，但那堵墙才被凿出一个凹洞。

慕容宸睿松开了口，手臂被他自己咬得麻痹，连疼痛都感觉不到，头颅又渐钝重起来，眼皮直打架。

“映夕，罢了。”他自知再撑不了多久，低低启口道，“你返回囚室吧。”

路映夕拿着匕首的手僵在半空，惊疑道：“皇上是要放弃了？”

“并非朕要放弃，但你若再不走，恐怕真要在此陪葬。”慕容宸睿虚软地斜倚着石壁，尽量让话语保持平缓，“你是邬国公主，渝城的人不敢轻易动你。你先回囚室，找到机会再来救朕。”

路映夕怔然。他这话分明是安慰她，即便侥幸囚室里没有驻兵守着，但他也必定等不及她想到法子再来此救他。

“如果朕真的注定命绝于此，你要答应朕一件事。”慕容宸睿的语气听起来像是波澜不惊。

“何事？”路映夕接言问道，素手已然愤怒地紧攥。

“替朕去一趟皇朝京都，到法华寺劝四皇弟还俗，继承皇位。”慕容宸睿再次暗暗地深呼吸，顿了顿接着道，“朕信得过四皇弟。倘若你腹中的孩子是男孩儿，将来四皇弟会辅助他登基。如果是女孩儿，皇朝江山交给四皇弟也是好的。”

路映夕沉默听着，突地发出一声冷嗤。

“映夕？”慕容宸睿不由疑惑。

“皇上这是在交代遗嘱？”路映夕愤然，咄咄逼人道，“既是遗嘱，那应该白纸黑字写下，再盖上国玺，不然将来臣妾的孩子继承不了皇位，要找何人喊冤？”

慕容宸睿怔愣，路映夕不给他说话的机会，大声又道：“不知是谁还想一统天下，不知是谁应允臣妾要保邬国子民安康，不知是谁说会坚持到底，难道全都不算数？”

慕容宸睿苦笑，道：“做人有时不得不权衡利弊，在朕心中，江山固然重要，但家人更加重要。以前朕不晓得，到现在才觉悟。”

路映夕眼眶一酸，一时哽咽说不出话来。她也舍不得腹中宝宝，可是她更舍不得他。也是到了今日，她才顿悟。

“映夕，折回吧。朕应该还能撑上一两个时辰，你快去快回便是。”慕容宸睿低缓了语声，异常温柔，“朕现在把性命交付到你手上，从今往后你再也不需问朕是否相信你这样的问题。”

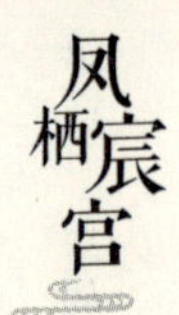

路映夕的眼角滑过一滴热泪，掉落泥地，无声无息。“从今往后”，他们可还有往后可言？

“映夕，你越犹豫不决，朕获救的时间就越少。”慕容宸睿温声催道。

“好，折回。”路映夕重重咬牙，心中对自己发誓，她一定会回来救他。

“带着朕的玉扳指一起，四皇弟看到就会明白。”慕容宸睿在黑暗中摘下指上玉扳，示意她接过。

路映夕划亮火折，默默取过，鼻尖阵阵酸涩，心头涌起一股难言的剧痛。他的面色这样惨白，薄削的嘴唇近乎透明，一向幽沉敏锐的眸子此时晦暗乏力。

她半蹲下身子，搭上他的手腕，细细诊脉。

“如何？路神医，朕是否还能撑一两个时辰？”慕容宸睿轻轻扬起薄唇，掠过一抹温情柔和的微笑，抽回被她握住的左手，而右臂悄然下垂，用衣袖盖住咬得深入骨的伤处。

“是。”路映夕点头，把系腰的布袋扯下来，递到他手上，“这瓶药留着，在关键时刻也许能派上用场。”

“嗯。”慕容宸睿含笑睇她，语带揶揄，“你若再不走，朕可就连一个时辰的时间都没有了。”

路映夕眼底涌上湿润，发狠用力地闭眼，猛地转身，狠心不再看他，向前跨出了一步。

“映夕，记住，朕对你是真心。”浅浅淡淡的一句话，飘散在幽暗的地道里。

她再也忍不住，眼泪扑簌簌滚落，心如刀割。

可是她没有停步，继续往前走。不回头，不敢回头，怕一停顿就再也没有勇气举步。

他将生命交到她手上，她必须理智，必须在一个时辰内想到良策回来救他。

第六十六章
生离死别

走至地道入口的地方，路映夕停住了脚步。眼眶里不断涌现出来的潮水模糊了她的视线，但神智仍旧冷静，侧头仔细倾听上面囚室的动静。她要为他探路，如果囚室里没有伏兵，她就来接他。

心中这样想着，静静地聆听片刻，她轻手轻脚地飞身跃起，顶开了上面的砖块。

阴森的囚室里，仍旧燃着一盏昏暗的烛火，但极寂静，并没有驻兵留守。

路映夕凝神侧耳，隐约听到地牢外传来的嘈杂声。庄守义一定没有想到囚室里有密道，此刻正在府衙内外四处搜寻。这是一个时机，或许她和慕容宸睿能够趁乱潜走。就算失败被擒，也好过闷死在地道中。

打定主意，她蹑手蹑脚地重回密道。她走得很快，不一会儿就走到了地道的尽头。

“宸？”黑暗中，她轻声呼唤。回应她的是一片鸦雀无声，死寂得似乎连呼吸声都没有。

路映夕心中忧急，沿壁摸索，直至摸到那堵土墙，都没有觅到挂心的那人。

“慕容宸睿。”她压低嗓子喊着，脑中发蒙，未干的眼角又一次湿润。他是不是已支撑不住，昏死在哪个角落？

这个念头一起，心里顿时抽痛，但也因此想起火折在她身上。急急取出点亮，环照四周。微弱无力的火焰只能照明一小块地方，她用双手护着火光，慢慢地将地道重新走了一遭。但是，没有人。竟没有人。

还来不及感到恐惧，地道入口处突然响起一阵喧嚣。

“进去搜，带上火把。”

“莫伤人性命，要生擒。”

路映夕僵在原地，手中的火折缓缓熄灭，四周陷入漆黑，但下一瞬簇簇火把照耀得整个地道亮堂如昼。

窄窒的通道，很快就站满了一个个表情肃杀的士兵。火把的松油味弥漫整个地道，令人逐渐呼吸困难。

路映夕愣愣站着，没有打算逃，也不想逃。是否从一开始，这密道就是个阴谋？是庄守义或段霆天布下的局？

“公主，请。”魁梧而冷峻的庄守义挤过排列整齐的士兵，对她冷冷地做了一个手势。

路映夕咬着下唇，默不出声，跟着他返回地面上的囚室。她自是知晓，庄守义已将她看成叛徒，但这已不重要。

“末将护送公主回行馆。”庄守义站在她身后一步的位置，语气冷淡。

“庄将军真是厉害。”路映夕忽然回转身，“本公主易了容，你依然认得。”

“末将只是依照常理推测。”庄守义不卑不亢地回道。

“恐怕不只如此吧？难道没有幕后军师在为庄将军出谋划策？”路映夕的面色沉凝，声音莫名有些嘶哑。

“末将不敢欺瞒公主，确实有高人指点一二。”庄守义的脸色同样阴霾，一双炯灼的虎目直望入她眸中，“还请公主念在邬国临危的分上，莫再做忘本叛国之事。”

路映夕不吭声，抿紧了菱唇。

地道里的士兵鱼贯折回囚室，大声禀道：“将军，密道里搜不到人。”

庄守义闻言一怔，路映夕却比他更加惊异。并不是庄守义设下的陷阱？那么慕容宸睿为何无故失踪？

“公主！”庄守义目光冷锐地逼视她，质问道，“人在何处？”

路映夕看向密道的入口，暗暗沉下气来，低着声恳切道：“庄将军，请容我再入一次密道。”密道里必定有玄机，是不是段霆天偷偷劫走了慕容宸睿？

庄守义沉默地思量须臾，而后铿锵断然道：“末将送公主回行馆。”

路映夕知道他已不信任她，但事情实在蹊跷，正欲再软言恳求，又听一个士兵上前回报：“将军，密道里并无出口，犯人定是早已从别处逃走。”

庄守义神色深沉，大手一扬，道：“用火熏，熏足一夜，天亮后填了这地道。”

“是，将军。”众士兵齐声回话，气势煞是惊人。

路映夕简直无法置信，瞠目道：“庄将军，你——”

庄守义冷着脸，一字一顿地清晰道：“既然无法生擒，那就只有赶尽杀绝。末将不管地道中有何玄机，总归是不能放虎归山。”

路映夕咬牙，忍不住迸出两个字：“莽夫。”当真是一介武夫，竟如此草率。

但当下她顾不得再与他争执，旋身就往密道入口而去。可是她还未靠近入口，就被庄守义一把扯住了手臂。

“冒犯了，公主。”庄守义铁面无情，脾性固执，向一旁两名副将命令道，“护送公主回行馆，小心守卫，莫叫人惊扰了公主。”

“是。”两名副将应声，一左一右地架住路映夕。

路映夕愤然，但顾忌腹中的胎儿，一时并未挣扎。

猝然间，突觉后背一麻，庄守义趁她不备点了她的穴。

路映夕醒时已是午时，晴沁趴在床沿打着瞌睡。她掀被起身，晴沁敏感地惊醒过来。

"公主。"晴沁站起扶着她到桌旁，然后奉上犹有余温的汤药，"先把药喝了吧。"

路映夕接过药碗，凑近嘴边，但突地重重搁下。褐色汤药飞溅出来，洒在桌面。

晴沁忐忑迟疑地问道："公主？是否忧心他的安危？"

路映夕微微闭起双眼，沉淀情绪，再缓慢地睁开，语声透寒："小沁，这碗药是否你亲手所熬？"

"不是奴婢所熬的药。今早庄将军为公主请了一位军医，是那位军医开出的药方。"晴沁如实回答，说完自己心中咯噔一声，不由提高音量道，"莫非不是安胎药？！"

路映夕抬眸注视她，嗓音平淡了下来："这里，不能再多留了。"

晴沁亦是心思玲珑之人，一听即明，接言道："是否因为昨夜发生的那事？"

路映夕未答，反问道："外面是否已经传得沸沸扬扬？"

晴沁点头，轻声道："外间传言，公主私放皇朝奸细，实为叛国之举。又有人说，公主此次回邬国，明着是因为两国盟约破裂，实则心仍向着皇朝，暗中为皇朝效劳。"

路映夕不怒反笑。自古以来皆如此，人言何其可畏，人们不会去探究过程，也不会去了解个中的缘由，只会妄自下定论，再接着以讹传讹，众口铄金。她若要背叛邬国，又何苦回来？她若不顾养育之恩，又何必助邬国攻打皇朝的西关？

她的两难，最后成了两面不是人。不知慕容宸睿是否还相信她？他现在身在何处？是否被段霆天擒住？他会不会怪她没有及时回来救他？抑或误以为她出卖了他？无数的问题盘旋于脑海，没有人能为她解答。

"公主？"晴沁见她兀自出神，轻轻地唤道，"究竟昨夜发生了何事？那个皇朝奸细是他……吗？"若不是他，公主怎会亲身涉险，夜潜大牢？

路映夕抬头看了她一眼，没有回话。

但晴沁已知这等于默认，忙又问："公主，请恕奴婢多嘴，公主是否真的救出了人？"

路映夕心中一酸，低声启口："没有。"垂下眸子，又幽幽吐出一句："生死未卜。"

晴沁僵住，半晌才缓过神，再问道："那该怎么办？"

怎么办？该怎么办？路映夕亦在心底问自己。虽然无法确定事情是不是与段霆天有关，但即使只有一线希望，她也必须试一试。

"小沁，照我从前开的药方去抓药。小心些，你一定要亲手熬药，并守在炉灶边。"她抚了抚隆起的腹部，低低叹息。

"是，奴婢这就去。"晴沁低头，掩住泛红的眼圈，快步出了房门。

路映夕振作精神，洗漱用膳，准备去找段霆天。就算是与虎谋皮，她也在所不惜。

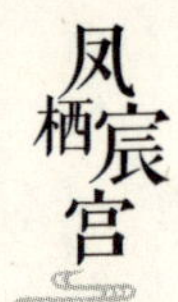

但不等她出动，段霆天倒先现了身。高大挺俊的身躯斜倚在房门口，他的出现仿如鬼魅无声。

路映夕喝着粥，头也不抬，波澜不兴地道："段王爷来得正好。"

"路妹妹真是镇定。"段霆天勾了勾唇角，望着房内泰然自若的她，道，"如此气定神闲，看来路妹妹昨夜是救人成功了。"

路映夕微皱黛眉，搁下汤匙，站起身面对他，沉声道："段王爷此话是何意思？"

段霆天散漫地挑眉睨她，揶揄道："整个渝城的军民都已知晓公主殿下放走了一名皇朝奸细，路妹妹又何必再扮懵懂？"

路映夕向他走去，眯眼冷声道："段霆天，明人不说暗话，你有何条件，不如直言。"

段霆天站直了身子，敛去不羁悠闲的神色，正容道："路妹妹，应是我不明白你的意思才对。确实是我把消息密报给了庄守义，你能把人救走，是你的本事。我今日前来并无嘲讽之意，只是好意提醒你一声，渝城已不适合你逗留。"

路映夕抬眸望入他勾人的眼，竟寻不到一丝晦暗不实的痕迹，只见澄明坦荡的磊落。

心似被一只无形的大手揪住，她哑然说不出话，只觉胸口疼痛难当。是她先前没有找仔细吗？其实密道里另有可藏身的地方？慕容宸睿是逃脱了，还是被活埋了？

段霆天离开后，路映夕找了庄守义闭门相谈。

两人皆开诚布公，将事情的来龙去脉都说了一遍。

昨夜庄守义带兵进入囚室，却发觉并无人迹，原以为人犯已被劫走，但终是留了一个心眼，派了一名轻功高手潜伏屋顶，留守囚室。所以当路映夕从密道出来时，便被人发现了踪迹。庄守义坦言，事前并不知囚室内有一条密道。

路映夕亦将事实和盘托出，包括慕容宸睿的神秘失踪。庄守义半信半疑，仍派兵围驻行馆外，变相地软禁了她。

"公主，庄将军和段王爷的话可信吗？"晴沁一边服侍路映夕喝药，一边疑虑地问。

路映夕凝眸不语，心中思绪翻飞。是真话或假话，其实很快就会揭晓。如果段霆天擒住了慕容宸睿，必然借此向皇朝索要好处。但她心中隐隐感觉，段霆天和庄守义所说的都是实话。那么也就是说……慕容宸睿已丧生于地道中？

思及此，手不自抑地一抖，几滴汤药溅洒桌面。

"公主？"晴沁察觉她的异状，担忧唤道。

路映夕依旧沉默，低头看着药碗里的褐色液体。几不可闻的嗒一声，汤药的水面漾开涟漪，悠悠徐徐，复又恢复平静无澜。

晴沁看着她，轻轻地道："吉人自有天相，奴婢愿意这样相信。"

路映夕默默地端起药碗，慢腾腾地喝完，才抬起眼，脸上神色沉静如常：“小沁，无论是凶是吉，我都必须前往皇朝一趟。”国不可一日无君，慕容宸睿失踪的消息一旦传至，只怕皇朝就将大乱。他在地道里曾嘱托她去法华寺，她既应允，就应做到。

“但是如今守卫森严，莫说离开渝城，就连这座行馆都难以踏出一步。”晴沁踌躇地皱起秀眉，“何况公主有孕在身，假若他当真已遭不幸，公主腹中的胎儿便是唯一的血脉，眼下这情况公主实在不宜冒险和长途跋涉。”

路映夕扶着腰身站起，走到窗口遥望天际，淡淡道：“正因为现今的情况十分复杂，我才更应该冒险离开。若是等父皇或霖国君王收到风声，他们可不会像庄守义那样耿直，到时就不再是一剂落胎药那般简单。”如果慕容宸睿已不在人世，她腹中的皇嗣就将成为邬国或霖国觊觎的棋子。

“可是公主要如何离开？”晴沁跟在她身后，也望向天穹。阴沉的天色犹如两人此时的心情一般，沉闷而凝重。

“今日晚膳时，我会打昏送膳的大娘，然后易容成她。小沁，你就乔装成我，留在行馆拖延一些时间。”路映夕转眸看她，心中一时感慨，不由叹道，“小沁，这段日子多谢你陪在我身边。”

晴沁惶恐，急急躬身，道：“公主言重了。”

路映夕伸手扶起她，温言道：“这次让你一人留下，实是情非得已。我会亲笔写一封信函，请求庄守义不要为难你。”

晴沁直起身，秀丽面容浮现一丝别扭神情，低低道：“即使将有牢狱之灾，奴婢亦心甘情愿，只求公主万万保重，平安产下腹中胎儿。”

路映夕微微一笑，点头道：“好，我答应你。”

晴沁仍垂首敛眸，低声继续道：“奴婢会在这里为他诚心祈祷。”言毕，她端了空碗走出房间，没有抬眼看路映夕。

路映夕轻轻叹息，她和小沁越来越不像主仆，倒更像患难与共的老友，而这全是因为一个人。但那个人现在在何处?

不知不觉间眼眶发热，她仰起头来，不让眼泪落下。她不信，不信那样强硬霸气的人就这样消失于这个世界。

是夜，路映夕照计划行事，顺利地从行馆后院溜走。

她并不担心会被庄守义发觉，但是不得不顾忌段霆天此人。

夜色暗沉，她专挑僻静的小巷绕路。她预备先前往霖国，再转去皇朝，如此虽然路途较远，但至少不需遭遇烽火。

窄巷里，凉风吹过她的发梢，轻柔似羽毛拂过。

在心中暗叹一口气，她停住脚步，对着巷子的围墙道："出来吧。"

一阵轻微的风声掠过，旋即就见一道黑影已立在她面前。

"路妹妹，这么夜了是要去哪儿？"段霆天扬着俊朗笑容，好整以暇地看着她。

"段王爷，是你告诫我，我不可再留在渝城。"路映夕无奈地道。

段霆天不接话，目光悠然地上下扫视她，口中啧啧道："臃肿的老厨娘，这装扮真丑。"

路映夕睨他一眼，回道："由此可见段王爷的眼力何其好。"

段霆天耸了耸肩："早就料到你会趁夜偷溜，而且，也许你自己并不知道，你身上有一股独特的幽香。"

路映夕蹙眉，这人总不见正经模样，但她却一直不敢小觑他。

见她不信，段霆天故意嗅了嗅，又道："是玫瑰的香味？路妹妹沐浴时有撒花瓣的习惯？"

路映夕只觉无力，索性开门见山道："段王爷这般费心跟踪我，究竟所为何事？"

段霆天略敛了吊儿郎当的神色，低沉地道："路妹妹是要去皇朝吧？很抱歉，我不能让你去。"

"你要逼我去霖国？"路映夕扯了扯唇角，微嘲道，"再接着利用我的孩子控制皇朝？"

"路妹妹只说对了一半。"段霆天眼眸深邃，直直地凝望她，"若是为公，我应当逼迫你。但我现在想做的只是阻止你去皇朝。"

"大好机会就在眼前，段王爷愿意轻易放过？"路映夕并未天真地相信。

"只要你说出皇朝密道的机关启动处，我保证，不会强抢你的孩子。"段霆天定定地注视她，见她眼神清冽如寒星，不自禁地再添一句实情，"即使没有你的孩子，皇朝还有一个栖蝶，她亦怀着身孕。"

"霖国一早就打着这个如意算盘？"路映夕无法理解，为何慕容宸睿会将一颗险棋摆在自己身边。

段霆天不出声，眼中闪过一丝莫名的怜悯。

"栖蝶腹中的孩子，到底是谁的？"路映夕微眯起明眸，置疑地问。

"当然是慕容宸睿的孩子。"段霆天斩钉截铁地回答。

路映夕抿唇静默。

段霆天望着她半晌，转移了话题："南宫兄率领的玄门弟子和靳星魄统领的黑甲军，西关告捷，邬国克日就可与皇朝谈判。如今时机恰好，皇朝皇帝失踪，必定举国慌乱。或许邬国能够不损失任何一寸土地。”

路映夕垂眸低语：“战火平息，邬国安定，我的责任也就可卸下了。”

段霆天耳尖，听清她的话，轻描淡写地浇下一盆冷水：“那你就不顾南宫兄的死活了吗？”

路映夕抬起眼眸，淡淡一笑：“我要去霖国，如果段王爷不嫌麻烦，一同上路如何？”与其在此纠缠，不如借他之便无阻地抵达霖国，到时再想办法甩开他。

段霆天咧嘴一笑，似阳光般灿烂，毫不避嫌地拉起她的手，道：“当然不嫌麻烦，荣幸之至。”

路映夕抽出手，瞪他一眼，率先举步。

段霆天看着她的背影，勾了勾嘴角，眸中浮现一道炽烈暗芒。只要有她在手，莫说南宫渊，即便慕容宸睿没有死，也一样任他予求。

路映夕感觉背后发凉，本能地转头看去，却只看到段霆天爽朗的笑容。

与此同时，在这条窄巷的围墙后面，另有两人悄然无声地贴壁伫立着。

直到路映夕与段霆天走远，那其中一人才解开另一人的穴道。

“慕容老弟，我是为了你好啊。”那白须老者一脸语重心长的样子，但一双精光熠熠的老眼却闪着笑意。

“前辈未免太有心了。”英挺俊逸的年轻男子面色紧绷，语气愠怒。

“那个姓段的小子，心机深得很，武功也不差，你现在浑身是伤，能打得过他吗？”老者笑嘻嘻地道，“其实你夫人跟着他，倒能安全抵达霖国，你也省力不少，何乐而不为？”

“若是前辈的夫人跟着另一个男人长途跋涉，孤男寡女，难道前辈也不介意？”年轻男子余怒未消，只是早已领教过老者高深莫测的武功，无可奈何。

“前辈我并没有夫人。”老者捋着长长的白须，衬着一头银白发丝乍看颇有几分道骨仙风，但实则性情极为古怪顽皮，“正所谓儿女情长英雄气短，何苦找个女人绑住自己？”

年轻男子轻哼一声，未予置评。

“看看我那不肖弟子就知道，情字多么害人。”老者摇头晃脑，嘴里恨铁不成钢地道，“再看看慕容老弟你，啧啧啧。”

年轻男子的脸色越发黑沉，但老者视而不见，顾自絮絮叨叨道：“这天下啊，出了两个痴情种，慕容老弟，你抬头看看，南方那颗帝星已经变得暗淡，你命定该有的江山已是岌岌可危。”

那年轻男子满脸不耐，显然之前已听过这番唠叨。况且，他从来就不信所谓的“命数”“天机”，既然他能大难不死，就必可扭转乾坤。

第六十七章
近在咫尺

与段霆天结伴同行，路映夕得到了无微不至的照顾。

宽敞豪华的马车上随时备着精致可口的糕点和益气补身的炖品，每凡到了一个城镇，段霆天就会去补足日需品和安胎药材。有时路映夕会有错觉，觉得他确实是善于吃喝玩乐的纨绔贵族，而非涉足庙堂参与军政的精明王爷。

“段兄离开霖国多久了？”几日相处，路映夕已换了称呼，倚着软垫觑他，慢条斯理地道，“若照辈分，我应该唤段兄一声‘皇堂叔’。”

“我也不过虚长你九岁罢了，你这一声皇堂叔可要把我叫老了。”段霆天背靠车厢另一边，懒洋洋地摆了摆手。

“倒也是。”路映夕赞同地点头，忽而又道，“何况，我是不是霖国皇室之后，还有待查证。”

段霆天抬眼看她，目光隐现锐色，旋即又退散了去，淡淡道：“当年发生那件事时，我年纪尚幼，不甚了解。只是曾经听说，你母妃芳华绝世，与你一样有着倾国之貌。”

“所以我长得像母亲？”路映夕微微一笑，“那么似乎毫无证据显示我是霖国皇族的血脉。”

“你不愿做霖国人？”段霆天挑起眉毛，语带几许戏谑，“你若非霖国皇室的血脉，那我就无须顾忌了。”

“不过有件事颇为凑巧有趣，如果我像母亲，为何栖蝶与我如此肖似？”路映夕对他的话置若罔闻，顾自疑问道。

“路妹妹，你到底想问什么？”段霆天眯起漂亮的桃花眼，缓缓地扫过她。

“霖国安排栖蝶潜伏在皇朝多年，究竟有何目的？”路映夕也不再迂回，直接问道。

“你不知道？”段霆天斜睨她，语调悠然散漫，“南宫兄不曾告诉过你？十几年前，玄门的前辈曾断言，帝星落于皇朝境内，若是想扭转这个天数，就要找到相生相克之法。”

路映夕安静听着，心知还有下文。

“原本我也不信，但此次慕容宸睿因你遇劫，已将那预言实践了大半。”段霆天不疾不徐地道，“如果慕容宸睿已经死了，那么也就没有后话。如果他尚在人世，那么照预言推测，他的下一个大劫就是栖蝶。”

路映夕不由拧起黛眉，又是这些不可捉摸的天机劫数，难道人的命运当真不能由自己做主？

“路妹妹，听我一句话。”段霆天忽然沉了语声，夹杂着罕见的肃然认真，“回霖国，南宫兄必会好好保护你，让你一生无忧。”

路映夕抬眸看他，只觉他情绪反复，言辞矛盾。他似乎对她有几分别样的兴趣，但又一再撮合她和师父，到底是想如何？

“你我之间有血缘的阻碍，就算我再放荡不羁，也需多加考虑一二。”段霆天似看穿她的想法，做无奈状地摊手，道，“倘若将来证实你非霖国皇室的血脉，我再来争取。但在此之前，我认为南宫兄着实是一个可以托付终身的好男人。”

路映夕不语，微低下头，盯着自己隆起的腹部。她的身与心，都已经交付给了另一个男子，即使那个男子已消失于这个世界，她也无法推翻这一点。

段霆天亦不再出声，沉默地望她一眼，然后收回了视线。他方才所言，皆是出自肺腑，却隐瞒了些事。当初的预言里，两颗化忌星将会牵制帝星，但这两颗星曜最终必有一颗陨落。而路映夕，从她出生开始就已注定要被牺牲。

至于他自己，决不会永远做一颗任人摆布的棋子。

距离豪华马车较远的地方，一辆破旧的牛车骨碌碌地缓慢前行。

牛车上坐着两个人，一人白发银须，满面笑容，另一人衣衫褴褛，面黑如炭。

“慕容老弟，没想到你打扮成农家小子也有模有样。”老者饶有兴致地上下打量他，一边对着拉车的老黄牛问道，“牛老弟，你说是不是？”

老牛抖了抖牛角，配合地发出两声“哞哞——”。

“为何不雇佣马车？”黑脸男子语气低沉，话里的不悦显而易见。

“驾马车跟踪人，最容易被发现。”老者捋了捋长须，理直气壮地道。

年轻男子绷紧唇角，不再言语。他根本没有打算如此窝囊地跟踪在后，照他自己的计划，养伤几日后便要趁夜潜入段霆天和映夕所宿的客栈，将人悄然带走。可这碍事的老头，硬是阻止他的一切举动，且还明目张胆地威胁他，若是不肯跟着去霖国，他就要站到段霆天那一边，与他为敌。

“慕容老弟，你看这一路的风景多么优美，何苦一直绷着脸？”老者笑呵呵地说，“反正你失踪的消息如今已是三国皆知，你皇朝也已大乱，你就干脆放宽心游山玩水。”

年轻男子忍不住狠瞪他一眼。这一路上黄沙滚滚，何来优美的风景？而他明知皇朝大乱，却还不让他速战速决，分明是唯恐天下不乱。

“慕容老弟，那段小子和你夫人孤男寡女共处一车，你说他们都在谈些什么做些什么？”老者似乎极其无聊，也不在乎他答不答话，自问自答地道，“此去霖国需时一个月，说不定他们日久生情，嘿嘿……”

“他们有血缘关系。”年轻男子按捺不住，蹦出一句话来。

“非也，非也。”老者晃了晃头，一副神秘兮兮的模样，“你家夫人确实是霖国公主，但那段小子却不是皇室血统，只不过段小子至今还被瞒在鼓里。他一腔热诚地为他那名义上的皇兄各国奔波，实际上却也是一个被利用的傻瓜。”老者顿了顿，一脸期待地再道，“将来等他发现这一点，可就有趣了。”

年轻男子斜眼横扫他，半信半疑地道：“此话当真？”

老者连连点头，回道：“自然是真的。霖国皇帝膝下曾有三子，但都早夭，所以他就私下应承段霆天，他若无嫡亲皇嗣，将来就把皇位传承给段霆天。”

年轻男子眯起深眸，乍现锋锐：“段霆天未必不知，许是将计就计。”如此一来，映夕与他独处，岂不是更危险？

老者眼睛一亮，拊掌道：“有道理，果真有趣，有趣。”

年轻男子眸光沉凝，暗自思索。

那一厢，马车在山脚下的茶寮外停住。

“路妹妹，下来歇一会儿吧。”段霆天先行跳下马车，体贴地扶着路映夕下车。

他不着痕迹地握住她的手腕，片刻才松开。

两人在茶寮里坐定，要了一壶清水，慢悠悠地喝着。

过了半晌，段霆天才开口道：“路妹妹，你的脉象不太对劲。”

路映夕敏感地凝眸看他。

“别紧张，我自是希望你平安产下麟儿。”段霆天很是没辙地叹气，“其实前两日我就已经发觉，再加上刚才我把过你的脉，确定情况的确堪虞。”私心里，他并不希望她生下孩子。但她腹中的孩子关系着霖国利益，他一定要尽全力为她安胎。

在明朗阳光的照耀下，路映夕的脸色愈显白皙透明，正是一种不健康的苍白肤色。

“路妹妹，你若信得过我，今晚找到客栈落脚之后，我渡气给你。”段霆天心中挣扎，但神情自若，“未必能够保胎，但至少可以镇住你的心疾之痛。”为她耗损几成真气，于他而言，值或不值？

“你知晓？”路映夕不禁惊讶。这几日路途劳累，她确有旧疾发作的迹象，虽不严重，但隐隐有心绞痛加剧的倾向。

“南宫兄曾替你种下灵机，让你安然度过十八年。我虽没有这样厉害的能耐，但也能做到十分之一。”段霆天一口饮下茶杯中的清水，而后静默地等待她的回答。

路映夕迟疑，未出声。灵机，必须以人血入药，且运功时两人必须赤身裸体。

“现在这情形，难以找到适合的珍稀灵药，不过我自幼尝遍百草，就用我的血暂且将就吧。”段霆天向她露出俊朗笑容，夹杂着几分可怜无辜样，“这样的付出，路妹妹可要记得回报啊。”

路映夕不置可否，默不吭声，喝完杯里的水，就站起身往马车走去。

段霆天跟着站起，眼光灼灼地盯着她的背影，下一刻，抽离视线转而望向后方的黄土道上。

沙尘飞扬，不远处一辆牛车不紧不慢地前进。

牛车上，白发老者眼露精光，呵呵笑着道：“段小子终于发现了。”

牛车上的另一人冷哼了一声。

“虽然我年纪大了，但我的顺风耳还是很灵光。”老者得意洋洋地径自道，“段小子总算有点人性，要为你夫人种灵机了，不枉我从前逼他尝百草。”

“他也是你的弟子？”年轻的那男子眼神陡厉。灵机？又是灵机？

“不是，机缘巧合指点过他而已。”说着一顿，老者像是故意地长叹一口气，“唉，灵机啊，非得赤诚相见不可，这回可真是便宜了段小子。”

年轻男子的眸中迸出火光，双手已紧握成拳头，指节咔咔作响。

天色暗下时，马车正好进入一个乡间小镇。

段霆天找到一家小客栈，便决定在此落脚过夜。

客栈有些简陋，却有新鲜美味的菜肴。路映夕看着满桌热腾腾的蔬菜和野味，忽然心头发酸。还记得去年冬日，她生辰之时，有人纡尊降贵为她亲自下厨。那大概是她尝过味道最糟的参汤，但却是最被她铭记的一道菜。而当日为她洗手做羹汤的那个人，如今在哪儿？可还在这世上？

饭桌的另一端，段霆天望了她半晌，见她顾自垂头出神，刻意咳了两声，温情脉脉地吟诗道：“平生不会相思，才会相思，便害相思。”

路映夕缓神，抬眼觑他，但不搭理，默默举筷进食。

“路妹妹，我听说渝城府衙里的那条地道被填了？”段霆天挟了两口菜，慢悠悠地道。

路映夕不咸不淡地“嗯”了一声。

“没想到慕容宸睿一世英明，最后却落得活埋的下场。”段霆天似无限惋惜般地叹息。

路映夕脸色微沉，搁下筷子，直视他，道：“当时地道里并没有人。”

“是吗？”段霆天不以为然地扯了扯唇角，“路妹妹之前不是说没有救出慕容宸睿吗？难道他还能凭空消失了不成？”

"我折回地道时，里面的确没有人。"路映夕坚持地重申。

"也许是你没有寻仔细。"段霆天与她唱反调，一口咬定慕容宸睿必死无疑。

"不可能。"路映夕沉着声反驳。她不相信慕容宸睿已死，也正是抱着这个希望，她才能抑制住心底的恐慌和悲恸。

"为何不可能？"段霆天非要与她争辩到底，再道，"当时地道里必定漆黑一片，也许慕容宸睿昏迷在哪个角落里，被坍塌的泥土掩盖。在庄守义派人填土之前，他可能就已遭活埋。"

路映夕抿紧了菱唇，双眸中闪动倔强固执的水波。生要见人，死要见尸，否则她绝不相信。

"路妹妹，你再想想，以你对奇门遁甲的研究，如果地道里另有出口，你又怎会没发现？"段霆天似乎存心要刺激她，兀自继续道，"连你都束手无策，那么这世间还有何人能救慕容宸睿？或许南宫兄比你更谙五行奇门之术，但他远在皇朝西关，如何分身前来？所以……"

他停口，微眯眼眸看她。

路映夕不吭声，重新举筷，埋头用饭。

段霆天盯着她片刻，嘴角浮起一丝意味莫名的笑。

膳后，路映夕进房歇息，脑海中不断回荡方才段霆天说的那番话，眼眶微微泛红。原来她这样害怕，怕此生再也见不到那个人。如果可以向上苍祈愿，她宁可与他生离，也不要死别。纵然各自天涯，亦可遥对祝福。可是现在一颗心高悬着，不知何时才能着地。

咚——咚——

敲门声响起，伴着段霆天爽朗的声音："路妹妹，决定好了吗？是否要种灵机？"

路映夕没有应声，静静地前去开了房门。

"如何？"段霆天斜倚在门边，挑起一边眉毛，戏谑道，"你若不信我是一个君子，可以将我的眼睛蒙起来。"

"段兄不惜出力又出血，当真无所求？"路映夕亦浅浅一笑，回话道。

"自然是有所求，但绝非偷香窃玉。"段霆天笑得不拘，坦率直言道，"路妹妹现今的价值，远远不止于绝世美色。"

路映夕静默了会儿，而后做了一个请的手势。

段霆天踏入房间，锁上房门，唇边噙着一抹出奇欢悦的笑意。

"段兄，请坐。"路映夕指向简朴的木床，落落大方。

"失礼，失礼。"段霆天一边作揖，一边走到床沿坐下。

路映夕抬手抽下发髻上的绫缎，撕成两段，将其中一段递给他。

段霆天心领神会，扬了扬唇角，不啰唆地自己蒙上了眼睛。

路映夕在心中无声一叹，上了床盘腿而坐，也绑带蒙眼。为了腹中孩子，她不得不接受段霆天的帮助。如此应该不算失德吧？

她背对着段霆天，听到窸窸窣窣的宽衣声，不由生了几分尴尬感，面颊燥热。

“路妹妹，该你了。”身后传来段霆天低沉的声音。

路映夕身躯微僵，手指紧揪着衣襟，良久无法动作。当初师父为她种灵机，她虽觉羞赧窘迫，但并无愧疚感。可是今日，她觉得很难做到。

“路妹妹，你放心，我确实蒙牢了眼睛，决不偷看。”段霆天似知她的心情，温声道，“你所做的一切都是为了腹中的孩子，没有人会责怪你。”

路映夕暗暗咬牙，手一拉扯，外罩衫脱落在床畔。

只穿一身单薄的内裙，她轻微地瑟缩了一下，心里不期然闪过一个念头。慕容宸睿曾经十分介怀师父为她种下灵机，若他知晓她又一次被种灵机，会否暴跳如雷？

想到那平素冷静内敛的男子暴怒的模样，她抿着唇笑了笑。只要他活着，她不介意被他骂得狗血淋头。

思绪转移，故而心情略微放松了一些，她缓缓褪去衣裙，半边香肩裸露出来。

因为背对，所以她看不见段霆天正笑得邪气而恶劣。

“段兄。”路映夕突然顿住宽衣的举动，清声道，“你若敢偷窥一眼，莫怪我毒瞎你的眼。”

“不敢，不敢。”段霆天诚惶诚恐地回答，但嘴角笑意不减。事实上，他的确没有解开绑带，不过这不重要。试想，当一个男人看见自己的妻子一丝不挂，与另一个赤身裸体的男人独处一室，会是何感受？就算他们什么也没有做，也足够那男人愤恨得想杀人。

路映夕一直留意着背后的声响，确认段霆天没有摘解绫带，才谨慎地褪去内裙。

雪肌如玉，她的身上只余一件亵衣，几乎无法蔽体。

就在此时，她耳朵一动，惊觉异响。

正欲穿衣，颈上陡然一麻，一只温热的手掌贴熨上那朵退色的芍药。

“附近有人。”她咬牙切齿地低声道，“段霆天，现在不是适当的时机，万一有人闯入怎么办？”

“有人吗？我没有察觉。”段霆天一派无辜，另一手摸至她的颈项，扯落她的亵衣系带。

路映夕愤然至极，但颈上已有真气灌注，且隐约闻到空气中有一股血腥味，心知段霆天已经割破手腕，此时不能半途而废。

“路妹妹，忍一忍，我要用匕首划破你颈上的穴位。”段霆天解释道，“我只会碰到你颈项的肌肤，绝对不会故意游移。当我注血给你的时候，你我同时运气，不论发生何事，都不可停下。”

路映夕不出声，只轻轻地点了下头。

只是瞬间，颈上微微疼痛，旋即就被热暖的气流覆盖。

两人凝神运气，血腥味弥漫开来，房内升温，热气流窜，两人的额上和身上都有汗珠滚落。

原本离得尚远的异声，逐渐靠近，近得已至房门外。

路映夕不禁分神，虽然房门已经上锁，也吩咐过店小二莫来打扰，但是听房外的脚步声分明是懂武功之人。难道是绿林劫匪？

“专心。”段霆天勉力发出一声提醒，已是热汗满身。

骤然间，嘭的巨响，房门被人踢开，但随即又听见房门被关上的声音。

时间拿捏得极巧，段霆天收势调息，然后慢吞吞地穿好衣衫。

路映夕内心慌恐，强自镇定地快速穿衣，继而摘下蒙眼绫带。下意识地，她扭头看向段霆天，确定他从头至尾没有解开绫缎，才再转头向房门口看去。

这一看，顿时痴愣了。

一时间鸦雀无声，寂静得仿佛时光凝滞。

唯数段霆天最悠然，到了此时才不疾不徐地摘下绫带，好整以暇地望向房门。他勾着唇角笑，心道，他可是做足了君子，半分便宜都没有占，而且还献血献真气，助人为乐。

门口站立着的那个男人，背贴着门板，似是要挡住外界的视线，然而其实他早已本能地将房门关上。他的神情阴沉得骇人，一双深眸冷冽如冰，但又像是藏着两簇炽烈的暗火，腾起暴戾的熊熊焰芒。

路映夕被他直盯盯地瞪着，心跳急促混乱，万般情绪交融在一起，难以分清是喜是惊或其他。

“路映夕。”低而森冷的喝声骤响，令人神思俱震。

“宸……”她讷讷地唤他。

但他却毫不理会，锋锐的眸光突然一转，如利刃般射向一旁看好戏的段霆天。

“想要哪一种死法，我让你自己选。”他一步一步地逼近床铺，周身挟着一股阴森的寒气，眼神狠厉而肃杀。

段霆天暗自一怔，虽然他早备好后路，却没有料到竟会看到慕容宸睿如此阴狠戾气的一面。

“你不选，就由我替你决定。”冷冷的嗓音，仿如凛冽寒风，刮过人的脸庞都会一阵生疼。

段霆天见他极为缓慢地抬起右手，心知此掌必是一招毙命的凌厉招式，忙开口道：“等等，你若杀了我，路妹妹也没有活路。”

此话一出，房内顿时陷入更加冰冻的僵冷气氛。

慕容宸睿的手势顿住，目光幽沉如寒潭，冷冷道：“说明白。”

段霆天此时已定了心神，悠悠然地翻下床，站在他面前，放肆无惧地直视他，“路妹妹的心疾，如今只有我能暂时镇住。虽然方才我已为她种下灵机，但一时间也无法输太多血给她。”他一顿，语气越发闲散，仿佛漫不经心地继续道，“在路妹妹临盆之前，都必须不时地接受我的药血，否则——”

慕容宸睿慢慢地眯起眸子，转而看向路映夕。

路映夕却似没有听见段霆天的那番话，一双明眸中闪动着欣喜的水光。到此时，她才终于安下心来。他没有死，他正活生生地站在她面前。

“宸。”她轻唤，下床走向他，直至靠得极近，才微微仰脸凝视他，“在地道时，发生了何事？为何我找不到你？”

“有人救了我。”慕容宸睿语声低沉，未以皇帝自诩，深眸中掠过几丝柔色，抬手似有若无地拂过她耳畔的发丝。

两人四目相触，无言的缱绻温情荡漾开来。

却有人大煞风景地猛咳两声：“慕容兄，为了路妹妹和她腹中的孩子，你应该不会狠心杀了我吧？”

慕容宸睿斜眼睨他，冷诮道：“威胁已是如此明显，我又岂敢妄动段兄你一根寒毛？”

段霆天扬唇一笑，灿烂无比：“那么，慕容兄就一同到我霖国做客几日如何？反正你回皇朝也要途经我国。”

慕容宸睿冷哼一声，握住路映夕的手，拉她到背后，才启口道：“我不杀你，是念在你也算帮了映夕的分上。你当真以为这世上除了你就没有其他人懂得灵机医术？”

段霆天不以为然地笑着：“自然是有，但可惜南宫兄远在他方，远水救不了近火。”

慕容宸睿嘲讽地勾唇，眼光一转，望向房外。

一串呵呵的笑声从不远处传来，那声音醇厚而有力，分明是内力异常深厚的高手。

“慕容老弟，你这么快就把老人家我供出来了？”话音未落，一道浅灰色身影就飘然立定于客栈的走道。

路映夕凝眸望去，暗自一怔。这身灰色素袍，竟与师父一贯所穿的一模一样。

段霆天亦是心中暗凛，这个老者的轻功已臻出神入化的地步，连呼吸声都轻得几不可闻，这未免太骇人。

“段小子，你不认得前辈我了？”老者笑嘻嘻地站在门外，指着段霆天似嬉似骂，“年纪轻轻就这般健忘，改天我开个药方让你补补脑。”

“你——”段霆天仔细端详，不禁大惊，“你你……不是已经逝世？”

“呸呸！”老者皱起白眉，唾道，“哪个浑小子说我死了的？”

“不就是你的爱徒，南宫兄昭告天下的。”段霆天缓了神，饶有兴致地上下打量他，“前辈，果真是你啊，这些年你销声匿迹，去了何处？”

“云游四海。”老者颇为得意地捋着长须，“这天下万疆，没有我不曾去过的地方。”

路映夕听至此，已隐约分辨出老者的身份，略带疑惑地开口唤道：“师尊？”

老者看向她，笑着点头：“乖徒孙，南宫那小子的眼光还不错。”说完，还故意瞥了慕容宸睿一眼。

慕容宸睿面无表情，淡淡道：“映夕，让他替你把把脉。”

路映夕温顺颔首，朝老者伸出手。

谁知老者却一下子跳了开，嘴里嚷道：“男女授受不亲啊。这事就别麻烦老人家我了，段小子办得妥。”

他此话一出，慕容宸睿的脸色顿时黑沉，而段霆天乐得击掌大笑，“多谢前辈成全。”

慕容宸睿神色冷凝，不发一语地牵牢路映夕往外走。

“慕容老弟，你就不顾我家小徒孙的死活了？还有她肚子里的小小徒孙，你也不管了？”

一派轻松的两句话，闲闲地从身后传来，慕容宸睿的脚步一滞，不由转眸凝睇路映夕。

“我们走。”路映夕对上他深邃的眸光，绽唇浅浅一笑，轻声道。她不能再让他涉险，一旦他去了霖国，只怕再难脱身。

慕容宸睿眼底闪过一丝犹豫，自他在地道里莫名被玄门师尊救出之后，这老头就一直软性强迫他踏上前往霖国的路，究竟是要置他于死地，还是另有玄机？

“霖国有这么可怕吗？慕容老弟，你居然没胆子去？”老者又慢条斯理地补上一句，“我若要害你，你还能活到现在？”

慕容宸睿并未被激怒，只是一径望着路映夕。

“你决定，我跟着你。”路映夕语气低浅而温柔。重见他，她忽然释然了许多事。她不想再经历生离死别，也不想再理会各国纷争，只想握紧他的手，并肩同行。

慕容宸睿低眸凝望她，不语地与她十指紧扣，牢牢握住。

彼此的眼中都泛起一点柔情的涟漪，在这一刻，锦绣河山似乎变得不是那么重要。

“好，我们去霖国。”慕容宸睿低声而沉稳地吐出决定。

路映夕颔首，没有异议，只是微笑以对。

第六十八章 危机四伏

翌日，一行四人起程往霖国而去。

马车飞驰在黄沙道上，除了马夫坐于车头扬鞭驱车，车厢内挤着四个不吭声的人，气氛十分古怪。

“咳，咳。”白发灰袍的老者清了清嗓子，似自言自语地道，“皇朝的皇帝离奇失踪，朝堂上下混乱一片，幸而于法华寺清修的四王爷慕容白黎及时返来，总算是镇住了场面。不过皇朝的西关战事仍是吃紧，所以攻入邬国的军队已经撤回，两国开始谈判，原本大占优势的皇朝现今怕是捞不到多少好处了。”

“前辈，为何你的消息如此灵通？”靠壁而坐的段霆天好奇地搭话问道。

“段小子，你没有养过信鸽吗？”老者嗤了一声，似觉他的问题太愚蠢。

段霆天悻悻地摸了摸鼻子，不再出声。

老者的情绪转换分外突兀，不一会儿便兴冲冲地说道：“慕容老弟，你那个四皇弟倒真是个人才，多年不理朝政还能掌控大局，不如你就让位给他吧。”

慕容宸睿冷淡地横扫他。

老者不介意他的冷漠，兀自兴致勃勃地再道：“这样一来，我也就不用为了挽救你那颗逐渐暗淡的帝星而费力，你也可以携美人逍遥人世间，多么完美啊。”

慕容宸睿依旧绷着脸不出声，不过他身边的路映夕诧异地开口问道：“师尊，何谓帝星暗淡？”

老者见有人睬他，谈兴益发高扬：“十几年前，我发现帝星升起，光芒耀目，且带着隐隐戾气，本以为必将生灵涂炭。”说着嘿嘿一笑，才继续道，“没想到你家夫君是只纸老虎，到现在都还没有一统天下，如今的星象反倒趋于三分天下的兆示。看来你果然是他的克星啊。”

慕容宸睿的眼角微微抽搐，神情阴霾。虽然他不想承认，但事实上确实是因为映夕，而破坏了他吞并邬国的计划。

路映夕转头看他，心中不免有一些歉意。可是如果重来一遍，她还是会捍卫邬国，只因这是她不可推卸的责任。

正静默着，又听老者絮絮道：“各国和平共处，是我最想看见的局面，只不知这表面

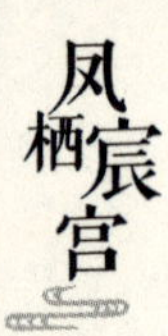

的和平能维持多久。”自语完毕，他举目奕奕有神地盯着路映夕，问道，“乖徒孙，倘若几年后，皇朝又攻打邬国，你会选择站在哪一边？”

路映夕一愣，发觉自己答不上来。

老者却像是已得到了答案，抚须微笑，耐人寻味地道：“帝星因你而暗，或许也将因你而炽。”

一直安静旁听的段霆天不易察觉地垂下眼帘，敛去眸底一闪而过的杀机。

老者满是皱纹的脸上浮现一抹洞悉世情的笑意。

“师尊，我腹中的孩子会否安然出生？”路映夕将话题转移，温声询问。

老者故作神秘地掐指半晌，沉吟道：“一半一半。”

“是何意思？”保持缄默的慕容宸睿突然发问。

“你不是不信天命吗？”老者不客气地反问，一脸傲然地道，“天机这般高深的事，尔等小儿岂会明白。”

路映夕伸手握住慕容宸睿的手，轻拍了一下，似带着抚慰的意味。

慕容宸睿侧眸望她，见她清美的脸庞绽放容光，心中突生不安。

“宸。”她凑到他耳边，低低地道，“如若最后必须抉择，孩子与我皆只有一半的存活机会，请把我的那一半给我们的孩子。”

慕容宸睿一窒，随即似惩罚般地攥紧了她的手。

“决不。”他低喝，口吻是不容置疑的霸道。

路映夕不再多言，只是柔柔地浅笑。

慕容宸睿严厉地瞪着她，无声地警告她不可胡思乱想。

她却是笑靥如花，清亮明眸中尽是温暖的微光。

老者旁观他们二人，口中发出调侃的啧啧声：“柔情蜜意、鹣鲽情深，真是羡煞旁人。”可却是两个陷入爱情中的傻瓜。

老者在心里偷笑，任由他们两人误解他刚才所说的“一半一半”，不去解释。

车厢内的四人，各怀心思，都寂静了下来，气氛甚是诡异。

越往北行，距离霖国就越近。路映夕心中隐隐不安，但见慕容宸睿一脸镇静沉着，便也沉住了气。

这夜，马车停驻在边塞的小城中。一行几人连日奔波，脸上都有了些许倦色。

泥砌木梁的小客栈，客房十分简陋，门窗一推开，就是夹着沙尘的大风卷进来。

路映夕和慕容宸睿自是同宿一房，两人坐在床沿视线相对时，无端都静默了下来。

“映夕。”良久，慕容宸睿叹息着启口，轻抚她的脸颊，手势温柔而怜惜。

“我很好。”路映夕微微一笑，握住他另一只手，放到自己隆起的腹部上，“我们的孩子也会一样。”

慕容宸睿安静凝视她片刻，低沉道：“映夕，如果你与孩子各有一半的机会，你应知我会如何选择。让我来抉择，责任也由我来背，你不要歉疚。”

路映夕轻轻摇头，但不说话。她怎么可能不愧疚？她身为人母，岂能拿孩子的命来换自己的命？

慕容宸睿不由长叹，眉宇间拢着一抹凝重。

“罢了，还未发生的事现下无须徒添担忧。”他只能如此宽慰，反过手将她的素手裹进掌心。

“嗯。”路映夕面带浅笑，倒是比他平静许多。或许是因为她心里已有决定，故而才有破釜沉舟的无惧勇气。

“映夕，当初你下毒——”慕容宸睿突然提及旧事，目光如炬地盯着她，“当真想要我的命？”

路映夕怔了怔，轻声回道：“绝无此意。”斟酌半晌，才又道，“那时在宫中总感觉如履薄冰，祸福难料，才给自己留一步后着。本就打算在期限之前给出解药，并无半点杀人之心。”

慕容宸睿勾动唇角，笑得意味难辨，“也没有想过要以此为要挟，使你可以独占后宫？”

“没有。”路映夕答得笃定，却又隐含几分怅然，语声微微低浅了下来，“当年姚凌都无法得到，我又如何敢去奢望。”

慕容宸睿的眸光幻动，波泽晦暗，复又恢复澈亮，口中淡淡道：“此一时彼一时。”

路映夕蓦地抬眸注视他。

“往事已矣。”慕容宸睿却只是这样喟叹一句。

路映夕浅浅地笑起来，以宫廷称谓娓娓说道：“这世上从没有不劳而获的事，以皇上的性格，必不会无条件为臣妾废除后宫。”

慕容宸睿亦扬笑，朗声道：“朕的皇后一如既往地聪慧，那么可知这回朕有何条件？”

路映夕不假思索地接言：“废除后宫并非一己之事，需待局势稳定，又需确认臣妾没有异心，如此皇上才能安枕，臣妾可有说错？”

慕容宸睿赞许地颔首：“皇后确实是冰雪聪明。”

路映夕含笑睇他。经历了这么多事，有些东西她已不再强求，唯求腹中宝宝能够安然出世。皇后之尊又如何？权倾天下又如何？她原就不是野心巨大的女子，只是世事不由人罢了。

“为何你不问栖蝶之事？”慕容宸睿忽然问道，定定凝望她。

"栖蝶腹中孩子的父亲是何人？"路映夕从善如流地问。

"你离宫后，朕曾有一次酒醉。"慕容宸睿似是刻意一顿，细看她的神色，见她平淡自若，才继续道，"朕的酒量一向不差，但那夜醉得异常快。翌日醒来时，栖蝶一丝不挂地躺在朕身边。"

路映夕的眸底闪过一丝气恼，但面上波澜不惊，散漫道："那的确是龙种了？"

慕容宸睿的唇角扬高，语带戏谑："朕聪明的皇后猜不出其中蹊跷吗？"

"皇上被下药了。"路映夕的语调没有起伏，极为淡然平缓。

"是。"慕容宸睿点头。

"以皇上的精明睿智，竟看不穿此等招数？"路映夕弯了弯菱唇，微嘲道，"倘若皇上真的中了招，那就是臣妾高估了皇上。"

"许久没有领教皇后的伶牙俐齿，朕倒真有些怀念了。"慕容宸睿笑睨她，嘴角浮起几许兴味和温情。

"皇上这是意图转移话题？"路映夕不接他的茬，顾自追问道，"既然皇上看透了栖蝶的伎俩，自然不会让她遂愿，那她缘何会有了身孕？"

"这几日都不见你问，朕还以为你不介意。"慕容宸睿扬眉笑得俊朗惬意，似乎心情分外愉悦。

路映夕知他所想，索性如他所愿地承认："臣妾亦不过是小女子，度量小、心眼小，怎会不介意？臣妾一直不问，不正是等着皇上主动开口解释吗？"

慕容宸睿听着轻笑出声，满意地道："你早该这般诚实。"

"现在皇上可以为臣妾解惑了吗？"路映夕微恼地横他一眼。

"可以。"慕容宸睿满目笑意，缓缓道，"当时朕已察觉酒中有异，便假作饮下，再以内功逼出热汗，让她以为朕欲火难耐。"

路映夕抿起唇，不吭声地盯视他。

"她一再挑逗，朕只作陷入昏睡，无法与她——"慕容宸睿识趣地省略掉一段描述，直接说出结果，"隔日清晨，她便赧然委婉地让朕知道，朕与她已有肌肤之亲。她以为朕中了媚药意识混沌，想要就此赌一把，朕自是顺她的意，佯装微怒，继而再接受了那'事实'。月余之后，她声称有了身孕，太医确诊是喜脉。"

路映夕皱起黛眉，脑中不自控地浮现栖蝶挑逗慕容宸睿的画面，心底不自抑地冒起酸气。但她嘴上还是理智冷静地分析道："栖蝶早前就曾宣称有孕，依臣妾之见，那次应是服用了一种奇药，造成喜脉假象。而此次，亦可能是故技重施。"

"无论她是真有孕，抑或故作假象，都与朕无关。"慕容宸睿撇清关系，才正色道，"霖国想要借她扳倒朕，未免太小觑朕的能耐。朕早已有部署，将计就计——"

他忽然收了声，眯眼望向房门。

路映夕绽唇一笑，配合地提高音量道："不知这家客栈可有供应热水？满身尘土着实难受。"

房外的轻微声响似又消失，房内的两人相视一眼，心中皆升起戒备。

"映夕，不论一会儿发生何事，你都不准冲动，朕会保护你。"慕容宸睿压低嗓音，叮嘱道。

"臣妾晓得。"路映夕顺从地应声，同样低声轻语道，"有人上了房顶。"

"而且不止一人。"慕容宸睿的深眸中乍现丝丝寒光，杀气涌动。

正当两人全神贯注地警戒着，房外一串脚步声由远至近，跟着响起笃笃的敲门声。

"何人？"慕容宸睿扬声一喝。

"慕容兄，我有事找路妹妹相谈，可方便开门？"门口传来的是段霆天爽朗的声音。

慕容宸睿神色一沉，握住路映夕的手，携她一起走向房门。

木头门扇吱呀地打开，即见段霆天阳光般的亲和笑容。

"何事？"慕容宸睿不着痕迹地挡在路映夕前面，若无其事地淡声问道。

"有一件与霖国有关的事，我想单独与路妹妹谈一谈，不知慕容兄可介意？"段霆天温言有礼地询问。

"介意。"慕容宸睿却毫不给面子，一口回绝。

段霆天无奈地耸耸肩，扭头往后喊道："前辈！前辈！快来帮忙劝劝慕容兄，我确有重要的霖国皇家秘辛要与路妹妹倾谈。"

"你这段小子真麻烦。"人未到声先至，旋即一道灰色身影如急风般飞掠而来，眨眼间就站在了走道上。

"慕容老弟，做男人一定要器量宽宏。"灰袍老者一副教训的口吻，慢悠悠地伸手往慕容宸睿的肩上一拍，"有老人家我在，你还怕段小子吃了你家夫人不成？"

慕容宸睿脸色僵硬，右边肩膀略微低斜，额上暴起数条青筋。老者看似在轻拍他的肩，实则却是蕴了内劲如千斤石般压着他。

路映夕见状一叹，徐徐道："就在天井那儿谈吧，段兄意下如何？"客房位于二楼，站在走道上便可望见底下的天井，她如此提议是不希望慕容宸睿被师尊刁难，同时亦可看见她的情况。

"路妹妹决定便是。"段霆天十分好说话的模样，笑弯了一双漂亮的桃花眼。

慕容宸睿却没有这般好情绪，目光已是凛冽森冷，胸腔内的怒火即将迸发，此时老者却轻巧地挪开了手，笑嘻嘻地凑在他耳边嘀咕，"慕容老弟，我以玄门的名誉起誓，会在这里陪你看着你家夫人，若小徒孙有分毫损失，你大可唯我是问。"

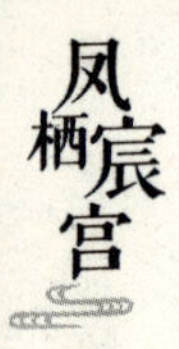

路映夕亦在他身边轻轻地道："别担心，我会万分小心。"

慕容宸睿紧握了一下她的手，低声道："他若敢有异动，你无须对他客气。"一枚小小的暗器从他掌心传递到她手里。

白发老者在一旁发出鄙夷的嗤声："有我在此，段小子敢有什么异动？"

段霆天闻言不以为意地朗笑："前辈所言甚是。"他现在仅仅是想与路妹妹相谈一番，他们瞎紧张什么？该紧张的时刻，还没有到。

垂掩眸子，他眼底的暗芒迅速隐去。

夜色正好，星光璀璨，皎月明亮。

院落天井处，两人面对站立，姿态悠然。

"段兄，有何秘辛要告诉我？"路映夕带着沉静微笑，开口问道。

"过两日就要进入霖国境内了。"段霆天不着边际地感叹一句，举目望月，吟道，"月是故乡明。"

"霖国有段兄如此爱国之士，真是幸事。"路映夕笑容不变，闲闲搭腔道。

"路妹妹，你这么说似乎并未把你自己当做霖国人。"段霆天收了视线，定定看她。

"霖国从未养育过我，而我从不曾饮过霖国之水，也未曾食过霖国之粮，如何算是霖国人？"路映夕的语气甚是漠然。

"但你身上却流着霖国皇室的血。"段霆天语声温和，循循劝诱道，"无论是为了霖国，还是为了养育你的邬国，你都没有理由站在皇朝那一边，不是吗？"

"不对。"路映夕不由绽开浅笑，"段兄此言差矣。皇朝是我夫君之国，这还不算理由吗？难道你不曾听过'在家从父，出嫁从夫'这句话吗？"

"如此说来，即使邬国将来有灭国之危，你也可以坐视不理？"段霆天的眼中微微泛起锐光。

"邬国今次遭遇危难，我已竭尽所能去挽救。如果将来还有同样的事情发生，那已非我能力所及。"路映夕抬首往二楼的客房方向望了一眼，唇角含着一丝轻柔笑意。

"心意已决？"段霆天的声音陡然低沉了下去。

"是。"路映夕没有犹豫地应道。

"好。"段霆天斜勾嘴角，扬起一抹似笑非笑的弧度，语音压得极低，"路妹妹，一直以来我都有心维护你，一再劝你回霖国。既然你不领情，我也只好痛心割爱了。"

"割爱？"路映夕轻轻笑起来，"若是真的爱，又岂割舍得下？"

段霆天眸光一闪，如刀锋亮起寒光。

"如果段兄要与我说的就是这些，那么我心领了。"路映夕脚下微退一步，心中已有防备。

但段霆天并没有任何不善的举动，俊脸上挂着迷人笑容，道：“路妹妹别急着走，我想最后确认一下。”

“确认何事？”路映夕略眯起明眸，接言问道。

段霆天笑得依旧亲切温和，不紧不慢地道：“你需知，你若选择站在皇朝那一边，你腹中的孩子就不容于我国和邬国。返回皇朝的路途还颇远，你觉得你能够一路平安无碍？”

“段兄，这话可算是明白地威胁？”路映夕向他摊开一手，掌心里的一枚小小暗器赫然显露于月光下，“就算不用暗器，我若要你的命，也非难事。你虽谙医术，却未必比我更擅长用毒。”

“杀了我不抵用。”段霆天毫无惧色，大言不惭地道，“两国之中高手无数，并非只有我一个人才。”

“坦白告诉你，我和慕容宸睿并不打算进入霖国境内，明日我们就会从西北边的边塞沙漠返回皇朝。”路映夕顿了顿，缓缓又道，“我还需要段兄的药血相助，所以恐怕段兄暂时不能回霖国了。”

“你们要挟持我？”段霆天作势大惊。

路映夕但笑不语。他分明已经埋伏了杀手在客栈的屋顶，显然他早料到她和慕容宸睿不会轻易踏入霖国，故而干脆一不做二不休要在此地撕破脸。

“好吧，无法达成共识，我也不再啰唆了。”见她态度坚定，段霆天无奈地摊了摊手，双目中透出一丝惋惜。她是一个有才华的女子，但从来都不曾发挥到极致，他原想做伯乐，可惜她不愿当千里马。

路映夕抿唇淡笑，向他轻轻颔首，便转身往二楼的木梯走去。

夜深了一些，又开始刮起大风，呼呼作响。

路映夕一到楼上，慕容宸睿就大步迎向她，展臂揽住她。

“有必要这样紧张？”走道的那一边，灰衣老者不满地咕哝。

慕容宸睿搂着路映夕朝老者走去，一面不悦地回话道：“明知危机四伏，前辈还让你的徒孙去冒险？”

老者十分不以为然，撇嘴嗤道：“不就是十来个小子蹲在屋顶上吗？这也称得上危机四伏？”

慕容宸睿已是气结，不屑再和他多说。若映夕没有怀孕，那也无须过于担心，但如今情况特殊，他如何能不紧张？

老者见他一脸阴沉，妥协似的好言道：“算了算了，到时候就由老人家我出战，你小子就守着你家夫人。”

慕容宸睿低哼了一声，不接话。

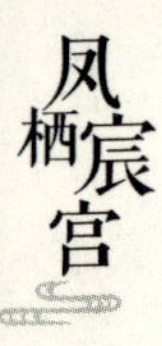

“不过你得答应我，无论如何，你都不能要了段小子的命。霖国与我玄门渊源甚深，百年之谊，断不可破坏。”老者敛了嬉笑神色，郑重地道。

慕容宸睿仍是不睬他，顾自携着路映夕入房，眼见就要关上房门。

老者一把挡住门板，气得直跳脚，嚷道：“慕容你个浑小子，老人家和你说话，你少装听不见。”

路映夕不禁莞尔，启口道：“师尊，您放心。人不犯我，我不犯人，只要段霆天别逼人太甚，我与宸都会留一分余地。”

闻言，慕容宸睿侧头扫她一眼，但念在那一个亲昵的宸字上，未反驳她的意思。

“还是我家小徒孙懂事，知道什么叫尊老敬贤。”老者这才满意地捋着白胡子，继而努了努嘴，指向屋顶，“就让老人家我去会一会这帮后辈，看看现在江湖上的高手到底有几分能耐。”他难掩兴奋，足尖一点，身形飞起，瞬间就不见了踪影。

慕容宸睿和路映夕在房内桌旁坐下，对视而笑。

但慕容宸睿随即就皱起浓眉，道：“段霆天不是愚蠢之人，他早知前辈武功盖世，又怎会不事先谋划？”

路映夕赞同地点头，估测道：“屋顶上埋伏的杀手，或许仅是引开前辈的棋子。”

“而他真正的目标——”慕容宸睿英挺的眉宇拧得更紧，目光下移，落在她高隆的腹部上，“只怕是你。”

“不只是我。”路映夕轻摇了下头，双手抚上腹部，“是我们一家三口。”

慕容宸睿眸色沉冷，心中思忖道，如果他是段霆天，必会分轻重。若是无法一举歼灭，自然会先把火力集中于最易攻击的那人。所以他必须看牢映夕，不能让她被迫动用内劲，更不能让她受伤，否则孩子就难以保住了。

此时屋顶上已经传来砰砰的打斗声，间或夹杂着几句嚷嚷。

“就这点本事也能当杀手？啧啧啧。”

“段小子，你手底下就没有一些像样的人才吗？”

“打得真没劲！呦哟，你们使诈，居然对老人家用暗器？”

“撒毒粉？你们这些臭小子越来越卑鄙了。”

紧接着又是一阵打斗声，屋瓦被踩得咔咔异响。

慕容宸睿凝目看着路映夕，道：“被你猜准了。声东击西，真正的高手还未到。”

路映夕轻叹一口气，站起身来：“该到了。前辈已被缠住，一时怕是难以脱身。”

慕容宸睿亦站起，护她到身后，叮咛道：“见机行事，若能不动手就别动手，我会尽全力保护你。”

路映夕在他背后弯了弯唇，默默点头。

突然间，一阵疾风卷开了房门，直灌入房内。

慕容宸睿稳稳伫立原地，如山一般坚毅地挡在路映夕前面。

“呵呵呵呵。”一串桀桀的怪笑，阴恻森寒，从远处幽幽飘来。

霎时间，房内似是疾速降温，变得寒冷如冬。

一股强大的冷风袭入房间，风中仿佛挟着沙砾，潮水般涌来。

若是看得仔细，会发现，那并不是尘沙，而是一枚枚尖锐的泛着寒芒的棉针。

“小心。”慕容宸睿只来得及低喝一声，旋即双掌击出强势的掌风，与那一股诡异的冷风相对抗。

路映夕在他背后暗自按捺，忍着不让自己出手相助。现在只是刚刚开始罢了，她不能过早耗损真气。

只见两股风势相遇，卷成无形的旋涡，倘若此时有人不小心走到那看不见的旋涡当中，必遭强大的内劲绞杀。

那些细小锐利的棉针凌空顿住，时而逼近一寸，时而退后几寸。

慕容宸睿的面色沉着冷静，猛一提气，双臂一振！那停留于半空中的棉针顿时无力地坠下，那股冷风也顿时消失无踪。

“宸，没事吧？”路映夕轻声问。

“放心。”慕容宸睿没有回头，只沉声简略地回道。

两人都静默下来，皆定睛注视着敞开的房门。

不一会儿，那阴冷的怪笑声又响起，这次已是从近处传来。

路映夕微微皱眉，突然觉得这声音有点耳熟，但一时又想不起何时听过。

思索中，一道素白身影蓦地闪过门口。

“来者何人？何必装神弄鬼？”慕容宸睿冷冷地扬声道。

白影又是一闪，快速不见。

路映夕心中疑虑更重，那素白色的衣裙，似乎是个女子。

房外没有了动静，寂静得愈显诡谲。

路映夕的脑海中莫名浮现一个念头，她竟觉得来者在犹豫是否现身？

“映夕，必要时，你就暗中出手，非常时刻无须顾虑江湖道义。”慕容宸睿低着嗓音，嘱咐道。

“嗯，我知道。”路映夕轻声回应，无意识地微蹙黛眉，心里仍在苦苦思索，那声音与那白影……

突地，外面传来轻微细响，再警戒地凝眸望去时，路映夕骤然愣住。

同样僵愣的还有一人，便是挡在她身前的慕容宸睿。

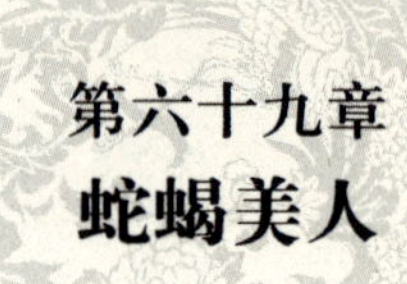

第六十九章 蛇蝎美人

素衣乌发黑白分明，衬着一张雪白的玉容，一双冷冽的美眸，似有寒气环绕全身一般，叫人目视而心震。

路映夕的视线越过慕容宸睿的肩头，定定望去，心中思绪如浪涛翻涌。无论如何也猜想不到，来者竟是姚凌。她脸上的狰狞刀疤已经退去，只剩极淡的褐色，不细看不会发觉。少了瑕疵的容颜，益发显得清冷美丽，可是那双霜雪似的冷眸，并未因此而增添半分暖色。

一时间在场的三人皆是寂静无言，连空气都仿佛冻僵。

不知过了多久，慕容宸睿低咳一声，淡淡启口道："为何你会在此？"

房门外，姚凌冷冷一笑，作势躬身行礼："如今皇朝上下人心惶惶，可原来皇上并非失踪生死未卜，而是携美人逍遥于塞外。姚凌实在蠢钝，仍坚持认为皇上不是爱美人不爱江山之辈，但事实却是——"她顿住，冷峭的目光射向慕容宸睿身后的路映夕，又一屈身，"皇后娘娘着实令姚凌钦佩。"

她的话甚是迂回，却耐人寻味。路映夕心思剔透，转念便想明白了。定是姚凌从某处得到消息，但她不愿相信慕容宸睿会为了女人而置江山社稷不顾，于是千里迢迢赶来，非要亲眼看见才死心。姚凌的性子素来就是如此顽固决绝。

"师妹，现在你可信了？"突然一道阴冷的男子声音响起，又听嗖的一声，一个黑衣人迅速飘落立定在姚凌身边。

姚凌没有理会他，径自直直地盯着慕容宸睿，冷声道："皇上曾经说，儿女私情不及国家社稷重要，因为这是身为君王的责任，无可推卸。皇上已经忘记自己曾说过的话吗？"

"朕没有忘。"慕容宸睿沉声回道，但没有多作解释。这段日子以来发生的事，并不是三言两语能够说清楚。

姚凌闻言发出"呵"的冷笑。

"姚凌。"路映夕忽然开口，清清淡淡地道，"你与你师兄追踪到此，必有人为你们提供线索。莫非你打算背叛皇朝，投靠霖国？"早在皇宫之时，她就觉得姚凌与栖蝶似有往来，现今回想就更确凿了。

“你闭嘴！”姚凌蓦地呵斥，眼泛寒光，隐有几分狂乱，“当初我得不到的，凭什么你能得到？”眸光一转，望向慕容宸睿，眸中蕴藏无尽的怨毒憎恨。

路映夕抿唇默然。她确实得到了姚凌得不到的东西，诸如后冠、皇嗣，还有帝宠。但姚凌不会知道，这一路来她走得多么艰辛。

“师妹，何必再与他们废话？这个负心薄情郎，难道你还眷恋着？”一旁的那男子眯起细长的眼睛，语声阴恻冰冷。

“当然不。”姚凌冲口否认，眼底染了血色，毫无征兆地抬起一手，击出猛烈掌风。

慕容宸睿不避不让，双掌一振，反将掌风击回。姚凌的身子微颤，后退一步，双眸中升起狂怒，口中难以置信地道：“你竟对我出手？”

慕容宸睿颇为无奈地轻叹，温和了语气道：“凌儿，不要冲动行事，将来你会后悔。”

“后悔？”姚凌看他一眼，仰头长笑，笑声里却满是讥诮悲凄之意，“我姚凌今生最后悔的就是认识你。”

慕容宸睿心头一震，只觉无言以对。路映夕伸手轻轻地触碰他背脊，安慰地抚了一下。

“师妹，这薄情郎就交给我，你去对付那怀着身孕的女人。”黑衣男子桀桀阴笑。也不等姚凌回答，他的衣袖挥动，卷起一阵疾风，袭向房内。

慕容宸睿早有戒备，稳稳地运出凌厉掌风，与那股怪风相抗衡。

“师妹，快。”黑衣男子冷不丁地叫了一声。旋即就闻嗖嗖数声异响，一支支薄刃射入房中。

慕容宸睿分身乏术，路映夕当机立断地举起木桌，往前掷去，用桌面挡住飞刀。

偷袭不成，姚凌眼中怒气大盛，再瞥见路映夕高隆的腹部，恨火顿时激剧翻腾。今日就算玉石俱焚，她也不会让这个女人得到她冀望一生却依然落空的一切。

“咝咝——”

几不可闻的咝声传入路映夕的耳中，令她陡然一惊。凝眸仔细看去，姚凌的宽袖里似有异物在蠕动。

“去。”姚凌骤然大喝一声。

瞬间，无数条小蛇飞速地爬出她的笼袖，黑压压一片地向客房内进攻。

路映夕心中暗道糟糕，一边双掌运气贴于慕容宸睿的背心，助他速战速决。

便听砰的轻响，那黑衣男子踉跄几步，嘴角渗出血丝。

“走！”无暇乘胜追击，路映夕忙拉住慕容宸睿的手，欲从窗口跃下。

“映夕，小心！”慕容宸睿大喊，快速展臂抱住她，腾空跳起。

地面皆是一条条青黑色的小蛇，数量之多，令人骇然。一眼望去，满是吐着信子的蛇头，以及尖锐的白齿。慕容宸睿抱着路映夕立在床柜上，扫视四周，发现连窗口也已被蛇

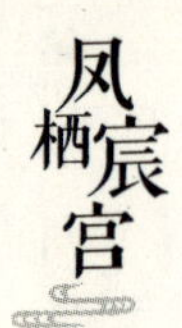

群占据。

耳际充斥着“咝——咝——”的声音，叫人毛骨悚然。

“宸，我们从门口出去。”路映夕压低嗓音道。

“他们正在门外等着伏击我们。”慕容宸睿亦低着声道。

只是片刻间，已有几条小蛇爬上床柜，吐着鲜红的蛇信子，似在寻找机会一口咬下。

慕容宸睿运掌一击，顿时击毙一条靠得最近的蛇。但同一时间周遭的蛇群如潮水般涌来，越逼越近，气势汹汹。

“只能闯一闯了。”慕容宸睿皱紧浓眉，搂牢身旁的人儿，低声叮咛一句，“抱紧。”

话落，身形腾起，如急风般凌空掠过，眨眼间已至房外。再一挥衣袖，房门便嘭地关上，隔绝了满室的毒蛇。

正惊异为何房外没有人埋伏时，突听路映夕低低地呻吟了一声。

“映夕？”慕容宸睿急急转眸看她。

“我想我大概被蛇咬了。”路映夕露出一个苦笑，看向自己的小腿。

一条青色的小蛇盘绕在她的脚踝，蛇头已经颓然垂下，显然是被她击毙，但终究是迟了须臾。她半蹲下身子，迅速点了几个穴道，以防毒素窜行。

此时，走道的彼端，一道白影闪现，得意的冷笑清晰传来：“这些蛇只咬女子，而且不惧死，若没有咬到人决不会退缩。”

“解药拿来。”慕容宸睿脸色沉冷，横抱起路映夕，朝姚凌走近。

“如果有药可解，我就不会用这些毒蛇。”姚凌站立原地，昂首对上他森然的眸子，“宁为玉碎不为瓦全。”

慕容宸睿的目光阴霾至极，低眸看了怀中的人一眼，略柔了声音：“还撑得住吗？”

路映夕的面色渐显苍白，但仍勉力漾开一抹微笑，温声回道：“这毒性确实剧烈，但也许师尊能治。”

“呵，”姚凌嗤笑，“我岂会不知玄门师尊在此，他能解的毒我会用吗？”

慕容宸睿强压着的愤怒终于按捺不住，低吼道：“姚凌，若要算旧账，你找朕来算，不要迁怒旁人。”

“怎么？皇上心疼了？当初姚凌绝食将死，也未见皇上如此痛心疾首。”姚凌勾了勾红唇，嘲讽道。

“当初朕没有关怀你？”慕容宸睿怒道，但随即就放弃再与她多说，她已钻入牛角尖，近乎走火入魔，他早该有此觉悟。

气氛正僵，忽被一声大惊小怪的惊呼打破。

“这么多的蛇？是要做蛇羹吗？”

屋顶一道人影倒挂悬下，白色长须悠然飘荡着，一张老脸满是饶富兴致的笑容。

"师尊。"路映夕轻轻一唤，问道，"这种蛇的毒可有办法解？"

老者闻言赶紧跃下，嘴里道："小徒孙，你莫怕，这世上没有师尊我解不了的毒。"

"是吗？"姚凌冷冷地抛出一句话。

老者抬目望她一眼，也不询问事情的来龙去脉，就直接下定论道："美人与蛇，蛇蝎美人。"

姚凌置若罔闻，神色如冰霜。

老者快步走到路映夕身边，细看她小腿上的细小伤口，半晌，唉声叹气起来。

"师尊？"路映夕抬眸看着老者，微微一笑，"师尊不是说能解世上任何的毒吗？"

老者白眉一拧，没好气道："你这丫头，倒拿我的话来激我。"

"映夕不敢。"路映夕依然面带浅笑，语气闲散，并未流露紧张担忧之色，"如果师尊都解不了这蛇毒，那这世间就无人能够做到了。"

老者闷哼，咕哝道："好个伶牙俐齿的丫头，这下不拿出看家本领都不成了。"

"莫非师尊藏着珍稀良药舍不得给映夕用？"路映夕靠着廊道木栏坐下，甚是悠然。眼角余光瞥向那一端站立着的姚凌，见她神色紧绷，似在等待诊断的结果，心中越发镇定起来。倘若此毒当真无解，姚凌就应该趁现在的机会脱身，如此想来必是还有一线生机。

"良药珍贵，但怎及人命？"老者恼怒瞠目，瞪了路映夕一眼，悻悻道，"男女授受不亲你可懂？你让师尊我如何为你吸出蛇毒？"

"吸出蛇毒就无事了？"慕容宸睿忽地出声，语毕已蹲下身握住路映夕的脚踝。

姚凌突然发出冷冷的讥笑，嘲道："本以为玄门师尊有何能耐，原来也不过尔尔。"

老者扭头朝她望去，上上下下地打量，口中似自言自语地道："美人如花，却带芒刺；目光毅然，却极冥顽。"

姚凌抿起红唇，下颚微抬，姿态倔硬傲然。如果她没有刺，与世上众平凡女子有何区别？只是她的骄傲倔强没有碰上懂得赏识的人。

慕容宸睿淡淡扫过姚凌，却对老者说话："前辈，是否直接吸出毒血即可？"

老者收回视线，摇头晃脑故弄玄虚地道："非也，非也。"

慕容宸睿眸光略沉，隐有薄怒。救人如救火，岂能这般儿戏拖延？

路映夕见状不禁莞尔，开口道："宸，你别担心。我已封住穴道，毒素皆锁在小腿，暂时不会蔓延。"

"宸！"尖锐的声音突兀而饱含愤恨。

路映夕抬头，见姚凌目露激愤的炽光，不由低低轻叹。旧爱新欢，有何可能和平共处？当年慕容宸睿确实有负姚凌，但中间发生了太多的事，使得最初单纯的感情变了味。

孰是孰非，要怎样计算清楚？

“凌儿。”慕容宸睿霍然站起，深眸灼灼，步向姚凌，低沉道，“朕在登基之前曾应允你的事，无法做到，是朕的错。你可还记得，当初朕对你说过，朕虽不能给你唯一，但会将后位空悬。你也说，你会等朕可以给予的那一日。”

“是，臣妾自然记得。”姚凌不自觉地提高音量，愤然中忘记自己已被贬为宫婢，咄咄道，“但是皇上却一而再再而三地食言，如今反要怪臣妾心寒吗？”

“你只记得你愿意记得的事。”慕容宸睿直视她，神情有几分沉凝怅然，“林德妃的事，你已遗忘了吗？还有五年前那位新晋的婕妤，她初初有孕就莫名滑胎，你敢说此事与你无关？朕若不是念着最初的那份情，你还可安然避入斋宫吗？多年来朕膝下无子，你以为是何原因？朕是不想你一再犯错。”

“皇上认为只是臣妾一人之错？”姚凌挺直瘦削的身板，昂然固执地道，“请皇上扪心自问，如若林德妃或其他嫔妃诞下皇子，皇上不会因此而封其为后？”

“朕不会。”慕容宸睿笃声回答。

“不会？”姚凌却是冷哼，“在铁铮铮的事实面前，皇上竟还如此说。若不会，为何后冠凤袍落在她人之身？”

“七年，还不够吗？”慕容宸睿极低声地叹息。七年，足够令他看清那段少年时的感情，也足够令他彻底失望。

“七年不过是人生十分之一的岁月。”姚凌并未动容，目光仿如凝结千年冰霜般的坚硬冷厉，“臣妾托付的是一生，并非区区七年。”

慕容宸睿不再言语，眉宇间笼上浓浓的一抹疲惫。

这厢两人无语对视，那边老者对路映夕小声地嘀咕：“丫头，在帝王家讨生活委实不容易啊，你还是跟了我家乖徒弟吧。他的纯良品性可是百年难得一遇，你要不好好考虑一下？”

路映夕只觉哭笑不得，眼下景况适合讨论这个话题吗？无疑是火上浇油。

又听那一端慕容宸睿沉声地吐出一句：“此次映夕若是无碍，便也就罢了。”终是留了最后一分情面，没有说出后半句。若是映夕和孩子因蛇毒而有丝毫损伤，他必会追究到底，再不容情。

姚凌身躯隐隐一震，眸光哀绝，但未见半点悔意。她此生已是如此，无路可退，唯有一条道走到黑。狠狠咬牙，她运足劲飞身扑向路映夕。

骤然一声砰响——只见姚凌清瘦的身子摔落路映夕的脚边，唇角溢出点点猩红。

“呵呵……”她勉力撑起身体，冷然地笑，却又像是苦涩地笑，一双美眸中满是退不散的恨，定定望向击她一掌的那人。

慕容宸睿的右手顿在半空，面色僵然。

“皇上果然十分了解臣妾。”她低哑地道，凄冷的笑声断续却不停歇，“呵呵，臣妾就算是死，也势必要拉这个女人一起下黄泉。皇上既然是个有情人，那么就尝尝情之苦罢。”

她猛然转头，噗地一口鲜血喷出，几滴血星飞溅到路映夕的腿上，正是伤口处。

事情发生得太猝然，没有人预料到她陡然喷血，更料不到她用心之歹毒。

“你这女子太狠辣。”老者怒骂，反手一挥，未经思虑地一掌击拍而出。

霎时间，就见姚凌的身子腾空而起，飘出一丈远，犹如断线的纸鸢，继而重重地跌落下，砰的一声巨响，坠在木质的走道上。

所有人都愣住，连老者都低头看了自己的手掌一眼。

“呵呵，”支离破碎的凄厉笑声，已然虚弱无力，姚凌瘫倒在地再难起身，却还执着而艰难地吐出几句话，“慕容宸睿……当年你救我出苦海，我本应感谢你，可是你却将我推入更痛苦的深渊……你记住，我姚凌此生因你而不得善终，你必遭报应……”

她的眼珠轻微转动，已泛死灰之色，秀丽冷艳的脸庞一片惨白，但染血的朱唇却是妖异的红。

“那一年……最是一年春好处，绝胜烟柳满皇都……呵，宸……”微弱的呓语戛然而止，一抹奇异的笑凝结在她的唇畔。

慕容宸睿木然地站立原地，双脚似被钉住，竟动弹不得，如海深邃的眸子浮动雾气，嘴角微微颤动，像有什么想说，但全部哽在喉头。

“师妹——”一声惊怒的咆哮突然间响彻夜空，一道黑色身影急掠飞来。

老者最先缓神，立刻戒备地挡在路映夕身前，但那黑衣男子却根本不看任何人，咚地双膝跪地，跪在姚凌面前。

“师妹，醒醒，你怎能——你怎能——”黑衣男子的悲痛呼喊一时哽住，眼角滑下两行热泪。

良久的死寂，在场每个人都哑然静默。

许久之后，黑衣男子抱起姚凌，阴冷的目光扫视其余的三人，那森寒的眼神似毒蛇一般，缓缓地爬过三人的脸。不发一语地，黑衣男子抱着姚凌纵身跃下廊栏，眨眼间就消失于夜色中。没有人去追，走道上鸦雀无声，寂静得连呼吸声都清晰可闻。

老者转脸看了看路映夕，又看向慕容宸睿，讷讷地开了口：“我那一掌只用了半成的功力，绝不足以致命，是她自己咬破了舌下的毒囊……”说至“毒囊”二字，老者忽然大声叫道，“啊！小徒孙，你的腿。”

路映夕默默地望了慕容宸睿一眼，才低头看自己的小腿。原本细小的伤处已胀起黑青的肿块，颜色诡异，隐约似有一股腥臭味。

“那女人死不足惜。”老者发起怒来，愤愤道，“自己找死也就算了，居然这般狠毒地拉人做垫背。这种人留在世上也是遗祸人间。”

“师尊，蛇毒加上‘阴隐毒’，是无解的吧？”路映夕轻轻地问，语声黯然。

老者两道白眉皱在一处，半晌都没有回答。

路映夕低浅地一叹，抬眸凝望仿佛石化般僵硬的慕容宸睿。对上她的眼眸，慕容宸睿几不可察地挪动了一下脚步，嘴唇微张，但最终只成了一声听不见的叹息。

老者对于这种无语凝噎的场面极为不耐，烦躁地扯着自己的白须，顾自絮叨道：“若仅是蛇毒，只要吸出毒血，再服用我玄门珍藏百年的雄灵散即可。但现在——唉，棘手，实在棘手啊！”

路映夕垂敛眸子，低声问道：“师尊，如果无法祛毒，就锯断我的小腿。”唯有如此，才能不让毒素侵入体内。

老者闻言也不震惊，点头附和道：“这虽是下下之策，但倒也是可行的办法。不过你身怀六甲，只怕受不住锯腿的剧烈痛楚。我得好好想个止痛的法子。”说着伸手飞速地点了她膝下的几处穴道。

慕容宸睿一直无言地听着，心似被无数只怪手揪扯着，既痛又乱。

路映夕垂着头，没有再抬起看他，只低低地对老者说道：“师尊，封穴只能制止毒素蔓延十二个时辰。”

老者烦恼懊丧地挠头，神情郁闷，讪讪回道：“这我当然知道，容我想想，再想想。”一边说，他一边径自站起来，在路映夕面前反复踱步。

踱了好一会儿，白须也被他焦躁地扯下好几根，却还未想出办法。

“不行，我得找个安静地方一个人仔细想想。”他喃喃自语，也不再管路映夕和慕容宸睿，就这么走了。

路映夕没有出声留他，只静静地靠坐廊栏。夜风吹起，拂动她的乌发，愈加衬得雪白的容颜没有血色。

姚凌死了……

思及这个事实，她心尖突地一阵抽痛。慢慢仰脸向慕容宸睿望去，她看到一双悲恸的深眸。

四目相触，满是痛色，难分缘何疼痛。

大风兀自呼啸，逐渐吹散了空气中淡淡的血腥味。但木地板上那小小一摊黑血，依旧那般触目惊心。

慕容宸睿终于移动了脚步，僵直地走到她身边，缓慢地席地坐下，与她一样背靠着廊栏。

“还记得那支木簪吗？”他低低地开口，双目用力地闭了一下，再睁开时眼波沉寂而晦暗，“朕赠你的那支簪，并非原本要给凌儿的那一支。朕未登基为帝的时候，曾对凌儿说过，‘即便将来后宫佳丽成群，却也只有我的皇后才配戴上这支发簪。’”

路映夕偏过脸，静静凝睇他，没有出声打断他的低语。

“朕兑现了那句话，但已是物是人非。其实早在送你发簪的那日，朕就铁了心与往昔告别，如果朕能更早一些狠下心来，也许事情不会演变到今日的这般境地。”他的嗓音低沉得有些喑哑，幽幽缓缓地道，“一直以来朕都不想做人们口中的负心郎，但事实上朕终是负了凌儿的情。越想留住往日的那一分旧情，越是留不住。”

皎洁的月华下，他英挺朗逸的俊脸一半陷入阴影里，如同幽沉的眼神一般黯淡郁悒。

“凌儿的心气极高，朕并不是不知。”话未完，大抵觉得难以再说下去，最后只成了一声长长的叹息，“是朕的错……”

路映夕聆听着，安静不语，默默地伸出一手，覆盖在他的手背上。

他徐徐转过头来，迎上她感伤的眼眸，突然倾身俯去，紧紧地抱住她。

没有多余的话语，只是无声的拥抱，两人心中都是悲怅交集。

世间事变幻莫测，不时令人感到猝不及防。当初你侬我侬的有情人，转眼便成了愤恨怨憎的仇人，而当初针锋相对的敌人，今日却成了相依相偎的眷属。如何不叫人唏嘘感慨？

路映夕微微合眸，心底滑过一丝酸涩。她从来都不曾介意过姚凌的存在，但如今她逝去了，自此以后她在慕容宸睿的心中就永远有了那一席之地，再不会有任何磨损，只会不断升华。

菱唇轻启，不禁生出一声浅叹。罢了，她现今也是生死难卜，何苦再思量这些烦心事。只要腹中宝宝能够安然出世，她自己会如何已不是那么重要。

慕容宸睿渐渐松开了手臂，抬眼看她，平缓道：“师尊一定能够想到办法解你的毒。”

“如果不能呢？”路映夕淡淡扬起一抹笑容，带着几许自嘲。人死如灯灭，姚凌死前做的事，已无法计较了。如果孩子保不住，她该怨谁恨谁？

慕容宸睿抿紧了薄唇，眸光越发暗沉。

“我的腿麻了，可不可以抱我回房？”路映夕若无其事地道，一手轻捶小腿。右腿膝盖以下的部位，彻底麻痹，半点知觉都无。两种毒素交错，果然奇毒无比。

慕容宸睿不吭声地将她横抱起来，往客房走去。

走到门口，才蓦然忆起房内尽是毒蛇，一时脚步僵在原地。

“去楼下吧。”路映夕轻声道，心里不由喟叹，她未曾见过他这样失魂落魄的样子，可她又怎能怪他？毕竟，那是他曾经爱过的人。

慕容宸睿依言往木梯走去，步伐沉稳，但面上几乎没有表情，似空茫又似悲凉。

路映夕窝在他怀里，亦心生几分凉寒惆怅。

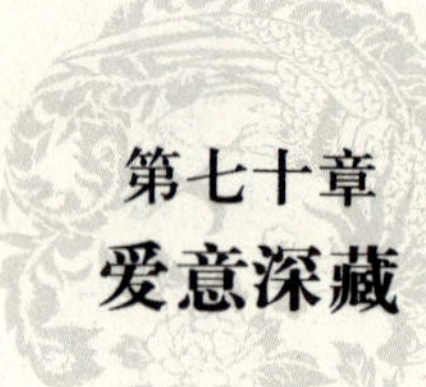

第七十章 爱意深藏

夜幕退去，日光普照，这间客栈却依旧静谧得如子夜。

客栈掌柜和小二昨夜受了惊吓，弃店逃生。而段霆天，是趁机离开，或伺机而动？

路映夕坐在房里，径自想着，如果师尊没有及时返来，她得准备哪些止痛的药材。若是锯去一腿，往后她就成个废人了，难道之前师尊所说的“一半一半”即是这个意思？

慕容宸睿外出买食物，许久没有回来，路映夕行动不便，静坐床铺等待大半个时辰，渐觉不对劲。正想单脚爬下床，忽听外面传来嚷嚷声。

“小徒孙，师尊我想到办法了，哈哈。”

灰色身影在房门口一闪，眨眼间就站到了床铺前。

“师尊，你想到了什么？”路映夕没有过早欣喜，疑问道，“镇痛之法？”

“对。”白发老者笑眯眯地点头，“小徒孙你放心，不会太痛，也不会流失太多血，我想了整整一夜，好不容易才想到能让你母子均安的法子。”

“所以必须锯腿？”路映夕心头暗自一颤，她原还抱着一丝希望，可终究是落空了……

“这不是你提议的吗？”老者觑她一眼，卸下背上竹篓，搁在桌上，一边道，“这些草药是我天未亮就去采的，你可别说你不截肢，准备和肚子里的孩子一起赴黄泉了？”

路映夕苦笑着摇头：“怎会？这个孩子经历了如此多的坎坷，依然顽强地存在着，我作为人母岂能半途放弃？”

“那就好。”老者满意地颔首，摸着下巴沉吟道，“还需买几把锋利的小刀，再生个火，提前把内服的汤药煎好。”说着一顿，扫视着房间，奇怪地问道，“慕容那小子去哪儿了？自家夫人身中剧毒，他倒跑得不见踪影了！”

“他去街市买食物。”路映夕回道，微蹙起黛眉，不放心地嘱托，“师尊，你去买小刀时可否顺便寻一寻他？”

“行，我这就去，半个时辰内定会回来。”老者干脆地答应，转身往外走，嘴里还小声地喃喃念叨道，“这慕容小子也太没个交代了，一会儿非教训他不可。”

路映夕看着那灰色身影消失，眉心皱得更紧。慕容宸睿是否遇到了意外？莫非段霆天仍未死心？但为何不来对付落单的她？

忐忑难安地又等了半个时辰，未见慕容宸睿回来，也不见老者返来。路映夕的心逐渐沉到谷底。

“路妹妹。”房外，一声慵懒的呼唤响起。

路映夕顿时全身绷直，警戒地暗暗攥紧双手，掌心里握藏着一嗅即会昏迷的毒粉。

“路妹妹，你别怕，我没有恶意。”段霆天出现在房门口，高大的身躯斜倚着门柱，一派闲散随意。

“是吗？”路映夕不咸不淡地回话。

段霆天耸了耸肩，满脸无奈，抬手往身后一指：“我是被他押来的。”

路映夕顺着他的手势抬眸望去，惊诧不已，下一瞬不自禁地绽开笑颜。

阳光的照耀下，一袭浅灰色的素袍似晕染着一圈光泽，煦暖而明朗。那一张温雅清俊的脸庞，带着浅淡的笑意，宛若春风拂过，沁人心脾。

“师父。”唤出再熟悉不过的称谓，路映夕莫名红了眼眶。

“映夕。”南宫渊踏入房门，黑眸如墨，泛着安定人心的温暖光泽。

“师父，你怎会在这里？”路映夕忍下无端冒起的心酸感，微微一笑，问道。

“西关战事大定，且有靳星魄坐镇，我就抽身来寻你了。”南宫渊回以微笑，眼角瞥了瞥后面的段霆天，再道，“先前收到了一些风声，怕你会出事。”

段霆天哼了两声，插言道：“南宫兄，你未免太卑鄙。你担心归担心，也不必一见到我就直接下毒吧？现在你看到了，路妹妹完好无缺，快把解药给我。”

路映夕闻言转眸细看段霆天，果然，他的眉心开始浮现一抹黑气。

“段兄，莫怪我以小人之心度君子之腹。”南宫渊语气温和，平心静气地道，“相识多年，我想我足够了解你。映夕是否完好无缺，待我诊断之后自然见分晓。”

语毕，他便向路映夕伸出手，搭上她的腕脉。

把脉须臾，他的脸色越来越沉凝，目光不自抑地涌现痛色和怒气。

“段兄！”他突地回转身，愠怒道，“你竟如此对待映夕？你忘记你曾应允我，无论如何都不会伤她性命？”

“南宫兄，你也不能完全责怪我。”段霆天扯了扯嘴角，一副情非得已的神情，“我已千劝万劝，但路妹妹自己坚持要与霖国为敌。何况，我也没有亲自对路妹妹下手，是她的情敌找上门，我顺便而已。”

南宫渊压下愤怒，一甩袖不再理会他，大步走到桌边翻看竹篓里的草药。

“师尊果真尚在人间？”他惊喜地自语。

“是的，这些草药就是师尊去采摘的。”路映夕接言说道。

南宫渊难掩喜悦，转头对她道：“映夕，你的毒能解。”

路映夕微愣，连师尊都解不了，师父却能解？

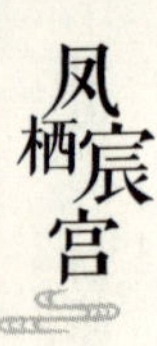

“师尊的性子还是与从前一样。”南宫渊似觉啼笑皆非，唇角噙着清淡的笑，解释道，“师尊必是想等到最后一刻才告诉你，给你一个大惊喜。”

“当真能解吗？”路映夕半信半疑地问。

“能。”南宫渊笃定地点头，墨玉般的眸子轻微一敛，藏住一闪而逝的复杂之色。

路映夕吁出一口气，心头一块沉重的大石落地，不由感觉轻松了不少。

“师父，姚凌她……”忆起昨夜，路映夕又沉了面色。

“我知道。”南宫渊的应声极为轻微，默然背过身去，对着竹篓里的草药，未再出声。

路映夕涩然一叹，不知还可说什么。如果可以，宁可姚凌平安无事，至少这样，不会有两个男子感到悲伤痛心。

“慕容兄去了何处？”段霆天冷不丁地抛出一句问话。

路映夕举目向他望去，徐徐道：“段兄不知吗？”

“我应该知道何事？”段霆天无辜地回视她，半晌，慢慢地勾起唇角，道，“难不成慕容兄又失踪了？抑或因为失去旧爱而痛不欲生，索性独自躲起来舔舐伤口了？”

路映夕面色平静，并不回应他。

南宫渊原本埋首研究竹篓内的草药，此时眼角一抬，淡淡道：“段兄，你亦是中毒之人，还是找一间客房暂作歇息吧。待我治好映夕，便会为你解毒。”

闻言，段霆天讪讪地摸了摸鼻子，不再多话地离开。

房中一时间安静了下来，幽谧中似弥漫着隐约的感伤凄清。

“师父，师尊采摘的是何草药？”路映夕开口，脸上带着笑，暗自压抑着心中的思绪。

“专治阴隐毒的草药。”南宫渊语声温和，转头望她一眼，淡笑道，“别担心，我既说能够治愈你，就必定不是空话。”

“嗯。”路映夕颔首应声，脑中忽然闪过一个念头，脱口道，“吞食阴隐毒的人，若是及时封住心脉，再服下解药——”

南宫渊轻轻拍净双手，向她走去，叹息道：“没错，此毒并非无药可解。我心里也存着一丝希望，希望凌儿尚存于人世间。”

“但昨夜，她确实已绝了气息……”路映夕神色微黯。昨晚在场的每个人皆是内力深厚，无须探脉亦可知姚凌还有无气息。难道真会有奇迹吗？

南宫渊苦笑着摇头，声音略显低沉：“但愿她的命犹如她的性子那般硬。”

路映夕抿唇无言，心头无数杂念电闪，纠结复杂，寻不出一个准确的头绪。或许是她多心，慕容宸睿迟迟未归，若非段霆天背后搞鬼，那么会不会与姚凌有关？是否慕容宸睿找到了姚凌，正忙于救她？

想着想着，不觉长长一叹。她终究是介怀了。昨夜两人同床而眠，虽然他一直从背后抱着她，但是没有半句言语。她知他心情郁悒，便不扰他，可他又知不知道她也会有情绪？

“映夕？”听到她的叹声，南宫渊微蹙眉头，温言宽慰道，“莫听段霆天胡言乱语，慕容宸睿绝非那种没有担当的人。等你身体无碍，我再陪你去寻人。”

“连师尊也不见了。”路映夕喃喃道，越想越觉得蹊跷。

“现下你该想的不是这些。”南宫渊笑了笑，黑眸泛着温润的光泽，“我现在去熬药，你先休息一下，待会儿可有你劳累的。”

“有劳师父了。”路映夕抬眸看他，回以平静笑容。

南宫渊拎着竹篓出了房门，路映夕嘴角的弧度一点点地收敛，明眸中晦暗无光。也许是她想得太多，也许慕容宸睿只是因意外而耽搁了时间，可为何她感觉胸口异常闷堵？

兀自出神着，余光瞥见段霆天又一次出现在房门口。

“路妹妹。”他懒洋洋地斜倚着门板，毫不担心自己身中剧毒，闲闲地道，“南宫兄为了你千里奔波，你可有一丝感动？”

路映夕冷淡地睨他一眼，不予理会。

“南宫兄替你解了毒之后，就必须随我返回霖国，你就不担忧他的处境吗？”段霆天顾自说道，“皇兄一直欣赏南宫兄是个人才，必不会取他性命，但死罪可免活罪难饶，唉……”他作势叹气，忧心忡忡地道，“像南宫兄这般俊逸洒脱的非凡人物，若少了一手或一腿，是多么叫人痛心的事啊。”

“密道的所在，对你们来说当真这样重要？”路映夕神情清冷，语气几近冰冷，“师父襄助邬国，对霖国来说并无损失，偏却要以此为理由惩罚师父，如此也算爱惜人才？”

段霆天的神色微微一敛，正容道：“路妹妹，你生长于帝王之家，竟不知何为帝王权术？人才，之于君王的用处何在？自然是物尽其用，人尽其力。这是涉足庙堂的人都无法逃脱的规则。”

路映夕默然。怎会不知？就是因为太清楚，才不想师父与她一样成为任人利用的棋子。

“路妹妹，你别怪我说话直接尖刻。你若决定依附皇朝，霖国与邬国必容不得你存在。我所做的一切，都只是遵循这一个原则。如果你现在想要回头，还来得及。否则——”他的话语一顿，眸光陡锐，“我敢断言，你绝对不可能平安无事地回到皇朝，你腹中的孩子也绝对保不住。”

路映夕隐隐一震，但只是不动声色地浅浅一笑，启口道：“多谢段兄提醒。”

段霆天也不再啰唆，干脆地消失于门外。

过了片刻，南宫渊端着木托盘走入，一边搁在床头木柜上，一边说道：“映夕，褐色那碗药你现在就喝下，黑色那碗待到祛毒之后再服用。”

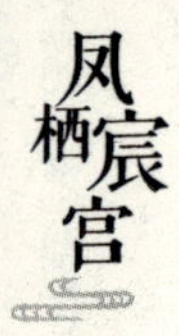

“好。”路映夕全然信任地端起药碗，缓缓饮下褐色汤药。

南宫渊坐在床沿，俯头查看她小腿处的伤口：“是否师尊替你封了穴？”

“是的。”路映夕点头回答。

“一旦解开封穴，毒素就会迅速窜行。”南宫渊眉头拢起，似感到有些棘手。

“会否有风险？会不会影响胎儿？”路映夕直觉先想到腹中宝宝的安危。

南宫渊不出声，沉默了须臾，抬起头来凝望她，温雅的俊容漾开一抹沉笃的笑容：“放心，我不会让你承担一分一毫的风险。”

被他的笃定感染，路映夕也展颜一笑。

“那么师父打算剜去伤口处的腐肉，还是吸出毒血？若是后者，只怕师父也会中毒。就选择前者吧，不过还得劳烦师父再煎一碗镇痛的汤药。”路映夕看了看木托盘上的东西，只有外敷的草药和内服的汤药，并无锐利的小刀或匕首。

“你是病患，我是医者，你应信我，而不是教导我该怎么做。”南宫渊半玩笑地道。

“可是……”路映夕心生疑惑，待要细问，忽觉眼前模糊起来，脑袋渐渐昏沉。

“方才的药里，我掺了一种近期新研制的迷药。”南宫渊的声音低低浅浅的，像暖风吹过，一下子就又飘散了。

路映夕隐隐约约猜到了什么，但挨不住强烈的药性，合起了眼睛，只来得及发出一句微弱的反对，“师父，切勿冒险……”

话音未完，她的身子软软倾斜，南宫渊伸手揽住，轻柔地放她于枕上。

静静地凝视她白皙清美的脸庞，他如古井般沉寂的黑眸泛起丝丝涟漪。他这一生，想逃开的枷锁始终都逃不开，或许是他没有足够的勇气。但唯有一件事，他终于有了承认并坚持到底的勇气。那就是，爱她。

端来一盆清水，南宫渊细心地洗去路映夕紧攥在手心里的迷散。

缓缓地在床畔坐下，他凝目看她。这张绝美的容颜，他看了十三年，一直知晓她长得极为明艳，但从何时开始他心底滋生了别样的情愫？也许是那一年，她初及笄，身穿华美繁复的宫裙在他面前旋转，笑靥如花，烂漫明耀，那一刻他突然惊觉，她已长大，再也不是幼时童稚的孩子。又或许是那一次，她在他跟前翩然起舞，凌波飘逸，使他惊艳悸动，抑不住怦然的心跳。

忍不住低声一叹，他伸出手，修长的手指落在她的乌发上。黑发如瀑，丽颜似雪，沉静地散发着惑人的美。他不自禁地移手触碰她的眉间，指尖轻轻划过，须臾后收回。

微微握拳，像是要把那一点温度珍藏起来。他墨黑的眸子尽是怜惜眷恋之色，也只有这样的时刻他才能释放几许深埋心底的柔情。

如果时光能够倒流，他会不会在她出阁之前对她道出心意？如果她给予了回应，他有否奋不顾身的勇气带她远走高飞？如果，如果，终究只是如果。

深深地再凝望她一眼，他毅然别开脸，转而去查看她小腿上的伤。

只要用玄门的独门内功吸出她伤处的毒血，再配以师尊采摘的良药，她很快就能痊愈。但他没有师尊出神入化的内力，只怕抵挡不住毒素的入侵。

脑海中一片清明，动作却是毫不犹豫，他俯下头，对着那黑青的伤口用力吸吮。随着一口口腥血被吸出，他渐渐感到头晕目眩，可是并不放弃，坚持地直至清尽所有毒素。

看着她小腿处的肿块消下去，不再浮现异常的黑色，他才随手拭了一下染血的嘴角，露出淡淡笑容。

将她扶起，慢慢地把汤药喂入她口中，等到做妥所有的事，他已神智昏沉，身形微晃。

强撑着身躯，估算时间，知她不一会儿就会转醒，他狠狠一咬牙，踩着虚浮的脚步离开。无谓叫她担心了，待他调息压下毒素之后再来见她。

房门被他体贴地带上，浅灰色的身影便踉跄地消失于外面晃眼的阳光下。

相隔不过半刻钟，路映夕幽幽转醒。

“师父？”她轻喃，环顾房内却无一人。坐起身看了看自己的小腿，发现毒已退去，顿时心头大震。腿上仍余麻感，她运气调息，然后急急地下床，刚一打开房门，忽地一愣。

“宸？”她一时怔忡，抬眸无言地相视。

“怎么下床了？”慕容宸睿眉头轻皱，微含责备道，“强行走动会让毒素提早窜行。”

“你去了何处？”路映夕脱口问道，发觉自己的口吻似是质问，缓了语气再道，“师尊出去寻你了，可有遇上？”

慕容宸睿淡淡摇头，展臂将她横抱起来，走进房间。

“在市集时，碰上了凌儿的师兄。”他低沉地说着，一边放置她于床铺上。

“嗯？”路映夕抬眼看他，满心疑惑。

“凌儿还活着。”他的语声越发低了下去，眼波幽暗幻动，“未见到她人，但她师兄这样说，想必是真的。”

路映夕不知该如何接话，也不知该喜还是该悲，只安静地望着他。

“她师兄警告朕，若再与凌儿相见，若再令她伤心，便会不计代价地索了朕的命。”慕容宸睿扬唇苦笑，深眸中涌动万千慨然。

凝望着他，路映夕心中阵阵抽痛。是否过尽千帆，他终于发觉他最爱的还是曾经那人？

“映夕，抱歉。”他突然敛了神色，肃穆而郑重地道。

“为何致歉？”路映夕不由一惊。当真被她估中了吗？当真是“众里寻他千百度，蓦然回首，那人却在灯火阑珊处”？

“朕忘记给你买早膳了。”他却如此回道。

“啊？”路映夕菱唇微张，惊疑不定。

“朕一路尾随凌儿的师兄，原想——”他停顿了半晌，扯唇涩然一笑，道，“原想为你讨个公道，但终是下不了手。映夕，抱歉。”

他再一次地说抱歉，路映夕无语地抿唇。

“无关情爱，只是她已身中剧毒，就算能够清醒过来也已经伤了心肺，落下病根，朕实在无法再落井下石。”慕容宸睿抬手抚上她的面颊，叹息道，“映夕，朕的纵容害了她，今生已不可能再做任何补偿。而你，也是朕间接所害，但朕会花一生的时间，珍惜你疼爱你弥补你。”

路映夕哑然，是她想多了！

慕容宸睿注视着她，目光略沉了几分，低低地道：“若你的毒有分毫闪失，朕不会再容情，必要她加倍偿还你。”已至底线，自此起他与姚凌终成陌路。并非只因映夕，而是这些年来的林林总总，全部加在一起，令他再难留半分心软。心中残留的那一抹少女倩影，成了祭奠少年岁月的痕迹，而与姚凌本人反却无关了。或许人生便是如此，不觉间已跨过了一个阶段，进入生命中的另一个阶段。

“毒，已经解了。”路映夕道，忆起不见踪影的师父，心头升起一股不安和担忧。

“已解了？”慕容宸睿诧异，疑问道，“是否前辈替你祛了毒？”

“不是。”路映夕眸色一黯，如实道，“是师父。”

慕容宸睿讶异地挑眉，但未说什么，只长舒一口气。

“师父大抵是冒险为我吸出毒血，我需去找他。”路映夕平静地告知，按捺着忧心，“两毒交融，剧烈无比，纵使师父内蕴沉厚，恐怕也是抵挡不住。”

慕容宸睿沉默了片刻，颌首道：“你的毒初解，不宜多动，我抱你出去找。”

不待她回话，他已将她抱起，大步走出房间。

似有若无地，他忽然吐出一句低低的话：“方才在返来的路上，突觉胸口一片空荡荡，现在才想明白，原来是因丢下你一人在客栈，往后再也不会。”

路映夕偎在他胸口，静默无声，之前囤积于心的苦涩感无形散去，却又添了一丝酸楚。她好像得到了两份感情，一边是白首相许，另一边是情深义重，而她所能要的只有其中一份，势必要辜负另一人。

外面的日光极好，明晃晃地照耀大地。慕容宸睿抱着路映夕寻遍整间客栈，却找不到南宫渊，连段霆天也没了踪影。

“师父一定躲起来疗伤了。”路映夕道，微用力挣脱了他的怀抱，“宸，放我下来。”

慕容宸睿依言照做，静默地凝睇她。

路映夕径自往客栈后院走去，穿过天井，在后门处停住了脚步。并无理由，只是出于一种直觉，她推门跨出，果不其然，墙根下靠坐着一个人。

“师父？”她温声唤道，慢慢蹲下身，对上一双温润如墨玉的眸子。

“映夕，你没事了？”南宫渊微微一笑，唇色惨白，但神情煦暖如常。

“师父，为何不等师尊回来？”路映夕怨怪地问，可眼眶不自控地泛红，伸手搭上他的腕脉，心底霎时透凉。

“以师尊的性子，知道我在这里，必不会现身。”南宫渊淡笑，平缓地解释，“当年师尊对我说，他命不久矣，要觅一处清净地等死，让我不要寻他，也不要伤心。他说，缘聚缘散自有定数，若多强求一分，便会折福。而他与我的师徒缘分早在那年已尽，从此之后不必再相见。”

路映夕无心听这些，扶着他的手臂起来道：“如今唯有师尊能够救你，我要去寻他。”

南宫渊摇着头不出声，任她扶他返回客栈。慕容宸睿一味缄默，神色沉凝无澜。

突然间，空中响起一串爽利的笑声，似是从颇远的地方传来。

“乖徒弟，多年不见，别来无恙乎？”

南宫渊身躯一震，黑眸中亮起光泽，勉力运气大声回道：“师尊，可是您老人家？”

“正是正是，可不就是老人家我，哈哈。”

“徒儿可否请求与师尊相见一面？”

“相见徒劳，我已留药予你，就在客栈之中，你自行找去。”

路映夕听着生了薄怒，亦扬声喊道：“师尊，人命关天，您究竟留了什么药，留在何处？请说个明白。”

“哈哈，丫头莫气莫急，他若寻不到，就当是为情付出一次代价，以后他就不会这般痴傻了。”

路映夕既怒又恼，清声大喊：“师尊乃是一代宗师，竟要眼睁睁看着自家徒弟毒发身亡，见死不救？”

“丫头，激将法对我老人家没有用。我可都是为了成全我家傻徒弟，如果他为情殉亡，倒也死得其所，总好过活生生受着情之苦的煎熬。”

路映夕气结，一时语塞，“师尊你——”

“丫头，你若选择跟了我家傻徒弟，我就现身治他，你觉得如何？”

路映夕蓦然怔愣，无法应对。

“丫头，你还有十来个时辰慢慢想，不急不急，哈哈，真当是人生自是有情痴，此恨不关风与月，哈哈哈——”

那道声音渐悄，只剩一长串的笑声余音萦绕于空气中，震彻在场三人的耳际。

第七十一章
缘深分浅

三人共处一室，气氛静谧得有些古怪。

南宫渊靠坐在木板床上，微合双目，脸色苍白，静静调息。

路映夕和慕容宸睿站立在床侧，互望一眼，无言地一同退出了客房。

待到外面的空地，路映夕才轻声开了口："宸，你如何想？我该怎么做？"

慕容宸睿扬起眉梢，喜怒难辨，回道："你打算如何？"

"师尊说，缘聚缘散不可强求，但他偏又如此刻意……"路映夕微微凝眉，深感无奈与忧心。

"或许前辈正是要南宫渊明白这个道理。"慕容宸睿淡淡道。

"以师父的性命作代价？"路映夕无法苟同，叹气道，"如果师尊愿意，也许能够治愈我的旧疾，但此事我并无强求之念，可是师父的情况危急，怎能儿戏？"

"倘若前辈最终还是不肯现身施以援手，南宫渊会如何？"慕容宸睿轻眯眸子，疑问道，"毒素将会攻心？"

见他眸光深沉，路映夕心中一突，直言反问道："宸，你是否希望师父无救？"

慕容宸睿凝睇她，缓缓地勾动薄唇，掠起一抹冷诮的弧度："朕固然是不希望多留一个敌人于世上，但也不至于乘人之危。他舍身救了你，于情于理朕都应多谢他此次的所作所为。"

路映夕敛眸低声道："若是你不介意，我想暂且答应师尊的要求，等到师尊替师父诊治之后，再向师尊致歉。"

慕容宸睿的神色顿时一冷，抿唇不吭声。

路映夕伸手握住他的大手，徐徐抬眼，再道："只是权宜之计。我知道这样做令你为难，但师父是因救我而中毒，我不能置身事外坐视不理。"

"路映夕。"慕容宸睿突然连名带姓地叫她，语声透着凉寒，"若你的记性尚好，你仔细回顾往昔，朕是怎样待你，为你做过多少次妥协退让。而今日你要当着朕的面跟南宫渊走？"

闻言，路映夕越发用力地握紧他宽厚的手，诚恳解释道："此次不同，是为恩情，无关风月。"

"如此说来，你曾经确是为了风月？"慕容宸睿冷淡睨她，任由她握着手，没有挣脱也没有反手握紧。

路映夕忽觉窘然，垂首低低地道："曾经的感觉，真实存在过，不能因为后来的转变而否定它。就如同从前你对姚凌的感情，无论之后发生多少事，都不可抹杀当初的那段岁月。"

慕容宸睿眉毛一挑，深眸中隐隐泛起一丝笑意，口中却冷冷道："你这是要与朕清算旧账？朕和姚凌自此划清界限，再不会有情感纠葛，而你呢？"

路映夕低着头嚅嚅道："相救之恩，师徒之谊，相处之情，这些都不可能无故消失。"想了想，她忽地抬起头来，肃然道，"人生在世，并非只有爱这一种感情，其他感情同样弥足珍贵，还望皇上理解与包容。"

"你的意思是，你爱的是……朕？"慕容宸睿拖长语调，问得不疾不徐。

路映夕微咬下唇，匆匆一点头，当成回答。不自觉间，脸颊滚烫起来，染上两团粉色的绯红。

慕容宸睿却并未轻易放过她，追问道："为何不出声？你若不把话说清楚，叫朕如何放心甘愿地让你跟南宫渊走？"

路映夕声音轻浅地道："我已回答了。"

慕容宸睿无声地扬起唇角："你何时回答了？朕什么都没有听见。"

路映夕皱眉，抬眸瞥他一眼，蓦地恍然大悟，他是在诱哄她说那三个字！

心中逐渐明朗，她浅浅一笑，道："有来无往非君子，刚刚我已点头，宸，现在该你回答才是。"

慕容宸睿不料被她反将一军，一时无语。他也不过是想听一句情话，可是要从她嘴里撬出一言半语的甜蜜话却这般困难。

路映夕漾着微笑，没有迫他回话，转移了话题道："师尊说留下灵药在客栈里，我们先找一找吧，说不定不需走那一步棋。"

慕容宸睿保持默然，随她拉着他四处寻药。

而客房之内，合目静气的那人听着外面的脚步声渐远，幽幽地睁开了眼眸。

俊雅的面容愈加显得惨白，一双深幽的黑眸仿佛望不见底的渊潭，所有酸楚痛苦悲恸的情绪都埋藏在潭底，不易被人察觉，唯有独自忍受。

其实他早已知道，今生无望。但情根已生，岂是说拔除就能拔除？师尊说的对，他确实是一个痴傻之人。

缘聚缘散自有定数，若多强求一分，便会折福。他不是不明白，只是情难自禁。

黑眸中波光闪动，隐有潮湿的光泽，他轻轻地闭眼，一贯淡泊的眉宇间浮现几许凄清。

路映夕和慕容宸睿找遍整个客栈，寻得十分仔细，费时甚久，直至天色暗下，依旧一无所获，不禁泄气。

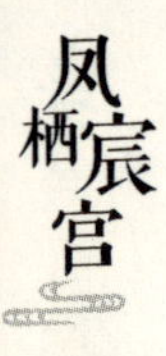

“难道师尊骗我们？”路映夕翻着厨房的锅铲与碗碟，一边懊恼地喃喃道。

慕容宸睿见她蹙眉烦心的模样，正欲说罢了，耳边突然听见极细微的异响。猛地扭头望去，厨房门口已有一人神出鬼没地站立着。

“徒孙丫头，你这可就不对了，居然偷偷在背后骂我老人家。”他两道白眉一拧，颇有几分不悦样。

路映夕偏头一看，忙搁下手中的碗盘，急急朝老者走去，生怕他一下子溜了。

“丫头，别过来。”老者倏地大声一喝。

路映夕惊愣止步，疑唤：“师尊？”

老者却嘻嘻地笑起来，慢条斯理地道：“丫头，你那点小心思就省省吧，如果要我替傻徒弟治疗，你就得跟他去霖国。你需知道，这一去，你怕是难以再离开了。入得霖国境内，可容不得你说来就来说走就走。不过有件事你大可放心，待你腹中的娃儿出生，我自会送他去皇朝，断不会让小小娃儿牺牲于权斗之下。”

此番话说完，老者斜觑向慕容宸睿，见他一脸黑沉，便笑得越欢，好整以暇地捋着白须等待路映夕的回答。

路映夕定神沉静地回道：“敢问师尊，如此做法究竟所为何事？当真是为了师父好？这样强求，照师父的性子，他会开心吗？就算映夕同意去霖国，然却身在心不在，那会是师父所想要的吗？师尊何苦硬要叫三个人痛苦。”

老者静默了会儿，拂须颔首道：“丫头，你倒是看得极为通透，只可惜还有人勘不破。”

“师尊的言下之意是指师父看不透？”路映夕心生几分不解，她自是知晓师父对她有情，但有师尊所说的这般严重吗？中毒之事，如果换作是她，她也会毫不犹豫地去救师父。这种以及推人的想法，并不适用于感情之事？

“丫头，你莫看渊儿平素沉稳淡然，实则却是性子极犟之人。”老者叹了口气，目光似是飘远，望入遥远的旧日时光里，“当年他在创派祖师的遗像面前起过誓，毕生效忠玄门，此后即便他发觉自己的身世，也仍不变心志，不毁誓言。他是那种一旦认定就永不悔改之人，这性情也许是他们姚家的遗传，不过渊儿天性淳厚，且又内敛隐忍，与那姚凌却是本质迥异的。”

路映夕安静听着，听到此处，不由瞥了慕容宸睿一眼。

触上她的眼光，慕容宸睿回以淡淡一笑，神色沉着平常。

“过于压抑自己情绪的人，最易郁气结于心。”老者继续缓慢地说道，“与其日日煎熬，年年苦楚，倒不如一刀了结，自此海阔天空，再无牵挂。”

“如何了结？”路映夕启口轻问。

“如何了结，皆看当局者如何做。”老者眼中显露清朗的光芒，睿智而悠远，“丫头，你是聪慧之人，应能想到妥善的方法。莫令你爱之人为难，莫令爱你之人痛苦，这是你该学着去做的事。一味被动地接受，一味顺势而为，终会伤人伤己。”

路映夕一怔，心头微震。她的确是这样的人，说穿了便是过于自保，亦是自私。

老者脸上正经的表情没维持多久，又变作摇头晃脑笑眯眯的样子，“丫头，今夜渊儿就会毒发，你自己看着办吧。”

话音方落，身形一动，顷刻间人就已远去。

路映夕欲留已晚，徒然叹息。

慕容宸睿沉默地注视她，心中暗自回味老者那番一针见血的话。映夕的性格确然有着那一缺点，吝啬付出感情，或者说是害怕付出，若不是他主动去靠近，恐怕他们至今还是敌人。可也因为她这样的性子，她与南宫渊之间的朦胧情愫无法萌芽，更无法结果，于是他才有了拥有她的机会。

其实，她与他何其相像。都需经历长长的一段岁月，才踏上人生真正要走的路途。

“映夕。”他低沉地唤她，走近牵住她的手，“这次不要问朕该怎么做，你自己去想。不管你的决定是什么，朕都不会怨你。”

路映夕仰脸望他，回以嫣然浅笑。

可她的手心却渗出冷汗来，心跳紊乱，似是紧张又似惶恐。她应该“一刀了结”吗？会否太残忍？师父是否承受得住？到底怎样做，才是不令她爱的人为难，又不令爱她的人痛苦？

澄明晶莹的眸子渐渐蒙上一层迷雾，茫然而犹疑。

慕容宸睿并没有再出声，只是握紧她的手，与她纤细的手指相扣。

他已与过去告别，而现在轮到她。屡次的风风雨雨过后，他们是否依然能携手并肩地走下去，他会静心等待。

行至客房门前，慕容宸睿顿住了脚步。

“映夕，你独自进去。”他淡淡地道，神色平缓。

“好。”路映夕轻轻点头，抬眸凝望他，以唇形无声地道了一个“谢”字。

慕容宸睿似无所觉，并未回应，只伸手替她敲开了房门。

路映夕跨入门槛，心中犹没有主意，一时有些无措。但坐在床头的那人却似察觉她的忐忑，对她温雅一笑，先行开口道：“映夕，寻到药了吗？”

“没有。”路映夕如实回答，站立在床前。

“寻不到也是意料之中，师尊总喜捉弄人。”南宫渊勉强坐直身子，面上神情平静得看不出异状，“不过也无须太担忧，到了最后一刻，师尊一定会现身相救。”

“会吗？”路映夕甚感疑虑，师尊的性子实在难捉摸，无法断定。

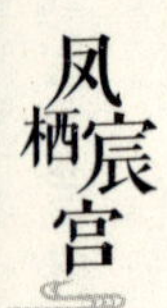

南宫渊颔首，唇畔噙着一抹柔和的笑容，“映夕，莫听师尊那戏闹之言。你若随我走，只怕难以再回皇朝。”

听他先把话说开，路映夕反倒讷讷无言，只低唤一声：“师父……”

南宫渊微笑着睇她，指了指枕侧，道：“这里有一瓶解毒散，是治段霆天的解药。他必会再来客栈，到时你不用对他客气，让他渡药血给你，之后再把解药给他。”

路映夕闻言不由动容，师父总是为她着想，就连此刻的境况他亦不忘为她做安排。而她，现在却要伤他的心。

“映夕，你是否有话要对我说？”南宫渊突然凝眉细看她，黑眸微微暗下，透着几许清寂。

“是。”路映夕语声低沉，敛眸没有看他，缓缓道，“师父这一生似乎一直在为他人而活，为了玄门，为了誓言，为了映夕，师父何时才要为自己活？”

南宫渊盯着她低垂的眼睫，唇角不禁浮出苦笑，但口中话语仍是温和如常，“这些年来，我一直在等着那一日。浪迹天涯，悬壶济世，若有雅兴，便煮酒弹琴，若有闲情，便坐看云卷云舒。只是现在还未到‘那一日’。”

路映夕蓦地抬眼，心尖隐隐震颤。这不是她曾经的梦想吗?

“映夕，你无须担忧我。我知道自己在做什么，也知道将会如何。”南宫渊沉静望她，话意深长。

“师父，对不起。”她忽然道歉，眼眸澄澈晶透，“映夕已非从前的映夕，映夕变了。从前的愿望，如今映夕依旧向往，但已不是最想要与最重要的。”

“变了？变了……”南宫渊低声喃喃，静默了须臾，只是温柔地笑了笑，道，“人会成长，人会变，犹如月圆月缺，是再正常不过的事。”

“师父方才说的生活，当真是师父自己的愿望吗？”路映夕语气和缓，但语意直接，“是否映夕以前曾对师父说过？”

南宫渊面色一怔，低低地道：“你果然不记得了。”

路映夕轻叹，歉然道：“映夕确实忘记了。”如果不是师父刚刚提起，她确实已忘记自己曾经吐露过。

那时她尚在邬国，初初收到消息，邬国和皇朝可能会缔盟，而她将要和亲出嫁。当夜，她独自在湖畔亭台中弹琴饮酒，不知不觉间饮得多了，正觉昏沉，朦朦胧胧中看见一张俊雅温煦的脸，她一时恍惚，扯住那人的衣袖，自言自语地絮絮说了许多。

应该就是那一次了。但她却不知晓，师父不仅牢记，且还把她的愿望当成自己的愿望。

“映夕，你误会了。”南宫渊举目望入她的眸底，淡淡一笑，道，“那是你曾经的愿望，却是我长期以来的愿望。并非因你，而是我自己想要过那样的日子。虽然目前无法达成，但我相信，各国战事平息以后，即能实现。”只是，到那时他孑然一人，不会有与他拥有同样梦想的人儿陪伴。

“原来如此。”路映夕轻轻应声，绽唇莞尔，“映夕自以为是了，师父莫怪。”

南宫渊但笑不语，黑眸深深，如潭寂静幽清。

路映夕在心中长叹一声，暗暗攥起素手，清声再道：“师父，映夕如今已有家有夫有子，从此往后必会好好爱惜自己，努力幸福地过日子。而师父却是孤身一人，映夕着实担心。师父可否答应映夕，以后再也不会做不顾自身安危的事？”

南宫渊轻微地点头，眸光越发幽沉。

“师父。”路映夕突然双膝跪下，郑重而诚挚，“映夕曾爱慕过师父，但那时映夕没有勇气说出来，也知即便说了也不过是徒增痛苦。可那种感觉与那段岁月，映夕都珍而重之地收藏在心底，一生都不会忘记。”她略顿了顿，才又道，“师父教导了映夕十三年，为映夕费尽思量，煞费苦心，映夕全都知道。谢谢师父，今生映夕能与师父相遇相识，是映夕之幸。”

语毕，她以额触地，轻磕三声，行完大礼才扶腰慢慢站起来。

南宫渊从头至尾都缄默着，只有眼波闪动，悲欢夹杂，复杂纠结地难以分辨。

路映夕静静地凝望他一眼，浅浅抿唇，旋身离开。

出了房门，她仍能感觉到那一道炽热而隐忍的目光紧随她身后。

心里终究是泛起了酸涩，她抑制不去多想，走到前庭的空地上，缓缓跪下，对天扬声喊道：“师尊，请您现身，请您一定要救师父。”

不一会儿，空中就响起了一道爽朗的回应声：“徒孙丫头，哈哈，你下‘刀’了吗？”

“回师尊，映夕已说完心中的话。”

“你都说了些什么？不痛不痒的话，对我那傻徒弟可没有用！”

“师尊希望映夕说什么？”

“说你爱的是慕容那小子，绝不可能爱上我那傻徒弟。或者，说你不爱慕容小子，只爱我家傻徒弟，一切全看你如何想。”

路映夕闭口不语，眉心皱起。还要更犀利直接吗？她却不觉有此必要。

身后忽然有轻轻的脚步声靠近，她扭头看去，却是微愕。

“师父？”

“映夕，你起来，让我与师尊说。”

南宫渊伸手虚扶她，并未碰到她的手臂，十分遵守礼节。

待路映夕站起，南宫渊才屈膝叩地，恭谨地对着天空仰首道：“师尊，徒儿愚钝，令您老人家失望，是徒儿的不是。但情之一事，本非人力所能控制，徒儿已想得十分清楚，绝不强求，也无意为难自己或他人。徒儿为映夕所做，或许已超出师徒之分，但如今映夕已得归宿，徒儿深感欣慰，此后自当谨守本分，竭诚完成玄门留下的责任。徒儿明白，人生在世，除情爱之外，仍有许多事值得付出。”

铿锵肃然的一番话说完，他俯身叩首，然后站起身来。一张苍白的俊容淡泊无澜，如玉温润而静笃。

空中传来长长的一声叹息，随即响起老者喟然的声音：“你原是将相之才，奈何命中注定情劫深重，倘若你能从中跳脱出来，往后便是海阔天空，否则此生长戚戚，永难成就大器。”

南宫渊淡淡一笑，黑眸微光闪动，回道：“师尊，徒儿是无大志之人，无心成大器，只求平淡度日，逍遥山野间。”

老者又是重重一叹：“罢了，罢了，为师只愿你求仁得仁。”

静默了片刻，空中忽地抛来一句话：“药就在后院井中，打捞上来便是。渊儿，你好自为之。”

尾音渐悄，再无声响。

路映夕静静地转眸注视南宫渊，他露出安抚的微笑，就自行往后院走去。脚步有些虚浮，但清癯的背影挺拔笔直，甚有毅然决然之态。

路映夕没有跟上去，也没有出声。她知道，师父刚刚说的那番话，已是他所能吐露的最大程度的表白。而如此表露之后，他必会消失于她眼前。她无法回应他的感情，那么只有成全他的尊严。

一股惆怅自心底升起，她不禁黯了神色。再也回不到往昔朝夕相处的日子了。人终需成长，终要踏上人生新的旅途，不可后退，只能向前。

“夕。”不知何时，慕容宸睿默默地站在她身后。

她扭头相望，一时无言。

慕容宸睿环手从背后轻轻地抱着她，低声在她耳畔道：“心中可有一丝动摇？”

路映夕摇了摇头，虽感伤却坚定：“心仅有一颗，没有可能分成两半。”

慕容宸睿微微地扬起薄唇，深眸中一片心安的蔚然。

而那厢，南宫渊独自走到后院，打捞上一只药瓶，服下药之后就从后门离去。

隔着那扇木门，他停住脚步望进去，已看不到想见之人的身影，但那抹丽影早已深种心底，无须目睹亦仍是栩栩如生。

“映夕。”启唇轻语，声音低得几不可闻，他的黑眸中满是浓浓的眷恋不舍，“今日一别，便是各自天涯，再见无期。珍重。愿你一世幸福。”

用力地合眸，再睁眼时已敛去脉脉的柔情，只余云淡风轻的淡泊，他转身举步，就此离开。

浅灰色的素袍在风中飞扬起一角的衣袂，使得整个人看起来似要随风而去，缥缈无着。

第七十二章
风起云涌

客栈中，正如南宫渊所料，段霆天在毒发之前乖乖地返来。路映夕此次暗自留了一手，并没有给出全部的解药。照估算，等段霆天回到霖国之时，就会发现体内尚有余毒未解。如此一来，他就必须去求南宫渊。

而这，便是路映夕为南宫渊悄悄做的一件事。

“夕，为了安全起见，我们必须穿过沙漠回皇朝。”慕容宸睿筹备了足够的干粮和清水，但心中犹有担忧，“你的身子可撑得住？”

“可以。”路映夕微微一笑，“段霆天的药血极之珍贵，难怪先前他吝啬不肯多给。”但是当性命捏于他人之手的时候，段霆天也无可奈何。想起之前渡血时，段霆天一径鬼吼鬼叫痛心疾首的模样，她就不由想笑。

“自你有孕以来，几乎没有过过一天安生日子。”慕容宸睿凝目睇她，慨然一叹。

“回到宫中以后，我会有安生日子过吗？”路映夕侧头觑他一眼，语带调侃。

“一定。”慕容宸睿顿首，神情认真。

路映夕抿唇浅笑，不予搭腔。如果可以，她倒宁愿在外漂泊流浪，至少自由自在无拘无束。但他终究是一国之君，不可能就此抛下江山，与她隐居山林。

慕容宸睿半眯起眸子深望她，忽然道：“你想要过浪迹天涯，悬壶济世的生活？”

路映夕一怔，“嗯？”他是否听见了她与师父的谈话？

慕容宸睿低哼一声，道：“你的愿望暂时实现不了，但朕答应你，等将来我们的孩子长大成人，有能力继位之时，朕便带你悠游天下，过你想过的自在日子。”

路映夕掩嘴而笑。那要等多久？十八年？二十年？

“不满意？”慕容宸睿斜眼睨她，微恼道，“既然不满意，那就罢了，当朕不曾说过。”

“并非不满意。”路映夕轻轻笑出声来。

“那是何意思？”慕容宸睿语声冷淡，颇有几分恼羞成怒的样子。他已尽量大度不去介意她与南宫渊的事，她却不领情？

“倘若我腹中的孩子不是皇子，而是帝姬，岂不是又要再多等几年？”路映夕笑道。

“这一胎若不是皇子，便生到是皇子为止。”慕容宸睿略缓了神色，伸手轻抚上她圆隆的腹部，自语道，“不过朕觉得是男孩儿。”

“从何处看出？”路映夕疑惑看他。

“不需看，这是为人父的直觉。”慕容宸睿半蹲下身，小心翼翼地贴耳到她腹部，聆听了一会儿，直起身笃定地再道，“是男孩儿。”

路映夕看得张口结舌，觉得他的行为很幼稚，可心底又有隐隐的暖流淌过。

慕容宸睿轻扬唇角，扶着她的双肩，对着她的眼眸，铮铮道：“夕，前路尚有坎坷，但朕会一直携着你的手，带你回家。”

路映夕愣了愣，喃道：“回家？”

“是。”慕容宸睿的语气沉凝，不容置疑，“朕的家，也就是你的家。”

路映夕望入他深幽沉着的瞳眸，不自觉地点了头。

虽然前面的路是难以行走的沙漠，也许凶险非常，但至少，他们终于握紧了彼此的手，再不会松开。

气候尚不算太炎热，但行走在一片黄沙中，只觉滚滚热浪迎面袭来，周身发烫。

两匹骆驼平稳地踏着蹄，缓缓前行。骆驼上的二人扭头对视一眼，不约而同地皱起了眉。

他们进入沙漠地带半个时辰，不见飞禽，更不见人烟，但此时却隐隐听到远处似有声响追迫而来。

“宸，会否是霖国派人追击我们？”路映夕回望后方，只见沙尘飞扬，难辨人迹。

“也许是自己人。”慕容宸睿拧眉沉吟，“之前一路行来，朕皆有留下印记。”

路映夕颔首不再多言，心中默想，但愿如此，否则恐怕又将是一番险境。

凛神戒备着，蹄声逐渐逼近，黄沙翻滚，卷起风尘。

慕容宸睿眯眼眺望，突地出声道：“夕，不必担心。”

远远的，数匹汗血宝马在黄沙中疾驰，直朝他们奔来。马上之人个个身穿青色布衫，看似寻常无奇，然却神情沉稳冷峻。

那匹领头的宝马浑身有如火炭赤红，越来越近，忽地腾空昂头嘶叫，座上骑士飞身跃下，跪地叩首于骆驼之侧。

一时万籁俱静，唯有风沙瑟瑟。

“范兄？”路映夕不由惊喜，大声唤道。

“范统救驾来迟，请皇上降罪。”青衫男子面容严肃，并不理会她，径自向慕容宸睿请罪。

“沙地滚烫，快起身吧。”慕容宸睿摆手示意，继而正色问道，“如今朝中情况如何？各国是何形势？”

范统纵身跳上马背，坐稳回道：“四王爷及时离寺回宫，暂且代皇上主持朝政，但朝中不断有流言传出——”他一顿，不敢放肆地转述大逆不道的话。

慕容宸睿淡淡勾唇，嘲道：“传言朕已遭不测？”

范统未答，沉默了会儿，转而道：“邬国派出大将靳星魄与我国谈判议和，四王爷只让礼部与其交涉，未予正面的表态。”

慕容宸睿点了点头，再问道：“霖国那边有何动静？”

范统瞥了路映夕一眼，才回道：“据探子回报，霖国大军蠢蠢欲动，似有进犯之意。四王爷的计划是——”话语顿住，他又看了看路映夕。

“范兄，你在提防我？”路映夕感到啼笑皆非，他竟对她起了浓重的戒备之心？

范统的面色微显僵硬，垂眼道：“皇后对范某恩深义重，但国事与私事不可混为一谈。恕范某不敬一问，此次我国失去皇上的音讯，可与皇后有关？”

“是，与我有关。”路映夕无奈地笑了笑。的确与她有关，但其中复杂微妙又如何与外人道？

慕容宸睿皱眉看着他们二人，沉声道：“小范，你无须顾忌，只需知道，映夕是朕信任之人。”

范统明显一怔，片刻又敛下了双目，语调平缓地禀道：“四王爷已暗中派兵前往与霖国交界的边城，以防霖国趁机发兵进攻。”

“四皇弟确是人才。”慕容宸睿的深眸中闪过一丝暗芒。

路映夕闻言抬眸看了他一眼。她自是清楚他这句话背后的深意。如果慕容白黎趁他不在之时，悄然建立势力，那么将来即使不被夺位，也是后患无穷。

范统没有思量这些，继续道：“四王爷将段皇后软禁，名为段皇后需要静心养胎，却又向霖国放出风声，不知四王爷的用意是……”

“四皇弟的用意是警告霖国莫要轻举妄动。”慕容宸睿接言道，眸底不由地浮上赞赏之色。四皇弟隐居法华寺中，但对外界之事依旧了如指掌，果然不负当年父皇赞他“性黠慧，心剔透”。

范统并未完全理解，但也不追问，只道：“今早范某接到四王爷的飞鸽传书，四王爷在信中言道，途经霖国必定凶险，但沙漠亦是难行，所以想请皇上先且在邬国多停留一些时日，待他派一支军队从皇朝出发，为皇上试走沙漠之路，并迎接皇上圣驾。”

慕容宸睿微微眯起眸子，神色变得深沉清冷。

路映夕凝望他，知他正在思索，亦知他定然已看得透彻。慕容白黎的建议，有利也有弊。利，不仅是如此能够更安全地返回皇朝，而且还能开发一条攻击霖国的新路线。弊，自然是这样一来回国的时间又要延迟，倘若慕容白黎有意谋反，就有了更充裕的时间

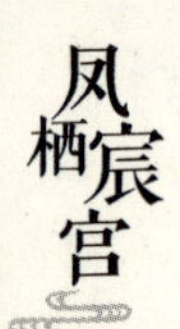

筹谋。

慕容宸睿没有考虑太久，果断地道："原路退回，留在邬国等。"

路映夕对上他清朗的眼眸，浅浅一笑。如果是她，也会做这样的选择。

于是，风沙再起，骏马与骆驼同行在金黄色的沙漠中，留下一串串深浅不一的脚印，而旋即又被沙尘掩盖，不留踪迹。

一行数人为了掩人耳目乔装成霖国商旅，在边塞的小城住下。

是夜，路映夕与慕容宸睿在客栈的房中对烛闲谈。

"宸，你不担心会发生夺位之事？"路映夕笑望他，在荧荧的烛光下他英气的面容添了几分柔和之色。

"权衡利弊，必须要做取舍。"慕容宸睿扬唇淡笑，又道，"你是否想听到朕说，是为了你和孩子的安危？"

"这只是其中一个原因吧？"路映夕侧头睨他，笑意吟吟。

"嗯。"慕容宸睿也不隐瞒，沉默了须臾，凝眉思忖道，"隐隐约约有一种感觉，玄门前辈引朕接近霖国，应是别有含义。也许朕在此地犹有使命未了。"

路映夕直觉地想到姚凌，可再一细想，又觉得不应该仅止于此。

慕容宸睿见她蹙起了眉头，便揶揄道："你不必费神，你的使命就是好好安胎。"

路映夕慢慢舒展开眉宇，微笑着道："如此可算是母凭子贵？因有身孕而得皇上的垂怜体恤？"

"你认为呢？"慕容宸睿挑眉，不屑回答。

路映夕抿着唇笑，过了会儿，才温声问道："皇上想不想再见姚凌一面？"

"正如玄门前辈所说，相见徒劳，就此罢了。"慕容宸睿沉了神色，语带慨叹，"虽然朕不愿意相信命数，却不得不承认缘分之说。缘之深浅，冥冥中似有注定。"

路映夕静静地抬眸凝睇他，忆起那一日，她原本揣着忐忑，想着"众里寻他千百度，蓦然回首，那人却在灯火阑珊处"，害怕姚凌才是他心里的"那人"，可事实上她才是。

兜兜转转，彼此都找到了对方。这样的感觉，奇妙得让人忍不住想要叹息。

慕容宸睿亦凝望着她，似察觉她的情绪波动，伸手覆上她放在桌面的素手，牵在掌心里，握紧。

古铜色的大手，白皙纤细的小手，在烛火摇曳下似乎格外的相衬悦目。

气氛正温馨，房外突然响起咚咚的敲门声。

"何事？"慕容宸睿皱了下浓眉，扬声问道。

外面却无回应，只是持续地敲门。一下又一下，笃笃有声，不轻不重。

“何人在外面？可是店小二？”路映夕与慕容宸睿对看一眼，都警觉到不对劲。若来者是范统或侍卫，必然会出声，而不是如此诡异地不肯吱声。

咚——咚——咚——

外面的人依然不答话，固执地继续敲门。

静夜中，这富有节奏的咚咚声响听起来分外悚然。

慕容宸睿站起，低声交代道：“夕，你躲到我身后。”

路映夕依言起身，跟在他后面，两人慢慢走向房门。

房外那人的呼吸声并不轻微，倒像是不谙武功的平常人。

慕容宸睿谨慎地侧身打开半扇门，门外那人落落大方地伫立着，脸上绽着淡淡的笑容。

路映夕的目光越过慕容宸睿的肩头，一眼望去，顿时怔然。

“你是……”路映夕吃惊地看着门外那人，明眸圆睁。

那磊落挺俊的男子笑容淡然，缓缓开口道：“公主，好久不见。不知是否方便与公主单独谈几句？”

下意识地，路映夕跨步向前，但又忽地止住脚步。

那陌生男子只是静立着，并不催促，一双栗色眸子亮着熠熠清芒，但容貌五官却是十分普通，正是那种挤进人群中便会被淹没的面容。

“阁下是哪位？”慕容宸睿微皱起浓眉，客气地问道。

但那男子置若罔闻，一眼也不看他，径自沉默地注视着路映夕。

路映夕暗暗定下心神，对慕容宸睿解释道：“宸，他是我在邬国宫中的奶娘嬷嬷之子，亦是我幼时的玩伴。”

慕容宸睿扫视那男子一眼，再看向路映夕，道：“莫离开客栈范围。”

路映夕浅浅一笑，颔首道：“知晓。”

那陌生男子举步先行，没有回头看她是否跟上，一径走到客栈后院的马厩旁。

路映夕心知他此举的含义。这客栈之内，青衫便装的侍卫个个皆是高手，亦就是处处都有人盯梢，唯有在马厩边谈话，让马嘶声掩盖对谈声，才能说一些重要的事。

站就在马厩木栏旁，男子等她走近，才压低嗓音道：“夕儿，你可好？”

听到这熟悉的昵称，路映夕此时才完全确认男子的身份，惊喜道：“夏哥哥，真是你？”

“你不知是我，也敢冒险跟我单独相谈？”男子微扬起唇角，眉宇生辉，竟使得平凡无奇的面容添了几分英俊神采。

“我认得夏哥哥的眼神，只是真的太久不见，一时不敢相信。”路映夕亦漾开笑容，抬眸凝视他，细细辨认，“这张人皮面具着实精巧，没有半点瑕疵。夏哥哥，你的手艺越来越出神入化了。”

男子笑着接受她的赞叹，并不自谦，只又再压低音量，道：“西关事了，夕儿，我就帮你至此，不会再返皇朝了。”

路映夕点了点头，低声回道：“皇朝西关军营出了此次的事，等慕容宸睿回国之后必然会慎重彻查，夏哥哥趁现在脱身是明智的。”

男子的栗色眼眸中掠过一丝感慨，低低地道：“潜伏皇朝多年，终能为我邬国做一些事。只是皇朝兵马之强，远超乎外人所料。议和，注定只是短暂的和平。如果可能，还望将来公主能够从中调停，愿我国往后幸免于战祸，百姓安居乐业。”略略停顿，他又道，“皇朝现今由慕容白黎代持朝政，他已暗中发兵，将经沙漠之路，出其不意地攻打霖国。不论他们哪一国获胜，我国夹在中间都是岌岌可危。”

路映夕心渐沉，但未纠结于此话题，转而问道：“夏哥哥，你如何得知我与慕容宸睿在此地？那慕容白黎是否有谋反之心？”

男子勾动唇角，淡笑道：“我既然知道慕容白黎派兵接驾，自然知道你们身在何处。至于慕容白黎是否有谋反之心，目前还很难判断。但有一点可以肯定，慕容宸睿越迟回朝，他的皇位就越不牢固。”

路映夕沉思片刻，忽然明白慕容宸睿为何要留下不走。原来他在等，等皇朝军队到来，打一场胜仗，然后便可不损君威地回国，人们也就不会再津津乐道于他之前的失踪，更无人有理由诟病他。

男子目光清朗，淡淡扬笑，不紧不慢地道：“夕儿，我来此见你最主要的目的是，我要以邬国小将的身份协助慕容宸睿攻打霖国。没有一兵一卒，仅我一人。但我有把握助他赢此一战，让他威风凛凛地班师回朝。请你说服他，若是此战胜利，皇朝与邬国签订十年互不开战的盟约。”

路映夕微怔，但无可回驳，只有点头。邬国自有爱国之士，远比她更加立场坚定。十年，若能有十年和平，也已是不易。

返回客房，远远便见慕容宸睿守在门口等候她。

“宸。”她缓步向他走去，面带浅笑。

慕容宸睿的脸色却不是太好，绷着俊容，拉她进了房。

待关上房门，在桌边坐下，慕容宸睿才低沉地启口道：“那人似乎与你十分熟稔？”

“是。”路映夕盈盈而笑，微挑眉梢觑他，“你该不是在吃味？”

慕容宸睿闷哼，却不语。虽然仅仅是打了一个照面，但出于男人的直觉，他确定那男子就如同南宫渊一样，和映夕极为熟稔。

“他姓夏，名耀祖。”路映夕徐徐说道，“幼时，我们一同学字念书，也一起爬树捉鸟雀。直到他弱冠那年，才因男女之别而渐渐少了往来。他虽不谙武功，但骑射之术精湛非凡，且熟读兵书，是百年难得一见的军事奇才。可惜以前他身子弱，长年缠绵病榻，因此父皇不待见他，一直没有委以重任。”此番话自然是真假参半，但她与夏耀祖的感情确实很好，他就像是她的哥哥一般，以前她常常遗憾，为何他不是父皇之子。

慕容宸睿听毕，未发表言论，只一径地睨着她。

路映夕做无奈状，接着便娓娓地把夏耀祖的交易条件如实道出。

慕容宸睿摸着下巴，陷入思索，口中沉吟道：“一战换十年，未免蚀本。五年，朕给邬国五年的备战时间，五年后成王败寇莫再叫冤。”

路映夕没有异议，只道：“那么我去与夏哥哥说。”

慕容宸睿的眸光蓦地炽亮，定定地盯着她：“夕，你刚刚说什么？”

路映夕一时愣住，疑惑道：“我说了什么？”

慕容宸睿慢慢地眯起了眸子，危险地凑近她的脸：“你叫那夏耀祖什么？”

路映夕恍然大悟，不由笑起来，毫不避讳地答道：“一贯都是叫他夏哥哥的。”

慕容宸睿伸手，轻捏着她的下巴，沉声威胁道：“改口，从今日起只准连名带姓地叫他。”

路映夕也不挣脱，眼珠骨碌碌地转着，笑着回道：“这是小时候养成的习惯，只怕不容易改。”

“你在挑战朕的耐性？”慕容宸睿沉了神色，语气凌厉，但手下却并未使太大的劲，怕捏痛她。

“那以后我改称他‘夏兄’，就如同称呼范统兄一样，一视同仁，这样可好？”路映夕略作妥协，以免真捋了龙须，令他恼羞成怒。

慕容宸睿悻悻地松手，勉强算是同意。

路映夕却又嘀咕地添上一句：“如此霸道，却不反省自身。只许州官放火不许百姓点灯。”

“在咕哝什么？”慕容宸睿斜横她一眼。

路映夕抿了抿唇，不吭声。

慕容宸睿再瞥她一眼，然后别开了视线，似有若无地吐出一句话：“后宫的事，待朕回宫自会处理。”

声音轻柔，但路映夕听得再清晰不过，不禁眼睛一亮，道：“此话可算是承诺？”

慕容宸睿不看她，好像自己方才什么也没说一般。

路映夕却兴起地缠着他，追究道：“是要废除后宫？还是另有他意？”

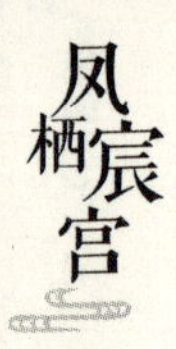

慕容宸睿转过脸，淡淡看她："朕有这么说吗？"

兴致盎然之色僵在路映夕脸上，她有些尴尬地一笑，不再出声。她一向不问，也告诫自己要大度，可是心底终究有着那样的念想，期盼着"一生一世一双人"。两人的世界里，如果多了一人，就必定拥挤不堪，又何况后宫里挤着那么多人。

慕容宸睿轻声一叹，不再吊她胃口，温言道："夕，朕不敢轻言给予承诺，因为已有前车之鉴。但是，朕一定会尽己所能，但凡你想要的，必会尽力去为你创造。"

路映夕浅淡地笑了笑，接话道："倘若我想要天上的繁星和皎月呢？"

慕容宸睿却无玩笑之意，正色道："朕相信你是明理之人，不会无理取闹。也正因这一点，朕会发自心底地更想要爱惜你。"

路映夕回以沉静微笑，但心中暗道，并非她不想无理取闹，只是未曾有机会可以放纵自己。

慕容宸睿凝睇她，见她眸底似闪过几丝落寞之色，不自觉地脱口再道："若你真的想要繁星和皎月，那朕便努力想想办法。"

路映夕闻言一怔，随即绽唇呵呵笑起来，眸中莹光流转，光华四溢。

看她笑得真诚愉悦，慕容宸睿也扬起嘴角，心感欣慰。

四目相触，荡开柔情涟漪，一时间无声仿若有声。

过了须臾，路映夕收敛笑容，轻声道："我去请夏兄过来，你们谈一谈。"

慕容宸睿轻点了下头，神色温和，看着她站起往外走去。但是，一双深眸中锋芒暗涌，隐有蓄势待发之势。

路映夕在背过身的那一瞬，面上的神情亦有了细微的变化，浮上隐约的担忧之色。

这一次两国若是开战，恐怕便是慕容宸睿与南宫渊正面交锋之战。谁胜谁败，谁生谁死，都是无法预料的未知。

她希望没有输赢没有伤亡，可这显然是天真的奢望。

第七十三章
男人之战

时隔七日，铁蹄声惊破荒凉的边塞天空。

连慕容宸睿都没有估到，皇朝大军穿越沙漠而来，人数竟达五万之多。

仅一个时辰的时间，霖国丰城外的百里荒原已是军旗飘扬，万军驻扎。

赶去与军队会合之后，慕容宸睿不禁慨叹：“原来四皇弟有如此雷霆手段。”一次遣出五万兵马，自然不是为了探路，而是有计划有谋略的征战。不可不谓有勇有谋，胆魄过人。

领军元帅乃皇朝镇国大将军司徒拓，他正沉着一张英气的俊脸，向慕容宸睿禀告道：“皇上，四王爷托臣带一封信给皇上。”

慕容宸睿微挑起眉毛，接过红漆盖印的信函，打开细看。

信中，慕容白黎并无絮絮赘言，只是言简意赅地问候皇兄安好，另申明道，待皇兄回朝，他便会返回法华寺，继续隐居清修。

阅毕，慕容宸睿收起信，淡淡扬唇。

“皇上请移步一看。”司徒拓在营帐内的长案上铺开地图，准备阐述攻城战术。

“稍等。”慕容宸睿却一扬手，走向帐门，对外道：“夏兄，请进。”

一身儒衫打扮的夏耀祖拱手作揖，然后举步踏入营帐，而跟在他身后的便是男子装扮的路映夕。

四人相对，气氛一时显得静默。

夏耀祖清了清嗓子，率先开口道：“霖国丰城之中，大约驻兵五万，与我方势力相当。若是进行持久战，我方粮草不济，必落下风。唯有强攻速攻，才是上策。”

司徒拓也不多问此人身份，只是向路映夕揖礼致意。

路映夕抿唇微微一笑。忆起当初司徒拓与其妻程玄璇的坎坷情路，再想及如今他们终成眷属，不由为他们感到欢欣。

夏耀祖忽然凝目看了路映夕一眼，才接着道：“据可靠消息，霖国一名良将正停留在丰城中养伤。等到开战之时，此人一定会上阵迎战。所谓擒贼先擒王，若能一举除去此人，丰城兵将必定顿失士气。”

路映夕闻言心头一颤，明眸中闪过忧色。

果然，夏耀祖未再卖关子，直言道："那人即是南宫渊，他既然身在丰城，他门下的数千弟子想必也在附近。"

"夏哥……"路映夕忍不住出声，但话未完又按捺住。

夏耀祖歉然望她，低沉了语声："南宫兄亦算是我的半个师父，往昔相处的情谊我永存于心，但沙场无情，纵使亲如父子，到了战场上也没有情面可讲。"

路映夕默然无语，虽早已料到可能会发生这样的事，但是当真正来临之时，依然被狠狠地震撼了。

听着夏耀祖和司徒拓开始讨论阵法战术，她的神思略有恍惚。聚集在这营帐里的，皆是深谙兵法之人，而在丰城之内，只有师父……

恍神间，突然听到"狙心阵法"四字，她陡然回过了神。

抬眼看去，夏耀祖正神色冷静地说着："此阵法无须操练士兵，只需三名内功深厚的高手冲于阵前，以火箭远距离射击敌军主将。即便一支军队有数万人，但若死了统帅与左右副将，也就不足为惧了。"

路映夕怔怔望他，没料到他居然会提出这个阵法。这是从前她与他还有师父一起探讨兵书时，笑闹般总结出的一个最简单最直接的攻敌之法。怎料有一天竟会真的派上用场，且是用在师父身上。

"三名高手。"司徒拓沉吟道，"夏兄的武功如何？"

夏耀祖揖身抱歉道："我只略懂骑射，但不谙武功。"

一直沉默旁听的慕容宸睿不疾不徐地启口："司徒，小范，再加上朕，正好三人。"

"皇上要御驾上阵？"司徒拓皱了皱眉头，并不赞同。

"有何不可？"慕容宸睿神态淡定优雅，深眸中锐芒闪耀，"朕早就想在战场上会一会南宫渊，此人到底有多少能耐，今次便可见真章。"

路映夕发觉自己完全插不上话，喉头阵阵发紧，心底一片冰凉。她自是知晓，打仗绝非儿戏，不是凭她只言片语就能扭转乾坤。可是她怎能眼睁睁看着……

三个男人围着地图紧接着商议其他事宜，路映夕望着他们的身影，无奈苦涩地动了动嘴角，然后默默地退出了营帐。

站在帐外，她举目远眺。丰城尚远，只能看见那城楼上军旗屹立，却难分辨军旗上的帅号。

不知愣愣站了多久，有人掀开帐帘走出来，轻抚了一下她的发顶。

"夕儿。"

低浅温淡的唤声在耳畔响起，她转眸看他。

"夕儿，我希望你明白，我的立场从来都不曾改变。"夏耀祖柔和了目光，栗色眼中浮起一丝隐约的怜惜。他没有变，甚至南宫渊也没有变，只是夕儿变了。当年只到他胸口高的小女孩儿，志气却是比天高，妄言要走遍各国山川，一睹天下锦绣山河。但那时她也说，不论将来她长大后走得多远，最后也都一定会回到邬国皇都，因为她的父皇在那里，她的师父在那里，她的家在那里。可是现在一切都不同了，她的家不再是邬国，她真正的归属在别处。

“夏哥哥，我明白，可是师父……”路映夕心中一酸，眸中泛起水汽。至少，不应该是用他们一齐想出的法子来对付师父。

“夕儿，其实战场上的较量很公平。并非使一些粗鄙的心计就能打胜仗，而是要倾尽所有智慧与力量，奋力一搏。成王败寇，谁都有机会成为那个‘王’，也同样有机会沦为‘寇’。”夏耀祖温声说着，语气轻柔得像是教导小孩儿，耐心而诚挚，“夕儿，你只是一个小小女子，已嫁做人妇，且即将为人母，你的生活里不应该再有那么多重任。倘若你既要护邬国，又不忍霖国灭亡，又做不到出卖皇朝，那么，天下之大也不会有你的容身之地。不要如此难为自己。这个世界不会因为你的加入或退出而停止纷争，该发生的事它会照样发生，无可阻挡。”

路映夕怔忡，望着他清朗的栗色眼眸说不出话来。

“相同的道理，南宫兄、慕容兄、我，还有那位范兄弟、司徒将军，我们的命运都应该由我们自己掌握，也必须由我们自己负责。如果我们这些男人都需要你一个小女子挡在身前去保护，那么我们全都枉为男人。”夏耀祖稍加重了口气，强调道，“夕儿，每个人都有自己的使命，绝对不可能由别人来代他完成。”

路映夕听得越发哑然无语。这些道理她何尝不懂，但却是第一次有人把它们一条条清晰地罗列出来，而每一句都刺中她内心的万般纠结与矛盾。

夏耀祖扬起淡笑，凝望她，再次抬手轻轻抚了一下她的发顶，犹如从前的友爱动作。

他折回营帐，另一人恰好步出。

“夕。”慕容宸睿走到她身边，握住她的右手，低声道，“夏耀祖所说的，正是朕想说的。成王败寇，生死无尤。这是男人之间的较量，是国与国之间的较量。而你，现今的使命是保护好你自己，保护好我们的孩子。这是你责无旁贷的使命，莫为其他事分神忧心。”

路映夕微仰脸睇他，无言地颔首。

慕容宸睿赞许地淡淡一笑，松手返回军帐内。

路映夕的唇边逸出一声几不可闻的叹息。如果师父死在慕容宸睿的手中，或者掉转过来，慕容宸睿毙命于师父手里，那么她该怎么办？如何接受？如何抚平死别的巨大伤痛？

男人的世界，强硬霸道，气魄盖世，使得女子的优柔善感显得格格不入，多余无用。

莫约两刻钟后，悠长的号声，在这辽阔的荒野中响起，低鸣深远，回荡天际。

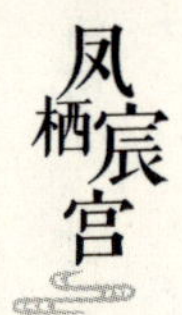

呜——

号角之后，便是厚重沉笃的战鼓缓缓擂起。

咚——咚——

逐渐地，节奏变快速，鼓声变密集，一股紧绷蓄势的气势就此升腾而起。

绣着“皇”字的战旗在风中猎猎作响，神色冷峻的士兵整齐地列队而站，人数之众，可看那黑压压的大片的头颅簇动及那颜色灿目的排排金盔铠甲。

路映夕被要求留在后方，不准参战，所以她只能静静地望着这宏伟而肃杀的场面。

眸光转动，看向不远处负手伫立在军队前的那人。那人身穿束身的金黄色战甲，手持长弓，英气勃发。肩后的黑色披风在风中飘扬，在阳光的映射下，全身似闪着耀眼的金芒，仿若从天而降的远古战神，英俊绝伦，傲然不可逼视！

他的目光亦在搜寻，望到她时沉淀了眼神，朝她微一颔首。

“宸，务必珍重。”她轻启菱唇，无声地吐出叮咛的话语。

他再次向她很轻地点了下头，带着宽慰之意。然后便收回了视线，凛神进入备战状态。

战鼓声越来越响，震彻苍穹，似乎连脚下的大地都受了震动。

路映夕仰头，极目远望，却被一重重的人头遮住了视线。她只好望向天空的那一边，遥隔百里默默祈愿。

师父，也请务必保重！

旌旗蔽日，擂鼓震天。

远远看去，密密麻麻尽是泛着冷光的铁铠，与之相衬的则是寒气森森的兵刃。浩瀚的黄土地上，被皇朝大军如潮水般覆盖，气势慑人。

路映夕留在后勤队伍中，但即使仅是远观，也清楚地感受到了那股冲天的杀气。

皇朝的先锋队已攻向丰城的城门，残酷的战争就此正式地拉开序幕。

在千名先锋军之后，便是百名弓箭手。他们迅速地搭起土垛，张弓拉箭，对准城楼，为先锋军护航。

路映夕眯着眼远眺，心中清明如镜。弓箭手护航的并非先锋军，而是随后将至的“狙心阵法”。

丰城那边，已经开始应战，巨大的石块从城楼上纷纷滚落下来，砸杀意图攀上城墙的皇朝军。

霎时间飞箭如雨，巨石如雹，惨叫声不时响起，鲜血四溅。

路映夕定睛看着，却已分不清哪一方的伤亡更多，只觉大地震颤，杀声冲天。

“丫头！”

身后冷不防一声呼唤，惊得她险些跳起来。扭头一看，不禁讶异：“师尊？您怎会在此？”

一身皇朝士兵装的老者晃着脑袋，很是感叹的样子，唏嘘道：“那傻小子留在丰城疗伤，其实毫无必要。”

路映夕微微蹙眉，问道：“师尊的意思是？”

老者摇头叹道：“他留下，显然不是为了养伤，而是要离你近一些，又或者，他也想与慕容小子光明正大地斗一场。”

路映夕抿了抿唇，一时无言。烽火已燃，现在追究什么都已无意义。

静默片刻，她忽然眼睛一亮，凑近老者耳旁道：“师尊，慕容宸睿和司徒拓他们要以火箭狙击师父，您去助师父一臂之力可好？”

老者挠了挠头，斜眼觑她，道：“丫头，你希望你的夫君落败？”

“不是，只是不希望师父有任何损伤。”路映夕的眸中不由浮现丝丝担忧。三名高手集中火力针对师父一人，光是想象，已觉万分凶险。她如何能不担心？

老者看着她，缓缓地摇了摇头，慢条斯理地吐出一句话：“来不及了。”他的目光转移，望向硝烟弥漫的丰城。

路映夕心中一震，顺着他的视线望去，面色蓦然泛白。

明明距离甚远，只能隐约看见城楼上那一道浅灰色身影，可是她觉得自己似乎能穿透厮杀的战场，看见那一双深幽如清潭的眸子，温润淡泊，但又藏着复杂纠结的波动。

突然间，一抹火光如电般划亮天空，迅疾地直射向城楼。

那浅灰的身影稳稳伫立，在千钧一发之际才猛地侧身一避，堪堪躲过那支夺命的火箭。

路映夕的心紧悬起来，继而又略微放下。身边响起老者喟叹的声音：“丫头，看见了吗？傻徒弟正在挑衅慕容宸睿。他可以压抑自己的感情，但是却不能输了身为男人的尊严。无欲则刚，他终是做不到。”

路映夕低低地接话道：“师父已经做得很好。”怎能要求一个人没有一点点欲念？怎能如此严苛？师父这半生已经足够清心寡欲了，也许他一直都需要这样一次爆发的机会。

老者不再多言，注视远处。丰城的城门已打开一个缝隙，其内霖国大军涌出，两军顿时陷入搏命的拼杀。嘶吼和杀戮声直透云霄，刀光剑影中时而有人倒下，被践踏或被补刺上一刀。遍地的尸身和残肢，只能从铠甲的颜色去区分是哪一国的士兵。

嗖——

又一束火光划过，又猛又急，射击向屹立城楼上指挥大局的那人。

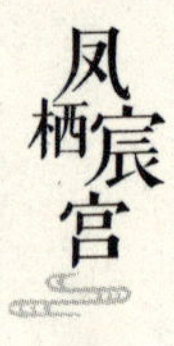

但这支火箭并未抵达城楼，在半空中便骤然坠落。

路映夕运起玄门的独门内功，眼力愈佳，看到了城头上的那人手中亦持着一把弓箭。原来，是师父自己射落了那支疾射而来的火箭。

“渊儿开始反击了。”老者的语气平淡，但又似蕴含着一丝忧虑。

“反击是必须的。”路映夕轻轻地道，心中已难辨自己究竟希望哪一方胜。

丰城城楼忽然出现一队排列整齐的弓箭手，与距城门百丈远的皇朝弓箭手相对峙。而在一片箭林中间，两军士兵顶着嗖嗖的飞箭声继续奋力交战，不断有人倒下，又不断有人扑涌而上。

叠叠土垛后面，有三人的身影格外醒目。高大挺拔而又刚毅英气，无须靠近亦可感受到他们身上那股凛冽锐利的气息。

倏地，三支蕴满内劲的火箭齐发，挟着雷霆之势，袭上城楼！

“砰”，一支火箭被射落，但另两支火箭正中目标。南宫渊身边的两名将士左胸中箭，瞬间斜倒，立时毙命。

两名副将遭袭，城楼上有了一阵子的慌乱。

路映夕望得正揪心，忽听老者唾道：“使的竟是这伎俩，如果真让他们杀光渊儿身边的人，渊儿就再无威信可言了。”

路映夕无暇答话，眯细眸子，想要看得再清晰一些。

丰城城头，一袭浅灰色素袍随风飘扬，宛如御风一般，纵身跃下，而又腾空于众士兵之上。手中弓箭猛一拉开，嗖地射出一箭。

那方，土垛后即有一名士兵中箭身亡。

灰袍男子凌空旋身，迅捷地撤回城楼上。

“渊儿此举十分明智，可稳住军心。”老者点着头评论道。

“师尊，您认为哪方会赢？”路映夕仍是聚精会神地远眺，口中一边问道。

“皇朝此次精兵倾巢而出，你说哪一方会赢？”老者皱着两道白眉，再道，“玄门众弟子已返霖国帝都，渊儿孤军作战，莫说大胜，若能守住丰城，就已是了不起。”

“嗯。”路映夕随口应了一声，见远处战场上的情况又起了变化，心头再次揪紧。

土垛垒那边，三道高大的身影猝然间同时飞腾而起，点足踏风，飞近城楼。当距离渐近，三支火箭齐齐射出，势如破竹，锐不可当。

这一次，三箭的目标一致，皆是瞄准了南宫渊。

在这电光石火的刹那，路映夕的脑中快速闪过一个不祥的念头。如果师父闪避，虽然还是可能中箭受伤，但不会被射中要害，可是，为何她隐隐觉得师父会选择……

仅仅一瞬的时间，世界仿佛静止，四周的厮杀叫喊声全都消失不见，只剩下那几支利箭交错飞过，似乎划破空气的细微厉响。

三支火箭，速度如电闪。另一支反方向的飞箭，同样凌厉锋锐。

咻——

咻——

两声箭头刺入血肉的轻微声音，在喧嚣混乱的沙场上没有人听得清楚，但路映夕却感觉就近在她耳畔，令她浑身寒毛顿时竖起。

她好像看到了城头上师父扯唇一笑，像是在对她苦笑。而他的左胸，正插着一支火箭，箭尾的那火光狠狠地刺痛了她的眼睛。

土垛垒的这一边，有一人及时挡在了慕容宸睿的身前，替他受了那一支饱蕴内劲的利箭。

路映夕的脸色一片煞白，眼中无法控制地浮起水雾，迷蒙了她的视线。

视野朦胧中，她看见城楼那人不见了，不知是倒下了还是退避开了。

“以多欺少！不公平！”模模糊糊地，耳边听到老者愤愤而又痛心的骂声，“但渊儿也太意气用事了，就算争尊严也不该孤注一掷啊。”

眼前越来越混沌，逐渐发黑，路映夕动了动嘴唇，却发觉自己说不出话来，心口阵阵抽痛，似是被人硬生生剜空了一块。

“丫头？你怎么了？”老者惊觉她的异常，此时顾不得男女授受不亲的规条，一把扶住她的肩头，“丫头，你可别在这时候晕过去啊。我得赶去看渊儿。”

路映夕强烈地想要撑住，心底焦急如火烧，可意识却越来越涣散，终是眼皮一合，陷入了凄冷的黑暗中。

第七十四章
悲欢离合

丰城之役，从天明激战到天黑，又从黑夜战至白昼。

两日过去，硝烟终于退散，喧嚣不再，双方正偃旗息鼓。原本辽阔的黄土地上尸横遍地，血流成河。

而路映夕从昏迷中醒来已是三日之后，在她没有知觉的时候已经踏上了返回皇朝的路途。

马车行得十分缓慢，颠簸感甚微，她听着有节奏的嗒嗒声，缓缓地睁开了眼。一时间心神恍惚，不知自己身在何处。

“夕，你醒了？”

醇厚的嗓音夹杂不可错辨的惊喜，她转眸向声音的主人看去。张口想要出声回应，却发现自己的嗓子干涩得出不了声。

“来，喝口水。”

她被轻柔地扶起，半靠在车厢壁上，腰下垫着一个软枕。

一杯清水凑到她嘴边，她就着杯沿慢慢饮下，脑中逐渐恢复清朗。那擂鼓震天的战场……那森寒冰冷的铠甲……那杀气凌厉的箭雨……

“师父如何了？”她眸中的波光陡然颤动，急急脱口问道。

正扶着她肩头的慕容宸睿手势一顿，默然地望入她的眼眸。

“难道……”路映夕不敢置信地喃喃，满目痛色。

慕容宸睿注视着她，低沉地开了口，却是说道：“你昏睡了整整三日，前辈破例亲自为你诊断，并为你的心疾开了一张药方，虽然配药稀罕少见，但朕一定会不惜任何代价搜寻。”

“师父如何了？”路映夕似未听见他的话一般，沙哑地重复着同一个问题。

但慕容宸睿仍自顾自说道：“在你昏睡时，朕把手放在你的腹部上，感觉到孩子踢了朕一下，那种感觉异常奇妙。我们的孩子无比坚强，纵使在艰难的环境下亦有着顽强的生命力。”

他说着，伸手轻抚她圆隆的腹部，但眼睛定定地凝视着她。

路映夕抿紧了嘴唇，心中的不祥之感越发鲜明。他是在暗示她必须坚强？师父已阵亡了？

慕容宸睿抬起另一只手，替她拂开垂散额前的碎发，口中继续道：“丰城战役，我军损兵三万，但大获全胜。夏耀祖确是军事人才，在一片兵荒马乱之中，指挥若定，遣派数十名士兵乔装成霖国士兵，趁乱混迹，散播丰城主将和副将全都已阵亡的消息。接着坚持发动长时间的攻击，势要彻底击溃敌军的士气。再加上司徒的骁勇善战，我军更是如虎添翼，霖军节节败退。”

他稍停了片刻，细看她的神色，见她尚算镇静，才又道：“我军攻占了丰城，霖军五万兵马全军覆没。”

路映夕听到“全军覆没”四字，身子隐隐一震。

慕容宸睿没有错过她细微的异状，环臂轻揽住她，低声道：“夕，朕不瞒你，南宫渊如今下落不明，生死未卜。”

路映夕的脸色一阵青白，无意识地攥紧素手。那一箭，正中师父的左胸，且是蕴含内力的锐箭……

“那一箭是谁射出的？”她低哑地启口，语声轻幽。

慕容宸睿看她一眼，语气平静地道：“当时三箭齐发，而南宫渊又回箭反击，朕并没有看清楚。”

“是了，三箭齐发。”路映夕自言自语地道，“师父躲过了其中两支火箭，却没能躲过最致命的那一箭。无论是你，或司徒将军，抑或范兄，皆是内力深厚的高手，其实是谁射中的都不重要了……”

见她神情郁悒飘忽，慕容宸睿不由皱起浓眉，端来矮几上的药碗，转移话题道：“前辈预计你今日会醒来，朕已煎好安胎药。”

路映夕似乎听不见，慕容宸睿的眉头皱得更紧，将碗口凑到她嘴边，她乖顺地喝下，但犹如木偶般呆滞。

“小范替朕挡了一箭，伤势极重。”慕容宸睿搁下空碗，忽然冒出一句话。

路映夕一颤，抬起眼看他。

“南宫渊那一箭也是全力以赴，并未留情。”慕容宸睿淡淡地道，只是陈述事实，无意作更多的解释。当时在战场上，没有任何情分可讲，只有敌我之分。如果不是小范的奋不顾身，也许便是他和南宫渊一样，生死难测。

“范兄现在的情况如何？”路映夕轻声问，心里有些空茫，又有些刺痛。她无法想象，师父会死。师父的使命不是还没有完成吗？他不是还要等天下大定之后去过他想过的日子吗？他不是想一边悬壶济世一边悠游山河吗？这些事情全都还未实现，他怎能抛下一切就此离开尘世？

“箭中要害，这两天他高热不断，不过目前情况已稳住。”慕容宸睿加重了口气，似想引起她的关注。

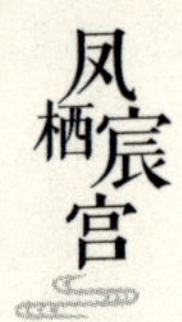

路映夕安静了须臾，蹙起黛眉，道：“我们已在回皇朝的路上？范兄伤重，没有留在丰城？”

“他跟随我们回朝，他的马车就跟在后面。”慕容宸睿掀开帘布的一角，让她往外望。

“可有军医在照料范兄？”路映夕只瞥了一眼，面色依然郁郁。

“你要否去探望一下小范？”慕容宸睿想分散她的注意力，便说起关于范统的闲事，“小范今次也可算是遇上贵人，朕一向知晓司徒营下广纳能人异士，不过倒没想到军医之中竟有一名女子。而且此女子的医术颇为精湛，小范的伤势原本危殆，幸得她悉心照料，总算能转醒过来。”

路映夕没有接话，但抬眸望着他，静听。

见她有聆听的兴致，慕容宸睿扬唇淡淡一笑，再说道：“那女子和小范一样不苟言笑，但不同的是她毫无男女之防，且又动作粗鲁，拆小范胸口纱布时，干脆利落得令人瞠目结舌。小范发热昏迷的时候自然不察觉，但当他醒来时发觉自己袒露着整片胸膛在一个女子面前，顿时又惊又急，直斥那女子不知廉耻。”

路映夕听着，唇角不禁浮现浅浅的笑意。虽然片刻就敛去，但慕容宸睿还是感到了些许欣慰，接着再道：“小范挣扎着要起身穿衣，却被那女子一把压住，不容他动弹。那女子对小范冷冷地说道，病人就应有病人的样子。说罢又径自检视伤口，上药换干净的纱布，而对着男子赤裸的上半身，她并未有丝毫的羞赧之色。甚至连朕在场她也毫无顾忌，算得奇人一个。”

“她师承何门？”路映夕出声问。

“已故老御医之女。能入军营当军医，必要身家清白，身份可靠。”慕容宸睿顿了顿，淡笑着道，“王老御医在世时是一个不拘小节的人，他的女儿继承了他的衣钵，也遗传了他不羁的性格。”

“听起来与范兄似乎很相配。”路映夕低低叹道，“不知这位王家小姐会否嫌弃范兄的腿疾？”

“她既是学医之人，又怎会歧视伤患病者？”慕容宸睿温和地凝睇着她，转而道，“你昏睡甚久，虽有喂你喝药，但必已腹空饥饿。朕先前已命人熬粥备着，你躺下歇一会儿，朕去唤人端来。”

“师尊去了哪儿？”路映夕突然问道，眸光渐又暗下来。

“为你诊疗之后，前辈大概去寻南宫渊了。”慕容宸睿深望她，忍不住轻轻一叹，劝道，“夕，同样都中了箭，小范能挨得过，南宫渊想必也不会有事，何况他本身又深谙医术。”

“嗯。”路映夕低幽地应了一声，并未展颜。心口始终有一股闷堵的感觉，一种近似窒息的疼痛，隐隐幽幽地侵入四肢百骸。

马车外忽然有一道沉稳的禀告声响起。

“启禀皇上，属下刚刚收到有一封来自丰城的飞鸽传书，请皇上过目。”

慕容宸睿弯腰探向车头，驾车的将士恭谨地把信函递上。

回车厢内坐定，慕容宸睿拆信浏览，脸色微微一变，然后迅速地收起信。

“是否有师父的消息？”路映夕直视他，蓦然开口问道。

慕容宸睿摇头，但没有做声。

“是否找到师父了？”路映夕追问，直觉地认定那封信函与南宫渊的下落有关。

慕容宸睿缄默不语，深眸幽沉，神色淡漠，未流露出一丝情绪。

路映夕向他伸出手，轻轻地道：“请让我看一看信。”

慕容宸睿低眸盯视她的手心，目光一黯。她右手掌心的残缺也许要跟着她一辈子，但这种伤她能够豁达不在意，可若是心口上的伤，她会不会一生都无法复原?

路映夕执着地摊手于他面前，无声地坚持着看信的要求。

慕容宸睿沉沉地叹息，徐缓地将信函放到她手中。

路映夕接过，还未打开看，手就已经有些颤抖。

慕容宸睿定定地看着她，低沉而轻柔地道：“探子带回两个消息。一是关于姚凌，二是关于南宫渊。”

路映夕垂着眸子，没有翻开信函，只极轻地问：“姚凌怎么了？”

“毒发，没能撑过去，断了气。”慕容宸睿的语调几近没有起伏，“她的师兄正带着她四处寻找朕，势要为她报仇雪恨。”

“带着她？”

“尸身。”

语毕，两人都寂静无言，气氛凝重而又似乎有几许阴寒。

路映夕捏着手中的信，因为过于用力，薄纸发出窸窣的声响。

“夏耀祖找到了南宫渊，在丰城的一处破庙里。”慕容宸睿的语气仍是平缓无波，“当时南宫渊失血过多不省人事，夏耀祖抬他去军医处，但半路上南宫渊就已气绝。”

路映夕表情僵硬，一味低垂着眼眸，双手使劲绞着薄薄的信纸，像是完全专注于这个动作而听不见外界的声音。

慕容宸睿也不再吭声，面色淡然得仿若冷漠无情，可双手也下意识地握紧，拳头使力，指节变白，手背上暴起青筋。

两人就这样默默无语地坐着，空气中仿佛弥漫着难以言喻的悲凉和伤痛，无形地将他们包围了起来。

回程的队伍持续地前进着，途上平静无波，并无意外发生。

路映夕照常喝药进食，没有露出异状，也没有流泪，只是变得沉默寡言。

慕容宸睿看在眼里，心中滋味难辨，一股无力感充斥全身。那日在战场上，他未有一丝犹豫，全力以赴地投入战斗，甚至在射杀南宫渊时隐隐有种傲然的成就感。如果事情重来一遍，他也会做同样的事。但南宫渊死了，而且可能是死于他之手，映夕的心自此蒙上阴影，恐怕一生都挥散不去。

这几日，他也经常想起姚凌。最初相识时，她的笑颜俏丽烂漫，但后来渐渐看不到她笑，他曾一度怀疑，他是否真的认识她，是否真的了解她。到如今，他已非常清楚她是怎样的人，也知道她与他都不是彼此命中注定对的那个人。可一切已矣，无法重新来过。

不可否认，他感到伤怀，感到痛楚。但这种哀伤与映夕心中的悲痛必然是不相同的。

“夕，王军医开了一张新的安胎药方，你要不要过目一下？”叹息咽回肚内，他神色如常地温声询问。

路映夕倚躺着，抬眸看了他一眼，摇头不语。

慕容宸睿也不再多言，径自命马车停下，然后跃下车，不知去办何事。

路映夕合上眸子，神思飘远。她还记得第一次看见师父时的场景。那时她才五岁，父皇领着一个眉清目秀的少年到她面前，要她行拜师大礼。她疑惑地看着那少年，张口唤道“师父哥哥”。那少年扬唇笑起来，那笑容像冬日的阳光般，淡淡的，却又是暖暖的。

也就那一次罢了，后来她再也没有那样唤过他。身在宫廷之中，礼节繁多，而他又是极为内敛严谨的人，她跟着他也学着循规蹈矩起来。

年纪再长一些的时候，她曾经偷偷在心里唤他的名字。南宫渊，南宫渊。虽是独自偷偷地，但她还是不敢放肆地叫一声“渊”。

他们之间好像有一条无形的鸿沟相隔着，自第一次见面她向他跪下行拜师之礼开始，她与他就注定很难跨越那条沟壑。

“属下王婕参见皇后娘娘。”

正幽幽地陷入回忆中，马车外一道利落的脆声惊醒了她。

车帘被掀起，一个五官艳丽的女子上了马车，屈膝行礼。

“你是？”路映夕靠坐起身子，凝眸看她。

“属下王婕，是隶属司徒将军主营下的一名军医。”那女子单膝跪着，但面上表情甚是平淡，不卑不亢地道，“皇上命属下向娘娘汇报新安胎药方的成分。”

路映夕轻轻“嗯”了一声，注视着她美丽的脸庞。之前不断听慕容宸睿提起这位王军医与范统的事，倒没有想到原来是长得这般冷艳的女子。她的轮廓精致而深刻，柳眉美目，俏鼻红唇，一眼看去只觉艳光逼人，但再细看，会发现她眉宇间凝着一抹刚毅神气，没有丝毫的娇媚矫揉。

听着她报出一串草药名称，路映夕颔首淡淡一笑："这药方很好。"

"谢娘娘赞赏。"王婕微微倾身，再道，"可否容属下为娘娘把一把脉？诊脉过后才能调配更佳的药方。"

路映夕伸出手腕，一边语气随意地道："王军医，你觉得范统此人如何？"

王婕的手势顿了片刻，平静答道："王婕愚钝，不太明白娘娘的意思。"

"他的腿疾能治得好吗？"路映夕换了一个方式问。

"如果精心治疗，也许花三五年的时间能够治得好。"王婕一面回话，一面搭上她的腕脉，开始细细诊断。

路映夕见她神情专注，便不再出声打扰，待她收回了手，才开口问道："如何？"

王婕抬起眼来，微皱着眉，沉吟道："娘娘的脉象有些奇异，似虚又似强，两股力量交错交融，王婕才疏，暂未想出是何原因。不过娘娘请放心，胎儿安稳，未受旅途颠簸的影响。"

路映夕浅淡地抿笑，道："我体内那股强大的力量，是一位高人灌注予我，而虚脉则是因我有天生心疾之故。"师尊破例为她诊治，或许便是因为如此而延误了他寻找师父。思及此，唇边的一点笑弧便慢慢垂敛了去。

王婕点了点头，心中有一丝讶异。她本以为宫中娘娘皆是矜贵高傲，但她眼前这位皇后娘娘似乎没有丝毫娇气，且也不以"本宫"自称。坊间传言，皇上爱美人弃江山，现在想来倒也似有几分道理。不过依她所见，皇上应是既爱美人又爱江山。

此时马车外又响起一道禀声："皇后娘娘凤安，范统求见。"

路映夕不由诧异，扬声应道："有请。"

厚布帘子再次被掀起，两名侍卫搀着脸色略显苍白的范统上马车，安置范统靠壁坐稳，就退了出去。

"范兄，伤势可好些了？"路映夕关切地询问，心念转动，已明白慕容宸睿安排王婕和范统来见她的用意。是不希望她一味沉溺于忧伤悲恸之中吧？所以特意找一些事让她分散精神。

"多谢皇后关心，范某已无大碍。"范统正襟危坐，表情严肃，虽然气色尚差，但一双炯目已恢复精气。

王婕忽然低低地嗤了一声。

范统的眼角微微抽搐了一下，但忍住没有说话。

路映夕莞尔，温言问道："王军医，不知何事好笑？可否说出来与我分享？"

王婕敛眸回道："回娘娘，属下方才只是突然想到，先前给范将军敷药时他痛得打人的事。"

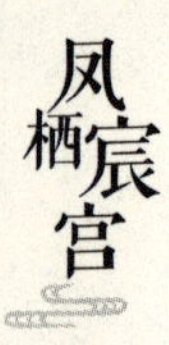

“打人？”路映夕大奇，觑向范统，见他面色愈发僵硬，不禁更感好奇。

“范将军忠君爱国，一心想要快些康复，保护皇上和娘娘安全回朝。他要求属下用效果最好的药，不过重药的药性必然剧烈，所以……”王婕止口，瞥了范统一眼。这般死鸭子嘴硬的男人她还是第一次见，明明痛得浑身冒冷汗，却硬是忍着不肯吭声。她好心拿布团让他咬着，却被他下意识地挥开，那力道大得骇人。

路映夕看着他们二人的神色，微笑道：“范兄，你好生养伤便是，现在有一整队精锐士兵保护皇上，你无须过于担忧。”

范统绷着脸，道：“据范某所知，修罗门的人正四处查探皇上的行踪，范某只是不敢掉以轻心，并非过于担忧。”

路映夕挑了挑眉梢，不出声。

范统自觉失言，又补道：“范某无意顶撞皇后，还请皇后恕罪。”

路映夕笑看他，揶揄道：“范兄，你被人激得失了分寸。”

范统抿紧了唇，斜睨向一旁的王婕。为何他总是遇见这种奇怪的女人？身为女儿家，不做女子该做的事。抛头露面行医济世也就罢了，居然还从军！军中全是五大三粗的男人，她一个姑娘家整日混在男人堆中，成何体统？

“王军医。”路映夕转而对王婕道，“你刚刚说范兄的腿疾需要三五年的精心治疗，如果我请求你做这一件事，你可愿意帮这个忙？”

“娘娘言重了。”王婕忙接言应道，但又迟疑地顿住，没有回答愿不愿意。

范统见状冷哼，不屑道：“范某虽瘸，但仍有一身武艺，不需强人所难。”

王婕缓缓转眸看他，冷冷道：“我有说为难吗？”

路映夕不出声，饶有兴致地旁观。

范统见她一副看好戏的样子，有些恼怒地道：“皇后何必纡尊降贵请求这个女人。”

路映夕扬起黛眉，“这个女人？”

范统蔑然回道：“她既能称呼我为‘这个男人’，我为何不能称呼她为‘这个女人’？”

路映夕惊讶地一怔，随即忍不住笑起来，边笑边道：“你们怎会这样互相称呼？”

范统和王婕同时低哼了一声。

“范将军批判我‘这个女人’不似女子，目视男人胸膛当成平常事，不知廉耻。”王婕恭谨回话，但美眸中显然有着薄怒，射向旁边的范统。

“王军医不也骂范某古板迂腐，木讷蠢钝？”范统反唇相讥，瞠目迎上她的目光。

“难道我有说错？你不古板，不迂腐吗？”王婕神色冷淡，但话语却是不甘示弱。

“我也没有说错吧？你哪里似女子了？有女子像你这样，今日看男人的胸口，明日看男人的后背吗？”被她的话一激，范统冲口便道。

“那是为了看诊治人。”王婕的眸中燃起火焰，语声却反倒像冰霜似的冷。

路映夕见火药味甚重，也不打圆场，一径浅笑。

范统粗着脖子不再说话，而王婕也冷着俏脸收了声，两人视线对上，似有火花噼啪飞溅。

车厢里安静了下来，路映夕唇畔噙着笑，但眸光渐渐黯沉，不自觉地抬起手捂在左胸，感觉到心口微微抽痛。

这人世间依旧会发生令人欣喜的事，但是师父再也看不到了。原来，死别的感觉，是这样的可怕。

范统和王婕一同下了马车，过了须臾后，慕容宸睿返来。

路映夕对他露出浅浅一笑，看到他的眸中升起一丝亮色。果然如她所想，他确实为了她而费心思量。这种关怀，虽是间接低调，但她清楚地感受到了。

“宸。”她开口唤他。

“嗯？”他在她身边盘腿坐下，凝目看着她。

“战争无情，胜败寻常，这些道理我都明白。”她也抬眸凝视着他，轻轻地道，“可是我无法不感到悲伤，也不想在你面前强颜欢笑。”

慕容宸睿点头，不出声，目光幽深。

“但是，我更不想因我而令你担忧或难受，所以，我会尽力振作起来。”路映夕温声说着，同时在心中留了一句话给自己。即使过了很多年，她依旧会缅怀师父。但这句话已不必要说出口，因为只能意会。

慕容宸睿低低地吁出一口气，舒展开微皱的眉宇。

路映夕对上他蕴含关怀的眸光，不由也柔了神色。这几天她沉陷在回忆追思中，有时甚至隐隐地怨恨起他的狠决，可倘若那日在战场上中箭身亡的不是师父，而是他，她会否恨师父？怕是不会吧。这种差别对待，是否正是因为“爱之深”的缘故？越在乎一个人，就越容不得瑕疵的存在。

“夕。”慕容宸睿正容凝睇着她，叹道，“朕真怕你一蹶不振。”

路映夕摇了摇头，静默片刻，转而出声问道：“宸，修罗门的人是否很难应付？”

慕容宸睿微怔，但也没有瞒她，直言道：“修罗门近年在江湖上的名声并不太好，惯用暗器，又擅长躲在暗处使毒，这些阴狠手段防不胜防。”

“关于修罗门的行径，我早前亦有所耳闻。”路映夕接话道，“我们此次回程随扈较多，目标明显，恐怕很快就会有麻烦上门。”

慕容宸睿颔首，表示认同。

路映夕敛眸静思了会儿，才启口再道：“既知修罗门惯用的伎俩，我们不如以其人之道还诸彼身。”她已失去师父，再经受不起更多的失去了。她要保护好自己，保护好腹中的宝宝，以及她所爱的人。

慕容宸睿闻言眼光一亮，问道：“如何以其人之道？”

“他们擅用毒术，恰好我也擅长。”路映夕微微浅笑，语声静笃。

慕容宸睿兴味地挑眉，见她恢复活力，心中不自抑地感到欢愉。

“他们最主要的目标一定是我们这辆马车，所以只要将马车稍作改良，就能省却很多力气。”路映夕边寻思边道，“我们可以在车马的四面擦上剧毒，若有人飞身扑近，一碰触即会中毒。不过，我们自己上下马车必须万分小心。”

“好一招请君入瓮！”慕容宸睿拊掌轻击，目露赞许的笑意。其实更令他高兴的是她下意识地习惯用“我们”这两个字。

“但这样还是防不了暗器。”路映夕微蹙黛眉，自语道，“加厚隔板可能会有一点用处，虽无法彻底阻绝，但也聊胜于无。”

“就依你之言行事。”看着她全神贯注思索计策的模样，慕容宸睿的唇角一点点扬高。她认真自信的样子，散发着久违的夺目容光。

路映夕不察他的走神，仍一本正经地想着，一面道：“时间仓促，研制毒药的事，我想请王军医帮手。”

“好。”慕容宸睿干脆地应声。

“王军医那边可能缺少配制毒药的药材，需派人沿路采集毒草和毒虫。”路映夕继续说道。

“好。”慕容宸睿依旧是不啰唆地回应。

“范见那辆马车也应涂毒，以防万一。”

“好。”

“虽然已未雨绸缪，我们还是要时刻警惕。”

“好。”

“另外还有——”路映夕突然一顿，抬眸注视慕容宸睿，疑道，“宸，你没有任何意见？”

“没有。”慕容宸睿十分利索地回答，俊容带笑，促狭道，“就由你当家。”

路映夕一愣，随即笑起来，道：“往后都由我当家？你可别食言。”

慕容宸睿勾了勾薄唇，雍容闲适地接招：“先看一看你这次的表现。若是表现不佳，那就没有下次了。”

路映夕但笑不语，明眸澄澈清亮，收敛阴霾。

失去的和伤痛的，她都将深深埋藏在心底，而身边珍贵的，她会用心珍惜捍卫。她知道，若是师父在天有灵，也一定希望看到她过得平安喜乐。

第七十五章
告别过去

进入皇朝境内的第一日，马队抵达边防小城时已是天黑。

尚未到驿站，路映夕和慕容宸睿都察觉到一股危险的气息在逼近。这是练武之人的直觉，对于杀气有一种敏锐的感知能力。

“终于要来了。”慕容宸睿低声道，语气中隐含几许感慨。修罗门是为了替姚凌报仇，姚凌之死虽非全是他的过错，但终要负上部分责任。

“宸，你认为你是重情之人或寡情之人？”路映夕忽然问了一个奇怪的问题。

“嗯？”慕容宸睿疑惑地看她。

“有时候重情与寡情只有一线之隔。”路映夕静静地微笑，没有再多作解释。

慕容宸睿亦淡淡扬唇，领会了她话中的含义。若过于重情，便会拖泥带水，优柔纵容，于是就变成了寡情。

凝神侧耳，细听半晌，路映夕低着语声道：“外面太安静了。”

慕容宸睿敛了神情，伸手敲响车厢木壁，发出有节奏的暗号，示意驾车的侍卫留神戒备。

戌时的小城街道，几乎没有行人走路的声音，只有马蹄嗒嗒作响，规律中显露着异常。

猝然，几声嗖的轻响，穿透车厢袭来。

慕容宸睿眸光陡锐，衣袖一挥，卷起劲风，将飞射而来的暗器悉数扫落。

紧接着便听外面渐起嘈杂声，应是两方人马已展开打斗。

砰——

一声巨响，宽敞的马车摇晃了两下。路映夕和慕容宸睿对视一眼，心知必是有人一掌拍向车顶，触毒跌落下来。

马车外的打斗声逐渐激烈，兵刃交锋的声响不绝于耳。与此同时，马车数度被震晃，不断有人袭击未成反而中毒摔落地面。

路映夕在心中默数砰砰的声音，在十多下之后，她轻声对慕容宸睿道：“这种毒不仅是肌肤碰触才会生效，就连掌风拍击都会飞扬起毒粉，沾染人身。现在应该已有一半人中招，但看来其他人已经发现了个中玄机。”

慕容宸睿一直笼袖运气，阻挡暗器侵袭入内，无暇抽空答话，只以眼神表示了解。

约莫过了半刻钟，再无暗器射入车厢，也无人震击马车，但骤然间一声冷喝响彻夜空。

"慕容宸睿，你这个缩头乌龟，有种的给我出来！"

路映夕看向慕容宸睿，低声轻问："要不要出去？"

外边的冷厉咆哮又再响起——

"慕容宸睿，难道你连凌儿师妹最后一面都不见了吗？你若还有一点点良心，就立刻滚出来。"

慕容宸睿面色镇静泰然，只有深眸中掠过一丝复杂之色。

路映夕伸出手与他相握，低低地道："我们一起出去。该面对的，总要面对。"

慕容宸睿抿着薄唇，不发一语，握紧她的柔荑，另一手揽着她的肩，小心翼翼地扶她下马车。

马车旁十多名青衫侍卫一字排开，护着帝后。

相隔数丈，一个黑衣男子冷冷伫立，背上似乎背着一个人。

"慕容宸睿，你终于现身了。"黑衣男子的声音似结了冰般的森寒，一双细长的眼睛闪着憎恨的光芒。

慕容宸睿将路映夕挡在身后，跨前一步，冷淡道："阁下今日明目张胆地行刺朕，只怕难逃国法制裁。"

"国法？"黑衣男子突然仰头大笑，笑声阴恻凌厉，"这世上有何王法可言？王法不就是你们这些皇族权贵说了算？当年你要接师妹入宫，你就不顾后果地接她入宫。后来你不愿意立她为后，你就可以不立她为后。如今你要她死，她就必须死。这就是所谓的国法律例？全都是你一手遮天而已。"

"既然你认定是如此，那么现在朕说什么也无用。"慕容宸睿语声平淡，没有急于辩解，也没有恼羞成怒。他与姚凌之间的事，岂是一言半语能够说得清说得完的？逝者为大，他也决不会在姚凌死后说她半句坏话。

"你无话可说了？你认了你是害死师妹的凶手？那你就该以命偿命。"黑衣男子倏地眯起细眼，目光阴鸷而狠戾，"我要你在师妹面前以死谢罪。"

话落，他并未出招，而是将背上背着的那人放到地上，动作极为轻柔，像是对待自己疼惜的爱人一般。

隔着几丈远的距离，一股难闻的尸臭慢慢散开，刺鼻得令人作呕。

路映夕从慕容宸睿身后探出头，眺目望去，一时震惊骇然。

地上那人，自是姚凌。她一动不动地躺在地上，犹如破碎的布娃娃。她身上穿的仍旧是那日在邬国边塞出现时的素白裙衫，但早已乌黑脏污，褴褛似乞儿。她原本清丽的脸庞青紫透黑，发肿膨胀，已然分辨不清五官模样，比起容颜烧毁之人更可怖百倍。而最叫人悚然的是，自她身上发出的阵阵腐烂的尸臭味，随风飘荡开来……

路映夕不忍目睹，扭头别开脸，心中百味陈杂。姚凌生前并未爱惜自己的容貌，死后亦未能保留一张妍丽的容颜给人瞻仰。或许对姚凌来说，徒有美貌没有爱情更是一种讽刺。

“慕容宸睿，你看见了吗？师妹死得多么惨！”黑衣男子半跪在姚凌的尸身旁，似在对慕容宸睿说话，又似在喃喃自语，“师妹从小就长得漂亮，以前修罗门中有多少弟子偷偷爱慕她，就连我也……可她偏偏不喜欢唾手可得的，非要挑战难以得到的……近在身边对她好的人，她永远不屑一顾……”

男子低着头凝视姚凌肿胀黑紫的脸，眼中幽幽地浮现几丝缱绻眷恋之情，仿佛在他眼里姚凌依然是从前俏丽妍美的样子，从未改变过。

慕容宸睿静立远望，心中恻然，默默咽下喉头那股涩感，面上平静无波。

那黑衣男子又自顾自凝望了姚凌一会儿，然后才缓缓站起身，目视慕容宸睿，冷声道：“师妹临死之前留下遗愿，她说，若你还顾念往日情分，就追封她为皇后，亲手把她葬于皇陵。如果你做不到，那就找一处清幽地，亲手将她埋葬，为她立碑，碑上刻写‘结发爱妻姚凌之墓’。”

慕容宸睿皱起浓眉，隐约感觉似有哪里不妥。

在他身后的路映夕也蹙起眉头，轻拍了一下他，压低嗓音道：“宸，阴隐毒发作身亡的人，毒素盘踞体内无法消散，在死后七日会转化为剧烈尸毒，而碰触尸身的人会即刻中毒。你看姚凌她师兄，眉间已显黑气，分明是中毒已深，只不过以内力强行压制住。”

慕容宸睿听毕神色一凛，朗声开口道：“凌儿生前一直想要得到内心的平静，朕认为火葬后将她的骨灰撒入江海，从此海阔天空，无拘无束，这种方式最适宜。”

黑衣男子桀桀冷笑，嗤道：“堂堂一国之君原来是一个无胆匪类。我敢一路背着师妹，你竟连亲手埋葬她的勇气都没有？”

慕容宸睿不受他所激，冷静地道：“朕会亲手把她的骨灰撒入江海。”

黑衣男子目露怒光，语调愈发阴冷：“师妹活着的时候，你没有做过一件令她高兴的事，现在她已经死了，你连她的遗愿也不肯成全？”

慕容宸睿沉默，黑色瞳眸泛起淡淡的幽蓝，是深沉的无奈之色。

路映夕在他背后轻声地喃道：“如果可以，选择前者便能实现姚凌一生的夙愿。”但重点却是“亲手”，这分明是要他殉情。

那黑衣男子突然又冷冷一笑，视线射向慕容宸睿的身后，阴阳怪气地道：“皇后娘娘说的是，可您不知您的皇帝夫君心肠有多硬。”

路映夕挪前半步，扬声道：“姚凌身上的尸毒剧烈无比，你中毒深重，无药可救，纵使你用内力镇压着毒素，至多也只有三个月的时间。你所希望的根本就是拉一个人陪葬，你刚刚说的两个遗愿是否姚凌亲口所说，实在令人怀疑。”

黑衣男子勃然大怒，倏然大声咆哮："我是希望狗皇帝死，但我绝对不会拿师妹的遗愿做饵。你可以污蔑我，但你不可以质疑师妹的遗愿。"

路映夕未置可否，没有再出声。

慕容宸睿回头望她，以极低的音量轻轻地问道："夕，若你是朕，你会如何做？"

路映夕眸中慧光流转，绽唇浅淡地微笑，低语回答道："宸，当局者迷，其实有两全之法。"

路映夕在慕容宸睿身后悄声地嘀咕起来，说了会儿，然后才淡淡含笑地目视前方。

慕容宸睿的俊脸上添了一抹神采，清了清嗓子，朗声说道："朕决定带凌儿回京都，葬入皇陵。"

不远处的那黑衣男子显然一怔，没有料到他竟答应得这样干脆，不由生起疑虑来："此话当真？"

"自是当真。"慕容宸睿神色笃定，威仪而不容置疑。

黑衣男子将信将疑地皱眉，问道："你敢亲手抱着师妹回京都？"

"此去京都路途尚远，朕不可能一路抱着凌儿，但朕会亲手抱凌儿上马车，如此你可满意？"慕容宸睿平缓回道。

黑衣男子沉默了一下，心想如此也算是遵照了师妹的遗言，便大声道："我要看着你亲手抱师妹上马车。如果回到京都之后，你失信食言，我修罗门必不会善罢甘休。"

慕容宸睿也不赘言，大步向他走去，直至姚凌尸身之旁顿住脚步。此时距离近了，低头凝看姚凌的面容，皓白月光之下愈显得她的模样惨不忍睹，慕容宸睿不禁发出一声低叹。

见他流露出怅然之色，黑衣男子也受了感染，心痛地蹲下身，欲要与心爱的师妹拜别。

只在眨眼间，慕容宸睿陡然伸指一点，正中黑衣男子的后背。

黑衣男子未及防范，被点了麻穴，怒极嘶吼："慕容宸睿！你卑鄙无耻！在师妹遗体之前居然还使这下流招数！"

慕容宸睿语气平淡地道："正是因为在凌儿遗体之前，朕今日饶你一命。朕方才说的话，也会兑现。朕会亲手抱她上马车，带她回京都，葬她入皇陵。"

黑衣男子瞪大双眼，怒视着他，并不相信。

慕容宸睿不再解释，径自脱下外袍，裹住姚凌的尸身，继而轻轻地抱起来。虽是尸臭刺鼻，但他面色寻常，没有一丝嫌恶。

黑衣男子瞪着他，一时心绪翻涌，又悲又恨又感伤。慕容宸睿确实没有食言，他确实亲手抱起了师妹，可是却狡诈地用衣衫隔绝，分毫也不碰触师妹的肌肤。但这样的做法，并不算违背了师妹的遗愿。卑鄙阴险的慕容宸睿。

慕容宸睿抱着姚凌折回，将她放置于马车内，凝望她青紫发胀的脸庞，低低地叹息。

凌儿，这是朕最后一次这样唤你，愿你喝下孟婆汤之后忘记今生所有不愉快的事，下一世能做一个快乐幸福的人。

深望她最后一眼，他放下马车帘子，走回路映夕身边。

路映夕微微一笑，抬眸看他，温声道："看来我们只能占用范兄的马车了。"

慕容宸睿颔首，眺目望向被骑兵包围的众修罗门弟子。原有三十几名的黑衣刺客，大半已倒于马车边，另有十多名被制伏。此次遭袭因为事前做足防备功夫，所以士兵中几乎没有伤亡。而修罗门经此重创，加上门主中毒命不久矣，大势已去，估计会在江湖中销声匿迹很长一段时间。

"宸，该起程了。"路映夕轻声提醒，转而与前面护驾的侍卫交代了几句。

"嗯。"慕容宸睿收敛心中的感慨，携她向另一辆马车走去。

打斗过后的混乱现场，自然有侍卫会处理。那名保持跪姿的黑衣男子，眼睛中闪着悲愤光芒，眼睁睁看着自己门下的弟子一个个当着他的面被处死，眼睁睁看着自己爱慕多年的师妹就此远去，再难按捺胸腔里巨大的悲恸，骤然间喉咙里爆发出一串如兽般的吼声，惊破这幽谧的深夜。

路映夕和慕容宸睿已上了马车，听见那饱含激烈情绪的吼声，也都感到几许喟然。

马队重新上路，车轮滚滚，铁蹄嗒嗒作响，而那野兽般的嘶吼声渐渐远去，可却持续着没有停止。

"他在以内力冲破穴道。"路映夕轻轻地道，明眸中浮现浅浅的悲悯。

"强行冲破封穴只会令他体内的毒素加速窜行。"慕容宸睿接言道。

"当毒素深入五脏六腑，便只有七日之命。"路映夕的声音越发低了下去，心里不免有些负疚。是她吩咐侍卫，当着那黑衣人的面处置被擒的修罗门弟子。虽然即使她不说，那些修罗门的人也必被处死，但她终是使了计。

"七日，他等不到我们回京都，也看不到安葬姚凌的皇榜昭告。"慕容宸睿凝目看她，出言宽慰道，"夕，此计虽是你所想，却是由朕所做，你不必有任何愧疚感。朕会以皇妃之名安葬姚凌，恢复她生前曾经的封号，风光厚葬。"

路映夕点了点头，清美的脸上掠过几丝感叹。姚凌一生所希冀的，至死都得不到。但慕容宸睿能做到这个地步，已经是仁至义尽，也算得上有情有义了。

车厢里一直沉默着的范统，听着他们两人旁若无人的谈话，拧起浓眉，低声咕哝道："姚贤妃可谓是前世修来的福气，之前行刺过皇上和皇后，死后还能够风光大葬。"

路映夕耳尖地听清他的咕哝，不由漾唇一笑。在范统的想法里，没有那么多弯弯曲曲纠结的恩怨，他的世界里黑白分明，好人应有好报，坏人不应得到上天的厚赐。可是这个世上其实有许多事并不适用非黑即白的道理，也鲜少有纯粹的坏人好人之分。

马车上，还有一人，那便是正在用小火炉煎着安胎药的王婕。听到范统的自语，她转眸瞥了他一眼，难得地没有反驳他。先前她听过他提起一些姚凌的事，深觉女子若此，活着纯属累己累人。

“娘娘，该喝药了。”紫砂壶内的汤药咕噜噜地响着，王婕打开壶盖看了看，便浇灭了火苗。

“这么烫，你就这样让皇后喝？”范统低低地冒出一句不满的话。

路映夕这几日已经习惯了他们的相处模式，故意添乱，道：“范兄，你何时变得这么细心体贴？”

范统斜眼睨她，对她也十分不满。这些天她一逮到机会就挑他的刺，似乎非要看到他和王婕吵起架来才高兴。

“娘娘英明。”王婕接茬，淡淡地弯了弯唇。她本非宫廷中人，对于皇宫礼节不甚清楚，而皇后又亲和有加，她也就从善如流地自在说话。

范统低哼一声，朝慕容宸睿看去。

慕容宸睿神色闲散，不疾不徐地开口道：“朕也觉得小范今日格外的细心。”

“联手欺我一人——”范统咬牙低着嗓子道，面色涨红，有气无法发。

“怎是欺你？不是在夸你吗？”王婕的口气似是云淡风轻，美眸中藏着点点笑意。

范统扭头不看她，恼怒地不吭声。他是越来越了解，何谓唯女子与小人难养也。

路映夕笑着对慕容宸睿道：“宸，照范兄的面相看，他的红鸾星今年大动，看来好事近了。”

“哦？朕不知道你还会看面相。”慕容宸睿配合地接腔。

“你看，范兄面色红润，眉梢似带春风，显然是桃花将开，红鸾将动。”路映夕笑吟吟地说着，看到范统恼羞成怒地瞠目瞪她，再补上一句，“而且他的红鸾星远在天边近在眼前。”

范统又急怒又窘迫，梗着脖子大声驳道：“胡说！范某今生根本无意娶妻！”

他喊得颇响，喊毕车厢内一时间安静了下来。

路映夕转头觑了王婕一眼，见她脸色平淡但眸光分明黯淡了几分，心中不禁暗道，范统也未免太不解风情了，果真是木头桩子。

慕容宸睿伸手揽住路映夕的肩，凑近她耳旁，低语道：“依小范的性子看来，他的情路会有不少小波折，但也不一定是坏事。就如我们，一路行来，共历风雨，才知相爱不易，才懂珍惜。”

“是。”路映夕轻应，心底变得柔软而沁甜，“相爱与相守，都不容易。宸，我们的路还很长。”

“相不相信朕能够给你一生的幸福？”慕容宸睿压低嗓音，在她耳边似蛊惑般地道。

“这要看你的表现。若是表现好，我便会多相信一些。”路映夕学着他之前说过的话，有模有样地回道。

慕容宸睿微恼，刻意在她耳畔吹气，却又状似只是在和她说悄悄话。

路映夕面颊一红，尴尬地看了看范统和王婕，见他们各自沉浸在自己的思绪里，才略定了心。

“夕，朕忍了很久。”慕容宸睿突然低声吐出一句话，气息似柔丝般钻入她耳朵。

“什么？”路映夕忙别开脸，不过还未听明白他的意思。

慕容宸睿手下微一用力，搂紧她的肩头，趋得更近，低沉地道：“自你有孕，后来又离宫养胎，再又发生了战事，已过半年了……”

路映夕愣了片刻，逐渐想懂他话里的含义，脸颊顿时滚烫起来，连耳根都染了绯红。

慕容宸睿退开一点距离，扬唇坏笑，欣赏她面红耳赤的赧然样子。

“不许说这些！”路映夕羞恼地低斥。

“不许说什么？”慕容宸睿佯作不解，定定地盯着她。

路映夕恼怒地瞠眸，但顾忌旁人在侧，也不好再多言，只能暗暗瞪他。

慕容宸睿却不似她那般顾忌，恣意地又靠近她，低低道：“夕，你自身谙得医术，不需朕去问王军医了吧？”

路映夕身子僵硬，不敢乱动，其实明知他不会当场对她如何，可心里无端感到非常紧张。

“嗯？”慕容宸睿暗笑于心，语气却益发邪魅起来，“可不可以……”

“不可以！”路映夕脱口急道。

因为声音略大，一旁的范统和王婕都转眼看过来，路映夕羞窘得简直想找地洞钻。

慕容宸睿见状放声大笑起来，笑声愉悦响亮。

路映夕狠狠地剜了他一眼，继而垂下头掩饰发烫的红艳脸颊。

慕容宸睿笑得更放肆欢愉，深邃的眼眸熠熠发亮，似暗夜中的星辰闪烁。

旁边的范统和王婕面面相觑，一头雾水。

第七十六章
风雨飘摇

重回皇宫，路映夕隐约有一种恍如隔世的感觉。

凤栖宫雅致清静如昔，与她离开之前几乎没有差别。她的寝居窗台前那一幕东海珍珠帘依然闪着明耀的光泽，偶有清风拂过，便发出清脆好听的玎玲声。

她站在窗口，不禁想起初嫁至皇朝的时候。那时她经常倚窗眺望远方的天穹，心底总有一股奔向自由的欲望。如今却是心甘情愿地返来了，一切看似都没有变，但其实许多事都变了。

“娘娘。”宫婢小南脚步轻巧地走进来，恭敬地屈膝行礼，禀道，“宸宫那边传话过来，皇上今日政事缠身，怕是无暇驾临凤栖宫了。皇上请娘娘按时进膳服药，早些就寝。”

“嗯。”路映夕轻轻应声，目光仍飘远于窗外。回宫三日，慕容宸睿极为忙碌，因他离宫甚久，积下诸多朝政军务，又要镇住朝堂众臣一度惴惴惶然的心，分身乏术自是可以理解的。

“娘娘，段皇后已在殿外等候半个时辰了。”小南温声提醒。

路映夕徐徐回转身来，淡淡一笑，道：“就宣她来此吧。”

“是，娘娘。”小南躬了躬身，领命退下。

路映夕慢步走到外居，坐在舆榻上，等着栖蝶前来。其实早在她回宫的隔日，栖蝶就已经主动遣侍婢来请示，但既然慕容宸睿下旨不许闲杂人等擅入凤栖宫扰她养胎，她也乐得眼不见为净。不过今日栖蝶亲自找上门来，于公于私她都是要见一见的。

“栖蝶参见皇后姐姐。”尚未见其人，先闻其声，清甜柔顺的嗓音从居门外清晰地传进来。

“进来吧。”路映夕唇畔噙着一抹浅淡的笑，扬声道。

一袭粉嫩的鹅黄色宫裙掠过居门，面容清美的女子袅袅步入，恭谨地跪下，行了大礼。

路映夕一时没有出声，未叫她起身，只静静地凝视她。看起来栖蝶似乎没有多大变化，但是小腹明显隆起，至少也有五个月的身孕了。

“抬起头来。”路映夕语声平缓，不带喜怒。

栖蝶缓缓抬起下巴，抬眸对上她的视线，谦卑温顺地微微一笑。

路映夕心中大吃一惊，但只不动声色地道："地上寒凉，你有孕在身，快快起身。"

"谢谢皇后姐姐。"栖蝶依言站起，一手扶着腰，动作确如孕妇，纯熟不似作假。

"栖蝶，几个月未见，你出落得益发明艳了。"路映夕含笑看她，心里思绪却是千回百转。栖蝶和她本就肖似，但从前她只觉得那不过是五官的相像，可方才乍一看，连神态都如出一辙。

"皇后姐姐谬赞了。"栖蝶面带浅笑，话语谦卑如旧，但眉宇间那自信冷静之色却未再收敛掩藏。一双漆黑似寒星的明眸，亮着清冽傲然的微光，当真是与路映夕一模一样。

"这些日子，过得可好？"路映夕随意寒暄，但神思不由得恍惚。不到半年的时间，栖蝶仿佛突然长大了一般，不再是以前甜美中带着几许稚嫩的少女，而是变成了风姿初露的碧华女子。

"这段日子栖蝶一直记挂着姐姐和皇上，现在姐姐和皇上安然回来了，栖蝶也就放下心中大石了。"栖蝶答得恳切，只字不提自己先前被软禁之事。

路映夕轻点了下头，当做回应。虽然她能体谅慕容宸睿回朝忙于政事，也不埋怨一连三日都见不到他人，但有一件事她却着实无法理解。原本慕容白黎代理朝政时，将栖蝶软禁了起来，可是为何慕容宸睿回来之后就解了她的足禁？

静思片刻，路映夕索性开门见山地道："栖蝶，如今你与本宫共主中宫，份位相同，往后也无须来向本宫请安了。"

栖蝶浅浅一笑，回道："皇后姐姐进门早于栖蝶，栖蝶尊姐姐为大是理应之事。"

路映夕也不再推拒，心想着待慕容宸睿空时，必须要仔细问问。之前她不想插手管霖国的事，也打心底相信慕容宸睿与栖蝶无染，才没有追根究底，但现下似乎越来越蹊跷了。

见她不说话，栖蝶便也安静地站立着，没有告退的意思。

"是否有事要与本宫说？"路映夕凝目看她，摆手示意侍立寝居门外的小南退下。

栖蝶这才不紧不慢地开口："皇后姐姐，邬国与皇朝签订了五年不战的和平盟约，但我霖国却失城失地，姐姐身为霖国公主，不知有何想法？"

路映夕扬唇淡笑，四两拨千斤地道："栖蝶，你我身在宫闱内苑之中，如何左右天下局势的发展？"

栖蝶敛眸颔首道："姐姐说的是，栖蝶亦是如此想。"

路映夕微蹙黛眉，眸中晶光一闪，蓦然领会她的话意。其实栖蝶早已看清时局走向了吧？她想稳坐皇朝皇后之位，永享荣华？

只听栖蝶又低低柔柔地道："女子如蒲柳，若觅得厚实夫家可倚靠，那即是一生之幸。"

“此话也有道理。”路映夕云淡风轻地附和。栖蝶似在表明不会出卖皇朝，但此举会否过于刻意？实则不过是想探她的口风吧？

栖蝶悠悠地抬起眼眸，目光闪动一丝暗芒，却不再言语，屈身告退。

路映夕盯着她的背影，眉头渐渐皱紧。栖蝶似乎是想与她争宠？可是她能凭借什么？腹中胎儿？

栖蝶正走到门槛处，冷不丁地扭头望她一眼，对她展颜一笑。

路映夕顿觉背脊发凉，心中升腾起一股怪异的不祥感。

砰——

不轻不重的磕绊声响，在无人的幽静环境下显得格外清楚分明。

看着栖蝶跌倒于门口，竟仿若就这样昏厥了过去似的，路映夕既想发怒又觉好笑。如此粗滥的伎俩就想栽赃她？

路映夕端坐着不动，看栖蝶打算做戏到何时。

时间一点点流逝，岂料栖蝶趴伏在地一动不动，鹅黄色的宫裙开始晕染开丝丝的血色。

路映夕微惊，忙起身走近。

“娘娘！”不远处，宫婢小南面色惊异地碎步跑来，“发生了什么事？”

路映夕心下一沉，已知这看似可笑的把戏内暗藏着锋利的芒刺。

“宣太医。”路映夕一边沉声道，一边蹲下身去搭栖蝶的腕脉。

“是，娘娘。”小南急忙应声，匆匆地又跑了开。

路映夕凝神诊脉，越是细诊，心中越是抑不住涌起冷冷的怒气。栖蝶确实有身孕，但是她竟然自封穴道，如此拿自己腹中的孩子当儿戏，简直没有资格为人母。

瞥向栖蝶裙摆染红的血迹，路映夕抬起手想解开她的封穴，以使她血气正常顺通，但是脑中灵光忽闪，手势便顿在了半空。她若解开了栖蝶的穴道，岂不是无法证明栖蝶存心使诡计？可是，终究人命关天，那尚未出世的孩子何其无辜。

迟疑片刻，她还是动手解开了栖蝶的穴道，并为她疏导真气，以安胎气。

太医赶到时，栖蝶已经幽幽转醒，长睫轻颤，小脸苍白，看起来格外的柔弱楚楚。

路映夕宣来内监，命其善后，便径自折回了寝居，不想再看栖蝶演戏。

一扇居门隔绝了外面的纷扰，路映夕倚坐在软榻上，心里有些烦闷。她并不认为栖蝶这些小动作能够成功扳倒她，但是这样的人多留宫中一日，都是一日的麻烦。该尽早与慕容宸睿谈一谈了。

静坐须臾，听到宫婢在外恭谨地敲门。

“进来。”路映夕淡淡应声，猜是小南来回报栖蝶的情况。

果不其然，小南恭谦地步入，行礼禀道："娘娘，太医已为段皇后诊断过，说是动了胎气，恐怕情况有些棘手。"

路映夕抬眼看她，目光沉静地审视着，半晌未出声。

小南亦不慌张，有条不紊地再道："奴婢愚见，这事儿怕是要闹到皇上跟前了。"

"小南。"路映夕忽然唤她的名字，似漫不经心地问道，"你入宫当值多久了？"

"回娘娘，奴婢六岁入宫，到如今已有十四年。"小南秀丽的脸上并无多少波澜，温顺地答道。

"十四个年头，不是一段短的时间，这后宫中的是是非非你应都看得不少了。"路映夕的语气仿若闲谈般随意，但一双明眸闪着敏锐的光芒。

"奴婢只看应该看的，谨守宫规，竭力做好分内之职。"小南滴水不漏地接话，低眉敛眸，姿态恭敬。

"那么，你今日都看到了些什么？"路映夕继续问道。

"奴婢看到段皇后躺倒于居门外，不过奴婢来得迟，不知为何会如此。"小南垂着眼帘，神情内敛沉稳。

路映夕轻轻"唔"了一声，心中倒是放下戒备来。小南算是久居内廷的老宫人了，定然深知后宫争斗的险恶，应当晓得明哲保身的重要性。如此也就足够了，至少不会雪上加霜。

思索了会儿，路映夕温和地开口道："小南，你代本宫去一趟宸宫，就说本宫有事求见皇上。"

"是，娘娘。"小南屈身退下，出了寝居，才敢让自己长长地吁出一口气来，而暗自紧握的手心已是汗湿一片。她早知路皇后是心思剔透之人，现下更是验证了这一点。可那段皇后也非善辈，她区区一介宫女夹在中间委实是左右为难。段皇后欲以重金收买她，她本想存作满二十五岁出宫以后的养老本，但现今看来这笔买卖风险太大，她还是莫贪此心为好，否则难保不会脑袋搬家。也幸好她一向行事谨慎，并未一早应承了段皇后。

寝居内，路映夕斜躺在软榻上，慵懒地合目养神。此时她只觉栖蝶的存在令她烦扰，并没有感到难以招架。因为她相信慕容宸睿自是会明白的，也必是会站在她这一边的。岂知，接下来的事意外得让她无法置信。

夜幕初降，侍婢们掌上了明亮的宫灯，而凤栖宫的寝居中一贯是以硕大的夜明珠照明，亮如白昼。

路映夕用过晚膳，喝下安胎药，正有些昏昏欲睡，离去甚久的小南这才姗姗地返回。

"如何？皇上可抽得出空？"路映夕眼眸半合，揉了揉眉心，微倦地打了个呵欠。

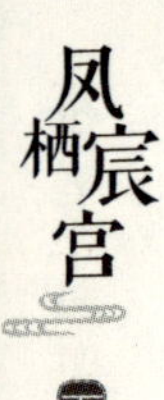

小南的脸上有着明显的难色，放轻嗓音，小心翼翼地道："回娘娘，奴婢在宸宫等候了一个时辰，未能见到皇上。内监总管说，皇上政事繁忙，尚在御书房议事，待皇上回宸宫便会向皇上转达娘娘的话。奴婢担心娘娘等得急，就先回来告知娘娘一声。"

路映夕睁开了眸子，心中升起疑虑。

见她皱眉，小南又解释道："内监总管说，这是皇上的意思。近日后宫嫔妃若要面圣，都需等待通传。"

"包括本宫？"路映夕眸色一沉，心里愈发觉得异常。

"是。"小南低下头去，亦感觉这事情不太对劲。皇上和路皇后回宫的那日，皇上温柔地护着娘娘到凤栖宫，还特别叮嘱她要好好照顾娘娘，可这才隔了三日，就突然变了天？

路映夕沉默了一会儿，淡淡启口问道："栖蝶那边如何？胎儿无恙吧？"

小南踌躇一下，才轻轻地道："听说皇上派了四名太医去段皇后那边，太医们正全力为段皇后开药保胎。"

路映夕听着勾了勾菱唇，徐徐道："本宫要亲自去一趟宸宫，备辇。"

"是，奴婢这就去备辇。"小南颔首应话，利落地退了出去。

路映夕打起精神，自行换了一身正式的华美宫装，预备去宸宫探个究竟。

月明星稀，夜风习习，华丽尊贵的凤辇穿行在干净宽敞的宫道上，衬得夜色更显迷离瑰丽。路映夕心中却想，这个幽静美好的夜晚，或许无法给她带来一丝宁静。慕容宸睿的反常，已不是朝政缠身可以解释了。他似乎在躲着她，甚至可能真要冷落她，但这一切是因为什么？她不相信毫无理由地，他便翻脸无情。背后一定有她所不知道的理由。

辇车在宸宫外停下，内监总管毕恭毕敬地将路映夕迎了进去，却请她在前殿坐候，言道，皇上仍在御书房议政，不敢擅自打扰。

路映夕也不为难宫人，就在殿堂里端坐，神色泰然自若，并不露丝毫忧虑或气恼。

这一等就等到了亥时。偌大的殿堂寂静得连呼吸声都清晰可闻。路映夕看着内监总管来了又去，心知他确实有去御书房探听情况，如此也就更证明了慕容宸睿不想见她。

一味枯等，渐感心浮气躁，路映夕强自压下，平静地站起，准备打道回凤栖宫。刚刚出了殿门，恰巧见一道熟悉的身影从不远处的廊道走来。

命随行的宫人在原地候着，路映夕独自向那人走去。

"范兄。"待走得近了，她才轻声唤道。

"参见皇后娘娘，娘娘凤安。"范统揖礼，比在宫外时生疏了不少。

路映夕本已满腔闷气，见他这般客气疏离，索性抿起唇来不吭声，只直直地盯视着他。

范统被她盯得有点尴尬，讷讷地没话找话道："皇后怎会深夜在此？"

“怎么？这宸宫，本宫来不得？”路映夕没好气地回道。

“范某并无此意。”范统看她情绪不佳，一时摸不着头脑，以为她在气他故意与她生分，便老实说道，“宫中不比宫外，范某只是循礼请安，没有其他意思。”他早已经把她当做至交好友，但身份有别，该守的规矩终归要守。

闻言，路映夕胸口憋着的气稍散了几许，绽唇微微一笑，道：“范兄，回宫这几日你可忙？”

“忙。”范统点头，想了想，又道，“皇上更忙，有许多折子待批，有许多军政要处理。”

“连范兄你都知道皇上不愿见我？”路映夕一凛，敛了笑，正色问道，“是否朝堂上发生了什么大事？”

“皇上怎么可能不愿见你？”范统比她更不解，连连摇头道，“皇上只不过是太忙碌，路兄，你多心了。”末了，他还语重心长地劝她，“范某知道路兄与皇上鹣鲽情深，但皇上毕竟是一国之君，要以国事为重，路兄可要多多体谅才是啊。”

路映夕啼笑皆非，但也不再赘言。显然范统并不知内情，她是没有办法从他这里得到什么有用的消息了。

范统看她默然不语，当她认同了他的说法，刚毅粗犷的脸上露出欣慰的微笑。

路映夕无奈望他，转而问道：“范兄，你为何会在此？”

“皇上宣范某来商议一些事。”范统没有隐瞒地回道。

“皇上宣你？此刻？”路映夕心念一转，双眸中亮起莹光。

“是。所以不能与你多聊了，皇后保重。”范统又恢复了敬称，拱手一礼，大步往殿内走去。

路映夕也不留他，慢慢地走到廊道的另一端，在廊尾的画柱旁停住脚步。这里是御书房回宸宫必经的路，她就在此地等着，相信慕容宸睿很快就会出现。

夜已深沉，空中的皓月被乌云一点点遮掩，隐去了光辉。

路映夕沉着气静等，过了半刻钟，就见一道挺俊颀长的身影远远地走来。他的脚步缓慢，低头看着地面，似乎边走边思考问题。

路映夕看他逐渐走近自己，心跳不期然地加快起来。三日未见到他，他好像清瘦了些，眉宇间拢着一抹散不去的倦意，但依旧英气傲然，高贵的明黄帝袍更衬出他的霸气。

他的步伐平稳沉着，一步步走到她身旁。他身上独有的龙涎香淡淡地飘入她鼻尖，她不自禁地漾开浅浅笑容，张口欲言。但是，一声“宸”字还哽在喉咙里未吐出，就见他从她身边走过，视若无睹，仿佛她是看不见的透明的风。

路映夕愣在那里，眼睁睁看着那道明黄身影头也不回地越走越远，喉头一阵阵发紧，

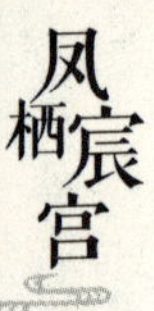

发不出半点声音来。他竟能够如此绝情，他竟能够当她不存在，他竟一眼也不看她。

路映夕脑中发蒙，怔立原地，良久才缓过神。

凤辇在清寂的夜色中缓缓前行，路映夕一路都在思索。为何会如此？究竟是什么原因？却是苦思不得其解。

这一夜心绪不得安宁，辗转反侧，直至天蒙蒙亮才混沌地睡着。

再睁眼时已是天光透亮，宫婢侍候在床侧，服侍她更衣洗漱。

“小南，栖蝶无碍吧？”在膳桌旁坐下，路映夕淡淡地问。

“回娘娘，听说段皇后已无大碍，不过需要静养，皇上下了口谕，不许嫔妃们打扰。”小南恭敬地答话，谨慎地省去了重点。

路映夕却极为敏锐地抬眸看她，问道：“皇上昨夜去栖蝶宫中了？”

小南一怔，垂头轻轻地应道：“是。不过奴婢听说，只是去探望段皇后，未留宿。”

路映夕未再吭声，埋首进食，似是云淡风轻波澜不惊。可是心底终究泛起了层层涟漪，弥漫开酸楚涩然。

用膳完毕，小南收拾着退了出去，过了片刻又返来，禀道：“娘娘，内务府那边传话来，说是晴沁姑娘回宫了，请示娘娘的意思。”

“小沁？”路映夕惊喜地站起，忙道，“快去领她前来。”

“是，娘娘。”小南躬身退下，领命去了。

路映夕讶异地想，小沁怎会返来皇朝？即使邬国没有扣押住小沁，小沁也未必能这么及时地知道她已回到皇朝皇宫中。

等了一盏茶的时间，便见满面风尘的晴沁前来，跪地叩首，向她行宫礼。

“小沁，平身。”路映夕绽开笑容，亲和地上前扶她。从前她与小沁并不亲近，但是之前数个月她和小沁可算是相依为命，这种感情自是不可同日而语。

“娘娘，您可好？”晴沁晒黑了一些，但更显成熟沉静。

“好。”路映夕轻点了下头，挥手示意一旁的小南退下，才启口询问，“小沁，你如何离开渝城？”

晴沁的视线瞥过她的腹部，见确是无恙，才回话道：“奴婢原本被软禁在渝城之中，前几日皇朝派来使者，将奴婢带回了皇朝。”

路映夕疑惑道：“皇朝的使者？专门为了你而去？”

晴沁想了想，答道：“许是两国商议边防安全的事宜，顺便接奴婢回皇朝伺候娘娘。”

路映夕并不似她想的这般简单，微蹙着眉思忖。若论身份，小沁只是一个无足轻重的侍婢，两国商议国事怎么可能顾忌此等琐碎小事。

“娘娘，是否有不妥之处？”晴沁聪慧地察觉她的神色，担忧道。

“送你回宫的使者是何人？可有说过什么？”路映夕沉声问道。

“奴婢并不认得那使者，应是礼部的人。”晴沁也皱起眉头，仔细地回想，“当时那侍者说，娘娘和皇上已在回朝途中，他奉命带奴婢回京都。”

“奉命？”路映夕低下语声，自语道，“奉谁之命？”是范统细心地想到，还是司徒拓？难道会是慕容宸睿？

晴沁凝目看她，见她眉宇间笼着忧重之色，不由关切地猜测，“娘娘回宫之后是否遇见了烦心的事？”

路映夕颔首，清幽一叹：“皇上拒见。”

晴沁大惊，无法置信：“皇上拒见娘娘？不可能！如今天下人皆知，皇上亲身赴战场，只为接娘娘回宫。红颜倾国的流言早已传遍三国，却非实情？”

路映夕无奈地笑了笑，道：“流言本就不可尽信。”而现在她也不知，到底什么才是可以相信的。

晴沁沉默了会儿，轻声提议道：“奴婢去求见皇上试试？”

路映夕摇头，淡笑道：“小沁，你是为本宫着急？还是为了本宫腹中的孩子？”

晴沁面色微微一僵，敛眸低低地道：“奴婢是替娘娘着急，亦是为娘娘腹中的皇嗣着急。”

路映夕“嗯”了一声，含笑睇她。

像是感觉到她的目光，晴沁忽然抬起头来，迎上她的眸子，朗朗清声道：“奴婢所言全是真心话，无一字虚假。”

路映夕伸手，为她拢了拢微乱的鬓发，笑道：“小沁，我信。”

简单的四个字，仿佛有金石掷地的重量。晴沁感到心中一暖，仓促别扭地垂下头去。

“小沁，你到门口守着，我要入地道一趟。”路映夕温和地以“我”自称，只是眉心那抹惆怅挥之不去。

“是。”晴沁不赘言，恭谨地依言而做。

路映夕带着火折小心地攀下凤床，入了地道中的石室。

许久未来，石室中飘散着尘土的味道，路映夕一时间有些感慨。在返回皇朝的路上，她曾经想过，是否应该填了这条密道。现在想来，做人还是要给自己留一条后路为好。

在石室里留下暗号，她举目四望，叹息着回了地面。曦卫知晓她回皇朝后，必会兼程赶回。眼下，她十分需要曦卫的帮助。

第七十七章
濒临失忆

一个白日平静无风地过去，到黄昏时，天空突然下起了倾盆大雨，倏然间电闪雷鸣，狂风大作。

路映夕静静地站在窗前，猛烈的大风吹乱她乌黑的长发，迷蒙了她的眼。苍穹变天与人变脸都是这样的毫无预警，她不得不承认，她感到措手不及，迷惘不解。

滴滴雨珠急促地飘进窗，打在她的脸上，微微生疼。她将窗关起，旋身走到榻边坐下。

此时，居外猝然响起一道太监特有的尖细嗓音——

“圣旨到！路皇后接旨！”

路映夕闻言挑眉，已不感意外。在她预料之中，这道圣旨迟早要来。虽然她还没有想明白慕容宸睿为何要这么做。

寝居的门不请自开，不过那传旨太监并未过于放肆地踏入，只站在门外扬声再次宣道：“圣旨到！请皇后娘娘接旨！”

路映夕缓缓站起身，也不走近，就地跪下，平淡地道：“臣妾路映夕接旨。”

那太监轻咳一声清了清嗓子，手持明黄绸缎卷轴，却不宣读，慢慢地跨步走进居内，双手捧着圣旨递到路映夕手上。

“吾皇万岁。”路映夕接过，口中依礼说道，然后才扶腰起了身。

那太监倒也怪异，什么也不说，毕恭毕敬地向她行了礼，便离去了。

路映夕坐回软榻，徐徐地展开玉轴，一字一字地扫过圣旨内容。

看毕，她扬起菱唇，浮起一抹冷峭的弧度。难怪那传旨太监不敢多留，想来是怕她雷霆大怒，拿他出气泄恨。

圣旨之中清楚写着，她路映夕疏忽大意撞倒段皇后，险些令其小产，姑念她亦身怀龙种，只命她禁足以作小惩。

“娘娘……”晴沁轻步走入寝居，温声唤她。

路映夕若无其事地抬眸看她，应道：“何事？”

晴沁低首觑了她的手一眼，一时未出声。

路映夕顺着她的视线，也低头看去，发现自己的双手紧紧地攥着玉轴，手背上细微的青筋突起，指节发白。她下意识地一松手，那卷轴就骨碌碌地滚落地上。

晴沁瞥见其中的几个字，心里便有了数。

“娘娘，您莫怪皇上，皇上必有苦衷。”她轻声地劝慰道。

“哦？你怎知？”路映夕语气淡淡，隐有几分清冽的冷意。却不是针对晴沁，而是恼怒慕容宸睿毫无征兆的无端变脸。

“外面风大雨大，倒不如待在凤栖宫中，不受丝毫的风吹雨打。”晴沁继续劝解道。

路映夕听闻此言，不禁凝眸细看她。

晴沁浅浅一笑，压低声音，道：“方才奴婢去太医署拿安胎药材，‘偶遇’范侠士。擦身而过的时候，范侠士悄悄塞了一张纸条到奴婢手上，并低声地叫奴婢务必要亲手交到娘娘手中。奴婢未敢擅自窥看，不过猜想应与皇上有关。”说完，便将一个小小的纸团交给路映夕。

路映夕眸光发亮，心中陡升一线希望。

纸上只有草草的两句话，路映夕看得发愣，思绪越发混沌起来。

“娘娘？”见她怔忡出神，晴沁不放心地轻唤。

路映夕回过神，扯唇苦笑，道：“谜团未解，而又添一个。”

晴沁疑惑不明，注视着她。

路映夕抑着心头难安的情绪，解释道：“范统说，皇上失明了。”

“失明？为何？”晴沁震惊地低呼。

“据范统所言，皇上掩饰自己失明之事，目前竟未让朝臣看出。”路映夕竭力沉下气来，试图静心思量其中蹊跷，但过了片刻，终是坐不住，复又站起，道，“不行，我必须潜入宸宫一趟。”

外面正狂风骤雨，路映夕虽然心中记挂忧急，但还是必须耐着性子等待雨停。

可这场大雨竟足足下了一个时辰，直至天色阴暗，夜幕拉下，才有转小的迹象。

路映夕推窗观望，深吸一口雨后的清新空气，决心趁夜偷潜入宸宫。

但还未待她行动，就听寝居外传来一迭声的通禀：“皇上驾到——皇上驾到——”

路映夕蓦然愣住，双脚定在地上，半晌都没有移动。

只听那沉稳耳熟的脚步声朝她而来，内居隔门的珠帘被拂动撩开，发出清脆的声响。

她抬眸定定地凝望，一张英气勃发长眉入鬓的俊脸映入眼帘。那双幽黑深邃的眸子，丝毫无异状，就这样深深地望入她的眼底。

“宸？”她轻声试探性地唤他。

“嗯。”他低沉应声，面上无澜，看不出情绪。

路映夕一时无话，缓步走到外居将门落锁，再慢慢走回。

慕容宸睿已经顾自倚坐在舆榻上，神情懒散，姿态闲适优雅，一如最初认识时的那个高高在上的皇帝。

路映夕皱着眉头看他，总觉得似乎有什么地方不对劲，却又寻不出问题所在。

“朕坐会儿就回宸宫。”慕容宸睿忽然开了口，语声平淡，甚至近乎冷淡。

“宸，你没有什么话要对我说吗？”路映夕深觉怪异，直直地盯视着他。

慕容宸睿闻言微拧起浓眉，不悦道：“莫不是离宫太久，你已忘记宫规？”

路映夕抿唇未语，他是指她不用敬称?

果然，慕容宸睿又道：“直呼朕的名讳，你认为是你可以做的事？”

路映夕彻底无言，怔怔地站在他面前，黛眉不自觉地蹙紧起来。

“罢了。”见她不吭声，慕容宸睿略显烦躁地摆了摆手，眸光深沉晦暗。

“皇上，是否朝中发生了棘手的事？”路映夕疑问，探究地睇他。

慕容宸睿默然不答，似是陷入沉思。

路映夕静等片刻，忍不住轻缓地抬起手，极慢地探到他眼前挥了一下。

“你在做什么？”慕容宸睿倏地冷声质问，目光透寒。

路映夕下意识地迅速缩回手，讷讷而疑虑地道：“宸，你的眼睛……”

慕容宸睿冷冷地挑起眉毛，反问道：“朕的眼睛如何？”

“你……看得见？”路映夕定了定神，轻眯起明眸，暗自研究他脸上的神色波动。

慕容宸睿寒着脸色，不言不语。

路映夕已察不妥，再次伸出手在他面前晃了晃。

“放肆！”慕容宸睿陡然厉喝，一把扯过她的手腕，用力钳住。

路映夕顿时一惊，想要拽回自己的手，可他握得分外使劲，竟难挣脱分毫。

居室内一片死寂，只闻两人起伏不定的呼吸声。

路映夕不再挣扎，心中告诫自己要冷静。沉淀须臾，她索性径自坐到榻上，挨着他身边，温言道：“宸，究竟出了何事，告诉我，我们一起面对。”

或许是她温软的语调起了作用，慕容宸睿慢慢松开了手，淡声道：“朕知道你深谙医术，所以今夜才特意过来。”顿了顿，他才又道，“朕的眼睛确实出了点问题。不知何故，视线非常模糊，有时能看到人影晃动，而有时会瞬间眼盲，无法睹物。”

路映夕听他的语气好像有些生疏，并且不似刻意装出，心下诧异不已。

“皇上可介意让臣妾诊断看看？”她愈加柔了语声，心知自己若想知晓事情的缘由，必须镇定。

慕容宸睿未置可否，路映夕便轻轻地举起手触碰他的眼睑，微微掀开查看，然后搭上他的腕脉。

“如何？”良久，慕容宸睿先出了声问道。

路映夕把着他的脉，心底翻涌起惊涛骇浪，差些就惊呼出口。

“如何？”慕容宸睿沉下嗓音，再次问道。

路映夕尽力稳住心神，保持着温声轻语，道：“皇上的寝宫中这几日是否点了熏香？”

慕容宸睿沉吟回道：“朕的寝宫内一贯是燃龙涎香。”

路映夕微倾身，嗅了嗅他身上的帝袍。

慕容宸睿虽心绪烦乱，但神智仍是清明，敏锐地问道：“有人在朕的熏炉中下毒？”

路映夕轻轻摇头，随即想起他可能看不见，忙回道：“并非毒药，应该是神魂散。”

“何谓神魂散？”慕容宸睿面色骤冷，周身散发凌厉的森然之气。

路映夕见状不由在心中一叹。不怪他戒备紧绷，这几日他一定备受内心煎熬。因为中了神魂散的人，会一点点地失去部分记忆，可他本身又未必知道自己正在失忆中，只会感觉到周遭的某些人或某些物似乎变得陌生。

“说！”见她突然静默，慕容宸睿厉声一喝，双目锋利地射向她。

路映夕却是知道他不过是强装眼睛无恙，霎时心头一阵酸软，温柔地握住他的手，缓缓道：“宸，你必须相信我。神魂散会令你逐步失去从前的记忆，当你将我忘得一干二净的时候，你的眼睛便也就彻彻底底地盲了。”

她把话说得颇有技巧，握紧了他微凉的大手，再道：“神魂散本是一种极难察觉的香粉，我能诊断出来只是因为曾在玄门祖传的医籍里看到过。至于如何根治，那本医籍中并未记载。不过你莫急，这世上凡是毒药，就必有相克之法。”

慕容宸睿却勾唇冷笑，抽回手，嘲道：“你方才说神魂散并非毒药，如此也有相克之法？”

路映夕瞠眸，被他的话堵得语塞，不由得暗暗恼起他依旧维持着的睿智。

仿佛感受到她气闷的情绪，慕容宸睿唇边的笑容奇异地添了分暖意。

他自己不觉，但路映夕心细地发现，喜道：“宸，你还记得我们之间发生过的事吗？把你所记得的，每日回想温习一遍，应能暂时延缓你失忆的速度。”

慕容宸睿蔑然嗤道：“这无须你说，朕已经这么做了。”

路映夕悻悻，安静了一会儿，才再开口问道：“你还记得多少？为何不肯见我？为何要禁我的足？栖蝶腹中胎儿的父亲是何人？”

她一连串地发问，慕容宸睿这时倒是全部记得，甚有条理地答道：“记得一半。不见你是因为有些事记不起，感觉怪异。禁你的足，是不想你和段栖蝶有不必要的往来。段栖蝶此人——”他忽然停住，皱眉苦苦思索，眸中浮现一层茫然迷雾，“段栖蝶怀有身孕，不是朕的骨肉？”

“不是！”路映夕急急接道。

慕容宸睿抿紧了薄唇，不发一语，显然正费力回想。

看他脸上的迷惘之色越来越浓，路映夕颓然。

苦想许久，慕容宸睿绷直了身子，眸光渐锐，音色沉沉地道：“朕不能久留，需回宸宫。”

“为何？”路映夕甫问出口，脑中灵光一闪，想透其意。

“朕前日就已深觉蹊跷，虽然众太医皆诊不出异常，但朕知道身边必有奸细，必是对朕做了一些事。今日经由你一说，朕便明白得七八分了。”慕容宸睿边说边站起身，举步往居室外走去，不见分毫留恋之色，却不紧不慢地丢下一句话，“替朕想想解神魂散的办法。”

路映夕望着他挺得笔直的背影，轻浅地漾唇一笑。他内心深处是信任她的，即使他正渐渐地对她感到陌生。

看着他的身影消失于视野，路映夕静下心来思考。神魂散是十分古老罕见的药物，她生平未曾见过，也许师尊或师父知其来历晓其解法。但是师尊行踪飘忽，而师父……

抑住心酸，她继续理智地想，此次的事，最大嫌疑便是霖国，而说到霖国她就无法不怀疑栖蝶了。慕容宸睿若是忘记栖蝶所怀的是何人的孩子，那么获益最丰的即是栖蝶。

静思着，路映夕的清眸中亮起炽芒。无论是否栖蝶幕后所为，她都要试上一试。

“小沁。”思定主意，她扬高声量唤道。

“是，奴婢在。”居外响起回应声，不一会儿，就见晴沁来到她跟前。

“小沁，帮我做一件事。”路映夕淡淡含笑，明眸转动，锋光流溢。

“是，娘娘。”晴沁伶俐地俯身凑近，聆听她的低声交代。

仔细地吩咐完毕，路映夕便示意她退下，自行走到桌案后坐下，摊纸研磨，开始写信。她要迫得栖蝶交出解药，但需要一点时间，可慕容宸睿的记忆怕是等不起，所以她要每日写一封信帮他温习重要的事。

提笔蘸墨，她侧头回想不久前的往事，莞尔弯唇。其实算起来她与慕容宸睿已通过好几次信，不过似乎没有一次是真正的情信。这次就由她主动做一个示范，以后要他跟着学。

洁白的上等宣纸铺展开来，她面带微笑，埋首疾书。

“宸，可还记得大婚那夜，你拥我入怀，却那般冷漠无情？可还记得你赠我那支结发木簪，原来它另有主人？可还记得最初你我针锋相对，几乎欲置对方于死地？从何时起，一切悄然有了变化？

“你还记得吗，那日我弹琴煮酒，却借机威胁你，你冷冷说从此以后再也不要听到我的琴音。还有那天雪花纷飞，我在雪地里为你跳惊鸿舞，你却满目寒色，厉声喝止我的舞姿。为何明明应该是美好旖旎的事，发生在我们之间时却变成了剑拔弩张冷酷相对？后来我才明白，那时你已因我而忍耐，那般地暗怒于心，却未对我动手。你动了情，却无法承认。不敢承认的人，还有我。”

路映夕停住笔，决定把后面的事留于明日信中再写，若是太快回忆完，恐怕不够时间成事。

但是，在署下“夕”字之前，她又添了一句。

“结发为夫妻，恩爱两不疑。”

翌日，风歇雨止，天空碧蓝，阳光明媚。

路映夕散步在凤栖宫内的花园中，不禁感叹天色变幻之迅速与奇妙。

地面还有些潮湿，但空气分外的清新，她站在一处花圃前，漫不经心地欣赏着盛放的虞美人。那红红艳艳的花儿开满一片，极为妍丽，令她不由地想起栖蝶来。栖蝶就如这虞美人一般，茎枝柔弱，却能绽放出浓艳华美的花朵。

虞美人是一种毒花。初嫁入皇朝时，路映夕特意命人种植。原本她未存害人之心，仅有绸缪之意。想不到如今真要派上用场。

徐徐走到重檐八角亭台中，倚槛而坐，不多时便见晴沁快步走来。

“娘娘。”晴沁行礼踏入亭内，凑近路映夕，轻声道，“已办妥。”

路映夕抿唇淡淡一笑，神色沉静清冽。这世间的事也许确有因果循环，不容人不信。当日她离宫之时，栖蝶欲要铲除她腹中的皇嗣，现今轮到她狠心而为。

“娘娘，如此有用吗？”晴沁不太放心地多言问了一句。

“先前她诬陷本宫推搡她，害她动了胎气。正所谓来而不往非礼也，本宫自是要回礼的。”路映夕缓缓站起身，慢悠悠地道，“整座皇宫内，唯有栖蝶居住的落霞宫种植了‘蝶飞草’，而蝶飞草与虞美人药性相冲，此次她百口莫辩。”

“皇上会不会不信？”晴沁手心里捏着几株蝶飞草，仍感忧虑。

“这件事本宫要将它闹大，由不得任何人不信。”路映夕眸色沉敛，思起慕容宸睿的神魂散尚无法可解，越发铁了心，“小沁，你把蝶飞草扔进花圃里，半个时辰后宣太医来。”

“是，奴婢知道。”晴沁会意，转身便去做了。

路映夕顾自慢慢地踱回寝宫，躺上凤床。她半合星眸，面容平淡，脸色却逐渐苍白。不过一炷香的时间，她的额上已遍布汗珠，面无血色，嘴唇灰紫。

再过一会儿，就听到晴沁在外居惊慌大声喊道：“娘娘不好了。快宣太医！快宣太医啊！”

路映夕懒懒躺着，扯唇微笑。看来小沁也颇有演戏的天分。

正这么想着，外面已渐嘈杂起来，宫婢们惶急地快步跑进来，一掀隔门珠帘，探头望了望，便大惊失色。

路映夕有气无力地眨着长睫，面如金纸，唇色灰白骇人，看上去格外的悚然。不过她的神智却十分清明，暗忖着，此等症状也只有玄门弟子才能看出破绽，料想宫中太医们必是看不穿。

不久，一名老太医被晴沁急催着，脚步匆匆地入了寝居。待诊断过后，老太医一脸震惊惶恐，忙又请了太医署其他的当值太医过来。

一时间，居室内凤床幔帐外，聚集了一众身穿朝服的太医，个个神色颓败惴惴不安。

“剧毒……”令人窒息的寂静中，不知哪位太医忽然发出一声低低的叹息。

“宫中本就不应种植虞美人……”另一名太医微有埋怨，但随即就警觉地止了口。

“若非混杂了蝶飞草，单单是虞美人倒也有救。”又有一个太医很轻地接了一句。

“那蝶飞草……只有……”原先叹息的那名太医似突地想到什么，戛然闭嘴。

在场的六名太医面面相觑，心照不宣又忐忑不已。路皇后无端中毒，下毒之人疑似段皇后，此事简直耸人听闻。他们若不小心说错了什么，恐怕要人头落地。

“太医，娘娘的情况如何？”晴沁侍立一旁，心焦忧急地问。

六名太医又互相对看一眼，不约而同地重重一叹。

同样侍立旁侧的小南虽也忧心，但还是比较冷静地道：“太医，娘娘的情况是否严重？是否需要上禀皇上？”

众太医齐齐点头，其意不言而喻。

晴沁见状，便痛心地红了眼眶，跪到床前，对着凤床上似是昏迷的路映夕低泣道：“娘娘，娘娘您是怎么了？今晨还好好的，为何去了一趟花园回来便这样？娘娘您快醒醒，别吓奴婢啊！”

小南是何等精明之人，一听晴沁此番话就知重点在于“花园”二字，但她也不多嘴，默默地退了出去，吩咐内监去禀告皇上。

晴沁一径伏在床沿低低浅浅地啜泣着，嗓音压抑，并不高调，听起来倒是益发悲怆戚戚。

众太医僵站着，束手无策，可又不能甩手不管，只能心烦意乱地听着晴沁的轻泣声，枯等皇帝前来。

路映夕合目平躺着，气息微弱，将断未断，令人揪心担忧。可她心底正忍俊不禁，小沁的演出比她预料的更加出色，不显半分刻意雕饰。其实昨夜她已交代晴沁，命她去找范统，以之前那种“擦身而过”的方式传达信息。范统没有叫她失望，连夜就盗来几株蝶飞草。

因用内力控制着内息，外加早前服下秘药，她的脉象极为孱弱，渐觉昏昏欲睡，没等到皇帝驾临就真的昏睡了过去。

模糊朦胧中，她似乎听见了慕容宸睿的声音。

“中毒？皇后中了何毒？”

她听着他隐抑怒气的问话，下意识地微微蹙眉。她昨晚给他写了一封信，但为防万一信函外泄，并没有提起自己的计划。何况他正一点点地失忆中，也不宜与他商量。

“庸才，一群庸才！”

未听清太医们回答了什么，只听慕容宸睿陡然暴怒，声色俱厉。

她迷迷糊糊地想，他还会为她发怒，失忆的程度应该还算轻。

“给朕召刑部沈尚书过来！立刻彻查！”

她听到事情就如她所预测的发生，心中大定，便安心地放松了神经，沉沉地陷入黑甜梦乡里。

这一觉足足睡到天黑，醒时饥肠辘辘，愈显虚弱无力。

四周安静无声，床边坐着一个人，她幽幽睁眸望去，见慕容宸睿闭目养神却还皱着眉，不由心疼，轻轻地启口唤他：“宸。”

慕容宸睿像是一惊，蓦地张开眼，定定地看向她。

“宸，我没事，别担心。”路映夕忍不住吐露安慰之语。

慕容宸睿仿若一时未缓神，怔怔不语。过了片刻，沉了神色，冷冷道：“这还算没事？”

路映夕凝眸细看他，捉摸不准他此时的状态，只得缄默。

慕容宸睿显然情绪极差，愠怒地道：“朕最厌恶这些后宫把戏，你们却非要在朕眼皮底下耍伎俩，今次若不严惩，这后宫岂不是自此乌烟瘴气了。”

路映夕一听即知他又对她生了陌生感，不吭声地轻皱了下眉。

慕容宸睿确实逐点逐滴地遗忘了一些记忆，那种莫名的空荡荡的感觉令他郁悒烦扰。他对朝政之事全部记得，也清楚自己为何立了两位皇后，可是隐隐约约地，他感觉自己仿佛丢失了很重要的一部分东西，心似被蚀空了一块。

路映夕的身体尚软绵乏力，倦怠地看着他。

触上她似乎柔弱又似乎晶亮的目光，慕容宸睿心头一阵抽紧，偏又不明是何缘由。胸口堵着闷气，烦躁不堪，他的口气欠佳，硬声道：“你好生歇着，此次的事朕必会还你一个公道。”

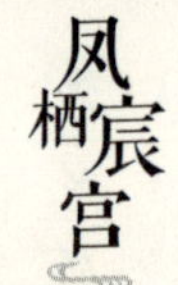

“谢皇上。”路映夕语声低弱，心里却坚定地想，这不过是刚刚开始，她势必要逼得栖蝶入绝境。若不如此，栖蝶绝不会甘愿交出解药。

慕容宸睿站起身来，神情冷漠地俯看她：“朕的皇后，岂可这般短命。未经朕的允许，你不可以死。”

路映夕正分辨着他这话里有多少情意成分，但还未等她想透彻，他已甩袖离去，利落得有些冷酷。

注视着他笔挺的背影，路映夕在心底重重一叹。他的眼力必定是时好时坏，而他的记忆也必然是日渐残缺。如果有一日他全然盲了，再也看不到她的样子，更是彻底地忘记了她，那该怎么办？难道他们要重新开始认识彼此，再重新相爱？

自觉想法荒谬，路映夕自嘲地笑了。

“夕！夕！”

突然，外居传来急急的唤声，随即一阵踉跄的脚步声趋近。

“宸？”路映夕微撑起身子，见慕容宸睿跌跌撞撞地向她而来，惊疑道，“是否眼睛看不见了？！”

慕容宸睿奔近床沿，一双深邃眸子却是异常炽亮，低哑地对她道：“夕！朕记起来了！”

路映夕不敢轻易欢喜，小心翼翼地问道：“记起了什么？”

慕容宸睿伸手去寻她的柔荑，动作略显迟钝，分明是眼睛无法睹物。

路映夕主动抬手，一把握住他，抑住内心的急切，柔声地再次问道：“宸，你是不是记起了我们以前共同经历的事？”

慕容宸睿不语，反手扣紧她的纤指。

路映夕心中的希望之光大盛，不禁喜道：“原来神魂散能够无药自解。”

慕容宸睿还是没有言语，浓眉皱起，眸光晦暗了下去。

路映夕刚刚沉淀一分的心倏地又悬高，轻唤道：“宸？你为何不出声？”

“你唤朕‘宸’？”慕容宸睿忽然冒出一句怪异的问话，脸上闪过一丝迷惘之色，顿了半晌，低低地疑惑喃道：“夕……栖……”

路映夕听得清晰非常，大惊怔然，手一松，他的温度便从手心里流失。

传说中神魂散最可怕的药性，竟真的发生在他身上。

路映夕咬起牙来，蓦然恨恨地道：“宸，你若敢忘了我，我定会食你的肉、饮你的血。”

慕容宸睿原就心神恍惚，突听她切齿愤道，更觉心中乱作一团麻，两道英挺的长眉不由蹙紧。

路映夕半支着身子，定定地盯牢他，语气重若掷金石："天下人皆知，你以君王之尊亲自追往战地是为了寻我，如今由不得你反口不认账。你立栖蝶为后只是出于江山社稷的考量，你们根本毫无感情。你给我听好了，你爱的人——是我！"

喊出最后一句话，路映夕自己也吓了一跳。她委实是大言不惭，他从未开口说过"我爱你"三字……

可是事实本就如此，不是吗？即使没有那三个字，也不能就此抹杀一切。

慕容宸睿有一瞬的怔愣，但随即沉淀下心绪，目光深深地凝视她，低沉地道："朕爱的是何人，朕自会分辨。"

见他眸底似有一丝锋锐芒气闪过，路映夕忽然安下心来。他逐渐丧失某些记忆，其实便是失去心底最柔软的那一部分。她有一种奇异的预感，他会开始自卫性地变得冷酷坚硬。

心里略一放松，倦意就袭上来，路映夕软绵地躺回床上，孱弱无力，神气极差，眉间氤氲着浓重的黑气。

慕容宸睿皱眉看她一眼，默不吭声，旋了身便往外走。

路映夕也不留他，任他离去。

她料得甚准。当夜，刑部低调而全面地搜查了栖蝶的落霞宫。那整片的蝶飞草是明明白白种植着的，刑部要查的自然是另外的事——是否有其他人暗中动了手脚，蓄意栽赃给段皇后。

但是直至天光，刑部依旧一无所获。栖蝶的嫌疑始终最大。

当晨曦透云而出，日头高高升起，栖蝶被请离了落霞宫，带去了刑部。

路映夕辰时醒来，倚在床头听着晴沁汇报这些消息，心中也不觉意外。刑部审人，自有明的一套做法和暗的一套做法。现下慕容宸睿已经下令严惩不贷，刑部必是知道应该怎么做。

"娘娘？"晴沁见她一直缄默，疑惑地唤了一声。

路映夕淡淡扬唇，启口道："栖蝶正怀着身孕，刑部至多也只敢在言辞上使狠劲，不会动真格。"

晴沁拧起秀眉，话语里透着不满："娘娘您现今只剩一口气悬着性命，皇上还舍不得解决那栖蝶？"

路映夕摇了摇头，平静道："在还未查出栖蝶的价值之前，我这口气只能暂时悬着了。"

"她有何价值！"晴沁低低地唾道。

"她腹中孩子的父亲，想必是极重要的人物，所以皇上才会想要留着栖蝶。"路映夕思索片刻，再道，“栖蝶身上有一块先帝御赐的免死金牌，恐怕连皇上都忌惮三分。”

晴沁听得越发迷糊，满眼不解。

路映夕沉吟：“先帝曾留下遗训，凡执免死金牌者，便是皇朝恩人，而此人无论犯下什么错，都可免其死罪。”虽然她手上也有一块免死金牌，但那并非先帝所赠，意义截然不同。

晴沁听出了重点，不禁愤愤：“如此一来，那段栖蝶岂不是有恃无恐？”

“那也未必。”路映夕浅浅一笑，面容虚弱却是眸光清冽，“先帝赐予的免死金牌固然无比珍贵，但也只能保她一次性命。”

“娘娘的意思是？”晴沁疑问。

“我若‘死’了，栖蝶总该拿出那面免死金牌保命了吧？”路映夕唇畔抿着笑，却似霜雪凝寒。若不除栖蝶，她和孩子及慕容宸睿都不得安宁，即使不为自己，为了自己所爱的人她也必须狠下心来。

“娘娘打算诈死？”晴沁一惊，忙捂住嘴，小声地道，“如果到时候刑部处事太慢，娘娘可能会被抬入棺木中……”

“睡在棺木中又有何妨？”路映夕不拘地笑了笑，“照皇族规矩，妃后薨逝，需由宫人守灵守足七日，才藏入皇陵。七日的时间，足够刑部办事了。”

“娘娘这般牺牲会否太大？”晴沁迟疑，视线落到她圆隆的腹部，“对胎儿会不会有影响？”

“自从我得到师尊灌注的真气之后，内力异常深笃，闭气七日不成问题。但是腹中宝宝经不住饿，到时要靠你从中周旋了。”路映夕凝眸看她，目光温暖柔和，满是信任之色。

晴沁微挺直背脊，以赤诚眼光相对，郑重应诺道：“奴婢向娘娘保证，一定不会让娘娘和腹中皇嗣饿着分毫。”

路映夕含笑点头。这个计划虽然大胆，但是风险不大。只不过，不知到时慕容宸睿会有什么反应？他已渐忘了她，应该不会太过悲痛吧？

终究是有些担忧，但此次的事不容她心慈手软。现在只等曦卫赶到，查出栖蝶背后的“价值”，便要开始行动了。

第七十八章 帝后诈死

"气若游丝"地拖了三日，替路映夕诊脉的太医一次比一次面色凝重。

慕容宸睿虽不宿在凤栖宫中，但每晚都会抽空过来两刻钟。他的脸色也是越来越难看。原先他只觉得左胸口似乎莫名的空荡荡，可这几日眼见她愈发不行了，胸口那种空虚感无声无息地变成了一种疼痛。有时听着太医禀告她的病况，他会感到锥心的剧痛，竟令他几乎喘不过气来。

夜色渐重，他静静地坐在她的床畔，凝视着她。这张明艳精巧的脸孔，因为病弱苍白而更显楚楚风姿，他这样看着分明觉得十分熟悉亲昵，可脑中一闪过栖蝶的模样就混沌了。究竟，他熟悉的是她的脸，还是栖蝶的脸？

"宸……"路映夕半醒半睡间无意识地吐出喃喃呓语，"你不可以忘记我……不，你应该暂时忘记……我'死'的时候，你别伤心……"

话语含糊不清，但慕容宸睿凝神仔细聆听着，一个字都未错过。那种钻心的痛又在心口处弥漫开，他紧紧皱着浓眉，越想要抑制，越痛楚难挡。

"宸……对不起……"路映夕似乎正被梦魇缠身，黛眉微蹙，幽幽喃着，"当初我曾对你下毒，当初我曾想要逃离你再也不回来……我总是不为你着想……这次让我替你做一件事吧……"

她的话听起来像是遗言，慕容宸睿双手猛地握成拳头，愤怒地低喝道："无须你为朕做什么！你给朕马上好起来！"

路映夕只是微微挪动了下身子，并未转醒。

慕容宸睿发狠地盯着她，一双深眸隐约现出血丝，却不自察，继续硬声怒道："你若真想为朕做点什么，就好好活着。你不是不准朕忘记你吗？你若敢给朕就这样甩手离开，朕一定、绝对会彻彻底底地把你忘得一干二净。听见没有？路映夕！"

路映夕长长的黑睫轻轻抖动，已被惊醒，但没有睁眼，想要听听他在激动之下还会说什么。

"你这个该死的女人！"慕容宸睿突然低咒，语声凌厉，"朕确实是记忆模糊，但朕还记得'路映夕'这三个字。你连着几日来给朕写信，不断提醒朕回忆往事，虽然朕还未能清晰地记起，但'路映夕'这个名字却在心底念得滚瓜烂熟。你费神费力地做这么多，难

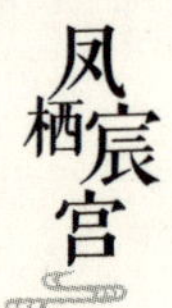

道就是要看到朕为你的死而痛不欲生？你既然还有写信的力气，现在就给朕睁开眼睛说个明白。”

路映夕的睫毛一颤，倒是听话地张开了眼眸。

慕容宸睿未料到她已醒，顿时一愣，汹汹的怒气僵在脸上，俊容显得有些扭曲。

路映夕柔柔地凝望他，半晌都没有出声。

慕容宸睿不知是恼羞成怒还是余怒未消，霍地别过头去。

“宸，你爱我吗？”很突然地，路映夕轻轻地吐出一句问话。

慕容宸睿的脖子像是梗住一般，良久转不回来。

“宸，你爱我吗？”路映夕柔声但清楚地再问了一遍。

慕容宸睿渐渐恼怒，扭回头瞪她：“你明知朕如今的状况，问这种话是存心刁难朕？”爱她，或不爱她，自中了神魂散之后他似乎从来都没有思考过这个问题。也许潜意识里他根本不曾认为这是一个问题。

路映夕低低地发出一声叹息：“至少是不那么爱了，如此也好。”她即将假死，虽仅是寥寥几日，但她还是不希望他过于痛心。

“朕并没有回答，你莫替朕下结论。”慕容宸睿又怒，连他自己也分不清是为何事而发怒。

路映夕抿起唇不出声，心想，曦卫今夜就应该能回来复命，那么明日一早她就可以“死”了。

“路映夕！”慕容宸睿冷不丁一声大喝，朗声道，“如果朕说爱你，你是否就会振作起来？”

“什么？”路映夕惊讶地看他。莫非他看穿了她只是假装虚弱将死？但又不太可能，除非是玄门弟子，否则无人能看出端倪。

“你以为朕没有察觉？即便太医不说，朕也发现了。你中毒之后，从不为自己开方解毒，没有为己之命尽过半分力。”慕容宸睿的俊脸蓦地一沉，道，“你是在恨朕逐渐将你遗忘？所以你用惩罚自己来惩罚朕？”

路映夕听完哭笑不得，回道：“在你心目中，我是这样不识大体不分轻重的人？”

慕容宸睿不由沉默。他知道她不是，可是他无法相信，无法想象，更无法接受她会消失于他眼前。这些“无法”加起来是否就是“爱”？

“映夕。”他忽然敛了神情，沉声唤她的名字。

“嗯？”路映夕抬眸望他，他墨黑色的瞳眸中浮现丝丝惑人的幽蓝色，似宝石般闪耀炫目。

“答应朕，不要轻易放弃，再多撑几日。朕已命人四处寻找玄门前辈，相信这几日就会有消息。”慕容宸睿沉稳了口气，厚笃而有力。

路映夕没想到他只是要说这些，不自禁地感到几许失落。

“答应朕。”他握住她被里的纤手，轻微用力，牵紧。

迎上他满是期望又隐含沉痛的目光，路映夕感到不忍，却无法点头。

“夕，朕爱你。”毫无征兆，他突然吐露爱语。

路映夕瞬间愣住，只能傻傻地看着他。

“失忆也不过是失去某些画面，曾经有过的感觉依然铭刻在心中。”慕容宸睿似是解释，又似是在对自己说，语音渐低，“如果你真的‘去’了，朕不知道自己会做出什么事。那种巨大的痛，单是想象就已觉得太可怕。”

他一手捂住左胸，无自觉，又缓缓放下，幽眸深得似海，蕴藏无数浪涛。

路映夕眼眶一热，悄然动容。

慕容宸睿不再像一开始那般咄咄逼人，只不语地俯下身，轻轻地抱住她，把脸埋在她的颈边。

路映夕没有移动，就这样让他拥抱着，他身上温热的体温透过薄被传来，熨暖了她的心田。

神秘罕见的古老奇药又如何？迷惑了人的记忆又如何？终会有拨开云雾见青天的时候。

这一夜，慕容宸睿留宿凤栖宫。

路映夕窝在他温暖的怀里，困意和倦意暂时退散，心中感慨良多。

“宸，你还记得你为何留下栖蝶吗？”她偎在他胸口，轻声问。

“当然。”慕容宸睿微一皱眉，反问道，“朕不曾告诉过你？”

“不曾。”路映夕如实回答，柔声地再添一句，“是因为信任你，所以没有过多地追问。”

“信任……”慕容宸睿似在品味这二字，停顿了片刻，才道，“段栖蝶潜伏皇朝甚久，朕最初就已怀疑她，经过颇长一段时间的追查，才知她的底细。”

“她是霖国的郡主，难道并非如此？”路映夕听出他话里的深意，疑道。

“她确实是霖国郡主，但她的生母却是先帝的旧识。”慕容宸睿斟酌着说法，缓缓道，“先帝与其母曾经似乎有过感情的纠葛，这尘封的往事已难追溯。”

“嗯。”路映夕轻轻应声。若是这样的话，那么免死金牌的事就容易理解了。

“朕非常清楚，朕从不曾碰过栖蝶，她腹中的孩子绝非朕的骨肉。”慕容宸睿语声一沉，透出凛冽之意。

“那孩子的父亲是何人？”路映夕问出最不解的问题。

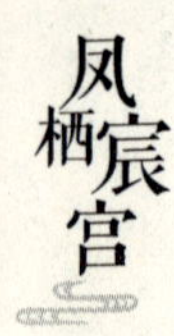

慕容宸睿突然冷哼一声，回道："霖国太子。"

路映夕大为震惊："霖国……太子？"

慕容宸睿嘲讽地勾起薄唇，道："霖国真可谓不择手段，不惜让其太子冒险乔装来到我皇朝，只为做这等龌龊事。"

路映夕怔愣半晌，讷讷道："霖国太子，即是我的皇兄，栖蝶的皇堂侄，竟然可以如此……"

"如此不堪。"慕容宸睿接言，嗤道，"霖国以为用神魂散就能让朕接受了段栖蝶？简直是痴人说梦。"

对于神魂散，路映夕心中犹有疑惑，温声问道："据古籍医书记载，中了神魂散的人有可能会被催眠'移情'。宸，原先你已有此迹象，为何蓦然间清醒了许多？"

慕容宸睿一时没有答话，伸手掖好锦被，展臂抱着她，低沉地道："你写给朕的那些信，朕随身带着，只要一得闲暇，便会读上一遍。而朕自己也写下所记得的事情，反复去看。朕就不信，以朕的毅力无法抵抗那莫名其妙的药效。"

路映夕不由微微漾出一抹浅笑。他发自内心地相信她，所以毫不犹豫地信了她所写的信函。也许，神魂散真的可以无药而解。

"映夕。"慕容宸睿低声唤她，"往后朕不再叫你'夕'，以防造成记忆的混乱。"

"好。"路映夕不介意，莞尔道，"那么是否需要我也改口唤你为'宸睿'？"

她微扬起脸，对上他深邃的眼眸，相视而笑。

慕容宸睿俯下头来，在她光洁的额头印下一个吻。

她轻轻闭眼，感觉到他温热的唇沿着她的眉心蜿蜒顺下，亲吻她的鼻尖，然后落到了她的唇瓣上。

只是温柔地厮磨，彼此的呼吸亲密地交融，唇舌轻触，可却掀起了火热的悸动。

他的舌尖顶开她的皓齿，灵活地窜了进去，纠缠她的丁香小舌，渐渐吻得激烈起来，像是要将她吞噬才甘心。

他的手本能地扯开她的衣襟，大掌探入，四处游移摸索，粗糙的指掌所到之处皆都激起层层热浪。

路映夕嘤咛一声，含糊道："小心宝宝……"

慕容宸睿的手势稍稍一顿，但没有就此停止，再往下抚去，掌心贴在她隆起的肚子上。

同时他的吻往下移去，亲上她洁白的颈肤、雪肩、胸前……

路映夕脸颊滚烫，艳红如霞，异常妍丽，可心里终有些不安，启唇嚅道："宸，宝宝……不可以……"

慕容宸睿似是恼怒，从她胸前猛地抬起头，狠狠地再次封住她的粉唇。

“唔……”路映夕抗议，但下一瞬就被他吞没。

这一次他的吻犹如攻城略地般猛烈，不给她一丝一毫退避的空间，一只大手捧住她的后脑，薄唇辗转于她唇间，剑舌攻入她的檀口，强势吸吮，一边用齿尖轻咬。

路映夕感到些微的刺痛，又感到一股新奇的刺激，不知不觉地伸手环住他的颈脖，迎上他的吻。

她的回应使他受到鼓舞，吻得更加狂肆，双手不安分地越摸越往下……

“唔！”突然地，慕容宸睿吃痛，抬首瞪她。

“不行……”路映夕颊染酡红，赧然中带着一点歉意，“我怕宝宝经不起剧烈的……”

慕容宸睿咬牙瞪着她，深幽眸底燃着炽热的欲火，一只大手还停留在她的腿间。

路映夕不自在地挪了挪身子，假装镇定地若无其事道：“夜了，该睡了。”

慕容宸睿满脸愠色，抽离手，往她身旁重重一躺，闷不吭声。

路映夕看着不知为何有些想笑。他们成亲已有一年多，但亲热缠绵的次数却是屈指可数。尤其她有了身孕以后，他恐怕是……憋坏了吧？

此念闪过，她不禁好奇，轻轻地问：“宸，这几个月来，你临幸过其他嫔妃吗？”

慕容宸睿闷哼一声，不冷不热地回道：“你认为呢？”

“不知。”路映夕很老实地回答，“也许有，也许没有。”虽然她心底隐隐抱着期待，却又怕是自己天真的奢望。

“这几个月来，朕何时得空了？”慕容宸睿没好气道，“为你这个女人劳心劳力，朕还有多余的精力去遐思？”

路映夕的唇畔抿起一抹嫣笑，甜若蜜糖，连眼角眉梢都氤氲上了满足的欢喜。

慕容宸睿欲火难消，倏然侧转过身盯视她，眉毛斜斜地一挑，眼中浮起几许邪气来。

“宸……你想做什么？”路映夕下意识地往后缩去。

“你还能逃到哪去？”慕容宸睿勾了勾唇角，笑得很是邪恶。

“宸，我们的宝宝……不能……”路映夕试图解释，但羞于用词。

“不能什么？”慕容宸睿随口接话，长臂一伸，忽然一把捉住她的手。

“嗯？”路映夕疑惑。

慕容宸睿唇边噙着坏笑，握紧她的手顺着自己的胸膛一路往下，直中重点，动作利落霸道得令她来不及防范。

“啊！”路映夕惊叫，使劲地抽回手，又气又羞又恼。

慕容宸睿没有再勉强她，却放声大笑，笑声是难得的欢愉畅快。

“可恶！”路映夕恼极，一手拍在他的胸口上，“不许笑！”

“咳！咳！”慕容宸睿呛住止笑，不过眼底满是戏谑的笑意，揶揄地睨着她。

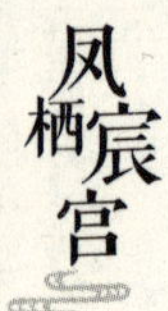

路映夕懊恼而羞窘，拿锦被用力地擦了一下手心。但那滚烫坚硬的触感，却似烙在她手里，擦都擦不去。这可恶的人。

她睁眸瞪他，他却自顾自笑得恣意，英气飞扬，一扫近日来的阴霾郁色。

路映夕瞪着瞪着，也就慢慢消了气。

慕容宸睿笑看她，渐渐地眼神却锐利起来，上下扫视她，质疑道："映夕，你倒是精气十足。所谓的'病入膏肓''无药可救'，朕现在可是一点也看不出。"

路映夕一怔，迟疑片刻，才答道："刚刚一时热气上涌，穴道自动解开。"

"穴道？"慕容宸睿眯起眸子，闪现锐芒。

对上他犀利的眸光，路映夕无奈轻叹，道："请允许我坦白从宽。"接着便原原本本地道出事情始末，包括为何要瞒着他的原因，以及预备诈死的计划。

慕容宸睿听毕，甚是不满，斥道："胡闹，朕不容许你如此儿戏。"

路映夕侧躺凝视他，敛容正色道："并非儿戏。栖蝶手中的那块免死金牌，一定要取回。"

慕容宸睿亦沉了神色，默思不语。

路映夕徐徐再道："栖蝶腹中的孩子若不出生，那也就罢了。但你一直留她在身边，想必是要等她诞下霖国皇嗣，反向威胁霖国。既然如此，此次由我的'死'拿回免死金牌，往后即可无后顾之忧。"

慕容宸睿不出声，却无法否认她说的全对。

见他沉默，路映夕浅浅一笑，挨近他的胸膛，重新窝回他怀里。

"我困了，一起睡可好？"她掩唇打了个呵欠，将脸轻埋在他的肩头。不知何时起，她已这般熟悉他身上淡淡的龙涎香，它竟能让她感到安定平静。

"好，睡吧，一切都等天明再打算。"慕容宸睿低叹，伸出结实的手臂环抱她，下巴轻柔地摩挲着她的秀发。她身上总是有一股幽香，干净而清雅，不染脂粉味，也无其他嫔妃惯用的熏香。

他低眸注视她，莹白如玉的面容，修长如远山的黛眉，高挺笔直的琼鼻，粉红柔嫩的菱唇，无一不是上天的精心杰作。不得不承认，她的美是得天独厚的，即使素颜朝天仍然美得令人心旌神摇。

但他却不是爱她这张绝色的容颜。这么久以来，他已深知她的脾性和品格。最初他以为她冰雪聪明且手段厉害，如今已知她不过是一只善良的纸老虎。除非别人逼上门来，不然她不会忍心赶尽杀绝。

慕容宸睿静静地想着，而路映夕已困倦地依偎在他怀抱中渐入梦乡。

他俯头，在她发间轻轻一吻，无声地叹息，似满足又似喟然。

他现在能够想得清晰明白，那即说明神魂散的药效退散了一些，但是没有人能保证此后他不会再复发。

夜色退去，天光初现，一出好戏开始正式上演。

凤栖宫中弥漫着凝重哀伤的气氛，偌大的寝居内黑压压地跪伏一地的宫婢内侍，个个皆是垂首肃穆，莫敢喘大气。

皇帝坐在凤床边，神色深沉阴郁，径自盯着躺在床上面色苍白已无气息的人儿。

“皇上请节哀……”一名太医轻轻地出声，小心翼翼道，“皇后娘娘已薨，皇上万万保重龙体……”

慕容宸睿缓缓扭转头，冷冷地扫了一眼在场的每个人，然后突地一掌拍击在床柱上，勃然大怒道：“混账东西，通通都是没用的东西。”

所有人不约而同地微微一震，身子越伏得低了，不敢仰头也不敢抬眼。

“立刻给朕宣刑部尚书前来。”慕容宸睿一声怒喝，饱含着威严和戾气。

“是……是……”内侍宫人诺诺地应了声，诚惶诚恐地奉命去了。

约莫过了一刻钟，刑部尚书沈奕脚步匆匆地前来觐见，跪地叩首：“微臣参见皇上。”

“沈卿家，朕命你彻查路皇后中毒之事，究竟有何结果？”慕容宸睿脸色冷凝如铁，语气阴鸷，仿佛随时都将掀起狂风暴雨般的阴晴不定。

沈奕暗暗心惊，只觉氛围诡异。他尚不知路映夕已逝，言辞谨慎地回道：“回皇上，路皇后中毒的主因乃是蝶飞草，此物原本是霖国特有之草本……微臣连日查探，确认唯有段皇后的落霞宫中才有种植，但若只因这一点而……”

他还未说完，慕容宸睿霍地站起，居高临下地站在他面前，声如寒冰地道：“既然已确认，为何还不拿人？朕要凶手的人头来祭奠路皇后的亡灵。”

沈奕闻言悚然震惊，倏地抬起头来，不敢置信地喃道：“路皇后……已薨？”

慕容宸睿抿唇不出声，俊容似结了一层冰，透着凛冽寒气。

沈奕见状，便知路映夕确实逝了，心中陡然剧痛，张口却说不出话。

他的目光不自禁地越过慕容宸睿，望向凤床上静躺的那人。那张雪白的小小脸孔，此刻看起来分外的沉静安宁，愈发像他记忆中的那个样子。

当年在邬国救他一命的小女孩，亦是这样肤色白皙神色安静，完全不似普通小孩的稚气。其实当初的那个小女孩就是她吧？只有她，才会小小年纪便谙得医术；只有她，才有那种与生俱来的尊贵气质；也只有她，令他初见就动了绮念。

可是，她竟就这样离开了人世？他连道一声谢的机会都没有？

“沈卿家——”慕容宸睿眯眼看他，语声一沉，“还不去办事。”

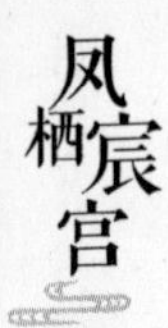

沈奕这才如梦初醒，惶惶地行了礼，退了出去。

慕容宸睿望着他的背影，一双深眸眯得愈发细，眸里隐约闪过精光。以前他从未发现，他底下的臣子居然对他的皇后别具心思。

“皇、皇上……娘娘的身后事……”内侍嗫嚅地开口，见他表情严厉，不由咽了下口水，未敢再说下去。

“朕要亲自守灵七日，七日后举国发丧。”慕容宸睿沉声说道，一扬手，示意众人退下，“抬冰晶棺来此。”

“是，皇上。”众人诺诺，低眉顺目地恭谨退出。

一时间寝居里便变得空荡荡，寂静无声。

凤床上那原应气绝的人忽然起身坐了起来，轻声笑道：“宸，你方才那一掌险些震得我冲破穴道。”

慕容宸睿重回床沿坐下，睨她一眼，道：“你坐起来做什么？现在若有人闯进来倒要以为你诈尸了。”

路映夕忍不住扑哧一笑，平躺回去，边说道：“此计有你协助，应该能够顺利逼栖蝶拿出免死金牌保命。之后你打算怎么做？”

慕容宸睿沉默了会儿，抬手轻抚她耳鬓的发丝，若有所思地道：“当你‘死而复生’的消息传出去以后，霖国想必就会起了警觉。”

路映夕“嗯”了一声，接言道：“如今两国势同水火，霖国原想借栖蝶和神魂散埋下一招暗棋，但此棋失效，那么霖国会……”

“霖国如果还爱惜其皇室的血脉，便会派人来救段栖蝶。”慕容宸睿沉吟片刻，唇角浮起一抹轻嘲，“也有另一种可能，霖国为了不受制于人，或许会索性‘处理’了段栖蝶。”

路映夕一怔，心生几许怜悯，幽叹道：“栖蝶也只是一颗无辜的棋子，她腹中的孩子更是无辜。”也许那日栖蝶说的是真心话——“女子如蒲柳，若觅得厚实夫家可倚靠，那即是一生之幸”。不得不承认，她比栖蝶幸运一些，虽然几经艰难但终是从权斗旋涡抽身出来。可是栖蝶，她似乎找不到对的那条路，又或者上天根本没有给她足够的机会让她选择。

慕容宸睿不以为然，道：“你有闲暇关心别人，不如替朕想想如何才能寻到玄门前辈。”

路映夕顺口接道：“若是师父还在……”

话甫出口，两人同时默然，相视对望，一时无言。

半晌，路映夕轻声低语道：“若是师父还在，他应能钻研出神魂散的解药。”师父是真正的医学奇才，她只学到皮毛。如果曾经她多用心多努力些，那该多好。可是再也不可能了……

“你很想念他？”慕容宸睿突然冒出一句问话。

“嗯。”路映夕诚实地回答，凝眸看他。

慕容宸睿颔首，未再多言，也无嫉妒介怀的样子。

路映夕微微一笑，伸手握住他的右手，然后将头枕在他的手掌上，脸颊贴着他温热宽厚的掌心。

慕容宸睿用另一只手轻拂她柔顺的长发，手势温柔而缱绻。

此时无声胜有声，不需要赘言解释，因为早已经不再有猜忌置疑。

路皇后中毒而亡，后宫中人人皆知，但因皇帝不下旨发丧，众人暗自揣测圣意却也不敢多嘴置喙。

段皇后涉嫌毒杀路皇后，被刑部问罪，暂且关入天牢待皇帝亲审。

旁人不知后来皇帝是如何审段栖蝶，唯有路映夕再清楚不过。其实要让一个人百口莫辩也并非多难的事，正所谓“君要臣死，臣不得不死”，只要皇帝态度强硬，饶是段栖蝶不服不甘也无计可施。最终，段栖蝶交出了免死金牌，保自己一命。

事情顺利地告一段落，路映夕正欲找个借口“起死回生”，却在这日深夜发生了一件意外之事。

这两日她一直睡于冰晶棺之中，此举是为了避免引人疑窦。而冰晶棺就放置在凤栖宫的寝宫之中，没有皇帝命令无人可以擅自搬动。

可是路映夕半夜惊醒时，骇然发现自己已不在寝宫内。

四周一片漆黑，伸手不见五指，她能断定自己绝非在夜明珠高悬的寝居中。

“映夕，映夕。”

她心中惊然，勉力按捺情绪，静心凝神，隐隐约约听见极为熟悉的声音透过冰晶棺盖传进来。

“映夕，你怎能先我而去，你可有想过我会多么心痛。”

路映夕愣住，恍惚怀疑起自己是否在做梦。这道嗓音明明是……

“区区蝶飞草的毒，你竟无法自解？映夕，你枉为我南宫渊的徒弟。”那温润的声音渐渐高昂激愤起来，“早知彻底放手换来的是如此结果，我便不顾一切带你一起消失。早知慕容宸睿无法保护你，我就应该不理所谓天命将你抢过来。”

话语略一停顿，缓了下来，那语声中难掩悲恸哀伤：“映夕，我原是不想你为难，才请夏兄帮忙散播我已死的消息。我若死了，即使霖国与皇朝开战，你也无须顾虑我会和慕容宸睿为敌。我愿以一生不见你为代价，在这世上销声匿迹。映夕，我是否太懦弱？我见

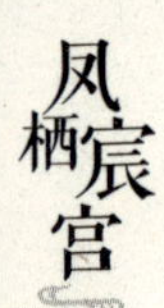

师尊尚在人世，便抛下玄门不管，我见你已觅得幸福，便自此埋葬自己，我是否懦弱又可笑？”

路映夕听着涩然，真的是师父，师父没有死……

“映夕，过去我曾救过很多人，有达官贵人，也有平民百姓、穷人乞儿，可是，原来我这样失败，我救不了自己，更救不了自己心爱的女子。”南宫渊的语气变得沉寂，带着浓重的酸楚和自弃。

路映夕正想启口宽慰，忽听一声低低幽幽的呓语飘入耳中。

“映夕，我从不曾说过，从今往后也不再有机会说……不知何时我已爱上了你，爱得那般深，竟难以自拔……”

她原已张唇，不由僵住。如果她现在出声，师父会否尴尬窘迫?

但也就她那闭嘴的轻微声响，已足够南宫渊陡然醒觉，他的双手迟疑地触向棺盖边沿，慢慢抬起……

“映夕？”他小心而期待地轻唤。

“师父。”路映夕只得温声回应。

“你没有死？”南宫渊的口吻仍是极轻，像是怕打破了美好的梦境。

“没有，只是诈死。”路映夕从棺中坐起，在黑暗中看到一双熠熠发亮的眼眸，那幽眸中一点点地绽放狂喜之色，犹如星火燎原，一发不可收拾。

“你没有死。”南宫渊重复此句，但已转换为欣喜若狂的语调。他忽然俯身，一把将她抱起，紧紧搂在胸前。

路映夕一僵，不知该做何反应，愣愣地由他拥抱着。

幽暗中，他把脸贴伏她颈边，深深吸了一口气。她感觉到仿佛有热烫的液体滴落在她的颈肌上。

疑虑着，又感觉到他抬首抽离，而自己的额头微微一热，似被温软的东西触碰了一下。

“呵，映夕……”长长的叹息从南宫渊口中发出，似满足，更似一种死里逃生的豁然开朗。

他缓缓地松手放开了她，点亮火折，对上她的眼睛，扬起一抹俊雅如常的笑容：“太好了，你没有死。”

路映夕也漾开一抹微笑，注视着他潮湿却异常明亮的黑眸，点头道：“是，太好了，师父也活着。”

这样的对话令他们两人都不禁莞尔，四目相望，都蕴满了释然的欢喜。

静静对视须臾，路映夕转眸看周围，疑问道：“师父原是打算由此密道偷运映夕出宫？”

南宫渊落落大方地笑了笑，回道："原以为你冤死宫中，便想带你去一处无忧无扰之地。但现在不需要了，如此甚好。"

路映夕再次点头，赞同道："如此甚好。"无来由地，她感觉到师父似乎是放下了。就在刚刚那一个亲吻之后，师父好像一下子释然了。

"见你无恙，我也不必再操心了。但有一件事，必须提醒你。"南宫渊敛了带笑的神色，正容道，"你的'死讯'已悄然传开，霖国必有动作，你要小心段霆天。"

"段霆天也来了皇朝？"路映夕也正色以对。想起段霆天亦正亦邪的脾性，她倒也确实有些担心。

"应该已在路上。"南宫渊一面说道，一面取出一样东西递给她，"留着防身，必要时就狠下心肠来。"

"师父要走了吗？"听出他话里的告别之意，路映夕不免感到依依不舍。

"天下无不散之筵席。"南宫渊淡淡一笑，"待你腹中孩儿出世，他满月之时为师自会送上贺礼。"

"谢谢师父。"路映夕诚心地致谢，却也忆起，她对他说的最多的似乎就是"谢谢"，便又再多说一句，"师父珍重。"

"各自珍重。"南宫渊扬着淡笑，转身往地道深处走去。

"师父。"路映夕忍不住扬声唤他。

南宫渊止步回头，望着她但笑不语。

路映夕踌躇片刻，开口问道："师父可听说过'神魂散'？"

南宫渊凝眉思考，摇头道："曾在玄门的医术古籍里看到过，但未曾见过其物。"

路映夕浅浅弯唇，不再留他，只道："师父再见。"

南宫渊也不多问，回以温煦笑容，折身继续举步前行。步伐沉稳，没有丝毫停滞。逐渐地，那浅灰色的素袍随着火光消失而淡出了路映夕的视线。

但是路映夕自己明白，她的心底永远会有一个位置留给他。他是她的启蒙之师，亦是她年少时爱慕过的人。此生遇见过这样的男子，她何其有幸。

手里握着他留给她的礼物，她踏上返回地面的石梯。

她没有请求他留下研究神魂散的解药，因为他为她做的已经太多。更是因为身后那方向是她的往昔，而她现在走向的是她的未来，她应该自己面对与把握自己的未来。

第七十九章
忌星陨落

路映夕死而复生，成为一则传奇。饶是皇帝严令宫中人不准私下谈论此事，但天下无不透风的墙，这个消息还是散播了出去。一时间皇城内众人议论纷纷，百姓津津乐道于如此奇事。

路映夕倒不介意自己成为他人茶余饭后的谈资，她与皇帝商议过后，便对外宣称是玄门师尊暗中施了援手令她起死回生，轻轻松松地把传奇故事推到了师尊身上。

慕容宸睿笑说："若是前辈得知自己无端成了神仙般的人物，不知会笑还是恼。"

路映夕不以为意，闲闲道："师尊原就是高深莫测的神秘人物，不差多这一桩奇谈。"

慕容宸睿揽她入怀，似漫不经心地道："前天夜里，发生了何事？"

路映夕心下一诧，随即仰脸看他，若无其事地反问道："前夜有何特别的事发生吗？"

慕容宸睿低眸看她，唇角含笑，但眸光却是锐利，口中慢悠悠地道："冰晶棺移动了位置，难不成是你闲来无事自己半夜爬起来挪的？"

路映夕笑而不答，心里却佩服他犀利的观察力。但师父是从密道而来，她不能泄露此事。

慕容宸睿懒懒地抬手，抚摸她柔嫩的面颊，一边似乎随意地说道："看来这寝居内藏着不少秘密。"

路映夕举目，望入他深邃的眼眸，捕捉到那一闪而逝的星芒，不由暗自心惊。他已怀疑密道入口就在她的寝居里？

"映夕。"慕容宸睿放下手，退开一点距离与她对望，平常沉稳的语气中隐含几许深意，"是否朕还无法让你安心？所以你要留下一条后路，以作将来逃家之用？"

路映夕语塞，半晌无言。她确实存了这样的心思，但并非不信任他，而是性格使然。保留密道，那么她便进可攻退可守。如果有一天发生意外，她尚可自保。

"怕朕将来负了你？"慕容宸睿继续道，话语不带逼问之意，却似有喟然之感。

路映夕轻轻摇头，回道："你所中的神魂散犹未彻底退去，若来日有变故发生，我就算可以不为自己着想，也需为腹中孩儿着想。"

慕容宸睿挑了挑眉，接话道："那即是等到朕完全康愈，你就会毫无保留地对朕坦白？"

路映夕不禁迟疑，想起邬国和皇朝的五年盟约，更感左右为难。

慕容宸睿见状，扬唇淡淡一笑："朕不逼迫你，但你必须搬入宸宫。"而凤栖宫，自是从此驻兵严守。

路映夕怎会不知他的盘算，但他已让步，她也只能妥协。

“好。”她颔首，浅浅漾起一抹笑，道，“不过我也有一个要求。”

“说。

“我自幼便有十名随侍，先前因为远嫁而留她们在邬国，如今我想召她们回身边。”

慕容宸睿神色自若，干脆地点头应允。

路映夕轻舒一口气，心想，也许两人生活就应这般互相妥协，唯有取得平衡，才能长长久久。

慕容宸睿像是读出她的心思，自语般地道：“夫妻之道，朕也该好好学习。”

路映夕笑睇他，心情不自觉地松软。未来如何无人可以预知，但至少他们此刻心心相印，默契温宁。

慕容宸睿稍敛了容色，正经道：“现今段栖蝶被朕软禁在落霞宫，霖国必会有所动作。你的身份特殊，更需小心谨慎。”略略一顿，他又道，“朕不容许你有分毫损伤。”

“是，臣妾遵旨。”路映夕盈盈笑着，微一屈身。

慕容宸睿皱眉，伸手扶她，不悦道：“非必要的场合，朕特允你无须行礼，莫胡闹动了胎气。”

见他竟这样紧张，路映夕心生好笑的感觉，顺着他的手臂偎入他胸膛，揶揄道：“皇上这是紧张臣妾，还是紧张臣妾肚子里的孩子？”

慕容宸睿觑她一眼，懒得睬她，宽厚的手掌搁在她隆起的腹部上，顾自低首望着，念道：“皇儿乖，以后长大莫学你母后的伶牙俐齿，要做一个大气沉着之人。”

“皇上可是拐着弯骂臣妾？”路映夕越发觉得有趣，故意斗嘴道，“皇上又怎知必是皇儿？或许是帝姬。”

“帝姬？”慕容宸睿却认真起来，浓眉微蹙，沉吟道，“若是帝姬，你就必须再为朕生一胎。”

“皇上当真这般重男轻女？”路映夕听着啼笑皆非，道，“倘若下一胎怀的又是帝姬，那当如何？”

“那就再生，直到诞下皇儿为止。”慕容宸睿说得不容辩驳。

路映夕笑吟吟地凝望他，也不反驳，更不生气。

慕容宸睿见她如此神情，便知她领会了他话中的含义，也扬起嘴角，浮现笑意。

有时候，承诺并不需要宣诸于口，能够懂得的人自会明白。他虽未直言，但已是许诺，皇朝未来的太子只会是她所生。

这份心意，重若千斤，远胜海誓山盟的空口白话。

平静如水地过了几日，宫中无恙如常，不起风波。

路映夕搬入宸宫，但忙于钻研神魂散，经常出入太医署。不知是巧合或人为，她时不时在署外遇见刑部尚书沈奕。沈奕只道因在查一个案子需请太医相帮，也未对她有过多亲近，但她总觉得他的眼神炽亮得异常。

这日，她在医籍堂翻阅医书，埋首于桌案，耳际听闻轻巧的脚步声徘徊于堂外。

“沈大人。”她冷不防地抬头，目光清冽地望向堂门。

沈奕一惊，缓缓地从门扉旁走出来。外面正是艳阳高照，他似乎已晒许久，额上布着一层薄薄的汗迹。

“微臣参见皇后娘娘，娘娘凤安。”他恭敬地行礼，面有酡色，像是被暴晒过后的颜色，又像是异样的潮红。

“沈大人是否有话要与本宫说？”路映夕从案后站起，扶着腰缓步向他走去。

沈奕下意识地后退一步，眼光闪烁，竟不敢直视她。

“沈大人？”路映夕止步，隔着三步之遥注视他。

沈奕躬身垂首，姿态拘谨不安，讷讷道：“微臣并无事情要向皇后禀告。”

“哦？”路映夕徐徐地拖长音调，才又道，“既然如此，沈大人为何在此长久地徘徊，究竟是存了何居心？”

沈奕未马上答话，低垂的头渐渐抬起，对上她清凉若溪的眸子。

路映夕微微蹙眉，但他恍惚不察，凝望得过于专注，仿佛跌入了她明灿澄澈的眼眸之中。

路映夕刻意发出两声轻咳，他才怔怔缓了神，敛下眼帘，开口道：“回娘娘的话，微臣不敢存任何居心，只是有一件旧事盘亘心中多年，斗胆与娘娘求证。”

“是何旧事？”路映夕平淡地看着他，心里却莫名突地一下。

“大约十年前，皇后是否曾经在邬国京城对一名乞丐施药？”沈奕低声地问，怕自己说得不清楚，又补充道，“当时那乞丐身中剧毒，幸得一位身穿雪白绸缎裙的小女孩赠予祛毒散。”

路映夕有些讶异，凝神回想了片刻，道：“可能是有这样的事，但本宫在邬国之时，时常随师父出宫采药行医，医过之人即使没有上百，也有数十。”

沈奕闻言，年轻清秀的脸上掩不住失望之色，但仍锲而不舍地再道：“娘娘可否再仔细想想？”

见他分外执着，路映夕生起几分好奇，问道：“那乞丐莫非就是沈大人？”

沈奕揖身一礼，回道：“正是微臣。”

路映夕抿唇微笑，温言道：“陈年往事，沈大人无须太过记挂于心。但凡医者，施药救人皆属分内事，不会也不应等待他人图报。”

沈奕心底早已认定就是她，只是怅然她根本不记得他。静默了须臾，他凝目看她，低低地轻声道：“受人点滴恩惠，当以涌泉相报。往后娘娘若是有用得着微臣的地方，只管吩咐。即便是赴汤蹈火……”

他的声音益发低了，模糊地飘散在空气中。

路映夕是何等的耳力，那末尾的一句实则听得清清楚楚。

“即使赴汤蹈火，甚至交付性命，沈奕都甘之如饴。”

但路映夕只当没有听见，轻描淡写地摆了摆手：“沈大人这份忠诚，本宫记住了。若无其他事，沈大人就请便吧。”

“是，微臣告退。”沈奕行礼退离，转身之际抬起眼角望她，甚是脉脉温情。

待他走远，路映夕抚额轻叹。这平白飞来的桃花，她只觉无福消受。

返身走回桌案，堪堪坐下，忽听屋顶异响，她顿时一凛。

可那轻微声响只像一阵风吹过，倏忽间就再难分辨。而此时，堂门外的地面上已出现一张薄纸。

路映夕谨慎地屏息感受四周，确定那神秘人已经离去，才走到门槛处拾起那张纸。

纸上赫然是一行遒劲的黑字——

欲要神魂散的解药，今夜子时独自前往无忧宫，如若惊动皇帝，后果自负。

路映夕眯眸辨认着字迹，心头逐渐浮现出一个人的模样。

早前，慕容宸睿如约定的，释放了原本被囚禁的十名曦卫统领。路映夕便让其他曦卫返回邬国，并更改了密道机关。既然她自己已住入宸宫，那自然不方便再进密道，索性就暂时封了它。可是十名曦卫统领饱受刑罚之苦，重伤在身，路映夕一时也无法命她们襄助。

已是入夜，风微凉，月皎洁。

路映夕手里攥着那张纸条，在寝宫里踱步思量。忽然间，脑中有道灵光闪过，不由地打了一个激灵。

她还记得慕容宸睿说，栖蝶腹中的孩子是霖国太子的骨肉，可是霖国皇帝膝下分明没有皇嗣，那又何来的太子。

“映夕？”慕容宸睿议政返来，见她怔怔站立着，不由疑惑，“为何站在这里出神？”

路映夕忙上前迎向他，急问道：“宸，你之前说的霖国太子是何人？”

慕容宸睿眼色一沉，缓缓答道：“日前，霖国皇帝颁布诏书，公告天下，立其皇弟段

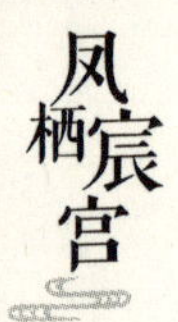

霆天为储君。”

路映夕怔然。

慕容宸睿又道：“段霆天并非霖国皇室血统，所以他只是段栖蝶名义上的兄长。”

路映夕半晌无话，脑中嗡嗡作响。以段霆天的厉害手段，此次他前来皇朝，必是要“解决”了栖蝶，绝非是要救人。他那样的人，不可能会愿意留下一个严重后患，然后受人要挟。

“你担心段栖蝶的安危？”慕容宸睿看她一眼，不疾不徐地道，“落霞宫早已设下重重机关，不管何人，必叫他有来无返。”

路映夕亦知晓这一点，但就是如此才更糟糕。段霆天入不了落霞宫，于是便转而暗中找她，只怕那神魂散的解药难以轻易到手。

“映夕，你究竟在担忧何事？”慕容宸睿微皱长眉，定睛凝视她。

“我……”路映夕踌躇，心中思绪起伏，考虑良久，才狠狠一咬牙，摊出手心里的纸团，道，“段霆天已至皇朝。”

皇帝蓦地凛了神色，接过纸笺，细细看过。

“无忧宫？”看毕，他冷哼一声，语气寒凝，“段霆天好大的本事，竟勾结了贺氏。”

“贺如霜？”路映夕这才思起贺如霜被打入冷宫之事，不禁蹙眉疑道，“贺氏难道胆敢叛国？”

“贺老未必敢，但女人发起狂来也许就胆大包天。”慕容宸睿冷了俊容，深眸中划过一丝寒芒。

路映夕颔首赞同，已有姚凌的前车之鉴，再有贺如霜的嫉恨疯狂也非意外之事。

“今夜你不必去，朕会安排其他人代你去。”慕容宸睿沉声道，双目牢牢地盯着她，肃穆警告道，“你切莫自作主张，朕不需要你冒险。”

路映夕抿唇不吭声。虽然这几日他看起来并无异状，可事实上眼疾越发严重，有时瞳仁覆上一层灰蒙色。而他又大举撤换身边的近侍，显然就是不想被人发现。他自以为掩饰得很好，但她只是不愿戳穿他善意的隐瞒罢了。

慕容宸睿不与她再商量，转身便往外走去，打算宣召范统带领禁卫军处理此事。

“宸，等一等。”路映夕轻轻唤住他，温声道，“若非我亲自去，恐怕段霆天不会现身。他想要的无非是栖蝶，不如我们就拿栖蝶换解药。”

慕容宸睿回头，扬眉道：“你认为段霆天仅有这一个目的？”

“可是没有更好的办法。”路映夕温柔睇他，徐缓地道，“宸，我不要你忘记我，更不要你失明。请相信我一次，我有把握全身而退。”

“哦？”慕容宸睿半信半疑地望她。

“不必派人跟我去，只需给我一盏灯笼即可。”路映夕浅浅微笑，明眸中亮起清冽坚定的色彩。师父赠她的礼物，今夜要派上用场了。正如师父所说，必要时应狠下心肠来。

“灯笼？灯笼有何用？”慕容宸睿未放松神色，追问道。

路映夕走近他，附耳轻语。

过了一会儿，慕容宸睿稍缓了表情，但仍皱着眉宇，道：“如此虽然可行，但若段霆天率先发难，难保你不会有损伤。”

“我不会给他机会发难。”路映夕自信一笑，清美的脸上光华流溢。

“如果朕还是不同意你去呢？”见她胸有成竹的决然样子，慕容宸睿依旧无法完全安心。

“你希望我偷溜出宫，抑或强闯出去？”路映夕笑道，伸手主动环住他的腰，安抚道，“不会有事的，我的‘秘密武器’天下难求，除了像师尊那种高手能够察觉，即便是你我，也难以察觉。”

慕容宸睿蹙着眉头良久，终于十分勉强地点了头。

夜渐深，天空中乌云蔽月，暗沉不见光。

亥时过半，路映夕便乘辇往无忧宫而去。辇车停于宫门前，路映夕命抬辇的内监原地等候，自己带着段栖蝶绕到了侧宫门，提气轻巧地携人跃了进去。

待稳稳落地，她就点亮了手中的灯笼，然后慢悠悠地在阴冷凄清的偌大院落里逛着。

段栖蝶被封了大穴，行动无碍，但周身软绵，脚步甚虚。

路映夕走到一处绿茵空地，止了脚步，凝目看着段栖蝶，淡淡启口道：“是否恨我设计冤枉你？”

段栖蝶面无表情，冷冷哼了一声，并不答话。

路映夕也不介意，顾自道：“你我本出自同宗，我无意逼你入绝境，此次只要段霆天干脆地交出解药，我就会让你跟他回霖国。”

听到“段霆天”三个字，段栖蝶的美眸中倏地燃起两簇火焰，熊熊炽烈。

路映夕心下微讶，看这情形，栖蝶恨段霆天更甚于恨她。

见她一直盯视着，段栖蝶低低哑哑地开了口：“你以为段霆天是什么人？正人君子？他会与你公平交易？你做梦！”

“你很了解他？”路映夕接言，问道，“你们自小分居两国，你怎知他是何样的人？”

段栖蝶忽然笑起来，声音阴沉沉，不带丝毫欢意，只有无尽的嘲讽。

自顾自地笑了片刻，她才讥诮地说道：“何须花费时间了解这种人？你只需看看我的肚子，就该知道他是什么样的人！”

路映夕哑然，视线移向她高隆的腹部。

顺着她的目光，段栖蝶也低头看向自己的腹部，口中又喑哑地笑着。

毫无预警地，她突然握起双拳拍击自己，拳拳都落在腹部上，那力道竟是使尽全身力气的狠厉。

“栖蝶，不要这样。”路映夕急忙扯住她的手腕。

段栖蝶也不挣扎，就这样停了手，脸色冷漠，似乎自己方才什么也没有做。

路映夕不由感到恻然。原来栖蝶如此不甘不愿，而那段霆天却这般狠心伤害了自己的妹妹。就算彼此没有血缘关系，也不应做那样的事……

正喟叹，忽然一道闲散爽朗的嗓音响起：“路妹妹，你来了。”

路映夕转头看去，不远处的殿檐阴影下站立着一个人，身穿黑色锦衣，犹如隐没入了夜色中一般，唯有一双漂亮桃花眼烁烁闪光。

“段兄，你可真是好事多为。”路映夕心中有气，语气不佳。

段霆天施施然朝她走来，却视栖蝶如透明，只盯着路映夕笑着说道：“路妹妹别来无恙？看起来你的气色比先前好了不少，益发娇艳动人。”

这类吊儿郎当的话，以前路映夕听着也只是一哂而过，但此刻听到却觉厌恶得反胃。

段霆天擅察言观色，见她眼底浮现嫌恶之色，便知原因为何，转眸看了段栖蝶一眼，幽幽轻叹：“栖蝶不愿，我又何尝愿意。”

路映夕闻言冷嗤：“既然你不愿意，那是何人架刀在你脖子上逼迫你？”

明明是反讽的话，段霆天却似听不出，还深以为然地点头：“皇兄虽未拿刀胁迫我，但也不远矣。”

路映夕恼极，唾道：“厚颜无耻。”

段霆天不再辩解，只耸了耸肩。他确实并不愿意，但在至尊权势的引诱下，谁又能抵抗得住？

路映夕也不想再和他多说，开门见山道：“把神魂散的解药给我，你带栖蝶回霖国。”

段霆天扬唇笑了笑，慢条斯理地道：“栖蝶自然是要随我回霖国的，但我来皇朝还有一桩任务，还请路妹妹帮忙。”

“何事？”路映夕沉住气，平淡问道。

“密道机关图。”段霆天也不兜圈子，利落直接地道。

路映夕拢起黛眉，做苦思烦扰状，半天不出声。

段霆天不急不躁，静等她的决定。

路映夕紧锁眉心，迟疑道：“谁知你身上是否真的有解药，你先拿出解药让我确认。”

段霆天不以为然地勾唇，从衣衫内袋中取出一只琉璃瓶，在她面前晃了一下。

路映夕眯起眸子，道："光看药瓶又如何知道是何药？打开。"

段霆天依言拔开瓶塞，用手掌轻扇，一股浓厚的奇特药香弥漫开来。

路映夕凝神仔细嗅了须臾，心中有九成确定。她近日潜心钻研神魂散，颇有心得，不怕段霆天用假药诓她。

"如何？"段霆天收回瓶子，好整以暇地看着她。

路映夕亦散淡了神色，悠悠然地转而望向一直默不吭声的段栖蝶。她已封了栖蝶的大穴，一会儿只要抢救及时，应该不至于伤了她。

"路妹妹，可想好了？"段霆天不紧不慢地催道。

路映夕抬眸望他，举起手中灯笼，嫣然一笑，轻轻吹熄内里的烛火。

段霆天反应极快，飞身一纵，揪住段栖蝶，往自己身前一挡。

灯笼内袅袅地飘散青烟，并无异味，段霆天谨慎地屏息，松开了段栖蝶。

路映夕笑颜明媚，却不言语，只是就这么直直地望着他。

段霆天心里疑虑愈浓，预感到不妙，便想暂且脱身离去，岂料才刚一提气，丹田就隐隐作痛。他越想越不解，方才他明明已经迅速闭气，理应不会中毒，为何却有中毒迹象？而且他分辨不出是什么毒。

"段兄，你若不把神魂散的解药交出来，一刻钟之后你就会武功尽失。"路映夕语调徐徐，轻松地又补上一句，"是永久性地丧失武功，而非一时。"

段霆天不信，暗暗再次运气，却痛得更加厉害，额上顿时冒出滴滴冷汗。

"一个没有武功的人，在这守卫森严的皇宫里胡乱走动，可是非常危险的事。"路映夕略微退开一些距离，以策万全。她手中的灯笼仍旧升腾着烟气，她自己早已服下解药，但段霆天则越来越痛苦，渐渐软绵地跌坐在草地上。

路映夕知他串通了贺如霜，故而面上虽散漫，实则警惕戒备。

但她没有料到栖蝶忽然出手——

只听嗖地轻响，一支尖锐的发簪刺入段霆天的胸膛，顿时鲜血飞溅而出！

路映夕还来不及反应，就见段霆天裂目低吼一声，抬起一掌，狠狠震飞段栖蝶。

那一掌用尽了他仅剩的功力，虽然只不过是平常时候的一成，却足已将被封锁穴道的段栖蝶拍出数丈远。

仿如断线的纸鸢，段栖蝶坠落于一边的草地上，噗地喷出一大口血，面色瞬间惨白。

段霆天惊愣，他只是下意识地本能反击……

"呵呵……呵……"段栖蝶倒地，无力爬起，双手勉力地抚上腹部，嘴里断断续续地凄笑着，"孩子，你死于你亲生父亲之手，是否也算是死得其所……呵呵……"

路映夕目睹如此惨状，心头抽痛。纵使栖蝶有万般不是，也不应落得如此悲惨的

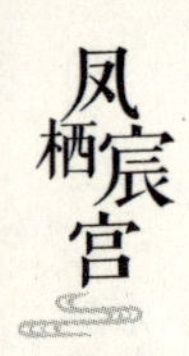

下场……

“段霆天……”栖蝶幽幽向段霆天看去，黯淡的眸子忽然亮起光芒，丝毫不掩狂烈的恨意，嘶哑道，“你要的永远都得不到。就算你费尽心机登上君王宝座，你也没有安稳日子可过。皇朝一定会灭了霖国，而你一定会入地狱。”

段霆天白着一张俊脸，张口欲语，眼神复杂，但再也说不出半句狡辩的话来。他伤害了栖蝶，无可否认，无可抵赖。

路映夕感到不忍，向栖蝶走去，蹲身将她扶起，伸手搭上她的脉。但是栖蝶反应激烈，反手一挥，不领情地推开她。

路映夕跌坐在草地上，神色怔怔，心底涌上悲戚感伤。栖蝶的脉象极弱，怕是……

“呵！路映夕，你也无须猫哭耗子假慈悲。”段栖蝶自己撑着坐起，精神似恢复了许多，眸光森寒如冰，毫无温度，“如果我死了，最高兴的人便是你吧。可别说你不知道十几年前的那个预言，你我这两颗星曜总有一颗要陨落，我若死了，你就安枕无忧了。”

路映夕原没有想到这一层，经她这样一说，心中一时百味杂陈。

“呵呵，只要我死了，所有人都满意了。呵，简直是太好了……”段栖蝶的语声变得轻缓，仰头望天，慢慢躺倒在草地上。那模样就像是悠然眺望夜空，面上神情沉静了下来，平和得几乎没有波澜，只是就这样静静地仰望着，不再言语。

茵茵草地上，逐渐出现血色，如露珠般沾染在草尖，一股浓重的腥味弥漫开来。

路映夕知晓这是流产迹象，不由眼眶泛酸，心头萦绕沉重的悲悯。

另一边的段霆天受药性影响，浑身瘫软，神智渐沉。趁着自己尚清醒，他竭力振作，开口道：“路妹妹，我同意解药换解药。”

路映夕置若罔闻，学着栖蝶抬首望向夜空。一轮圆月穿透乌云露出银色的光芒，四周星光熠熠，甚是璀璨耀目。

“路妹妹。”段霆天咬牙，使力拍打自己的大腿，勉强站起身来，踉跄地朝路映夕走去。

路映夕亦站起，面色淡淡道：“你先交出解药。”

段霆天本能地感到迟疑，后退一步，未接话。

路映夕也不逼近，冷冷看他。

段霆天微微别开脸，似不愿与她的目光相触，缓慢地从衣袋里取出药瓶，握在手心。

“路妹妹，你也把解药拿出来。”他一边说，一边举起手中药瓶示意。

路映夕此时并不担心他使诈，便干脆地解下腰间香囊，道：“就在这里。”

段霆天犹有疑虑，怕那并非真的解药。但如今他人在砧板上，不得不赌一把。

正要伸出手，突然响起一道尖锐的喊声——

“不许给她。”

路映夕并不扭头去看是何人，衣袖一震，笼袖内飞出长长的绫缎，袭向段霆天的手。

段霆天躲避不及，手背吃痛，药瓶滚落地上，在草丛中滴溜溜地打转。

路映夕手中的绫缎在半空中扬起美丽的弧度，迅捷利落地朝地面一卷，眨眼间就勾起药瓶送到自己手里。

同一时间，一道娇弱的身影似发了疯般飞奔而来，直撞向路映夕。

只见寒光一闪，刀尖森森，刺往路映夕的胸口。

路映夕扬袖甩去，月牙白的绫缎仿佛一帘瀑布，又似一面白墙，精准地隔开了那把冲刺而来的匕首。

那行刺的女子身躯轻微震动，手腕一颤，匕首落地。

路映夕缓缓地收回绫缎，淡然而立，平静地望着那女子，启口道：“贺妹妹，你勾结霖国太子，助他躲藏于无忧宫内，可知已犯了杀头之罪？”

那女子一身紫红色的宫裙，却是披头散发，在深夜里看起来依稀有几分可怖。但她一开口，倒是打破了阴森的气息，“妹妹？谁是你的妹妹。你若真当我是姐妹，会不肯在皇上面前替我说半句的好话？”

路映夕抿唇，沉了语气，道：“贺如霜，你莫忘记你曾派人狙杀我，我有何义务帮你？”

贺如霜冷哼，反唇道：“你现在不是好端端地站在这里？”

路映夕并不动气，只冷声再道：“即便我不与你计较这一桩事，但你毒死了小帝姬，你从不愧疚吗？”

贺如霜一窒，但随即就强硬起神色，挺直腰杆，大声道：“宫闱争斗，自古以来皆是如此。小帝姬既痴且傻，活着也是受罪，我送她一程也未必不是件好事。”

路映夕不禁冷笑，拊掌轻拍，发出清脆的声响，一面道：“说得好，宫闱争斗，自古以来皆是如此，胜者攀上高位，败者打入冷宫。既然你输了，你就要承受这个结果。”

贺如霜被她的话堵得语结，娇丽的面容愤恨地扭曲起来。她心底也明白，路映夕说得没错，但她不甘心，不甘心余生就这样凄凄惨惨地被关在这见鬼的地方。她已经注定不得好过，那她也不要让皇帝和路映夕好过。只恨这霖国的段霆天太无能，竟就这样被路映夕制伏了。

想到这里，她转头愤愤剜了段霆天一眼。

段霆天却无暇理会她，脚步虚软地靠近路映夕，好声恳求道：“路妹妹，你已拿到神魂散的解药，就把解药也给我吧。”

路映夕微拧黛眉，侧头望了望无声无息的段栖蝶。

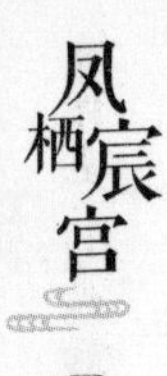

“你去向栖蝶忏悔，让她走得瞑目，我自会把解药给你。”路映夕不看段霆天，眼光轻柔地落在栖蝶苍白的脸庞上。这张容颜与她无比相似，甚至连她们最初的命运都极为类似，可是上天似乎有意捉弄，只许她们之中一人得到幸福。

段栖蝶始终维持着望天的姿势，一双美眸已泛死灰，眼珠子无力地转动，唇角似挂着一抹笑，不知是嘲笑还是微笑。她身下的草地濡湿了一大片，但在夜色的遮掩下，模糊了那惊人的赤红，只有越来越浓重的血腥味飘散在空气中，令人作呕，又令人不自禁地感到悲伤。

段霆天向栖蝶走去，双膝一软，便跪倒在她身边。

“栖蝶，对不起……”他低低地说，伸手巍巍地抚上她冰冷的脸颊，“对不起……”

栖蝶全身战栗，万分厌恶他的碰触，可她已经没有分毫的力气去反抗或躲避。如同她这短短的一生，从来都由不得她自己做主。

“栖蝶，我并不想伤害你……”段霆天的手轻轻移到她的腹部上，声音越发低得难辨，“皇兄膝下无子，本来我是最适合也最有能力继承皇位的人，但就只是因为我非皇室血脉。栖蝶，你明白那种感觉吗？不甘！叫我如何能甘心！我为皇兄鞠躬尽瘁，他却只是无情地利用我。”

他的眼中浮起纠结痛苦之色，摩挲着她的腹部，片刻后才又继续道，“不到逼不得已的时候，皇兄绝不会考虑让我继承皇位。若不是皇朝大举进攻，皇兄需要我出力，我也不可能成为太子。可是，却也因此害了你……”

栖蝶的长睫微颤，极慢地合起眼眸，眼角渗出一滴泪珠。

“你从出生开始，就已注定了要被牺牲。”段霆天的嗓音变得温软，轻语道，“皇兄千方百计要让你成为皇朝的皇后，无非就是为了那个预言。他认为你可以克住慕容宸睿，更认为你能够诞下皇朝的皇子，可谁知那慕容宸睿从不肯碰你。如此，才有了那下策……”

他收回了手，跪正身姿，伏地叩首，口中郑重恳切地道：“栖蝶，此生是我对不起你，唯有来生偿还。”

对着她，他重重地磕了三个头。

在他磕完直起身子的时候，栖蝶眼角悬着的那滴泪珠轻轻地滚落，坠入草地里，再无迹可寻。

亦在此时，夜空中一颗星曜飞速划过，悄然陨落。

路映夕一直静默地看着，见到栖蝶的头歪斜一边，便知她已没了气息，心里顿时一痛。两条生命就这样消失无踪了，不过是片刻的事情，这般叫人措手不及。这世上不甘心不满足的人总是那样多，姚凌如是，贺如霜如是，段霆天也如是，想必栖蝶也难瞑目……

见路映夕哀伤出神，伺机而动的贺如霜瞳孔微微收缩，眯细了眼眸，衣袖里滑出另一把匕首，小心谨慎地凑近。

“小心！”

陡然惊响一声暴喝，震彻夜空。

这道声音分明是从较远处传来，不及相救，路映夕在霎时凛了心神，矫捷地侧身一避，才回头看去。

贺如霜一招未成，愈发杀红了眼，手持利刃，横冲直撞地飞扑过来，心里只揣着一个念头：即使杀不了她，也要叫她动了胎气，最好滑了胎。

路映夕退至一棵大树底下就不再退避，神情沉静，清冷从容，右手倏然扬起，掌风凛冽，果决地扫向扑身而来的贺如霜。

贺如霜已逼得极近，被猛烈的掌风一扫，顿时身躯摇晃，可就在这时又有一股更凌厉的掌风袭来，她腹背受敌，胸腔内阵阵浊气翻滚，忍不住噗地吐出一口血来。

“映夕，你没事吧？”忧切的关怀随即而至，一道明黄身影飞纵掠过，旋即就至路映夕的身边。

“我没事。”路映夕温声回答，并不奇怪慕容宸睿的出现。他定是等得难安，估算着时间就来接她了。

慕容宸睿颔首，揽住她的肩，然后举目环顾周遭。

贺如霜有些恍神，忘记了去擦嘴角的血迹，怔忡地看着他。她有多久没有见过他了？仿佛就在昨日，可又恍如隔世。

慕容宸睿扫视草地那边，继而徐徐地抽回视线，冷淡地望向贺如霜。

对上他深幽淡薄的目光，贺如霜心头震颤，一时间分不清是悲是喜、是怨是恨。这个男子，是她的夫，可他竟用这种不带一丝感情的眼神看她。她把他当成人生的全部，但他却当她是一件可有可无的玩物。

“如霜，够了。”慕容宸睿缓缓地开了口，声似冰玉，沉稳有力而又凉寒透骨。

“够了？”贺如霜迟钝地重复这二字，渐渐回缓了神思，眸中骤然迸出怨厉之光，恨恨地切齿道，“敢问皇上给了臣妾什么，足以称之为‘够’？”

慕容宸睿抿起薄唇，无意答话。

贺如霜冷冷一笑，自己接着道：“臣妾千方百计讨皇上欢心，皇上却弃之如敝屣。臣妾实在想不出，皇上曾经给过臣妾什么。贵妃名分？一座白露宫？臣妾要这些东西何用。”

“那么，你要什么？”慕容宸睿不愠不火地淡淡问道。

“自然是皇上的宠爱。”贺如霜无须思索，脱口而出。

“宠爱？”慕容宸睿勾唇一笑，“你要朕的‘宠爱’，而非‘爱’。其中差别，你自己心底应该清楚。”

“它们并无差别。”贺如霜仰脸傲然道，“在女子的世界里，夫君的宠爱便是一切。臣妾争取的只是自己应该争取的东西。”

路映夕听着不由轻轻摇头。机关算尽太聪明，说的大概便是贺如霜这样的人。她唯独不够聪明的地方，是看错了慕容宸睿。慕容宸睿是一个极重旧情的人，她若诚心以待，他也必会善待她，但她却一味算计，才会落得如此地步。

慕容宸睿不再做声，牵着路映夕便欲离开。

贺如霜方才受了内伤，原不觉得痛苦，到此时才渐感五脏翻腾，虚脱无力，软软地坐倒在地。

路映夕转头看她一眼，终是启唇出声：“你的伤不至于致命，但你的心却病得严重。人命非草芥，可你从未曾感到一丝丝的后悔。不知这段日子以来你有否梦见过小帝姬？她可有对着你哭泣？”

轻轻叹息，路映夕未再说下去，随着慕容宸睿举步离去。

“路妹妹！”不远处的草地上，段霆天趔趄地追来，“解药！给我解药！”

路映夕的脚步微微一滞，但慕容宸睿将她的手握得很紧，脚下不停，一边低声道：“放虎归山，后患无穷。映夕，莫心软。”

路映夕知道他说得对，一咬牙关，狠下心不回头。

“路妹妹，路妹妹！”段霆天已然抛下面子自尊，戚戚大喊，跌跌撞撞地追在后面。他原本自恃武功非凡，且又捏着路映夕的弱处，便觉胜券在握。纵使交易不成，他也能全身而退。怎料到会大意失荆州，并又着了她的道。

慕容宸睿深知路映夕心软，侧头在她耳畔低低地再道：“映夕，你想想栖蝶，还有她腹中的孩子，何其无辜。”

此话正中路映夕心底最柔软的那块地方，她无声一叹，不再有半分犹豫，任由慕容宸睿携着她飞身而起，跃出宫墙。

“路妹妹——解药——”

嘶声咆哮远远传来，那语调已非最初的切切祈求，而是再难遮掩挫败的愤怒和不甘的戾气。

路映夕和慕容宸睿已经落地，站在无忧宫外，两人同时回身眺望，慨叹道：“成王败寇，有时仅是一念之差。”

此时宫外已有大批禁卫军肃立待命，等慕容宸睿一声令下，就汹汹地涌入宫殿内。

路映夕静静看着，轻声道：“皇上打算如何处置段霆天和贺如霜？”

慕容宸睿扣着她的手，十指交握，平淡回道：“贺如霜勾结敌国，证据确凿，此次相信就连贺老也无话可说。至于段霆天，待朕和朝臣商议之后再做定夺。”

路映夕不禁唏嘘，贺如霜今次逃不过国法制裁，再无情面可讲。

“我们回宫。”慕容宸睿语声淡淡，牵牢她，向停候在旁的辇车走去，展臂一抱，体贴地将她抱上辇车。

路映夕虽然心头千思万绪，但还是不由得绽唇甜美一笑。原来她的确是被上天眷顾的那个人，她找到了可以携手一生的人，也寻到了甘愿一直走下去的路。

慕容宸睿亦登上辇车，放下锦帘，转脸与她对视。

“嗯？”见他眼光灼灼，似有炽芒波动，路映夕诧异地凝睇他。

“映夕，朕今夜确认了一件事。”慕容宸睿声调低沉，甚是正经。

“确认了何事？”路映夕不解疑问。

“你固然有着倾城容颜，但令朕最心服的却不是这一点。”慕容宸睿目光深深地注视她，沉声道。

“莫非是善良？这样说可没有什么新意。”路映夕笑看他。

“善良虽是其一，但更重要的是，你心中没有不甘和怨恨。你是一个心性宽厚的人，对于得失并不会一味计较。”慕容宸睿徐缓地说着，眸光深邃若海，“这世上聪明的人其实很多，但越是聪明的人越会计算，即便是朕，也不例外。但是你，是朕生命中的例外。”

路映夕素来听惯宫人或旁人对自己容貌的赞美，但这番深层的剖析，他却是第一人。心里慢慢涌起甜甜酸酸的感动，她唇畔笑容愈浓，眸中却有水光浮动。她与他，能走至今日，多么不易。他们之间终于再无沟壑或障碍，他们的心已贴得很近。

慕容宸睿望着她明灿清澈的眼眸，抬起一手，轻捏她的下巴，俯下头去，吻上她粉嫩的菱唇。

车帘外，夜空璀璨，一轮饱满的圆月散发着柔柔的银色光晕。黑绒般的苍穹上点缀着颗颗繁星，其中有一颗帝王星格外明亮，闪烁着熠熠星芒，仿佛蕴含势不可当的力量，霸道地掩盖了周边其他星曜的光泽。唯有另一颗泛着明灿光辉的星曜，与它同绽耀目的银芒。

第八十章
凤栖宸宫

日子似乎开始变得风平浪静。路映夕是第一位也是唯一一位入住宸宫的后妃，全朝皆知皇帝对她宠爱有加，再加上她身怀龙种，矜贵地位自是无可撼摇，无人可及。

但也正因如此，后宫空虚的状况也愈发明显。如今四妃之位空缺三位，时有朝臣向皇帝提出扩充后宫的建议，但全被皇帝以"天下未平"的理由压下。

路映夕自回到皇宫之后，未曾见过韩淑妃，而韩淑妃也不曾前来觐见请安，依稀有种避而不见的意味。

"娘娘，太医署呈上一份新研的安胎药方，请娘娘过目。"侍女晴沁轻步踏入寝宫内居，双手奉上一封纸函。

路映夕懒洋洋地躺在舆榻上，伸手接过，漫不经心地拆阅，看毕却敛容坐起身来。

"娘娘，这药方是否不妥？"晴沁察言观色，疑问道。

路映夕目光沉凝，思索半晌，才启口道："小沁，你认为韩清韵此人品性如何？"

晴沁微微皱起秀眉，中肯地回道："依奴婢之见，韩淑妃虽脾性清高，但终究是一介小女子，难免有器量狭隘之时。"顿了顿，她忽然想起了什么，惊异道，"莫非韩淑妃买通了太医署的人？"

见她紧张关切，路映夕不由露出一抹淡笑，道："若是这样，倒也无须惊慌。偏偏她似是按兵不动，难窥端倪，才叫人更觉怪异。"说完，她示意晴沁看纸函，不再多言。

晴沁疑虑不定地仔细看过，不解问道："药方之外的信笺，未有署名，娘娘知道是何人所写？"

路映夕颔首，淡淡道："应是沈奕所写。"

"刑部尚书沈大人？"晴沁不明所以，"既然他察觉韩淑妃有异动，为何不告知皇上而要这般偷偷摸摸地夹信在太医署的呈函里？"

路映夕抿唇一笑，没有回答。沈奕的做法，她心中自然是清楚的。一则他并未掌握实质的证据，二则他暗存献殷勤之心。不过他既然敢说韩清韵有异动，那必然不是凭空捏造。

晴沁安静了会儿，轻声问："那么娘娘打算如何做？"

路映夕重新躺下，恢复懒懒的神色，道："以静制动。"

晴沁动了动嘴唇，原还想说些什么，但听到皇帝下朝返来的脚步声，便噤了声，恭敬地侍立一旁。慕容宸睿俊容微倦，眉宇轻拧，摆手让晴沁退下，才往舆榻上一坐，握住路映夕的手，半晌不吭声。

“宸，发生了何事？”路映夕反手握紧他，传递抚慰的力量，柔声问道，“是否战事棘手？”

慕容宸睿淡淡点头，眸色幽暗深沉。

“和段霆天有关？”路映夕凝眸看他，猜测地问。

“不尽然。”慕容宸睿回视她，语声平缓地道，“映夕，南宫渊尚在人世。”

路映夕一怔，一时无言以对。她早已知道师父安然无恙，却没有坦白相告，现在该假装狂喜吗？

慕容宸睿勾了勾唇角，笑意淡薄，徐徐地道：“看来你确实早就知晓。但你又是否知道，南宫渊率领玄门弟子迎战我朝大军？”

路映夕心神陡颤，蓦地坐起，直视他，急问道：“战况如何？”

慕容宸睿眸中亮起寒芒，冷声道：“短短数日，玄门弟子协同霖国十万精兵连攻我朝三座城池。那几千名玄门弟子皆是军事之才，朕到今日才见识到玄门的真正本事。”

路映夕心念电闪，疑道：“霖国大举反击，是为了向皇朝讨回段霆天？”而师父现身，也必是因为这个原因。

慕容宸睿微微眯眼，沉着声道：“玄门弟子足抵数万大军，如果玄门不介入，我朝断无失城之祸。”

路映夕垂眸不语。其实她也没想到原来玄门竟暗藏实力，潜心等待着一鼓作气的时机。

慕容宸睿继续道：“南宫渊散播我朝扣押霖国太子的消息，激发霖国众将士的愤慨，而他本身又深谙诡奇兵法，此次全力以赴攻打我国，单单他一人就已可谓是一夫当关万夫莫开。”

路映夕沉默良久，才低低地道：“师父背负着玄门师祖留下的责任，或许他也无可奈何。”

慕容宸睿眉毛一挑，平淡地点头，道：“玄门前辈亲自揪了南宫渊出来，想来南宫渊也无法选择。”

路映夕深吸一口气，略沉淀了心情，才抬眸凝睇他：“宸，你心中有何计划？”

慕容宸睿亦凝望着她，极缓慢地吐出一句话：“霖国皇帝已放话，若朕肯交还段霆天，霖国便以那三座城池交换，但是，必须是朕亲自送段霆天回国。”

路映夕大惊：“霖国竟提出这样的要求？”

慕容宸睿移开视线，望着不知名的远方，嘴角噙着一抹冷笑：“霖国太子被擒，自是成为霖国的奇耻大辱，他们便想以牙还牙，要朕亲赴战场，带兵与南宫渊对阵。他们想叫全天下的人都看见，朕战败而逃，不堪一击，而从此皇朝再难凝聚军民力量。”

“难道，终究逃不过一场真正的较量……”路映夕怔忡喃喃。

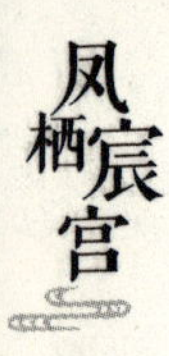

"上一次朕与南宫渊交手，胜之不武。这一次，朕要叫他心服口服。"慕容宸睿嗓音冷静，眸中锋芒尽敛，却仍可见凛冽傲然之气。

"非要如此不可吗？"路映夕喉头发紧，渐渐说不出话来。她又怎会不知，霖国故意放话于众，是为了让慕容宸睿难以下台。如果慕容宸睿不接受这个挑战，他便会被天下人嘲笑懦弱无胆。而若接受，凶险难料。

慕容宸睿瞥她一眼，未回话，顾自往后一倒，躺在了宽敞的舆榻上。路映夕和他手指相扣，被他顺势带着倒下，偎入他怀里。两人体温相融，却都心中清凉。

慕容宸睿悠悠地合起眼眸，环手揽着她，心底无声地问：映夕，如若只有一人生还，你希望是谁？但他终未开口，只静默而轻柔地抱着她。

这夜的气氛极为静谧，两人相拥静默，彼此浅淡的呼吸交融，却都没有入眠。

路映夕枕着他的手臂，合眸想着，她应该做一个站在男人背后默默支持的女子，抑或应该试图干涉男人的做法？

慕容宸睿同样闭目静思，眉峰微蹙。他是否应该为了她而退一步？但他的血液里有一种振奋因子在叫嚣，要他亲赴战场收复失城，亲手攻打下这个江山。

"映夕？"沉寂良久，他轻轻唤她。

"嗯？"她亦轻轻地应声。

"可有什么想对朕说？"他挪了挪身子，面对她。

路映夕睁开眼，望入他深若蓝海的眸底，柔声道："宸，其实你是想去的对不对？"

慕容宸睿微微颔首，语声低沉："是，朕确实想去。自从上次四皇弟代理朝政之后，朕发现自己可以更无后顾之忧。"

路映夕温声接言："你想再次请四王爷回来代理朝政？"

慕容宸睿的瞳眸渐渐升起亮光，语气里透着难掩的野心和傲气："只要半年，朕有自信能够征服霖国。如今龙朝已在我朝的掌控之下，若能再攻下霖国，那么这天下便是囊中之物。"

路映夕心思敏锐，听他这般说，不由轻幽一叹："皇朝与邬国五年不战的盟约，实是给了皇朝休养生息的时机。"

慕容宸睿也不否认。他与她都心知肚明，邬国根本没有选择的余地。

路映夕安静了片刻，伸手抚上他刀斧雕琢般英俊的脸庞，轻声而郑重地道："宸，你去做你想做的事吧。但一定要答应我，你会平安无恙地回来。"

慕容宸睿的眸光骤炽，一把握住她的纤纤素手，沉声道："朕一定会把天下捧到你面前。"

路映夕抿唇浅笑，未有言语。这是男人的骄傲，她怎能泼冷水？如果说每个人内心都有一个梦想，那么他的梦想便是一统天下。而她作为他的妻子，能做的便是理解与支持。

慕容宸睿凝视着她笑靥清甜的模样，心底流过一股暖流。眼前这个女子，是他认定了要共度一生的人，而她又的确不负他所望，令他不禁生了一丝感动。

“夕。”他低低唤她，目光缱绻。

“宸。”她含笑回应他。

他却突然掀起锦被，一滑身，钻到被子里。路映夕讶异，随即感觉腹上一暖，他温热的大掌轻柔抚摸着她，一下又一下，似是万分眷恋又似是无比怜惜。

“孩子，父皇可能无法看着你出世，你要乖乖的，不要让你母后太辛苦。”隔着锦被，他醇厚的嗓音隐约传来，带着歉意又带着怜爱，但接着口吻一转，蕴含威严，“你若调皮不听话，让你母后吃了苦头，等父皇回来，定会打你屁股。”

路映夕听着捂唇轻笑，可是笑着笑着却笑出了眼泪，心头酸酸甜甜的，微妙难辨。虽然她没有说出口，可是她心里的不舍和担忧无法抹杀。担忧的不只是他的安危，还有师父，甚至还有霖国皇帝，那个她从未见过面的亲生父亲……

但分别在即，她不忍再多说什么让他徒添压力。

慕容宸睿从被子底下爬出来，俊容带笑，英气焕发，捧住她的脸庞，对着她的眼睛，认真地道：“夕，朕知道你心中所想，你的情意朕会珍藏于心。”顿了顿，他轻缓而清晰地吐出一句话，“朕打下的江山，亦是你的。”

路映夕抑下酸涩之感，嫣笑摇头，道：“江山依旧是你的，但你必须是我的。”

慕容宸睿闻言放声大笑，眉宇舒展，尽显霸气与豪气，回道：“好，朕应承你，朕是你的，此生皆只属于你。”

路映夕眼光温柔，微笑凝睇他，口中却故意任性地道：“那你得为了我废除后宫，从此弱水三千只取一瓢。”

“有何不可？”慕容宸睿眉毛一挑，铿然道，“朕答应你，从今日开始不再立妃。待到天下大定，朕就废除后宫，皇朝只会有路映夕一位皇后。”

路映夕眼梢微斜，做出娇媚状，青葱手指轻点他的胸口，画着圈儿，道：“皇上今夜说的话，臣妾可都记下了，往后皇上想不认账都不行。”

慕容宸睿捉住她的手指，凑到嘴边亲了一下，笑道：“朕自然不会反悔，除非你变心或变坏。”

路映夕意会，莞尔道：“臣妾会牢记前车之鉴。”

这个话题点到即止，慕容宸睿不再继续，手掌顺着她的腕间轻抚下去，撩起她柔薄的寝裙，蜿蜒攀上她的皓臂，暧昧地撩拨……路映夕感到有些痒，呵呵笑着，退开躲避，他却强势地俯下身来，并技巧地不压住她的腹部，而后利落地封住她的唇。

"唔……"她抗议他的霸道，但下一瞬就被他吞没了轻微的声音。

热烫激烈的吻，仿佛狂风暴雨般席卷她所有的感知，彼此唇齿间的交缠亲密而火热，模糊了她的神智，暖烫了她的身体。

"夕……"他含糊地唤着，热情的唇往下移，亲吻她漂亮的锁骨，饱满的胸……

"宸……"她的眼神迷蒙，没有推拒，无意识地微微挺身迎上他的手、他的唇。

他的动作越来越热切，细密滚烫的吻不断落下，粗糙的手掌探向下方……

她滚圆高耸的腹部恰恰隔着他的手臂处，令他不由一顿。

察觉他的停顿，路映夕亦略清明过来，喃声道："宸，等你回来再……"

慕容宸睿极慢地收回手，颓然往一旁倒头躺去，闷声低咒道："天杀的，朕已经忍了足足几个月。"

路映夕伸过手臂去抱他，忍不住笑："那就再忍几个月吧。"

慕容宸睿侧头看她，磨牙道："到时朕要你悉数奉还。"

路映夕蹭着他的脖子，一时淘气，道："不知该谁还谁呢。"

慕容宸睿唇角勾起，邪笑道："朕很愿意还给你。"

路映夕顿时面颊绯红，自觉失言，赧然松开了他，躺到龙床的内侧。

慕容宸睿挪近她，从背后环抱住她，低柔了声音："夕，之前朕遇到玄门前辈时，他提过灵机之事。朕曾经怀疑过你的清白，现在向你道歉。"

路映夕轻轻地回话道："那时我们之间还没有信任的基础，也不能怪你。"

慕容宸睿又凑近了些，低低地道："以后，我们便是彼此的唯一。"

他温热的气息吹拂着她的耳颈，亲昵旖旎，路映夕会心绽笑，在他温暖的怀抱中缓缓合眸。慕容宸睿双手拥住她，将下巴轻搁在她肩上，亦闭目，生出一声满足的叹息。夜一点点地深了，万籁俱寂，偌大的宸宫寝居内柔情四溢，掩盖了即将离别的感伤。

两日过后，慕容宸睿安排妥当，将朝政事宜交托给慕容白黎，就整装出发，领军北进。

同行的自然还有段霆天，以及皇朝第一大将司徒拓。

此次慕容宸睿没有带上范统，而是命其留在京都治疗腿疾。这个命令叫范统郁闷至极，他曾在战场上吃过一次败仗，深觉耻辱，心心念念想着一雪前耻，谁知皇帝并不给他机会。

慕容宸睿离开京都后的一日，范统受召进宫，觐见皇后。宸宫内殿中，路映夕挥退侍婢，单独接见范统。

"范某参见皇后娘娘，娘娘凤安。"范统恭敬行礼，倒有几分不自在。

"范兄无须多礼。"路映夕从高座缓缓走下，面带笑容。

范统却拘谨地后退一步，与她保持距离。

“范兄是否因为皇上不在宫中而介意与我单独相处？”路映夕直言，凝目望着他。

范统被说中心事，有些窘迫，敛眸不语。其实并不只是这个原因，自他遇上军医王婕之后，渐渐明白，原来以前他对路映夕存有一种特别的心思。那种感觉近乎于喜欢，而这个觉悟令他感到难堪。他竟喜欢过皇上的女人？太大逆不道！

路映夕依稀猜到原因，有意化解尴尬，便揶揄道：“范兄，近来和王军医相处得可好？”

范统面色别扭，低声唾道：“那个野蛮女子。”

“野蛮？”路映夕饶有兴致，盯着他追问道，“王军医看起来冷静明理，并不像野蛮之人。”

范统哼了一声，抬头回道：“你若看见她如何逼我喝药，便知何谓野蛮。”

“哦？她如何逼你？”路映夕疑问，一副不相信的样子。

范统扭开头，不屑解释。那王婕何止野蛮，简直不可理喻。自诩奉着皇命为他治病，便不断拿他试药，而她每次研制出来的新药皆是奇苦无比，他若拒绝喝药，她就嘲笑他是个吃不得苦的娘们。

路映夕看着他半晌，突然冒出一句话：“范兄，你觉得你与她有没有可能？”

范统顿时一僵，反射性地大声道：“不可能！”不久前他才惊觉自己曾隐隐喜欢上了路映夕，又怎会突然转而喜欢别的女人？绝对不可能！

路映夕也不迫他承认，笑意盈盈地道：“依照范兄你的犟性子，若是不愿意做一件事，岂会有人能够逼得了你？”

“那只是为了治腿。”范统脱口辩解，虎目炯炯，却不自觉地眼神闪烁。

“是吗？”路映夕悠悠然地反问。

“当然是，范某早已有中意之人。”范统也不明白自己为何急着否认，冲口就道。

“范兄中意何人？”路映夕今日存心追根究底，不疾不徐地道，“范兄不如告知我是哪家姑娘，我也好替你牵红线。”

“不劳皇后娘娘费心。”范统硬声道，心里纷乱如麻。当真如王婕那女人所说，他是禁不起激的莽夫，他怎可以在路映夕面前这般胡乱说话？

路映夕抿唇不语，直勾勾地盯视着他。触上她澄澈的眸光，范统忽觉羞愧，低下头去。

路映夕轻轻一叹，缓缓道：“范兄，喜欢一个人与爱一个人是完全不同的事情。你的性子太执拗，我怕你钻入牛角尖，误以为自己中意了不该中意的人。如果你能敞开心扉，你会发现，你真正的缘分近在身边。”

范统的头越垂越低，下颚几乎抵上胸口。他确实分不清喜欢与爱的差别，因为他从没有爱过人。但模模糊糊中，他能感觉到，他对路映夕和王婕都有那种特殊的感觉。正因如此，他才愈发羞愧。

路映夕无奈地摇头，温和地道：“时间会证明一切。”范统仍是不吭声，她便转移了话题，道，“范兄，今日我宣你进宫是想请你帮忙。”

“皇后请吩咐。”范统这才抬目，恭谨回道。

“如今皇上不在宫中，我需更加谨慎。”路映夕抚上高隆的小腹，怜慈地低眸看着，口中淡淡道，“有的人不希望我诞下皇儿，那就难免会做出一些偏差的行为。我不便自己出面，还请范兄代为警告。”

范统皱起剑眉，义不容辞地道：“是何人居心叵测？皇后只管交代，范某定然会替皇后办妥。”

见他流露真性情，路映夕微微一笑，片刻敛了容，才道：“有人在我的凤辇上动了手脚。辇车底板遭人巧妙地削薄，若非早前我已有戒备，也难发觉异状。”

范统双目中迸出愤光，怒道：“卑鄙，究竟是何人如此阴险？”

路映夕摊了摊手，道：“没有证据，只是我个人的怀疑。”

范统也非笨人，略一思索便猜到可疑之人：“皇后怀疑的是韩淑妃？”毕竟这后宫之中只剩下韩淑妃位高份重，若要怀疑，她自是首当其冲。

路映夕颔首：“皇上御驾亲征，尚需韩家庄相助，我也不想逼人太甚，你领禁卫军常在韩淑妃宫殿外巡逻便可，她如若还有一分聪慧，便会知道我的用意。”

范统拱手一揖，肃然道：“是，范统领命。”

路映夕漾开一抹浅笑，未出言道谢，只慨然叹道：“范兄，你是我在皇朝结识的第一个朋友。”

范统正经肃容，抱拳道：“范某之幸。”

“亦是我的荣幸。”路映夕接话道。

“不，是范某之幸。”范统重申，半点也无玩笑意思。

“那么，是我们彼此的荣幸。”路映夕忍俊不禁，这人木讷古板的性格由此可见一斑。

范统知她在笑他，撇了撇嘴角，放下抱拳的手，悻悻道：“若无其他事，范某告退。”

路映夕摆摆手，笑看他离去。

天气渐热，从初夏进入了盛暑。

皇朝在贤王慕容白黎的管治下井井有条，而边疆战事屡有捷报。慕容宸睿用段霆天换回了三座失城，并大举反攻，直逼得霖国节节败退。但月余的时间，皇朝虽有小胜，却没有占到大优势。

反倒是南宫渊用兵如神的名声流传开来，霖国百姓赠他一个雅号——空玄子神将。凡是南宫渊领兵出征的战役，必定能够以少胜多，从无例外。只可惜据说南宫渊有病在身，无法每次都率兵上阵，如若不然，皇朝莫说小胜，恐怕有大败之险。

外界传言纷纷，而战事如火如荼，路映夕却闲散地在皇宫中享受安逸的日子。其实她心中隐约猜到，师父正在用攻心计。当“神将”之名被众口铄金，以后只要他带兵上沙场，敌军见他便受威慑，自然而然会生了惶惶惊怯，如此自是事半功倍，灭敌于无形。

想及此，路映夕不由低低叹息。她已非从前的路映夕，而师父也已非从前的空玄子神医。纵使天性淡泊无争，亦逃不脱命中注定的使命。现今只能祈愿局势早定，苍生免灾。

“娘娘是否在担忧皇上？”听到她叹气，一旁执扇伺候着的晴沁轻声问道。

路映夕没有回答，抬眸看她，温言问了一句：“小沁，你放下了吗？”

晴沁怔然，片刻才定神，垂眸回道：“奴婢虽然蠢钝，但也已能看得清楚。若是前路不通，奴婢不会顽固执着。”

路映夕露出淡淡的赞许微笑，为她感到宽慰。

晴沁抬脸，深吸一口气，亦绽开甜美笑容，心中忽然充满一股豁然轻松的感觉。她说到，便一定能做到。

路映夕伸手轻拍她的手背，温和煦暖地注视她。

晴沁笑颜以对，心底曾经存在过的芥蒂似乎悄然散去，犹如拨开乌云显现出碧蓝的晴空。

路映夕收回手，躺到贵妃椅上，悠然合眸，一边问道：“小沁，韩淑妃那边有何动静？”

晴沁摇扇为她扇风，恭声回道：“自从禁卫军严密巡逻之后，韩淑妃那边毫无动静，似是感受到了娘娘发出的警告。”

路映夕“嗯”了一声，心里却未觉松口气，反而越发沉凝。想不到事到如今，才证明了后宫嫔妃之中唯数韩清韵最聪明。她知道何时该行动，何时该静待时机。许是当初受了教训，韩清韵开始懂得谨慎，小心翼翼地控制自己的一举一动。

晴沁没有想得那般深远，念头已转到战事上面，忧心道：“不知皇上何日才能班师回朝。”

路映夕不禁微微一笑，道：“你倒比本宫更着紧。”

晴沁忙解释道：“奴婢只是担心皇上赶不及娘娘临盆之日。”

路映夕懒懒地接话道：“照现今形势看来，皇上确实是赶不及了。段霆天虽被废了武功，但他依旧是一个人才，何况霖国还有师父与玄门弟子坐镇，一时半刻是攻克不下的。”

晴沁蹙起秀眉，直言不讳地道：“皇上就这样抛下娘娘？”

路映夕抬了抬眼皮，瞥她一眼，笑道：“皇上与本宫早有共识，再说待到本宫临盆时，就算他在宫中也帮不上忙。”

见她没有一丝介怀，晴沁也就不再操心，转而道：“奴婢听说刑部沈大人近日与礼部尚书频频往来，似要为皇上准备新晋秀女，待皇上回朝即可充盈后宫。”

路映夕唇角微勾，散淡地吐出一语："枉做小人。"

晴沁很是认同地点头："可不是。皇上都不在宫中，他何必这般多事。"

路映夕心中清明如镜，沈奕举动反复，既说要报答她，却又做一些破坏她幸福的事，无非是他无法平衡自己的感情。

晴沁安静想了会儿，突发奇想道："如果能够把沈大人和韩淑妃配作一对，娘娘便可自此高枕无忧。"

路映夕闻言啼笑皆非，睁眸看她。

对上她明亮带笑的目光，晴沁微窘地别过头，讷讷道："奴婢冲动妄言，还请娘娘降罪。"

路映夕唇畔噙着笑意，但心底慢慢冒出一个奇异的想法。小沁所言虽是离经叛道，但若能弄假成真，那确实是一箭双雕，可以省却她不少心力。

又默思了须臾，她坐起身来，正色道："小沁，去研墨。"

"是，娘娘。"晴沁也不多问，恭顺地前去。

路映夕眼中亮起狡黠光芒。既然沈奕一心要报答她当日救命之恩，那她便挟恩索报。倘若她开口要沈奕替她留意韩清韵的动向，那他自然要找机会接近韩清韵。只要韩清韵行差踏错，她不会再心慈手软。

夏末的天气依然炎热，路映夕的肚子越来越大，也越来越怕热，时常嗜睡。她清美的脸庞并未发胖，但是小腿变得臃肿起来，有时夜里会抽筋痛醒。每当那样夜阑人静的时刻，她都抑不住感到一丝丝难过。但等到天亮起来，她便又如常的清淡平静。

边疆时有战报传来，皇朝大军开始掌控整个局面，霖国已显疲于应战的状态。而据传，南宫渊的病情似乎益发严重，已经极少在沙场上出现。

路映夕心里隐隐升起一种不祥之感。是她把师父想得过于复杂了吗？师父是真的生了重病？

内心压抑着隐忧，时间如水般流淌而过，状似无澜无波，倏忽便到了秋季。

路映夕临盆的日子已近，身体比之前更差了些，每隔数日就会发作心疾。若不是体内有一股强大的真气镇压着，或许她已挨不过去。

这日清晨，她起床后莫名感到心头闷堵，手足发凉。原想也许是她近日多忧多虑才导致心神不宁，但当范统求见之时，她忽然打了一个激灵，那不祥的预感大抵要应验了……

她的指尖微微发颤，面上勉力镇定，缓步去往内殿。

偌大的堂皇殿堂，漫地金砖被殿门外透射进来的阳光照耀得刺眼晃目。

路映夕抬袖遮眼，抑下头晕目眩的不适感，走上高座，屏退内侍，才轻轻地开了口：

"范兄，前线是否有消息传回？"

范统笔挺地站在大殿中央，面容严峻，只是一双炯目中依稀泛着怜悯之光，沉声回道："我朝大军三日前攻下霖国金洲，已成功吞并霖国二分之一国土。据回报，皇上秘密起程回朝，五日之内应能抵达京都。"

路映夕未感欣喜，一手按着砰砰直跳的太阳穴，低声道："皇上为何决定提前回国？"她知慕容宸睿的性情，他既想亲手一统天下便不会轻易放弃，除非有特别的原因……

范统轻咳了两声，似在思索应如何回答，半晌才道："皇上知晓皇后临盆在即，而目前战局又已稳定，便决定提前回朝。"

路映夕凝目直视他，定定盯着良久，一言不发。

范统被她看得心虚起来，垂敛眸子，极缓慢地说道："在金洲战役中，我军巧破霖国玄门阵，迫得霖军退入百里茂林，当时皇上领着一支精锐先锋骑，追入茂林。"

路映夕听得一颗心高悬至喉头，蓦地站起，大声问道："皇上受伤了？"

范统摇头，不知为何不自禁地放柔了嗓音："皇上龙体安康，并未受伤。"

路映夕眸光骤暗，高悬的心突然坠入谷底，拢在宽袖里的手颤抖得愈加厉害。

范统抬眼注视她，轻不可闻地道出一句："霖军元帅南宫渊被皇上一箭射中，一箭穿心……"

范统顿住，不忍再说下去。

路映夕脑中一片空茫，只嗡嗡地回荡着"一箭穿心"这四字，双手无意识得掐紧，指甲深深戳入掌心，但她却毫无所觉。

一次还不够吗？她还要再一次承受失去师父的悲恸？

这次是真是假？定是假的吧？师父武功非凡，怎会那般容易被利箭射中？即使中箭，他也能自医。她不信……

范统见她眸中透出难掩的凄楚，动了动嘴唇，犹豫片刻，还是低声添了一句："当时南宫渊抱病上阵，听闻是胸口旧伤未愈，又加上早前中毒残留了毒素于体内，故而……"

范统的原意是不想路映夕责怪慕容宸睿，却不知此话令她更痛心悲怆。师父的旧伤，是之前丰城战役所受，而那毒却是为了救她所中。师父百般为她着想，可她给了师父多少关怀？她什么都没有为师父做，甚至连劝慕容宸睿不要御驾出征都不曾有过……

范统担心地看着路映夕，见她脸色雪白，几近透明，不由紧张地踏前一步，关切问道："皇后是否凤体不适？可要宣太医？"

路映夕似未听见，蓦然举步，神色凄清地往殿外走去，一声不吭。

站在殿门口，她的身子晃动了一下，仰起脸对着北面，望向远方。眼睛被日光刺得生疼，模糊了她的视线，渐觉眼前变黑，又似有星光浮动，像是触手可及又仿佛遥远缥缈。

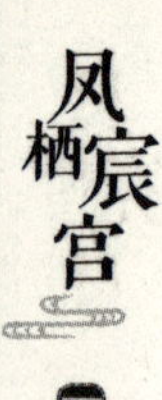

她伸手想去触碰那星星，可在即将碰到之际，那星星倏然幻化成了师父温雅润泽的眼眸。她的手一顿，停在半空，张口想要唤一声“师父”，但下一瞬间那星星般的眸子骤然消失，只余无边无尽的冰冷黑暗。

“皇后！”范统急喊，大步飞奔向她，一把接住她斜斜欲坠的身子。

她所站的位置，地面上淌着一摊湿水，而她的裙摆亦是濡湿了整片。

范统眼角瞥见，心中大惊，扬声大喊：“快来人！快宣太医！”

不出须臾，便有内侍匆匆跑来，紧接着两名年长宫婢围上来，急急道：“快抬皇后进寝居，皇后要生了，羊水已经破了。”

范统心下焦急慌乱，看那内侍仍傻站着，厉声呵斥道：“杵着做什么！还不快去宣太医和稳婆子！”

“是！是！”那内侍被路映夕惨白如纸的面色惊得愣住，此时才缓过神来，惶惶跑开，额上直冒冷汗，心里不断祈祷，愿上苍保佑皇后母子均安，不然他们一众宫人皆都人头难保。皇上临出征前，早已下令，若他们让皇后有什么闪失，宸宫里的所有人都要陪葬。

天空中骄阳高挂，照得大地明晃晃，却照不暖这一座宏伟的宸宫。

正当宸宫中人人忧切惶急时，在宫殿瓦顶上悠闲地坐着一个人，懒洋洋地跷着二郎腿，捋着白须，神情怡然惬意，但那一双精光内敛的老眼绽出睿智了然的光芒。他能做的都已做，如今只看徒孙丫头自己的造化了。

华贵的龙床，四周帐幔低垂，低弱的呻吟断续传出，如暗哑的断弦声，听得人心头阵阵揪紧。

路映夕已是冷汗透衣，但她自己并无知觉。混混沌沌中，她好像看到了师父俊逸如昔的脸，他温暖宁和地对她微笑，似在说，映夕，别担心，你会平安渡过这个难关。

她在迷蒙中不知是幻是梦，只见场景陡然一转，看到了自己幼时孩童的模样。那孩童跟在一个身穿浅灰色素袍的少年身后，稚声稚气地唤“师父哥哥”，少年回转身笑看她，那笑容像是融雪的冬日阳光，一下子照耀进她小小的心里。

正感觉温馨，场景又是毫无预警地变幻，一张英俊如刀刻的脸庞出现在她面前。分明是极为刚毅英气的男子，却温柔深情地唤着她：“夕，夕，朕回来了，你一定要等朕。”

她突然流下泪来，分辨不清是因为哪一个场景哪一个人，只觉得心里酸楚苦涩，翻涌起伏，痛苦难当。

“娘娘！娘娘！”

耳边隐隐约约有一道急切的呼喊，也有一双柔软的手替她擦拭了眼泪，但她在灵台不清的时候也还是知道，那不是她想念的人的声音与手。

“娘娘，使劲。已经看到头了，别放弃，再使劲。”

那喊声逐渐变大，她模糊地想，为何要使劲？她这般独自用力是为了什么？

不及想明白，她只是本能地调动体内那股强大的真气，使力，使力，再使力。

“啊！生了！生了！”不知过了多久，惊喜的欢呼响起。

“是个小皇子……”欣喜的语声在下一刻僵住，变成惶恐而难以置信的低呼，“已无呼吸？”

路映夕费力地想，是谁已无呼吸？是她？她死了吗？不，她好像听到了“小皇子”，是她的孩子？

霎时，她猛然清醒过来，睁大眼眸，哑着嗓子吃声道：“孩子……把孩子抱过来……”

稳婆子抱着染血的小小娃儿，不敢靠近她，一旁的晴沁已湿了眼眶，狠狠一咬牙，接过稳婆手上的娃儿，送到枕边。

路映夕软绵地侧头，凝眸看去，顿时心尖锐痛，似被一把利剑瞬间狠厉地插进心房，深不见血，却疼痛彻骨。

那甫出世的婴儿，小脸涨得紫红，透着骇人的黑气，五官全部扭曲在一块，甚是悚然。

路映夕傻傻看着，没有落泪，眼神空洞无力。

“啊，还有一个，娘娘肚子里还有一个娃儿。”冷不丁，稳婆子拔高嗓音大叫，急忙跪趴在龙床上仔细确认情况。

路映夕眼睫一颤，缓缓地合目，唇角浮出一抹弧度，似笑又似哭，似喜又似悲。在这一刻，她终于明白，师尊曾经说的“一半一半”是何含义。也许这是前世注定，她拥有了慕容宸睿的爱，便要失去师父的情；她得到了一个孩子，便要失去另一个孩子。

心中苍凉隐痛，意识又渐散去，她朦朦胧胧地想，就这样睡去其实也很好，再也不会苦不会痛，可是，这世上还有她牵挂的人，她放不下……

在彻底丧失神智之前，她听见稳婆欢声尖喊：“活着！活着！这个娃儿是活的，真是上天保佑。”

她想要高兴地笑，但又心酸无比，扯动了一下嘴唇，终是凝着一个奇怪的弧度沉沉昏睡过去。

当婴孩洪亮的“哇哇”哭声响彻满室时，悄然等候在殿顶的灰衣老者露出宽慰一笑，展开绝顶轻功悄然离去。他倾注给她的真气总算没有白费，好歹保住了一个娃儿的命。接下去他该去找他那个痴傻徒弟了，这些年轻后辈真是不让他老人家省心。

慕容宸睿日夜兼程地赶回京都，抵达皇宫时已是四日后。

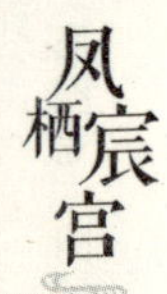

他满身尘土，眼泛血丝，连铠甲战衣都未及换下，便直奔宸宫内居。

一踏入清幽居室，他不禁自觉地放轻了脚步，慢慢走向龙床。

明黄床幔半卷，他一眼望去即见那张令他思念记挂的清丽容颜，心底不由一软，涌上五味杂陈的复杂滋味。

“平生不会相思，才会相思，便害相思。”他低低吟道，举步走近，俯身凝睇，“夕，朕回来了。”

路映夕眼眸半合，转动眼珠望向他，浅浅一笑，眸底浮上一层水雾。

“夕，你受苦了。”慕容宸睿在床畔坐下，伸手抚上她的脸，粗糙的指腹滑过她略显憔悴的眉眼，怜爱而歉疚地道，“朕回来晚了，没能在你最辛苦的时候陪在你身边。”

路映夕只是含笑回视他，眼中却凝着泪，并未滴落，可是愈显凄凄楚楚。

“怎么了？是否我们的孩儿不乖，让你吃了苦？朕一会儿便去打他屁股。”慕容宸睿柔声说道，倾身俯下，在她眉心印上一吻。

路映夕无法言语，明明那样多的话哽在咽喉，却难以诉之于口。他看起来风尘仆仆，青色胡茬细密地在坚毅的下巴长出来，看上去落拓疲惫，但丝毫无损他身上与生俱来的英气傲然。他打了胜仗回来，本应意气风发，而她也本该为他感到自豪，但是他亲手射杀了师父……

慕容宸睿定定看她，见她不言不语，也不迫她，却忽地低头覆上她的唇，热情辗转，眷恋地啮啃。

他温热而熟悉的气息迎面袭来，路映夕终是忍不住，眼睛一眨，晶莹的泪滴滚落下来。

慕容宸睿细心地察觉，薄唇移向她的眼角，轻柔舔舐。

“宸……”路映夕沙哑地启口唤他。

“嗯？”慕容宸睿抬头凝视她，语气柔和，但话语直接，“是否想问南宫渊的状况？”

路映夕默不出声，不敢轻易怀抱希望，只怔怔地望着他。

慕容宸睿轻叹，用手指拭净她颊上残留的泪痕，一边平缓地道：“当日两军对垒，不容多想，朕确实用尽全力射了南宫渊一箭，南宫渊也确实中箭坠马，但距离甚远，朕未必射中他的要害。”

路映夕沉默不语，良久才低哑地问道：“师父身亡的消息是从何处传出？”

“霖国。”慕容宸睿简单地回答，微一停顿，再道，“夕，也许你会觉得朕存心辩解，但这几个月来朕的确感觉到南宫渊似有退战之意。”

路映夕凝眸看着他，静待他继续说下去。

“照朕推测，南宫渊旧伤在身是事实，但绝没有那样严重。”慕容宸睿沉声道，“朕的密探回报，这数月南宫渊埋首写兵书，传授于玄门弟子。他此举应是欲退战的征兆。”

路映夕抿唇未语，慕容宸睿叹息，真诚地道：“虽然没有真凭实据，但朕直觉南宫渊尚在人世。”

“但愿师父无恙……”路映夕没有说信或不信，眸光依然黯淡，低语道，“只要师父尚在人世，纵使此生再难相见，亦是好的。”倘若师父真是有意避世，那么她会默默为他祈福，愿他能够过得逍遥自在、平安开怀。

慕容宸睿听到她的轻语，心中暗自松了一口气。其实他根本没有把握，只不过是想给她一线希望，让她积极地振作起来。

路映夕似陷入缅怀中，长久地保持静默。

慕容宸睿蹭掉军靴，解甲宽衣，翻身上床，伸臂抱她，把脸挨近她的颈窝，故意用胡茬蹭着她。

路映夕感觉颈间一阵刺痒，回缓神思，轻推了他一把，道：“我已多日未沐浴，你别靠这么近。”她刚刚诞下麟儿，至少有半月不能碰水净身。这几日她沉溺在低迷的思绪中，无心想及这些，但他一靠近，她便不自觉地感到别扭起来。

慕容宸睿倒不介意，朗声大笑，颇有几分豪气干云：“朕都数不清几日未曾沐浴了，朕不会嫌弃你脏。”

路映夕斜他一眼，唇角微微扬起。他安然回来了，她才知，原来她一直害怕的，最怕的其实是他回不来……

慕容宸睿盯着她诱人的菱唇，目光炽热，凑近一啄，但又觉得无法满足，便以齿尖轻咬，再窜入她口中，纠缠她的小舌。

路映夕产后体虚，无力推拒他的热情，不出一会儿就娇喘吁吁。

慕容宸睿自是察觉，极不情愿地狠咬她唇瓣一口，抽离了开。

“这次也记在账上！”他咬牙低喊，按捺欲火，揽臂轻拥住她。

“嗯，好。”路映夕微喘，乖顺地应声，水眸盈盈，明媚动人。

慕容宸睿深望她一眼，感觉到自己心跳失律，用力深吸一口气，平复情绪，才低沉地道：“夕，我们已经很幸福。”

路映夕轻轻点头，重复道：“是，我们已经很幸福。”虽然他们的一个宝宝早夭了，但上苍终究有一分仁慈，未夺走全部。

慕容宸睿轻扬唇角，伸手寻到她的柔荑，暖暖的掌心贴熨着她的手心，紧紧相握。

路映夕转眸睇着他，见他眉宇间拢着浓浓的倦意，知他许久未曾睡过一个好觉，便不出声扰他，静静看着他合目养神。

慕容宸睿连月征战，这几日又连夜赶路，体力几乎透支，倦极地昏沉欲睡，但他的手始终紧攥着她，牢牢牵住。

“夕，宝宝的事，朕也会心痛。”他闭着眼低声说道，“但我们的未来还很长很长，那个宝宝会回来的。”

“嗯，我明白。”路映夕轻柔了语声，心里仍有酸痛，但握着他的手，她的心能逐渐温宁平静下来。

“夕，朕乏了，让朕睡一觉再好好与你相谈。”慕容宸睿的声音低低浅浅，渐入半睡半醒的状态。

“好，你安心睡，我就在你身边。”路映夕温声回道。

“这种话应该留给男人说……”慕容宸睿反射性地回嘴，嗓音含糊。

“夫妻之间，不是该互相体谅吗？你为我着想，我也为你着想。”路映夕望着他英挺的侧脸，轻声道。

“唔……是，夫妻……”慕容宸睿嘴里模糊地应话，神智飘散，将入梦乡。

“执子之手。”路映夕自语地念着。

“与子偕老。”慕容宸睿犹余最后的一丝清明，接上她的话。

路映夕展颜嫣然微笑，稍抬起头，亲了他一下。

“唔……”慕容宸睿只剩本能的呓语，“夕……”

“宸，我爱你。”路映夕凝视着他的睡脸，第一次吐露爱语。

“唔……”可惜慕容宸睿睡得渐沉，不知有否听见。

“宸？”见他听到她说话时，浓黑的眉毛会轻微拧动，路映夕便试探性地唤他。

“嗯……”

“我爱你。”

“嗯……”

“那你呢？”

“嗯……”

“你会更爱我或更爱宝宝？”

“嗯……”

“是我吧？”

“嗯……”

一串梦呓，夹杂着女子轻浅的笑声，似为静谧清寂的宸宫添上一抹暖色。

凤翱翔于万里兮，无梧不栖。她心中已然透彻，此生她心甘情愿停栖在他身旁，携手并肩，共看天下妖娆的锦绣河山。

（本书完）

结局

后记
龙凤斗

四年后。

凤栖宫已非当初清寂的样子，大清晨便是一派热闹景象。

只见两名年轻宫婢拎着裙摆碎步小跑，追在一个小男娃身后。那小男娃脚步不快，但机灵得很，绕着梁柱跑来跑去，一时倒叫宫婢们跟不上。

“太子！太子！当心些，可别跌着了！”宫婢不放心地喊。

那小男娃头也不回，口中嘻嘻笑着，直跑向宫门。

“放肆！”冷不防，一道威严喝声响起，宫门外出现一个身穿帝袍的挺俊男子。

“父皇！”那小男娃脚下一顿，仰起小脸来，露出讨好的笑容，撒着娇道，“昊儿不放肆，昊儿很乖！”

男子半蹲下身，两道浓眉微皱，对着小娃教训道：“慕容昊，你还敢说你不放肆？昨儿是谁跑得不见踪影，害得宫婢们差点将整座凤栖宫翻过来找你？”

小男娃眨眨眼，表情无辜，稚声稚气地回道：“每次躲猫猫她们都找不到我，那怎么能怪我呢？”

男子单手抱起小男娃，另一只手在他粉嫩的脸蛋上掐了掐，没好气道：“牙尖嘴利！”

小男娃不依地扭开脸，嘟囔道：“才不是牙尖嘴利，母后说这叫天资聪颖。”

男子哼了一声，不与小男娃斗嘴，转身望向白玉石阶那方。

明媚的晨曦下，一个女子盈盈站立，阳光洒落在她身上，漾起一圈金光，远看犹如落尘的仙子，清美得不可方物。

小男娃随着男子的眼光看过去，咧嘴绽开大大的笑容，脆声叫道：“母后！母后！”

女子微微弯唇，颊边露出一双梨窝，明眸中透着怜爱之色，举步靠近，边道：“昊儿，你又惹你父皇生气了？”

小男娃扭动小身子，从男子的臂弯里挣扎下地，咚咚跑到女子身旁，奶声奶气地道：“母后，抱！”

女子笑着看他，摇头道：“昊儿已经四岁了，是小小男子汉了，应该要学着自己的事自己做。”

小男娃乌黑晶亮的眼睛里闪着活泼明耀的光，狡黠回道：“母后抱昊儿，是母后应该做的事，不是昊儿的事。”

女子莞尔，弯腰轻轻捏了捏小男娃的脸蛋，然后抱起他。

小男娃呵呵笑起来，啾地亲了女子一下，甜甜说道：“母后最好了，昊儿最爱母后！”

一旁的男子不悦地咳了声，沉声开口：“慕容昊，朕说了多少次，只准亲你母后的脸，不准亲嘴唇！”

小男娃不以为意，腻在女子的怀抱里，甚至还示威似的蹭了几下。

男子微愠，手臂一伸，捉住小男娃的衣领，利落的将他揪下地面来，再揽住女子的纤腰，带入怀中。

小男娃瘪嘴，却也不哭不闹，只是嘴里哼哼唧唧地自言自语：“父皇不也常亲母后的嘴唇吗？太傅说，有其父必有其子，虎父无犬子。昊儿才不要做犬子！”

女子听着扑哧笑出声，转眸看向男子。男子大恼，瞪她一眼，以唇型无声道：“看你教了个好儿子！”

女子笑靥嫣然，无声回道：“儿子可是在学你。”

男子手掌收紧，暗暗使力，摩挲她的腰部，暗示今晚要她好看。

女子只作不知，轻盈旋身，躲开他的魔掌，牵起边上小男娃的手，径自往宫殿内走去。

男子凝望她窈窕的背影，薄唇扬起，眸底闪动温柔笑意。有妻如此明慧，有子如此聪颖，他慕容宸睿今生夫复何求！

入了寝居，小男娃爬上凤床，嘻嘻哈哈的在软被上滚来滚去。

路映夕在床沿坐下，含笑看着，脑中思绪渐渐飘远。当年她的身子本就不宜怀孕，临盆之际又听闻师父身亡的噩耗，如果最后连昊儿都失去，她不知道心中的伤痛还能否抚平。如今温馨宁和的日子，来之不易，种种艰辛不足为外人道。

“朕一直很好奇，昊儿独爱凤栖宫，到底原因何在。”醇厚的嗓音在寝门外响起，慕容宸睿负手而立，似笑非笑。

路映夕牵唇一笑，站起身迎向他，回道：“皇上，并不是每件事都需要原因。”

慕容宸睿微微眯起眸子，眼中精光闪过，复又敛去。

路映夕也只当不察，懒懒的偎入他胸膛。

相拥良久，慕容宸睿忽然低声叹道：“四年了。”

“时光荏苒。”路映夕接言，抬眸凝睇他棱角分明的英气脸庞，“宸，你变了很多。”

“哦？”慕容宸睿勾唇，戏谑道，“皇后莫非暗指朕是容易变心之人？”

路映夕轻轻摇头，面色认真，缓缓道：“相识之初，你锋芒锐利，虽然多番忍让于我，

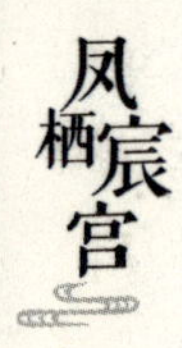

但心底终有戾气。如今，你的宽厚包容，才是真正叫我感动。”

慕容宸睿抿了抿嘴角，没有作声，只是眸光渐柔，仿佛一汪深海起了细微涟漪。当初彼此的针锋相对、明争暗斗，现在想来犹令人唏嘘。可是如果没有共同经历过那一段坎坷的路，今日他们不会这样懂得珍惜。

路映夕亦不再多言，静静地凝视他。这座凤栖宫的秘密，其实他未必不知，这几年却没有追根究底。他愿意给她留一条后路，这份心意她又怎会不懂。皇朝与邬国的五年盟约将至，她知道无论到时她做何选择，他都不会怪她。这一份底气，是他给她的。

气氛正温馨，一串咳嗽声从床上传来。

“昊儿？”路映夕闻声转头，俯身将慕容昊抱起，轻拍他的背。

小男娃咳得满脸通红，小手扯着脖间系着的香囊，发脾气道：“这味道好难闻，昊儿不喜欢！”

路映夕心头不禁发酸，好声哄道：“昊儿乖，香囊里是治你心疾的草药，你要每天戴着。”

小男娃似懂非懂，不情愿的继续嚷嚷：“不戴！不戴！”

慕容宸睿抱过小男娃，俊容微沉，严厉道：“若是不戴香囊，就会病发，你是不是要再试试心绞痛的滋味？”

见父亲面有厉色，小男娃识相的噤了声，一双大眼睛骨碌碌转向旁边的娘亲。

路映夕不由好笑：“宸，昊儿还小，你和他说这些他哪里会明白。”

慕容宸睿还未接话，小男娃已一副老气横秋的模样说道：“昊儿明白。心绞痛就是很痛很痛的感觉，昊儿不要痛。”

路映夕啼笑皆非，心底却隐隐生疼。自她生下昊儿，她自身的心疾便再也没有发作过，昊儿却遗传了她的宿疾。若不是师父在昊儿百日时遣人送来这份珍贵的礼物，只怕昊儿要像她幼时一样，时不时承受心绞之苦。

慕容宸睿见路映夕难掩心疼之色，温软了语气：“夕，每个人的人生都不会尽善尽美，昊儿出身尊贵，且天资甚佳，上苍便要给他小小考验，你无须过于痛心。”

路映夕颔首。小男娃又嘴快地抢话：“父皇说的话和师祖一样。”

他此话一出，路映夕和慕容宸睿皆都沉默了一瞬。

慕容宸睿慢慢眯起眼，不疾不徐地问道：“昊儿，你何时见过师祖？”

小男娃毫不设防，天真回答：“昨天见过呀。”

慕容宸睿的眸子逐渐眯成一条线，眼底暗芒乍现，口中若无其事的循循善诱：“昨天在哪儿见过？”

“昊儿！”路映夕突然出声。

小男娃一愣，然后捂起嘴来，摇着脑袋含糊地说："唔……昊儿什么也不知道，不知道呀不知道……"

慕容宸睿侧头，看向路映夕，深眸中浮现一层薄怒。

路映夕在心里默默叹了口气，对上他敏锐的眼神，无奈道："昨天我并没有见过师父。"

慕容宸睿冷哼，不语。

小男娃眼看形势不对，自己跳下地面，嘿嘿道："昊儿该去太傅那儿了，父皇母后你们别吵架，太傅说与人吵架是不对的！"话刚说完，人就一溜烟地跑了。

偌大的寝居里只剩下帝后两人，一人面如冷霜，一人扶额轻叹。

沉寂许久，路映夕叹息一声，启口道："宸，我已有许久不曾见过师父。"并非她不想见师父，而是师父避忌。他总是这般为她着想，多年如一日。

"朕倒是知道南宫渊的近况。"慕容宸睿斜挑长眉，语气喜怒难辨。

"嗯？"路映夕诧异。师父早已避世，除了偶尔会通过密道来看看昊儿之外，极少在外露面。

"自从朕把龙朝和霖国收服之后，交由四皇弟管治，四皇弟与南宫渊偶有往来。"慕容宸睿淡淡一笑，带着几分玩味，"他们二人，脾性相近，会成为莫逆之交也不叫人意外。"

"那么……"路映夕稍稍一顿，温声问，"师父身体可还好？"

"他既能时常来看昊儿，自然是身体无恙。"慕容宸睿勾动唇角，笑得意味深长，"不过，他出入朕的皇宫仿若入无人之地，这番能耐，真令朕心惊。"

路映夕觑他一眼，心中又好气又好笑。看来密道不封，他终究心难安。

"夕。"慕容宸睿忽然唤她的名。

"怎么？"

"朕与你玩一个游戏如何？"

路映夕怔了怔，不解地望他。

"皇朝与邬国，迟早要开战。"慕容宸睿敛容，徐缓道，"当年朕念在霖国皇帝是你生父，放他一马。他带着几万残兵逃去邬国，来日必会寻机对皇朝报复，到时你难免两难。"

"所以？"路映夕接腔，静待他的下文。

"如若开战，朕允许你为邬国出谋策划。但是，你必须将密道掩埋。"慕容宸睿神色正经，定定地盯着她，"朕希望与你明斗，而非暗争。"

"宸……"路映夕没有回话，只是柔声唤他。

"如何？这个游戏，你可有兴趣？"慕容宸睿直勾勾地看着她，深眸中闪耀明朗的光芒，"最初你我互斗，未有输赢。这次朕给你一个机会，让它有一个彻底的结果。"

路映夕浅浅微笑，欠身揖了一个礼："臣妾多谢皇上的用心良苦。"

"但是朕有底线。"慕容宸睿并不与她客气，直言要求，"你不可离开皇宫，只能派曦卫快马送信。你熟知皇朝地形与兵力，这些已经足够你襄助邬国。倘若如此邬国都没有能力与我皇朝抗衡，那也莫怪朕赶尽杀绝。"

路映夕抿嘴，似恼似嗔。就知他不可能放她离开。不过，这已是最好的办法，虽未能两全，至少她能无愧。

慕容宸睿缓了脸色，双目含着淡笑，伸手揽她入怀，凑近她耳畔，故意厮磨半晌，才低低地吐出一句话来："如果，你在两国开战之前怀上身孕，那朕就不许你太过费神了。"

"你——"路映夕闻言大悟，羞怒地推开他。

慕容宸睿耸肩，闲闲道："这可不是朕玩弄心机，一切都要看天意。"

路映夕跺脚，鼓起腮，闷不吭声。

看她面色绯红，娇艳更胜从前，慕容宸睿放声大笑，霸气和惬意之色飞上眉宇。

路映夕垂下眼帘，眸底狡黠的流光暗转，过了须臾，抬起头来，大声道："从今日起，臣妾要从宸宫搬回凤栖宫！"

话一说完，不待他反应，她提裙飞奔出寝门，只留下一串银铃般的笑声。

"路映夕！你敢——"

只听身后随即响起一声恼火的暴喝。

她头也不回，跑得欢快。他有他的张良计，她有她的过墙梯！谁更技高一筹，还是个未知数！

如若今生能够与他一直这般斗下去，她甘之如饴。输或赢，早已不是那么重要。

番外一
南宫渊

那年他十五岁。初见她，她不过是一个小小女娃，粉嫩可爱，笑起来颊畔露出两个梨窝，天真甜美。

邬国皇帝领着她，带到他面前。她乖巧跪下，仰着小脸，疑惑看他，好半晌，才软软地唤了一声："师父哥哥。"

他不禁莞尔，忽然很想伸手抱起这个女娃，用手指戳戳她看起来软绵绵的脸蛋儿。却也只是一念闪过而已，他已经习惯了与人保持距离。

她年幼时颇为淘气，喜欢攀树爬墙，有时一个人爬上公主殿的宫墙，骑在墙上瞧着宫婢们找她找得焦急。

有次，他问她："映夕，你总是喜欢爬到高处，是否从高处看风景更美？"

她歪着小脑袋，笑眯眯地回答："映夕只是喜欢被人找的感觉。"

他摸摸她的头顶，微笑不语。这样小的孩子，已经知道什么是孤单。皇宫虽大，身份虽尊贵，可她内心企盼的，是更温暖的东西。

后来她再大一些，琴棋书画样样皆精，在外人面前自然是秀外慧中的公主模样。但在他面前，她依然是孩子心性，常常胡搅蛮缠，非要把珍稀难寻的药材拿去酿酒，又拉着他煮酒下棋。

每次下棋，他都输得一败涂地。她便很惊诧地看着他，说："师父，真是人不可貌相，你的棋艺居然奇差！"

他点点头，笑着回道："是，人总有弱点。"

她不信，一盘一盘接着下。他无可奈何，只好说她野性难驯，若赢了她，她定会纠缠不休。她这才嘟囔着放弃追根究底。

其实，他确实不擅棋艺，是她把他看得太完美，完美得近乎虚幻，于是难以伸手触摸。而在他眼中，她从不是高高在上的公主殿下，只不过是一个聪慧却寂寞的小女孩。

她及笄的那年，穿着一袭华美宫装，在他面前转了个圈，笑说："师父，映夕长大了。"

那一张清艳容颜，胜过出水芙蓉，那一双明灿眼眸，亮过天上皎月。他忽然觉得她周身光芒太甚，他竟不敢逼视。

说不出什么缘由，从那时开始，他有意疏远她。除了授课，不愿与她再有更多的接触。她却仿佛无知无觉，照旧亲近他，学了什么新鲜玩意儿就来献宝。

有一年的夏末，她学了一支舞，兴冲冲跑到他面前，说："师父，映夕给你跳支舞！"

他只当她贪新爱玩，随口应了为她吹笛伴舞。

笛声飘扬，桂花芬芳，在扑鼻的清香中似有仙子降临，翩翩起舞。他忘记了眨眼，一瞬不瞬地望着。她盈身一跃飞上枝头，如瀑乌发衬着白衣，格外夺目。只见她柔软腰肢一旋，回眸对他一笑，那一刻，他突觉天地失色，繁星无光，只剩下她散发出的璀璨光华，映入他的眼底，刻入他的心底。

那日他深受震荡，再不能忽视内心异样的感觉。原来，他眼里的小女孩已经长大，已有魅惑众生之姿。

原来，他只是渺渺众生之中的一个，被迷惑而不自知。原来，他会期待，会惶恐，会害怕。

如今回想起来，他人生中第一次深刻体会到害怕是她出阁前的那一晚。

在公主殿外，他徘徊整夜，举步向前似乎是深渊，抬脚后退似乎是悬崖。满腹的话，满心的酸，无处可诉。她比他勇敢，是她来找了他。

"映夕明日就要远嫁了，师父看看这身嫁衣如何？"她一身红艳，笑着问。

他淡淡点头，只说一个"好"字。

她又道："师父，映夕曾经想过，有一日穿上新嫁衣，一定要让师父第一个看。"

他不由默然。这话里的深意，他只能当作不知。

她的眼神渐渐哀伤，嘴角仍扬着笑，递上一幅画。

他展开画卷一看，惊愕当场。画中红衣如血，触目惊心，那嫁衣似有人穿着，人却没有脸孔，诡异骇然。他抬头看她，她一味的笑，努力扬唇，说道："师父多年悉心教导之恩，映夕永记于心。"

他顿时恍然。她借画告诉他，她想嫁的并不是那人，她想要为其披上嫁衣的另有其人……

那一瞬间，他心如针扎。千百枚细针狠狠戳中心间最柔软的地方，戳得千疮百孔，偏偏不见血。他哭不出来，也笑不出来。

如果不曾得到过，他不会那么害怕失去。可是，他明明得到了一些什么，却又眼睁睁看着最最珍贵的东西从指缝中流失。

他知道，自己的瞻前顾后、谨慎缄默，说穿了不过是怕她后悔。怕她做下离经叛道的选择之后，将来有一天发觉这并不是她要的幸福。他看得太重，所以越发无法果断。

地下密道幽谧黑暗，入口处亮起微弱的光，将他从回忆中拉回。往事已矣，他是她的师父，是她儿子的师祖，余生都不会变。

“师祖，师祖！”童稚的声音响起，一个俊秀的小男孩手拿火折，向他跑来。

“昊儿。”他不禁微笑。这个孩子就像她幼时，淘气聪颖。他不便再见她，却舍不得割断最后的这一点联系。

“师祖，我有个秘密要告诉你。”小男孩神秘兮兮地凑近，一屁股坐到他身边，小声道，“前几天，我央求范叔叔带我出宫，后来……”

他揉揉小男孩的头发，笑道：“你又为难你范叔叔，逼他偷偷带你出去玩？”

小男孩嘻嘻一笑，语气很是无辜：“我没有逼范叔叔，是他不想让母后知道某些事，所以才自愿答应带我出宫的。”

他拧了拧小男孩的脸蛋，笑而不语。范统为人耿直，自从被昊儿捉到把柄后，就只能忍气吞声，任这小娃宰割。其实也不过是一句喃喃自语，让昊儿偶然听见——“为了她，上刀山下火海又何妨”。

范统对映夕的情意，未必是爱情，只是他自己还未能彻底了解罢了。

半年前他与范统私下见过一面。那时昊儿险些出意外，若非这孩子眼尖，发现了异状，或许已经发生不幸。昊儿告知他事情之后，他仔细暗查，决定将计就计。他与范统商议，先让昊儿假装摔下秋千，重伤昏迷，再由范统和刑部尚书沈奕联手查案，加上他早已查出的证据，自然能治幕后凶手的大罪。慕容宸睿的后宫再无皇妃，希望映夕和昊儿从此平安幸福。

“师祖？”小男孩揪住他的衣袖，晃了晃，咕哝道，“又走神了，师祖你怎么经常走神？”

他回神，轻笑道：“你不是说有一个秘密要告诉我，是什么秘密？”

小男孩松开了手，一脸正经，认真说道：“师祖，那天我不小心滚下山，在一个山洞里看见了另一个我。”

“另一个你？”“和我长得一模一样的‘我’。”

地道里空气稀薄，火折慢慢灭了。漆黑中，他望着孩子的方向，依稀能看见晶亮的大眼睛。童言童语听似不可尽信，他却忽然有种不祥之感掠过心底。

另一个昊儿？当年映夕难产，孪生胎中的一子夭折。难道……其中另有蹊跷？

眼皮无端跳了跳，他压下心中不安的感觉，沉声道：“昊儿，把你出宫那日的事详详细细说一遍。”

“那天范叔叔带我去城郊的一座山上打猎，我在山头跑来跑去，没注意脚下，一个跟斗滚了下去……”小男孩挨在他身边，一边回忆，一边说。

他沉默听着，心逐渐往下沉。如果事情真如他所猜测，那么即使倾尽后半生所有的时间和精力，他都必须为映夕找回另一个儿子。

至于见不见她，已不是那么重要。心里有她，她便永远都在。

番外二 慕容极

我叫慕容极，今年七岁。

四岁那年，我见过我孪生弟弟一次。仅有的一次。

就如外公所说，他和我长得极为相似，一样的轮廓，一样的五官。如果不是我又黑又瘦，他粉嫩白皙，恐怕连我自己都以为是在照镜子。

我们是同父同母的兄弟，可惜，他是皇朝尊贵的太子，而我是郯国见不得光的皇储。他锦衣华服，衣食无忧，受尽宠爱，我长日住在昏暗寒冷的冰窖，除了四个死士教我读书练功和兵法之外，再无人陪伴。

我在皇朝四年，对那里并没有多少记忆，外公费尽心思将我接回郯国之后，我才渐渐知道我的父母为什么从来不见我。

或许从一开始，他们就不要我。他们只需要一个儿子，再多一个就会引起皇位争夺战。

皇朝和郯国已经开战三年，我不知道外面的局势如何，直到有一次外公来冰窖看我，在我的坚持追问之下，外公终于透露，郯国兵弱，不是皇朝的敌手，他为社稷出了一个下下策，只要皇朝放弃攻打郯国，外公愿意把我送回皇朝，让我与父母团聚。可是，我的父母选择了一统天下的梦想，遗弃了我。

我想不明白。总有一天，我会亲自去验证，外公有没有骗我。

战火仍在蔓延。我煎熬的日子仍在继续。死士教导我的方式异常严厉，动辄鞭笞。我背上的鞭痕刚结痂又添伤，整个背部几乎没有一块好肉。我不怕痛，只怕自己不能尽快变得强大，强到足以把握自己的命运。

今天是我七岁的生辰。远在皇朝的弟弟是否正承欢膝下，他的父皇母后是否正为他庆贺生辰？

那些热闹喜庆，离我很远很远。我只有桌上这几碗冷掉的饭菜。在冰窖里，饭菜总是冷得很快，我已经很久没有吃过热食。

书上说，天将降大任于斯人，必先苦其心志，劳其筋骨，饿其体肤。我只能忍耐。

这是一封我送给自己的生辰信。将来，我必会回顾。如果得到证实，亲生父母真的不要我，那么，我一定会毁掉他们最珍惜的东西。

——慕容极　写于七岁生辰夜

图书在版编目（CIP）数据

凤栖宸宫 ： 全2册 / 转身著. — 南京 ： 江苏凤凰文艺出版社，2018.11

ISBN 978-7-5594-2498-3

Ⅰ. ①凤… Ⅱ. ①转… Ⅲ. ①长篇小说—中国—当代 Ⅳ. ①I247.5

中国版本图书馆CIP数据核字（2018）第148583号

书　　名　凤栖宸宫

作　　者　转　身

出 品 人　柯利明　吴　铭

特约监制　郑心心

选题策划　郑心心

责任编辑　姚　丽

出版发行　江苏凤凰文艺出版社

出版社地址　南京市中央路165号，邮编：210009

出版社地址　http://www.jswenyi.com

印　　刷　三河市荣展印务有限公司

开　　本　670×980毫米　1/16

字　　数　488千字

印　　张　37.5

版　　次　2018年11月第1版，2018年11月第1次印刷

标准书号　ISBN 978-7-5594-2498-3

定　　价　75.00元（全二册）